本譯叢由華南師範大學文學院學科建設經費資助出版

（第一輯）

海外中國古典文學研究譯叢

Rendition of Classical Chinese Literature Studies

華南師範大學文學院 主辦　蔣寅 主編

鳳凰出版社

圖書在版編目（ＣＩＰ）數據

海外中國古典文學研究譯叢. 第一輯 / 蔣寅主編.
南京：鳳凰出版社，2019.12
ISBN 978-7-5506-3041-3

Ⅰ. ①海… Ⅱ. ①蔣… Ⅲ. ①中國文學－古典文學研究－文集 Ⅳ. ①I206.2-53

中國版本圖書館CIP數據核字(2020)第043122號

書　　　　名	海外中國古典文學研究譯叢（第一輯）
主　　　編	蔣　寅
責 任 編 輯	許　勇
裝 幀 設 計	姜　嵩　陳貴子
出 版 發 行	鳳凰出版社（原江蘇古籍出版社） 發行部電話025-83223462
出版社地址	南京市中央路165號，郵編：210009
出版社網址	http://www.fhcbs.com
照　　　排	南京凱建文化發展有限公司
印　　　刷	江蘇鳳凰新華印務集團有限公司 中國江蘇南京經濟技術開發區堯新大道399號，郵編：210038
開　　　本	787×1092毫米　1/16
印　　　張	21.5
字　　　數	431千字
版　　　次	2019年12月第1版　2019年12月第1次印刷
標 準 書 號	ISBN 978-7-5506-3041-3
定　　　價	98.00圓

（本書凡印裝錯誤可向承印廠調換，電話：025-68037410）

《海外中國古典文學研究譯叢》編輯委員會

學術顧問
　　陳慶浩
　　川合康三
　　宇文所安
　　張隆溪

編輯委員會
　　蔡　　毅（日本南山大學）
　　蔡宗齊（美國伊利諾依大學）
　　陳引馳（中國復旦大學）
　　陳　　致（中國香港浸會大學）
　　程章燦（中國南京大學）
　　戴偉華（中國廣州大學）
　　蔣　　寅（中國華南師範大學）
　　李　　慶（日本金澤大學）
　　李奭學（中國臺灣"中研院"）
　　林宗正（加拿大維多利亞大學）
　　劉　　寧（中國社會科學院）
　　錢南秀（美國萊斯大學）
　　田曉菲（美國哈佛大學）
　　王曉平（中國天津師範大學）
　　王宇根（美國俄勒岡大學）
　　嚴志雄（中國香港中文大學）
　　張　　劍（中國北京大學）

編輯部
　　主　編　蔣　寅
　　編　輯　李　芳　李小彤　劉　倩　余　琳

發刊詞

　　現代中國人文科學是在西學東漸的風潮中誕生的，又是直接由日本漢學的引領而逐步成長起來的。就古典文學而言，我們在羅振玉、王國維的治學路徑上可以鮮明地看到日本學術的影響，此後中國的古典文學研究，無論是林傳甲等的文學史編纂、魯迅的古典小説研究還是陳中凡、郭紹虞的批評史研究，都是在海外漢學的刺激和引導下展開的。回顧近代以來的古典文學學術史，我們不能不正視自來外部的影響。

　　到今天，中國古典文學已成爲國際化的學問，海外漢學也成爲中國古典文學研究的重要力量，積累了非常豐富的學術成果。日益便捷的國際交流，正在不斷縮小語言和文化隔閡的溝壑，溝通和擴大海内外學術成果的交流。但與此同時，國内學界經常可見的對待國外漢學的兩種態度，也讓人感到不安。一種態度是唯海外漢學馬首是瞻，甚至對本土成果視而不見，論著中衹稱引海外學者的看法，奉若神明，毫無審思；另一種態度則是漠視海外漢學的成果，目爲旁門小道，隔靴搔癢，排除在自己的學術視野之外。這兩種態度都是有礙於學術正常發展的，在今天尤其應該正視其局限。

　　還有一種態度也是需要警惕的，那就是時下流行的"争奪話語權"口號背後的狹隘的競争意識。早在 1929 年，陳寅恪先生就在給北大歷史系畢業生的詩中寫道："群趨東鄰受國史，神州士夫羞欲死。田巴魯仲兩無成，要待諸君洗斯恥。"①對中國歷史要到日本去學習感到羞恥和悲哀。隨着新時期以來國内學術的長足進步，中國學者的自信也隨着社會發展水準的高漲而不斷提高。在後殖民理論的鼓吹下，一種要確立中國學術的主體性，構建中國學術話語的意識也日益凸顯、日益高漲起來。於是，學術話語權之争，也成爲民族主義思潮的部分目標，在文化的高端層面展開。無論在政府還是民間，争奪學術話語權都經常當作一個正當的口號提出，不免使學術打上鮮明的地緣政治色彩和急功近利的烙印。對照王國維"學無古今，學無中西，學無有用無用"的名言，反倒是生活在那個積貧積弱亂世的前輩們，更顯出一派澹定從容、不卑不亢的自信氣度。

　　雖然學術從來就没有遠離過政治，人文、社會科學研究更是天然地帶有一定的意識形態色彩，但學術本身是天下公器。我們首先應該用一種平常心，本

---

① 《北大學院己巳級史學系畢業生贈言》，陳美延、陳流求編《陳寅恪詩集附唐篔詩存》，北京：清華大學出版社，1993 年，第 18 頁。

着對學術的敬畏和嚴肅態度,公正地看待海外學者的成果,尊重他們的勞動和智慧。先師程千帆先生晚年在接受《文學研究參考》記者采訪時曾指出:

> 不少人認爲,中國人研究中國文學理所當然是最高水平,外國人總難免隔霧看花,郢書燕説。因此没有必要去看國外同行的工作。具體分析起來,這種説法恐怕不盡然。……我認爲國外中國學的某些成果是值得國内學者認真學習的。……國外中國學研究是隨整個科學的發展而發展的,國外的科學發展較快,這是不能否認的事實。西方社會科學乃至自然科學的研究成果直接影響到國外中國學研究,是順理成章的事。①

當時國内學界封閉多年,對海外漢學著述所知甚少。程千帆先生專門致函葉嘉瑩、周策縱等教授,請他們介紹海外著名漢學機構的負責人,代購或複印有影響的論文、專著。我做博士論文時,也從老師那兒得到他託友人複製的日本、台灣學者的相關論文,使自己的研究能够在知己知彼的起點上展開。

在國際學術交流日益便捷、日益頻繁的今天,獲取海外學術信息已變得非常容易,學界對海外學術出版物完全不聞不問的人倒是少了,無論内心評價如何,就是爲了所謂學術規範,也不能不關心。而更常見的,倒是在"與世界接軌"口號下,許多大學都建立了海外漢學研究的機構,以海外漢學爲研究對象的學術刊物也出版了若干種。祇不過這些研究及其出版物多屬比較文學專業或從事外國文化研究的學者所爲,對成果的選擇和介紹常有很大的隨意性,很難反映海外中國古典文學研究的進展和深度,就是從獲取信息的意義上也未必有多少實用性。我從上世紀九十年代初創辦《中國詩學》時起,就一直想辦一個能及時反映海外中國古典文學研究動向和最新成果,并有計劃地翻譯、介紹海外漢學經典論著的譯叢。受各種條件限制,逡巡至今,不能實現。如今在華南師範大學建設高水準大學經費的支持下,這一夙願終於成爲現實,實在讓我非常高興。

譯叢定名爲《海外中國古典文學研究譯叢》,由華南師範大學中國文學與文化研究所編輯,暫定每年出版一輯,以海外學者的外語論著翻譯爲主體,另闢有學者訪談、研究綜述、會議紀要、書評、出版訊息、學術機構介紹等欄目。希望得到海内外學界同道的支持,爲我們提供外文出版物、翻譯文稿及其他稿件,使《譯叢》成爲溝通海内外中國古典文學研究的一座便橋。

他山之石,可以攻玉。此邦之譯,可以爲橋。

蔣 寅

五四運動百年之日

---

① 《訪程千帆先生》,鞏本棟編《程千帆沈祖棻學記》,貴陽:貴州人民出版社,1997年,第91—92頁。

目　次

• 中國中古文學國際學術研討會論文專輯 •

中古文學裏的"偶然"初探 …………………［日］釜谷武志（ 1 ）

戰時宣傳的藝術：論陳琳爲袁紹及曹操所作之檄文
　　　　　　…………………………………………［美］吳妙慧（ 13 ）

家族、自我與達人理想
　　——謝靈運之《述祖德詩》背景解讀 …………王　平（ 29 ）

唐代詩歌的敘事概念 ………………………［加］林宗正（ 45 ）

理論與實踐層面的盛唐概念：完美與永恒的風格
　　……………………………［加］林理彰撰　余　琳譯（ 66 ）

"冥搜"的系譜
　　——從杜甫到中唐詩人 …………………［日］川合康三（ 78 ）

• 譯文 •

"古與今"的文學史
　　——中國的文學史式的思考
　　………………………………［日］和田英信撰　范建明譯（ 84 ）

《禮記·樂記》與朝鮮權近《禮記淺見錄·樂記》的比較研究
　　——兼論古典集釋學的可能性
　　……………………………［韓］金承龍撰　孫　萍譯（ 98 ）

三國志評論 ……………………［德］郭實臘撰　王　燕譯（116）

重造歷史：三國文化地貌之吳蜀視角
　　………………………………［美］田曉菲撰　張元昕譯（127）

"莊老告退、山水方滋"考
　　——論"淝水之戰"的文化史意義
　　………………………………［日］岡村繁撰　鍾卓螢譯（146）

論謝靈運詩中的"自然" ……［美］田　菱撰　王　瑩譯（165）

劉宋孝武帝的對州鎮政策與中央軍改革
　　　　………………………〔日〕小尾孝夫 撰　赫兆豐 譯(185)
佛教如何影響唐代詩歌 ………………………………………
　　　　………………〔美〕宇文所安 撰　左丹丹 譯　田曉菲 校(201)
"一鋪"之意義
　　——變文演出方法試論
　　　　………………………〔日〕水谷真成 撰　林生海 譯(212)
透過夢的窗口
　　——宋詞中的真實與虛幻
　　　　………………………〔美〕林順夫 撰　綫仲珊 譯(217)
《金雲翹傳》及王翠翹故事傳入韓國考 …………〔韓〕朴現圭(229)
像或不像：《牡丹亭》中的寫真 …〔美〕漢　安 撰　王小岩 譯(240)
歸有光的時務文
　　——又一部"未刻集"的價值
　　　　………………………〔日〕野村鮎子 撰　喬玉鈺 譯(264)
狐邪與妖術：重探《平妖傳》的發展史與版本問題 ………………
　　　　………………………………余文章 撰　薛　峰 譯(276)
《唐詩神韻集》考 ……………………………〔韓〕琴知雅(285)
金山三年苦：黃遵憲初到舊金山(1882年3月26日至5月9日)
　　　　………………………〔加〕施吉瑞 撰　黃道玉 譯(299)

・訪談・
清代文學的加拿大知音
　　——北美著名漢學家施吉瑞訪談錄 ……………黃道玉(321)

・綜述・
2016年哈佛大學"杜甫：中國最偉大的詩人"暨"中華人文經典文庫"系列之啓動慶祝國際學術研討會 ……………寇　陸(331)
2017年中國中古(漢—唐)文學國際學術研討會會議綜述
　　　　………………………………………………駱捷文(334)

中古文學裏的"偶然"初探

[日]釜谷武志

一　九鬼周造提出的定義

日本哲學家九鬼周造(1888—1941)在《偶然與命運》①中提到,早在公元前五世紀時,古印度的末伽黎·拘舍羅(Makkhali Gosala)便關注到了偶然性問題,中國東漢的王充和古希臘的亞理士多德也探討了偶然性問題。在九鬼周造看來,偶然性有如下三個性質:

> 第一,偶然既非必然亦非不可能;第二,事物相遇爲偶然;第三,偶然是幾率極小的事件。

從第一性質來看,偶然不是絕對發生的必然,也不是絕不會發生的不可能,而是介於二者之間。然而祇此一點,還祇能説是一種"可能"。介於二者之間是偶然成立的"必要條件",但僅此一條是不夠的。祇有在可能不轉換爲必然,而是一直在維持可能的狀態下得到實現,纔能稱作偶然。碰巧得到實現,所以這也就是九鬼周造提出的第二性質,事物相遇爲偶然。

在相遇的瞬間,"可能"得以實現,纔能成爲偶然。但關鍵在於相遇的可能性。前面提到的第一性質規定了相遇的可能性,即必須是相遇與不相遇都有可能。必然相遇,則不可稱爲偶然。綜合三個性質來看,定義可以總結爲:有可能性却非必然的事物,突然相遇,則是偶然。

偶然的"偶"字是人字旁,與走之旁的"遇"同義,都指相遇。"偶"是配偶的"偶"。我與你的相遇,就是偶然的本義。

九鬼周造在《驚情與偶然性》②中提到了王充的《論衡·逢遇篇》,并指出驚情與偶然有所關聯。

王充《論衡·逢遇篇》提到:

---

① 《九鬼周造隨筆集》,東京:岩波書店,1991年,第69—81頁。
② [日]九鬼周造《人與生存》,東京:岩波書店,2016年,第182—183頁。

操行有常賢，仕宦無常遇。賢不賢，才也；遇不遇，時也。才高行潔，不可保以必尊貴；能薄操濁，不可保以必卑賤。或高才潔行，不遇，退在下流；薄能濁操，遇，在衆上。世各自有以取士，士亦各自得以進。進在遇，退在不遇。處尊居顯，未必賢，遇也；位卑在下，未必愚，不遇也。……

昔周人有仕數不遇，年老白首，泣涕於塗者。人或問之："何爲泣乎？"對曰："吾仕數不遇，自傷年老失時，是以泣也。"人曰："仕奈何不一遇也？"對曰："吾年少之時，學爲文，文德成就，始欲仕宦，人君好用老。用老主亡，後主又用武，吾更爲武，武節始就，[用]武主又亡。少主始立，好用少年，吾年又老，是以未嘗一遇。"仕宦有時，不可求也。①

才能是每個人與生俱來的。但個人所擁有的才能和智慧，與其是否出仕、身份高低、是否得志沒有必然聯繫。

二　表現偶然的語彙

表現偶然相關的語彙，主要有偶、遇、邂、逅、適。

許慎《説文解字》（段玉裁《説文解字注·八篇上·人部》）中，對"偶"有下述解釋：

> 偶，桐人也。（偶者，寓也。寓於木之人也。字亦作寓，亦作禺。同音假借耳。按木偶之偶與二枱并耕之耦義迥別。凡言人耦、射耦、嘉耦、怨耦皆取耦耕之意，而無取桐人之意也。今皆作偶則失古意矣。又俗言偶然者，當是俄字之聲誤。）②

"桐人"是在漢代等時期用於詛咒的桐木人偶。"枱"指鋤頭的柄。《説文解字》認爲"偶"字有木偶、并列等義。段玉裁在注解中提出，偶然的偶從意義上説，是因與"俄"同音而被誤傳。因此，"偶"字原本是沒有偶然之義的。

但在幾乎與《説文解字》同時期成書的《論衡》中，却可以見到偶然之義。

《論衡·幸偶篇》：

> 凡人操行，有賢有愚，及遭禍福，有幸有不幸。舉事有是有非，及觸賞罰，有偶有不偶。……俱欲納忠，或賞或罰；并欲有益，或信或疑。賞而信者未必真，罰而疑者未必僞，賞信者偶，罰疑不偶也。③

此外，篇名中的"偶"，也是偶然之意。

《説文解字·二篇下·辵部》"遇"釋義爲"遇，逢也"，而"逢"則爲"逢，遇也"④。

《尚書·夏書·胤征》中有：

---

① 黄暉《論衡校釋》，北京：中華書局，1990年，第1、8頁。
② 許慎撰，段玉裁注《説文解字注》，上海：上海古籍出版社，1981年，第383頁。
③ 黄暉《論衡校釋》，第37頁。
④ 許慎撰，段玉裁注《説文解字注》，第71頁。

伊尹去亳適夏,既醜有夏,復歸于亳。入自北門,乃遇汝鳩汝方。(孔安國傳曰:不期而會曰遇。)①

在這裏,"遇"有相遇的意義。此"遇"并不等同於"偶然",而是含有"遇見"之義。

在下文所錄《樂府詩集》第三十八卷的相和歌辭《孤兒行》中,"遇"則并非是相遇,而是碰巧、偶然的意義。"偶"與"遇"可以説是相通的:

孤兒生,孤子遇生,命獨當苦!父母在時,乘堅車,駕駟馬。父母已去,兄嫂令我行賈。南到九江,東到齊與魯。臘月來歸,不敢自言苦。②

"邂"與"逅"在《説文解字》中未見記載。

《説文解字·二篇下》對"適"的解釋爲:"適,之也。"對此,段玉裁注釋道:"按此不曰往而曰之,許意蓋以之與往稍别。逝、徂、往自發動言之。適自所到言之。故變卦曰之卦。女子嫁曰適人。"③

三　先秦時代的儒家及其他

《論語·微子篇》寫道:

子路從而後,遇丈人,以杖荷蓧。子路問曰:"子見夫子乎?"丈人曰:"四體不勤,五穀不分,孰爲夫子?"④

落在了孔子一行之後的子路遇見一位隱者——"丈人"。丈人留子路在家中留宿一晚,殺鷄并做了小米飯給子路吃,還讓兩個兒子與子路見面。第二天子路離開了。文中,子路與老人是第一次見面,這裏的"遇",指意想不到的相遇。如果事先知道會相遇,這個故事則失去了意義。這種偶然,否定了人爲的目的性,起到了營造丈人神秘感的效果。

《左傳·昭公十七年》記載:

秋,郯子來朝,公與之宴。昭子問焉,曰:"少皥氏鳥名官,何故也?"郯子曰:"吾祖也,我知之。……我高祖少皥摰之立也,鳳鳥適至,故紀於鳥,爲鳥師而鳥名,鳳鳥氏,曆正也。"⑤

這一段記載了郯子來朝見時的對話。在對話中,他援引了黄帝等過去的典故,因鳳凰飛來這一祥瑞之兆,而以鳥爲標志,并以鳥作爲首領的名稱。此外,其他官員的名稱中也有玄鳥、青鳥等出現。祥瑞不會頻繁發生,而是極少出現,因此這裏用了"適"字。

---

① 《十三經注疏》一,台北:藝文印書館,1973年,第105頁。
② 郭茂倩編《樂府詩集》,北京:中華書局,1979年,第567頁。
③ 許慎撰,段玉裁注《説文解字注》,第71頁。
④ 《十三經注疏》八,第166頁。
⑤ 《十三經注疏》六,第836—837頁。

《詩經·鄭風·野有蔓草》寫道：

  野有蔓草，零露漙兮。有美一人，清揚婉兮。邂逅相遇，適我願兮。
  野有蔓草，零露瀼瀼。有美一人，婉如清揚。邂逅相遇，與子偕臧。①

  這是一首描寫年輕人追求愛情的詩。"邂逅相遇，適我願兮"，在不知是否能相遇的情況下恰好碰見，我的願望得以實現。這裏的"邂逅"，即偶然相遇，《毛傳》也注明"不期而會也"。這既是美好的相遇，也是偶然的相遇。②

  在先秦文獻中，雖然存在上述對偶然事件的描述，但實際上，對偶然問題的論述是非常少的。究其原因，對於儒家（也許并不僅限於儒家）來說，"偶然"并非是有益的。儒家表現出一種排除偶然發生好事的因素，即排除隨意思想的傾向。這應與儒家認爲事件的發生完全基於"天"意有關。

  《尚書·甘誓篇》中記述了夏朝禹王之子啓王與有扈氏在甘作戰的事件。啓王在戰前對六位將軍説，有扈氏違背五行（仁義禮智信之五德），蔑視三正（天地人三正道）。所以上天要斷絕他的命運。如今我們要遵循天意，替上天懲罰有扈氏。

  森三樹三郎認爲，《尚書》中體現出的上天決定人之壽命的思想十分重要。上天依據人的德行來決定人壽命的長短，如果一個人很年輕就去世了，那麽，這并非是上天隨意安排，而是他不遵守道義的行爲，導致了自己壽命中斷的後果。③《尚書》認爲天命嚴格遵循福善禍淫原則，沒有任何非合理性要素存在。但如果壽命這一要素也包含其中，天命便失去了合理性。盡人皆知，人命運中生命的長短這一項是最不合理的。善人早亡，惡人長壽，是所有人都能有切身體會的不合理性。

  此外，從《詩經》中所蘊含的上天不因自主意識而給人們帶來禍福的想法出發，可以推出因果報應的思想。但事實上，《詩經》中却録有思想與其相反的詩作，詩中認爲天意依福善禍淫的原則并不完全可信，進而悲嘆德與福的不對應。《小雅·小弁》便是其一。詩中，太子的師傅指責了幽王。

  由此推論，則可以得出結論：如果上天沒有正確履行福善的規則，給無罪的人帶來了不幸，那麽命運就變得不合理了。《詩經》中存在對不合理命運表達怨恨的詩。這裏不詳細舉例説明。简單來説，《小雅·十月之交》便描述了對於上天不公、衹不斷帶來苦楚的怨恨。

  《左傳》中有很多基本可以用"上天爲正義帶來福利，而爲不義降下災禍"的简單公式概括的例子，企圖以牽強的解釋來説明一切。具體來看，如果上天對不善者給予了好處，則可解釋爲：這實際上是上天在等不善之舉累積後再一

---

  ① 《十三經注疏》二，第 182 頁。
  ② "邂逅"，《詩經》裏另外有一個例子。《唐風·綢繆》第二章曰："今夕何夕，見此邂逅。子兮子兮，如此邂逅何？"雖然朱熹將"邂逅"解釋爲"相遇"之意，但《毛傳》曰"邂逅，解説之貌"，意思是解開心裏的疙瘩，感到喜悅。意思與這不同。
  ③ ［日］森三樹三郎《上古至漢代性命觀的發展》，東京：創文社，1971 年。

同處罰。每一個看似不合理的事件,都會在最終得到清算。但清算并不是一定會來臨,永遠都未清算也是有可能的。這種牽强的想法,有强迫自己接受的成分。

《論語·雍也篇》中提到:"子曰:'人之生也直,罔之生也幸而免。'"①面對有人質疑"有些人明明沒有正直的生存,爲何應有的灾禍却沒有出現"時,孔子回答:"人應該正直的生存,不正直的生存衹是偶然僥幸逃離了罪責而已。"其實這與上文《左傳》中懲罰早晚會來的思想相同,都是一種能方便自己接受的解釋。吉川幸次郎認爲,這體現出了儒家"善是必然的,惡是偶然的"的樂觀人生觀②。法家、道家等學派與儒家的看法略有不同,他們認爲"偶然"基本都是例外的。《韓非子·顯學》寫道:

> 夫必恃自直之箭,百世無矢;恃自圜之木,千世無輪矣。自直之箭,自圜之木,百世無有一,然而世皆乘車射禽者何也?隱栝之道用也。雖有不恃隱栝而有自直之箭、自圜之木,良工弗貴也。何則?乘者非一人,射者非一發也。不恃賞罰而恃自善之民,明主弗貴也。何則?國法不可失,而所治非一人也。故有術之君,不隨適然之善,而行必然之道。③

"適然之善"即偶然之善,與其後提到的"必然"相反。法家思想以完全依法、沒有例外爲目標,也就是要排除"偶然"。

《韓非子·五蠹》中有一則自古至今爲人熟知的故事:

> 今有美堯、舜、湯、武、禹之道於當今之世者,必爲新聖笑矣。是以聖人不期脩古,不法常可,論世之事,因爲之備。宋人有耕者,田中有株,兔走觸株,折頸而死;因釋其耒而守株,冀復得兔,兔不可復得,而身爲宋國笑。今欲以先王之政,治當世之民,皆守株之類也。④

這段以時代不斷變更,却仍采用守舊的治國之法是錯誤的爲着眼點,批判了依賴偶然性的行爲。

依靠偶然與墨守成規,并不一定對等。也就是說,這裏所援引的寓言故事,從邏輯上并不能印證韓非子的主張。但韓非子提出:期待過去衹發生了一次的偶發性事件再次發生是很愚蠢的,使讀者在嘲笑相信偶然的愚蠢者的同時,也被韓非子的話語所蒙蔽,覺得墨守成規也是愚蠢的。

《莊子·秋水篇》:

> 孔子游於匡,宋人圍之數匝,而弦歌不惙。子路入見,曰:"何夫子之娛也?"孔子曰:"來!吾語女。我諱窮久矣,而不免,命也;求通久矣,而不得,時也。當堯、舜而天下無窮人,非知得也,當桀、紂而天下無通人,非知

---

① 《十三經注疏》八,第54頁。
② 《吉川幸次郎全集》第4卷,東京:築摩書房,1969年,第172頁。
③ 王先慎《韓非子集解》,北京:中華書局,1998年,第461—462頁。
④ 王先慎《韓非子集解》,第442—443頁。

失也,時勢適然。夫水行不避蛟龍者,漁父之勇也;陸行不避兕虎者,獵夫之勇也;白刃交於前,視死若生者,烈士之勇也;知窮之有命,知通之有時,臨大難而不懼者,聖人之勇也。由處矣! 吾命有所制矣。"①

這裏主要論述了聖人的勇氣,認爲人生是否會遇到低谷,是受命運和時運左右的,應沉着應對。在時勢的影響下,出現了某種偶然,從這一層面上看,偶然性與命運有着很深的關聯。具體來説,是在不受主體控制的這一點上,有很大的關係。

對當時的士人來説,"偶然"問題因影響仕途進退而受到關注。在事情不按自己期望發展時,人們多傾向選擇責備偶然,換取自我慰藉。這是中國古代士人對待"偶然"的最典型態度。

四 漢代資料

司馬遷《史記·范雎蔡澤列傳》寫道:

> 太史公曰:……及二人羈旅入秦,繼踵取卿相,垂功於天下者,固強弱之勢异也。然士亦有偶合,賢者多如此二子,不得盡意,豈可勝道哉!②

這可以説是司馬遷對自身不幸的感嘆。"偶合"指偶然與君主相遇。司馬遷認爲范雎和蔡澤能得到啓用不是因爲能言善辯,而是因爲與秦王相遇。司馬遷是西漢時期的官員。從漢代開始,描寫與主君相遇,便多用"偶"字。

《史記·伯夷列傳》記載:

> 或曰:"天道無親,常與善人。"若伯夷、叔齊,可謂善人者非邪? 積仁絜行如此而餓死! ……若至近世,操行不軌,專犯忌諱,而終身逸樂,富厚累世不絶。或擇地而蹈之,時然後出言,行不由徑,非公正不發憤,而遇禍灾者,不可勝數也。余甚惑焉,儻所謂天道,是邪非邪?③

善人不一定幸福,惡人不一定不幸。甚至可以説善人不幸惡人幸福的例子更多。那麽窺透公平的天道,到底是否是正確的。在這段中,我們可以看到必然性的缺失,即偶然性要素的出現。文中對必然性的否定,雖然還祇停留在論述可能性的階段,但其實已屬於偶然範疇之内。

賈誼《鵩鳥賦》中含有禍福、反俗的思想:

> 誼爲長沙王傅三年,有鵩鳥飛入誼舍,止於坐隅。鵩似鴞,不祥鳥也。誼既以謫居長沙,長沙卑濕,誼自傷悼,以爲壽不得長,乃爲賦以自廣。其辭曰:……發書占之兮,讖言其度,曰:"野鳥入室兮,主人將去。"請問於鵩兮:"予去何之? 吉乎告我,凶言其灾。淹速之度兮,語予其期。"……禍兮

---

① 王先謙《莊子集解》,北京:中華書局,1987年,第145—146頁。
② 《史記》,北京:中華書局,1959年,第2425頁。
③ 《史記》,第2124—2125頁。

福所倚,福兮禍所伏;憂喜聚門兮,吉凶同域。彼吳強大兮,夫差以敗;越棲會稽兮,勾踐霸世。①

這部作品的"序"原是《漢書》正傳的一部分,很可能是直接被作引用來作序的。賈誼作這首賦抒發了自己的情感,承認創作作品有消除憂慮的作用。

預言書說野鳥進入房間,代表主人則要離去。之後,文中寫出了鳥——貓頭鷹的心聲。當然,它的主張祇是虛構的,表現出了賦的虛構性。

鳥說道:吉凶禍福無常,誰也無法窺知命運。不糾結於此,歸於自然,精心修養,則不會再有哀愁。吉凶難料、對未來的不安,表現出眼下狀態的不安定。這段雖還不能說是在論述"偶然",但起碼敘述了"必然"的缺失。

下文引用的是最典型的偶然事例。《淮南子·人間訓》:

> 夫禍福之轉而相生,其變難見也。近塞上之人有善術者,馬無故亡而入胡,人皆弔之。其父曰:"此何遽不爲福乎!"居數月,其馬將胡駿馬而歸,人皆賀之。其父曰:"此何遽不能爲禍乎!"家富良馬,其子好騎,墮而折其髀,人皆弔之。其父曰:"此何遽不爲福乎!"居一年,胡人大入塞,丁壯者引弦而戰,近塞之人,死者十九,此獨以跛之故,父子相保。故福之爲禍,禍之爲福,化不可極,深不可測也。②

文中的"無故"兩字體現出強烈的偶然性。它既否定了因果關係,也否定了必然性。換言之,即是"偶然"。"遽"字也與偶然性有着極大的關聯。禍福反轉是出乎預料的,包含了偶然性要素。很多人都認爲是"福"時,福却突然轉化成了禍,這種情況也正是"偶然"。

"化不可極,深不可測也",變化無比深奧而無法預測。發展變化出乎想象,特別強調了幸或不幸是不可預測的。

《後漢書·儒林傳上·劉昆》中,有下面記述:

> 先是崤、黽驛道多虎災,行旅不通。昆爲政三年,仁化大行,虎皆負子度河。帝聞而異之。二十二年,徵代杜林爲光禄勳。詔問昆曰:"前在江陵,反風滅火,後守弘農,虎北度河,行何德政而致是事?"昆對曰:"偶然耳。"左右皆笑其質訥。帝歎曰:"此乃長者之言也。"③

劉昆在火災頻發的江陵,向火叩首,則雨降風止。之後,他在有虎爲害的弘農郡爲政,老虎則渡過了北側的黃河。光武帝贊賞他,他回答:"祇是碰巧罷了。"在劉昆對光武帝的回答中,出現了"偶然"一詞。這個詞并非《後漢書》中的敘述性文字。可見,"偶然發生"這一說法,在當時是比較普遍的。

王充《論衡·遭虎篇》認爲老虎吃人不是必然的,而是偶然的:

> 夫虎,山林之獸,不狎之物也,常在草野之中,不爲馴畜,猶人家之有

---

① 《文選》卷十三,北京:中華書局,1977年,第198頁。
② 劉文典《淮南鴻烈集解》,北京:中華書局,1989年,第597—599頁。
③ 《後漢書》,北京:中華書局,1965年,第2550頁。

鼠也，伏匿希出，非可常見也。命吉居安，鼠不擾亂；祿衰居危，鼠爲殃變。夫虎亦然也，邑縣吉安，長吏無患，虎匿不見；長吏且危，則虎入邑，行於民間。何則？長吏光氣已消，都邑之地，與野均也。推此以論，虎所食人，亦命時也。命訖時衰，光氣去身，視肉猶尸也，故虎食之。天道偶會，虎適食人，長吏遭惡，故謂爲變，應上天矣。①

《遭虎篇》開頭首先寫道：漢代儒家學者主張天人感應説，認爲祈禱可以消災避禍，老虎吃人是因功曹作惡。因爲功曹是官吏的領率，而老虎是禽獸之王。但王充認爲這種説法是不對的。

在王充看來，人在出生之時，就有了各自的"壽命"。決定社會境遇的則是"祿命"。世俗中因各種偶然而帶來的禍福都是命。認同讖緯思想的儒家學者反對這種思想，他們的想法接近老莊思想，認爲天道自然無爲。而王充對此表示反對，他認爲對人進行譴責，降下災難，是上天有意爲之的，而非自然。

五　魏晉至唐代

《搜神記》第十二卷寫道：

> 吴諸葛恪爲丹陽太守，嘗出獵，兩山之間，有物如小兒，伸手欲引人。恪令伸之，乃引去故地。去故地即死。既而參佐問其故，以爲神明。恪曰："此事在《白澤圖》内，曰：'兩山之間，其精如小兒，見人則伸手欲引人，名曰傒囊。引去故地則死。'無謂神明而异之，諸君偶未見耳。"②

《白澤圖》是記載鬼神之書。書名中有"圖"，那麽書中應該是有插圖的。"偶"有有時的意思，和前文中所引《後漢書》之例相同，説話者使用"偶"字表現出了謙虚的態度。

此外，《搜神記》第十五卷中，有下述記載：

> 魏時，太原發冢破棺，棺中有一生婦人。將出與語，生人也。送之京師。問其本事，不知也。視其冢上樹木，可三十歲。不知此婦人，三十歲常生於地中耶？將一朝欻生，偶與發冢者會也？③

在不知此婦人是一直活着，還是已經死了，或是剛好在這時復活的情況下，文中使用了"偶"字。復活重返現世與棺材被打開形成了"偶"（恰好）"會"（遇到）。

《世説新語·簡傲》寫道：

> 王戎弱冠詣阮籍，時劉公榮在坐。阮謂王曰："偶有二斗美酒，當與君

---

① 黄暉《論衡校釋》，第711頁。
② 干寶撰，汪紹楹校注《搜神記》，北京：中華書局，1979年，第150頁。
③ 干寶撰，汪紹楹校注《搜神記》，第186頁。

共飲。彼公榮者,無預焉。"①

這裏的"偶",指剛好有酒。《宋書·孝義傳·郭原平》及《梁書·王筠傳》中也有"偶"字出現。

嵇康《與山巨源絕交書》中,山濤向選曹郎推薦嵇康作自己的繼任者,嵇康在拒絕之時說"吾直性狹中,多所不堪,偶與足下相知耳,間聞足下遷,惕然不喜"②,與山濤相識衹是偶然的。這段話否定了相知的必然性,表達出對方選擇的衹是毫無價值的自己,這其實是嵇康的自謙。

陶淵明《與子儼等疏》的"少學琴書,偶愛閒靜,開卷有得,便欣然忘食。見樹木交蔭,時鳥變聲,亦復歡然有喜。常言:五六月中,北窗下臥,遇涼風暫至,自謂是羲皇上人"③和《飲酒二十首》之序的"余閒居寡歡,兼秋夜已長。偶有名酒,無夕不飲。顧影獨盡,忽焉復醉"④中的"偶",分別表示"機緣巧合"和"并不是經常能有酒,衹是剛好有"。謝靈運的《還舊園作見顏范二中書》和謝朓的《冬日晚郡事隙詩》中也有"偶"字出現。

陳叔寶(陳後主)《獨酌謠四首》:

> 齊人淳於髡善爲十酒,偶效之作《獨酌謠》。
>
> 獨酌謠,獨酌且獨謠。一酌豈陶暑,二酌斷風飆。三酌意不暢,四酌情無聊。五酌盂易覆,六酌歡欲調。七酌累心去,八酌高志超。九酌忘物我,十酌忽凌宵。凌宵异羽翼,任致得飄飄。寧學世人醉,揚波去我遙。爾非浮丘伯,安見王子喬。⑤

序中寫"衹是偶然仿作",否定了積極故意的主觀能動性。作者爲何在這裏特別強調這一點? 推測來看,如果我們認爲這首作品的創作過程和以"賦得……"等爲命題來作詩的過程完全相反,且"謠"(歌謠)一類作品比詩劣一個層次的角度來看,便可以得出作者在這裏特意說是偶然所作,是爲了強調它不是正統詩的結論。

唐代王維《藍田山石門精舍》:

> 落日山水好,漾舟信歸風。玩奇不覺遠,因以緣源窮。遙愛雲木秀,初疑路不同。安知清流轉,偶與前山通。⑥

在河上泛舟以爲走錯了路時,清流忽然一轉,竟正通向了前方的山。"偶"表現出意想不到之意。

王維在《終南別業》中寫道:

---

① 余嘉錫《世說新語箋疏》,北京:中華書局,1983年,第766頁。
② 《文選》卷四十三,第608頁。
③ 袁行霈《陶淵明集箋注》,北京:中華書局,2003年,第529頁。
④ 袁行霈《陶淵明集箋注》,第235頁。
⑤ 郭茂倩編《樂府詩集》卷八十七,第1227頁。
⑥ 陳鐵民《王維集校注》,北京:中華書局,1997年,第460頁。

> 中歲頗好道，晚家南山陲。興來每獨往，勝事空自知。行到水窮處，坐看雲起時。偶然值林叟，談笑無還期。①

這裏的"偶然"，指碰巧與森林中的老人相遇。除此之外，王維還寫有名爲《偶然作》的詩，記錄了一些偶然出現的想法。

"偶然"一詞還出現在杜甫的《送殿中楊監赴蜀見相公》一詩中：

> 去水絶還波，泄雲無定姿。人生在世間，聚散亦暫時。離別重相逢，偶然豈足期。送子清秋暮，風物長年悲。②

這裏的"偶然"指"能再會則完全是偶然，變化無常"。杜甫還有名爲《偶題》的詩，表示"偶然所作"之意。

白居易有詩名爲《偶眠》，即"本來没有想睡覺，却忽然睡着了"。白居易還有幾首名爲《偶吟》的詩，與《偶作》相同，都是"偶然吟咏"之意，否定了必然性和因果關係。

僧侣拾得在《詩》其十六中寫道：

> 從來是拾得，不是偶然稱。別無親眷屬，寒山是我兄。兩人心相似，誰能徇俗情。若問年多少，黃河幾度清。③

拾得十歲時被名爲豐干的僧侣從路邊撿回。因此，拾得這個名字有因緣和必然性的意義。

皎然《宿山寺寄李中丞洪》中有"偶來中峰宿，閑坐見真境。寂寂孤月心，亭亭圓泉影"④四句。詩中以"偶"對"閑"，否定了主觀的刻意和企圖。此外，皎然還作有五首題爲《偶然作》的詩。

司空圖《雜題九首》其四寫道："樓帶猿吟迥，庭容鶴舞寬。曬書因閱畫，封藥偶和丹。"⑤曬書時順便看到了畫，封藥時恰好和了丹藥。"因"表示原因和必然性。與此相對，"偶"則否定了原因和必然性。司空圖還作有題爲《偶書》的詩。

爲何"偶"或"偶然"多見於僧侣所作的詩中，是否與佛教對世俗的邏輯即必然性持有否定態度有關？否定了必然性，個人的思想（即僧侣修行的思想）可能就得到了強調。九鬼周造在《驚情與偶然性》中説："佛教裏有'因緣''業'等觀念，乍一看來，好像與偶然恰好相反，但追溯到'因緣''業'等的根源，到底幾乎無非到達偶然。"⑥

偶然性在漢譯佛典中不難見到。《那先比丘經》記録了公元前二世紀後半，統治印度西北部的希臘人彌蘭陀王與佛教僧人那先之間的對話。事實上，

---

① 陳鐵民《王維集校注》，第 191 頁。
② 仇兆鰲《杜詩詳注》，北京：中華書局，1979 年，第 1342 頁。
③ 項楚《寒山詩注》，北京：中華書局，2000 年，第 854 頁。
④ 《皎然集》卷二，《四部叢刊初編》本。
⑤ 《司空表聖詩集》卷二，《四部叢刊初編》本。
⑥ ［日］九鬼周造《人與生存》，第 180—181 頁。

文中彌蘭陀王所提的問題,正是九鬼周造所思考的問題,也是九鬼周造探求"偶然性"問題的契機。這個問題是:爲何個體是存在的,爲何不是虛無的。

> 王復問那先:"世間人頭面目身體四支皆完具,何故有長命者有短命者,有多病少病者,有貧者富者,有長者有卑者,有端正者有醜惡者,有爲人所信者爲人所疑者,有明者有暗者,何以故不同?"那先言:"譬若衆樹木生果,有酢者有苦者,有辛者有甜者。"那先問王:"此等樹木何故不同?"王言:"不同者本栽各异。"那先言:"人所作各各异不同,故有長命有短命。……佛經説:'豪貴貧窮好醜,皆自宿命所作,善惡自隨行得之。'"王言:"善哉善哉。"①

這一世的富貴或貧窮,雖然都是由前世品行,也就是宿命決定的。但善惡却是自己可以左右的。文中認爲自己的行爲決定了善惡,否定了起決定性的必然要素不在自身的觀點。

《雜阿含經》有南朝宋求那跋陀羅翻譯的版本:

> 爾時世尊告諸比丘:"譬如大地悉成大海,有一盲龜,壽無量劫。百年一出其頭,海中有浮木,止有一孔,漂流海浪,隨風東西。盲龜百年,一出其頭,當得遇此孔不。"②

盲龜的比喻并不極爲特殊,反而可以説是典型的例子。即一種無限接近不可能,但可能性又現實存在的例子。《雜阿含經》巧妙地譬喻出了人可能會遇到的偶然性。偶然發生的幾率極小,却因無限接近零,反而更顯重要而有價值。此外,北凉曇無讖譯《大般涅槃經》③中,也論述了偶然性問題。

九鬼周造在《驚情與偶然性》④中寫道:"驚訝是一種因偶然的事物而引發的感情。偶然是指遠離同一性的事物。面對同一性範疇内的事物時,人們會覺得那是理所當然的,并不會感到驚訝。但在面對遠離同一性的事物時,人們會因其并不是必然的,會感到驚訝。"

由此我們不難想象,驚情成了文學作品,特別是詩歌創作的動機。相遇和驚訝,這兩種與偶然性相關的要素,和文學有着深切的聯繫。祇是,王充"遇與不遇受時運左右"的思想,雖然提到了偶然性問題(臣下希望能出仕,需要與君主在恰當的時候相遇),但祇停留在與士人切身相關的仕途層面上。因此,他没能從這個階段繼續擴展,没有去探究偶然性問題的本質。

[英文題目] A Study of "Accidentality" in Ancient and Medieval Chinese Literature

---

① 譯者不詳。《大正大藏經》卷三十二,第 698 頁。
② 《大正大藏經》卷二,第 108 頁。
③ 《大正大藏經》卷十二,第 273 頁。
④ [日]九鬼周造《人與生存》,第 165 頁。

[作者簡介]釜谷武志,日本神户大學人文學研究科教授,研究領域爲漢魏六朝文學與樂府文學。著有《陶淵明:距離的發現》(東京:岩波書店,2012年)、《六朝詩選俗訓》(合著,東京:平凡社,2000年)、《文選詩篇譯注》(與川合康三等合著,東京:岩波書店,2018年—2019年)等。

戰時宣傳的藝術：論陳琳爲袁紹及曹操所作之檄文*

[美]吳妙慧

  早在戰國時期（前475—前221），一種在戰前發布宣告，譴責敵方的傳統已經存在①，但至今尚存的這類宣告，最早的源自漢代。② 這類宣告稱作"檄"，然這一名稱并不單指某一類作品，也不是易於辨別的體裁總稱。③ 本文雖非體裁研究，但着重討論的兩部作品傳統上被視爲"檄"的代表，即陳琳（？—217）爲袁紹（154？—202）所擬的《爲袁紹檄豫州文》及其爲曹操（155—220）所擬的《檄吳將校部曲文》。本文以"戰前發布的譴責敵方的宣告"這一

---

* 本文摘譯自作者英文論文"The Art of Wartime Propaganda: Chen Lin's *Xi* Written on behalf of Yuan Shao and Cao Cao", *Early Medieval China* 23 (2017): 42—66, 爲了方便讀者查詢資料, 保留了英文的注脚, 不加翻譯。此文得以在"中國中古文學國際學術研討會"上宣讀, 在此向主辦人蔣寅教授及林宗正教授致謝, 也對與會學者提出的評論與建議深表感謝。

 ① In his *Wenxin diaolong* 文心雕龍 (The Literary Mind Carving a Dragon), Liu Xie 劉勰 (465—522) cites an example from Zhang Yi 張儀 (d. 309 B.C.E.) to support tracing such "call-to-arms" to the Warring States (*ca.* 475—221 B.C.E.); see Liu Xie, *Wenxin diaolong yi zheng* 文心雕龍義證 (An Explication of the Meaning of *The Literary Mind Carving a Dragon*), annotated Zhan Ying 詹鍈 (Rpt. Shanghai: Shanghai guji chubanshe, 1999), 764—766.

 ② Wang Guihai 汪桂海 cites an example mentioned in Di Yi's 翟義 (d. C.E. 7) biography in the *Han shu* 漢書 (Han History) as the earliest but points out that Wei Xiao's 隗囂 (d. 33) proclamation to denounce Wang Mang 王莽 (45 B.C.E.—C.E. 23) is the only more-or-less complete one that survives from the Han. In Wang Guihai, *Han dai guan wenshu zhidu* 漢代官文書制度 (The System of Official Prose in Han Dynasty) (Nanning: Guangxi jiaoyu chubanshe, 1999), 55—56.

 ③ The *Erya* 爾雅 provides this explication: "A wood without branches is called *xi*" (quoted in *Ci hai*); the *Shuowen jiezi* 説文解字 traces *xi* to "using a wooden slip to write a letter, one *chi* 尺 and two *cun* in length, meant for commanding and recruiting (*haozhao* 號召)" (quoted in *Hanyu da cidian*). Wang Guihai concludes that there were six types of works that had been called *xi*: a proclamation to denounce the enemy; an edict to announce a military campaign, or an edict to announce the surrender of a "foreign" enemy (*hulu* 胡虜); a military report submitted by a general to the emperor; a tally used for transmitting a command or message; an urgent "call-to-arms" declared by a commandery or a county; a statement used for the purpose of recruiting officials, counseling or reprimanding, or giving commands (in Wang Guihai, *Han dai guan wenshu zhidu*, 61).

狹窄意義將兩部作品稱爲"檄";同時也從這個意義上將之視爲"戰時宣傳"（wartime propaganda）。

"宣傳"在此實指政治宣傳。其概念可以這樣理解:"有意識的通過爲此目的而作的意念與價值的宣傳,企圖影響閱聽者,以便直接或間接服務宣傳者及其政治主使人的利益。"①在戰爭的情況下,有效的集體動員是制勝的關鍵,因此這種有意識的影響閱聽者的企圖往往有煽動性或推動性。Michael Balfour 著有研究二戰期間英國和德國的政治宣傳一書。他在書中指出"政治宣傳往往是爲了鼓動他人付諸行動";"它力圖使接受者感到,若他按指示付諸行動,其行動會是有效的"②。Balfour 也指出,政治宣傳的技巧有別於"科學方法",而可定義爲"觸動人們在沒有適當考察證據的情況下迅速下結論"③。Jacques Ellul 同樣指出政治宣傳最終的目的是"煽動不經思考的行動"④。本文所將討論的兩篇檄文,在譴責敵方的同時也宣示宣傳者本身的實力,其目的確實是試圖通過果斷及有煽動情性的語言來鼓動閱聽者采取某種行動。然而,我們可以質問這樣的鼓動是否如 Balfour 和 Ellul 等學者所言,有賴於使閱聽者摒棄思考的過程。另外,我們也必須考慮在戰爭的情況下,政治宣傳試圖鼓動的是怎麽樣的一種行動? 假設説政治宣傳是爲了支援戰事,它所支援的是戰事中的哪一個環節? 戰爭既然是一種暴力與血腥的行動,政治宣傳所表達的是對暴力與血腥的支持嗎?

政治宣傳要有效,就必須有説服力。⑤ 因此,"政治宣傳一般不是揮動着萬字記號、口喊'勝利萬歲'（Sieg Heil）朝我們邁步而來;它的真實力量有賴於其能够自我隱蔽,看起來很自然,能和特定社會的價值及爲其所接受的權力象徵完完全全、毫無界限地融爲一體"⑥。與其將政治宣傳視爲欺瞞大衆的謊言,不如將之視爲宣傳者對已經存在於大衆間的某種信念、看法或信息的操縱。成功的政治宣傳從其想影響的閱聽者中尋找材料,力圖迎合他們的觀點、思路與期望。本文從這個角度出發,首先要關注的是這兩篇檄文是在怎麽樣

---

① David Welch, "Propaganda", quoted in Nicholas J. Cull, David Culbert and Welch, eds., *Propaganda and Mass Persuasion: A Historical Encyclopedia*, 1500 *to the Present* (Santa Barbara: ABC-CLIO, 2003), 322.

② Michael Balfour, *Propaganda in War* 1939—1945: *Organizations, Policies and Publics in Britain and Germany* (London: Routledge & Kegan Paul, 1979), 424.

③ Balfour, *Propaganda in War* 1939—1945, 421.

④ Jacques Ellul, *Propaganda: The Formation of Men's Attitudes*, trans. Konrad Kellen and Jean Lerner (Rpt. New York: Vintage Books, 1973), 241.

⑤ That propaganda and persuasion are closely associated, or, rather, that propaganda cannot be dispensed of persuasion is underscored by the titles of several major works on the subject, including: Cull, et al., eds., *Propaganda and Mass Persuasion*; Garth Jowett and Victoria O'Donnell, *Propaganda and Persuasion* (Newbury Park, CA: Sage Publications, 1992); Anthony Richard Ewart Rhodes, *Propaganda: The Art of Persuasion in World War II* (New York: Chelsea House Publishers, 1976).

⑥ A. P. Foulkes, *Literature and Propaganda* (London: Methuen, 1983), 3.

的環境中產生的?

一　去就:建安文士的癥結

　　建安時期出現了一個新的現象:君臣關係開始鬆動了。經過黃巾等大規模的起義、宮廷中的爭鬥、漢帝的被挾持,以及西京的焚燒毁壞等大變動,漢朝幾近全面崩潰;軍閥在權力真空中乘勢而起,互相角逐。① 在這個時代背景下,士人紛紛逃離京城,但即使是地方上的士人,也感到震撼不安。② 陳壽在《三國志》中提到君臣關係在政治變動中所起的變化:"天下英豪布在州郡,賓旅寄寓之士以安危去就爲意,未有君臣之固。"③換句話說,在生計與安危受威脅的情況下,士人們變得較爲願意更換服務與效忠的對象,以至動搖了君臣的牢固關係。這個現象不單表示士人們能夠或需要"選擇"君主,同時也表示新興的集團領袖有機會并必須去拉攏有才之士。在這樣的環境中,"去就"的問題——也就是該爲誰效力的問題——籠罩着士人階層。環繞這個問題而展開的各種爭辯與論理也隨之激烈起來。陳琳的檄文雖然是爲了攻擊敵方所做的宣告,其針對的其實是士階層中"去就"的癥結;它反映了袁紹及曹操這些新興的軍閥領袖已經認識到傳統的君主關係開始動搖了,并努力地去爭取有才之士。④

　　縱觀建安及三國時期有關"去就"問題的討論,我們可以總結出三個角度。第一,當時的士人在討論這個問題時,很關注其服務的君主是否是一個"可與共成大業"的人物。《三國志》中便提到,張昭(156—236)、周瑜(175—210)等人就是憑着確認孫權(182—252)"可與共成大業"纔"委心而服事焉"⑤。在這一點上,士人們關心的是一個君主的習性與品格,特别是在對待下屬方面的行爲。第二,士人們考慮的重點還包括所謂的"大勢"和"天命"。當時的士人經常把這兩個觀念聯繫起來,并且以戰場上的勝負來推斷"大勢"所趨,從中申發

---

　　① For a detailed account of the political situation at the end of Han, see Rafe de Crespigny, *Fire Over Luoyang: A History of the Later Han Dynasty 23—220 AD* (Leiden: Brill, 2017), 418—473.

　　② For a brief but substantive account of the impact of the political chaos on the elite class and the common folks both at the capital areas and other regions, see Wang Zhongluo 王仲犖, *Wei Jin Nanbei chao shi* 魏晋南北朝史 (A History of Wei, Jin, and Northern and Southern Dynasties) (Rpt. Shanghai: Shanghai Renmin chubanshe, 1998), 19—25.

　　③ Chen Shou, *Sanguo zhi* (Rpt. Beijing: Zhonghua shuju, 1985), 41.1116.

　　④ Another angle from which to understand these leaders' recognition of this new reality was through the Cao regime's establishment of the "nine ranks" (*jiupin* 九品) system, which, according to Tang Changru 唐長孺, was a system of ranking and appointing people set up in response to "the movement of gentry men" (*renshi de yidong* 人士的移動); in other words, it was aimed, at least in part, at stabilizing a mobile gentry class; see Tang Changru, *Wei Jin Nanbei chao shi lun cong* 魏晋南北朝史論叢 (A Collection of Articles on Wei, Jin, and Northern and Southern Dynasties History) (Rpt. Shijiazhuang: Hebei jiaoyu chubanshe, 2002), 81—83.

　　⑤ *Sanguo zhi*, 41.1116.

"天命"的概念,以作爲個人"去就"的引導。① 鄧艾(195—264)②針對蜀國的敗亡,便議論道:"王綱失道,群英并起,龍戰虎争,終歸真主,此蓋天命去就之道也。"③第三,雖然這個時期有君臣關係鬆動的現象,忠孝的觀念還是極有影響力的。當時的士人出於忠孝而不願易主或拒絶他人企圖立其爲主的計謀,史料中的例子比比皆是。④ 下面,本文將論證陳琳的檄文如何利用當時"去就"興論中的三個角度來展開兩場迥異的政治宣傳戰。

二 "檄豫州文"的人身攻擊

爲了簡便,本文將陳琳爲袁紹而作的檄文稱爲檄豫州文。⑤ 此檄作於官渡之戰的前夕,即建安五年初;屆時,曹操早已"迎獻帝都許"⑥。界定政治宣傳的基本條件是確認"宣傳者的存在",以便建構"宣傳者及其閱聽者的關

---

① For example, in persuading Wang Song 王松 (*fl*. 204) to submit to Cao Cao, Liu Fang 劉放 (d. 250) argued that "the grand momentum," *dashi*, was clear from Cao Cao's victory and the two Yuans' defeat. *Sanguo zhi*, 14.456.

② Deng Ai was a General-for-Expedition-to-the-West (Zhengxi jiangju 征西將軍) of Wei.

③ *Sanguo zhi*, 33.901 n. 2.

④ A case in point is that of Huo Yi 霍弋 (d. ca. 271), a Shu general, who, when urged by his subordinates to surrender quickly to the Wei, rejected their advice on the ground that one should be concerned about the safety and dignity of his sovereign first; unless Liu Shan 劉禪 (207—271), Shu's Later Sovereign (Houzhu 後主), had reached an agreement with Wei and was safe and treated with respect, Huo Yi claimed that he would not surrender to Wei (*Sanguo zhi*, 41.1008 n. 1). Another example of the expression of loyalty and faithfulness toward one's sovereign is that of Liu Yu 劉虞 (d. 193), a descendant of the Han imperial family whom Yuan Shao and Han Fu 韓馥 (d. 191) wanted to enthrone. Liu Yu reportedly rejected Yuan Shao and Han Fu's attempt by sternly lecturing them on "the way of loyalty and filial piety" 忠孝之道 (*Sanguo zhi*, 8.241 n. 1). For a discussion on Confucian ethics such as *xiao* in the late Han context, see Michael Nylan, "Confucian Piety and Individualism in Han China," *JAOS* 116.1 (1996): 1—27.

⑤ There are three versions of this *xi*: one in Sun Sheng's 孫盛 (ca. 302—ca. 374) *Wei shi chunqiu* 魏氏春秋 (The Spring and Autumn of the Wei) and cited in *Sanguo zhi*, 6.197—199 n. 1; another one, which is almost exactly the same as the version in *Wei shi chunqiu* except for different wording in some phrases, appears in Yuan Shao's biography in Fan Ye's 范曄 (398—445) *Hou Han shu* 後漢書 (History of Later Han) (Rpt. Beijing: Zhonghua shuju, 2001), 74a.2393—2399; a third one, which contains a number of lines not seen in the two aforementioned versions, is collected in Xiao Tong's 蕭統 (501—531) *Wen xuan* 文選 (Selections of Refined Literature) (Rpt. Shanghai: Shanghai guji chubanshe, 1997), vol. 5, 44.1966—1974. In *Jian'an Qizi ji jiaozhu* 建安七子集校注 (An Anthology of the Seven Masters of Jian'an Collated and Annotated), ed. Wu Yun 吴雲 (Tianjin: Tianjin guji chubanshe, 2005), 184—203, the discrepancies between the *Wen xuan* version and the other two versions are noted in the annotations. In this article, I follow the *Wen xuan* version for my quotations of the *xi* and give the references to the *Wen xuan* version as well as the *Wei shi chunqiu* version cited in the *Sanguo zhi*.

⑥ Cao Cao moved Emperor Xian to Xu in 196 and the battle of Guandu took place in 200. For the historical context of this *xi*, see Rafe de Crespigny, *Imperial Warlord: A Biography of Cao Cao 155—220 AD* (Leiden: Brill, 2010), 97—152; for a discussion and English translation of selected portions of the *xi*, see the same work by de Crespigny (pp. 128—135).

聯"①。在不混淆"宣傳者"和"作者"的情況下，本文將袁紹集團或袁紹本人視爲此檄的宣傳者。② 至於其所針對的閱聽者，傳統上有泛指"州郡"③及特指"豫州"兩種説法。後者指的是曾任豫州刺史的劉備(161—223)。據説袁紹爲了對付曹操，力圖拉攏劉備。④ 這兩種説法都不是很明確，但都暗示了此檄實已介入了當時有關"去就"的輿論，目的是爲袁紹爭取人心，以鼓動士人們投靠袁紹，摒棄曹操。

　　Hans Bielenstein 的研究指出，漢早期的政治宣傳往往以徵兆、讖語、歌曲及童謡的形式出現。⑤ 檄豫州文顯然與這些早期的政治宣傳大相徑庭。它主要的手段是利用當時的士人對人主是否"可與共成大業"的顧慮，全面地攻擊曹操的人格品性。現存漢代完整的檄文唯有隗囂 (d. 33)討伐王莽 (前45—23)的檄。即使是與隗囂的檄文相比，檄豫州文中對曹操人品的攻擊也顯得十分突出。⑥ 檄文中按時序描述曹操四十多年來的行爲表現，可以説是某種形式上的人物傳或"反人物傳"。誠如 Rafe de Crespigny 所指，此檄雖然没有爲袁紹取得戰場上的勝利，但在當時或許已起了某種宣傳效用，甚至影響了後來人對曹操的性格描寫。⑦

　　和隗囂的檄文一樣，檄豫州文對其所討伐的對象做了一連串的指控。然而，它的指控很集中、很深入，似乎是爲了突出曹操的某種行爲特徵，并將這種行爲特徵追溯到曹操早年的經歷，甚至追溯到他的家族歷史。下面的引文是檄文中牽連曹操的父輩及祖父輩，對曹操進行"跨代攻擊"的例子：

　　　　司空曹操，祖父中常侍騰，與左悺、徐璜并作妖孽，饕餮放橫，傷化虐民。父嵩，乞匄攜養，因贓假位，輿金輦璧，輸貨權門，竊盜鼎司，傾覆重器。⑧

---

① Richard Taylor, *Film Propaganda*: *Soviet Russia* and *Nazi Germany* (London: Croom Helm, 1979), 21.

② The role of Chen Lin as the author of both this *xi* and the other *xi* will be dealt with in the later part of this article.

③ *Sanguo zhi*, 6.197—199 n. 1.

④ Xiao Tong, *Wen xuan*, vol. 5, 44.1966—1967. The *Wen xuan* cites an account in *Wei zhi* 魏志 that describes this *xi* as being commissioned by Yuan Shao for the purpose of convincing Liu Bei that Cao Cao "had failed morally" (*shi de* 失德) and that he should not submit to Cao Cao and should submit to him instead. Zhang Lianke 張連科 argues that the *xi* could not have been targeted at Liu Bei as, at the time it was composed, Liu Bei had already joined the Yuan Shao regime; see *Jian'an Qizi ji jiaozhu*, 188—189 n. 2.

⑤ Hans Bielenstein's discussion of earlier propaganda is found in his *The Restoration of the Han Dynasty*: *Volume II*, the *Civil War*, in *Bulletin of the Museum of Far Eastern Antiquities* 31 (1959): 232—248.

⑥ Wei Xiao's *xi* is cited in his biography in *Hou Han shu*, 13.515—519.

⑦ de Crespigny, *Imperial Warlord*, 135.

⑧ *Dingsi*, "tripod of authority," and *zhong qi*, "precious vessels," are metaphors for high offices and the authority of the state. The text cited here is in *Wen xuan*, vol. 5, 44.1968; *Sanguo zhi*, 6.197 n. 1.

这段引文令人聯想起《文選》引自《魏志》的一段逸聞。根據這段逸聞，陳琳在袁紹集團瓦解後爲曹操所徵用，當時曹操質問他："卿昔爲本初移書，但可罪狀孤而已，惡惡止其身，何乃上及父祖邪？"①雖然這祇是一段逸聞，但曹操對陳琳的責問或許反映了在攻擊個人時連及父祖輩的做法，在檄文中并不常見，可能是當時剛剛出現的一種新的反宣傳手法。稍後在胡綜(185—243)爲吳蜀聯盟而作的"中分天下盟文"中，便有連帶曹操、曹丕和曹叡(205？—239)三代人一并攻擊的手法。②

曹操的祖父曹騰是宦官這一點顯然給曹操的敵人攻擊曹操的家族歷史提供了便利。檄豫州文中爲了"抹黑"曹騰，將他和左悺(？—165)、徐璜(活動於157)聯繫起來。左悺和徐璜是桓帝(劉志，147—167在位)時期勢力龐大的宦官。他們和其他幾個宦官殘酷地鎮壓政敵，在當時有"左回天，唐獨坐"的諺語流傳，正史中也有"徐卧虎""五邪"或"五侯"的負面指稱。③按史料推斷，"五邪"或"五侯"其實是在曹騰去世的那一年或去世以後纔得權，但檄豫州文却利用曹騰是桓帝宫中的宦官這個衆所周知的事實，把他描述成和左悺、徐璜一起作惡的同黨。這是反宣傳中"連帶有罪"(guilty by association)的典型技巧。另外，檄豫州文中也針對曹操的父親曹嵩，指責他通過賄賂得取官位。這一點《後漢書》也提及，其原文曰："嵩靈帝時貨賂中官及輸西園錢一億萬，故位至太尉。"④和《後漢書》中的這段文字相比，檄豫州文中的行文——"父嵩，乞匄攜養，因贓假位，輿金輦璧，輸貨權門，竊盜鼎司，傾覆重器"——顯然渲染的色彩濃重得多了。

此檄將曹操的父祖描摹成篡奪權位的惡分子之後，接着叙述曹操的"本性"："操贅閹遺醜，本無懿德，僄狡鋒協，好亂樂禍。"⑤曹操放蕩不羈的形象在其他中古文獻中也有描述，例如《三國志·魏書·武帝紀》中便寫道："太祖少……任俠放蕩，不治行業……"⑥《曹瞞傳》中也寫道："太祖少好飛鷹走狗，游蕩無度……"⑦然而，這兩段文字以"少"字指明其所描述的是年少時的曹操，但檄豫州文却不做這樣的分辨。另外，檄豫州文中"好亂樂禍"這一句話也很有隱射性。建安及三國的史料中常出現"喪亂以來"或"兵亂以來"一類的詞

---

① *Wen xuan*, 44.1966—1967.

② Though often referred to by the title given here, the work is referred to only as a *meng* ("covenant") in *Sanguo zhi*, 47.1134—1135, where its text is also given. Hu Zong's authorship of the work is made clear in *Sanguo zhi*, 62.1414.

③ *Hou Han shu* 7.320, 7.320 n. 5, 61.2036. Xu Huang also acquired the nickname "Xu wohu" 徐卧虎, "Xu, the lying tiger".

④ *Hou Han shu*, 78.2519. Taiwei, Defender-in-chief, was the "commander of the empire's armed forces, one of the Three Dukes (*san gong*) among whom major responsibilities in the central government were divided; rank 10,000 bushels in Han" (Hucker, *A Dictionary of Official Titles*, 485; I have changed Hucker's *Wade-Giles* to *pinyin*).

⑤ *Wen xuan*, vol. 5, 44.1968; *Sanguo zhi*, 6.197 n. 1.

⑥ *Sanguo zhi*, 1.2.

⑦ *Sanguo zhi*, 1.2 n. 1.

句,反映了當時的士人深深地感到自己處於禍亂的時代。① 在這樣背景下,檄豫州文指責曹操"好亂樂禍",其實是隱射他是當時禍亂的罪魁禍首。檄豫州文還進一步利用曹操"迎獻帝都許"一舉在士人間所引起的懷疑和叵測來指責曹操"豺狼野心,潛包禍謀",再一次用"禍"字來描摹他。約二十年後,劉備旗下一百二十名朝廷官員共同上書獻帝,他們在書中便斥指曹操"階禍,竊執天衡"②。劉備本人給獻帝的上書也指責曹操"包藏禍心,篡盜已顯"③。這兩份上書顯示,檄豫州文按"禍亂之首"的綫路來抨擊曹操的手法幾十年後依然持續着,廣爲曹操的敵人所用。除此之外,檄豫州文中也利用"外……,內……"這個套語結構來煽動人們對曹操的質疑與不滿。其例如下:

> 操……外助王師,內相掩襲……④
> 操……外托宿衛,內實拘執……⑤

在曹叡討伐諸葛亮(181—234)的檄文中,也用了這個有"揭露"效果的修辭手段。其例如下:

> 亮外慕立孤之名,而內貪專擅之實。⑥

在正史中,利用這個修辭手段來描摹或評論人物的例子也很常見。《三國志》中便對袁紹作了這樣的評語:

> 外寬雅,有局度,憂喜不形於色,而內多忌害。⑦

在檄豫州文對曹操所作的各種指控中,最爲不齒的莫過於指曹操爲盜墓賊這一點。指責敵方爲盜墓賊其實是早期檄文中已用過的反宣傳手法;隗囂的檄文中便指責王莽盜墓。但比較隗囂的檄文和檄豫州文中的相關文字,顯然可見後者入骨的程度。

隗囂的檄文:

> 發冢河東,攻劫丘壟。⑧

---

① Cao Cao, for example, had used these phrases in several of his *ling* 令 ("command"), see *Sanguo zhi*, 1.24, 1.28, 1.22—23. For other examples, see Yan Kejun 嚴可均 (1762—1843), comp., *Quan Shanggu Sandai Qin Han Sanguo Liuchao wen* 全上古三代秦漢三國六朝文 (The Complete Collection of Prose from High Antiquity, Three Dynasties, Qin, Han, Three States, and Six Dynasties) (Shanghai: Zhonghua shuju, 1958), Vol. 2, 22.1169a, 22.1170b, 27.1202a.

② *Sanguo zhi*, 32.884. The same language is used against Cao Cao in one of Liu Shan's edicts, see *Sanguo zhi*, 32.895 n. 1.

③ *Sanguo zhi*, 32.886.

④ 《文選》44.1972. The *Wei shi chunqiu* version of this line does not use the "外……,內……" formula; instead it has: 操……欲托助王師,以相掩襲…… (in *Sanguo zhi*, 6.198 n. 1).

⑤ 《文選》44.1973. The *Wei shi chunqiu* version of this line uses the "外……,內……" formula but with slightly different wording: 操……外稱陪衛,內以拘執…… (in *Sanguo zhi*, 6.198 n. 1).

⑥ *Sanguo zhi*, 3.95 n. 1.

⑦ *Sanguo zhi*, 6.201.

⑧ *Hou Han shu*, 13.516.

檄豫州文：

> 又梁孝王先帝（漢景帝，前157—前141在位）母昆，墳陵尊顯，桑梓松柏，猶宜肅恭。而操帥將吏士，親臨發掘，破棺裸屍，掠取金寶，至令聖朝流涕，士民傷懷。操又特置發丘中郎將、摸金校尉，所遇驟突，無骸不露。①

相比較之下，隗囂的檄文的描述顯得很簡略，而檄豫州文非但指明曹操所盜的是誰的墓、描寫了其行盜的方法和過程，還添加這個細節：曹操特別設立了"發丘中郎將"及"摸金校尉"兩個官位，專門負責盜墓之職。文史學者已指出現存史料中沒有這兩個官位的任何記載，因此一般認爲這裏對曹操的指控誇大其辭，甚至有捏造的色彩。② 無論這裏的指控是否真實，值得我們關注的是，史料中確實反映了當時漢墓被盜的現象相當頻繁，而當時的士人與君主，包括曹操本人及其繼承人曹丕等，都特別擔心自己死後安葬及陵墓防盜的問題。③ 從這個角度來理解，我們可以體會到袁紹檄中對曹操盜墓入骨的描寫，是何等地有意識、有挑撥性，在當時又是何等地可信。

以上的討論分析了檄豫州文中反面塑造曹操，致力"抹黑"他的品格行爲的各種宣傳手法。然而，此檄還有更大的一個宣傳特點，即以提供具體的例子來印證文中對曹操的指控。以下是檄中以曹操殺害邊讓（？—193？）來證明其生性凶殘的一段文字：

> 故九江太守邊讓，英才俊偉，天下知名，直言正色，論不阿諂，身首被梟懸之誅，妻孥受灰滅之咎。④

另外，檄中也以楊彪（142—225）遭酷刑爲例，證明曹操蔑視德高望重的大臣，對之任意摧殘：

---

① *Wen xuan*, vol. 5, 44.1971; *Sanguo zhi*, 6.198 n. 1.

② See, for example, *Jian'an Qizi ji jiaozhu*, 198 n. 40.

③ Dong Zhuo was the most infamous late Han figure accused of "uncovering tombs and mausolea, acquiring the valuable objects found inside" (*Sanguo zhi*, 6.176; see also *Hou Han shu*, 11: 3150, 72.2325, 72.2328). As is well-known, the *Cao Man zhuan* has also alleged that Cao Cao had robbed the tomb of Prince Xiao of Liang, cited in *Wenxuan* 44.1971. In their "last will," Cao Cao and Cao Pi had both asked for a "plain burial," in part out of concern that their tombs might be "dug out" by robbers. For a discussion of Cao Pi's concern of his burial in light of the contrast between his and Han Emperor Wen's rhetoric on the matter, see Meow Hui Goh, "Becoming *Wen*: The Rhetoric in the 'Final Edicts' of Han Emperor Wen and Wei Emperor Wen," *Early Medieval China* 19 (2013): 58—79.

④ *Wen xuan*, vol. 5, 44.1969; *Sanguo zhi*, 6.197 n. 1. Biographical information on Bian Rang can be found in *Hou Han shu*, 80b.2640, 2646—2647. Bian Rang is mentioned only briefly in *Sanguo zhi* 12.371, but Pei Songzhi's 裴松之 (372—451) note in *Sanguo zhi* cites a *Cao Man zhuan* account that highlights Cao Cao's killing of him, in *Sanguo zhi* 1.53n.2.

    故太尉楊彪,典歷二司①,享國極位②。操因緣眦睚,被以非罪,榜楚
    參并,五毒備至③,觸情任忒,不顧憲網。④

檄中還舉了曹操收殺趙彦(196在世)的例子,以指控曹操壓制和謀害直言不
諱的諫臣:

    又議郎趙彦⑤,忠諫直言,義⑥有可納,是以聖朝含聽,改容加飾,操欲
    迷奪時明,杜絶言路,擅收立殺,不俟報聞。⑦

  檄豫州文中對曹操所做的人身攻擊可以説是處在真實與虚構之間的灰色
地帶。其中的指控大多可從其他時期相近的文獻中得到印證。從這一點來
看,我們可以總結説檄豫州文的内容大致是有根據的,其反映的是當時一般士
人間所知或所流傳的聽聞。但這并不説明檄文中没有誇大或假造的成分。誠
如前文所述,文中指責曹操的祖父曹騰與左悺、徐璜勾結作惡,反映的或許是
當時新起的一種"跨代"的人身攻擊的手法。另一方面,文中對曹操盜墓的描
寫看似過分,其實是巧用及引申舊有的反宣傳技巧。此文最爲突出的是多番
引述具體例子來證明對曹操的指控。這個特點説明這份檄文的修辭策略并不
是力圖使閲聽者摒棄思考或論理的過程;恰恰相反,其策略是訴諸舉例證明的
論理過程,以便以理據服人。這一點下文在分析另一篇檄文時會繼續討論。
檄豫州文集中突出了"人身攻擊"的反宣傳手法;與之相對照,陳琳在約十六年
後爲曹操所作的另一篇檄文(下文稱之爲"檄吴文")則顯示了戰時宣傳也可以
采取迥异的手法。

三 "檄吴文"的立論與展示性闡述

  檄吴文作於建安十一年(216)曹操征伐孫權之際。⑧ 該文在《文選》中的
標題是"檄吴將校部曲文",指明了其所針對的閲聽對象是孫權旗下的將士與

---

 ① This is a reference to Yang Biao's appointments as Sikong 司空, Minister of Works, and Situ 司徒, Minister of Education.
 ② Yang Biao's biography is in *Hou Han shu*, 54.1786—1789. Cao Cao's imprisonment and torture of Yang Biao were very controversial at the time, as recounted in *Sanguo zhi* 26.721 and *Hou Han shu* 54.1788; Pei Songzhi's comment on the incident is found in *Sanguo zhi* 1.16—17 n. 1.
 ③ As described in one account, the "five corporal punishments" included whipping, flopping, burning, and some forms of binding and/or slashing with ropes.
 ④ *Wen xuan*, vol. 5, 44.1971; *Sanguo zhi*, 6.198 n. 1.
 ⑤ A brief biography of Zhao Yan is included in *Hou Han shu*, 82b.2732; his killing by Cao Cao is mentioned in brief in *Hou Han shu*, 10b.453.
 ⑥ I read *yi* 義 as *yi* 議 here.
 ⑦ *Wen xuan*, vol. 5, 44.1971; *Sanguo zhi*, 6.198 n. 1.
 ⑧ For the historical context of this *xi*, see a brief discussion in An Xiaolan, *Zhongguo lidai xi wen xuan zhu*, 72—73.

兵員。① 此檄也作人身攻擊,文中多處詆毀孫權,但其着重的是炫耀曹操的軍事實力及招攬人才的能力。曹操戰敗於赤壁之後,士人間有質問其是否"力屈"的興論。② 此檄顯然力圖消除這種疑慮。文中將過去三十年,即"自董卓作亂,以迄於今",形容成"強如二袁,勇如呂布"互相爭做"梟雄"的時代,并指出這些"梟雄"最終都"伏鈇嬰鉞,首腰分離,雲散原燎,罔有子遺"③。換言之,唯一還矗立着的真正英豪是曹操。文中接着轉入近年的戰事,以極爲豪邁的語氣描述曹操殲滅"叛亂分子"如馬超(176—222)、韓遂(?—215)④、宋建(?—214)等。文中對曹操的贊頌很突出,但其最大的特點還在於結合論證及"展示性闡述"的宣傳手段。下文將通過對"去就"的興論的進一步徵引來説明這篇檄文的這個特點。

　　此檄文通過利用"大勢""天命"等流行於士人興論中的時代概念來營造曹操軍力勢不可擋以及孫權必敗的氛圍。例如檄中説道:"上天威明,社稷神武,非徒人力所能立也。"⑤但檄吳文并不單單印證或引述"天命"等時代概念,文中還試圖消解士人們面對"去就"問題的癥結,即順"大勢"以保個人安危及盡忠孝以保個人聲譽之間的矛盾。公孫淵(?—238)在寫給孫權的信中,以這樣的理由來暗示并解釋自己棄魏投吳的打算:"臣不負魏,而魏絕之"。⑥ 另外,他還通過引證歷史上的例子,包括田饒(約活動於前494—前468)之向齊、樂毅(活動於前三世紀)之奔趙,以及陳平(?—前178)和耿況(?—36)之降漢,以強調"睹時變"以及"保有道之君"等看法。⑦ 另外一個例子是劉放。他以曹操在戰場上的勝利來説明"大勢"在曹操這一邊,試圖以此游説王松投靠曹操;在提醒王松"速至者漸福,後服者先亡"⑧的同時,他也以黥布(?—前195?)⑨降漢爲楷模,稱贊黥布"誠識廢興之理,審去就之分也"⑩。公孫淵以及劉放立論中的多個觀點,包括"睹""識"或"審"的能力這一點,"道"或"有道"的概念,以及對"福禍"的強調,在檄吳文中都被論及到,如下引的這一段文字:

　　　　誠乃天啓其心,計深慮遠,審邪正之津,明可否之分,勇不虚死,節不

―――――――――

① This *xi* is collected in *Wen xuan*, vol. 5, 44.1976—1985, to which my quotations of it refer. In spite of some textual problems that cast doubt on the authenticity of this *xi*, modern scholars generally accept that it was the work of Chen Lin. For brief discussion of the authenticity of this *xi*, see *Jian'an Qizi ji jiaozhu*, 207 n. 1; An Xiaolan 安小蘭, *Zhongguo lidai xi wen xuan zhu* 中國歷代檄文選注 (Selections and Annotations of *Xi* Prose Through the Ages) (Chengdu: Bashu shushe, 2008), 76.
② *Sanguo zhi*, 32.880 n. 3.
③ *Wen xuan*, vol. 5, 44.1979.
④ Han Sui is also known as Han Yue 韓約.
⑤ *Wen xuan*, vol. 5, 44.1980.
⑥ *Sanguo zhi*, 8.254 n. 1.
⑦ *Sanguo zhi*, 8.254—255 n. 1.
⑧⑩ *Sanguo zhi*, 14.456.
⑨ Qing Bu, also known as Ying Bu 英布, was a native of Lu County and a military general and vassal king in the early Western Han.

苟立，屈身變化，唯道所存。故乃建丘山之功，享不訾之祿，朝爲仇虜，夕爲上將，所謂臨難知變，轉禍爲福者也。①

此檄將當時流行的各種概念和觀點結合起來，提倡以靈活的態度來對待"去就"，鼓勵其閱聽者"屈身變化，唯道所存"②。和參與"去就"的討論的士人一樣，此檄也通過引證史例來加强它的立論，如下文所示：

伊摯③去夏，不爲傷德；飛廉死紂④，不可謂賢。何者？去就之道，各有宜也。⑤

通過這樣的立論，檄吳文試圖打破忠孝觀念與個人安全和生計之間的矛盾，以瓦解當時士人因爲顧慮忠孝而不敢"去主而就曹"的癥結。⑥

除了立論，檄吳文也多方引證實例。在這一點上，它比檄豫州文還更有過之，以至營造了一種"展示性"或"演繹性"的效果。比方下面所引的一段文字，一連串地列舉了十九個當代人物兵敗或投靠曹操的例子，以展示曹操的聲勢：

昔袁術僭逆，王誅將加，則廬江太守劉勳⑦先舉其郡，還歸國家。呂布作亂，師⑧臨下邳，張遼、侯成⑨率衆出降。還討眭固，薛洪、樛尚，開城就化。官渡之役⑩，則張郃、高奐⑪舉事立功。後討袁尚，則都督將軍馬延、故豫州刺史陰夔、射聲校尉郭昭⑫臨陣來降。圍守鄴城，則將軍蘇游⑬反爲內應，審配⑭兄子開門入兵。既誅袁譚，則幽州大將焦觸攻逐袁熙⑮，舉(事)[縣]來服。凡此之輩數百人，皆忠壯果烈，有智有仁，悉與丞相參圖畫策，折衝討難，艾敵搴旗，靜安海內，豈輕舉措也哉！⑯

①② *Wen xuan*, vol. 5, 44.1983.

③ Also known as Yi Yin 伊尹 (his name is Yi and his official title is Yin), Yizhi lived at the end of Xia and early Shang and had helped Shang to defeat Xia.

④ Feilian was an infamous minister of Zhou 紂 who was later killed by King Wu of Zhou 周武王.

⑤ *Wen xuan*, vol. 5, 44.1984.

⑥ In later time, Wei sovereigns such as Cao Pi would continue to use this argument for the purpose of recruiting talented men. See, for example, the letter that Cao Pi sent to Meng Da 孟達 (d. 228) to recruit him (in *Sanguo zhi*, 3.93 n. 1.)

⑦ Liu Xun was employed by Yuan Shu at the time.

⑧ "The army" refers to Cao Cao's army.

⑨ Zhang Liao and Hou Cheng both served Lü Bu before they went to serve Cao Cao.

⑩ For a detailed discussion of the Battle at Guandu, see de Crespigny, *Imperial Warlord*, 97—152.

⑪ Gao Huan was also known as Gao Lan 高覽. Zhang He and Gao Huan were both Yuan Shao's generals at the time of the Battle at Guandu and had surrendered to Cao Cao.

⑫ The three men mentioned here were all employed by Yuan Shang.

⑬ Su You's name is also written as 蘇由.

⑭ "The nephew of Shen Pei" refers to Shen Rong 沈榮 (*fl.* 204). Shen Pei was an important adviser to Yuan Shao and came to serve Yuan Shao's son Yuan Shang after Yuan Shao's death. Su You and Shen Rong were both serving Yuan Shang at the time.

⑮ Yuan Tan was the eldest son of Yuan Shao and Yuan Xi was Tan's younger brother. Jiao Chu was a general of the Yuans; he later rebelled against them and attacked Yuan Shang and Yuan Xi.

⑯ *Wen xuan*, vol. 5, 44.1982—1983.

這段文字利用十九個人名一個緊接着一個的被列舉，不但以實例佐證了文中的立論，同時也演繹了曹操不可抵擋的"大勢"。另外，單就引證實例這點來說，檄吳文可説和檄豫州文一樣，也仰賴論理和思維的過程，但此檄論理的特點更加強烈。除了利用"道""天命""福禍"等當代時論中的概念來建構一個完整的理論以外，此檄在結尾處甚至以這樣一句話來督促閱聽者多加思考："檄到詳思至言。"① 由此可見，檄作爲一種戰爭時期的政治宣傳，除了對敵人作人身攻擊以外，也可以複雜的立論及有力的闡述出現。

四　檄文的美學感染力

檄豫州文和檄吳文雖然在修辭手法上有顯著的不同，但它們都參與了當時士人間"去就"的輿論。誰可信任？誰在戰場上取得了勝利？該爲誰效力？是否該投降？是早投降好還是晚投降好？這些問題是建安三國時期的士人們所必須面對的。前文的討論反映了士人們通過闡述論理、引證歷史、提供實證等修辭手段來討論這些問題，以便游説他人或自我解釋。在這個環境中，語言的修辭起了重要的作用，非但要能影響他人的意見，甚至得使人付諸行動。下文從這一點出發，繼續討論這兩篇檄文如何利用文學性雅言的美學感染力，企圖"和特定社會的價值及爲其所接受的權力象徵完完全全、毫無界限地融爲一體"。

縱觀建安三國時期的文章，可見當時所謂的文章美學很大程度上是體現在對四言句式的運用上。當然，非四言的句式以及不規則句式也經常被加以利用。陳琳的兩篇檄文可以説展現了四言句式的多種功能。例如下面這段引自檄吳文的文字，便顯示了四言句式可用於頌揚：

聖朝寬仁覆載，允信允文，大啓爵命，以示四方。②

在檄吳文中的另一段文字中，語氣一轉，顯示了四言句式也可以用來一面譴責、一面勸勉：

若夫説誘甘言，懷寶小惠，泥滯苟且，沒而不覺，隨波漂流，與燥俱滅者，亦甚衆多。吉凶得失，豈不哀哉！③

檄吳文也顯示了四言句式與其他句式連接使用時，還能營造一種"模擬現實"的效果，這可以此章節爲例：

夫鷙鳥之擊先高，攫鷙之勢也；牧野之威，孟津之退也。④

---

① *Wen xuan*, vol. 5, 44.1985.
② *Wen xuan*, vol. 5, 44.1980.
③ *Wen xuan*, vol. 5, 44.1983.
④ Muye (in today's He'nan Province) was where King Wu of Zhou and his alliances defeated the Shang army; before this battle, King Wu had gathered the feudal lords at Mengjin (in today's He'nan Province) and built up his alliance against Shang then. Here, this allusion to King Wu's defeat of Shang is meant to foretell Cao Cao's defeat of Sun Quan.

今者枳棘翦扢,戎夏以清,萬里肅齊,六師無事。故大舉天師百萬之衆,與匈奴南單于呼完廚及六郡烏桓、丁令、屠各,湟中羌僰,霆奮席卷,自壽春而南。又使征西將軍夏侯淵等,率精甲五萬,及武都氐羌,巴、漢銳卒,南臨汶江,搤據庸蜀;江夏、襄陽諸軍,橫截湘沅,以臨豫章,樓船橫海之師,直指吳、會。萬里克期,五道并入,權之期命,於是至矣。①

這一章節的前段以四言爲主,通過兩方面的描述來營造緊張的氛圍:首先是以"鷙鳥"的"攫鷙之勢"以及周武王的聯盟軍以退待進的威勢來營造"千鈞一髮"的氣氛;接着更以曹操大軍息兵養息的狀態來暗示其"卧虎將發"的氣勢。這裏的四言句式雖然不是詩句,但却有《詩經》中常出現的"興"的效果。② 在緊接着的後一段中,簡練而齊整的四言句式突然被打破了,運用的是長而不規律的句式,以形容曹操的大軍及其聯盟軍出發在途,分布於各個戰綫,採納不同的策略,即將彙集於吳的所在地的形勢。此處由齊整的四言突然轉入長而不一的句式的手法,製造了強烈的"模擬"效果,令人體會到曹操的大軍勢不可擋,而孫權的敗亡已歷歷在目的真實感。有的研究指出陳琳在這兩篇檄文中,通過對排句的運用,"美化"了這類文章。③ 說得更透徹些,這兩篇檄文反映了陳琳利用齊整的排句以及對排句的"打破"來達到塑造、譴責、勸勉、論證、誇張、頌揚,以致於描摹"真實"等等的修辭效果。

《典略》中有一則軼事可以說明當時如檄一類的文章確實能起鼓動人心的功效。根據這則軼事,曹操患有頭風病,有一天病發得特別厲害,所以在審讀陳琳爲他而寫的檄文及書信時,得卧着來讀。當他讀着陳琳的文章時,很受鼓動,以至於突然立身而起,說道:"此愈我病。"④《東觀漢記》中的另一則軼事說明隗囂的檄文也能產生類似的效果:據說在光武帝(劉秀,25—57 在位)時期,隗囂所擬的檄及其他文書很受士大夫們的讚賞,他每有一篇文章上交朝廷,"士大夫莫不諷誦"⑤。和"由卧而立"一樣,"諷誦"也是一種肢體行動。《三國志》中記載了時人對胡綜所寫的"中分天下盟文"的一句讚詞:"文義甚美。"⑥這句簡單的讚詞概括了當時的文章賴以鼓動人們採取肢體行動的"美"的素質。就是在這種文章美學的價值觀的影響下,陳琳纔能先爲袁紹所聘,并

---

① *Wen xuan*, vol. 5, 44.1981.

② For an important analysis that takes into account historical understandings and the etymological root of *xing*, see Shih-Hsiang Chen, "The Shih-ching: Its Generic Significance in Chinese Literary History and Poetics", in Cyril Birch, ed., *Studies in Chinese Literary Genres* (Berkeley: University of California Press, 1974), 8—41 (especially pp. 16—41).

③ See, for example, Wang Xiaojing 王曉静, "Han Wei Liuchao 'Xi' ti wen zongshu" 漢魏六朝"檄"體文綜述 (A Comprehensive Account of the *Xi* of Han, Wei, and the Six Dynasties), *Pingxiang gaodeng zhuanke xuexiao xuebao* 2 (2005): 104.

④ 此愈我病. Cited in *Sanguo zhi*, 21.601 n. 2.

⑤ 士大夫莫不諷誦. *Dongguan Han ji*, in *Sibu beiyao* 四部備要 (Taibei: Taiwan Zhonghua shuju, 1965), vol. 103, 23.6b.

⑥ *Sanguo zhi*, 62.1414.

為袁紹寫了攻擊曹操的檄文,而之後又能為曹操所用,并為曹操構擬了攻擊孫權的另一篇檄文。這反映了文章美學的價值觀在當時的士階層中得到普遍的認可,并有政治上的影響力,是各個爭權奪利的君主所欲以爭取并利用的。①但這種普遍受認可的文章美學和戰爭到底有什麼關係? 在權力鬥爭的形勢中,這種美文有什麼政治的意義?

五 結論:檄文作為權力的象徵

墨索里尼敗亡的那一天,一個德國的廣播員說道:"政治宣傳的利劍在戰爭中有極大的效用。但是,戰爭的勝敗僅僅取決於戰場上。"的確,在無法證明政治宣傳能直接影響戰爭勝負的情況下,我們唯有同意這個廣播員的說法。但是戰時宣傳和戰爭之間的關係是複雜的,可以從多方面來探討。如果說戰時宣傳的目的是為了支援戰事,那其目的是協助還是限制暴力與血腥? 依據個案的不同,這個問題自有不同的答案。僅就陳琳的兩篇檄文而論,本文的觀點是:其反映了中國古代一種"無血腥戰爭"的理想。

誠如前文所述,檄吳文營造了曹操勝利在望,孫權近已敗亡的真實感。同樣的,檄豫州文也製造了類似的假象,以令人感到曹操已危亡在目。下面所引此檄中的一段文字說明了這一點。

> 又操軍吏士,其可戰者皆出自幽冀,或故營部曲,咸怨曠思歸,流涕北顧。其餘兖、豫之民,及呂布、張揚之遺眾,覆亡迫脅,權時苟從,各被創痍,人為讎敵。若回旆方徂,登高岡而擊鼓吹,揚素揮以啓降路,必土崩瓦解,不俟血刃。②

文中最後的這句話——"必土崩瓦解,不俟血刃"——在宣揚曹操必敗的同時,也表達了一種"無血腥戰爭"的理想。劉勰(465—522)在《文心雕龍》中論及陳琳及其他作者的檄文時,也表達了同樣的理想:

> 使聲如衝風所擊,氣似欃槍所掃,奮其武怒,總其罪人,徵其惡稔之時,顯其貫盈之數,搖奸宄之膽,訂信慎之心,使百尺之衝,摧折於咫書;萬

---

① As a famous anecdote cited in the *Wen xuan* suggests (in *Wen xuan*, 44.1966—67), it was due to his love for Chen Lin's *cai* 才 ("talent"), which must refer to the latter's literary talent, particularly in composing "beautiful official prose," that Cao Cao had pardoned him for composing an accusatory *xi* against him on behalf of Yuan Shao and even kept him on his staff. For an informative discussion of the historical background of Cao Cao's recruitment of talent and the shifting attitude toward literary skills in the late Han and Wei context, see Zhang Chaofu 張朝富, *Han mo Wei Jin wenren qunluo yu wenxue bianqian* 漢末魏晉文人群落與文學變遷 (Literary Groups and Literary Transformation in Late Han, Wei, and Jin) (Chengdu: Bashu shushe, 2008), 113—164. For a general biographical account of Chen Lin, including how he had first worked for Yuan Shao and later became a member of Cao Cao's staff, see Wang Pengyan 王鵬延, *Jianan Qizi yanjiu* 建安七子研究 (A Study of the Seven Masters of Jian'an) (Beijing: Beijing daxue chubanshe, 2004), 36, 42—45, 57—68.

② *Wen xuan*, vol. 5, 44.1973. The *Wei shi chunqiu* version cited in the *Sanguo zhi* does not include this passage.

雉之城，顛墜於一檄者也。①

在劉勰的描寫中，檄文的氣勢似乎能取代戰場上的刀鋒劍影，以至在不動干戈的情況下摧毀敵人。這種對"無血腥戰爭"的理想的表述，無論是呈現在檄文中或是對檄文的描寫中，或許僅僅是一種"書寫的傳統"。但值得注意的是，這種"書寫的傳統"由來已久，可以追溯到戰國時期。②《戰國策》中便記載了蘇秦（？—前284）對以武力制勝的批評。蘇秦提倡的是游說以及外交的非暴力手段，認爲這纔是在戰爭中取勝的上策。③ 陳琳的檄文作爲政治宣傳，明顯的是在爲"我方"服務，爲"敵方"做反宣傳，因此沒有任何呼籲"我方"先"放下武器"的號召。然而，這兩篇檄文中對"無血腥戰爭"的理想的表述，以及其高度的美學感染力，可以説是呼應了蘇秦對非暴力手段的倡導。檄文中所表現的是以"美文"的手段來平衡甚至取代"武力的手段"的文化理想。蘇秦視游説與外交爲"文"的手段，而這兩篇檄文則説明了在漢末三國時期，所謂"文"的手段是表現於以四言爲主，并夾雜他言的排句形式的文章雅言。前文所引的軼事説明這種雅言有能使一個君主的病體由卧而立起，或使朝廷衆臣"莫不諷誦"的政治感召能力。換句話説，這種雅言其實是一種政治權力的象徵。如此理解，我們纔能説明爲什麼檄體文在當時的權力鬥争中能起的作用，也纔能解釋爲什麼當時各個權力集團如此重視這種文章美學。

政治宣傳是複雜的。陳琳的檄文首先説明有效的政治宣傳并不是簡單地通過謊言來誤導視聽，而是利用的視聽對象已有的顧慮或見解來影響或操縱他們。另外，陳琳的檄文也表現了有政治宣傳作用的文章的多功能性以及美學深度，同時也引發我們去思考文學雅言與戰時宣傳之間的關係。Foulkes曾經指出："文藝交流之所以能起政治宣傳或幻滅政治宣傳的作用是和它的美學功能分不開的。"④換句説，無論我們稱之爲政治宣傳、文學作品，或"有政治宣傳性的文學作品"，我們必須認識到即使是有高度美學價值的文學作品也可以成爲政治權力的象徵，并被用作争取權力的手段；戰爭時期是如此，和平時期也是如此。而陳琳的檄文雖然是支援戰争的宣傳工具，卻進一步揭示了戰國時期已有的一種以文明、非暴力手段來取得權力的理想。因此，陳琳的檄文不僅是對戰場勝負的號召；縱觀早期歷史中對戰争暴力與傷亡的關注，可見陳琳的檄文潛藏了這個傳統的關懷，其所表達的是減低甚至消除對人類生命

---

① Liu Xie, *Wenxin diaolong yi zheng*, 770—771.

② The passage just cited from the Yuan Shao *xi* is absent in the *Wei shi chunqiu* version and might be the result of addition made by later compilers seeking "completion" or "fullness", but the overall vision of the *xi*, even when considered based only on the *Wei shi chunqiu* version, reveals an ideal of civil, non-violent means of power.

③ All the three quotes here are from Mark Edward Lewis, *Sanctioned Violence in Early China* (Albany: State University of New York Press, 1990), 101, 102. Accounts of Su Qin's identification of persuasion and diplomacy as superior forms of war are found in *Zhanguo ce*, ann. Liu Xiang 劉向（77—6 B.C.E.）(Shanghai: Shanghai Guji chubanshe, 2015), 12.247—258.

④ Foulkes, *Literature and Propaganda*, 106.

的殘害的願望。

［英文題目］The Art of Wartime Propaganda: Chen Lin's *Xi* Written on behalf of Yuan Shao and Cao Cao

［作者簡介］吴妙慧（Meow Hui Goh），畢業於威斯康星大學東亞系，美國俄亥俄州立大學（The Ohio State University）東亞語言與文學系副教授，專攻中國中古文學與文化研究。著有 Sound and Sight: Poetry and Courtier Culture in the Yongming Era (483—493)（斯坦福：斯坦福大學出版社，2010 年；中文版譯名爲《聲與色：永明時期的詩學與宫廷文化》）、Knowing Sound: Poetry and "Refinement" in Early Medieval China、Becoming Wen: The Rhetoric in the "Final Edicts" of Han Emperor Wen and Wei Emperor Wen 等。目前在撰寫漢末至西晉的記憶與文學的專書。

家族、自我與達人理想

——謝靈運之《述祖德詩》背景解讀①

王 平

引 言

烏衣巷

劉禹錫(772—842)

朱雀橋邊野草花,烏衣巷口夕陽斜。舊時王謝堂前燕,飛入尋常百姓家。②

南朝(317—589)的文化記憶通過劉禹錫的《烏衣巷》一詩得以廣泛流傳。烏衣巷是東晉時代高門士族聚居之地,烏衣巷好比是南朝金陵的第五大道,五世紀後半期居住在這裏的琅琊王氏和陳郡謝氏之貴游子弟是最令人矚目的。

---

① 時光荏苒,還記得最初細讀謝靈運的《述祖德詩》是 2008 年在費城舉行的北美亞洲研究聯盟(AAS)年會的中國中古研究讀書會上,我將翻譯好的詩文與在座的學者討論,我的博士論文導師康達維先生(David R. Knechtges)和當時還在斯沃摩爾學院(Swarthmore College)任職的師兄柏士隱(Alan Berkowitz)都在場,提出了很多寶貴的建議。之後忙於其他事物,將翻譯擱置一邊,直到去年(2016)冬天的一個凌晨,纔將這篇翻譯重新拾起,決定寫篇論文。英文初稿完成後先後交於康先生和柯睿先生(Paul W. Kroll,我在科羅拉多讀碩士時的指導教授)過目,兩位先生提出了很多中肯的意見。去年夏天我又花了將近一個月的時間重新寫了一遍,刪減了初稿中很多對達人的文本溯源成分,補充增加了歷史背景資料,完稿後交付《通報》審批,今年(2017)六月收到《通報》正式接受發表於 2018 期的書函。11月份參加華南師大中古會議,提交的是這篇的英文稿,隨後收到華南師大約稿通知,纔開始用中文重寫這篇小文,內容上在英文原稿基礎上多做改動。留美求學至今業已二紀,却是第一次用母語寫作發表,有一種相見恨晚的感覺,一方面嘆息浪費了的時間和錯過了的機會,另一方面懷抱感恩學途上有緣人的支持和關懷。這篇小文雖如鵝毛不值一提,但在自勉的層面却有着重於泰山的意義,柏兄已於 2015 年夏天在台北英年早逝,很多其他曾經刻骨銘心的人與事也都如雲烟消散,正如曹丕所說,"年壽有時而盡,榮樂止乎其身,二者必至之常期,未若文章之無窮"。這是所有致力於文的人的座右銘吧。這篇小文既算不上鐵杵磨針,也不敢稱十年一劍,祇是敝帚自珍,享之千金吧;亦或是不忘初心,方得始終吧!

② 《全唐詩》卷 365,北京:中華書局,1999 年,第 4117 頁。

劉禹錫的詩凝練地表達了一代英華隕落後的寂寥和無奈。① 王謝二家在東晉一代叱咤風雲，"王與馬共天下"這一謠諺充分體現了王家的地位，而王導（276—339）又是王家的主要人物。史傳司馬睿（276—323；晉元帝，318—323在位）在建康繼位時，邀請自己的心腹摯友王導共坐龍床；除此之外，幫助晉室共創大計的還有王羲之（303—361）的父親王曠（274—?）。王家另外一個舉足輕重的人物當然是王敦（266—324），可是隨着王敦軍事實力和野心的膨脹，元帝司馬睿難免不產生介心。322 年爆發王敦之亂，君臣對決，終於魚死網破。其後，王氏其他成員不得不通過與別族合作來操控東晉政局，王導和郗鑒的聯手祗是其中一例。無論怎麼説，琅琊王氏的高峰期到四世紀中葉已經過去了。②

一　陳郡謝氏的突起

唐長孺先生指出，東晉統治階級內部的矛盾極其複雜，王敦之亂後，繼王氏後在政壇上占有一席之地的包括高平郗氏、潁川庾氏、譙國桓氏、陳郡謝氏、太原王氏。這些家族中，要數陳郡謝氏發展速度最快，潛力最大，影響力也最深遠。謝氏族人的風起雲涌不亞於琅琊王氏，尤其是當我們考慮到謝氏在北方的根基遠遠比不上琅琊王氏。（參考陳美麗教授的研究）謝氏在西晉時期唯一擁有官職的人物是謝鯤。可是到了四世紀的下半葉，謝家女子已經可以對王氏出身的夫君表達遺憾之情。《世説新語》中就有一則這樣的記録：

> 王凝之謝夫人既往王氏，大薄凝之。既還謝家，意大不説。太傅慰釋之曰："王郎，逸少之子，人材亦不惡，汝何以恨乃爾？"答曰："一門叔父，則

---

① 高門大姓形成於東漢末年，常見的同義指稱有大姓高門、盛門、勢家、勢族、士族。參看唐長孺先生（1911—1994）的研究論文《士族的形成和升降》，見《魏晉南北朝史論拾遺》，北京：中華書局，1983 年，第 53—63 頁。關於東晉南朝歷史的英文研究，參看 Hans Bielenstein（畢漢思），"The Six Dynasties, Vol. I," *Bulletin of the Museum of Far Eastern Antiquities* 68 (1996)：5—324；關於高門大姓的概論性英文研究，參看 Dennis Grafflin, "The Great Family in Medieval South China," *HJAS* 41.1 (1981)：65—74；Charles Holcombe（何肯），*In the Shadow of the Han*：*Literati Thought and Society at the Beginning of the Southern Dynasties* (Honolulu：University of Hawaii Press，1994)；更多的具體專題研究，參看脚注②。

② 越智重明《魏晉南朝の貴族制》（東京：研文社，1982 年）；方北辰《魏晉南朝江東世家大族述論》（台北：文津出版社，1991 年）；蕭華榮《華麗家族：六朝陳郡謝氏家傳》（北京：生活·讀書·新知三聯書店，1994 年）、《簪纓世家：兩晉南朝琅邪王氏傳奇》（北京：生活·讀書·新知三聯書店，1995 年）；程章燦《世族與六朝文學》（哈爾濱：黑龍江教育出版社，1998 年）；Cynthia Chennault（陳美麗），"Lofty Gates or Solitary Impoverishment? Xie Family Members of the Southern Dynasties," *T'oung Pao* 85 (1999)：249—327；森野繁夫《謝靈運論集》（東京：白帝社，2007 年）；川勝義雄《六朝貴族制社會研究》徐谷芃、李濟滄譯（上海：上海古籍出版社，2007 年）；王永平《六朝家族》（南京：南京出版社，2008 年）、《東晉南朝家族文化史論叢》（揚州：廣陵書社，2010 年）；馬曉坤、孫大鵬《兩晉南朝琅邪王氏與陳郡謝氏比較研究》（北京：中國社會科學出版社，2011 年）；丁福林《東晉南朝謝氏文學集團研究》（西安：世界圖書出版公司，2014 年）。

有阿大、中郎。群從兄弟,則有封、胡、遏、末。不意天壤之中,乃有王郎!①

這裏的謝夫人當然就是謝道韞,謝奕的女兒。謝奕是謝裒的兒子,謝裒是謝鯤的弟弟。謝道韞也就是謝鯤的孫姪女。謝裒有六個兒子,其中的三兒子就是後來名氣最盛的謝安。② 在這則故事裏,謝安出面來安慰他的姪女。因爲謝道韞和王凝之大約是在354年左右結爲秦晉之好,那麽我們可以推斷這則軼事發生在四世紀的五十年代中期。陳郡謝氏這麽快就已經和琅琊王氏平起平坐了。田餘慶先生關於謝氏家族地位迅速上升的契機有着如下的推論:

> 東晋時期,謝氏家族地位迅速上升,其契機大體是:一、兩晋之際,謝鯤由儒入玄,取得了進入名士行列的必要條件。……二、穆帝永和以後,謝尚兄弟久在豫州,在桓温與朝廷抗爭的過程中培植了自己的力量,取得舉足輕重之勢,使謝氏成爲其時幾個最有實力的家族之一。三、謝安憑藉家族勢力和拒抗桓温的機緣,得以任綜將相;又以淝水之戰的卓越功勳,使謝氏家族地位於孝武帝太元間進入士族的最高層。③

田先生所歸納的三個關鍵步驟中,都有一個關鍵人物。如果說謝鯤爲謝氏一族的昌盛奠定了基礎,那麽謝安的淝水之功則將謝氏在四世紀的八十年代推向了鼎盛。謝族子弟在五十年代的努力也不容忽視,尤其是謝鯤的獨子,也就是謝道韞稱爲阿大的謝尚。謝尚少有令名,被視爲一座之顔回,爲王導所重,北伐時進號安西將軍,爲東晋王朝取回丢失已久的玉璽,繼而都督西部諸州軍事,爲陳郡謝氏一族首次取得方鎮屏藩實力,爲淝水之戰謝玄立功打下良好基礎。謝尚於357年病逝,謝道韞的父親謝奕也於次年農曆八月去世。謝道韞的二伯謝據(也就是以上故事中提到的中郎)早幾年也已過世,到358年,謝安,謝道韞的三叔,是家裏叔伯輩中年齡最長的。雖然如此,謝安此時没有挺身而出,而是弟弟謝萬繼承了謝奕的軍事職務。

謝萬雖然也是個博學多才的風流人物,并著有《八賢論》,但恐怕不是個良將。他在359年的北伐中倉卒退兵、其狼狽情形成爲笑柄,雖然保住了一條性命,但被廢爲庶人的謝萬很快於361年逝世,享年纔42歲。

謝萬死後,成爲一家之長的謝安似乎再也無法隱居東山了,首先他不得不挑起領導家族的任務,除了兩個弟弟謝石、謝鐵以外,謝安的姪輩們一共有十

---

① 余嘉錫《世説新語笺疏》卷19,北京:中華書局,2007年,第820頁。或參《晋書》卷96,北京:中華書局,1974年,第2516頁。英文翻譯,參看 Richard B. Mather, *Shih-shuo hsin-yü: A New Account of Tales of the World*, 2nd ed. (Ann Arbor: Center for Chinese Studies, Univ. of Michigan, 2002), 379;或 Qian Nanxiu 錢南秀, *Spirit and Self in Medieval China: The Shih-shuo hsin-yü and Its Legacy* (Honolulu: Univ. of Hawai'i Press, 2001), 146—147.

② 關於謝安的形象,尤其是《世説新語》中的描述,參看法國漢學家桀溺(Jean-Pierre Diény)的研究, *Portrait anecdotique d'un gentilhomme chinois Xie An* (320—385) *d'après le Shihshuo xinyu*. Paris: Collège de France, Institut des Hautes Études Chinoises, 1993.

③ 田餘慶《東晋門閥政治》,北京:北京大學出版社,2012年,第192頁。

六位男性,上文謝道韞提到的所謂封、胡、遏、末分別指的是謝韶、謝朗、謝玄、謝琰。作爲神童的謝韶和謝朗,一個英年早逝,一個體弱多病。謝玄也就是謝道韞的七弟,成爲這一代人中的領軍人物,在家族裏的地位超出了謝安的兒子謝琰。360年可以說是個轉折點,謝萬的失敗讓謝安無法再隱退,從這時候起到385年,是謝安處世的時代,也是謝家走向巔峰的時代。

二 360—385年間謝安和其他東晉權臣的運籌帷幄

謝安四十不仕當然不是因爲才能的缺乏,恰恰相反,在謝安年幼的時候,就得到長輩的贊許。桓温的父親桓彝就是一個例子:"安年四歲時,譙郡桓彝見而嘆曰:'此兒風神秀徹,後當不減王東海。'"①在這段話裏,桓彝拿來比擬謝安的王東海是太原王氏的王承(約273—318),是家族的靈魂人物。太原王氏的另一個舉足輕重的人物王濛(309—347)和童年的謝安也曾有過一面之交并預測他能成大器:"弱冠詣王濛,清言良久,既去,濛子脩曰:'向客何如大人?'濛曰:'此客亹亹,爲來逼人。'"②

謝安以超常的自身才能和優越的家庭背景是可以弱冠出仕的。而他一再以健康爲由避讓職任,引起了同時代人的各樣品評和猜論。其實,謝安的行爲可以從東晉的時代精神——肥遁之風得以解說。正如日本學者石川忠久所指出的,謝安是以王羲之爲中心的會稽之游的中心人物之一,這個群體還包括許詢(ca. 358)、支遁(314—366)和孫綽(314—371)。這裏的人物基本以不關世事,逸好山游著稱。據說謝安有一次造訪臨安一石室,良久不語,隨後感嘆自己終於在此刻可以和伯夷感同身受。會稽在東晉是一個特殊的中心,是文人貴游的天堂,中國文化記憶中最令人神往的聚會可能就是353年在會稽蘭亭舉行的游宴了。王羲之爲此所做的序言和書法成爲不朽之作,《晉書》對這一事件有着如下的記載:

> 羲之雅好服食養性,不樂在京師,初渡浙江,便有終焉之志。會稽有佳山水,名士多居之,謝安未仕時亦居焉。孫綽、李充、許詢、支遁等皆以文義冠世,并築室東土,與羲之同好。嘗與同志宴集於會稽山陰之蘭亭,羲之自爲之序以申其志。③

這則材料指出名士志不在京師、意樂游山林之間,跟王導、桓温比起來,他們的道德意境要深遠得多。當然,王羲之是從過政的、就在蘭亭集會的前兩年,他在父母的墓前發誓,退出仕途。琅琊王氏和司馬朝廷的獨特關係也從此告一段落。如果說王羲之是受挫而還,那麼謝安確實被時勢推到了風口浪尖。這兩個東晉文化象徵的個人軌迹恰恰相反,形成一個很好的對比,也喻示着王謝兩家實力的消長趨勢。

---

① 《晉書》卷79,第2027頁。
② 《晉書》卷79,第2072頁。
③ 《晉書》卷80,第2098—2099頁。

謝安離開會稽出仕,還遭到一些人的非議,對他當初隱居東山的意圖表示懷疑。高崧(?—366)就是一例,他曾經對謝安説過譏諷的話:"卿累違朝旨,高卧東山,諸人每相與言,安石不肯出,將如蒼生何!蒼生今亦將如卿何!"①《世説新語》也記載有類似的軼事:

> 謝公始有東山之志,後嚴命屢臻,勢不獲已,始就桓公司馬。于時人有餉桓公藥草,中有"遠志"。公取以問謝:"此藥又名'小草',何一物而有二稱?"謝未即答。時郝隆在坐,應聲答曰:"此甚易解:處則爲遠志,出則爲小草。"謝甚有愧色。桓公目謝而笑曰:"郝參軍此過乃不惡,亦極有會。"②

這些故事除了圍繞謝安的出仕展開,也不同程度地揭示了謝氏的政治社會關係。比如説高崧是謝家的女婿,而郝隆則牽進了謝安和東晋頂級人物桓温的關係。桓温的父親在鎮壓蘇峻之亂中喪生,桓温極度傷心,一直想爲父報仇。後桓温娶南康長公主,拜仁駙馬都尉,後配合征西將軍庾翼的北伐。庾翼死後,桓温獲任安西將軍,於347年平滅成漢。次年,朝廷以温平蜀的功勛,升桓温爲征西大將軍,開府儀同三司,封臨賀郡公。桓温功高逼主,朝廷擢升殷浩與桓温抗衡。354年(永和十年)桓温以殷浩北伐屢屢失利,上奏列舉其罪行。殷浩的不得善終在史料的一些記載裏略見一斑:

> 浩少與温齊名,而每心競。温嘗問浩:"君何如我?"浩曰:"我與君周旋久,寧作我也。"温既以雄豪自許,每輕浩,浩不之憚也。至是,温語人曰:"少時吾與浩共騎竹馬,我棄去,浩輒取之,故當出我下也。"③

> 人有問殷中軍:"何以將得位而夢棺器,將得財而夢矢穢?"殷曰:"官本是臭腐,所以將得而夢棺尸;財本是糞土,所以將得而夢穢污。"時人以爲名通。④

到了五十年代末期,桓温可以説獨霸東晋政權,如若没有像謝安這樣的名士出庭抗衡,很難想象他的野心所帶來的後果。謝安似乎在權謀上要高於殷浩,也具有臨危不懼的品質。下面這則《世説新語》的故事可做一證:

> 謝太傅盤桓東山時,與孫興公諸人泛海戲。風起浪涌,孫、王諸人色并遽,便唱使還。太傅神情方王,吟嘯不言。舟人以公貌閑意説,猶去不止。既風轉急,浪猛,諸人皆諠動不坐。公徐云:"如此,將無歸!"衆人即承響而回。於是審其量,足以鎮安朝野。⑤

---

① 《晋書》卷79,第2073頁。
② 《世説新語箋疏》卷25,第944頁。
③ 《晋書》卷77,第2047頁。
④ 《世説新語箋疏》卷4,第214頁。
⑤ 《世説新語箋疏》卷6,第437頁。

謝安在風急浪猛的情況下仍然可以貌閑意悦,讓衆人看到他深不可測的肚量,能在險惡的政治浪潮中博弈群雄,做出一番事業。《世説新語》的另一則故事,講述的就是謝安如何面對朝廷上的浩浩洪流:

  桓公伏甲設饌,廣延朝士,因此欲誅謝安、王坦之。王甚遽,問謝曰:"當作何計?"謝神意不變,謂文度曰:"晉阼存亡,在此一行。"相與俱前。王之恐狀,轉見於色。謝之寬容,愈表於貌。望階趨席,方作洛生詠,諷"浩浩洪流"。桓憚其曠遠,乃趣解兵。王、謝舊齊名,於此始判優劣。①

王坦之和謝安二人因臨危時的表現不同,而在衆人眼裏優劣乍顯。人物品評在魏晉時代是士人立身的重要依據。公衆輿論,宗長推舉決定了一個人的名聲。而聲名的優劣又往往是在比對中産生的。謝安的聲名通過以上的事件增值多少要取決於跟他比對的人物。王坦之是太原王氏的穎秀之才,其父王述更是鼎鼎大名,是王羲之的勁敵。在時人眼中,二王——太原王述和琅琊王羲之——才能人品不相上下。王羲之一直無法接受出身貧寒的王述,二人關係一直緊張,直到王羲之最終不堪,退出仕途。當王述進位揚州刺史,就成了述職會稽的王羲之的上司,王羲之一怒之下,在父母墓前發誓再也不爲朝廷效力。還對王家子弟說道:"吾不減懷祖,而位遇懸邈,當由汝等不及坦之故邪!"②在此,王羲之把翻盤的可能完全放在了子侄的身上,他没想到最終是謝安勝過了王述的兒子王坦之。這是很不容易的事,王坦之的盛名早有遠傳:"江東獨步王文度。"③

郗嘉賓就是郗超(336—378),郗超的祖父郗鑒(269—339)是王羲之的岳丈。郗超比王坦之年幼八歲,比謝安年幼十六歲,三人却同時爲桓温資政。時人有關於三人優劣的品評語句:

  諺曰:"揚州獨步王文度,後來出人郗嘉賓。"《續晉陽秋》曰:"超少有才氣,越世負俗,不循常檢。時人爲一代盛譽者,語曰:'太才槃槃謝家安,江東獨步王文度,盛德日新郗嘉賓。'"④

三人之中,郗超尤其爲桓温親信,甚至與他謀不軌之業。

  温懷不軌,欲立霸王之基,超爲之謀。謝安與王坦之嘗詣温論事,温令超帳中卧聽之,風動帳開,安笑曰:"郗生可謂入幕之賓矣。"⑤

此處的幕字當然有兩層涵義,一個是幕僚的意思,一個是帷幕的意思,後者影射桓郗二人令人猜忌的私密關係。謝安在這三人中最年長,也最有頭腦和政治敏感度,在王坦之的協同之下,謝安在相當大的程度上遏制了桓温的不軌企

---

① 《世説新語箋疏》卷6,第438—439頁。
② 《晉書》卷80,第2101頁。
③ 《晉書》卷75,第1964頁。
④ 《世説新語箋疏》卷8,第575頁。
⑤ 《晉書》67,第1803頁。

圖,保證了東晉朝廷的相對穩定。在371年,桓溫在郗超的建議下以司馬奕不能人道而無後爲由廢除天子。司馬奕被廢之後,桓溫將目光轉向會稽王司馬昱,立他爲帝。司馬昱深知自己名爲皇帝,實爲傀儡,在位時間很短。司馬昱臨死前要將皇位讓給桓溫,王坦之力以阻止,纔使東晉王朝免落他人之手:

> 簡文帝臨崩,詔大司馬溫依周公居攝故事。坦之自持詔入,於帝前毀之。帝曰:"天下,儻來之運,卿何所嫌!"坦之曰:"天下,宣元之天下,陛下何得專之!"帝乃使坦之改詔焉。溫薨,坦之與謝安共輔幼主。①

孝武帝司馬曜即位時纔不過十歲,由太后李陵容攝政,直到376年,皇帝行成年禮之後,新立太元元年,開始親政。由於王坦之於375年已經過世,在司馬曜執政期間,謝安可以説是唯一的中堅人物。與此同時,陳郡謝氏的政治資本也是在這一時期積累下來的。謝氏對東晉最大的貢獻莫過於383年的淝水之戰,由謝安指導,謝玄、謝琰執行的一次重大的軍事勝利。關於這一事件,最著名的記載就是《世説新語》的一段:

> 謝公與人圍棋,俄而謝玄淮上信至。看書竟,默然無言,徐向局。客問淮上利害,答曰:"小兒輩大破賊。"意色舉止,不異於常。②

這次戰役是東晉第一次在領土上的獲勝,苻堅所建立的苻堅王朝受到嚴重打擊,很快土崩瓦解了。謝氏的地位因此登峰造極,但往往爲史家所忽略的是,380年中期也是謝氏發展潛力耗盡的時刻,曾經高卧東山的謝安忽然成爲一個對朝廷能夠構成威脅的人物,淝水之功遲遲没有頒予謝氏,在一定程度上揭示了孝武帝的疑慮。當時被委以重任的孝武帝親弟司馬道子是暗中排擠陳郡謝氏的主要力量。司馬道子嗜酒如命,又任用小人,導致朝政漸漸敗壞,最終帶來主相鬥爭,司馬氏人物逐個爲王恭和桓玄所殺。司馬氏對陳郡謝氏的有效控制可以説是雙刃劍,帶來了意想不到的自身崩塌。一定程度上可以説,謝氏的衰落和司馬氏的衰落是互有關聯的。

三 謝安作爲東晉的靈魂人物和理想人格的化身

淝水之戰後謝氏雖然在政治開始走上了下坡路,可是在文化象徵上卻日漸重要。謝安早年不仕的形象一直促成着東晉士人輕仕途重自身的價值取向。當然,"不仕"僅僅是謝安人格魅力的一個層面。有史以來隱士很多,可謝安與衆不同的地方在於他在關鍵時刻,爲了挽救家族和朝廷,拋下個人的理想,在危難之中,挺身而出,功成之後,又能夠全身而退。這樣的英雄氣概和高瞻遠矚的見識,不是所有人都有的。田餘慶先生在《東晉門閥政治》一書中有這樣的評價:"謝氏在東晉,不憑挾主之威,不以外戚勾進,不以强枝壓幹。"③

---

① 《晉書》卷75,第1966頁。
② 《世説新語箋疏》卷6,第442頁。
③ 《東晉門閥政治》,第202頁。

謝氏以謝安爲楷模,成就了德門的盛名。《南史》對謝氏的評價是:"謝氏自晉以降,雅道相傳。"王永平又對"雅道"做出了進一步的闡釋:

> 何謂雅道?這不僅是一般的高雅、風雅之事,而是具有特定的時代文化內涵。東晉南朝時代,深受老、莊自然學説的薰染,士族子弟多崇尚高蹈出塵、任情縱性的作風,以此爲高雅,而視違背自然本性的言行爲鄙俗。在這一社會風氣下,士族子弟習玄論辯,以争取清望,獲得名士的聲譽和地位。①

謝氏雅道形成的奠基者謝鯤和謝安一樣堪稱風流人物。首先,他一改父親謝衡崇尚儒學而改尚玄學,爲謝氏在玄學盛行的兩晉期間社會地位的抬升奠定了基礎。好治《老子》《易經》、深諳音樂、寄情山水、性格高遠豁達,是西晉八達成員之一。陳美麗教授把謝鯤所尊崇的道德標準冠名爲"偶然倫理",意思是一個真正豁達的人他的行爲準則是根據具體情況而變更的,不是一成不變的,是靈活的,不是死板的,這種聽上去背經棄道的道德觀其實有着儒道兩家的根基。當然,祇靠意識形態是不夠的,軍事的實力在東晉有着很重要的作用。清名和務實常常是對立的——擁有清名的家族遠離政治的泥潭;而掌握實權的臣子往往躲不過逼主的嫌疑。謝氏可能是唯一兼備清名和實力的族群。謝安的順勢而進及後來的激流勇退無疑是歷史上罕見的明智豁達之舉。王羲之的後人南齊重臣王儉(452—489)曾以謝安自況:

> 儉常謂人曰,"江左風流宰相,惟有謝安",蓋自況也。②

陳美麗教授曾將風流一詞在魏晉時代的意義闡釋爲:"豪門貴族出身所與生俱來的雅致以及風度。"我想可能根據語境,風流還代表着"高尚道德的魅力"。王儉自況謝安其中一點是説自己跟謝安一樣盡忠隆主。從字面上來看,風指的是影響力空間上的跨度,而流指的則是時間上的跨度。被稱爲風流宰相的謝安的確是將魏晉名士的形象推到了一個新的極點。到了唐代,謝氏被稱爲德門。雖然謝氏人物自我的地位從來没有以德爲本,他們却以實際的行動取得了後世的佳評。謝氏第一次克服了田餘慶先生所觀察到的矛盾:

> 士族名士的好尚是廢事功,輕武力,而士族維持其政治統治又必需事功武力。這樣就形成一種現實的矛盾,影響到士族的境況,甚至影響到門閥政治本身。大體來説,士族名士之忘身物外者易獲盛名,而處高位以保障士族利益的,却不是這些人而是那些不廢事功特别善於經營武力的名士。③

田餘慶先生比較精確地把握了東晉政治的脉搏和與士族文化的模式,而陳郡謝氏在很大程度上改寫了這一模式,他的出處選擇是很多人不能理解而且質

---

① 《東晉南朝家族文化史論叢》,第11頁。
② 《南史》卷22,北京:中華書局,1975年,第595頁。
③ 《東晉門閥政治》,第167頁。

疑的,《世説新語》注中記載了桓溫的兒子桓玄和謝道韞之間的一段對話:

> 桓玄問王凝之妻謝氏曰:"太傅東山二十餘年,遂復不終,其理云何?"謝答曰:"亡叔太傅先正,以無用爲心,顯隱爲優劣,始末正當動静之异耳。"①

謝道韞對桓玄的質疑做出了精彩的回應,指出了玄學的精髓所在——有無同,動静一,尊顯之達官和清高之名士可以合體。也就是説,東晉時代已經不再執着於純粹的隱者理念,以玄爲生活和精神指導的士人可以游離於世俗甚至任何道德品評框架之外,這種自由的人格力量在謝安的身上得到最佳體現。早年的他不汲汲於聲名,中年的他不推諉避禍,功成的他激流勇退,雖然家族的子侄輩們没有在政治上直接獲益,却也享受了世人的尊崇。謝混(?—412)、謝景仁(370—416)都有名公之孫的稱譽。謝氏清名的形成也有謝道韞的重要貢獻,她不但是清談高手,也擅長劍術,在族中起到了一定的領袖人物的作用,她曾經譏諷弟弟謝玄説道:"爲塵務經心,爲天分有限邪?"謝道韞對謝玄未免過於苛求,畢竟謝玄這樣在淝水之戰立功,於385年被封爲康樂公,其後不久托病辭去所有職位,詔書不許,前後表疏十餘上,久之,乃轉授散騎常侍、左將軍、會稽内史。388年,卒於官,時年四十六。至此謝玄一輩消亡殆盡。謝玄生前上疏所言極爲感人,截選句段如下:

> 臣同生七人,凋落相繼,惟臣一己,孑然獨存。在生荼酷,無如臣比。所以含哀忍痛,希延視息者,欲報之德,實懷罔極,庶蒙一瘳,申其此志。且臣孤遺滿目,顧之惻然,爲欲極其求生之心,未能自分於灰土。慺慺之情,可哀可愍。伏願陛下矜其所訴,霈然垂恕,不令微臣衝恨泉壤。②

謝玄祇有一個兒子謝瑍,史書稱其"不敏",生平事迹寥寥,謝瑍的兒子謝靈運却成了謝氏一族的最後一個傳奇人物。

四　史傳中的謝靈運

史傳没有給謝靈運太多嘉獎之詞,比如説,《南史》在謝氏傳記的末尾把謝靈運特意單獨提出進行了批評:

> 謝氏自晉以降,雅道相傳,景恒、景仁以德素傳美,景懋、景先以節義流譽。方明行己之度,玄暉藻繢之奇,各擅一時,可謂德門者矣。靈運才名,江左獨振;而猖獗不已,自致覆亡。人各有能,兹言乃信,惜乎!③

這段話基本上是在説謝靈運是謝氏的害群之馬,做事肆無忌憚,最終棄尸廣州,也是咎由自取,不值得同情。即便如此,但謝靈運的文才却是不可抹殺的,

---

① 《世説新語箋疏》卷25,第941頁。
② 《晉書》卷79,第2085頁。
③ 《南史》卷19,第546頁。

一句"人各有能"似乎在感嘆謝靈運的文學才能和人品太不匹配了。無獨有偶,袁昂在他的《古今書評》裏有一段令人回味的話:"王右軍書如謝家子弟,縱復不端者,爽爽有一種風氣。"①袁昂似乎在説字如其人,王羲之的字哪怕并不端正,也有自己獨特魅力;謝家子弟中最不端正的可能要數謝靈運了,哪怕就是謝靈運人品不好,但并不妨礙他的個人魅力。風氣二字跟風流同出一轍,常用來形容個人魅力,或者與衆不同的精神風貌。袁昂所説的這種風氣也是王謝家族所共同擁有的一種氣質。我在此權且用謝靈運這個極端的例子,從謝靈運詩文的視角來探討這種氣質的構成和時代意義。

  謝靈運出生的(385 年農曆八月)的十天之内,他的曾叔祖謝安就過世了。同年十月,謝安、謝石、謝玄、謝琰皆因淝水戰功被封爲公。謝玄於 388 年去世,之後靈運繼承祖父的爵位。從史書記載來看,靈運自小便被寵愛,但因體弱多病,被送至天師道杜昺處撫養,399 年,杜昺去世,十五歲的靈運回到始寧墅。同年十月,孫恩之亂爆發,謝氏受攻擊,謝琰、琰子謝肇、謝峻、謝奕子謝逸、謝冲、以及冲子謝明慧、謝道韞夫王凝之皆喪生。謝靈運因爲已經去了京城建康纔幸免於難。但謝靈運由於品行最終還是不免被誅殺。關於靈運的日常生活,《宋書》也有所記載:"陳郡謝靈運有逸才,每出入,自扶接者常數人。民間謡曰'四人挈衣裙,三人捉坐席'是也。此蓋不肅之咎,後坐誅。"②謝靈運雖然遭遇多次貶謫,但從京城建康被逐永嘉,應該是打擊最大的一次。《宋書》關於謝靈運的記載,多貶抑之辭:"仍除宋國黄門侍郎,遷相國從事中郎,世子左衛率。坐輒殺門生,免官。高祖受命,降公爵爲侯,食邑五百户。起爲散騎常侍,轉太子左衛率。靈運爲性褊激,多愆禮度,朝廷唯以文義處之,不以應實相許。自謂才能宜參權要,既不見知,常懷憤憤。廬陵王義真少好文籍,與靈運情款異常。少帝即位,權在大臣,靈運構扇異同,非毀執政,司徒徐羨之等患之,出爲永嘉太守。郡有名山水,靈運素所愛好,出守既不得志,遂肆意游遨,遍歷諸縣,動逾旬朔,民間聽訟,不復關懷。所至輒爲詩咏,以致其意焉。在郡一周,稱疾去職,從弟晦、曜、弘微等并與書止之,不從。"③

  史書中對謝靈運的一致批評也影響了他的詩歌接受,這是一個在此無法深入探討的問題。在這篇文章中,我接下來要通過討論謝靈運的《述祖德詩》來探求他對自我和家族的認識,我將得到的結論是:謝靈運是東晉時代的産物,更是謝氏家族的最後的代言人,他的詩體現了史家式的評判,對認識謝族以及東晉的士人文化有着獨特意義。另外,作爲一個被歷史打入道德地牢的人物,謝靈運并不是没有道德訴求,他的訴求是遠大的,高尚的,但是不切實際的,這也是他爲什麽在現實生活裏會一敗塗地。一個好的詩人,一個真正的詩人,在生活中大凡都是這樣的。東晉玄學是謝靈運的時代標簽,他的視野是東晉士人所共同擁有的,唯一不同的是,謝靈運認真地將工具性的辭令當做自身

---

① 嚴可均《全上古三代秦漢三國六朝文》全梁文卷 48,北京:中華書局,1958 年,第 6457 頁。
② 《宋書》卷 30,第 884 頁。
③ 《宋書》卷 67,第 1753—1754 頁。

準則,這纔構成了他和曾叔祖謝安最大的區别。

五 《述祖德詩》①

太元中,王父龕定淮南,負荷世業,尊②主隆人③。逮賢相徂謝,君子道消,拂衣蕃岳,考卜東山。事同樂生之時,志期范蠡之舉。

一

達人貴自我,高情屬天雲。兼抱濟物性,而不纓垢氛。段生蕃魏國④,展季救魯人。弦高犒晉師,仲連却秦軍。臨組乍不緤,對珪寧肯分。惠物辭所賞,勵志故絶人。苕苕歷千載,遥遥播清塵。清塵竟誰嗣,明哲時⑤經綸。委講綴道論,改服康世屯。屯難既云康,尊主隆斯民。

二

中原昔喪亂,喪亂豈解已。崩騰永嘉⑥末,逼迫太元⑦始。河外無反正,江介有蹙圮。萬邦咸震懾,橫流賴君子。拯溺由道情,龕暴資神理。秦趙欣來蘇,燕魏遲文軌。賢相謝世運,遠圖因事止。高揖七州外,拂衣五湖裏。隨山疏濬潭,傍巖藝粉梓。遺情舍塵物,貞觀丘壑美。

從《文選》詩的類别來看,正如胡大雷教授所指出的,謝靈運的《述祖德詩》比較特别,《文選》中僅此二首祖德詩⑧。其直接影響可能是陸機(261—303)所作的《祖德賦》⑨,見於《藝文類聚》人事部的孝類,前有蔡邕(133—192)的《祖德頌》,後有庾峻(?—273)的同題作。陸機的賦,應該祇是部分,現抄選如下:

咨時文之懿祖,膺降神之靈曜。栖九德以弘道,振風烈以增劭。彼劉

---

① 見《文選》卷19,第912—915頁;逯欽立編《先秦漢魏晉南北朝詩》,北京:中華書局,1983年,第1157頁;顧紹柏《謝靈運集校注》,鄭州:中州古籍出版社,1987年,第104—109頁。葉笑雪《謝靈運詩選》(上海:古典文學出版社,1957年)不知什麽緣故居然兩首詩位置顛倒,"中原昔喪亂"章置於"達人貴自我"前。本詩也見於俄藏敦煌文選242號。關於俄藏本,參看羅國威《敦煌本〈昭明文選〉研究》,哈爾濱:黑龍江教育出版社,1999年,第125—161頁;傅剛《俄藏敦煌本Φ242號〈文選注〉發覆》,《文學遺產》2000年第4期,第43—54頁;再刊於《文選版本研究》,北京:中國社會科學出版社,2000年,第276—294頁;范志新《俄藏敦煌本Φ242號〈文選注〉與李善五臣陸善經諸家注的關係》,《敦煌研究》,2003年第4期,第68—73頁,再刊於中國文選學研究會編《文選與文選學》,北京:學苑出版社,2003年,第665—677頁;又刊於《文選版本論稿》,南昌:江西人民出版社,2003年,第205—216頁。傅剛教授依據文本中的諱字推斷其爲太宗李世民統治時期(626—649),早於李善(630—689)注《文選》,而李善本與俄藏本的可比性要大於其與五臣本。范志新基於諱字得出的結論是俄藏本應該出現於中唐。
② 逯欽立依據明版,作專字。
③ 人讀作民,後者爲諱字。
④ 此句謝靈運借用班固《幽通賦》句"木偃息以蕃魏兮",參《文選》卷14,第644頁。
⑤ 晚明版本讀時爲垂。
⑥ 公元307—313年。
⑦ 公元376—396年。
⑧ 參看胡大雷《文選詩研究》,桂林:廣西師範大學出版社,2000年,第25—32頁。
⑨ 陸雲(262—303)致陸機的信文中也曾提及《二祖頌》,因無存文,無法判定其與《祖德賦》的關係。

公之矯矯,固雲網之逸禽。既憑形以傲物,諒傅翼而栖林。伊我公之秀武,思無幽而弗昶。形鮮烈於懷霜,澤温惠乎挾纊。牧希世之洪捷,固山谷而爲量。西夏坦其無塵,帝命赫而大壯。登具瞻於太階,濯長纓乎天漢。解戎衣以高揖,正端冕而大觀。戢靈武於既曜,恢時文於未焕。騰絶風以逸鶩,庶遐踪於公旦。①

陸機的賦贊頌的顯然是祖父陸遜(183—245),首先歌頌陸遜伐劉備(西陵之戰,湖北宜昌),鎮西疆,揚上國的武功,轉而褒揚陸遜功成揖讓的文德。謝靈運的兩首詩不僅叙述了謝玄抵抗苻堅、平定淮南的事,也歌頌了曾祖叔謝安高逸隱退的事迹。從内容上看,這兩首詩有可比性。

從語言上看,這兩首詩跟謝靈運其他作品相比,并不算繁複艱澀,是可讀性比較强的一個作品。當然,這組詩最具吸引力的地方在於其對家族和自我的定位。顧紹柏將此作繫年於謝靈運第一次歸隱始寧墅,也就是景平元年(423)。第一首詩的首聯"達人貴自我,高情屬天雲"奠定了全篇的基調,達人一詞尤其值得注意,凸顯了謝靈運對家族、自我和達人理想的歷史思考及文字闡述。晋葛洪(284—364)《抱朴子·行品篇》裏有這樣一句話:"順通塞而一情,任性命而不滯者,達人也。"它不但體現了魏晉士人的人生觀,也體現了他們的宇宙觀,人的情性不應該爲外物所左右,祇有這樣纔能"不滯",不滯也就是自由,所以達人的意思就是一個完全自由的人,這種理念并不拘泥於儒佛或者道家,也不是簡單的出世入世之二元對立所能解釋的,這就是玄學的一種無可無不可的境界,是魏晉士人努力突破禮法常規的一種思維新境界,簡單説是一種遠見,從哲學層面上來講,是對人類社會一切架構的顛覆,連語言也不例外。達人的"達"的涵義跟《孟子》裏所説的"窮則獨善其身,達則兼善天下"的達是不一樣的,跟《論語》裏講的"夫達也者,質直而好義,察言而觀色,慮以下人。在邦必達,在家必達"和"夫仁者,己欲立而立人,己欲達而達人"的"達"的概念也不一樣。達人的達是通達的意思,可以追溯到《莊子·達生篇》的一段文字來尋求其中的文化意義:

> 子列子問關尹曰:"至人潛行不窒,蹈火不熱,行乎萬物之上而不栗。請問何以至於此?"關尹曰:"是純氣之守也,非知巧果敢之列。居!吾語女。凡有貌象聲色者,皆物也,物與物何以相遠?夫奚足以至乎先?是色而已。則物之造乎不形,而止乎無所化,夫得是而窮之者,物焉得而止焉!彼將處乎不淫之度,而藏乎無端之紀,游乎萬物之所終始,壹其性,養其氣,合其德,以通乎物之所造。夫若是者,其天守全,其神無郤,物奚自入焉!夫醉者之墜車,雖疾不死。骨節與人同,而犯害與人异,其神全也,乘亦不知也,墜亦不知也,死生驚懼不入乎其胸中,是故遻物而不慴。彼得全於酒而猶若是,而况得全於天乎!聖人藏於天,故莫之能傷也。"②

---

① 《藝文類聚》卷20,北京:中華書局,1965年,第373頁。
② 《莊子集釋》卷7上,北京:中華書局,第633—636頁。

這段文字是在探討"人"的最高境界,也就是至人,至人是達人的同義詞語。至人可以外於物而又通乎物之所造,以至於死生驚懼不入乎其胸中而莫之能傷也。也就是説,至人是可以免於常人所遭遇的傷害,守其神,全其身。與"至人"類似的另一個概念"真人"也體現相同的忘我的特質:"古之真人,不知説生,不知惡死。"①之所以能够外萬物且忘生死是因爲本無所謂無我生死之别,正如《莊子》至樂篇裏所説的:"察其始而本無生,非徒無生也而本無形,非徒無形也而本無氣。雜乎芒芴之間,變而有氣,氣變而有形,形變而有生,今又變而之死,是相與爲春秋冬夏四時行也。"②一切祇是變的一種而已,行的一時罷了。莊子的這些思想構成了魏晋玄學士人的思維的基石,謝安、謝玄平時不慕榮利、以清談爲務,一旦國家有難又能挺身而出,出處不是選擇,而是應順大勢所趨。對自我的認識,是圍繞着形神來理解的,神自然要高於形,形體不過是神的臨時承載體,而神纔是最重要的,謝靈運對這些當然都有深刻的理解,他用達人一詞來定論自己的祖輩是再恰當不過的了。

《説文解字》對達字的解釋是"行不相遇",意思是行爲活動不受任何牽絆阻撓,達人也就是不會陷入窮途的人。漢代的文獻中"窮達"是一個很重要的二元對立關係。漢代士人大多是不遇的,司馬遷《史記》的伯夷叔齊篇傳開啓了漢代士人長歌當泣的悲傳。③《論語》裏所説的"君子固窮"給不遇士人提供了一條不是出路的出路,賈誼作爲漢代的屈原以一首《吊屈原賦》道出了所有生不逢時的悲哀:

> 恭承嘉惠兮,俟罪長沙。仄聞屈原兮,自湛汨羅。造托湘流兮,敬吊先生。遭世罔極兮,乃隕厥身。烏虖哀哉兮,逢時不祥!鸞鳳伏竄兮,鴟鴞翱翔。闒茸尊顯兮,讒諛得志;賢聖逆曳兮,方正倒植。謂隨、夷溷兮,謂跖、蹻廉;莫邪爲鈍兮,鉛刀爲銛。於嗟默默,生之亡故兮!斡棄周鼎,寶康瓠兮。騰駕罷牛,驂蹇驢兮;驥垂兩耳,服鹽車兮。章父薦屨,漸不可久兮;嗟若先生,獨離此咎兮!
>
> 訊曰:已矣!國其莫吾知兮,子獨壹鬱其誰語?鳳縹縹其高逝兮,夫固自引而遠去。襲九淵之神龍兮,沕淵潛以自珍;偭蟂獺以隱處兮,夫豈從蝦與蛭螾?所貴聖之神德兮,遠濁世而自藏。使麒麟可係而羈兮,豈云异夫犬羊?般紛紛其離此郵兮,亦夫子之故也!歷九州而相其君兮,何必懷此都也?鳳皇翔於千仞兮,覽德煇而下之;見細德之險徵兮,遥增擊而去之。彼尋常之污瀆兮,豈容吞舟之魚!横江湖之鱣鯨兮,固將制於螻螘。④

---

① 《莊子集釋》卷 3 上,第 229 頁。
② 《莊子集釋》卷 6 下,第 614—615 頁。
③ 參看余英時《士與中國文化》;蕭公權《中國政治思想史》;Hellmut Whilhelm(衛德明),"The Scholar's Frustration: Notes on a Type of Fu", in *Chinese Thought and Institutions*, 311—319; 398—403.
④ 《漢書》卷 48,北京:中華書局,第 2223—2225 頁。

賦的前半段控訴世道的不公,後半段表達了自珍自臧的願望。而祇有在《鵩鳥賦》裏賈誼纔説出了士人所真正需要的心靈雞湯:

> 且夫天地爲爐,造化爲工;陰陽爲炭,萬物爲銅,合散消息,安有常則?千變萬化,未始有極。忽然爲人,何足控揣;化爲异物,又何足患!小智自私,<u>賤彼貴我</u>;達人大觀,物亡不可。貪夫徇財,列士徇名;誇者死權,品庶每生。怵迫之徒,或趨西東;大人不曲,意變齊同。愚士繫俗,僒若囚拘;至人遺物,獨與道俱。衆人惑惑,好惡積意;真人恬漠,獨與道息。釋智遺形,超然自喪;寥廓忽荒,與道翱翔。乘流則逝,<u>得坎則止</u>;縱軀委命,不私與己。其生兮若浮,其死兮若休。淡虖若深淵之靚,泛虖若不繫之舟。不以生故自保,養空而浮。德人無累,知命不憂。細故蒂芥,何足以疑!①

這裏面的"達人大觀"一語可理解爲通達的人視野是宏闊的,因此也不會爲常事所困擾,不爲常情所拘泥。謝靈運《述祖德詩》的首句"達人貴自我"顯然斷章取義地化用了《鵩鳥賦》的語句:"賤彼貴我,達人大觀。"因爲在賈誼的原文裏,"貴我"是繼由"小智自私"而來,因此是貶義的,而謝靈運用的却是褒義。這種意義上的悖反恰恰體現了魏晉玄學思想的演變,是解讀謝靈運開篇詩句的關鍵。然而,有些讀者可能會覺得"遺自我"更能表達無私的高尚情操。例如,俄藏敦煌本就有這樣一個异文——手稿的第一句讀爲"達人遺自我","遺自我"的意思表面上看起來跟"貴自我"正好相反,但從玄學思維的角度來看,二者是沒有區別的。俄藏本還有一條注釋:"墨翟貴己不肯留意天下,故貴自我,作貴勝,遺,棄。"②李善也提供了一條注釋:"陽朱貴己。"③其實,李善或者俄藏本的注家大可不必爲"貴自我"尋找先秦的理論支持,整個魏晉時代,保全自身或自我是士人話語的一個主旋律,"貴自我"已經不可以狹隘地理解爲"小智自私",它應該至少有三個層面的意思:第一,保持個人的本性;第二,保存個人的本真;第三,不要讓自身受累於外物,坐擁天下對存己是不利的,但爲天下效力對自我是可以沒有傷害的。④ 換句話説,"貴自我"跟濟物或者濟公并不矛盾,謝靈運詩的第三句就是"兼抱濟物性"。這種公私兼顧的本領纔是魏晉風流人物所崇尚的,當然這是非常難以做到的,很多士人祇能二者取一,比如王羲之、陶淵明等等,像謝安這樣能够進退適時是非常少的。一方面士人不再認同屈原那樣無謂的犧牲,另一方面兩全難以做到,這纔有了至人、達人這樣的稱謂,來指稱一種新的理想人格——達人是與道一且無待的,綜合了《莊子·逍遥游》裏的至人、神人、聖人的特質:

> 若夫乘天地之正,而御六氣之辯,以游無窮者,彼且惡乎待哉!故曰:

---

① 《漢書》卷48,第2227—2229頁。《文選》卷13,第604—608頁。
② 羅國威《敦煌本〈昭明文選〉研究》,第125頁。
③ 《文選》卷19,第912頁。
④ 參看 A.C. Graham(葛瑞漢), *Disputers of the Tao: Philosophical Argument in Ancient China* (La Salle, Ill: Open Court, 1989),第53—64頁。

至人無己,神人無功,聖人無名。①

在漢代,雖然"君子固窮"的理念根深蒂固,但班彪在他的《北征賦》裏已經提出一種更靈活變通的理想追求:"夫子固窮,游藝文兮;樂以忘憂,惟聖賢兮;達人從事,有儀則兮;行止屈申,與時息兮。"②無獨有偶,班彪的《悼離騷》裏也有如下表達類似思想的語句:"夫華植之有零茂,故陰陽之度也;聖哲之有窮達,亦命之故也;惟達人進止得時,行以遂伸。"③這樣的達人理念一直以潛流的形式存在,比如在嵇康及其他作者的作品中時有出現。不過,祇有謝靈運的《述祖德詩》纔第一次將這樣的理想人格凸顯出來,通過對謝氏的祖輩杰出人物的歌頌、定位,詩人也表達了自己的理想,而這樣的理想跟史書中所描述的謝靈運看上去是大相徑庭的。詩歌創作,尤其是自傳性質較強的詩歌,往往能給我們提供正史或者其他資料所没有的視野。就《述祖德詩》而言,謝靈運對理想人格的敘述體現了東晉士人尤其是高門大族的自我認知,除了一聯裏的"貴""高"這樣的語彙,二聯中提到"不纓垢氛",三、四、五聯中段生、展季、弦高、仲連立功而不受賞的歷史典故也表達了謝氏的廉德。他們看重的不是爵位惠賞,而是"清名"。第七聯中的"苕苕歷千載,遥遥播清塵"就是例證。《述祖德詩》的第二首詩開篇提到天下喪亂,祖輩君子挺身而出,拯民隆主,功成身退,寄情山水,貞觀丘壑。這兩首詩的主題明確,以述祖德,表達了靈運自身對世情、山水的領悟,透視了他對理想人格的尊崇和追求。

結　語

在中國文學史上,謝靈運被冠以"中國山水詩之父"的頭銜,雖然如此,他在六朝詩人中,一直屈居第二。從他的詩歌的文學語言價值上來講,謝靈運要比陶淵明更值得研究,可是由於他人格在史傳裏的污點,大家似乎無法提升他的價值,同時也避免討論他的人格。其實,人物都是立體的,史傳所提供的祇能是一個側面,作者認爲謝靈運在中國文學史和思想史上的價值没有得到充分的認識和研究。

漢學家傅德山對謝靈運的理解值得我們注意:"靈運的財富和顯貴,再加上他的天才和與生俱來的喜劇誇張本性讓他成爲他那個時代最色彩斑斕的人物。從某種意義上來說,他也是極富其時代精神的人物。他吹毛求疵,與世格格不入,這些靈運所具有的明顯特徵,也正是六朝的高士所精心培養的。服飾華麗,香薰貴體,塵尾慢摇,清談閑適,這些六朝的貴族人物們在歷史的舞臺上上演了短暫的不可思議的人生篇章,又白駒過隙般的消逝,他們的結局大多是

---

① 《莊子集釋》卷1,第3—4頁。
② 《全後漢文》卷23,第598a頁。
③ 《全後漢文》卷23,第598b頁。

暴亡。"①

　　謝靈運的倨傲是他致命的缺點，但也跟他的出身有關係。他的生命是短暫的，也是充滿了矛盾衝突的。他和劉裕無法達成君臣和諧，是歷史原因造成的。作爲康樂公，也難怪"車服鮮麗，衣裳器物，多改舊制"。謝靈運屢屢犯諱，最終不免被判謀反罪，送到廣州行刑。就在臨死之前，謝靈運還是那麽我行我素，據說他把自己的鬚髯割下，捐給維摩詰菩薩像，給自己名士的形象畫上了圓滿的句號。謝靈運是謝氏最後一個不馴的傳人，是東晉最後一位名士，也是一個最不爲後人所理解的貴族。

　　[英文題目] My Grandfather, Me, and the Great Man-Reading: Xie Lingyun's "Narrating My Grandfather's Virtues"

　　[作者簡介] 王平（Wang Ping），2006年於華盛頓大學獲得文學博士學位，專攻中古文學，曾任教威斯康星大學、普林斯頓大學，現爲華盛頓大學常聘教授。著有《宫廷書寫——〈文選〉編者蕭統和他的文學集團》（The Age of Courtly Writing: Wen xuan Compiler Xiao Tong and His Circle）一書，合編《南方認同與文化流放——中古詩歌論集》（Southern Identity and Southern Estrangement in Early Medieval Chinese Poetry），并在北美重要相關學科雜志有論文發表。

---

　　① J.D. Frodsham, *The Murmuring Stream* (Kuala Lumpur: University of Malaya Press, 1967), 9.

唐朝詩歌的叙事概念

[加]林宗正

前　言

　　詩歌作品除了抒情之外也多用來叙事。諸多文明都有其杰出的叙事詩來記述其文化的思維、創時代的英雄事迹、政治社會與歷史的演變、可歌可泣的愛情故事及其輝煌的文化進展，例如古希臘史詩《伊利亞特》（*Illiad*）與《奥德賽》（*Odyssey*），印度史詩《摩訶婆羅多》（*Mahâbhârata*）與《羅摩衍那》（*Ramâyana*），皆是古代文明中叙事詩的重要作品。中國古典詩學特別注重"言志"與"緣情"的抒情效果，因而"抒情主義"被視爲古典詩歌的主要精神與特質，叙事傳統也因此長久以來在詩學理論中未得到充分重視。① 然而儘管古典詩學忽視叙事的研究，但是詩人并未遺忘也未輕忽叙事傳統，反而竭力延續此一書寫傳統，因而使得中國古典詩歌在抒情主義之外，還展現出輝煌而源遠流長的叙事傳統與特殊的書寫形式。②

---

　　① 忽視叙事傳統的另外一個可能的原因，是雅俗之辨。抒情詩講究詩歌的形式韵律，并以精煉的語言來抒發傳遞情感。然而叙事詩在格律上比較寬鬆甚至不嚴謹，以比較平白甚至俚俗的語言來書寫。這種平白而不拘格式的書寫風格難以被詩評家所認同，因此長期以來不受詩評家重視。例如早期的劉勰、鍾嶸、蕭統對具有相當叙事性的樂府作品就曾批評其内容淺陋、形式質樸鄙俗。請參考王運熙先生的《從〈樂府〉〈諧隱〉看劉勰對民間文學與通俗文學的態度》，載於《文心雕龍探索》，上海：上海古籍出版社，2005年，第70—74頁；以及董乃斌先生所主編的《中國文學叙事傳統研究》的第二、三章的論述，北京：中華書局，2012年，第55—125頁。

　　② 有關中國叙事詩的發展以及傳統詩學偏重抒情對叙事詩發展的影響，請參考 Jerry Schmidt, *Harmony Garden: The Life, Literary Criticism, and Poetry of Yuan Mei (1716—1798)* (London: Routledge, 2003), p. 415; Jerry Schmidt, "Yuan Mei and Qing-dynasty Narrative Verse", *Journal of Oriental Studies* 37 (1999), pp. 1—33; 以及 Tsung-Cheng Lin, "Time and Narration: A Study of Sequential Structure in Chinese Narrative Verse", University of British Columbia, Canada, 2006. 有關中國叙事詩的研究，另可參考 Ching-hsien Wang, "The Nature of Narrative in T'ang Poetry", in Lin Shuen-fu and Stephen Owen, eds. *The Vitality of the Lyric Voice: Shih Poetry from the Late Han to T'ang* (Princeton: Princeton University Press, 1986), pp. 217—252; 以及 Dore J. Levy, *Chinese Narrative Poetry: the Late Han through T'ang Dynasties* (Durham: Duke University（注轉下頁）

抒情是中國詩歌主要而且顯著的特色，過去幾十年來許多國內外重要學者都曾提出精湛的論述來彰顯抒情傳統在中國文學中的地位與影響，對詩歌傳統的研究有着重要的貢獻。然而筆者想借此提出幾個問題作爲我們進一步的思考：除了抒情傳統或是所謂的抒情主義之外，中國古典詩歌真的沒有叙事傳統嗎？詩歌的叙事傳統真的如此的薄弱而不顯著，致使抒情傳統成爲詩歌的定義性特質？二千多年來數以萬計的詩人真的如此不分朝代萬衆一心以抒情作爲詩歌藝術的最高精神、作爲書寫的最終目的？抒情不可以借由叙事表現嗎？借由叙事形式所表現的抒情也祇能視爲是抒情嗎？沒有抒情的叙事可能存在嗎？叙事在詩歌的書寫傳統裏扮演什麼樣的角色？

中國詩歌傳統着重抒情，然而這並不意味着中國詩歌祇有抒情傳統。古代中國文人，不管是有志於創作，或是有志於仕宦，都投入詩歌的寫作，祇有程度的不同。古代中國是世界文明中少有以詩歌作爲主要文學書寫形式的文明，沒有任何一個文明曾經有過如此大量的文人投注在詩歌的創作上。很難令人相信，有這麼多的文人投入詩歌的創作，但是詩歌的主要形式與傳統祇有抒情。將抒情當成是中國詩歌的定義性特質似乎過度擴張了"抒情"的定義，或許也忽略了詩人在抒情之外的書寫興趣與才氣。在如此大量的詩歌創作中，史上留名的詩人都是萬人之選，各有其獨到之處。詩人也是藝術家，而且是極富創意的藝術家，他們不容易滿足於不變的價值，更不可能滿足於單一的表達目的。他們的詩歌明顯地傳達出這些史上留名的詩人對於當時跟過去的詩歌傳統是相當熟悉的，而他們所努力的是如何在既有的傳統上創新。因此在抒情的表達方式上，不斷地推陳出新，也因此在抒情之外，不斷尋求不同的詩歌表達形式。從詩歌的發展，確實呼應了以上的推論。我們也確實在中國詩歌作品裏，看到了除了抒情傳統，還有叙事傳統，並且詩人對於叙事有着相當的關注，有着敏銳的觀察與創新。

在詩歌發展的每一個階段，叙事在書寫上扮演着重要的角色，並且和抒情搭配，傳遞出似曾相識却又前所未見的情感與閱讀經驗。這絕對不是單純的"抒情形式"所能傳遞的。在詩歌作品中可以發現，除了發掘新的題材之外，詩人也致力於發掘新的書寫"形式"來進一步展現新的題材或是既有的題材，換言之，借由創新的叙事形式來"解構"那些由既定、衆所周知的題材所建構的意涵，並進而產生前所未有的閱讀經驗，表達出前所未有的意境。我們在詩歌作品中，經常可以發現，當舊有的書寫形式已經無法適當地表達當時詩人所要表達的情境，或是已經不足以表達詩人的新的見解，詩人需要新的叙事形式來突破過去相關主題的書寫局限，來寄言或是直接表達舊有形式所無法表達而他希望透過新的書寫形式來抒發的意涵。

無可否認也不需否認，抒情確實是古典詩歌的主要而且是基本的成分，但

(續上頁注)Press, 1988)，與 "Constructing Sequences: Another Look at the Principle of Fu 賦 'Enumeration'", *Harvard Journal of Asiatic Studies* 46:2 (December, 1986), pp. 471—493.

是如果不在抒情之外,關注所謂的非抒情成分,是很難發現、也很難去了解古代詩人如何努力在抒情之外另創書寫的傳統(叙事),并且以抒情之外的文學形式來訴說、來傳達出不同於、甚至超越於傳統抒情形式所書寫的情感。

有關唐朝詩歌的叙事的定義,長期以來一直以詩學作爲最主要而且是唯一的基礎與依據。因此在詩學的架構裏,叙事被認爲應該要講求如同實錄的詳實與準當、必須合乎雅正、按序進行、更需要抒情與言志等等。就詩學裏的定義而言,叙事祇是史實與抒情的附庸,是作爲抒情證史之用。[①] 換言之,就這些中世紀的詩學理論而言,叙事似乎都必須基於事實、反映真實的情況,而且是作爲陪襯與輔助抒情之用。但是對於叙事是否需要與事實的真實性相符合、是否可以是虛構的這個問題,清朝詩學家似乎有着不同的看法。[②] 然而清朝詩學對叙事的新見解祇代表着詩學上的進展,并不代表着這個叙事概念是到了清朝纔出現的,因爲虛構早在叙事文學開始之時已經開始,早存在於之前歷代的作品裏。了解一個時代的文學的叙事概念,除了透過詩學理論之外,更需要憑藉詩歌作品。在詩歌作品中有許多都是虛構之作,或是真實與杜撰混合而成的作品。詩學理論認爲應該如何,不代表詩人也是如此認爲。或許可以大膽的假設,詩學理論不一定是基於真實的作品,也不一定需要反映真實的作品。詩學理論可能祇是詩學家對於詩歌作品"應該如何"的想法,對文學、對詩歌、對叙事的"理想性的期待"。詩學家認爲詩歌應當如何,未必會反映在詩歌的創作中,而詩人也未必在創作之時就會按照詩學的期待而創作。

或許可以借由當代語言學理論及其方法學來解釋有關詩學理論與文學作品之間的關係與差別,以及二者如何相輔相成來更進一步理解當時的文學概念。當代語言學對於理論有三個準則,一是共相原則(general),二是解釋性(accountable)(能夠解釋那些已經研究過的諸多語言的語言現象),三是預測性(predictable)(能夠解釋未被研究的語言)。簡而言之,當遇到一個特定的語言,而既有的理論無法解釋之時,必須回頭修改理論使其解釋性與預測性更加完備。因爲理論所根據的無法囊括所有的語言現象,因此隨時修改是必要的,而修改理論的必要依據就是既有理論所無法解釋的語言現象。

檢視一個時代的文學觀念,文學作品是最重要而且是必要的基礎。因此,當我們在試圖了解唐朝詩歌的叙事發展之時,當時的詩學理論絕對是重要的,但却也絕對不是唯一的憑藉。除了詩學理論之外,也應該忠實地以作品作爲基礎。這篇論文就是以詩歌的作品來探討唐朝之時對叙事的概念,而不是使

[①] 有關古代文學理論對叙事的定義與期待的研究,可參考董乃斌主編《中國文學叙事傳統研究》的第二、三章的論述,第 55—125 頁;李鴻雁、曹書杰《中國古典叙事詩研究綜述》,《古籍整理研究學刊》2009 年第 3 期。

[②] 有關文學創作中的史實的問題,在 17 世紀的中國詩學中已經開始被討論,王夫之在其《古詩評選》以及趙翼在《甌北詩話》中,都曾提出文學與歷史可以分離的主張,請參考 Jerry Schmidt, *Harmony Garden*, p. 421. 有關中國文學中的文學虛構(fictionality)與史實(historicity)的討論,請參考 Sheldon Hsiao-peng Lu, *From Historicity to Fictionality: The Chinese Poetics of Narrative* (Stanford: Stanford University Press, 1994).

用詩學理論對叙事的概念來定義詩歌作品裏的叙事概念。

有關國内對於古典詩歌的叙事分析,董乃斌先生所主編的《中國文學叙事傳統研究》,尤其是其中第五、六章所論及的詩歌叙事,分析精闢而深入,對這一領域的研究有着重要的貢獻。① 筆者這篇文章是希望借由當代西方叙事學理論來對詩歌形式做進一步的分析,借此作爲探索詩歌叙事形式,尤其是叙事概念的基礎。這篇文章試着從底下四個主題的書寫——夢、詩史、家庭、音樂與知音——來思考唐朝詩歌裏所傳達出的叙事概念。

一 夢的書寫——李白《夢游天姥吟留别》

這篇作品就形式而言,被聚焦對象的轉换特别引起筆者的關注。② 爲何李白這篇作品裏的被聚焦對象要如此地轉换? 如此轉换產生了什麽閲讀效果? 這樣的閲讀效果與之前、李白當時、以及後來的詩人在記夢形式上有何差别? 李白記夢的形式在文學書寫上傳達出什麽概念?

這篇作品所描述的夢中的每一個場景(被聚焦的對象)都快速、而没有太明顯銜接性的轉换、并且都有出人意料的震驚而迷惑的效果:月光伴隨影子來到剡溪→來到謝靈運的家,穿着謝靈運的鞋子上雲霄,突然間曙光乍現,從夜晚突然到了清晨→道路崎嶇、搞不清方向,突然夜晚到來→突然聽見熊的怒吼、龍的長鳴、泉水的大聲震響、突然間感到整座山在震動→黑雲沉沉、電光閃閃、即將雷雨,山更加震撼→在即將暴雨之時,石門突然打開,另起一個新的天地,其中天空蔚藍,視野廣闊,色彩繽紛,彩虹爲衣,風爲馬,老虎彈琴瑟、鸞鳥

---

① 董乃斌主編《中國文學叙事傳統研究》有關詩歌叙事的分析,請參考其中的第五、六章,第173—263頁。

② Wayne Booth (1921—2005)在其 The Rhetoric of Fiction 中,曾就傳統叙事學中以人稱代名詞來區分叙事者的種類,提出批評。Booth 認爲將叙事者以"人稱"的方式來區分成第一、第二或第三人稱叙事者,并未能突顯文本的叙事技巧,因爲叙事者未必與叙事觀點的提供者相同,而且不同的觀點可能產生不同的叙事聲音。請參考 Booth, The Rhetoric of Fiction (Chicago: University of Chicago Press, 1961), pp. 149—150.除此之外,Gérard Genette、Mieke Bal、以及 Steven Cohan 也指出的,若以人稱來界定叙事者,不僅無法分辨叙事者與觀點提供者的區别,更無法分辨叙事(narrative)、故事(story)與叙述(narrating)三者的差异,也無從分辨叙事的不同層次。Genette 更進一步指出,過去大部分論著對於視角運用問題的論述,混淆了"叙事方式"(Narrative Mood)以及"叙事聲音"(Narrative Voice)兩者之間的差别,即混淆了決定視點投影方向的人物是誰以及叙事者是誰。换言之,混淆了誰説與誰看的問題。有關人稱叙事者的問題,請參考 Gérard Genette, Narrative Discourse: An Essay in Method, translated by Jane E. Lewin (Ithaca: Cornell University Press, 1980), pp. 186—189, 243—247; Mieke Bal, Narratology: Introduction to the Theory of Narrative (Toronto: University of Toronto Press, 1997), pp. 21—31; Steven Chan and Linda M. Shires, Telling Stories: A Theoretical Analysis of Narrative Fiction (London: Routledge, 1988), pp. 90—94.因此 Genette 提出叙事聚焦(focalization)的觀念,來解決人稱叙事者在叙事聲音與叙事觀點之間所產生的混淆現象。按 Genette 的理論,所謂叙事聚焦,是指由叙事者、叙事觀點以及被聚焦者三者所組成的三角關係。有關叙事聲音、觀點、與被叙述客體(被聚焦者)的定義與關係,請參考 Genette, Narrative Discourse, pp. 161—185, 189—194;以及 Bal, Narratology, pp. 78—80, 140—142, 142—149.有關古典詩歌中的聚焦形式的分析,請參考拙作《抒情下的叙事傳統:〈孔雀東南飛〉的聚焦叙事與書寫》,《中山大學學報(社會科學版)》2012年第6期,第20—33頁。

駕車,仙人游走四處→突然夢醒(回到現實)、祇見身邊祇有枕席相伴,因而悵然若失→最後以人生的看法作結:人生如夢,萬事都如江水東流,一去不回。

李白寫夢的叙事形式與之前與之後的作品有相當的差別。① 之前與之後的記夢詩歌在叙事形式上與一般詩歌在述説故事的叙事形式上近似。如果不在作品中指明所述説的是夢中所見所經歷的,這跟非記夢之作没有太大的不同。換言之,這些詩人是以傳統、已知而既有的叙事形式來記述夢中之事,所呈現的不是夢,而是一位詩人在以熟悉的記述夢之外的真實世界的叙事形式在記述着與真實世界相似又不相同的夢中多變而難以捉摸、有時也難以理解的物象與經歷。換言之,雖然説是記夢,但見不到夢的形式。

李白的作品是以夢的形式——跳躍、模糊、怪離、迅速變化的場景,突兀的時間省略,古怪、奇特、扭曲、與現實世界既相似又不同的物象——來記録夢中之事。换言之,李白"意識到"夢中的叙事形式(故事、事件發生的形式)與清醒之後書寫真實世界的形式是不同的,并且特意借由與書寫真實世界不同的叙事形式來展現夢裏的形式。在這篇作品裏,李白將聚焦形式搭配叙事時間與速度,讓聚焦對象在不同時空之間、在不同速度之下忽快忽慢地不斷轉移,讓作品中那位做夢的詩人隨着聚焦對象在模糊的時間次序裏、在不同的速度中產生的時快時慢、不斷變化、又無可捉摸的轉移中來產生多變、困惑甚至懷疑的情緒,借此讓讀者進一步感受到李白希望以這種書寫形式所表現出的那個與真實世界不同的夢中世界。李白將他對"夢的認知"放在他的書寫裏,或許是希望借此來表達他對於傳統記夢之作的書寫形式的質疑。

文學形式的轉變有很多的原因,其中一個重要的因素就是意識到傳統形式的不足,或是意識到傳統形式所没有注意到的新的視角,或是意識到傳統形式可以加以改變并以不同的形式進一步描寫傳統形式所未曾描寫的事物與景致、未曾抒發的情緒與感受。

就文學創作而言,詩人時常會局限在熟悉的筆法形式裏,因循着既有的形式,時常是在一段時間裏,多數的詩人使用既有的書寫形式,祇做出一些局部的改變,而重大的改變時常必須等到新意識、新觀點、新角度的產生。舉例而言,詩人使用系列結構來作爲叙事的時間進行,這并不是意味着詩人意識到叙事時間這個叙事概念,詩人祇是使用系列結構這個書寫技巧而已。同樣的情況,即使詩人意識到也使用了叙事時間,但這并不意味着詩人意識到叙事速度與叙事聲音,也不意味着詩人意識到叙事時間與速度是可以與叙事聲音相互配合來產生新的叙事形式,并借由這種新的叙事形式所產生的新的角度來描寫已經熟悉的景物,來傳達對相同景物的新的詮釋,來表現過去作品未曾描寫的心境。

《夢游天姥吟留别》的重要性就是其中所記述的夢的形式。這個新的記夢

---

① 有關古典詩歌裏記夢的研究,尤其是大量創作記夢的陸游的作品研究,請參考周劍之《論陸游記夢詩的叙事實踐——兼論古代詩歌記夢傳統的叙事特質》,《文學遺産》2016年第5期;以及唐啓翠《陸游詩歌"夢"意象研究》,《海南師範學院學報(社會科學版)》2005年第2期第18卷(總76期)。

形式(聚焦對象搭配叙事速度與時間的轉換)在顯示出李白看到了記夢形式的問題,企圖以當時未曾出現在詩歌裏的新的叙事形式來書寫他所知道的夢,來傳達出他對大家都熟悉的夢的新詮釋。

二 詩史的書寫——以《彭衙行》《三別》《三吏》爲例

　　杜甫許多的詩歌作品記錄了安史之亂當時的政治、社會、民生的景況。然而戰禍動亂在杜甫之時,在杜甫之前與之後,換言之,在古典詩歌裏一直是重要的寫作題材。杜甫有關的作品被譽爲詩史。在當代閱讀杜甫,我們或許會好奇:除了多方面地記錄當時在戰火動亂之下社會各個階層的遭遇以及抒發詩人對這些事件的感受尤其是悲天憫人的情懷之外,杜甫在歷史書寫上有什麼特殊而重要的貢獻以至於可以被尊稱爲詩史? 杜甫真的可以是詩史書寫的代表詩人嗎?

　　歷史書寫不僅牽涉到內容,更關係到形式。透過不同的形式來展現同一段歷史,或甚至是相同的事件,會導致出多樣甚至不同的歷史詮釋。換言之,就是以多個視角來觀察歷史,聚焦在不同的歷史角落,來記錄不同階層的感受,讓讀者借由這些不同視角所展現的片段而多樣的歷史,來拼湊、想象詩人所要表現的當時的歷史。

　　有關歷史書寫,閱讀的接受效果一直是詩人所特別着重之處,而書寫形式深深影響着閱讀。筆者發現書寫形式、尤其是聚焦形式,正是杜甫詩史作品所特別關注的,也是杜甫對詩史書寫的重要貢獻。其中尤其是《彭衙行》《三別》《三吏》七篇作品在叙事形式上特別引起筆者的注意。這七篇作品都是讀者耳熟能詳的作品,筆者就是希望透過新的分析角度,來重新檢視這些熟悉的作品,看是否我們可以看到杜甫偉大之外更加偉大的貢獻。

(一)《彭衙行》

　　杜甫《彭衙行》是一篇具有時間性但時間却又模糊的作品。叙事的現在時間是最後4句,其他的42句都是倒叙。① 倒叙分成兩個部分,第一部分是前26句,寫彭衙道上的艱辛,第二部分27—42句詩描寫詩人的朋友孫宰的盛情款待。最後4句是描寫離別孫宰一年之後,寫這篇詩作之時,對朋友的思念以及無法相見的遺憾。

　　第一部分(1—26)描寫逃難的經過,祇有前4句可以看出時間性,換言之,是整段逃亡叙事的開始,其餘的22句完全無法知道事件的前後順序。前4句描寫避亂彭衙,之後的22句以不同的逃難經驗作爲聚焦對象。然而不同的逃難經驗之間,却無法分辨事件發生的前後順序,換言之,整段倒叙的描寫,雖然具有時間性,但事件之間的時間却是模糊的。例如,5—8句描寫途中的困頓

---

　　① 以熱內特的定義,此處的倒叙稱之爲完整外倒叙。所謂的完整外倒叙(complete external analepsis)是指倒叙事件的結尾,與第一叙事的開始(而非第一叙事的中斷處)相互銜接,因此,倒叙事件的結尾與第一叙事之間没有中斷。請參考 Genette, *Narrative Discourse*, p. 62.

狼狽、以及沿途荒凉冷漠的景色。9—14 句描寫詩人的女兒與兒子的飢餓與恐懼——女兒没飯吃而捱餓，兒子没飯吃而亂食果子。15—18 句描寫逃難途中遭遇雷雨的艱辛情況；19—22 句描寫逃難途中在食、宿、行上的辛苦。23—26 句終於點出逃難的進度，已經到了同家窪，并準備北上繼續逃難的旅程。同家窪是孫宰的住地，開啓了下一段的叙事。

　　值得特别注意的是在這一段的叙事中，詩人同時使用時間性與非時間性的叙事形式。其中的時間性祇出現在最開始與最後的部分。其餘的事件叙事之間并没有時間性①，無法判定哪個時間爲先，哪個爲後。每一個事件的描寫都是針對詩人逃難時期某種特定生活狀況的描寫。换言之，每一種經驗的描寫，都是整體逃難經驗的一部分，整個系列并没有按照事件的前後時間順序排列。因此，整段的書寫可以視爲是在時間框架之下的非時間性的叙事。杜甫此處即是借由"無時間性的書寫"來進一步呈現在戰火頻仍的逃亡過程裏，不論是何時、不論是何地、不論是何人，都是顛沛流離。詩人正是借由這種獨特的書寫形式——無時間性的系列結構——來傳遞"没有時間性的共同經驗"。無時間性的系列結構(non-temporal sequencing)在詩歌中時常作爲人物外貌的描寫，例如《詩經·碩人的美人》、《陌上桑》的羅敷、《羽林郎》的胡姬、《孔雀東南飛》的劉蘭芝。然而借由時間性的系列(temporal sequencing)作爲主架構，之後在時間性系列架構之下使用無時間性的系列結構來作爲事件的叙事，并借由這種特殊的時間形式來指向當時黎民百姓在動亂的時代之下的各式各樣的共同遭遇，在杜甫之前的歷史詩歌作品中相當罕見。

（二）《三别》與《三吏》

　　這六首詩是詩組的形式，其中的叙事重點是聚焦形式。詩人以不同的聚焦方式，借由不同的叙事聲音與叙事觀點針對不同的聚焦對象，來描寫不同人物的遭遇與感受，借此來書寫一個"共同的大主題"。

　　《新安吏》以"客"（詩人）與"官吏"的對話來作爲開場。换言之，詩人自稱爲客，這是第一人稱的叙事，所采用的叙事視角有二，一是個人的觀點，一是全知的視角。在西方叙事學中，一般所謂的第一人稱叙事（即故事外或故事内的同故事的叙事者）大多是采用叙事者的個人有限觀點（即第一人稱的觀點）在記録所看到的、所聽到的，以及所經驗到的，或是在抒發自己的情感。然而在中國古典詩歌中，尤其是詩史的作品，因爲有臧否時政的特質，因此詩人會以史官的權威觀點（即第三人稱的全知觀點）在評論時事。② 這一篇可以視爲是

---

① 事件之間的聯繫没有時間性，稱之爲無時間性的系列結構 non-temporal sequencing。有關無時間的系列結構在古典詩歌中的使用，請參考拙作"Yuan Mei's (1716—1798) Narrative Verse"，*Monumenta Serica* 53 (2005), pp. 73—111，以及《〈孔雀東南飛〉的系列結構與中國叙事詩的書寫傳統》，《中國文學研究》第十九期，上海：復旦大學出版社，2012 年，第 29—47 頁。

② 有關古典詩歌裏第一人稱叙事者使用全知叙事觀點的討論，請參考拙作《多重聚焦與時間交錯下的歷史書寫：吴偉業的詩史叙事》，《中國詩學》第 18 輯，北京：人民文學出版社，2014 年，第 176—199 頁。

第一人稱的敘事者借由個人第一人稱的觀點與全知的觀點在述説詩人所看到的年輕的男孩被徵召入伍而其家人悲苦難當的情形,并且借此抒發自己的感情,表達對戰争的看法。

《石壕吏》的敘事重點是敘事者的類型以及聚焦類型,其中的敘事視角特别值得注意。在《石壕吏》裏,詩人也是以第一人稱的人物出現并述説,但與《新安吏》那位第一人稱但又是全知評論的敘事者不同。在《石壕吏》全篇敘事裏,詩人像是一位不知内情的第三者記録所聽到的故事。其中的老婦是故事内的敘事者,講述主要的故事(老婦自己的遭遇),而詩人祇出現在開首與結尾之處,作爲引言以引出主要的叙事者,并在結尾處以感嘆來作爲總結。詩人祇聽到他所聽到的,也祇説他所聽到的。没有任何的個人意見,也没有如同在《新安吏》裏第一人稱的全知評論。最後的結局是詩人次日早晨道别之時,没有見到老婦,而他也不知道老婦是否已經代夫從軍。詩人在作品的最後以問句道出心中的疑惑作結,來表達詩人自己的擔心與憂慮,這種以疑問作結的叙事方式在閲讀上也産生了相同的效果。换言之,詩人以第一人稱的聲音借由旁觀者的觀點來描寫,寫出他的困惑——他半夜祇聽到哭泣之聲并没有聽到任何的話語(不知道到底發生什麽事),次日清晨没有見到老婦,詩人懷疑老婦已經被官吏帶走(代夫從軍),但他不確定他所擔心的是否真的發生。詩人的困惑與擔憂而没有明確答案的書寫讓讀者也隨着産生相同的疑惑與心情。這種寫法在閲讀上所産生的懸疑效果,比起直接寫出擔憂,在讀者接受效果上更具有感染的效果。

《潼關吏》如同《新安吏》與《石壕吏》也是詩人第一人稱的叙事,但與《新安吏》《石壕吏》不同的是,《潼關吏》像是電視采訪的叙事模式。其中先是詩人如同采訪者走到一個地點,説了幾句他當場所看到的作爲開場,之後就是以問題來采訪官吏,最後是詩人幽默而諷刺的對答來作爲結語。

《無家别》是詩人假借從軍多年回到家鄉的老兵的口吻,述説老兵回到離開多年的家鄉看到家人里人離去而荒廢的家園。① 叙事的現在時間出現在最後的結尾,之前的叙事完全是對過去事件的追述。《新婚别》與《無家别》都是借由人物的聲音叙述,二者之間主要的差异之一是叙事聲音(説話者與説話對象)。《無家别》是詩人借由老兵的聲音在述説自己的遭遇,而《新婚别》是詩人借由征夫妻子的聲音(第一人稱),在丈夫離别之際向丈夫的告别。《新婚别》與《無家别》在"説話對象"上有所不同;《新婚别》所有的話語都是對着丈夫,换言之,説話者是妻子,接受者是丈夫,并不是非特定之人。而《無家别》則是類似自傳性的叙事,没有特定的説話對象,因此對象可以是詩人(假設詩人在旁聆聽并記録),可以是任何人包括讀者。换言之,《無家别》與《新婚别》雖都是第一人稱的自述性叙事,但在話語的對象上有着顯著的差别。由此可見,杜甫

---

① 這是否也可以看成是詩人以旁觀的第三者,借由第一人稱的自述方式,記録着他所聽到的一位離鄉多年的老兵回到家鄉之後所見、所思、所感、所經歷的回憶追述。

不衹是注意敘事者、聚焦者、聚焦對象,更注意到當代敘事學特別注重的語言分析,也就是説話者與聽話者二者之間不同的語言關係所產生的不同的敘事現象。

在《垂老別》裏,詩人完全借由第三人稱的口吻在描述年老之時被徵召從軍的黎民百姓。《垂老別》的描寫與敘事的筆法,與之前五篇不同,詩人這次介入了文本,以第三人稱全知而權威的角度在述説一位老人的遭遇,借此凸顯徵兵的問題。

就其主題而言,《三別》《三吏》共六首詩歌,除了《潼關吏》之外,其他五首都在描寫徵兵。《新安吏》是以年幼之人被徵召入伍來凸顯徵兵的不分年紀以及父母的悲傷;《石壕吏》是以一位孩子都已經都被徵召的老婦希望能取代年老的丈夫從軍來凸顯徵兵的不分性別;《無家別》描寫征戰多年回鄉的老兵見父母亡去,雖然家園荒蕪但至少是自己的家園,然而就在準備重整家園之時,再次被徵召,此時已不同於當年,已無父母可以告別,因而悲從中來。詩人借此來凸顯徵兵的不間斷;《新婚別》借由一位新婚的妻子在結婚的隔一天與其新婚夫婿離別之際的告別,來凸顯徵兵的不分時間;《垂老別》與《新安吏》一樣,都是在描寫徵兵的不分年紀,《新安吏》借由年幼之人的被徵召從軍來描寫徵兵的不分年紀,而《垂老別》則是借由年老之人的被徵召入伍來凸顯徵兵的不分年紀。這六首詩歌,唯獨《潼關吏》不是寫徵兵,而是借由築城戍守來描寫戰事的持續。杜甫似乎是借此來強調就是因為戰事的持續,纔有不間斷、不分年紀、不分性別、不分時間的强行徵兵。

就敘事形式而言,六篇作品在敘事聲音、觀點、聚焦的形式上都不相同。《新安吏》,如同上述,是以第一人稱敘事者作為主要敘事者,使用二種敘事觀點——個人觀點(固定式聚焦)以及全知觀點(無聚焦)——來記錄少年被徵召入伍及其與父母告別之際的悲痛場景,并抒發詩人如同史官般對戰爭的評述。其中敘事者也是故事中的人物,話語的對象是徵兵的官吏。《石壕吏》的詩人是第一人稱的敘事者,以如同不知情的第三人稱旁觀者的角度、不帶任何評論的形式(外部聚焦)來記錄他所聽見、所看見的半夜徵兵的情景。其中主要説話者是老婦,對象是徵兵的官吏,但聽者却有二位,一位是半夜徵兵對人民感受無動於衷的官員,一位是故事中擔任事件見證人的人物——詩人——但在此却隱藏感情,扮演成一位如同事不關己的旁觀者的歷史見證人。《無家別》裏的老兵是故事中唯一的人物,也是唯一的敘事者,并借由老兵自己的觀點來述説自己的遭遇(固定式内聚焦)。全篇敘事的説話者是那位老兵,但沒有説話的對象。詩人似乎是希望透過這類敘事的安排來進一步傳達出老兵再次被徵召之時已無家人可以道別的悲苦,尤其是沒有説話對象這個敘事安排讓敘事所抒發的情緒的感染力進而提升。《新婚別》與《無家別》相同,都是衹有一位人物敘事者,也都是借由人物自己的聲音透過自己的視角在述説自己的遭遇(固定式内聚焦)。但與《無家別》不同的是,《新婚別》有説話的對象,但這個對象是剛剛纔新婚就即將別離遠去的丈夫。有説話對象但這個説話對象即將從軍遠去,這種敘事形式不是《無家別》裏那種以無聲的孤寂來寫悲苦,而是以有聲的離別來寫悲苦。在這二篇作品裏,很顯然的,詩人是借由不同的道別的情景——無家可別以及新婚之時即是離別之時、無語的道別與有聲的道別——來分別述說不同人物在不同遭遇、在不同離別情境下的心情。不管是什麼心情,不管是什麼離別的情境,不管是有家人可以道別或是無人可以道別,黎民百姓在戰火之下那種除了悲苦無助之外一無所有的困境。另外一篇寫離別的《垂老別》,詩人用了不同於之前二篇有關離別書寫的敘事形式。詩人介入了離別的場景,包括離別的氛圍、人物的心情,完全是由詩人以第三人稱全知敘事者的身份所掌控,述說老翁在晚年應是頤養天年之時仍然被徵召的悲慘遭遇。其中說話者是詩人,主角是老翁但沒有說話,而敘事者說話的對象是他的讀者,不是故事中的人物。《潼關吏》不僅在內容上與其他五篇作品不同,在敘事形式上也不同。如之前所述,故事像是以采訪的形式展開,之後是詩人與官吏的對話,因此形成二種個人觀點所組合而成的敘事形式。先是由第一人稱詩人敘事者借由自己個人的觀點(開場的 4 句,固定式內聚焦)描述他所看到的潼關築城的情景,這 4 句描寫像是透過鏡頭讓讀者看到當時築城的現況;之後的 5—6 句以提問的方式來引出底下詩人與潼關吏的對話。之後,詩人借由二位人物的觀點交錯而成的對話來述說二人的不同想法(不定式內聚焦)。其中說話者是詩人與潼關吏,說話的對象也是詩人與潼關吏。相同的是二人的觀點都是局限的,不同的是一位(潼關吏)自信滿滿,一位(詩人)憂心忡忡。詩人代表的是當時的人民,這二種觀點的對比,詩人像是在寄言當時百姓對朝廷政策的質疑以及希望朝廷不再重蹈覆轍而戰事能夠趕緊結束,但是百姓的希望祇能是希望,百姓所能有的也祇是希望。不論是什麼結局,百姓祇能逆來順受。

就六篇作品的敘事而言,詩人借由不同的敘事形式描寫同時代之下不同人物的遭遇,來反映出那個時代的黎民百姓不論是什麼年紀、不論是什麼性別、不論是什麼時間,所遭遇的那段不間斷也無法改變的共同苦難。

在分析這六篇作品的最後,我想借由創作的角度來談談我對這六首詩作的想法。如同前述,這六首詩歌引起筆者最大的好奇是其中每一篇在敘事聲音、敘事觀點、聚焦形式、說話者與聽者的安排上都不相同。這六首詩在創作上給我一個想象。杜甫 759 年 3 月到 7 月從洛陽到新安,到陝縣,到潼關,到華縣。在這段時間裏,杜甫可能在不同時間、不同地點,創作了不同的作品,而且可能不祇是我們現在所看到的這六篇作品。可能創作了超過六篇的作品,可能有些作品是針對相同的事件的書寫,也可能是針對不同事件的書寫。這些沿途而寫的作品可能都祇是草稿,用來記錄他在這段路程裏的所見所聞所思所想。

我們如何從創作來判斷詩人對於敘事概念的認知程度? 杜甫大約有 1400 首的詩歌作品,而且絕大部分是他四十歲以後的作品。就杜甫在《壯游》這首詩裏所說的,他的詩歌創作是在七歲就開始。大約計算,杜甫每年的創作數量平均是 28 首。《三別》《三吏》這六篇作品創作於 759 年 3 月到 7 月,這五個月裏除了這六篇作品,還有《洗兵馬》《贈衛八處士》《夏日嘆》《夏夜嘆》,以及二篇文章《爲華州郭使君進滅殘寇形勢圖狀》(乾元元年七月)與《乾元元年華州試進士策問五首》(乾元元年、二年)。

就數目而言,這五個月的創作,不多也不少。就創作而言,就這六篇作品中複雜而多樣的叙事形式而言,所謂的神來之筆、下筆即成或許不是形容這六篇作品最好的解釋。尤其是那些明顯可見詩人刻意經營的痕迹的作品,應該不至於是下筆即成可以達成的,而是詩人極盡心思,甚至是多次編輯修改重寫之下的作品。換言之,這些在形式上刻意經營的作品,確實可以用來作爲審視詩人對於叙事觀念的理解程度的重要依據。

我們不知道杜甫在何時何地開始編輯、開始修改甚至重寫這些草稿。底下是我的想象:杜甫有可能面對數量超過六篇的作品,可能十篇、甚至二十篇的草稿。但是在面對着這些攤放在書桌上超過六篇的草稿,他選擇了將這些作品寫成了六篇,并且每一篇分別以不同的人物、地點、不同的叙事形式來書寫。這讓我更加相信底下的假設:杜甫是刻意地使用不同而特殊的叙事形式來書寫。

杜甫這種寫作的過程更加説服我:杜甫是非常清楚他所使用的每一種形式,雖然他不知道什麽是"聚焦"這種當代叙事學的專門術語,但是他對於聚焦形式、聚焦者、聚焦對象、視角、説話者與説話對象的不同所造成的不同的閲讀效果,有着很清晰的概念;而且能夠能將這些概念運用到寫作中,并且非常成熟地駕馭不同叙事形式的差別來呈現那個時代不同人物的不同遭遇與不同的心情,再借由這些不同人物的不同遭遇,來反映出那個時代的黎民百姓不論是什麽年紀、不論是什麽性別、不論是什麽時間,所遭遇的那段不間斷也無法改變的共同苦難。

這六篇作品裏對叙事形式的認知與駕馭的程度,是我在杜甫之前與當時的作品中所未曾見到過的。我相信這六篇作品的叙事形式,應該不是杜甫在某個當下揮筆而成的作品;應該不是杜甫每到一處、看見不同人物、不同事件之時,突然靈感一來,就以不同的叙事聲音、不同的叙事角度,安排不同的説話者,同時又能注意到説話對象的差別,來展現出當時人民的共同遭遇。這六篇作品在叙事形式上的不同,在在反映出杜甫對於叙事聲音、叙事觀點、聲音與觀點的搭配組合、説者與聽者的關係,相當熟稔,也在在展現出杜甫在叙事形式上的刻意經營,更展現出杜甫對於叙事形式與概念的掌握程度。杜甫在聚焦概念與形式上的認知與運用,明顯已然超越了前朝與當時的詩人。杜甫對於聚焦概念的嫻熟也表現在有關家庭的書寫上。

三　家庭與遠近的書寫——《羌村三首》

這三首詩雖然充滿着詩人因房琯之事而被罷官的落寞與無法釋懷却仍然心繫國事,但同時也描寫了詩人與家人以及家居生活的關係,尤其是適應的過程。後者(詩人對家人以及家庭生活的調適過程)是這三篇作品最引起筆者好奇與關注之處。筆者發現這三篇作品,就像《三別》與《三吏》一般,詩人在叙事形式上特別着重聚焦形式(尤其是聚焦者與被聚焦的對象)的轉換,并將聚焦的轉換與情節的安排相配合來表達詩人心情的轉變,尤其是暗示詩人對家庭生活的陌生、無法投入而需要調適的心情。

其中第二首的最後四句以及第三首的前四句的聚焦變化特別引起筆者的注意。在第二首最後四句,聚焦對象從蕭蕭北風之下詩人久久無法釋懷的心事轉變到原本觸眼可及却又一直視而未見、未曾在乎也未曾關注的禾黍與酒香(家居生活),而第三首前四句詩人借由視覺與聽覺作爲聚焦的媒介,借着視覺與聽覺的聚焦變化來描寫由遠而近的轉變,并借此來傳達出聚焦者(詩人)對聚焦對象(家居生活)在接受上的轉變。在這種有關接受轉變的描寫裏,筆者發現詩人像是第一人稱叙事者却又同時是第三人稱旁觀者的雙重身份,换言之,以第三人稱旁觀者詩人的"他"的視角看着并記錄着第一人稱詩人的"我"所看到的一切。這種將自己置於第三人稱的視角裏看着第一人稱的自己,流露出對自己所身處的環境一種陌生而有着距離的感覺。這類聚焦形式——以第三人稱陌生人的"他"(詩人)作爲聚焦者看着第一人稱的詩人的我以及這個我所看到的家庭生活——是筆者在杜甫之前的詩歌作品中所未曾見到過的。

第一首描寫詩人久未返鄉,初到家門,看到自家的柴門與家人的心情。聚焦的對象從遠景(1—2句:天色,回到故里之時已是夕陽西落)到近景(3—4句:家門前的景色,以及詩人到家的心情,這二句雖然描寫景色但全都是影射詩人的心理)。之後(5—8句)是妻子的反應以及詩人的感觸。之後(9—10句)描寫鄰人。最後(11—12句)是夜深人靜之時,看着妻子之時的感觸。在時間上完全是順時而循序漸進,有景色(遠到近),有人物(家人→鄰人),有動作,有心情,有感觸。

第一首描寫剛回家之時以及妻子的反應,第二首描寫兒子的反應以及詩人對過去的反省與人生的感受。先(1—2句)寫詩人回家之後對過去遭遇的無法釋懷而鬱鬱寡歡。之後(3—4句)描寫兒子似乎感覺出詩人的鬱鬱寡歡因而擔心詩人又即將離去。之後(5—6句)聚焦對象隨之轉變,從心情的抒發轉而書寫詩人的回想過去,描寫詩人追憶往昔喜歡在池塘邊的樹下漫步乘涼的種種往事與心情,而這些追憶的種種往事也正是詩人在回家之後仍然鬱鬱寡歡的原因。换言之,雖然聚焦對象轉變,但詩人的心情沒有改變,所有的描寫仍然聚焦着詩人無法放下國事以及自己遭遇的心情。之後(7—8句)再次寫風、寫情,描寫強烈的北風迎面而來,更平添了詩人的憂慮與沉重。之後四句(9—12),如同前述,是整個氣氛的轉折,詩人像是從之前無法放下朝政的陰霾裏突然醒來,終於看到了家、看到了禾黍已到收割季節、聞到了酒香,終於有了回家的感覺。

第二首最後四句之前有關詩人對於返家以及與家人久別重逢的描寫,雖然反映出詩人的喜悅之情,但這些描寫裏所流露的情感,似乎也能從其他詩人有關返鄉見到久別重逢的家人的描寫中找到類似的情緒表達。杜甫詩中的這些描寫感覺上反而像是應景之作。然而如果對照詩人對國事、對自己遭遇的無法釋懷的描寫,這種類似應景之作的情感反而流露出詩人似乎始終無法投入家庭生活,反而呈現出詩人與家人、與家庭生活的疏離。直到第二首的最後四行纔像是恍然大悟一般,突然聞到了黍禾與酒香,終於有了回家的感覺。

　　至於第三首的文義,簡單來看,可以理解是鄰里携酒歡迎詩人歸來以及詩人感謝鄰人情誼的情景,之後再透過詩人與鄰人之間的對話反映出百姓生活的問題。但其中的叙事形式却相當複雜,而這些複雜的叙事形式似乎傳遞出另外一層特殊的含義。在分析這篇作品的叙事形式之時,有幾個問題引起筆者的好奇,例如詩人如何搭配視覺與聽覺來描寫?這種搭配視覺與聽覺的描寫傳遞出什麽含義?詩人出現在他所描寫的視覺與聽覺裏嗎?如果出現,代表了什麽含義?如果没有出現,詩人是否在表達特殊的感覺?詩人是第一人稱或是第三人稱?還是二者都是?這二者之間的不同是否會影響我們對這四行詩句的解釋?第二首最後四句寫出詩人終於有了回家的感覺,但是有感覺就表示能融入而感受到家庭生活的樂趣嗎?第三首所描寫的家居生活對詩人而言是什麽感覺?陌生與困惑?還是熟悉?第三首是詩人在寫他對田園家居生活的"適應"嗎?

　　就聽覺而言,前四句描寫二種聲音——鷄叫之聲與客至之聲。系列順序是,先是鷄叫聲→之後,客至之聲被鷄叫聲與打鬥聲掩蓋(换言之,没聽到客至的聲音)→之後,趕鷄上樹(鷄叫聲漸停)→最後,客至叩門之聲。前四句不祇是描寫聽覺,也是描寫視覺。就視覺而言,其系列順序是,先看到群鷄(也聽到鷄叫聲)→之後,遠遠看到客人前來但聽不到客人的聲音,祇聽到鷄打鬥的聲音→之後,看到鷄上樹、也聽到鷄聲漸停→最後,看到客人來到門前,也聽到敲門的聲音。

　　换言之,第三首前四句的聚焦對象是鷄叫聲與客至,視覺與聽覺合并,都是動態的描寫,并且具有層次,即:鷄叫聲由大變小最後停止,而客至之聲由無變有。這種視覺、聽覺交錯使用并且具有層次變化是杜甫所擅長的筆法之一。在許多作品中,杜甫使用視覺、聽覺、嗅覺、顔色、濃淡等等交錯來描寫景色。但是借由視覺與聽覺的搭配與變化來描寫由遠到近的"動態"變化,在之前的詩歌中并不常見。杜甫對於聚焦形式的熟稔與創新,在在展現出杜甫對於聚焦概念的理解與掌握。如同之前所言,杜甫絶對不知道"聚焦"這類當代叙事學的專門術語,但他對聚焦這個觀念的理解就當時的詩歌而言確實相當先進而成熟。

　　第三首前四句非常特殊,可以有許多不同的詮釋。最常見的解釋是前四句都是在描寫詩人所看到的、所聽到的,而詩人所看到的、所聽到的是代表田園家居生活的鷄叫聲、鷄打鬥、鷄上樹以及客至。换言之,詩人所看到的、所描寫的都是家居與田園的生活,而這正可以表示詩人對於家居生活的怡然自得與滿足。

然而如果以聚焦者、視角以及被聚焦的對象而言,或許可以有其他不同的詮釋。在這四句詩句中,不論是視覺或是聽覺,聚焦對象都是田園生活,聚焦者都是詩人,但是如同之前所言,詩人又像是第三人稱的叙事者站在身後看著自己,像是以站在故事之外、陌生的叙事者的身份(即故事外而异故事的叙事者)在描寫自己。① 其中,詩人沒有直接出現,而是借由詩人的視覺、聽覺來指向詩人的存在。

筆者所好奇的是古典詩人在書寫形式上花了很多精神,杜甫爲什麼要使用如此的聚焦形式? 詩人透過這種叙事形式要表達什麼樣的特殊含義? 在這四行詩句中,詩人似乎是借由第三人稱陌生人的角度、站在身旁默默地看著自己、書寫自己在田園家居生活中的反應(所看到的以及所聽到的)。就筆者的閱讀,這種叙事形式所呈現的像是在表達詩人自己對田園與家居生活的陌生、

---

① 所謂故事外而异故事的叙事者(extradiegetic-heterodiegetic)是指位於叙記外層,沒有參預也沒有出現在其所述説的故事裏。這類叙事者非常類似傳統叙事學中所謂的第三人稱全知叙事者。但就如之前所提及的,在傳統的叙事研究中,通常以人稱來區分叙事者,例如第一人稱叙事者與第三人稱叙事者。雖然這種人稱叙事者簡單而易於了解,但就理論而言,以人稱來定義叙事者在相當程度上混淆了叙事聲音與叙事觀點的區別,换言之,混淆了"誰説"與"誰看"的區別。在叙事作品中,叙事者并非一定是觀點的提供者,如第三人稱叙事者可以借由全知觀點,也可以借由第一人稱的觀點進行叙述。一位年老的叙事者可以假借一位孩童的觀點來述説,男性的叙事者可以借由女性的觀點來叙述,并且,一位叙事者可以同時使用兩種或兩種以上的叙事觀點來述説故事。除此之外,傳統叙事學中的人稱叙事者,也容易導致叙事層次上的混淆。在一篇作品中,可以有兩位或兩位以上的叙事者,而這些叙事者可以是不同人稱,如一位是第三人稱而另外一位是第一人稱;也可以是相同人稱,如兩位叙事者都是第一人稱叙事者"我"。就以具有兩位都是第一人稱叙事者"我"的作品爲例,其中一位人物叙事者A"我"是主要叙事者,負責主要故事的叙述,而另外一位叙事者B"我"則是主要叙事者A所述説的故事裏的一位人物,并以自己的聲音來述説自己的故事。如果以人稱來定義,這兩位叙事者沒有差別,都是第一人稱,但很明顯地,兩者是有差別的,他們的差別是他們所在的"位置",即叙事者B的位置是在叙事者A所叙述的故事之内。因此,在這種具有多位且處於不同位置的叙事者的作品中,以人稱定義叙事者,不僅混淆了叙事聲音,也混淆了叙事層次之間的差別。在著名的中國叙事詩歌中,叙事層次經常是多重的層次,而不是單一層次。這種多重而複雜的叙事層次,不僅可以容納多而不同的叙事聲音,使得叙事内容更加豐富,并且經常用來搭配其他的叙事結構,如多樣式的系列結構,來呈現出多元而非單一綫性的叙事結構形式,借此避免因爲單一的叙事結構所產生的單調效果。在中國詩歌中,這種借由多重的叙事層次搭配多樣式的情節系列結構,也經常被詩人用來傳遞或强化特定的意涵。杰出的叙事作品不一定就必須是具有複雜叙事層次的作品,但是如果一篇作品具有複雜的叙事層次,那麼這代表着其中的叙事聲音、觀點、聚焦形式以及情節系列結構應該相當豐富而多樣。在此情況之下,詩人必須有着相當的叙事能力方能駕馭如此複雜的層次與結構。在中國叙事詩中,杰出的叙事作品大多具有複雜的叙事層次,如果無法區分不同叙事層次之間的差別,那麼將很難掌握中國詩歌中的叙事特色。針對人稱叙事者所產生的問題,Genette 提出新的叙事者類型來彌補人稱叙事者所造成的缺失。依照"所在的位置"來區分,叙事者類型基本上可以被區分成"故事外的叙事者"(extradiegetic narrator)與"故事内的叙事者"(intradiegetic)。除了所在位置之外,另外一個有關叙事者身份的重要考量是叙事者"是否參與其所述説的故事"。有些叙事者純粹祇是描述其他人物的故事,自己并沒有出現在其述説的故事裏,换言之,這類叙事者并沒有"參與"其所述説的故事。若以是否參與所述説的故事來考量,叙事者的類型可以區分成"參預故事的叙事者"(homo-diegetic narrator;或稱"同故事的叙事者")以及"非參預故事的叙事者"(hetero-diegetic;亦稱爲"异故事的叙事者")。請參考 Genette, *Narrative Discourse*, pp. 227—234,243—252.

有着一段距離、甚至有着無法融入、未能適應的複雜心情。

但令人好奇甚至質疑的是前一首的最後四句已經描寫詩人從過去的心情回到了返家的心情,爲什麽這一首(第三首)的前四句還會解釋成是描寫詩人對家居生活的無法適應呢?這正是筆者認爲杜甫令人佩服之處。久別家人之後的返家,在心繫朝政的心情之下,反覆來回於心之所繫的過去以及眼前所見的現在的家庭生活,正是最深入而細緻的描寫。換言之,第二首已經有了回家的感覺,但心裏仍然想着朝政,仍然無法全然地投入家庭的生活。心有所思,也因此對於身處的周匝的一切,像是第三者一般站在旁邊看着那些既熟悉又陌生的環境、看着那位尚未融入家庭生活中的自己。

如果杜甫在這篇作品中確實是描寫他對家居生活的不能適應以及適應過程,那麽杜甫可能是詩歌史上少數在詩歌中暗示他對家庭生活的陌生、需要適應的詩人之一。① 遠在清朝的袁枚呼應了杜甫對家庭的複雜情緒。但二者有着不同。杜甫的描寫非常間接甚至隱晦,而袁枚在其《歸家即事》裏雖然没有直言其對故鄉家人的陌生,但却以特殊的叙事形式來明顯表達他對故鄉家人的陌生與疏遠。尤其是其中借由第一人稱的叙事聲音,但却以第三人稱的陌生人的視角去看詩人自己所叙述的對象這個筆法而言,跟杜甫極爲相似。②

接下來的 5—8 四行詩句的聚焦對象是鄰人與酒。或許可以如此解讀,杜甫是借由有關鄰人的描寫,來將叙事焦點指向田園生活。雖然田園生活是杜甫的寄托所在,但也祇能是寄托而已,他所牽挂的依舊是國事,因此雖然生活在田園的生活裏,但心情却是很不田園。因此底下 8 句(9—16)在聚焦上是一個轉折,所聚焦的對象是詩人與鄰人對於戰禍的擔憂。這表示杜甫無法撇下對國事、對戰禍的擔憂。就文學寫作而言,這段情節可以書寫的題材很多,如何在衆多題材中選擇、爲何如此選擇,在表現出作者所要表達的。與鄰人飲

---

① 有關杜甫《羌村三首》所抒發的詩人對家庭生活的陌生與疏離,筆者曾經在有關施吉瑞先生的鄭珍專著的書評中提及,請參考 Book Review on Jerry Schmidt, *The Poet Zheng Zhen* (1806—1864) *and the Rise of Chinese Modernity*, Leiden: Brill, 2013, *The Journal of Asian Studies*, Volume 74, Issue 04 (November 2015), pp. 1016—1018.

② 袁枚在《歸家即事》將回家探親的情節拆成一幕一幕的片段,大致而言可以分成十三個片段。第一是整理行裝起程,二是初到家門,三是母親瑣語,四是父親贅言,五是雙妾私語,六是正妻查私,七是母親欲我息,八是祭墳,九是西湖游賞,十是呼僕買舟航,十一是家人殷情相留,十二是送行,十三是孤影獨去并加旁白感嘆。全篇十三幕,結構鬆散,像是由一幕一幕没有太大關聯的片段所拼湊而成的故事,并且每一幕的叙事内容與叙事語調多不相同,而唯一相同者是瑣事。袁枚是故事的主角也是叙事者,但却像是全然不語的旁觀者,直到最後閉幕之時,袁枚纔終於現身并走向幕前,以感性的語調來述説離别的哀愁,來爲全篇叙事做結。換言之,袁枚是第一人稱的叙事聲音,但却以第三人稱的陌生人的視角去看他所叙述的對象。叙事者袁枚像是在講述一件令人難以了解,而他也難以了解的故事與情懷,祇有最後的離别傷感是唯一明顯而易懂的。袁枚借由不語的方式將自己從幕前隱身到幕後,再以各自獨立而没有明顯因果關係的段落,加上家人那些令人費解而無聊難耐的種種瑣語,表達他與家人在感情上的疏離。但是在文末,袁枚又以家人的殷勤相留,以及自己的離情依依來做爲結尾,借此表達出他對家人的不舍與濃鬱的感情。全篇作品流露出袁枚與家人即近又遠,即遠又近,一種疏離與親近輾轉而令人難堪的感覺。請參考拙作《十七到十八世紀的詩歌叙事——吴偉業與袁枚的叙事詩》,《中國詩學》第 22 輯,北京:人民文學出版社,2016 年,第 71—86 頁。

酒、閑話家常,除了切身最爲關注的"黍地無人耕,兵革既未息,兒童盡東征"之外,應該還有其他話題,但詩人選擇不談田園的生活,而是依舊聚焦在國事上。這似乎呼應了前面從第二首到第三首前四句所描寫的含義,似乎也在描寫詩人雖然已經回到久別的家中,但心中所牽掛的、所想的一直都不是家庭,也一直影響着他在家庭生活中的適應。詩人透過聚焦對象的轉換,書寫他憂國憂民的情緒,但同時也寄言他無法投入家庭生活的困擾。

我們從這三首詩歌作品裏,再次看到了杜甫刻意使用特殊的聚焦形式,并且借由聚焦形式的轉換,來寄言他複雜的情緒。

四　知己知音的書寫——白居易《琵琶行》

杜甫在返回家居生活的描寫中抒發他對國事的憂心忡忡與難以釋懷之情,而又在憂心國事之中寄言對家庭生活的複雜情緒,將國事與家庭結合起來。白居易則是借着送別之時的偶遇來引出知己知音的話題,借着"彈奏與聆聽"二者如同二重奏的關係來闡述知己與知音的深意。

這段有關《琵琶行》的叙事分析是專就《琵琶行》四個特殊的叙事筆法——懸疑效果、音樂的描寫、二位叙事者、時間結構——提出論述。這段分析將探討底下幾個基本的問題:一、在懸疑效果的創作中,叙事者有哪些特殊的身份?這些身份在懸疑效果的創作中扮演什麼樣的角色?如何影響懸疑效果的產生?二、這篇作品如何描寫音樂?這篇作品的音樂除了我們所熟知的音樂的定義之外,還有哪些影射的定義?三、這篇作品有二位叙事者(詩人與女樂師),他們在生平的叙事上有何不同?在聚焦對象上有何不同?這種不同到底傳達出什麼意涵?四、在這篇作品中時間結構與聚焦形式如何相互結合?這種結合的方式傳遞出什麼特殊的含義?

(一) 懸疑筆法

懸疑筆法發生在第一段。描寫的次序:景色→離別的場景→情感→(轉折)忽聞琵琶聲→尋覓彈奏琵琶之人→彈奏琵琶之人出場,但仍看不清(保持模糊)。從時間地點的描寫,到離別的場景,到忽聞琵琶聲響,這一系列的描寫,雖然是詩人在描寫他自己的經歷,但詩人的第一人稱的"我"并沒有出現,反而像是第三人稱的詩人站在旁邊看着自己,說着自己的經驗(主人下馬客在船),因此有點像是第三人稱的叙事。但是有趣的是,第一次閱讀的經驗像是第三人稱,而在第二次閱讀的經驗裏,在讀者知道這是第一人稱叙事的情況之下,既像是第一人稱又像是第三人稱,因此產生了叙事者身份既是確定又是混淆的現象。

在這種"我"不出現的第一人稱叙事裏,在這種說話者身份混淆的叙事裏,讀者懷着疑問的閱讀心情跟着詩歌中的叙事去看詩人所看的,去聽詩人所聽到的。這種在作品開始之處借由混淆的叙事者身份所產生的懷疑的閱讀效果,在後續詩人所塑造的尋覓琵琶彈奏者的懸疑效果的閱讀接受上,有着提升的效果。

有關敘事者身份如何影響讀者的身份,就筆者的研究,如果敘事者是第三人稱,讀者會比較像是第二人稱的被指導的對象。例如《孔雀東南飛》就有這幾句詩人特別叮嚀讀者的話語:"生人作死別,恨恨那可論?念與世間辭,千萬不復全!"以及最後二句"多謝後世人,戒之慎勿忘"。在第三人稱的敘事裏,敘事者既是讀者接受敘事的媒介,也是讀者認知聚焦對象的指導,讀者是無法直接接觸被敘述的對象的,因此第三人稱敘事者在讀者與聚焦對象之間會產生一些阻礙效果。

如果敘事者是第一人稱,讀者會比較像是第三人稱,以第三人稱的聽者角度,聽着敘事者的故事。第一人稱敘事者在"指導作用"上減少許多;而第三人稱的讀者,就像第三人稱的敘事者,擁有相當程度的詮釋與敘述的權利。因此第三人稱的讀者可以近距離、以自己的角度去接受、去理解被敘述的對象。

最好的接受效果,是敘事者的隱藏,儘量減低在文本中出現的機會,讓人物直接向讀者敘述,讓讀者直接接觸人物。① 白居易在《琵琶行》的一開始就是以模糊的敘事者身份,來隱藏敘事者,讓詩人自己變成一個單純的角色演出,讓讀者跟着這個角色來到潯陽江頭,看到深秋之時蕭瑟的楓葉荻花,看到詩人與友人的離別,看到詩人承受不了離愁而醉倒的景況,看到離別之際茫茫的月色。就在此時,詩人突然聽到琵琶樂聲,而讀者也跟着詩人突然聽到琵琶樂聲,之後,就跟着詩人一步一步地探尋彈奏琵琶之人,跟着詩人一起千呼萬喚,最後彈奏之人終於出現,但令人遺憾的是彈奏琵琶之人雖然已經出現,但仍以琵琶掩飾着她的臉,因而看不清琵琶女的長相,因此懸疑效果并沒有結束,還在持續進行。借此引出了第二段,而第二段也就在懸疑氣氛之下緩緩展開。一直到第二段結束,音樂聲響終了之時,琵琶女纔真正地面對詩人與讀者。

(二) 音樂描寫

在音樂描寫上,被聚焦的對象是音樂,聚焦者是詩人,也是感情的接受者,而琵琶女是音樂的彈奏者、是感情的傳遞着。換另外一種角度說明,琵琶女聚焦的對象是她自己的生平,音樂是她抒發感情的形式,而詩人是聚焦音樂之人,是琵琶女所抒發的感情的接受者。但詩人是透過聚焦琵琶女的音樂與感情,來投射并聚焦自己的感情。白居易像是在告訴我們,聽者也可以是彈奏者,他是詩人(作者)也是讀者,而讀者也可以是作者(詩人)。聚焦者也可能同時是被聚焦的對象。這在白居易之前與當時的中國古典詩歌、文學的創作理念上,是很罕見的文學思想。然而這種文學理念却跟現代文學理論例如羅蘭巴特的作者理論非常類似。就筆者的閱讀而言,中國文學中所表現出來的文學理念與傳統詩學裏的理念確實在某種程度上有着差異,反而在某些方面與當代文學理論近似。

---

① 有關敘事者身份如何影響讀者的身份以及閱讀的接受效果,請參考拙作"Yuan Mei's (1716—1798) Narrative Verse", *Monumenta Serica* 53 (2005): 73—111.

(三) 二位叙事者

這篇作品有二位叙事者,一位是詩人,另外一位是琵琶女。詩人是主要的叙事者,但同時也是他所述說的故事裏的人物,換言之,詩人是故事的參與者;琵琶女也是叙事者,述說着自己的生平遭遇,但同時也是白居易所述說的故事裏的人物(故事內而同故事的叙事者)。這篇作品祇有一種叙事視角,即是人物的個人視角。詩人與琵琶女各以自己的視角在述說自己的遭遇,套用當代叙事學理論的術語,這種聚焦形式稱爲"固定式內聚焦"。但是這二位人物的個人視角曾經聚焦在同一事物上,因此形成了二種人物以個別的視角同時聚焦在同一事物上的叙事形式,這是所謂的"不定式內聚焦"。

換言之,這篇作品以固定式內聚焦(叙事者自己借由自己的聲音與視角來述說)來描寫詩人與琵琶女的個人遭遇,而以不定式內聚焦來描寫詩人對琵琶女遭遇的感觸。聚焦形式并不複雜,但意義以及其中所表達的情感却是複雜的。我們好奇的是,這二種聚焦形式的使用,目的是在傳達出什麼特別的意涵? 就我的解讀,其中的固定式內聚焦在描寫詩人以及琵琶女的個人遭遇與感觸,而借由不定式內聚焦所呈現出來的情感上的共鳴,則是在突顯二位人物的"相知相惜"的知音之情。

除此之外,這種以二位叙事者個別的固定式內聚焦的使用,再借由其中一位主角的固定式內聚焦來反映另外一位主角的故事(也是內聚焦所叙事的故事)所結合而成的不定式內聚焦,就像是音樂的演奏與欣賞的關係,尤其是描寫音樂欣賞之時情感上的共鳴之感。這種借由二種固定式內聚焦所組合而成的不定式內聚焦的形式,在白居易之前的詩歌中就已經出現,但以這類聚焦筆法來描寫音樂與心情上的共鳴、再借由共鳴來描寫知音,在白居易之前却是相當少見。白居易之前就有音樂的描寫,大多都是描寫音樂,加上聽者或是詩人對音樂直接的贊美形容之詞,很少有詩人曾經使用這種聚焦結構來描寫"音樂的演奏與欣賞",更是很少有詩人以這種方式來詮釋知己。

在這篇作品裏,白居易安排琵琶女的演奏與自述在前,而詩人自己的自述在後,以詩人的自述來搭配琵琶女的演奏與自述,一段回應一段的形式,像是音樂二重奏或是和弦的形式來作爲這篇作品的書寫形式。因爲書寫是具有前後次序的直綫性的呈現形式,而音樂的和弦與重奏則是多綫同時進行。書寫祇能以段落之間的搭配與變化來展現音樂演奏中和弦與重奏的效果。白居易借由不同的形式——包括:(1) 琵琶女的第一次彈奏與自述生平加上詩人的感受回應;(2) 詩人借由對於琵琶女彈奏的反應來道出自己的生平;(3) 琵琶女回應詩人的遭遇的再度彈奏加上詩人最後的情緒書寫——所有的叙事、所有的情緒不斷而重複地聚焦在音樂上。這種"以音樂重複聚焦在音樂上",就如同二重奏的演奏一般,雖然不同,却都找到最好的搭配方式與共鳴點,而演奏出最能表達知音的樂章。就筆者而言,這篇作品不祇是描寫音樂,而是連"形式"都像是音樂,而這種在語言上、在書寫形式上的音樂效果所要表述的就是知"音"的感受。

(四) 時間結構

第一段以"場景"的速度敘述詩人與琵琶女的相遇，以及琵琶女的出場。時間是叙事的現在時間。第二段以慢筆（延宕）的速度，細節描寫琵琶的彈奏。① 慢筆速度的使用可以將叙事的焦點投注在音樂上，以此提升聚焦的效果。這段叙事的時間有二種，并且同時進行。其一是現在時間的持續進行，這

---

① 敘事速度(narrative speed)可以分爲五種類型——省略(ellipsis)、停頓(pause)、場景(scene)、概略(summary)、延宕(slow-down)。所謂的省略，是故事在敘事上，以緘默的方式跳過。在省略中，敘事時間值是零，而故事時間值是無限大，因此速度最快。例如，敘事在描寫年輕時的大學生活之後，跳過一大段的歲月，直接來到古稀之年從大學教授退休之後的某一個秋日的午後在曾經任教的校園中漫步的情景，其中以省略之筆，在倏忽之間跳過了五十年的歲月。然而，在某些特定的敘事情況中，省略與概略之間的差別是很難區分的。有些省略既像省略，又像概略，Bal 稱這種省略爲"假省略"(pseudo-ellipsis)，或"最小概略"(mini-summary)。然而一個省略應該被視爲是省略或是概略，全憑讀者如何去看待，以及爲何如此去看待。換言之，省略與概略之間的界綫，取決於讀者對文本的詮釋。

所謂停頓，是指故事時間暫時停止，而敘事時間持續進行。因此，在停頓中，故事時間值是零，而敘事時間值是無限大，例如以十頁的篇幅來描述一位死囚犯在行刑之前牢門開啓的瞬間，在他眼前所呈現的景象以及心情的反應，所有的時間進行完全凝滯，因此敘事速度最慢。

而所謂的場景，是指敘事記錄故事的實況。在場景中，故事時間的值等於敘事時間值。最明顯的例子，即是電視上的現場實況轉播。然而，在文學的書寫中，"實況"的書寫與實際的實況轉播，仍然有着相當的差異。因此，在文學的閱讀中，如何定義"場景"，往往是取決於比較的方法，以及讀者在閱讀之時的認定。在西方小説中，場景的速度經常與概略來相互搭配使用。這兩種速度之所以時常相互搭配并交替使用，其中一個主要目的是爲了不使讀者由於概略的速度太快與持續而產生閱讀上的疲勞與困惑，也不希望讀者因爲場景的速度平穩缺少變化而產生厭煩與枯燥。這種場景與概略交互使用的筆法，也可以徵之於中國傳統小説，例如在《水滸傳》中，武松辭别了宋江之後，以概略之筆（"武松在路上行了幾日，來到陽谷縣地面……"）將武松倏忽帶到肅殺之濱——景陽岡山門之前。接後以場景之筆，描寫武松狼啖四斤牛肉，狂飲十八碗出門倒烈酒之豪情，以渲染其豪邁之行，更爲事後酩酊之時醉搏猛虎之氣勢，留下伏筆。在武松笑謔三碗不過岡之聲仍不絕於耳之際，又以概略之筆（"自過景陽岡來，約行四五裏路，來到崗子下……"）直接將武松推入駭人之景，逕劈猛虎而來。在這段場景筆法之中，在你撲我掀，你蔑我捧之際，讀者不禁讚嘆武松本事，也惋惜惡虎末日，更也隨着武松兀自喘息起來。因景陽岡徒手搏虎而獲得知縣任命爲步兵都頭之後，又以概略之筆（"又過了三二日，那一日……"），將武都頭帶到衙門前，與大郎相會。接後的敘事，也多是借由場景的速度搭配概述的快筆，一方面將時間迅速帶過，一方面又以細筆來將敘事聚焦在金蓮的情挑武松、金蓮與西門慶的床第情節、大郎的慘死、以及武松的血腥殺戮與雪仇等等精彩的細節上。

至於所謂的概略，是以簡短的篇幅，描寫長時間的故事，所以故事時間長於敘事時間，因此速度很快。例如在一部以二百頁的篇幅描寫十年時間的小説中，三年的歲月却祇以兩頁的篇幅簡略帶過。如上所述，在西方與中國傳統小説中，概略的作用，常是用來作爲兩個場景之間的過渡，并且作爲兩個場景轉換時的背景，上面有關武松打虎的橋段即是典型之例。

至於所謂的延宕，是指以長篇幅的敘事來描寫短暫時間的故事，因此敘事速度很慢，例如在一部以二百頁的篇幅描寫十年時間的故事裏，以十頁的篇幅來描寫祇有兩小時的等待。在文學作品中，延宕的筆法具有如同放大鏡的功能，常被用來提升某些特定的閱讀效果，譬如在謀殺小説或偵探故事裏，常以延宕的筆法來促使讀者更加感受其中的懸疑氣氛，或如在悲劇的情節中，用來提升悲傷的氣氛，加深讀者的傷感。

有關不同敘事速度的定義，請參考 Genette, *Narrative Discourse*, pp. 86—112; Bal, *Narratology*, pp. 99—111. 有關省略與概略的差別，以及假省略的定義，請參考 Bal, *Narratology*, pp. 103—104.

有關古典詩歌敘事速度的分析，請參考拙作《漢魏六朝樂府詩的敘事抒情與速度》，《國際漢學研究通訊》第四期，北京：北京大學出版社，2011年，第 23—45 頁。

是音樂彈奏的描寫;其二是倒叙,是借由音樂來間接回溯琵琶女"平生不得志"的過去。換言之,這一段具有雙重的時間結構。

第三段是倒叙,從琵琶女早年一直述説到現今,是"完整混合倒叙"。這種以"完整倒叙"來依次叙説過去的生平,表現出叙事者對過去遭遇的强烈而持續的情緒。換言之,女樂師的倒叙表現出她對過去的失望,傳達出强烈的失落之感。①

第四段的前四句是現在時間,之後是完整混合倒叙。雖然是完整倒叙,但就内容而言,是一種選擇式的倒叙,不同於之前女樂師借由一系列的事件以感嘆的方式來概述人生。女樂師的叙事,雖然祇是人生的縮影、祇是人生的簡述,但給人的感覺是一種完整而具有强烈情感的人生表述。所謂選擇式倒叙,是指詩人選擇音樂而不是生活的細節來回應女樂師的生平。換言之,琵琶女直述生平,而詩人則是以生活周匝的音樂來間接描述遭遇,以此回應琵琶女的生平説與琵琶的演奏。詩人借由二種不同的聚焦形式,來描寫二人的生平遭遇,并且讓二位人物的生平相互呼應。這在叙事形式上產生了變化。在白居易以音樂的描寫來倒叙自己的生平之後,回到了現在時間,但仍然以音樂作爲話題,詩人希望女樂師能再彈奏一曲。

第五段也就是作品的最後,白居易還是以音樂作爲全篇叙事的尾聲,所聚焦的對象是音樂以及詩人的情感,讓整個叙事在音樂中結束,讓詩人的感傷在叙事結束之後仍然隨着音樂繼續回響在讀者的心裏。這是典型情景交融的寫法,但是詩人改變了既有的情景交融的描寫筆法,以音樂取代了風景,讓感情與音樂交融。

結　論

以上的詮釋來自筆者長期以來的好奇,是筆者從創作與讀者這個角度去閱讀詩歌作品之時的好奇。就以白居易的《琵琶行》爲例,設身處地想象白居易在創作之時,在面對之前與當時有關音樂的描寫、有關知音知己的描述,他如何在前人、在當時詩人的成就基礎上,另辟蹊徑,寫出與前人呼應,又可以有別於前人的作品。知音與音樂的書寫,真的祇能使用文字的直接贊美或直接感觸的表述來表達嗎? 難道不能在形式上表達出文字可以表達却又未曾表達的感情與含義嗎?

之前所分析的有關杜甫與袁枚對於家人的陌生,不就是透過形式表達嗎? 清朝吳梅村不也是借由形式來寄言他在文字中不敢直接表述,却又是他内心深處對於明朝滅亡、改朝换代的複雜的情緒嗎? 白居易在《長恨歌》中將當時

---

① 所謂的完整混合倒叙,是指倒叙事件從第一叙事之前開始,其結束之處則與第一叙事的中斷處銜接。有關倒叙、預叙等時間結構的形式與定義,請參考 Genette, *Narrative Discourse*, pp. 48—79,也可參考 Bal, *Narratology*, pp. 84—90, 94—97, 以及 Cohan, *Telling Stories*, pp. 84—85.有關古典詩歌的時間結構分析,請參考拙作《〈孔雀東南飛〉的系列結構與中國叙事詩的書寫傳統》,《中國文學研究》第十九期,第29—47頁。

所盛行、幾乎所有詩人都會以直接批評的形式來批評的政治事件,轉換成浪漫的愛情故事。其中少見、甚至沒有直接的批評,難道白居易不知道當時的詩人在讀了他的《長恨歌》之時的反應嗎?他爲何不用他在樂府詩裏的社會批評的筆法大加痛斥玄宗與楊貴妃的誤國呢?他是在挑戰當時有關政治書寫的潮流嗎?是在挑戰當時文學書寫的正確性嗎?是在挑戰當時已經熟悉的閱讀經驗與期待嗎?詩人一定要順應當時的寫作時尚嗎?將《長恨歌》詮釋爲政治批評,或是詮釋爲愛情故事,會影響我們對詩人的認知與想象嗎?這個不同的想象會讓我們對中世紀詩歌寫作的理解產生影響嗎?

杜甫在閱讀那些可能超過六篇的草稿之時,他不祇是那些作品的作者,也是他草稿的讀者。當他在閱讀自己的作品之時,他也同時想着前代與當時詩人的作品,因此他決定了這六篇與之前與當時都不相同的書寫形式。

以上是我借由創作與讀者的角度去閱讀這些讀者都耳熟能詳的作品之後,所得到的一些粗淺的心得。我想要在最後結尾之處特別指出,古代詩人不斷地創新,不僅是在題材內容上,更在形式上創新。所謂的書寫傳統的產生,是在書寫無法突破之時不得不然的一個結果。然而在古代詩歌的書寫裏,所謂的傳統似乎不會延續得太久,就會被詩人的不斷創新來改寫傳統。借由形式的分析確實可以看到中世紀這些詩人的叙事概念,而這些概念并未曾出現在當時的詩學裏。

[作者簡介]林宗正,台灣輔仁大學中國文學學士,美國印第安納大學(Indiana University, Bloomington)理論語言學碩士,加拿大英屬哥倫比亞大學(University of British Columbia)文學博士,現任加拿大維多利亞大學(University of Victoria)亞太學系暨研究所(Department of Pacific and Asian Studies)中國文學教授。主編有《從傳統到現代的中國詩學》(上海:上海古籍出版社,2017年)。撰有《多重聚焦與時間交錯下的歷史書寫:吳偉業的詩史叙事》(《中國詩學》,2014年)、Lady Avengers in Jin He's (1818—1885) Narrative Verse of Female Knight-errantry (Frontiers of History in China, 2013)、《〈孔雀東南飛〉的系列結構與中國叙事詩的書寫傳統》(《中國文學研究》,2012年)、Yuan Mei's (1716—1798) Narrative Verse (Monumenta Serica, 2005)等論文。

理論與實踐層面的盛唐概念：
完美與永恒的風格

[加]林理彰 撰　余　琳 譯

  盛唐這一概念，雖然不是由高棅（1350—1423）最早提出，但其理論與實踐的核心原則却是經由他的兩部詩選集構想并傳播開來——《唐詩品彙》與《唐詩正聲》。在《唐詩品彙》中，高棅集中闡釋了何爲最好的詩歌。這兩部詩選集在明代中葉至清初都得以廣泛的閱讀，發揮了深遠的影響力，并與嚴羽的《滄浪詩話》一起，爲復古運動劃定了主要的原則框架，主宰了中國此後四個世紀的詩壇走向。嚴羽的作品主要影響着古文理論的成熟，高棅的選集，特別是《唐詩品彙》，成爲走向純正唐詩風格的實用型入門指南。

  高棅在洪武二十六年（1393）完成了《唐詩品彙》90卷的編撰，其中包括628位詩人的詩作共計5769首詩歌。五年以後，1398年，他完成了詩選集的增補：《唐詩拾遺》共計十册，包括61位詩人的詩作共計954首詩歌。高棅的兩部文集在他生前都未公布於衆，第一個版本是兩部文集的合集，在成化十三年（1477）由江西陳煒印刷，他來自福建閩縣，之後在該地任按察使。在弘治六年（1493），兩種以上更多的版本開始出現：在嘉靖十六年（1537）、嘉靖十八年（1539）和萬曆三十三年（1605）各有一新的版本面世。直至1644年明朝結束，本書共計至少有五種版本。在清代，《四庫全書》將其收入其中。① 此外，《唐詩拾遺》在明代似曾單獨出版，在正德十三年（1518），曾有獨立版本問世存在。

  《唐詩正聲》共計二十二册，實際上比《唐詩品彙》出版更早，在正統七年（1442）經由高棅弟子、同鄉人彭曜付梓，但祇印刷了非常有限的數量，在小範圍内傳播。彭曜在該書的出版跋記中記録了當時的情形：

    予幼時嘗聞先祖有言，新寧高先生工於詩者也。洪武甲子，嘗取唐李、杜諸公詩，求其聲律之正者，爲《唐詩正聲》，集成，二十二卷，共詩九百二十九首，以惠後學，惜無能傳。予服膺斯言，每以未獲摳衣爲怏。先是，予大父授燕山右護衛鎮撫，没於北平，叔襲其官。洪武己卯，先君命往省

---

① 最便利地爲大衆所接受的版本是1628—1644年間木刻本，上海古籍出版社1982年據此影印出版。

之。比至,適皇上奉天靖難,偕叔從事,叔没而予襲之;既而陞處金吾,侍衛左右,通籍金門,遂得與先生遇,乃從之游。始獲睹其所編,亟請録之,朝夕吟誦,誠一唱三嘆而有餘音者矣。噫,可以觀,可以興,予於是編,重有取焉。故不敢自秘,用鋟諸梓,以傳無窮,庶不泯吾先生采取之勤,嘉惠之意也。正統壬戌(1442)孟夏吉日,明威將軍金吾右衛指揮僉合北彭曜謹識。①

雖然彭氏的首版看似影響不大,但其在成化十七年(1481)於南京被當時的權貴文士黃鎬付梓重印。黃鎬從彭曜之子手中得到底版,重印之後,《唐詩正聲》開始得以廣泛的知曉并產生巨大影響。黃氏的序文如下:

> 詩自《三百篇》以降,漢魏質勝於文,六朝文勝於質,惟唐人體制,近能反古。然而又有初唐、盛唐、中唐、晚唐之別。求其文質彬彬,上追風雅之正者,其惟盛唐乎?古今選詩多矣。近代襄陽楊伯謙之選唐詩,因時世以審聲律,固爲可取,惟其去取未精,不能不起後人之議。逮我朝洪武間,吾閩先輩翰林典籍高廷禮先生,才思超邁,雅好唐詩,留心二十餘年,廣搜博采,遂得衆體具備,而無棄璧遺珠之嘆,於是分變定目,以初唐爲正始,盛唐爲正宗、大家、名家、羽翼,中唐爲接武,晚唐爲正變,异人爲傍流,總名《唐詩品彙》。而又慮其編目浩繁,得其門者或寡,復窮精闡微,超神入化,采取唐人所作,得聲律純正者凡九百二十九首,分爲二十二卷,名曰《唐詩正聲》。編成而先生没。時同鄉金吾右衛指揮僉事彭伯暉從學於先生之門,乃捐俸鋟梓以成先生之志,然斯板珍藏於家,得之者少。予歷仕途幾四十年,遍訪之尚不可得。成化庚子,承乏南都民部,而伯暉之子致政都閫。大用與予有同鄉之雅,始出是編,謂先人藏此歲久,缺板尚未能補,幸爲我成之,并求一言以弁諸首。予惟詩者,心之聲也。聲得其正則隨聲成律,玲瓏透徹,若羚羊挂角,無迹可尋,庶幾可繼《三百篇》之遺音。譬諸談禪,惟唐人得最上乘。若非先生悟之妙,選之精,安能振起盛唐風韵於八百年之下,以鳴國家之盛者哉!予以蕪材,非敢序先生之編集,蓋仰先生之才思已非一日。重伯曜之得起傳與吾大用之克成先志,是皆可書也。既爲之成此盛事,遂書之以見大意,使後之學者。知所重,而知所本云。
>
> 成化辛丑秋八月初七日,賜乙丑進士資善大夫南京户部尚書前吏部左侍郎三山後學黃鎬序。②

黃鎬的序言是對《唐詩品彙》序文中根本原則與指導思想的回響,特別強調了盛唐概念和對嚴羽《滄浪詩話》權威地位的接受。這兩者及相關的問題將在本文接下來的章節中討論。作爲出版者,黃鎬顯赫的政治地位以及他與上層官員的密切聯繫確保了該詩選集得以廣泛的流傳。

高棅在自己的序言中寫道:

---

① 引自周興陸《關於高棅詩學的兩個問題——兼與陳國球先生商榷》,《學術界》2007年第1期,第110—111頁。
② 黃鎬序,《唐詩正聲》吳中珩校訂。吳中珩爲吳勉學之子,後者爲萬曆年間安徽主要的書籍出版商。

魯郢,匠之巧者①,不能使人巧;甘養②,射之精者,不能使人精。能使人精與巧者,道也。鎊鏟鋼鋸,運繩度材,匠之道也;雕弧勁矢,控弦貫鵠,射之道也。彼二者,能誨人以道,由道而得乎精巧者,在乎人。推是以往,進吾詩道者,曷易哉？嗚呼,斯道也,豈易言哉？易學哉？易得哉？學斯道者而曰得斯道,是未可與言斯道也。夫道止於詩,止於言,止於真,止於古,可乎？曰:未也。進而求之,得乎詩中之詩、言外之言、非真之真。原漢魏,溯六代,以入於唐,又進而造乎開元、天寶之域,然後則曰:止斯可矣,止斯可矣！是謂道也。余費力於斯,實不暇惜,偶得此說,書以爲《唐詩正聲》序。新寧高棅述。

高棅在《唐詩正聲》中描述得如此刻板與體系化的架構在其《唐詩品彙》的序言與凡例中得以更大規模的強調。《唐詩正聲》凡例中的主導性原則看似得以全面接受,而事實上《唐詩品彙》并不關注於此,還對其進行經常性的删改與修訂。無論如何,這兩部詩選集終究開始對復古運動做出巨大推動,影響并確立了明代中葉至晚期詩壇的主體特徵。

錢謙益(1582—1664),他的自我表現主義詩學觀與復古主義者一直爭執不休,對於嚴羽和高棅作品的流行有過這樣一番評論,他認爲兩者的流行是糟糕而可悲的:

> 蓋三百年來,詩學之受病深矣。館閣之教習,家塾之程課,咸秉承嚴氏之詩法,高氏之《品彙》,耳濡目染,鑱心刻骨。……唐人一代之詩,各有神髓,各有氣候。今以初盛中晚釐爲界分,又從而判斷之曰,此爲妙悟,彼爲二乘;此爲正宗,彼爲羽翼,支離割剥,俾唐人之面目蒙幕於千載之上,而後人之心眼沈錮於千載之下。甚矣詩道之窮也。③

嚴羽和高棅強調形式主義,強調對經典詩人的摹仿,尤其是對被譽爲盛唐時期詩人的摹仿。從開元到天寶年間時代風氣突變,盛唐風格在這一描述當中已近於一種理想而古典的風格,以致於可以轉化并運用於任何一個時代。這樣既定的規則被一些詩人和批評家如錢謙益所反對,但其仍然成爲明清正統詩學的主要基石,它所留下來的各種遺存繼續影響着現代世界看待中國傳統詩歌的方式。

如果對嚴羽的《滄浪詩話》的主要詩學特徵無法欣賞,那麼也不可能理解高棅作品集中的主要觀點。雖然這一著作具有複雜多樣的文本形式,但它主要引起了五種類型的爭議:盛唐傑出詩人的詩作是詩法之體現,各個形式之間具有不可分離的聯繫,一首詩歌是如何形成的,一種體式是如何從言語走向清晰的詩體。詩歌的法則必須是自發而天然的,詩體則需合乎正體。這是盛唐

---

① 魯班(前507—前444),木匠中的能工巧匠,被認爲是工匠之祖師。
② 甘蠅和養由基被認爲是古代的弓箭手。
③ 《唐詩鼓吹集序》,《錢牧齋全集》第十五册《牧齋有學集》,上海:上海古籍出版社,2003年,第709頁。

詩歌的精深微妙之處：

> 禪家者流，乘有大小，宗有南北，道有邪正，學者須從最上乘，具正法眼，悟第一義。若小乘禪，聲聞辟支果，皆非正也。論詩如論禪：漢魏晉與盛唐之詩，則第一義也。大曆以還之詩，則小乘禪也，已落第二義矣。晚唐之詩，則聲聞辟支果也。學漢魏晉與盛唐詩者，臨濟下也。學大曆以還之詩者，曹洞下也。①

嚴羽應是對禪道做了相當大量的變形來維持他以禪喻詩的方式，因爲禪絕不支持如此等級深嚴的領悟模式，禪祇強調領悟的有與無。上述觀念中漢魏詩人是自然領悟的——是完全天然、自發，是來自民間的天才自然地擁有了天賦——在禪的認知傳統中是沒有與之匹配的觀念的，禪從來沒有強調過"自然"地獲得領悟。

完美的詩歌依靠自然，這一思想是嚴羽從禪宗"悟"的概念化用而來。盛唐詩人是完全的透徹之悟，因爲他們完全理解并內化了詩歌的法則，這是他們向早期傳統中最杰出詩人學習的結果，同時又忘却并超越這些法則，使自身超然其上：

> 大抵禪道惟在妙悟，詩道亦在妙悟。且孟襄陽學力下韓退之遠甚，而其詩獨出退之之上者，一味妙悟而已。惟悟乃爲當行，乃爲本色。然悟有淺深，有分限，有透徹之悟，有但得一知半解之悟。漢魏尚矣，不假悟也。謝靈運至盛唐諸公，透徹之悟；他雖有悟者，皆非第一義也。吾評之非僭也，辯之非妄也。天下有可廢之人，無可廢之言。詩道如是也。若以爲不然，則是見詩之不廣，參詩之不熟耳。②

并不是所有的唐代詩歌都是值得效仿的，在盛唐之後，詩歌逐漸偏離正統準則，這樣，某些中唐(766—834)和晚唐(835—907)的詩歌就類似虛妄之"悟"的產物，與"辟支乘"類似：這是嘗試通過沒有導師與遠離真正菩薩之外試圖獲取自我性的錯誤方法。或"聲聞乘"，這是同樣錯誤的嘗試獲得"悟"的方式：通過純粹的經文吟誦和恪守教義。以合理類比的方式，嚴羽意識到中唐與晚唐時期那些離經叛道的詩歌都流露出异於正統的，對個人感情中那些怪癖、乖僻的興趣和自我放縱的言行舉止，公然違背正統詩歌傳統，這是《滄浪詩話》第一章節開始就反復強調的問題。

《滄浪詩話》總體上對宋代詩歌持有極大的諷刺態度，尤其反對江西詩派的詩歌。嚴羽從兩方面批判了宋詩，一是缺乏頓悟（自然的），從而由於過分遵守詩法而導致創作失敗，同時，這一失敗還來源於過分追求以詩證"法"（組成道或者是佛法的規則），在語言表達上，講究正確性而不是看其是否合宜。相反，盛唐詩歌追求無限的言外之意，含蓄的表達風格，使詩人從語言的字面含義中、語言與思想的理性結構中超越出來，最終形成完全自然的詩歌風格，超

---

① 郭紹虞《滄浪詩話校釋》，北京：人民文學出版社，1961年，第11—12頁。
② 郭紹虞《滄浪詩話校釋》，第12頁。

越一切人爲的痕迹。嚴羽認爲這正是宋代詩歌所缺乏的,他將其詩風斥爲粗陋的、臃腫的,充滿自我意識與人爲做作,他僅僅祇推崇北宋早期幾位詩人如歐陽修(1007—1072)和梅堯臣(1002—1060)的詩作,這兩位詩人的創作是較爲接近唐代詩歌範式的。黃庭堅(1045—1105)作爲江西詩派的創始人,也是宋代詩歌走向歧途的始作俑者,嚴羽對其表示出極大的非議,蘇軾(1037—1101)雖然旗幟鮮明地強調"自然",然而他接受了太多宋代詩歌風格,也成爲有宋詩歌的代言人,因此,嚴羽同樣將其放逐在正統詩歌流派之外:

> 國初之詩尚沿襲唐人……歐陽公學韓退之古詩,梅聖俞學唐人平淡處。至東坡山谷始自出己意以爲詩,唐人之風變矣。山谷用工尤爲深刻,其後法席盛行,海内稱爲江西宗派。近世趙紫芝、翁靈舒輩,獨喜賈島、姚合之詩,稍稍復就清苦之風;江湖詩人多效其體,一時自謂之唐宗;不知止入聲聞辟支之果,豈盛唐諸公大乘正法眼者哉!嗟乎!正法眼之無傳久矣。唐詩之説未唱,唐詩之道或有時而明也。今既唱其體曰唐詩矣,則學者謂唐詩誠止於是耳,得非詩道之重不幸邪!故予不自量度,輒定詩之宗旨,且借禪以爲喻,推原漢魏以來,而截然謂當以盛唐爲法,雖獲罪於世之君子,不辭也。①

在詩歌構建法則與音韵轉合之外,嚴羽還強調盛唐詩歌是效仿的典範。因爲在這些詩歌當中具有高超的洞察力和高度個性化的表達能力。雖然他未曾這樣明確地表達,但他在相當多篇幅中均暗示出盛唐詩人代表着當時文化的頂峰和道德的至善,對於他來講,這些詩人是傳統中杰出的文化英雄,他們對現實的洞察感知能力完全地滲透和放大在其含蓄的詩歌表達當中,他們的人格被銘記爲有勇氣的,有能力的,善於克制的和具有掌控力的。他們的詩歌值得仿效不僅僅是因爲其格式上的特徵,而是這些詩歌能帶給仿效者的人格以有益的影響力。因爲摹仿效法是自我教化的一種形式。在效仿的過程中,摹仿者自然嘗試着去理解并内化理想文化典範的形式和特質。嚴羽的這些觀點,很有可能是受到同時期類似地強調效仿聖賢的新儒學(道學)思想的影響。②

高棅詩選集中發布的或引用自更早文獻中的那些批評性評論多數受到嚴羽觀點的影響,但是也有兩點明顯的區别。高棅對於唐代所有時期的詩歌似乎擁有一種更爲寬泛與認同的態度,他能在中唐與晚唐詩歌當中發現相當多有價值的東西,而嚴羽則將晚唐詩人貶低得一無是處,如孟郊(751—814),嚴羽批判其自我放縱,斥其爲狹隘的情感主義者,認爲他的詩歌風格也是矯揉造作與虛情假意的。相比之下,高棅則在文集中收録了相當多孟郊的詩歌并十分熱烈地稱贊他爲"正統的革新者"③(正變):

---

① 郭紹虞《滄浪詩話校釋》,第26—27頁。
② 對嚴羽作品的描述采自 Richard JohnLynn, "Alternate Routes to Self-Realization", 317—319,稍有改動。
③ 郭紹虞《滄浪詩話校釋》,第195頁。

東野之少懷耿介,齷齪困窮,晚擢巍科,竟淪一尉①,其詩窮而有理,苦調淒凉,一發於胸中而無吝色,如古樂府等篇,諷咏久之,足有餘悲,此變中之正也。②

　　對嚴羽來説,"變"是絕對具有貶義的,可以被解釋爲"離經叛道"或者是"惡變",但當高棅使用之時,"變"通常代表着正確的感受力和符合規則的正統之革新。第二點區别是,高棅不再强調嚴羽的"以禪喻詩"。雖然高棅也時常用到禪的表達方式與概念,但他却不再如嚴羽般執着於此。他的評論措詞常常視爲更多地來自對朱熹思想的回應。③ 事實上,高棅是從盛唐第二等級的詩人中發展了自己的詩論風格,這些詩人被朱熹稱爲"羽翼":

　　　　昔朱晦庵先生嘗取漢魏五言,以盡乎郭景純、陶淵明之作,以爲古詩之根本準;則又取自晋宋顔、謝以下諸人,擇其詩之近於古者,以爲羽翼輿衛④。余於是編,正宗既定,名家載列,根本立矣。奈何羽翼未成……爰自崔顥而下以盡乎天寶諸賢凡三十六人,得詩七十四首,爲下卷,合而題曰"羽翼",竊效晦庵之意歟! 學者觀之,能審諸體而辯所來,庶乎不作開元、天寶以下人物,與夫野狐外道蒙蔽其真識者,又奚足以知此哉!⑤

　　嚴羽對於傳統詩歌所持有的觀點在很多方面與朱熹有着驚人的相似,或者很大程度上是脱胎於後者,從嚴羽的"以禪喻詩"到其整個論述的實質,這一點都表現得尤其明顯。⑥ 對於高棅來説,他常常言説同樣的事物但盡可能少的使用佛教詞彙,表現出他强烈的新儒學(道學)淵源。無論如何,高棅觀念的實質仍主要來源於《滄浪詩話》:在其爲《唐詩品彙》所做的序言中以及他對於每一品詩歌所做的個性化批評中他都經常引用該書。他在序言中題爲《歷代名公叙論》的材料同樣超過半數歸功於對嚴羽作品的引用,剩餘部分收集的詩人詩作包括殷璠(8世紀中葉)、杜確(8世紀晚期)、元稹(779—831)、歐陽修(1007—1072)、宋祁(998—1061)、蔡居厚《蔡寬夫詩話》(12世紀上半葉)、李錞《李希聲詩話》(12世紀早期)、《雪浪齋日記》⑦、洪邁(南宋晚期)、周弼(1194—1255)、劉辰翁(1234—1297)、楊載(1271—1323)、馬祖常(1279—1338)、范梈(1272—1330)、虞集(1272—1348)、來復(1319—1391)以及《詩法

---

① 孟郊59歲時,終於通過進士考試,成爲江蘇溧陽縣尉。見《新唐書·孟郊傳》(北京:中華書局,1975年,第5265頁)。
② 高棅《唐詩品彙》五言古詩叙目,第11a—12a頁。
③ 見Richard John Lynn, "Chu Hsi as Literary Theorist and Critic", Wing-tsit Chan, ed., *Chu Hsi and Neo-Confucianism*(朱熹與新儒學) (Honolulu: University of Hawaii Press, 1986), 337—354.
④ 見《晦庵先生朱文公文集》,台北:廣文書局,1972年,卷64,第4a頁。
⑤ 高棅《唐詩品彙》五言古詩叙目,第8a—8b頁。
⑥ 《嚴羽〈滄浪詩話〉中"以禪喻詩"討論方法隱含儒教的原理》,《孔學與二十一世紀國學研討會(2001)第11届會議論文集》,第1—14頁。
⑦ 宋代無名作家作品。

源流》》①。值得注意的是高棅在《唐詩正聲》中并没有收錄《歷代名公叙論》,但他在其凡例中收錄了從《滄浪詩話》中引用的八則條例。然而,《唐詩品彙》中收錄的《歷代名公叙論》經過挑選後選取了《滄浪詩話》中的若干則,如下:

滄浪嚴羽云:禪家者流,乘有小大,宗有南北,道有邪正②,學者須從最上乘,具正法眼,悟第一義。若小乘禪,聲聞辟支果,皆非正也。論詩如論禪:漢、魏、晉與盛唐之詩,則第一義也。大曆以還之詩,則小乘禪也,已落第二義矣。晚唐之詩,則聲聞辟支果也。學漢、魏、晉與盛唐詩者,臨濟下也。學大曆以還之詩者,曹洞下也。大抵禪道惟在妙悟,詩道亦在妙悟。惟悟乃爲當行,乃爲本色。然悟有淺深,有分限,有透徹之悟,有但得一知半解之悟。漢、魏尚矣,不假悟也。謝靈運至盛唐諸公,透徹之悟也;他雖有悟者,皆非第一義也。……故予不自量度,輒定詩之宗旨,且借禪以爲喻,推原漢、魏以來,而截然謂當以盛唐爲法,雖獲罪於世之君子,不辭也。③

又云:夫詩有別材,非關書也;詩有別趣,非關理也。然非多讀書,多窮理,則不能極其至。所謂不涉理路,不落言筌者④,上也。詩者,吟咏情性也。盛唐諸人惟在興趣,羚羊挂角,無迹可求⑤。故其妙處透徹玲瓏,不可凑泊,如空中之音,相中之色,水中之月,鏡中之象,言有盡而意無窮。⑥

又云:夫學詩者以識爲主:入門須正,立志須高;以漢、魏、晉、盛唐爲師,不作開元、天寶以下人物。若自退屈,即有下劣詩魔入其肺腑之間;由立志之不高也。行有未至,可加工力;路頭一差,愈鶩愈遠;由入門之不正也。⑦

又云:宋朝坡、谷諸公之詩,如米元章之字,雖筆力勁健,終有子路事夫子時氣象⑧。盛唐諸公之詩,如顏魯公書,既筆力雄壯,又氣象渾厚,其不同如此。⑨

---

① 《詩法源流》是《明史·藝文志》中的一種,但作者不詳。高棅所引其中三段也同樣在《詩法正論》中被發現,後著作者爲傅若金,一卷本。因此《詩法源流》與《詩法正論》極可能爲同一本書。
② 在禪宗裏没有明確的"大乘"與"小乘"的劃分。南派"臨濟"派與北派的"曹洞",雙方都被發現與大乘佛經中提及的"冥想"關係密切。在嚴羽時代,臨濟派成爲主流,將自身視爲主流,而將曹洞派視爲"异端",認爲其純粹傳授小乘佛教學說。郭紹虞指出嚴羽已有主張大乘佛教事實上造成了大乘教與小乘教之間的分離。
③ 郭紹虞《滄浪詩話校釋》,第11—12、26—27頁。
④ 嚴羽從《莊子·外物》篇引用而來。郭慶藩《莊子集釋》,北京:中華書局,1961年,第944頁。
⑤ "羚羊挂角,無迹可尋"常被唐代禪宗大師所引用。如道膺禪師:"如人將三貫錢買個獵狗,祇解尋得有踪迹底。忽遇羚羊挂角,莫道踪迹,氣息也無。"轉引自郭紹虞《滄浪詩話校釋》,第28頁。
⑥ 郭紹虞《滄浪詩話校釋》,第26頁。
⑦ 郭紹虞《滄浪詩話校釋》,第1頁。
⑧ 子路是孔子的大弟子。在《論語》中,他與孔子之間常有互動。他的性格特徵是大膽而冒失、衝動、直率。孔子常因子路做事缺乏周全考慮而責怪他,這體現出他的冷漠,以及對經書與聖賢權威的維護。具體見《論語注疏》(《十三經注疏》本)。
⑨ 郭紹虞《滄浪詩話校釋》,第252—253頁。

又云:詩有詞理意興。南朝人尚詞而病於理;本朝人尚理而病於意興;唐人尚意興而理①在其中。②

又云:或問:"唐詩何以勝我朝?"唐以詩取士,故多專門之學,我朝之詩所以不及也。③

又云:唐人與本朝人詩,未論工拙,直是氣象不同。④

又云:盛唐人詩,亦有一二濫觴晚唐者,晚唐人詩,亦有一二可入盛唐者,要當論其大概耳。⑤

又云:大曆之詩,高者尚未失盛唐,下者漸入晚唐矣。⑥

嚴羽的這些言論給高棅提供了《唐詩品彙》的理論框架和基本結構,同時也提供了選擇詩歌與詩人的基本標準:盛唐詩歌具有最高價值,是學習和評價的典範。這不僅是唐代標準同時也是全時期的。同樣,這也不僅僅祇是編年體上的或某一時期的"風格",而是超越局限的評價所有成功或失敗的共同基準。一位詩人越是接近盛唐風格,他的詩歌便會越好。因此,一部理想的唐代詩歌集的核心必須是關注盛唐的,這是它構建結構的主要原則。這樣,高棅不可避免地發現所有之前的唐代詩選集都必然地具有缺陷:

載觀諸家選本,詳略不侔。《英華》以類見拘,《樂府》爲題所界,是皆略於盛唐而詳於晚唐⑦。他如《朝英》⑧《國秀》⑨《篋中》⑩《丹陽》⑪《英靈》⑫

---

① "理"可以覆蓋中國詩學中的一系列概念,在陸機《文賦》中正式出現。它覆蓋的相關概念多與"理性""事物的原則""秩序"等有關。詳見 James J.Y. Liu, *Chinese Theories of Literature* (Chicago: University of Chicago Press, 1975), p. 72.

② 郭紹虞《滄浪詩話校釋》,第 148 頁。

③ 郭紹虞《滄浪詩話校釋》,第 147 頁。

④ 郭紹虞《滄浪詩話校釋》,第 144 頁。

⑤ 郭紹虞《滄浪詩話校釋》,第 143 頁。

⑥ 郭紹虞《滄浪詩話校釋》,第 146 頁。

⑦ 《文苑英華》(1000 卷),在北宋早期(987 年)由李昉和其他官方指定的編輯編撰完成。體例上與《文選》相似,它對《文選》未選作品進行了彙總,總體上的分類仍繼承《文選》的做法,但却被視爲對唐代文學不太適合的選擇標準。其中含有大量的散文及韵文。《樂府詩集》(100 卷),郭茂倩在宋朝晚期主編,包含唐朝及前唐的樂府詩。

⑧ 《朝英集》在《新唐書·藝文志》中列有三卷。包含張九齡的《送行歌詩》、韓休、崔沔、王翰、胡皓及賀知章在張孝嵩赴邊疆時所作詩作。高棅在他的"引用諸書"中並沒有包含這本詩選集,也許僅是通過書目著錄纔了解到此書。

⑨ 《國秀集》是芮挺章所編,三卷本,包含 88 位作者共 220 首詩歌。此書在《唐人選唐詩》(香港:中華書局,1958 年)、《唐人選唐詩新編》(北京:中華書局,2014 年)中均被提及。

⑩ 《篋中集》是元結所編,一卷本。序言中提及此書成書於 760 年。它僅包含 7 位詩人共 24 首詩作。其中多數詩人都是默默無聞,并以詩作顯示他們對復古主義詩潮的參與。此書在《唐人選唐詩》中被提及。

⑪ 《丹陽集》是由殷璠編撰的一卷本,收錄了八位詩人的作品。此書在《唐人選唐詩新編》及《宗月鋤先生遺著八種》中被提及。

⑫ 《河岳英靈集》同樣是殷璠所編,三卷本,因提出了總體性的詩學主張和具體的詩歌評價標準而著稱於世。它收錄在《唐人選唐詩》及《唐人選唐詩新編》中。

《間氣》①《極玄》②《又玄》③《詩府》④《詩統》⑤《三體》⑥《衆妙》⑦等集,立意造論各該一端,唯近代襄城楊伯謙氏⑧《唐音》集,頗能別體制之始終,審音律之正變,可謂得唐人之三尺矣,然而李、杜大家不録,岑、劉古調微存,張籍、王建、許渾、李商隱律詩載諸正音,渤海高適、江寧王昌齡五言稍見遺響。每一披讀,未嘗不嘆息於斯。⑨

明代早期知識分子的風氣是趨向復古主義的。本朝的建立者,朱元璋和他的幕僚在開拓統治合理性方面做出了很多努力,其根據都建立在文化和政治復古主義基礎之上。同時這也是加強政治、社會與經濟等方面控制的方法,以實現全面的聯合和統一。正是這樣的時代背景促進了高棅的工作,同樣也造就了本時期其他學術性與文學性的工程如《洪武正韻》(1375)、《大明律》(1398)。《唐詩品彙》試圖建立起指南的形式,樹立起關於詩歌傳統的尤其是唐詩的典範"正"的闡釋。雖然它的產生并沒有經歷帝國政府的施壓,這一私人化的著述還是得到了永樂王朝的支持。高棅從一介平民很快直接以待詔的身份提升至翰林學府,又很快被提升至典籍。⑩

然而,高棅的詩選集事實上有沒有發揮廣泛的影響力尚且是不確定的,有一種說法是他的詩選集完成後便立刻開始并持續地發揮影響力,但提交給明代政府的詩選集版本一直未曾發現,即使它們來自通常意義上的可靠源頭如《明史》,其中選了《唐詩品彙》《唐詩正聲》。終明之世館閣宗之。

貫穿整個有明時期,帝國學士們均將《唐詩品彙》和《唐詩正聲》視爲指南⑪,《四庫全書總目》:"厥後李夢陽、何景明等摹擬盛唐,名爲崛起,其胚胎實

---

① 《中興間氣集》是由高仲武所編,兩卷本。其中多數詩人都是前二十年間的京城詩人。有評論指出詩選集中的"間氣"二字標志出朝臣的努力下,事物重新回到正確軌道上。這正是對中唐的適當詮釋。《中興間氣集》收録在《唐人選唐詩》與《唐人選唐詩新編》中。

② 《極玄集》是由姚合編撰,兩卷本,共收 21 位作者約 100 首詩歌。其中一位作者的詩歌已亡佚。其中王維和祖咏是盛唐詩人,其餘爲中唐詩人。本書收録於《唐人選唐詩》。

③ 《又玄集》是由韋莊所編,三卷本,序言提及成書於公元 900 年。所收多爲晚唐詩歌。本書收録在《唐人選唐詩》和《唐人選唐詩新編》中。

④ 《詩中群玉府》是由毛直方所編,三十卷本。雖然高棅將本書列於他的"所引諸書"中,但《明史·藝文志》并未著録,內容不詳。

⑤ 《詩統》劉應幾所編,在高棅的"所引諸書"中,這裏劉是安成本地人,本書區別於李騰鵬所編的同名著作。見《明史·藝文志》(北京:中華書局,1959 年)。

⑥ 《三體詩》是周弼所編,六卷本。它嚴格限制爲三種文體:七言絕句、七言律詩、五言律詩。《四庫全書》收録有僧人圓至注本與高士奇注本。

⑦ 《衆妙集》是由趙師秀所編,一卷本,趙師秀被認爲是"永嘉四靈"之一。此書包含 76 位詩人的律詩,多以五律爲主,間有少量七律。收録於《叢書集成初編》中。

⑧ 楊士宏生平卒年不詳,但根據他本人及虞集的記載,本書成於 1344 年,《四庫全書》收有張震輯注本。另有朝鮮木刻本(1600—1650),後附張繼序,可推成書於 1439 年,這也大約是張震輯注本的成書時間。

⑨ 《唐詩品彙總序》,第 3b—4a 頁。

⑩⑪ 《明史》卷 286,第 7336 頁。

兆於此。"①然而,陳國球(K.K. Leonard Chan)在《唐的傳承:明代復古詩論研究》中認爲以上觀點的根據是薄弱的,因爲并没有證據表明高棅的唐代詩文集在他生前已經出版,同樣重要的是明代早期詩人、詩歌鑒賞家李東陽,其在李夢陽、何景明和其他前七子研究上有着最重要的影響。但在他的寫作中,他從未提及過高氏以及他的詩選集;與之相似的還有楊士奇,作爲臺閣體的重要散文家與詩人,在他著名的書目,明代皇家圖書目録——《文淵閣書目》中著録了高氏的兩部著作。同時,接下來的一個世紀中的主要詩人、批評家如李夢陽、顧璘(1476—1545)、陸深(1477—1544)等對高氏的兩部文集均未置一詞,儘管他們都經常積極地提及楊士宏的《唐音》。因此,這表明高棅對於明代復古主義詩學的重要影響力很可能在《唐詩品彙》與《唐詩正聲》付梓出版後纔開始,雖然其第一次印刷早在弘治年間(1488—1505)②,而兩書直至嘉靖時期纔開始廣爲流傳。然而,一旦它開始發揮影響,便是勢不可擋的。高棅的文集將有關唐代詩歌的其他趣味掃蕩殆盡。

作爲高棅文學思想的背景,我們還應該注意到他屬於一個詩人群體——閩中十才子,領袖人物是林鴻(1340—1400),旨在重建唐朝的黄金時代。他們不僅希望重新恢復唐朝詩歌的時代標準,也決心肅清元代衰頹的詩歌對時下詩壇的不良影響。這些"异端"詩歌受到晚唐詩壇習氣的過度影響,并混合了唐詩與宋詩形成了綜合性的特徵。高氏的詩選集由批評性的前言引導着具體的詩歌分類,被編寫成爲通向"真正"唐代風格的實用性指南,這樣,學習者能夠藉助它通過所有唐詩去找尋正統詩歌的核心,同時,通過摹仿這種範式,潛在地形成自我的風格。高棅在凡例中承認,他的批評性與智性都受惠於林鴻:

  先輩博陵林鴻③嘗與余論詩,上自蘇、李,下迄六代。漢、魏骨氣雖雄,而菁華不足;晋祖玄虛,宋尚條暢,齊、梁以下,但務春華,殊欠秋實。唯李唐作者,可謂大成。然貞觀尚習故陋,神龍漸變常調,開元、天寶間,神秀聲律,粲然大備。故學者當以是楷式。予以爲確論。後又采集古今諸賢之説,及觀滄浪嚴先生之辯,益以林之言可徵。故是集專以唐爲編也。④

高棅在他詩選集的總序以及他關於不同種類詩歌的批評性介紹當中,很可能提出了自己最重要的觀點:盛唐風格不衹是編年性的時代風格,而是整體上合適或準確的詩歌風格。時間性有時是重要的,然而至少從理論上看,盛唐風格可能發生在任何人與任意時間之上。從時間先後順序看,非盛唐時期詩

---

 ① 《四庫全書總目》卷189,台北:藝文印書館,1969年,第6a頁。
 ② 《唐的傳承:明代復古詩論研究》,台北:學生書局,1990年,第233—239頁。
 ③ 林鴻(1340—1400),福清縣人。福清在高棅故鄉長樂的南面。他的作品傳世的有《鳴盛集》四卷(《四庫全書》收)。他通常被認爲是明初復古運動"閩中十才子"之首。林鴻現存作品主要爲詩歌,他的主要觀點都在高棅《唐詩品彙》序言中被引用。
 ④ 高棅《唐詩品彙》凡例,第14頁。

人有時也被假定爲在完善着盛唐詩風——例如典型的中唐詩人韋應物和柳宗元。① 促使高棅在數量龐大的唐詩中搜索并彙集起相當書目的詩作形成詩選篇的是這樣一種信念——他可以識別出某種構成盛唐風格主體的正統性因素，這些因素在盛唐之前是偶然出現的或者不完善的，它預示着在接下來的盛唐時代這些因素將轉化成積極的文學實踐從而獲得巨大成功。當盛唐這一時間段過去，這些因素同樣也在不同時代不同詩人的創作中保留了下來。高棅明顯地意識到這是他的神聖職責，他表現出樂於將自身視爲本朝以及所有時代詩歌的拯救者角色：

> 嗚呼！唐詩之偈，弗傳久矣。唐詩之道，或時以明。誠使吟咏性情之士②，觀詩以求其人，因人以知其時，因時以辯其文章之高下，詞氣之盛衰，本乎始以達其終，審其變而歸於正，則優游敦厚之教。③

與他同時期的文人對他的看法與他的自我界定也多有一致。《唐詩品彙》中提及到的高棅的同省文人馬德華有這樣的評價：

> 余閱是編，知廷禮用心之勤，而超卓之見异於人人也。全閩學古者，振發歆動，能相與鳴國家之盛，必廷禮爲之倡。海內文士，欲歷唐人之蹊徑，闖唐人之壺奧，則必於《品彙》求之。④

結　論

在《唐詩品彙》與《唐詩正聲》前言中的材料極大地豐富了中國詩學史與批評史。在高棅自身觀點之外，他深入地引用了早期批評家的觀點。其中最重要的是嚴羽的《滄浪詩話》，這些材料作爲原始資料，整體性地構成了文學理論與批評實踐中的正統性傾向。這一事實所涉及的問題是廣泛的，如詩選集的編撰、文學趣味跨時代的變遷、歷史因素在制約文學風格形成過程中所扮演的角色、在古體與今體之間的聯繫或換言之：古詩與律詩之間的聯繫、正統與創新的本質、正統與"异端"式革新等等。這一前言中的材料也爲研究詩歌史實提供了便利——其中提到了大多數唐代主流的或小衆的詩人。瀏覽或深入閱讀前言，可使讀者不僅了解唐代詩人詩歌，還可知曉作爲主要批評家的高棅本人觀點如何。高棅的著作同樣也是明代復古主義詩人創作的重要組成部分，并體現出這一重要的文學思想傳統在明清文學史上巨大的影響力。我們不應忘記這提示出復古主義者的文學觀對於明清五百年間的思想發展從整體上產生了巨大的影響。這一事例說明了文學典範與文化典範之間息息相關，後者體現爲社會規範、政治性或精神性的價值傾向。所有的這一切都會在個人性

---

① 見《唐詩品彙》"五言古詩序目"，第 6b—7a 頁。
② 《毛詩正義》："國史明乎得失之迹，傷人倫之廢，哀政行之苛，吟咏情性以風其上。"
③ 《禮記正義》"經解篇"："溫柔敦厚，《詩》教也。"
④ 《唐詩品彙》馬德華序，第 5 頁。

格形成過程中留下痕迹,成爲個體的行爲指南,從思想上、語言上、行爲上,致力於建設更好的社會形態并實現聖賢傳統的願景:端正的文學表達指向着崇高的行爲本身。

[英本題目]The Concept of "High Tang" in Theory and Practice: Perfect and Timeless Style

[作者簡介]林理彰(Richard John Lynn),1962年普林斯頓大學文學士,1966年華盛頓大學文學碩士,1971年斯坦福大學哲學博士,加拿大多倫多大學榮休教授。主要研究中國詩歌與文學批評、中國思想史。著作和譯著有《中國文學:一個書目》《中國詩歌和戲劇導讀》《王弼注〈道德經〉新譯》《王弼注〈周易〉新譯》等。

[譯者簡介]余琳,女,文學博士,華南師範大學文學院副教授。

"冥搜"的系譜
——從杜甫到中唐詩人
[日]川合康三

　　詩的語言所表現的對象，大致上可分爲外部與內部二種。我們所感所見的外部世界，以及人的內心所生出的感情、思考，在中文的語境上，這二種幾乎可以說與所謂的"景"與"情"相互對應。在此，姑且先不論"情"的相關表現，而嘗試將焦點放在"景"，也就是對於外部世界的相關表現來進行思考。

　　我們在捕捉外界之時，即便我們認爲那是由我們自己去進行的，然而我們終究不過是遵從了一種文化在不知不覺之中扎根於我們心中的捕捉方式而已。雖然我們祇是使用了既成的框架來認識外在的世界，但同時我們也因爲獲得了此一認識的架構而能夠安定地去認識這個世界。

　　然而詩人却能夠用語言去表示一種用既有的認識無法掌握的世界的新樣態，使得我們那安定的認知方式受到動搖。與此同時，我們也可以看到那語言所提示出的嶄新世界樣態。所謂"詩"的意義，當中至少有一個便與這一點相關。

　　詩如何去捕捉外面的世界？我們從這個問題的答案當中可以看到一種隨着時間而產生的，作爲表現形式的詩的發展變化。在詩的表現的發展史當中，有着幾個轉折點，在那些轉折點當中產生了大規模的變化，由此而生的新的捕捉方式便被後世所繼承下去。陶淵明即爲一顯著的例子，接續在陶淵明之後的杜甫亦是在詩的表現史中帶來巨大變化的詩人之一，本研究將探看杜甫的表現手法如何被下個時代所接受，以及接受之後如何發展變化。

　　杜甫在描寫外界之時的特徵之一是，采用尚未被語言表達過的視角來重新剪下現實的片影。例如《卜居》當中有着這二句：

　　　　無數蜻蜓齊上下，一雙鸂鶒對沉浮。

這雖然是日常生活中平凡無奇的光景，然而被杜甫這麼說了之後，人們纔會開始留意到真的有那樣的光景存在。這可以說，雖然是實際存在的光景，然而被說出來之前却未曾被人用過語言來進行表現，也未曾被人所留意，乃是捕捉到了一種嶄新的現實片影。

另一方面，杜甫也有描繪現實世界之外的文學表現，試圖去探索觸目所及之外的世界。例如《同諸公登慈恩寺塔》一詩當中有着這樣的詩句：

    七星在北户，河漢聲西流。

這雖然是在説大雁塔如同要摩天一般高，但從表現的角度來看，天空上的北斗七星乃是"在"大雁塔的户中，兩者存在於同一空間。接着下一句説天上的銀河因是"河"的關係故邊流邊發出水聲。詩謂可以聽見水流發出的聲音，對此，我們不應衹在現實的層面上單純地把它當作是誇飾或是譬喻等等的表現手法，而是應該去着眼於杜甫將北斗七星置於現實中伸手便可觸及的位置來以眼視之，并以耳去聽見銀河流動的聲響等等的相關表現。"河漢聲西流"一句讓我們聯想起來李賀《秦王飲酒》詩中的"羲和敲日玻璃聲"（錢鍾書先生《談藝錄》）。

《慈恩寺塔》這首詩是描寫一種超越現實的、非日常性極高的空間。在此之外，亦有在現實的描寫當中不經意地插入非現實描寫的例子。例如《自京赴奉先縣詠懷五百字》當中，有這麽一句描寫渡渭水場景的句子：

    群冰從西下，極目高崒兀。

雖然也有一説認爲事實上渭水是會有流冰流過的，然而比起是否真的會有流冰的問題，筆者更傾向於去解讀成這乃是幻視，是以眼看着在眼所不能見的事物。若這樣的解讀是可行的，那麽這即會是一種自對於不可理解的事物的恐懼，以及對於無法認知的世界的不安等等的心象之中所生出的風景。

《同諸公登慈恩寺塔》一詩雖然將大雁塔視作爲超越現實的空間而進行歌咏，然而在此詩的開頭，則有這麽二句：

    方知象教力，足可追冥搜。

這"冥搜"二字，纔正是一個在講對於目所不能視的空間進行探索的詞彙。關於"冥搜"的詩學，陳勇先生的《"冥搜"與唐人詩境説》和查正賢先生的《論唐人創作中的"冥搜"概念與"冥搜得境"的命題》（《北京大學學報》第54卷第3期）都有詳細的分析。像兩位先生指出那樣，晋孫綽《游天台山賦》序中的"非夫遠寄冥搜、篤信通神者，何肯遥想而存之"一句，算是一個比較早的使用例子。此文寫的是天台山"不列於五嶽"而絕然於世，隸屬於神靈所居住的神秘世界。

到了盛唐，杜甫及其周遭的高適等人的詩中，開始使用了"冥搜"一語。比方説高適的《陪竇侍御靈雲南亭宴詩》中，就有這一句：

    連唱波瀾動，冥搜物象開。

説的是"在宴席的人——咏詩之後，靈雲池的水開始波動，外界的事物受到'冥搜'影響，而彰顯出潛藏的姿態"。

高適的《東平旅游奉贈薛太守二十四韵》一詩當中亦有這麽一句：

    觀棋知戰勝，探象會冥搜。

根據"冥搜"是與"物象開"或是"探象"等詞一齊使用的這個現象，我們可以將

"冥搜"理解成借由語言來將未曾顯現的世界予以顯現的意思。

在杜甫的詩中當中,也可以舉出這些例子:

> 多病休儒服,冥搜信客旌。(《敬贈鄭諫議十韵》)
> 間風入轍迹,曠原延冥搜。(《奉同郭給事湯東靈湫作》)
> 論兵遠壑净,亦可縱冥搜。(《送韋十六評事充同谷防禦判官》)
> 豪華看古往,服食寄冥搜。(《西閣二首》其二)

去看這些高適或是杜甫的詩例的話,便可以注意到那多是在宴席上所做的詩,乃是社交性的,而不是以詩論詩的作品,并經常用來稱贊他人詩作,據此我們可以得知,比起寫實地去描寫現實的樣態,能寫不可視的世界,纔會是能被稱贊的非凡詩,重視非現實的詩觀於此時形成。

話説杜甫在生前幾乎可以説是個默默無名的詩人,但中唐的元稹、白居易以及韓愈三人,很早便公開對杜甫的詩進行贊賞。祇是這三個人從哪些方面來評價杜甫,則一個人一個樣,各自不同。最早挖掘出杜甫的元稹經常提及杜甫,其中的代表作是《唐故工部員外郎杜君墓係銘并序》,文中在溯及了詩的歷史之後,便將杜甫視作爲"盡得古今之體勢"之詩人,并贈與了"詩人以來,未有如子美者"如此之最高等級的贊辭。以杜甫的文學之中具備文學各項要素來予以贊賞,此乃反映了元稹自身以能包山包海的文學作爲目標的文學觀。他對於白居易作品的評價也是如此。在《白氏長慶集序》當中,亦稱贊了白居易文學的幅員廣大,稱"大凡人之文各有所長,樂天之長可以爲多矣",認爲白居易從詩到散文,無論是何種文類皆能作出佳作。

至於白居易的評價則着重在杜甫早期的社會批判詩。在《與元九書》當中,一邊説着當今《詩經》的精神已被遺忘,在這樣的情況當中,杜甫詩作中批判社會的詩却特别地多,却又一邊指出那"亦不過三四十首"。白居易雖不如元稹那般無保留地贊賞杜甫,然而相對來説還是給予了杜甫較高的評價。而白居易之所以贊賞杜甫的社會詩,也與他本身的詩學觀對於諷喻詩的强烈主張有關。

韓愈亦在《送孟東野序》當中言"唐之有天下,陳子昂、蘇源明、元結、李白、杜甫、李觀,皆以其所能鳴",在《調張籍》詩當中,則云"李杜文章在,光焰萬里長",就是像這樣把杜甫視作唐代的代表性詩人而列舉出來。然而,韓愈對於杜甫的評價又與元稹或是白居易有所不同。

例如《感春四首》其二,其詩云:

> 近憐李杜無檢束,爛漫長醉多文辭。

指出了李杜的詩作挣脱表現手法的拘束而能自在運筆。我們也可以在韓愈對於賈島或是盧汀的叙述當中看到這種對於擺脱規範的奔放表現的評價。在《送無本師歸范陽》詩中,對於賈島,他説:

> 無本於爲文,身大不及膽。吾嘗示之難,勇往無不敢。蛟龍弄角牙,

造次欲手攬。衆鬼囚大幽，下覷襲玄窅。天陽熙四海，注視首不頷。鯨鵬相摩窣，兩舉快一噉。夫豈能必然，固已謝黯黮。狂詞肆滂葩，低昂見舒慘。奸窮怪變得，往往造平淡。

指出了賈島的奔放，并且給予贊美。韓愈對於賈島的這個評價，雖然於最後説了"往往造平淡"，也就是指出了賈島詩的平淡予以理解，但韓愈多所着墨的，乃是在怪奇不在平淡。賈島在晚唐、五代、宋初，都被認爲是苦吟與枯淡的詩人，但對於同時代的韓愈來説，與之相反的一面纔被他認爲是賈島的特質。對於詩人的理解方式，同時代與後世之間往往會產生不同的情形，對於賈島的理解因着時代而有不同，也算做是其中的一例。

　　此外，韓愈在《酬司門盧四雲夫院長望秋作》對於盧汀，亦稱：

　　　　望秋一章已驚絶，猶言低抑避謗讒。若使乘酣騁雄怪，造化何以當鎸劖。

言盧汀的詩因受到人家非難而"騁雄怪"。無論是對於賈島，或是對於盧汀，韓愈皆指出了他們因擺脱規範而恣意展開其奇怪之一面，并予以贊賞。

　　而韓愈自己的文章也是如此的。柳宗元便如此説韓愈：

　　　　韓子之醉，若壅大川焉。其必決而放諸陸，不可以不陳也。（《讀韓愈所著毛穎傳後題》）

由此便可知之也。

　　也就是説，我們可以得知韓愈之所以針對李杜奔放的表現來進行評價，乃是源於韓愈自身的文學觀以及文學特質。韓愈對於杜甫的另一項評價則是，杜甫的詩如同造物者創造世界一般使用語言而造出了世界，借由文學表現，而發揮猶如造物者一般的力量。因此，韓愈在《薦士》中訴説世間萬物毫無保留地被暴露出來，并因文學表現的暴力而感到痛苦。這雖然一首推舉孟郊的詩作，但在其談論詩的歷史的部分當中，有着這麼一句：

　　　　勃興得李杜，萬類困陵暴。

這種想法，與之後晚唐的陸龜蒙稱李賀、孟郊、李商隱等人"暴天物"一語有相通之處：

　　　　吾聞淫畋漁者，謂之暴天物。天物既不可暴，又可抉擿刻削，露其情狀乎。使自萌卵，至於槁死，不得隱伏，天能不致罰耶。長吉夭，東郊窮，玉溪生官不挂朝籍而死，正坐是哉，正坐是哉。（陸龜蒙《書李賀小傳之後》）

韓愈説卓越的表現者如同造物者一般作用於這世界，使得萬物感到痛苦。陸龜蒙説的是這三位詩人超越了常人的本分而揭露了這個世界，他們之所以同樣遭逢不幸的人生，乃是因爲他們不能清楚認知道身爲人的本分而創造出了簡直是要凌駕造物者一般的表現，而受到了天的責罰。

此外,在韓愈、孟郊的《城南聯句》當中,其叙述來到了詩會的部分的時候,也提到了李杜:

> 蜀雄李杜拔,(愈)嶽力雷車轟。大句斡玄造,(郊)高言軋霄崢。芒端轉寒燠,(愈)神助溢杯觥。

此并非韓愈一人的發言,而應當理解成韓愈與孟郊聯合成一氣去談論李杜。韓孟的這一連串言論所說的是,李杜的詩不僅僅是充滿着力量,更能使世界運轉,令寒暑更替。

韓愈尚有其他提及杜甫之處,但不知爲何必定會一并提及李白,并沒有出現單獨言及杜甫的情況。元稹、白居易對於杜甫的評價也有出現不單獨舉出杜甫,而是以將杜甫與李白進行比較,而杜甫勝於李白的方式來對杜甫贊美的情形。方纏所引之白居易的《與元九書》當中就先并稱李杜,再云李白詩作之中的諷喻詩"十無一焉",進行贊賞杜甫。至於元稹,則是方纏所引之《墓係銘》當中如此説道:

> 時山東人李白,亦以奇文取稱,時人謂之李杜。予觀其壯浪縱恣,擺去拘束,模寫物象及樂府歌詩,誠亦差肩於子美矣。至若鋪陳終始,排比聲韵,大或千言,次猶數百,詞氣豪邁而風調清深,屬對律切而脱棄凡近,則李尚不能歷其藩翰,況堂奧乎!

在像這樣比較了李杜之後,元稹將錦旗頒給了杜甫。而韓愈的《調張籍》一詩則云:

> 李杜文章在,光焰萬丈長。不知群兒愚,那用故謗傷?蚍蜉撼大樹,可笑不自量。

對此,魏泰在《臨漢隱居詩話》當中認爲"群兒"指的乃是元稹,此詩批判了元稹的杜甫比李白還要優越的説法。然而如同周紫芝《竹坡詩話》或是方成珪《韓集箋正》所云,元稹、白居易是爲了要抬高杜甫纔以李白作爲比較的媒介,并不一定是論述李杜的優劣,我們應當作如此之解釋纔是。韓愈亦總必定將李白與杜甫合一而論,此乃筆者今後該當思索的問題,但至少其有關李杜的言論也適用於杜甫一人的身上,此點乃是正確無誤的。

誠如上述,元稹、白居易、韓愈各自從杜甫的文學當中取出與自身的文學觀相合之處進而予以發展。關於這點,前人已有論及。朱彝尊在《白香山詩集序》當中如此説道:

> 昔人謂大曆後,以詩名家者,靡不由杜出。韓之《南山》,白之諷喻,其最著矣。就二公論之,大抵韓得杜之變,白得杜之正,蓋各得其一體,而造乎其極者。

朱彝尊言白居易之"正",所指的應是文學正統的一面,具體來説便是諷喻詩,而韓愈之"變"所指的則應是其擺脱規範的那一面,具體來説便是其所驅使之奇怪的文學表現的那一面。

上面所引用的韓愈言說，皆是在描寫詩直與造物主頡頏而創出世界，顯露出其奔放的力量，而這一點，也與"冥搜"有所共通之處。若"冥搜"指的便是對於目不可視的空間之摸索，一種描繪現實之外世界的嘗試，那麼"冥搜"便超越了對那定型化現實的掌握與表現，正與"冥搜"和創造新世界相關的這一點有關。

說韓愈在評價孟郊的詩時，使用了與"冥搜"類似的語彙。接續着上引：《薦士》詩中談及李杜之處，有云：

> 冥觀洞古今，象外逐幽好。

該詩句云去見及目不可視之物，其洞察貫通古今，并追求象外目不可視的世界中所藏有的美。

"象外"指的是現象世界、可視世界之外的不可視的世界。韓愈所指出的是，孟郊的詩進入了超越現實的世界。

"冥觀"亦與"冥搜"相同，乃是可在孫綽《游天台山賦》中可見之語：

> 渾萬象以冥觀，兀同體於自然。

這指的應該是將森羅萬象統合爲一，并去見及目不視之物，并且在無意識當中與自然合爲一體的意思。

那麼在孟郊自己的作品當中，"冥搜"是如何被表現呢？《石淙十首》《寒溪九首》《峽哀十首》等等連作詩當中有着不少特別足以説是在"冥搜"的詩句。

若是說到對於現實之外的奇怪世界的描寫，那麼便以李賀的詩廣爲人所知曉。談到韓愈與李賀之間的關係，則多以二人之間的遺聞爲人所知，至於二人作品之間的關聯則尚未十分明了，或許，李賀的詩歌世界亦以韓愈作爲當中的一個契機也說不定。

杜甫的文學實則含有多種多樣的要素，那些要素被後世的人們所不斷吸收。至今，衆人主要是着重在於杜甫詩的現實層面，此雖然則然矣，但另一方面，杜甫亦有與之相對，試圖探索超越現實的世界，目不可視的世界之一面。而這項特質特別受到了韓愈，以及孟郊的重視，甚至連李賀也許都是如此。筆者認爲，的確有可能存有這麼一條傳承的綫索。

[作者簡介]川合康三，1948年生，日本静岡縣浜松市人。1967年考入京都大學文學部本科，1976年修完博士課程，在京都大學任助手。1979—1987年任教於東北大學文學部，1987—2012年任教於京都大學文學部，先後任副教授、教授。2012年從京都大學退休，擔任京都大學文學部名譽教授。2011年4月至2015年3月，任日本中國學會理事長。長期從事唐代文學、中國詩學研究，特別是中唐文學研究，曾組織日本中唐文學研究會。主要著作有《曹操：横矛賦詩》《中國的自傳文學》《終南山的變容：中唐文學論集》《中國的Alba——譜系的詩學》《中國古典文學仿徨》《中國的戀歌：從〈詩經〉到李商隱》《杜甫》《白樂天》《桃源鄉：中國的樂園思想》等。

"古與今"的文學史
——中國的文學史式的思考

［日］和田英信 撰　范建明 譯

　　近代以前的中國不存在稱爲文學史的著作。但是，在圍繞文學的議論中，我們可以找到關於文學應有狀態的歷史變遷的考察或者發言。而當檢驗這些考察或發言時，我們可以注意到一個現象：很多考察或發言都是基於"古與今"這組對比的。

　　不用説，"古與今"是表示時間軸上先後的詞語，包括文學的古與今，時常出現在關於歷史的議論中，這本身并不是不可思議的事。將"古"即過去的文學與"今"即現在的文學進行比較，在那裏也許能够發現中國最樸素的文學史或者文學史式的思考萌芽。

　　與此同時，我們還可以發現不止於"古與今"，在過去的中國文論中，特別是在對文學的應有狀態進行歷史的關聯論述時，時常會運用兩個要素、項目相對比的框架。例如"正與變""文與質""源與流"，或者"唐與宋"等就屬此類。

　　這些二項對比以及項目各自的概念是與文學多樣的形態相對應的，具有各自個別的性格和機能，這是不言而喻的。不過，與此同時，我們認爲由此也能看到超越那樣的個性而共有的特性以及構想上的共同點。

　　從文學的歷史這個觀點審視文學的時候，在二項對比這個框架時常被使用的現象中，或者在貫串這種二項互相對比的構想上的共同點上，我們不是可以看到過去中國的文學史觀，以及這種背景下所具有的文學史式思考的特質嗎？本文從上面那樣的視角，以"正與變""古與今""通與變""唐與宋"等爲中心，概觀二項對比的文學史，對這些概念中共同的思考樣式的特質試作考察。①

---

① 關於本稿所使用的詞語先整理一下。"文學史式的思考"，指的是從文學變遷的觀點把握文學時的一種思考（或者構想）樣式。"文學史觀（或者文學史的觀念）"，指的是關於文學的歷史變遷的具體的認識或見解，如"下降史觀"等。"文學史""文學史式的記述""文學史式的言説"等，指的是能够讀取"文學史式的思考""文學史觀"的文本。特別是具有體系性的文本，或者強調其文本的"文學史（式的言説）的特徵"時，則稱"文學史"。本稿的主要任務是，通過"文學史"的考察，究明各種各樣的"文學史觀"的背後所有的"文學史式的思考"特質。

一　正與變

作爲在中國最早成立,對後世文學史觀予以巨大影響的文學史式的記述,首先可以舉出《毛詩序》。

作爲中國文學論的一個很大的特徵,筆者認爲可以指出這樣一種傾向:與文學作品本身相比,有時候作品成立的背景更受到關心。這一點,在關於文學應有狀態的歷史變遷的議論中同樣能够看到。與綫狀性展開的文學現象的時間變化其本身相比,這種變化的原因、背景則成爲議論的焦點,這一點在下面列舉的《毛詩序》的一節中可以看得非常清楚。

> 治世之音安以樂,其政和;亂世之音怨以怒,其政乖;亡國之音哀以思,其民困。……至於王道衰,禮義廢,政教失,國异政,家殊俗,而變風變雅作矣。①

這段話所表述的意思是,"治世""亂世""亡國"這種政治、社會的情態原封不動地反映在文學的樣態裏,换言之,從文學的樣態可以窺見其作品成立的時代狀况。而且,作爲表述與那樣的社會情狀的變化相對應的文學方面的變化的言詞,"變"("變風""變雅")這樣的概念就被提了出來。

爲政者實行什麽樣的政治,就決定有什麽樣的文學樣態,把隨着時代的變化而變化的文學樣態完全看作是政治、社會的治亂盛衰的原樣反映,這樣的文學史式的思考在後來的文學論中也能够時常看到。例如,《文心雕龍·時序篇》在叙述太古以來至齊代的文學歷史時,始終貫串着這樣的構想,這可以説是一個很好的例子(見後面引文)。

這裏,筆者先想確認這樣一種觀點:把文學應有的狀態與産生文學的時代聯繫起來,在此基礎上可以把文學分類爲本來應有的狀態與未必就是應有的狀態。而前者就是相對於"變"的詩(或者詩與社會)的理想狀態,後來鄭玄的《詩譜序》稱之爲"正經"。本稿想借用鄭玄的這個説法,用"正與變"這組詞語來代表上面那樣的文學史式的思考。

我們從《毛詩序》可以確認:首先對不同時代的語言表現(姑且稱之爲文學)狀態的評價,是根據理想的狀態與未必是理想的狀態("正與變")的對比來進行的。而且這種評價與其説是對文學本身的,還不如説是面向文學成立的背景、政治狀態、社會情况的評價。這説明文學其本身還没有作爲獨立的存在被加以把握。

還有不能忽略的一點是,《毛詩序》所考察的對象是"經",即作爲儒學的經典的《詩》,與其他一般的語言表現之間是有距離的。而且考察的對象與考察所憑據的視點"今"之間没有直接連在一起。説到底,《毛詩序》的議論是限於過去的領域,是與"今"相切割分離的,并没有論及基於過去的考察的"今"。

---

① 《毛詩序》,郭紹虞主編《中國歷代文論選》,上海:上海古籍出版社,2001年。

這一點,實際上顯示了與我們下面所要論述的中國傳統的文學史式的言説之間的斷絶,與中國的文學史或者文學觀念的形成這些問題也有關係。關於這一點將在下一節加以探討。

二　古與今

如在本文開頭已經提及的那樣,筆者認爲在中國的文學史式的記述中,可以找到很多基於"古"與"今"的對比的議論。而"今"占據着考察框架的一個方面,正是這一點纔是過去的中國文學史式的思考的一大特徵。

《毛詩序》確實是以文學作品的應有狀態和它的歷史的變化爲話題的議論,就這一點而論,也許可以稱之爲文學史式的記述。不過,它所議論的對象到底是"經",是完成的、被限定的領域,過去至現在的開放的文學史式的視野還没有成立。後來雖然能够看到基於"正與變"的二項對比,對包括"今"的各種各樣的文學現象及文學應有狀態的史的變遷的議論,至少就《詩》的"正與變"來説,"今"還没有成爲考察對象的構成要素。就是説,"古與今"的"今"還没有成立。

那麽,在文學史的記述中"今"的成立需要什麽樣的條件呢？再有,"古與今"的成立究竟具有什麽樣的意義呢？在對文學的應有狀態進行歷史的把握的視野中,"今"已經明確地被納入其中,就這一點而言,下面引述的班固(32—92)《漢書·藝文志·詩賦略序》具有重要的意義。

> 古者諸侯卿大夫交接鄰國,以微言相感,當揖讓之時,必稱《詩》以諭其志,蓋以别賢不肖而觀盛衰焉。故孔子曰"不學《詩》,無以言"也。春秋之後,周道浸壞,聘問歌咏不行於列國。學《詩》之士逸在布衣。而賢人失志之賦作矣。大儒孫卿及楚臣屈原離讒憂國,皆作賦以風,咸有惻隱古詩之義。其後宋玉、唐勒,漢興枚乘、司馬相如,下及揚子雲,競爲侈麗閎衍之詞,没其風諭之義。……自孝武立樂府而采歌謡,於是有代趙之謳,秦楚之風。皆感於哀樂,緣事而發,亦可以觀風俗,知薄厚云。①

文學中"古與今"對比的成立需要這樣的視點:認可過去的文學體系與現在的文學體系同樣是文學,將二者放在文學這個同一範疇加以把握。在這裏,把當代的文學即"賦",作爲應該繼承過去文學《詩》的意義的文學,把"賦"作爲淵源於《詩》的表現形式的滴流來加以把握的思考正是"古與今"對比這種視點的體現。②

---

①　《漢書》,北京:中華書局,1962年,第1756頁。
②　衆所周知,《漢志》是以劉向、劉歆父子的《别録》《七略》爲藍本的,例如對屈原的評價等,與下面所見到的班固的發言稍有不同。這裏列舉漢代將《詩》與楚辭及賦關聯起來的發言。劉安:"淮南王安叙《離騷傳》以《國風》好色而不淫,《小雅》怨悱而不亂,若《離騷》者,可謂兼之。蟬蜕濁穢之中,浮游塵埃之外,皭然泥而不滓,推此志與日月争光可也。"(《楚辭章句》引班固《離騷序》)司馬遷:"相如雖多虚辭濫説,然其要歸引之節儉,此與《詩》之風諫何异？"(《史記·司馬相如傳贊》)班固:"或曰:'賦者古詩之流也。'"(《兩都賦序》)"淮南王安叙《離騷傳》以……斯論似過其真……謂之兼詩風雅而與日月争光,過矣。"(《離騷序》)

與此同時，因"古與今"的框架而被對比的"文學"其本身自然也需要一定的獨立性。從書籍的整理分類，間接地窺見語言表現的"文學"之獨立的《漢志·詩賦略》，從中能夠看到上面所引的一節，這不能說是偶然的。

由此看來，如果從相反的視點來重新把握文學的話，不正是說明"古與今"的成立就是中國的"文學"及"文學史"的成立嗎？

例如自此以降，《詩》一方面維持着作為"經"的權威性，同時如同《詩》"賦""樂府""五言詩"以下，在形成中國文學體系的歷史過程中，《詩》作為位於其源頭的要素而被編入了這個體系。這意味着有人開始意識到以《詩》為首的前述那樣的諸文體與其他一般的語言表現是不同的。在《漢志》中，《詩》其本身，不用說，與其他的經籍一起被收錄於《六藝略》，而作為其滴流的"賦""歌詩"等作為《詩賦略》而彙總在一起，這正是其佐證。①

再有，大概自"賦"以降，文學作品的創作開始有作者的署名了，即從文學的創作與閱讀兩個方面，都開始明確地意識到創作主體的存在了。這一點與文學史式的記述中的"古與今"的成立也有着某種關聯。因為"古與今"的"今"，不單是指與過去相對比的現在的文學，而且還意味着對文學的經營，在"今"這個時間點的參與。

不管怎麼說，《漢志》中在時間軸上把過去的文學體系與現在的文學體系并列在一起，并使之對比這種視點確立以後，即從過去至現在的文學史式的視野得到確保以後，圍繞"古與今"的議論就盛行起來了。例如，與班固幾乎是同時期的王充(27—97?)有如下發言：

> 俗好高古而稱所聞，前人之業，菜果甘甜，後人新造，蜜酪辛苦。長生家在會稽，生在今世，文章雖奇，論者猶謂稚於前人。……周有郁郁之文者，在百世之末也。漢在百世之後，文論辭說，安得不茂？②

王充在這裏主張語言表現的進步、進化的可能性。而這樣的主張在《論衡》的其他篇章裏可以再三看到，由此而可以逆推而知，當時"尚古"的觀念是極為根深蒂固的。

既然形成了"古與今"的框架，那麼我們就不難想象對文學的歷史的把握就勢必要麼是"下降"的，要麼是"上升"的，二者必居其一。

一方面在"古"中找出應該存在的本質，同時將"今"視作悖於"古"的狀態，而主張向本源的回歸。我們已經於《漢志》讀取了對喪失諷喻之義的近代賦的批判意識，又如晉代摯虞(？—311)的《文章流別論》，可以說是本源回歸論的代表性著作。摯虞對詩、頌、銘、誄等各種表現形式的本來的狀態、淵源的考察表示了強烈的關心，同時這種關心也是對與之相乖離的現狀的批判，二者是表裏一致的。

---

① 興膳宏氏在其《六朝期文學觀的展開》(《中國的文學理論》，東京：築摩書房，1988年)中從文章流別的萌芽的觀點，對《漢志》有詳細的分析，本稿受其啟發頗大。
② 王充《論衡·超奇》，《諸子集成》第七冊，上海：上海書店出版社，1986年。

王澤流而詩作，成功臻而頌興，德勛立而銘著，嘉美終而誄集。祝史陳辭，官箴王闕。……昔班固爲《安豐戴侯頌》，史岑爲《出師頌》《和熹鄧后頌》，與《魯頌》體意相類，而文辭之異，古今之變也。……若馬融《廣成》《上林》之屬，純爲今賦之體，而謂之頌，失之遠矣。①

與此相反，另一種意見主張文學應有狀態的進步、發展的可能性。這種主張承王充之後、到了六朝時期可以看到很多。例如我們在葛洪（283？—343？）的《抱朴子》中就可以明確地看出這樣的觀念：

　　且夫《尚書》者，政事之集也。然未若近代之優文、詔、策、軍書、奏、議之清富贍麗也。《毛詩》者，華采之辭也，然不及《上林》《羽獵》《二京》《三都》之汪濊博富也。②

再有，蕭統（501—531）的《文選序》，可以說是文學的"進步史觀"的一個結晶：

　　若夫椎輪爲大輅之始，大輅寧有椎輪之質。增冰爲積水所成，積水曾微增冰之凜，何哉？蓋踵其事而增華，變其本而加厲。物既有之，文亦宜然。③

如在前面所見到的那樣，從"下降"或者"上升"的視點把握文學發展史的觀念，在這樣的文學史觀的背景後面，無論是"下降"還是"上升"，最爲重要的是對對象進行評價的姿態。肯定過去，接受其影響，同時否定現在而加以拒絕的話，則是"下降"；若是采取與之相反的立場，則爲"上升"。而且這并不局限於這時代的文學史式的言説。説到底，不是文學現象的客觀的記述，評價纔是第一義的課題，筆者認爲這纔是貫串於過去中國文學論的特質。而需要注意的一點是，這種自過去至現在的文學的評價，都是以"今"應該如何存在的議論爲前提的。

這樣來看的話，我們不是可以説在文學史式的言説裏時常出現的"古與今"的對比中，明顯地表現出了過去中國文學史式思考的諸種特質嗎？二項對比以其中的某一項爲是，剩下的一方爲非，以對應評價的態度。而"今"占據二項中的一方，這正反映了作爲文學創造的前提的文學史——過去中國的文學史式的記述的特性。

在上述討論的基礎上，接下來本稿將探討六朝時期文學歷史的又一個二項對比——"通與變"。

三　通與變

在考察中國文學史式的思考時，自然是不能把劉勰（466？—521？）的發言

---

① 摯虞《文章流别論》，見《藝文類聚》卷五十六，上海：上海古籍出版社，1982年。
② 葛洪《抱朴子·鈞世》，《諸子集成》第八册。
③ 蕭統《文選》，上海：上海古籍出版社，1986年。

置於考察範圍之外的。從劉勰的《文心雕龍》中我們可以找出關於文學歷史的諸多發言,以體系性爲一大特徵的該書專門設置了以文學的歷史變遷爲考察主題的篇章。《時序》《通變》就屬於此。

> 時運交移,質文代變,古今情理,如可言乎!昔在陶唐,德盛化鈞,野老吐"何力"之談,郊童含"不識"之歌。有虞繼作,政阜民暇。"薰風"詩於元後,"爛雲"歌於列臣。盡其美者何,乃心樂而聲泰也。至大禹敷土,"九序"詠功,成湯聖敬,"猗歟"作頌。逮姬文之德盛,《周南》勤而不怨。大王之化淳,《邠風》樂而不淫。幽厲昏而《板》《蕩》怒,平王微而《黍離》哀。故知歌謠文理,與世推移,風動於上,而波震於下者也。①

這段引文出於《時序》,論述自太古至周代的文學變遷。此引文的後面按照時代詳細論述春秋以降至齊代的各種文學現象及其展開。這裏,用一句話來概括其主旨的話,就是下面這句話:"文學的變遷依從社會情狀,其盛衰關乎時代的動向(文變染乎世情,興廢繫乎時序)。"②可以明確地説,這是將前面討論的《毛詩序》的見解擴大適用到了自太古至當代(齊代)的範圍。

另一方面,《通變》的議論其關心也在於文學應有狀態的歷史變遷:

> 是以九代詠歌,志合文則。黃歌《斷竹》,質之至也。唐歌《在昔》,則廣於黃世。虞歌《卿雲》,則文於唐時。夏歌"雕墻",縟於虞代。商周篇什,麗於夏年。至於序志述時,其揆一也。暨楚之騷文,矩式周人,漢之賦頌,影寫楚世,魏之篇制,顧慕漢風,晋之辭章,瞻望魏采。權而論之,則黃唐淳而質,虞夏質而辨,商周麗而雅,楚漢侈而艷,魏晋淺而綺,宋初訛而新。從質及訛,彌近彌淡,何則?競今疏古,風末氣衰也。今才穎之士,刻意學文,多略漢篇,師範宋集,雖古今備閱,然近附而遠疏矣。③

《通變》的這段文字按照時代追溯了從黃帝、堯、舜的時代到商、周、楚、漢、魏、晋,直到宋初的文學變遷。

首先,作爲對文學的歷史的認識,與《時序》的共同之處是強調了文學作品反映作者各自的心志和時代的情狀("至於序志述時,其揆一也")。《時序》通篇貫穿這樣的視點:即注視時代情狀與文學的關係,《通變》則更深入到對文學的歷史變遷的評價領域,指出隨着自古代而降至近代,失去了質樸,講究機巧,而文學作品的趣味貧乏("從質及訛,彌近彌淡")。而作爲其理由,劉勰舉示了以近代爲佳而疏於古代的當世風潮("競今疏古……近附而遠疏矣")。

以上是我們讀取到的劉勰對自過去至當代的文學流變的認識,如果限於以上所見到的議論來看,劉勰好像是沿着自古至今下降的綫路在追尋把握文

---

① 劉勰《文心雕龍·時序》。本稿所引《文心雕龍》的文本據詹鍈《文心雕龍義證》,上海:上海古籍出版社,1989年。
② 據興膳宏譯《陶淵明·文心雕龍》,東京:築摩書房,1968年。
③ 劉勰《文心雕龍·通變》。

學的歷史的。

但是,我們決不能衹是從"下降"或者"上升"這種對文學的歷史評價的側面去把握《通變》的內容,因爲那樣做是不妥當的。正如我們從本篇以"通變"即"傳統與變革"①爲題所能看到的那樣,在對過去的文學進行考察與評價的基礎上,論述現在應該如何闡釋這種創作論特質,纔應該被看作是本篇的主旨。針對"彌淡""氣衰"的近代之文學,提出作爲創作的指南,這正是"通變":

> 夫設文之體有常,變文之數無方,何以明其然耶?凡詩賦書記,名理相因,此有常之體也。文辭氣力,通變則久,此無方之數也。名理有常,體必資於故實,通變無方,數必酌於新聲。故能騁無窮之路,飲不竭之源。然綆短者銜渴,足疲者輟途。非文理之數盡,乃通變之術疏耳。②

關於《通變》及"通變"這個詞語的内涵,過去的研究積累甚多,討論得很詳盡了。"通"所説的是對傳統的繼承,"變"則是指在繼承傳統的基礎上的變革,相對於傳統的繼承與變革的平衡,在此基礎上主張創造新的文學的理想狀態,這可以説是對《通變》及"通變"内涵的共同的理解。基於此,本稿特別想唤起注意的是,《通變》具有以下兩個側面:一是作爲探索過去到現在之文學歷史的文學史側面;一是以此爲前提討論應該如何創作的創作論側面,而兩者是重合的、連續的。③《通變》這樣的特性難道不能説與前一節所討論的"古與今"的二項對比具有共同的構想嗎?

當然,這并不是説"通與變"的二項對比與"古與今"的二項對比完全重合。"通變"的情況,"通與變"這組詞語本身已經立足於"古與今"的對比基礎之上,進一步深入到了"應該有何種狀態"的問題,表現了更爲具體的創作途徑。再有,其創作論的内容不是像過去議論的那樣單純是主張復古或者新變,而是具有繼承與變革這兩個要素,有着覆蓋各種文學現象的柔軟性和更爲高度的理論性。

但是,正如《通變》的"贊"最後的文句"望今制奇,參古定法"所確切表述的那樣,調整向"古"的眼光,立足於與過去的對比,瞄準比"今"更遠的前方。《通變》的基本的特性就在於此,這是毋庸置疑的。從這裏我們正可以看到本稿稱之爲"古與今的文學史"這樣的文學史式思考的典型。

過去至現在的文學的歷史有着什麽樣的變遷軌迹呢? 在探討這個問題的時候,過去的批評家大多帶有抽象化或者模式化的傾向,提出了各種各樣的見解。其極端的例證大概就是"下降"史觀和"上升"史觀。而與之爲表裏的就是"復古"或者"新變"的主張。然而,具體的文學現象及其歷史的展開,如果用像

---

① 興膳宏譯《陶淵明・文心雕龍》,第 359 頁。
② 劉勰《文心雕龍・通變》。
③ 據《文心雕龍學綜覽》(上海:上海書店出版社,1995 年),對"通變"主旨的理解,因研究者可以分爲"復古""革新""繼承與革新"等(何懿氏執筆)。這些見解的分歧,難道不能説是由來於《通變》篇評價過去與指導現今創作這樣的多層次結構嗎?

上面那樣一元性分析法并不能準確把握，這是不難想象的。這正所謂"隨時變改，難可詳悉"(《文選序》)。

與之相對，《通變》雖然同樣也有模式化傾向的一面，但是從它具有"繼承"和"變革"這種相反矢量的兩個視點來說，其意義是非常重大的。而在"通變"這種二元性的思考開拓出來的地平上，圍繞文學的歷史展開更爲全面討論的是清代葉燮的《原詩》，關於葉燮的文學史觀，筆者會在後面的討論中涉及。

四　唐與宋，或者重新回到正與變

唐詩與宋詩的比較討論成爲中國近世關於文學及文學史討論的重大主題之一。

文學應該如何存在？文學應有的狀態從時間軸上來看是怎樣變化的？針對這樣的問題，衆多的詩論家通過唐詩與宋詩的比較論發表了各自的看法。基於此，本稿作爲討論文學的歷史變遷又一個二項對比，想舉出"唐與宋"這組對比。

關於從唐詩向宋詩的文學體系的變遷，我們可以從宋以降開始有豐富著述的"詩話"中，找到很多斷片性的議論。例如，南宋初年張戒(生卒年不詳)的《歲寒堂詩話》，把"宋詩"放在歷代詩史中加以定位，是論述宋詩特徵的先驅性著作：

> 國朝諸人詩爲一等，唐人詩爲一等，六朝詩爲一等，陶、阮、建安七子、兩漢爲一等，《風》《騷》爲一等。學者須以此參究，盈科而後進，可也。①

如引文所示，張戒把宋詩放在"《風》《騷》""兩漢"以來的詩的歷史中加以定位，這一點與其他衆多的詩話不同，具備可以稱之爲文學史式記述的體系性。而且張戒將其關心朝向詩的應有狀態的歷史展開，其旨趣在於對照詩的歷史對當代文學進行批判性的把握。他在高度評價唐詩，特別是杜甫、李白、韓愈的同時，批判蘇軾、黃庭堅及江西派。

承張戒的議論，更爲全面地對"唐詩"和"宋詩"展開比較討論的是嚴羽(生卒年不詳)的《滄浪詩話》。嚴羽的議論，特別是對宋詩的批判雖然踏襲張戒的論調居多，而將南宋所謂的江湖派的隆盛等也納入視野，嚴羽對自唐而宋的詩的狀態進行了更爲精密的分析，在此基礎上主張向"盛唐詩"的回歸：

> 國初之詩，尚沿襲唐人。……至東坡、山谷，始自出己意以爲詩，唐人之風變矣。山谷用工尤爲深刻，其後法席盛行，海內稱爲江西宗派。近世趙紫芝、翁靈舒輩，獨喜賈島、姚合之詩，稍稍復就清苦之風。江湖詩人多效其體，一時自謂之唐宗。不知止入聲聞、辟支之果，豈盛唐諸公大乘正法眼者哉？……故余不自量度，輒定詩之宗旨，且借禪以爲喻，推原漢魏

---

① 張戒《歲寒堂詩話》，丁福保輯《歷代詩話續編》，北京：中華書局，1983年。

以來,而截然謂當以盛唐爲法。①

對歷代各種詩的體制的關心是嚴羽詩論的特色之一。例如,他特設《詩體》一篇,按時代或者作家羅列其體制。然而對所列舉的爲數衆多的各種體制之間的相互關係的關心(即史的把握)則總體上比較稀薄,不免給人一種祇是將很多詩體網羅并列在一起的感覺。

與之相對,對自"唐"而"宋"的變遷則是他傾心論評的,將"唐"分爲"唐初""盛唐""大曆""元和""晚唐"(《詩體》),又在敘述宋代詩之沿革時,則如上面引文所示的那樣分節爲"國初(蹈襲唐人)""東坡山谷(江西派之席卷)""近世(江湖派的晚唐模效)",以喚起人們對其間演變的注意。

由此看來,我們可以認爲嚴羽正是以"唐與宋"的框架爲主軸來敘述文學的應有狀態的。而嚴羽的"唐與宋"大概會讓我們馬上覺得這是前面提出的"古與今"的又一種表述吧。因爲"唐與宋"的"宋"對他來說就是"今","唐(=盛唐)"就是作爲回歸目標的本源。

中國文學論的著述或多或少必定通向"創作論",這是本稿特別想確認的事情之一。再有,在詩話特別是南宋以降大量編集出版的詩話中,我們可以看到這樣一種特性:詩話著者的心中都有明確的與"著者"相連接的"讀者",即南宋以降急速增大的新的詩的享受者人群。嚴羽著作的情況,例如我們看到他以強烈的口吻批判"江湖派",這正好說明他所主張的"詩應該如何如何"的言說對象應該與"江湖派"的中堅人物是相同的。

再有,儘管嚴羽對詩歌史上各種體制表示了他的關心,但是在探究詩的應有狀態的時候,把他的關心特別收斂於"唐與宋"。在這裏,筆者認爲也能看出中國文學批評或者對文學的史的思考的,可稱之爲因襲的樣式性。

在這裏,如果提及宋以後的"唐與宋",大凡可以分爲以下二類:一類是主張以"唐"爲"古",以宋以後至當代統括爲"今","古"即是向"唐"的回歸。這種主張占據了明代爲止的文學思潮的主流,這是無需贅言的。

與此相對,主張"宋"之價值的言論,雖較之前者爲少數,但也不是沒有。自南宋至元初江西派的詩論家,作爲唐宋律詩的總集《瀛奎律髓》的編者而聞名的方回(1227—1307?),與嚴羽一樣,對當代江湖派的隆盛進行批判,主張應該把盛唐詩作爲規範。同時與嚴羽不同的是,他高度評價梅堯臣、蘇軾、黃庭堅、陳師道、陳與義等宋人的作品。不過,方回評價宋詩與其說是在與唐詩的對比中揭示其獨特的個性,倒不如說是從唐詩(以杜甫爲中心的盛唐詩)到宋詩(特別是上面列舉的江西派的核心詩人們)的連續性中承認其價值。方回特別傾注於論述自杜甫至黃庭堅的繼承,正是這一點被視爲"門户之見",深受後世詩論家的集中批判。

自此以後,試圖找出宋詩獨特意義的議論,除了斷片性的發言之外,不得不等到明代後期"公安派"的出現。三袁之一的袁宗道(1560—1600)喜愛白居

---

① 嚴羽《滄浪詩話·詩辨》,何文煥輯《歷代詩話》,北京:中華書局,1981年。

易和蘇軾而將其書齋命名爲白蘇齋,這是廣爲人知的。宗道之弟袁宏道(1568—1610)云:

> 有宋歐、蘇輩出,大變晚習,於物無所不收,於法無所不有,於情無所不暢,於境無所不取,滔滔莽莽,有若江河。今之人徒見宋之不唐法,而不知宋因唐而有法者也。如淡非濃,而濃實因於淡。①

袁宏道以上的見解,并不衹是論説他個人的好尚,又不是僅僅停留於"唐與宋"的對比,而是關於文學應有狀態的史的展開機制,以以下的洞察爲背景的發言:

> 文之不能不古而今也,時使之也。……唯識時之士,爲能堤其潰而通其所必變。夫古有古之時,今有今之時,襲古人語言之迹而冒以爲古,是處嚴冬而襲夏之葛者也。②

從"襲古人語言之迹而冒以爲古"云云一句所能窺知的那樣,不用説,這樣的發言根植於對明代前後七子爲代表的擬古派的批判意識,同時追溯而上我們可以發現與《文心雕龍·通變》的思想是相通的(因爲文中可以看到"通"與"變"的詞語,或許其構想直接源於《通變》也未可知)。

進入清代,葉燮(1627—1703)基於這樣的構想,論述自"古"至"今"的文學的歷史,展開了關於文學變遷原理的討論。本文最後想提出討論的葉燮的《原詩》,可以説是中國二項對比文學史的集大成的著作。

葉燮的議論出於對明代擬古爲主調的詩説的反抗,否定一味的尊古,主張文學創造中"變"的意義,這是葉燮的特色。下面所要引用的《原詩》開頭一段,首先關於詩的應有狀態,葉燮指出自過去至現在詩一直在變化途中,而自古而今的流變决不是一定限於"下降",而是盛衰移位循環的過程:

> 詩始於《三百篇》,而規模體具於漢。自是而魏,而六朝、三唐,歷宋、元、明以至昭代,上下三千餘年間,詩之質文、體裁、格律、聲調、辭句,遞嬗升降不同,而要之詩有源必有流,有本必達末;又有因流而溯源,循末以返本,其學無極,其理日出。乃知詩之爲道,未有一日不相續相禪而或息者也。但就一時而論,有盛必有衰;綜千古而論,則盛而必至於衰,又必自衰復盛;非在前者之必居於盛,後者之必居於衰也。③

葉燮又就"變"的意義,基於《詩》的"正與變"作了如下論述:

> 今就《三百篇》言之,《風》有正風,有變風,《雅》有正雅,有變雅。《風》《雅》已不能不由正而變,吾夫子也不能存正而删變也。④

《詩》有"正"有"變",這説明孔子也認可了"變"的意義:

---

①② 袁宏道《雪濤閣集序》,錢伯城箋校《袁宏道集箋校》卷十八《瓶花齋集之六》,上海:上海古籍出版社,1979年。
③④ 葉燮《原詩》內篇上,丁福保輯《清詩話》,上海:上海古籍出版社,1982年。

則此後爲風雅之流者,其不能伸正而詘變也明矣。①

因此,後世作詩之徒也不能祇追求"正"而無視"變"。

在葉燮的詩史觀裏,我們應該注意的一點是,他認爲文學的歷史其本身是獨立的存在。葉燮把《詩》的"正變"與後世詩的"正變"分開,認爲其性質是不同的:

> 且夫《風》《雅》之有正有變,其正變繫乎時,謂政治風俗之由得而失、由隆而污,此以時言詩,時有變而詩因之,時變而失正,詩變而仍不失其正,故有盛無衰,詩之源也。②

《詩》中的"正與變",并不是就作爲作品的《詩》而言的,而是就其成爲背景的"政治風俗"而言的。因此,《詩》本身是常"盛"的,不失其爲"正"的:

> 吾言後代之詩,有正有變,其正變繫乎詩,謂體格、聲調、命意、措辭、新故、升降之不同,此以詩言時,詩遞變而時隨之,故有漢、魏、六朝、唐、宋、元、明之互爲盛衰,惟變以救正之衰,故遞衰遞盛,詩之流也。③

與之相對,後世詩的"正與變"具有與時代分開的作爲文學的性質,所以正是詩本身的變化形成了文學的歷史的變遷。因此,自漢至明的詩的歷史是"盛與衰"的循環往復,導向其循環的"變"正是挽救"正"之"衰"的。

如此主張"變"之意義的葉燮,更進一步將"變"分爲"因"與"創"兩個要素:

> 漢蘇、李始創爲五言,其時又有亡名氏之《十九首》,皆因乎《三百篇》者也;然不可謂即無异於《三百篇》,而實蘇、李創之也。建安、黃初之詩,因於蘇、李與《十九首》者也;然《十九首》止自言其情,建安、黃初之詩,乃有獻酬、紀行、頌德諸體,遂開後世種種應酬等類,則因而實爲創,此變之始也。④

創始於漢代蘇武、李陵以及《十九首》的五言詩,其本源都可以追溯到《詩》("因"),然而創始出了五言詩這種新詩體("創")。建安、黃初的詩對之前的五言詩肯定有模仿("因"),但是產生了詩人相互應酬等形式,增加了新的要素("創")。這個"因"與"創"相重叠之處,產生了文學的新的變化。

這樣,葉燮將"變"分爲"因"與"創"兩個要素加以把握,這種議論很容易讓我們想到與劉勰的《通變》的思想有相通之處。如果將葉燮的"創"變換成"革"的話,就馬上可以與劉勰"參伍因革,通變之數也"(《文心雕龍·通變》)這句話聯繫起來。

如果要指出劉勰與葉燮的不同之處,則劉勰對自過去至現在的文學的流變,其把握基本上是否定的。在此基礎上,他主張基於"通與變"的應有的文學創造。

與之相對,葉燮對由多樣而且大量的文學現象構成的文學歷史,把它作爲

---

①②③④　葉燮《原詩》內篇上。

一個不斷"增華"的過程,持肯定的態度:

> 大凡物之踵事增華,以漸而進,以至於極。……彼虞廷喜起之歌,詩之土簋、擊壤、穴居、儷皮耳。一增華於《三百篇》,再增華於漢,又增於魏,自後盡態極妍,爭新競异,千狀萬態,差別井然。①

實際上,劉勰也沒有否定自太古至近代的文學變遷是一個"增華"的過程。祇是他強調那是"從質及訛,彌近彌淡"的一面,即着眼於伴隨着"增華"的負面。

而葉燮以肯定的態度理解"增華",最重要的是因爲他把"變"的意義看作是第一義的。反過來説,文學的歷史展開無論是"上升"還是"下降"的,或者是"循環",祇有首先持肯定的態度,纔會強調"變"的意義。

劉勰的理論開始關心文學內部的變化機制,并以此爲基礎對具體的文學現象進行省察。到了葉燮,他將文學的歷史作爲自行完成、獨立的存在加以把握,因而使這種關心和省察更具有了完整的理論。對具體的文學現象的觀察視野,也擴大到了自古代至清代整個的中國古典文學。不是用"上升""下降"這種一元的標尺,而是作爲構成文學的"質文""體裁""格律""聲調""辭句"等要素的轉位循環,對文學的歷史加以把握,這種要素的文學史觀,也許可以説這是過去的中國古典的文學史觀到達的一個目標。

話雖這麽説,筆者絕對沒有把葉燮的文學史觀從其他過去中國的文學史觀孤立出去的意圖。如前所述,葉燮對"變"的意義的強調應該是由來於他對文學的歷史試圖作肯定的把握這種意識。從文學的歷史來説,變化是不可回避的,同時隨着時代的變化,文學的表現更增加了變化的可能性。這樣的觀念,如"增華"這個詞語本身所顯示的那樣,已經在《文選序》中可以看到了。

再有,試圖從傳統的繼承與變革這兩個方面去把握文學的營造這種二元論的思維方法,劉勰的"通變"可能是其直接的先驅,更加追溯其源頭的話,正如我們在《易》中所看到的"易,窮則變,變則通,通則久"(《繫辭下》)那樣,大概可以説是自古以來中國人所共有的思維方式。

本稿想注意的是,不是文學史觀的變遷,而是成爲其背景的文學史式的思考的同質性。從中國過去衆多的圍繞文學歷史的考察來看,自然可以看到其理論的深淺、論調的不同,甚至常常可以看到論者各自相反的意見,儘管如此,探討他們共同的思考形態、構想方式,纔是本稿的目的。②

結　語

將各種各樣的文學現象的歷史變遷還原爲兩個要素,設定一個由二項組

---

① 葉燮《原詩》内篇上。
② 陳伯海氏《中國文學史之宏觀》(北京:中國社會科學出版社,1995年),特別是其第六章"傳統文學史觀之演進"主要論説過去的文學史觀的變遷,認爲這些文學史觀都歸結於"循環"論,這正是傳統的文學史觀的特質。

成的框架,然後進行議論。這是圍繞過去中國文學的歷史進行議論的一個重大特徵。這個由二項組成的框架,例如有"正與變""古與今""通與變""唐與宋"等,筆者想以"古與今"來代表這些框架,而稱之爲"古與今的文學史"。而通過"古與今"這個框架所想説的是以下二點:第一是兩個要素的對比;第二是"今"占據其中的一個要素。

兩個要素(項目)的對比,我們當然可以運用《易》以來二元論的視點,來分析其思想背景,這裏姑且不作展開,僅從二要素對比這一點來考察"文學史式的思考"特徵。

首先二項對比與以肯定與否定、接受與拒絶這樣的"評價"爲前提的構想相對應。中國傳統的文學論或者文學史式的言説,并不是對文學現象的客觀記述,説到底如何評價對象纔是最重要的課題。

與之相關連,在這種二項對比的文學史的背後,我們可以窺見這樣一種意向:對文學現象的變遷作定型化(抽象化=下降、上升、循環等)的把握。例如,我們可以推導出評價"古"則"下降",評價"今"則"上升"這種最爲簡單的文學史模型。

而這種傾向又進一步引導論者對文學現象的史的變遷的原理、背景的探究。不是對表面的文學現象其本身的記述,而是對文學現象背後形成文學流向的原理、規律進行探究,這是古來中國對文學的歷史進行討論的大課題。

本來"文學史式的思考"與模型化的意向也許是不可分割的。例如《四庫全書》將唐詩的四分説比作"四時"(四季)(集部總集類《唐詩品彙》)。再有,在對每一時代的文學史區分中我們常常可以看到"三變"這樣的詞語(沈約《宋書·謝靈運傳論》、宋祁《新唐書·文藝傳序》等)。在這樣的現象中我們難道不能説可以窺見這種"意向"的痕迹嗎?

使用别的東西來比喻文學現象或者文學體系的歷史變遷,試圖在不同的文學體系中看出共同的性格,這種想法好像古今東西都是相通的。杜克羅特(O.Ducrot)、托德洛夫(T.Todrov)的《語言理論小事典》(澀田文彦譯,東京:朝日出版社,1975年)"文學史"項,將西歐文學研究中"文學史"的模型分爲以下三種作了介紹:

(1)"植物(有機體)"。這是自亞里士多德以來最爲古老的模型(形式主義者的"獨創→自動化→衰退→重新獲得信息"也包含在内)。(2)"萬華鏡"。文學文本的諸要素從一開始就被賦予,變化祇不過是這些相同要素的新結合。(3)"晝與夜"。將變化看作是昨日的文學與今日的文學之間對立的運動。原型是黑格爾的"正反合"的公式。

這種類型論的視點與試圖用"二項"對比來叙述文學應有的狀態及其歷史變遷的構想之間,我們可以看到其緊密的關係。

現在需要確認的是,"今(即現在)"充當了要素的一方。這表示對過去文學的評價、記述説到底是與以"今"爲前提的創作論聯繫在一起的。"通變論"等有關文學歷史的變遷原理的議論,看起來好像是在試圖將之一般化而加以把握,而實質上還是把應該如何創作這個論題作爲其前提的。

再有,這裏所指出的以下三點,即"向評價的傾斜""模型化的意向,對原理的關心"和"與創作論的連接",我們可以認爲并不是各自獨立的,而是相互關聯的。不用説,"評價"是對某種價值標準的導入,標準的導入又促進各種現象的分類,即模型化。再有,"評價"與"應該如何創作"這個問題不能説没有關係,這是不待言的。

筆者認爲,這三點中的第三點即以創作論爲前提的文學史,最能代表近代以前中國的文學史的特徵。這也是本稿以"古與今的文學史"爲題的理由。

就近代以降的文學環境來説,文學創作的作家與文學享受層的讀者之間發生巨大的變動,這是不難想象的。關於在此背景下成立的文學史的特性,筆者將另做課題加以考究。

[作者簡介]和田英信,畢業於日本東北大學大學院文學研究科,現任御茶之水女子大學教授。

[譯者簡介]范建明,1982年畢業於江蘇師範學院中文系,1996於日本大學大學院文學研究科取得博士學位,現任日本電氣通信大學教授。

《禮記·樂記》與朝鮮權近《禮記淺見録·樂記》的比較研究
——兼論古典集釋學的可能性*

[韓]金承龍 撰　孫　萍 譯

一　《禮記淺見録》的編纂

本文旨在探討研究陽村權近(1352—1409)對《樂記》的節次考定與"淺見"中的"樂理解析(樂觀)"。陽村是高麗末期到朝鮮初期(以下簡稱"麗末鮮初"時期)士大夫的代表人物之一，從思想史方面來看，貫穿朝鮮時期，起到了巨大的影響。其文學與思想之解持續至今①，關於其思想，包括從很久之前便受到矚目的《入學圖説》與"五經淺見録"等經學資料。其中，本文着重《禮記淺見録》之《樂記》。

衆所周知，《樂記》本爲編輯記録下與古代"樂"相關的資料②，在東方美學思想研究過程中，從很早起即被提及，與其相關的研究成果也不在少數。③ 作

---

* 本文原載於《우리文學研究》第13輯，2000年出版。
① 在對陽村的文學與思想的研究成果之中，有助於本文論旨展開的論文如下：柳正東等《陽村先生思想論集》，陽村先生紀念事業會，1985年；具春秀《權近哲學思想的研究》，高麗大學博士論文，1992年；金洪慶《朝鮮初期官學派的儒學思想》，韓吉社，1996年；金碩濟《權近〈禮記淺見録〉研究》，成均館大學博士論文，1999年；李光浩等譯著《三經淺見録》，青溟文化財團，1999年；申韓哲《權近文學研究》，忠北大學博士論文，1991年；全秀研《權近的詩文學研究》，太學社，1998年。
② 孔穎達《禮記正義》："按鄭目録云，名曰樂記者，以其記樂之義。此於別録，屬樂記。"
③ 有助於譯《樂記》以及理解思想的主要研究成果如下：鄭玄《禮記注》；孔穎達《禮記正義》；陳澔《禮記集説》；王夫之《禮記章句》；孫希旦《禮記集解》；朱彬《禮記訓纂》；王夢鷗《禮記今注今譯》(這些全都是拙譯《樂記集釋》[清溪，2003年]收録)。
其他主要書籍和論著如下：《韓國經學資料集成》(禮記)，成均館大學大同文學研究院；吕起賢編譯《中國古代樂論》，太學社，1995年；曹南權、金鍾秀譯《譯注樂記》，民俗院，2000年；朴洛奎《古代中國的禮樂思想：以樂記爲中心》，首爾大學碩士論文，1983年；李相殷《關於儒家禮樂思想的研究》，成均館大學博士論文，1991年；梁承熙《樂記樂理思想的哲學研究》，成均館大學博士論文，1993年；徐復觀《中國藝術精神》第1章，台灣學生書局，1966年；李澤厚、劉綱紀《中國美學史(先秦兩漢篇)》第10章，安徽文藝出版社，1999年；蔡仲德《樂記·聲無哀樂論注釋與研究》，中國美術學院出版社，1997年；笠原潔《樂記注解》(1—6)，《名古屋藝術大學研究紀要》第4卷(1982年)—9卷(1987年)。

爲儒家美學文獻代表之一,日後,在延續至《詩經》的《大序(毛詩大序)》的言志傳統中也有所涉及。通過樂之所從來的相關言述,以表現論、反映論、交感論來闡釋。中和精神被指爲東方古典美學的核心。權近對《樂記》的"淺見"提供了理解其樂觀與美學思維格局的綫索。從經書上注解的技術來看,從《樂記》僅爲《禮記》其中一篇來看,無法脫離經學,作爲探求藝術理論的對象,并非無不適之處。但針對藝術作品的研究、針對藝術作品底蘊帶動的美學思維的研究,分別具有其意義。從《樂記》內含針對人類情感的高度哲學理性思維(樂之義)①來看,陽村對《樂記》的"淺見"則認爲可以成爲全面探尋其樂觀與美學思維的突破口。還有,從陽村爲體現麗末鮮初學籍成就的人物來看,其樂觀與美學思維成爲日後文藝美學史走向的闡釋標準。

接下來,要説明本文研究的範圍,并非旨在闡釋權近的樂觀與美學思維的整體,而是得對權近的其他思想史資料,如《入學圖説》《五經淺見錄》《陽村集》等詩文的全面研究過程中進行觀察和闡釋。作爲先行研究的一個環節,把重點放在通過對《樂記》的"淺見",了解樂觀與美學思維,理其脉络。②

權近的《禮記淺見錄》乃經書注解"五經淺見錄"之一,其他四本爲《詩淺見錄》《書淺見錄》《春秋淺見錄》《周易淺見錄》。他於高麗恭讓王三年(1391)居於忠州陽村,打下了基礎,朝鮮太宗六年(1406)向陛下進獻,這部與一兩年內記述下的其他淺見錄③不同,從準備到刊行花費15餘年的時間來看④,便可想而知權近的學問功底扎實⑤。陽村對《禮記淺見錄》的編纂完成花費了很大的

---

① 《朱子語類》卷87:"看《樂記》,大段形容得樂之氣象。當時許多刑名度數,是人人曉得,不消説出,故祇説樂之理如此其妙。今來許多度數都没了,却祇有許多樂之意思是好,祇是没個頓放處。如有帽,却無頭;有個鞾,却無脚。雖則是好,自無頓放處。司馬温公舊與范蜀公事事爭到底,這一項事却不相思量着。""古者禮樂之書具在,人皆識其器數,却怕他不曉其義,故教之曰:'凡音之起,由人心生也。'又曰:'失其義,陳其數者,祝、史之徒也。'今則禮樂之書皆亡,學者825但言其義,至以器數,則不復曉,蓋失其本矣。"

② 該文以1982年安東權氏首爾花樹會影印刊行的《禮記淺見錄》(奎章閣[朝鮮時期,保管歷代君王檔案的機關]藏本)上下兩册爲原本。

③ 《年譜》:洪武二十四年(辛未),公年四十。《陽村集》:"正月,赴京謝恩。三月,歸忠州陽村,考定禮經節次,又著《易》《詩》《書》《春秋淺見錄》。"

④ 根據《禮記淺見錄》編纂刊行日志研究如下:恭讓王三年(1391)春,開始《禮經》節次考定。太祖元年(1392)秋,初稿(邊次修改與淺見錄思)完成。太宗四年(1404),爲了完成淺見錄(想要截錄陳澔的《禮記集説》而辭官,但未獲得允許。太宗五年(1405),承政院知申事黃喜的尚州,王下令奉書局執筆,陽村的門生金泮、金從理等人響應,同年8月4日至10月17日間完成繕寫。太宗六年(1406)陽村撰寫《禮記淺見錄》并獻上。太宗七年(1407)在經筵上侍講,校書館以銅字印行。太宗十八年(1418)濟州判官河淡刊行初刊本。端宗二年(1454)3月,金泮負責常駐刊行淺見錄。肅宗三十一年(1705)濟州牧師宋廷奎再刊行,《朝鮮王實錄》的記録中,若參閱了世宗十五年(1433)2月9日金泮的上書文和端宗二年(1454)3月13日金泮的上書文,陽村爲了《禮記淺見錄》的初期工作是敘述自己的淺見,想要鈔寫陳澔《禮記集説》却因病未能完成。他的二兒子權蹈時任平安道觀察史,動員儒生們鈔襲陳澔《禮記集説》,實現了父親的想法。這成了初刊本(1418年刊行本)的原稿。

⑤ 河崙《浩亭集》卷2《禮記淺見錄序》:"我韓山李先生,入學中國,有高明正大之見。及東還,師範一方,欲於是經,有所論著,晚年多疾,竟未能就,以囑門人陽村權氏。陽村明敏勤儉,讀書無不究,尤精於性理之學。嘗在太祖高皇帝時,入朝京師,帝賜對,知其有學識,命題賦詩,使待詔文淵閣,得與朝之大儒劉公、董公輩日相接,聞見益正,所造益深矣。及蒙恩還國,以讜言忤忌,居閒數(注轉下頁)

努力,這在其請願辭官的箋文①中便能如實地反映出來:

> 臣的座師韓山李穡先生曾對臣道:"六經在先秦焚書坑儒中已盡毀,《禮記》更是被散失於各處。漢儒們在焚毁的遺物中撿回殘留的碎片,但他們按照撿回的順序進行記錄,導致文章前後顛倒,順序倒置。我祇是標出了程朱《大學》第一節,考定節次,剩下的尚未完成。我想將其清清楚楚地分類并編纂成書,但并未做成,你來竭力實現。"
>
> 臣承教,總是想要編纂,但受職責所縛,并未實現。高麗王朝時期,因獲罪而被貶謫之時,蒙太上皇(太祖)的恩寵纔得以保全性命,安身於鄉里,從辛未年(1391)春至壬申年(1392)秋,研究此經十數月,按篇分類,得以完成初稿。但本經文字浩穰繁多,無法輕易寫成,也僅是取節之前後幾字,"從某至某乃舊本某節之下,現應當於某",往往也僅是在下面添上臆見。我本想日後把本經的正文全都叙述出來,依序記錄下陳澔的《禮記集說》後,再添上臆見,完成一部書,但以一筆之力如何在幾個月内完成辯說呢?因此,那時沒有完全完成稿子,祇望餘生能完成。……臣自編次此書起,已有十餘載,但仍尚未完成。臣擔心有朝一日因病不治,日破西山,無法報答聖恩,而臣之座師委托之事業將永遠埋於地下。這如何不讓人悲痛欲絶?再有,雖臣所知微乎其微,却在官場已久,但實際上仍無任何助力。如若臣能免除現職,脱離世事,專心專意地完成此書。雖臣僭越行事,但對後學并非毫無幫助。②

依前文所述,陽村撰寫《禮記淺見録》的理由是牧隱李穡的勸導,以及對後學學問的傳授。尤其是牧隱的勸導,他本人想要完成《禮記》節次考定却未完成,所以勸陽村完成這個工作。由此可見,麗末鮮初時期,他們之間的師承關係超越了旨在做官的科舉選拔功能性關係,實際上進入了學術傳承的關係。

(續上頁注)年,乃於是經,專意參究,更次簡編,分爲經傳,文義之可疑者,皆盡辨論,題其目曰'禮記淺見録'。及我國王殿下踐阼,起爲相,職任兼成均,學者益進,講論不少懈,乃將前録,更加筆削,積以歲月,乃克成編。"

① 該箋文并未獲許。《陽村集》卷26中記錄下了"請辭免本職終考禮經節次箋",以及帝王關於其作出的"不允批答"。《年譜》(永樂二年(甲申),公年五十三)稱:"上請就閑,終考禮經節次,不允答。""七月,拜純忠翊戴佐命功臣、正憲大夫、參贊議政府事、判刑曹事、寶文閣大提學、知經筵春秋成均館事、世子左賓客、吉昌君。"

② 權近《陽村集》卷26《請辭免本職終考禮經節次箋》:"昔臣座主韓山李穡,常謂臣言:'六經俱火於秦,《禮記》尤其散逸。漢儒以爲掇拾煨爐之餘,隨其所得先後而録之,故其文錯亂無序。程朱表出《大學》一篇,考定節次,其餘則未及。予欲分門類聚,别爲一書而未就,汝其勉之。'臣承指授,每欲編次,從仕鞅掌,亦莫克成。前朝之時,得罪見謫,華蒙太上王殿下欽恤之仁,獲保性命,安於鄉里。自辛未春至壬申秋,十數月間,始得研究此經,隨篇類次,乃成其稿,第以本經文字浩穰,未易悉書,唯將每節首尾數字,云自某止某,舊在某節之下,今當在某,往往又將臆見之説,附注其下而已。將欲盡書本經正文,次書陳氏輯説,然後附以臆見之説,以成一書。此豈數月之間,一筆之力,所可辦哉?故在當時,未克脱稿,冀以餘齡竣其畢成。……自臣始編此書以來,今逾十年。尚未成篇,臣恐一朝疾病難醫,日迫西山,奄辭盛代,臣師所囑,永負地下,豈不慟哉?且臣知識淺短,久居廊廟,絲毫無補。若遞臣職,屏除世務,便得專意,卒成此書。雖其狂僭無所逃罪,其於後學,未必無補。"

考定《禮記》的方式是程朱表章和整理《大學》與《中庸》的方式。① 陽村承牧隱所論的程朱成果，分類表章的《禮記》，并附注下"淺見"。尤其是值得矚目的是依《大學章句》的經傳闡釋方式區分章節。②《曲禮》把上、下篇綜合，改編爲一章的"經"，十章的"傳"。③《禮運》的第一章爲"經"，以下的看作爲"傳"。④《樂記》也把上、下篇綜合爲一，分爲"上經下傳"，下傳分爲 11 節。特別時，對《曲禮》和《樂記》的編纂考定工作比其他篇相對詳細，陽村把禮經理解爲"理"和"樂"兩個中心點，我們通過陽村的樂理闡釋，審核該問題（即：禮樂觀）：

《樂記》論及"樂理"，并提及"禮"，因爲這兩點不可相離。討論得精微，與《周易》《繫辭傳》相似之處衆多，有別於《禮運》《學記》等的毫無意義。《樂記》并非必定出於記錄者之手，有可能由孔門哲人所著。⑤

《樂記·小序》的開頭，陽村注意《樂記》論及"樂理"和"禮"。他表明這兩者之間"不可以相離"。其實，《樂記》淺見到處論及"禮"和"樂"，還論及與心性、陰陽、鬼神、天地等的關係。陽村之所以矚目主要規定"禮"的《曲禮》⑥和記錄下"樂"相關資料的《樂記》，正是因爲出於該原因。

---

① 在《請辭免本職終考禮經節次箋》中，稱"程朱表出一節"；在《禮記淺見錄·小序》中，稱"程朱表章庸學"；在《大學》和《中庸》中也論及。河崙的《禮記淺見錄序》（《浩亭集》卷 2）中也言及相同的論旨。陽村的《小序》如下："愚嘗學禮於牧隱之文。先生命之曰：'《禮經》亡於秦火，漢儒掇拾煨燼之餘，隨其所得先後而錄之。故其文多失次而不全。程朱表章庸學，又整頓其錯亂之簡，而他未之及。予嘗欲以尊卑之等，吉凶之辨，與夫通言之例，分門類聚，以便私觀，而未就。爾宜勉之。'愚既聞命，時方仕宦，不暇於此。嘗因擯棄閒居於村，求得是經，參究同異，將類次其文意，以承先生之命，而此經之文，篇各不類，《曲禮》與《檀弓》而殊，《檀弓》與《月令》而異。雖其上下吉凶之例，或有以類分者，而文不相似，不可雜置，亦以諛聞淺見，誠有所未易區分者矣。故姑既本篇而求其文義，以類從，則古經之篇目具在，每篇之文體不失，而先生之志亦庶幾焉。觀者幸恕其僭，而加正是焉。"
② 權正安《禮記淺見錄解題》，《韓國經學資料集成》（禮記 1），成均館大學大同文化研究院，第 14—16 頁；金碩濟《權近〈禮記淺見錄〉研究》，成均館大學博士論文，1999 年，第 87—111 頁。
③ 《禮記淺見錄》，陽村對《曲禮》"毋不敬，儼若思，安定辭，安民哉"的"淺見"是："近按毋不敬者，統言禮之全體也。儼若思，敬之見於外者，本乎中也。安定辭，敬之存於中者，發乎外也。君子主敬之功，見乎言貌如此，內外交養而無有一毫之慢，故其效至於安民，此修己治人之道，學之成始成終者也。此章乃古禮經之言，引之以冠篇首，其下雜引諸書精要之語，集以成篇，以釋此章之義。"
④ 《禮記淺見錄》，陽村對《禮運》"昔者仲尼與於蜡賓。事畢，出游於觀之上，喟然嘆。仲尼之嘆，蓋嘆魯也。言偃在側曰：'君子何嘆？'孔子曰：'大道之行也，與三代之英，丘未之逮也，而有志焉。'"的"淺見"是："近按此章以下大同小康之説，先儒以爲非夫子之言。蓋記者固此章之言而附會也。今當以此章夫子之言爲經，而以下大同小康之説爲傳也。"
⑤ 權近《禮記淺見錄》，《樂記·小序》："此篇論禮之理，而兼言禮，二者不可以相離也。其論精微，多與《易·繫辭》相類，而視《禮運》《學記》等篇之誣誕者不同。此必非出於記者之手，疑亦作於孔門也歟。"
⑥ 陽村在《曲禮》中，經第 1 章"毋不敬"乃禮之綱，對傳第十章的很多禮闡釋爲提示。內容如下：第一章"釋經一章之義"；第二章"言人之老幼名義不同"；第三章"嚴父子之禮。生事葬祭，事親之始終具矣"；第四章"言君臣之禮"；第五章"言男女之禮"；第六章"言長幼之禮"；第七章"言朋友之禮"；第八章"言自天子至於庶人，吉凶始終稱號不同之禮"；第九章"言自天子至於庶人，尊卑大小儀則不同之禮"；第十章"泛言上下之通禮"。

二 《樂記》節次考定與尊經融通

經傳的"分節編次"是編纂者具體清楚表明主題意識的闡釋方式。正如李穡曾言,前秦的焚書坑儒導致經傳需要整理,收集和考定分散於各處的經傳正符合漢代一統天下的政治計劃,通過這種力量,通過確立五經和訓詁,實現了經學立説。在這樣的過程中,與"樂"相關的記録也被收集到,這些爲數不多的記録以"樂記"之名,成爲《禮記》中的一部分。① 當時的漢唐儒生們對《樂記》節次考定的代表作有劉向的《别録》、鄭玄的《禮記注》、孔穎達的《禮記正義》、司馬遷的《史記·樂書》等等。漢唐經傳立説之後,朱熹致力於新的節次分類,《禮記》的《大學》和《中庸》作爲四書之一,有了意義。

值得一提的是陽村對《樂記》節次考定比之宋儒致力於通過經傳章節分類所謀的世界觀重組。(單看《禮記》,陽村通過《曲禮》,如《禮記》,抽出樂爲世界形成的主要原理。)陽村的《樂記》節次考定雖并未同時進行標注,但以陳澔的標注彌補上,通過編次的考定與文理的秩序化,理清文脉,取得了不小於注釋標注的偉大成果。

但是,在《樂記》考定的過程中,僅區分了經傳和章節,并未額外論及篇名,由此可見,其學問走向與漢唐儒學有距離。十三經注疏本《樂記》(孔穎達)的篇名,如《樂本篇》《樂論篇》《樂禮篇》《樂施篇》《樂言篇》《樂象篇》《樂情篇》《魏文侯篇》《賓牟賈篇》《樂化篇》《師乙篇》等篇名標題并未論及,這是由於在編纂淺見録的過程中,主要依據的是陳澔的《禮記集説》。《禮記集説》乃南宋之後的四書五經傳注本之一,沿襲漢唐十三經注疏本的編次,但并未談及編次。那作爲論及文學走向的指標,論及編次和篇名是否妥當?答案是肯定的。這是因爲編次和篇名概念性地提出編纂者的主體意識,并令其秩序化。舉例説明,崔鳴吉之孫明谷崔錫鼎(1646—1715)是藥泉南九萬和華谷李慶億的門生,與玄石朴世采從游。他的《禮記類編》(18卷,5册)於肅宗十九年(1693)刊行,後

---

① 孔穎達《禮記正義》:"蓋十一篇合爲一篇,謂有《樂本》,有《樂論》,有《樂施》,有《樂言》,有《樂禮》,有《樂情》,有《樂化》,有《樂象》,有《賓牟賈》,有《師乙》,有《魏文侯》。今雖合此,略有分焉。案《藝文志》云:'黄帝以下至三代,各有當代之樂名。孔子曰移風易俗,莫善於樂也。周衰禮壞,其樂尤微,以音律爲節,又爲鄭衛所亂,故無遺法矣。漢興,制氏以雅樂聲律,世爲樂官,頗能記其鏗鏘鼓舞而已,不能言其義理。武帝時,河間獻王好儒古,與諸生等共采周官及諸子云樂事者,以作樂記事也。其内史丞王度傳之,以授常山王禹,成帝時,爲謁者數言其義,獻二十四卷《樂記》。劉向校書,得《樂記》二十三篇,與禹不同,其道浸以益微。'故劉向所校二十三篇,著於别録。今《樂記》所斷取十一篇,餘有十二篇,其名猶在。三十四卷,記無所録也。其十二篇之名,案《别録》:十一篇,餘次奏樂第十二,樂器第十三,樂作第十四,意始第十五,樂穆第十六,説律第十七,季札第十八,樂道第十九,樂義第二十,昭本第二十一,招頌第二十二,竇公第二十三是也。案《别録》:《禮記》四十九篇,《樂記》第十九。則《樂記》十一篇入《禮記》也,在劉向前矣。至劉向爲《别録》時,更載所入《樂記》十一篇,又載餘十二篇,總爲二十三篇也。其二十三篇之目,今總存焉。"有上述記録的《禮記》共有三種。第一種,王禹的24卷《禮記》(河間獻王)與帝生們采録的樂之記録傳授給王度常山王禹的書);第二種,劉向的23卷《樂記》(當時現存《樂記》11篇加上12篇而編成的書);第三種,11卷《禮記》(在劉向校書之前,編入《禮記》中的現存典籍,劉向的23卷《禮記》的原本)。

來在肅宗三十五年(1709),弘文館請求刊行之時,李觀命等人認爲其蔑視先賢、搞亂章句而反對,所以未被刊行。原因在於崔錫鼎未遵從陳澔的《禮記集說》改編或者調整段落進行新編,而這對於那些絕對性信賴朱熹學問的學者們無法接受。①若祇看《樂記》的篇名,《樂本篇》《樂政篇》《樂節篇》《樂化篇》《樂教篇》《樂形篇》《樂象篇》《樂禮上篇》《樂禮下篇》《樂和篇》《魏文侯問樂篇》《賓牟賈倫樂篇》《子貢問樂篇》等篇名和孔穎達的篇名被接受,由此可以推論出崔錫鼎的學問發展走勢。

在陽村的《樂記》節次考定中,在編次上有別於其他研究者的部分是把《樂化篇》②調至《魏文侯篇》之前,《魏文侯篇》《賓牟賈篇》《師乙篇》三篇依序安排,把《樂言篇》《樂象篇》《樂化篇》分節,各分了兩個傳節。③本文通過研究,

---

① 崔錫起《禮記類編題解》,《韓國經學資料集成》(禮記3),成均館大學大同文化研究院,第13—16頁。
② 《樂記》篇名爲了顯示陽村《樂記》的特點,以十三經注疏本(孔穎達)爲基準來論。以下均依次標準。
③ 以十三經注疏本《禮記》的原文爲基準,劉向的《別錄》、鄭玄的《禮記注》、孔穎達的《禮記正義》、司馬遷的《史記·樂書》、權近的《禮記淺見錄·樂記》比較結果如下表。《樂記》經文篇名明示,劉向、鄭玄、孔穎達、司馬遷的編次在○中以數字形式標示。

*《樂記》節次考訂比較表

樂記(十三經注疏本)	別錄	禮記注/禮記正義	史記(樂書)	權近《禮記淺見錄》	
凡音之起——則王道備矣	樂本①	樂本①	樂本①	經	
樂者爲同——則此所與民同也	樂論②	樂論②	樂論②		
王者功成作樂——故聖人曰禮樂云	樂禮⑤	樂禮③	樂禮③		以上上篇
昔者舜作五弦——故先王著其教焉	樂施③	樂施④	樂施④	傳第1節	
夫民有血氣心知之性——是以君子賤之也	樂言④	樂言⑤	樂言⑥	傳第2節	夫民有血氣心知之性——而民淫亂
				傳第3節	是故先王本之情性——是以君子賤之也
凡奸聲感人——則所以贈諸侯也	樂象⑧	樂象⑥	樂象⑦	傳第4節	凡奸聲感人——則惑而不樂
				傳第5節	德者,性之端也——樂爲大焉
樂也者——然後可以有制於天下也	樂情⑥	樂情⑦	樂情⑤	傳第6節	樂也者,施也——禮報情,反始也;6節包括在內。所謂大輅——則所以贈諸侯也:錯簡,置於最後。
魏文侯問——彼亦有所合之也	魏文侯⑪	魏文侯⑧	魏文侯⑨	傳第9節	
賓牟賈侍坐於孔子——不亦宜乎	賓牟賈⑨	賓牟賈⑨	賓牟賈⑩	傳第10節	
君子曰——禮樂可謂盛矣	樂化⑦	樂化⑩	樂化⑧	傳第7節	君子曰——樂之反,其義一也
				傳第8節	夫樂者,樂也——禮樂可謂盛矣
子贛見師乙而問焉——足之蹈之也	師乙⑩	師乙⑪	師乙⑪	傳第11節	以上下篇

分析陽村的考定論理。

第一，概念的异同與相對。《樂言篇》①總共有四節。陽村大致分節分成兩部分，其原因是出於第一、二節關於心與性；第三、四節説明聖人作樂的理之體與用。尤其是第一、二節并未用"理"闡釋上經的心與性，而是用"氣"闡釋下傳的心與性。顯現出了在"經"和"傳"之間，"理"與"氣"論議角度的差別。如此，通過概念性理解"經"和"傳"的契合或小節之間的相對關係，在其之間導出一定程度上完結的論理性。探求概念的异同和相對在《樂象篇》的分節中也能看到。傳第五節中，把經文中出現的德、性、心等概念之間的脉絡關係看作一個節。② 陽村把原來《樂言篇》中的"樂也者施也"③入禮樂兼論的《樂論篇》，把《樂政篇》和"樂也者情之不可變也"以下歸一，分成一節，以傳第七、八節中的禮樂兼論和專論樂的不同來分節也正是因爲如此。

第二，樂論的性質。把《樂化篇》調至《魏文侯篇》之前，《魏文侯篇》《賓牟賈篇》《師乙篇》三篇依序安排，這符合樂論脉絡。不僅《史記·樂書》或劉向的《别錄》等前人研究學者們如此編次，也因爲《魏文侯篇》《賓牟賈篇》《師乙篇》的性質。這三篇均爲對話形式，各自表達出了對"音、樂、聲"的見解。《樂本篇》"凡音者生於人心也"④也被視爲注釋技術。即《師乙篇》的"審聲以知音"、《魏文侯篇》的"審音以知樂"、《賓牟賈篇》的"審樂以知政"都是作爲實例來闡釋⑤。以個人對樂的熏陶爲主題的《樂和篇》與該三篇的性質不同⑥，所以，陽村把《樂和篇》與該三篇分别對待，將其調至前面，筆者認爲他的處理得當。

在此，有必要提一下概念的异同與相對，樂論的性質、經傳分類標準的闡

---

① 《禮記·樂言》：一、夫民有血氣心知之性，而無哀樂喜怒之常，應感起物而動，然後心術形焉。二、是故志微，噍殺之音作，而民思憂。嘽諧慢易，繁文簡節之音作，而民康樂。粗厲猛起，奮末廣賁之音作，而民剛毅。廉直勁正，莊誠之音作。而民肅敬，寬裕肉好，順成和動之音作，而民慈愛，流辟邪散，狄成滌濫之音作，而民淫亂。三、是故先王本之情性，稽之度數，制之禮義，合生氣之和，道五常之行，使之陽而不散，陰而不密，剛氣不怒，柔氣不懾，四暢交於中而發作於外，皆安其位而不相奪也。然後立之學等，廣其節奏，省其文采，以繩德厚，律小大之稱，比終始之序，以象事行，使親疏貴賤長幼男女之理，皆形見於樂，故曰："樂觀其深矣。"四、土敝則草木不長，水煩則魚鱉不大，氣衰則生物不遂，世亂則禮慝而樂淫。是故其聲哀而不莊，樂而不安，慢易以犯節，流湎以忘本，廣則容奸，狹則思欲，感條暢之氣，而滅平和之德。是以君子賤之也。

② 權近《禮記淺見錄》，《樂記·下》德者性之端也條："近按此本德性，以論樂之情文氣化相感之道，有積中形外自然之妙，而非可容其巧僞者也。"樂者心之動也條："近按此承上章言性，又以心言，而通論樂節奏與舞容之理也。"

③ 《禮記·樂記·樂象篇》："樂也者，施也。禮也者，報也。樂，樂其所自生，而禮，反其所自始。樂章德，禮報情，反始也。"

④ 《禮記·樂記·樂本篇》："凡音者，生於人心者也。樂者，通倫理者也。是故知聲而不知音者，禽獸是也，知音而不知樂者，衆庶是也。唯君子爲能知樂。是故審聲以知音，審音以知樂，審樂以知政，而治道備矣。是故不知聲者不可與言音，不知音者不可與言樂。知樂則幾於禮矣。禮樂皆得，謂之有德。德者，得也。"

⑤ 笠原潔《禮記注解》(1)，《名古屋藝術大學研究紀要》第4卷，名古屋藝術大學，1982年，第19頁。

⑥ 蔡仲德考慮到《樂化篇》的主要内容是對個人之樂的熏陶，表示可以把《樂施篇》的社會熏陶分成一類(《樂記注釋》，《〈樂記〉〈聲無哀樂論〉注釋與研究》，中國美術學院出版社，1997年，第4頁。

釋論理。陽村分經傳,得出"孔門之筆""記者之附會"等結論,從五經中確保根據,相互眺望,核審相關敘述脉絡的妥當性。這被稱爲尊經融通之闡釋:

> 該節中不切實際的部分很多,乃屬記者的附會。律呂制度源於軒轅氏。《樂記》前面的部分稱"五帝不相沿樂",夔教授弟子樂以展品德,其效"神人以和,鳳凰來儀",這裏稱"以賞諸侯",所以全部有誤。後面引用古語或記者編入的"說"當然均被視爲《樂記》的傳文。①

通過傳第一節第一段(昔者舜作無弦之琴——聞其諡,知其行也)的"淺見",能看出經與傳的分類標準。陽村在《樂記》文理敘述上有衝突的地方,尤其是與經的內容相冲之處,均視爲誤記。與其他的經傳,尤其是與《詩經》《書經》《周易》較之有矛盾之處,也視爲誤記。在上述引用的內容中,律呂和五帝相關內容在前面以言明(《樂本》),在敘述上與"夔始制樂"明顯不一致。再有,根據《書經·虞書》的《舜典》中的內容:"帝曰:'夔,命汝典樂,教胄子,直而溫,寬而栗,剛而無虐,簡而無傲。……神人以和。'夔曰:'於!予擊石拊石,百獸率舞。'"②夔顯然是典樂者,并非制樂者。整個《樂記》中,數次闡明制樂作樂乃聖人之事,所以陽村對"夔始制樂"提出的意見是正確的。③ 另外,引用古語(經傳)時也提出錯誤,視爲樂器的專門。傳第十節中關於"賓牟賈"的分析也是判定其依《書經·周書》的《武成》記錄下的內容有誤。下面來看一下"賓牟賈"的第一節。

> 賓牟賈侍坐於孔子,孔子與之言及樂,曰:"夫武之備戒之已久,何也?"對曰:"病不得其衆也。"④

《賓牟賈篇》的開頭有五組對話,孔子提問,賓牟賈回答,上述引用的文章便是第一組對話。《武樂》(大武)是表達武王伐紂勝利的音樂,每個音樂節奏或舞人的舞姿都形象地反映了武王的行動,共分爲五個段落。第一段是武王領軍出征的場面,第二段是滅商的場面,第三段是征討南國的場面,第四段是讓南國服從的場面,第五段是作爲周王統治天下四方的場面,第六段是收兵回師的場面。此時的樂歌均收在《詩經·周頌》之中。對於孔子提出《武樂》中舞人們跳舞之前很長時間備而不動的原因是什麽?賓牟賈回答這是象徵着武王爲了獲得人心而慎重應備。陽村認爲這個回答有誤:

---

① 權近《禮記淺見錄》,《樂記·下》昔者舜作五弦之琴條:"近按此節多誣,乃是記者之附會也。律呂之制,肇自軒轅,此篇上文亦言五帝不相沿樂,而此乃謂夔始制樂。夔之典樂,是教胄子以成其德,其效至於神人以和,鳳凰來儀,而此乃謂以賞諸侯,皆非也。自此以下,或引古語,或附記者之説,當以爲樂記之傳文也。"

② 《書經·虞書》,《舜典》:"帝曰:'夔,命汝典樂,教胄子,直而溫,寬而栗,剛而無虐,簡而無傲。詩言志,歌永言,聲依永,律和聲,八音克諧,無相奪倫,神人以和。'夔曰:'於!予擊石拊石,百獸率舞。'"

③ 權近《禮記淺見錄》,《樂記·下》大章章之也條:"舊說,大章堯樂,咸池黃帝樂。然則上章舜時夔始制樂,其說自相牴牾矣。"

④ 《禮記·樂記·賓牟賈篇》第1節。

想來,武之遲久必是待天明應時機的意思。當時八百諸侯并未立盟而齊結一衆,怎麽會擔心得不到人心呢?他們怎麽會等待呢?不過闡釋爲"病(擔心)",那就是説武王有心得天下。所以,賓牟賈的回答恐怕有誤。①

陽村對"待天命應時機"的闡釋與其他研究明顯不同。鄭玄表示:"病,猶憂也。以不得衆心爲憂,憂其難也。"孔穎達也傳承了鄭玄的想法,表示:"言武王伐紂之時,憂病不得士衆之心,故先鳴鼓以戒士衆,久乃出戰。"對此,陳澔②、王夫之③、孫希旦④等人的想法也大致相同。而且,他們都表示賓牟賈的回答正確。⑤

但是,陽村依據《書經·周書》的《武成》中的"既戊午,師逾孟津。癸亥,陣於商郊,俟天休命"⑥,認爲賓牟賈的回答容易引起誤解,誤會對聖人(武王)有心取天下,所以判斷賓牟賈的回答爲誤答。

該見解在《賓牟賈篇》(傳第十節)中被集中改進⑦,這確確實實是陽村尊經融通式闡釋態度的內容。⑧ 除此以外,還把《周易》和《樂記》間的相關性分

---

① 權近《禮記淺見錄》,《樂記·下》賓牟賈侍坐於孔子條:"(此下問答專論大武之樂,孔子問而賓牟賈答也,蓋欲問之以觀其志而正之也。)愚恐武之遲久,是必遵養時晦,俟天休命之意。當是時八百諸侯,不期而會,寧有病不得衆以待其至者乎?苟以爲病,則是武王有心於取天下也。賓牟賈之答,蓋失之矣。"
② 陳澔《禮記集説》,《樂記》:"賈答言:'武王伐紂之時,憂病不得士衆之心,故先鳴鼓以戒衆,久乃出戰。今欲象此,故令舞者久而後出也。'"
③ 王夫之《禮記章句》,《樂記》:"備戒,謂初作樂時擊鼓警衆。病,憂也。憂不得衆者,以臣伐君,事出非常,志難卒喻,故丁寧警之也。"
④ 孫希旦《禮記集解》:"備戒之已久,謂武之將作,先擊鼓以戒警其衆,擊鼓甚久,而後舞乃作也。病不得其衆者,憂未能得士衆之心也。"
⑤ 依據孔穎達《《禮記正義》》,《賓牟賈篇》開頭回答孔子提問的內容之中,有三個回答正確,兩個回答錯誤。依據孫希旦《《禮記集解》》,回答全部正確。由此,判斷上述賓牟賈的回答全部正確。
⑥ 《書經·周書》,《武成》:"既戊午,師逾孟津。癸亥,陣於商郊,俟天休命。"
⑦ 權近《禮記淺見錄》,《樂記·下》咏嘆之條:"此答亦非,咏嘆淫液,是言其從容不迫之意。雖於征伐之中,而唐虞揖讓氣象依然若存者也。"且夫武始而北出條:"此章言待諸侯之至者,必是記者之誤。不期而會者,八百諸侯,豈待而後至哉?以書成考之,則曰俟天休命,是陳牧野不急攻戰,以待紂師之至而後戰,故史臣以爲俟天休命,以形容其一時雍容之氣象。久立於綴,當是此意。上文賓牟賈之答既失其意,而此章記者之説亦誤也。"且女獨未聞牧野之語乎條:"武王伐紂之後,初封紂子武庚,以奉殷祀,及武王崩,武庚與三叔叛,周公東征致辟而後,成王乃封微子於宋。此章以爲武王克殷下車之初,即封殷後於宋,亦是記者之誤,非孔子之言明矣。"濟河而西條:"此用武成之文而演之。將師之士,使爲諸侯,即崇德報功,列爵分土之謂。然重民五教,惇信明義等事,最武王德業之大者,今皆不及,是演其粗而遺其精者也。豈孔子之言哉?"
⑧ 陽村的淺見依據詩書的正文,并非私意臆斷。權近《禮記淺見錄》,《樂記·下》食三老五更於大學條:"右賓牟賈問答一章,其論大武之樂,言多近誣。先儒之説,姑順其辭而釋之爾。愚今敢以臆説而辨其非,是狂僭之罪,所不敢辭。然聖人之世,雖隔千載,而其理之在天地而具人心者,初無古今之异。苟即吾心之理而求之,則聖人之心庶可得矣。此章之説,雖出臆見,然皆本乎詩書之正文,而不敢容私意以窺之,則於武王太公革命之義,成王周公制作之心,雖未必中,亦或庶幾於萬一矣。"

成九大條目進行證明①,《詩經·國風》與其論理性脉絡相連。② 尤其是該部分還與《詩淺見錄》的論義相關聯③,可以看出陽村的五經淺見錄具有相補相資的性質。④

最後,要提出的是雖然前文曾述陽村依據《大學章句》的經傳闡釋方式對《樂記》的節次進行了考定,但根據聖經賢傳的原則,上下篇的分節結構與《中庸章句》的系統⑤相似。⑥ 這不僅是從形式結構上能夠發現,而且在《樂記》的樂理以心性和天人一理爲核心方面也可以發現。事實上,陽村認爲《樂記》的樂理與《周易·繫辭傳》一脉相通也是根據人性論(心性)和宇宙論(天人一理)的相似處而得。⑦

三 心性與天人一理

陽村認爲《樂記》的提要是"心性",蘊奧是"明有體樂,幽有鬼神"。⑧ "心性"理解爲人性論,"明有體樂,幽有鬼神"理解爲宇宙論,經傳中分別講到的心、性、欲來源於《書經·虞書·大虞謨》《書經·商書·湯誥》《書經·商書·

---

① 權近《禮記淺見錄》,《樂記·上》樂著大始條:"此又言禮樂之大,充塞上下,無乎不在之意,而末兼及聖人之事也。一動一靜,天地之間者,即復姤出入之機,而易道精微之蘊也。此篇自人生而靜以下至此,其言多與繫辭相表裏。人生而靜,即寂然不動者也。感物而動,即感而遂通者也。但易所謂感,主理之用而言,此所謂感,主情之欲而言,亦所以互相發明也。天之性者,成之者性也。禮樂之易簡,即乾坤之德也。明則有禮樂,幽則有鬼神,即幽明之故也。天高地下,萬物散殊,流而不息,合同而化者,即天地絪縕,萬物化醇之意也。春作夏長,仁也者,顯諸仁之謂也。秋斂冬藏,義也者,藏諸用之謂也。著大始者,乾之所知,居成物者,坤之所作。至以動靜言天地,而明禮樂者,尤爲精切,一篇奧旨,無不吻合,豈特天尊地卑二節爲略同哉? 是非記者接引附會之辭,明矣。愚恐此上是爲樂記之經,而次下即其傳文也。"
② 權近《禮記淺見錄》,《樂記·上》鄭衛之音條:"此引鄭衛以訂政治美惡之效也。桑間濮上衛地。衛爲狄所滅,故爲亡國之音也。孔子論爲邦放鄭聲者,衛已嘗滅,人皆知其爲亡國之音也。鄭猶未滅而其聲之淫又甚於衛,則人無所懲創,樂而易流,不自知其懈慢而至於亡也。故特擧以爲戒,詳見詩説國風。"
③ 權近《詩淺見錄》16 則:"吾夫子獨以鄭聲爲戒者,衛詩猶多譏刺懲創之意,觀者尚知亡國之由,而自省矣。鄭詩蕩然無復羞愧悔悟之萌,則聽其音者,其心緩肆,駸駸入於其中,不知其終至於必亡也。故夫子必使放之,以鄭之不亡,而無所懲,故尤必戒之也。"
④ 權近《入學圖説·五經體用合一之圖》:"《易》,五經之全體也。《春秋》,五經之大用也。《書》以道政事,《詩》以言性情,《禮》以謹節文,雖各專其一事,而《易》《春秋》之體用,亦各無所不備焉。"
⑤ 徐復觀《中庸》原分上下篇,上篇(1—36 章)爲子思所寫,下篇(37—完)爲子思的門徒(孟子之前)所寫,下篇在思想展開脉絡上相連,"極高明而到中庸"(27 章),除這些句章以外,并無直接論中庸的言述。(《中國人性論史》第 5 章,《從中到性——中庸的性命思想》,台灣"商務印書館",1969 年,第 103—160 頁)。上篇顯現了核心原理,下篇展現了其展開發展,結構方式與《樂記》上經下傳的結構相似。
⑥ 崔錫鼎《禮記類編》7 卷,《樂記》小序:"《樂經》久已亡逸,劉向所得《樂記》二十三篇中,其十一篇合爲此篇。蓋其古人論樂之義者也。其聲容節次之妙,有不可巧者矣。朱子曰:'《樂記》之言,純粹明暢。'又曰:'其言似《中庸》。'"
⑦ 洪良浩《耳溪外集》,《群書發排——讀禮記》:"《樂記》一篇,極言禮樂之本出於天地,而聖人之參贊財成,由於禮樂,以及於君子治心修身之方,化民成俗之道,本末兼諧,體用兩盡,非孔氏之徒,不能作矣。是亦游夏之所述歟?"
⑧ 權近《禮記淺見錄》,《樂記·上》樂著大始條:"是心性二字,一篇之體要,而明有禮樂,幽有鬼神者,又一篇之蘊奧也。"

仲虺之誥》,但同論這三個并展開論議的祇有《樂記》:

> 性者人心所受之天理也。"人生而靜",未發之中,心之體也。"感物而動",已發之情,心之用也。故經傳言心自《大虞謨》而始,言性自《湯誥》而始,言欲自《仲虺之誥》而始,言心言性,又并舉天理人欲而對言之者,唯《樂記》而已矣。《大虞謨》之言人心道心(人心惟危,道心惟微,惟精惟一,允執厥中),即是天理人欲,然不曰天理而曰道心,則學者猶未知吾心之道即天之理也。湯誥之言,上帝降衷,若有恒性(惟皇上帝,降衷於下民。若有恒性,克綏厥猷,惟後),則天與人猶有二也。《仲虺之誥》之言(惟天生民有欲,無主乃亂),則人但見其有欲而未知其有理也。此章曰"人生而靜,天之性也",則吾心之理,即天之性,是合天人而一之也。其下分言天理人欲,而要反躬,其所以發明《商書·湯誥》之意,而開示後學者,可謂親切而着明矣。但不言其所以存天理,遏人欲之工夫,而泛言其從欲之事者,是論樂而不論學故也。然因樂而蕩滌其邪穢,消融其查滓,能反躬而循天理,不化物而窮人欲,則其用力之功,亦庶幾於《大虞謨》之"精一"矣。及其養成中和之德,以至立於從容中道之域,則聲爲律而身爲度,學問之極功,聖人之能事得矣。故孔子論學而以"成於樂"終之也。①

心乃吾心之主②,性者,天所命,而人所受其生之理,具有吾心也,即天理。③ 珍天理取決於不斷的自我修養學習,因爲外物不斷而來,人們因外物而變美變惡。爲了保持永久不變的端正,保持心態不被外物所誘引,得要洗净心靈的骯臟。靜乃是與外物接觸之前的狀態。爲了持有靜態之心,有必要調整因外物引起的欲。④ 欲⑤乃"動"之方向,而其本身不具備美和惡的價值。欲可美可惡。⑥

因此,陽村賦予其意義,樂中得天理的捷徑。"存天理,遏人欲"通過學可

---

① 權近《禮記淺見錄》,《樂記·上》人生而靜天之性也條。
② 權近《陽村集》卷16,《心氣理篇序》:"雖然義理之在人固爲甚大,而心乃吾心之主,氣亦吾身之所得以生者,不得不重之也。"《陽村集》卷11,《白雲軒記》:"在我身者,耳目口鼻,各司一職,而心無不通。"
③ 權近《入學圖説·天人心性分釋之圖》:"性者,天所命,而人所受其生之理,具於吾心也。"
④ 陽村應對《樂記》的"感物而動"和《周易》的"感物遂通",雖然《周易》的"感"言及理之用,《樂記》的"感"是指情之欲(權近《禮記淺見錄》,《樂記·上》樂著大始條:"感物而動,即感而遂通者也。但易所謂感,主理之用而言,此所謂感,主情之欲而言,亦所以互相發明也。")。
⑤ 原來《樂記》的"欲"字在《史記·樂書》中爲"頌",在《淮南子·原道訓》中爲"害"。依據俞樾的想法,《淮南子》中的"害"《樂記》中的"欲"都是錯誤,本爲"容"。關於《史記》中的"頌",徐廣讀成"容",大概也是因爲孤本《樂記》的字體原來是"容"。"靜"與"性"押韻,"動"與"容"押韻。另外,"動"與"容"在意思上也相同。若寫成"欲"或"害",既不押韻,也失去其意(《群經平議》)。《史記會注考證》中也依此,對"月令"的"不戒其容止"的注釋爲"容止,猶動靜也";《孟子》中曰"動容周旋中禮"(《盡心·下》),"動"與"容"爲同意,成連文。《樂記》未考慮"容"的意思,而是改爲"欲",陽村也依其。
⑥ 羅欽順《困知記》上:"《樂記》所言欲與好惡,與《中庸》喜怒哀樂,同謂之七情,其理皆根於性者也。七情之中,欲較重,蓋惟天生民有欲,順之則喜,逆之則怒,得之則樂,失之則哀,故《樂記》獨以性之欲爲言,欲未可謂之惡,其爲善爲惡,係於有節與無節爾。"

以實現,但通過樂,回顧我身,順應天理,若非物化,近於《虞書·大禹謨》中提出的"惟精惟一,允執厥中的精一①"之學。物化有兩種闡釋。第一,人化之於物。② 第二,人隨物變化。前者是物化的結果,後者是着眼於物化的過程,指人喪失主體動力,對象爲外物。陽村闡釋爲後者:祇有堅持不因外物引起欲,纔能把天理珍於吾身。歸根究底,陽村把重點放在了以樂感人心。③ 下述的陽村言述清清楚楚地展現出了其以樂理批心性的理由:

> 心者樂之所由生,性者禮之所由制,能以性之理,而節其心之欲,然後禮樂皆得其道,而參贊之功,亦可馴致之矣。④

心與性的提出源自樂與禮的所從來,陽村理想性地勾勒出節禮(性之理)之惡(心之欲)"禮樂"⑤。當然,這受規於《樂記》本身的性質,但陽村記述淺見,并非脫離其間脉絡或禮樂兼論(禮節樂論)的方向。

假設心性和天理人欲的關連是關於樂理的一個核心軸,讓我們來通過陽村對《樂論》"大樂與天地同和"的"淺見"來研究一下。該部分明確表現出了樂理和易理的相關性,陽村早就認可《樂記》乃孔門之比,他指出與《周易·繫辭傳》的論理相似⑥,還在完成商經時定下與易理相似的條目并進行説明⑦:

> 大樂與天地同和,大禮與天地同節。樂和,故百物不失;禮節,故祀天祭地。明則有禮樂,幽則有鬼神。如此,則四海之内,合敬同愛矣。禮者,殊事合敬者也。樂者,异文合愛者也。禮樂之情同,故明王以相沿也。故事與時并,名與功偕。⑧

---

① 羅欽順《困知記》上:"道心,寂然不動者也,至精之體不可見,故微。人心,感而遂通者也,至變之用不可測,故危。""道心,性也。人心,情也。心一也而兩言之者,動靜之分,體用之別也。凡靜以制動則吉,動而迷復則凶。惟精,所以審其幾也。惟一,所以存其誠也。允執厥中,從心所欲不逾矩也,聖神之能事也。"
② 鄭玄曰"隨物變化"(《禮記注》)、孔穎達曰"人化之於物"(《禮記正義》),朱熹曰"反化於物"(《樂記動靜説》),王夫之曰"化爲所嗜之物"(《禮記章句》),除了王夫之以外,都解釋爲後者。
③ 權近《禮記淺見録》,《樂記·上》是故先王慎所以感之者條:"物之感人,有邪有正,樂之感人,所以慎之而無其邪也。"
④ 權近《禮記淺見録》,《樂記·上》樂著大始條。
⑤ 東方社會論"禮樂"依據美學思維,樂(音樂)得要受到禮的克制。"禮樂"的"禮"和"樂"并非爲對等的關係。(蔡仲德《關於中國音樂美學史的若干問題》,《音樂與文化的人本主義思考》,廣東人民出版社,1999年,第5頁)。
⑥ 權近《禮記淺見録》,《樂記·小序》。
⑦ 權近《禮記淺見録》,《樂記·上》,樂著大始條。
⑧ 《禮記·樂記·樂論篇》。

根據陽村的"淺見"①,決定分析和完善上述經文。依據陽村的想法,"大樂與天地同和,大禮與天地同節"與引用文《樂本篇》"樂由中出"裏的"大樂必易,大禮必簡"有關。"大樂必易,大禮必簡"根據《繫辭傳·上》的"乾以易知,坤以簡能"(第1章),用"樂"對"乾"、"禮"對"坤"。《周易》中的"乾"是創造萬物的原始生命力,"坤"是得"乾"以完成萬物。"乾"對"樂"、"坤"對"禮"(以禮樂分配天地)是把具有創造力和形成力的乾坤賦予樂理之中。但上述引用的節,禮樂分配天地(乾坤)後,曰"大樂與天地同和,大禮與天地同節"。樂與天地的同和相連,禮與天地之節相連。

俯以察於地理,是故知幽明之故。

關於"明則有禮樂,幽則有鬼神",陽村曰:"天地之間有造化屈伸之理,人道有禮樂愛敬之情,這個道理本來是一種,并非兩種。"這句話的意思就是說,有明亮物體的地方就有禮樂,主管天地之和,在無物的幽靜之處有鬼神,主管天地之和。《周易·繫辭傳·上》中曰:"易與天地準,故能彌綸天地之道。仰以觀於天文。"

"天文"是指太陽、月亮、星星等天象,"地理"指山、江、石等地形。根據韓康伯的注,"幽明"意指有形無形之狀。② 陽村直接引用了陳澔的《禮記集説》中引用的朱熹之見③,提出了禮樂與鬼神的一理性。

對於"和故百物不失",陽村曰:"各得其所而已。"④這部分的闡釋大致分爲兩種。第一,樂與天地同和,形成萬物并不失其本性。第二,以和形成萬物却不遺和。第一種是鄭玄(不失其性)、孔穎達(不失其性)、陳澔(各遂其性)、孫希旦(各保其性)的見解;第二種是王夫之(以之感和平而遂民物,無有遺焉者矣)的見解。根據《周易》"曲成萬物而不遺"(《繫辭傳·上》),"其道甚

---

① 權近《禮記淺見録》,《樂記·上》大樂與天地同和條:"此承上章以言禮樂,非特爲平治天下之具,而實與天地同其大者也。《易·繫辭》曰'乾以易知,坤以簡能',上章所謂大樂必易,即乾之易也。大禮必簡,即坤之簡也。既以禮樂,分配天地,此章又言其大樂與天地同其和,大禮與天地同其節,是禮樂各具天地之德也。明則有禮樂,幽則有鬼神,是言在天地則有造化屈伸之理,在人道則有禮樂愛敬之情,其理本一而非二致也。事與時并,名與功偕者,是承上文殊事異文而言。帝王製作,雖有不同,而其情實則相沿述,故揖讓征伐,其事雖殊,而隨時之義則相并。歷代樂名,其文雖异,而治世之功則相偕也。前言揖讓而治天下者,以禮樂行於一世者而言,此則以行於萬世者言也。"

② 《周易·繫辭傳·上》韓康伯注:"幽明者,有形無形之狀。"

③ 《朱子語類·小戴禮》:"問:'"明則有禮樂,幽則有鬼神。"'曰:'禮主減,樂主盈。鬼神亦袛是屈伸之義。禮樂鬼神一理。'明則有禮樂,幽則有鬼神,禮樂是可見底,鬼神是不可見底。禮是收縮節約底,便是鬼;樂是發揚底,便是神。故云人者鬼神之會,説得自好。……問:'明則有禮樂,幽則有鬼神。'曰:'此是一個道理。在聖人製作處,便是禮樂;在造化處,便是鬼神。'"

④ 權近《禮記淺見録》,《樂記·下》樂者天地之和也條:"(和故百物皆化)前言百物不失,是各得其所而已,此言皆化,則絪縕并育,而有合同而化之妙矣。"

大,百物不廢"(《繫辭傳·下》)①,所以萬物不遺、萬物不廢、萬物不失本性等適當。

連上易理來整理一下陽村指出的樂理特點爲禮樂與天地、鬼神之間的一理性。禮和樂、天(乾)和地(坤)、鬼和神,每組都有很大的關係,這些同和,構成合一的世界。對此,陽村曰,禮樂天地一理,即天人一理。對於《樂論篇》中"樂者天地之和也",陽村"淺見"曰:"前言同和同節,是禮樂與天地猶二也。此言樂者天地之和,禮者天地之序,是禮樂與天地爲一也。……天地即一禮樂,禮樂即一天地,故明於天地之道,然後可以制禮樂而興之也。"道同和與同節,怕容易引起誤會,讓人誤認爲禮樂與天地分別開來,所以此次乾脆把禮樂稱爲天地,天地即禮樂。另外,陽村言"明於天地,然後能興禮樂"是聽說效法之始,但所謂"禮樂明備,天地官矣"是對最後的成功說的。前者因天地而施禮樂,後者是因禮樂而執天地。② 看到了天地和禮樂的相因性:

"天尊地卑"和"地氣上齊"幾乎與《周易·繫辭傳》相同。先儒謂記者引之,愚竊恐,《樂記篇》文最精,與諸篇不類,似非出於記者之手,疑亦作於聖筆也。前言"明則有禮樂,幽則有鬼神"。《周易》是言屈伸消長之理,實與禮樂相爲表裏者也。故聖人既以此係《周易·繫辭傳》,而又以此論禮樂,以明其一理,而示後學於無窮也歟!③

陽村把"屈伸消長"的易理想成禮樂和表裏。屈伸消長鬼神共和、天地(乾坤)的創造力和形成力在前文已言明。依據陽村的想法,聖人把萬物生成之理表徵爲《周易·繫辭傳》的易理和禮樂。因爲人之精神(心性)與天地(乾坤)、陰陽(鬼神)相通。看到天地和禮樂的相因性的原因是爲了重返人之心性。吾

---

① 關於《周易·繫辭傳》中"百物不失",能找到兩種根據。一、《繫辭傳·上》:"易與天地準,故能彌綸天地之道。……範圍天地之化而不過,曲成萬物而不遺,通乎晝夜之道而知,故神無方而易無體。"二、《繫辭傳·下》:"易之興也,其當殷之末世,周之盛德邪? 當文王與紂之事邪? 是故其辭危,危者使平,易者使傾,其道甚大,百物不廢。懼以終始,其要无咎,此之謂易之道也。"前者的"曲成萬物而不遺"(孔穎達:聖人隨變而應,屈曲委細成就萬物,而不有遺棄細小而不成也);後者的"其道甚大,百物不廢"《來氏易注》:若常以危懼爲心,則凡天下之事,雖百物不齊,然生全於憂患,未有傾覆而廢者矣)。

② 權近《禮記淺見錄》,《樂·上》天高地下條:"此又申言禮樂所以與天地爲一之義。聖人作樂以應天,制禮以配地者,又以合天地聖人禮樂而爲一也。前章之末言明於天地,然後能興禮樂,是自其效法之初而言也。此章之終言禮樂明備天地官矣。是要其成功之終而言也。初因天地而制禮樂,後由禮樂而位天地,聖神之功化極矣。"

③ 權近《禮記淺見錄》,《樂·上》地氣上齊條:"此上兩節,與《繫辭》略同。先儒謂記者引之,愚竊恐,此篇之文最精,與諸篇不類,似非出於記者之手,疑亦作於聖筆也。前言明則有禮樂,幽則有鬼神。《易》是言屈伸消長之理,實與禮樂相爲表裏者也。故聖人既以此係《易·辭》,而又以此論禮樂,以明其一理,而示後學於無窮也歟。"

方寸之中具備所有道理,也有與世共和之階梯。這裏的依據是治心(治己)。①陽村之言對樂理作出了小結:

> 夫人之情神,與天地陰陽,相爲流通,故心之所感有邪正,而音之所發有美惡,身之所行有得失,而氣之所應有休咎,天人一理,幽明一致,而感召之機,祇在吾方寸之間,可不慎哉? 可不敬哉?②

四 美學思維:思想與文學的紐帶

陽村對《樂記》的"淺見"并非專論,由於注釋式記述形式的特點,得要努力閱讀類似隨想一樣的標記言述,同時還有具備關於《禮記·樂記》的理解能力,對音樂學、經學、文藝美學等方面的素質,這些都使本文無法順利地展開論旨。相約日後彌補不足之處,強調問題意識,以此來代替結論。

過去,對陽村文學和思想的研究成果非常豐富,到了能夠開展研究史的程度,麗末鮮初的歷史意義也被常常提到。但矚目陽村的《樂記》并非因爲其"淺見"是對《樂記》的最初研究③,而是因爲想要探索他的思想和文學的挂鈎點。

文學研究者們從很早開始就關注了陽村思想和文學之間的關係。所謂創作方法,接受應用的世界觀,直接連接思想和文學之間的關係,在二者之中設定"美學思維"的中間位置。當然,美學思維也屬於思想(哲學)範疇。美學本身就是哲學的一個分科,這是理所當然,但若能夠把理性思維之中應用文藝方面的思維稱之爲"美學思維",筆者認爲作爲一個突破口,對處於藝術與哲學界限的《樂記》的思維可以推知美學思維。這正是我關注《樂記》的原因。

《樂記》可以從經學史、音樂史④、美學史或文藝理論史切入。本文關注的

---

① 《信齋記》(《陽村集》14卷)的"實心"(蓋天之誠,即是四德之實,其在於人,亦爲實心,仁者惻隱之理,而實其惻隱者,信也。義禮與智莫不皆然。誠不離乎元亨利貞,信豈外於仁義禮智哉。以我實心,施於事物,無所爲而非真也,無所感而不應也,大而天地,幽而鬼神,微而昆蟲,皆可以信感而動之也,而況於人乎? 夫天地萬物,本一理也。以在我之實心,觸在彼之實理,妙合無間,捷於影響,書稱至誠感神,易言信及豚魚,蓋謂此也。)與《入學圖説·心圖(天人心性分釋之圖)》(右一點,象性發爲情,心之用也。其左一點,象心發爲意,亦心之用也。其體則一,而用則有二。其發現於性命者,謂之道心而屬乎情。氣初無有不善,其端微而難見,故曰道心惟微,必當主敬以擴充之。其生之於形氣者,謂之人心而屬乎意,其幾有善有惡,其勢危而欲墜,故曰人心惟危,尤必當主敬以克治之。)充分顯示出了陽村對治心的實踐性、理論性的努力。另外,陽村對《樂和篇》"君子曰"的"淺見"中曰:"此言禮樂所以治己治心之道,亦學者所當體念者也。此下數節,文義皆similar,與篇首經文相類,疑亦出於孔門,而記者以類而付之也歟。"言及治心。他評價該内容出自"孔門之筆",可以了解到他的想法重點在治心。

② 權近《禮記淺見錄》,《樂記·上》樂著大始條。

③ 《韓國經學資料集成》《禮記》篇一瞥,繼陽村之後,留下與《樂記》相關記述(包括隨想)的人有尹鑴(《讀禮記》)、崔錫鼎(《禮記類編》)、金在魯(《禮記補注》)、佚名(《經書衍義·禮儀》)、朴致遠(《禮記》)、洪良浩(《讀禮記》)、金㡳柱(《禮記札錄》)、李德懋(《禮記臆》)、徐榮輔(《禮記札錄》)、南公轍(《讀禮錄》)、成海應(《經解·讀禮記》《經翼·禮説》)、洪奭周(《禮記集説志疑》)、金魯謙(《詩禮問》)、沈大允(《禮記正解》)、南秉哲(《讀書私記》)、金澤述(《禮記注》)等人。

④ 在韓國,民族音樂學會自1991年起就開始嘗試從音樂學來闡釋《樂記》,主要是以現代音樂理論來研究《樂記》的樂理。其内容收錄在《音樂與民族》(2—14號,總共6次)。

就是第三點。我認爲陽村通過《樂記》改進的樂理(心性和天人一理)是構建其美學思維的重要原理。因爲這種美學思維正式以"樂"爲目標展開。就算是跟通過對陽村思想的經學史切入點獲得的結論相同,其意義也可以作出不同的評價。① 因爲在經學中常常是關注"禮"勝於"樂"。換句話説,"禮"是説集體、宏觀、敍事、一般、理性、合理、統治、關閉;相對的"樂"是説個別、微觀、抒情、特殊、感性、欲望、放任、開放。雖然是審視"樂",但置於與"禮"相關的網中,這就反證論者的意識以"樂"的統治爲前提,結果很難完全掌握"樂"的意思。但是,從美學的視角可以期待出現新的論議,因爲美學處於想象和具體的界限,美學賦予"樂"有原原本本觀賞具體感性質感的機會。

事實上,本文原來的研究目的是想要了解麗末鮮初時期人們對"樂"的想法,但一直專注於研究陽村《樂記》淺見的論理,所以對其美學思維的全方面研究探索不足。這將在研究透陽村的《入學圖説》《五經淺見録》《陽村集》等其他相關資料後彌補上不足之處。目前,僅僅是處於初期而已。祇是開始對人心的探究,并想要由此開始學術性研究世界構成原理與溝通,可以説這就是我確認到的成果。因爲所謂"美學思維"從人類能夠感受到"美"的主體性視角出發,陽村想要從"方寸"出發的新想法證明該視角。

後 記

經學乃數千年來注解經書過程中累積下來的重要財産,注解的累積也屬歷史。由此,我們可能會出現錯誤,錯在特定在某部經學著作上的注解系統來理解。我們從朱熹那裏可以找到些綫索。在以義理注解經傳之前,我們有必要想一想其忠於訓詁的學術經歷。直到他去世之前,仍在不斷地觀研《大學》。學者們常把重點放在晚年的朱熹和早年的朱熹的不同之處,爭相"定論"於某一點。其實,我們是不是該把這些都看作是朱熹的想法呢?祇不過爲了解決現在的問題而接受哪個見解的論證纔適當,想要試圖把朱熹的見解歸結爲唯一的標准,筆者認爲這樣做似乎太不朱熹式了。事實上,朱熹通過自己的人生向我們表達出了他闡釋的歷史情況并不歸屬於任何一個見解。可能朱熹的人生與學問全都成了一個歷史了吧?②

道"集釋"時,總會有一個問題接踵而來。那就是除了看注釋書以外,還有什麽意義?會不會太麻煩了?對此,一半正確一半錯誤。集釋雖然看闡釋,但要求正式和分別得清累積過程。當然,可能把衆多的闡釋并列一起,造成散漫的問題。這也是半對半錯的。很多闡釋被并列、公示安排正是立足於"闡釋",認可各自的存在。因此,要求推翻對特定闡釋賦予的權威,觀察各個闡釋之間

---

① 潘立勇在《朱子理學美學》(東方出版社,1999年)書中嘗試研究理學和美學之間的關聯,提出了朱熹美學思維的雙重性、本體論(文從道出)、藝術發生論(感物道情)、藝術特徵論(托物與辭)、藝術界限論(氣象渾成)、藝術感想論(涵泳自得)、藝術修養論(遠游精思)等內容。這些有助於研究道學(理學)和美學(藝術思維)的關聯。

② 余英時在《朱熹的歷史世界》書中再三提到,值得參閲。

的特點。執着於哪個更好哪個更差毫無意義。祇希望在解決"當今經學問題"（筆者認爲每個當代都有學問的問題，經學也一樣，在如今的生活中會有學問的問題。暫且把這稱之爲"當今經學問題"）的過程中，尋找到有用的闡釋思維，并將其論理化。該過程中，我們通過空間時間確保"闡釋"的平等性。

通過公開排列，新讀法能否製造出闡釋的新局面？雖然無法誇口保證，但筆者認爲這是最有希望製造出新闡釋的方法。對特定的經傳進行學習，要想超越學習稱爲"研究"，不通過集釋接觸各種各樣的闡釋無法實現。學習在整理單一見解時，能有高效的時間效率，但研究在創發領域很難有效地解決問題。依靠獨立的人格進行創新，需要"往返"於你的闡釋、我的闡釋、他的闡釋之間的勇氣。正如輾轉於學問的極限道融合和復合那般，需要邀游於諸注之間的浮力和令其前進的動力。集釋提供能夠得以實現的過程。

現在，我們經歷這個過程，更要拓寬保持經學研究的主體均衡的視角，這非常重要。經學橫跨古今，有時會很困惑非得要仲裁或取舍選擇各種各樣的闡釋。在這個過程中，學者都是關注"主體"進行鍛煉。接觸到漢文古典，我們所說的言述現在是我說出來的，那過去曾是某人說過的話會不會令人吃驚過？又比如說，讀《論語》，這并非是我的《論語》，而是朱熹的《論語》？（孔子《論語》的目標已經消失很久了。）我們學習某個見解，并將其個人化時會非常高興。說特定學問的領悟還算合適，生活在當下的主體性學者們是否該邁出一步呢？集釋式理解正是在該部分中拋出一個問題。

讓我們重新回到《樂記》。《樂記》是被忽視的内容，將其還原成一部安全的經傳的工作還尚未開始，但用一小部分經學内容，長久理解其諸注，在實踐累積的過程中，却得到了意外的結果，筆者至今深深難忘。尤其是推翻權威，細看《樂記》時，其內容中所具有的革命性令人吃驚不已。又比如說，《樂禮》中前後倒置的次序。說不定有可能是夢想樂器或者通過《樂記》實現夢想之人的欲望將"禮"和"樂"倒置了呢？在仔細了解《樂記》内含的現代人心的時候，經學内容成了能夠叙述人類生活的内容。

一種方法論要想成爲一門學問，需要過去的論議和系統的統一性，對於是否能應用的問題，得要能夠回答。其實，集釋是從舊以前就是經學的研究方法論。不管是訓詁學的"傳""注""箋""疏""集解""正義""章句"，義理學的"義""記""論""說"，還是考證學的"辨僞""校勘""輯佚""考證"，這些都是最基本的學問方法論。雖然多多少少會有些偏差，但基本上如此。舉個簡單的例子，爲學習《四書》而整理朝鮮和中國諸注的柳長源著有《四書纂注增補》、柳健休著有《東儒四書解集評》等，同時還有李象靖門下的李宗洙著有《齋居感興詩諸家集解》也是其中之一例。祇是有一點，集釋要如此彙集諸家闡釋，要求更加有學問性。希望哪怕是用一份内容也能跨越訓詁－義理－考證界限的視野和視角。

由此，文章進入尾聲了。筆者曾彙總《樂記》諸注，編寫樂記集釋。使用這個方法，有必要重新矚目"古典集釋"。核審對特定古典進行闡釋的累積過程

(又比如説,圍繞着《樂記》,獲得整個訓詁學、義理學、考證學的成果),就是通過時間空間確保闡釋平等性的過程。通過對闡釋的公示排列,嘗試新的讀法,期待着有別於過去,能够解决當下問題的可能。到那時,我相信經學内容作爲影響我們生活的價值標準或實踐根據,會擁有生命。再有,期待着經學研究者本身作爲一名有主體性的學者,擁有自我學術立場和威望。到了那個時候,我想古典集釋不會停留於方法,而是作爲一個學術潮流,可是擁有"學"的威望。

［作者簡介］金承龍(1967—),韓國首爾人,2002年於高麗大學國語國文學系取得博士學位,現任釜山大學漢文學科教授。出版《韓國漢文學的新指評》《高麗後期漢文學系知識人》《韓國學學術史的展望》《市民的人性——治愈人文學講義》。

［譯者簡介］孫萍,釜山外國語大學一般大學院中語中文系地域學專業博士結業,釜山外國語大學高翻研究生院韓中系講師。

三國志評論

[德]郭實臘 撰　王　燕 譯

《三國志》(San Kwŏ Che)或曰《三國史》(History of the Three Kingdoms)評論，自公元170年至317年，共147年。某通訊員(Correspondent)。①

在所有的中國文學作品中，没哪部作品像《三國》那樣風靡天下。人們不分年齡老幼、學識高下，無不對之交口稱贊。社會各階層都認爲這是有史以來最有趣的一部書；其風格、語言、叙述方式都無可挑剔。作爲一部杰作，它在文學史上無與倫比。職是之故，人們纔把它置於《十才子》(Sheih Tsae Tsze)系列叢書之首，《十才子》取天才的十個兒子之意(the Ten Sons of Genius)②；這是一套公認的優秀文學作品，讀之興味益然。我們若想輕易否認這部作品的卓越，就如同斷言荷馬(Homer)不是詩人，而塔西佗(Tacitus)也不是歷史學家；但是儘管受到天朝大國的很大影響，我們還是發現了這部完美之作的某些瑕疵。讀者會原諒我們的，因爲我們這些野蠻人的想法常常有别於大漢子民(the sons of Han)，但是與此同時，他們或許也會相信我們的話，這就是對於這樣一部產生久遠，又確實非常優秀的文學作品，我們既非漠不關心，也非視而不見。

當我們意識到這部作品已經流傳了近1400年時，我們會毫不猶豫地承認，中國的文學天才在很久之前就誕生了。但是一個令人沮喪的事實是，在隨後的很長一段時間裏，却再没有產生過類似的作品。帝國的飽學之士寫就的歷史，通常枯燥乏味、興趣索然，以致朽爛於書架之上，而《三國》却被每個認識幾個大字、足以讀懂普通讀物的人，拿來細細品味。儘管該書不下24卷，却很少有人祇讀過一次。哪怕是目不識丁的人，若不熟悉書裏講述的事情，也是一件丢臉的事。我們經常看到中國人興致勃勃地講述昔日英雄的豐功偉績，這

---

① 本文刊載於《中國叢報》(the Chinese Repository)總第7卷，1838年9月第5期。
② 譯者按：這是對於"十才子"的誤解。

或許已經是第十次了。他們的詩歌,乃至他們的嚴肅之作,都因提及三國而妙趣橫生,無論是寺廟還是私宅,都裝飾着那些代表主要將領的著名行爲,或決定王朝命運的戰役的圖畫。那時某些杰出人物就已被神化,直到今天他們依然是被崇拜的偶像。

編者在簡介中,通過肯定該著的優點,詳細介紹那些其歷史充斥於作品中的非凡人物,來努力給該著一個公正的評價。自孔子以來,中國就享有一個穩定的政治體系,剛剛擺脱野蠻,始皇帝就於公元前三世紀,通過大一統,結束了封建制度(feudal system)①,使所有諸侯國統轄在他的王權之下。很快,這位渴望超越前人的戰將和立法者,意識到儒家思想會削弱人們天生的自由精神,他就以嚴厲的手段,毁掉了國內的文獻。然而,可想而知,帝國如此廣大,副本成千上萬,四處散播,無論他怎麼努力,也祇能取得部分勝利;但他似乎一度把國民的注意力引導到更重要的事情上去了,而不是一味祇盯着古書。可是,漢天子(公元前202)尚未獲得王位時,就成了古典知識最慷慨的支持者。文學很快復興,學者們也比任何時期都受尊重。正是在那個時期,第一批民族史家大量涌現,寫作的狂熱堪比我們現在的西方那麼普遍。在這個奧古斯都時代(Augustan epoch),三國成爲一個奇談;天才的著述者似乎獲得了神力,他盡力把虛構與史實巧妙地糅合在一起,以徹底吸引讀者的注意力。《三國》展現了公元170年至317年間最真實的畫卷,這一時期三國興起。爲取悦讀者,全文穿插了各種各樣的奇聞軼事,誇大其辭,迷惑其説。它講述了漢朝最後兩位皇帝——靈帝和獻帝,是怎樣因爲他們的軟弱無能和荒淫無度而使國家陷入一片混亂;結果其中的一員大將曹操,如何名義上爲天子作戰實際上却爲魏國打造基礎,與此同時孫權建立了吳國,最後是漢朝的一位後裔劉備,建立了蜀國,又稱後漢,直到一位新的野心勃勃的統治者以晋朝的名義統一了三國(公元279)。以上就是這部杰作的内容簡介。我們現在詳細講述。

靈帝登基時(公元168),他認爲在太監和後宮嬪妃們間聊度光陰,要比親理朝政容易得多。他的心腹全是國家最腐敗墮落的人,太監把持了一切有利可圖的職位。一日聽政時,靈帝在酒色迷離中被一條從房樑上滑落的青蛇嚇了一跳。怪物雖然消失了,可是緊接着京城遭受了地震,海水泛濫湮没了沿海諸省。這些灾難,還有許多其他的不祥之兆使這個懦弱的皇帝驚恐不安;他詔問緣由,但從大臣們那裏得到的祇是敷衍之辭。暴政使人民陷入絶望,祇差一人揭竿而起,帶頭反抗,這人很快就出現了。

當時有三兄弟才華出衆。瘟疫在百姓們中肆意蔓延,他們就出去采藥以助人療疾。一天采藥時,遇見一位天才,交給老大三本書,説:"此中學問博大,去革新國家,普救世人吧。若萌异心,必獲惡報。"大哥張角聽到這些不可思議的話很是高興,急忙攻習,從此學會了呼風唤雨的本領。在瘟疫肆虐期間,他通過撒施念過咒語的符水來治病救人。由於療效顯著,他的追隨者數量劇增,

---

① 譯者按:此處所言"封建制度"指的是諸侯林立、各自爲國。

還謀劃着竪起黄旗,改朝換代。皇帝很快得知了他們的叛亂,抓住他們的一些信衆,或斬首,或下獄。此舉震撼了義軍領袖,他們組建起自己的軍隊,頭戴黄帽或黄巾,以區別於朝廷軍隊,他們被視爲异類,號稱"黄巾"。這部偉大的戲劇就此拉開序幕,從此干戈不斷。

正當皇帝内心還在猶豫不定之時,三位英雄,劉備,他的名字玄德(漢朝的一位後裔)更爲人熟知,關羽和張飛橫空出世,在牲祭了一頭黑牛和一匹白馬後,在桃園盟誓,表示對彼此永遠忠誠,祭告天地以見證他們的誓言。他們都是自己族裔的偉人,體格魁梧,具有成爲英雄豪傑的所有品質。在獲得了一些馬匹,又鑄造了巨人歌利亞(Goliath)也難以揮動的上好刀劍後,他們遭遇了30000黄巾軍,而他們這時却僅有大約1000人。顯然,這是一場力量懸殊的戰鬥,於是玄德出馬上前駡陣,中國的英雄格外擅長此道。戰事本該就此結束,幸虧他們的長劍這時派上了用場;他砍下了敵軍主帥的首級,餘衆瞬間潰散。此後他們所向披靡,戰績輝煌,黄巾軍則節節敗退,潰不成軍,儘管有時黄巾軍也利用法術使風雷大作,把敵軍包裹在密不透風的黑霧裏,但他們還是每戰必敗。

與此同時朝廷却沉浸於荒淫腐化。那些爲國流血的勇士,在表奏完他們在反擊叛亂時取得的戰績後,即被遣退回來,在黯淡中聊度餘生,還有的被告發爲危險的陰謀家。宦官們重新把持了朝政,把最重要的爵位賣給出價最高的人,他們完全封鎖了皇帝的視聽,不讓任何人有機會接近他。因此,黄巾軍的叛亂還没被鎮壓下去,新的盜賊再度蜂起,天下大亂。皇帝還在與宦官們縱情享樂時,得知了這些灾難。他百感交集,明顯因悲痛而喪生(公元189)。

那些著名的將軍幾乎不曾注意到君主的死,他們决定立刻徹底根除奸臣同黨;然而却祇有一人膽識過人,敢於面對這些可怕的朝臣。爲了懲罰他的膽大妄爲,他們砍下了他的頭,挂在宫墻之外。這種暴行激怒了將軍的追隨者,他們放火焚燒了皇宫,提刀携劍衝進大火,殺死了奸臣的全家。展現在讀者面前的是一片恐怖;一些人被扔出窗外,在地上摔得七零八落,另一些則被凶器刺得遍體鱗傷,尖叫着墜入火海。到處都是恐怖與驚惶,年幼的皇帝幾乎難以逃生。

兵戈之亂一旦爆發,就不會很快結束。暴力手段一旦被采用,事實證明又行之有效,類似的暴行就會接踵而至。朝廷的神聖受到侵犯,皇權的莊嚴遭到褻瀆,幼帝也不再能安居後宫。皇宫陷入一片火海,幼帝帶着弟弟一起逃竄,却不知去往何處。夜幕降臨時,他們在灌木叢中迷失了方向,深深哀嘆自己的命運,跌坐地上。唉,該當如何是好?一群流螢飛過,照亮了一條通往農莊的路。在農莊他受到款待,第二天上午見到一些大臣,把他送回了皇宫。廢帝的陰謀很快在此醖釀,有一員殘暴的大將,在殲滅閹黨時曾出力援助,宣稱不應該讓這樣一位年輕的花花公子治理國家。他或用武力,或行賄賂,説服了反對他觀點的派系,在衆臣朝會時,宣布廢黜執政僅有短短五個月的皇帝,然後將他的弟弟,也就是後來的獻帝,推上王位。被囚禁的皇帝哀怨命運之不幸,由於内心無比悲痛，寫了些詩歌，表達了他對呢喃燕雀來去自由的羨慕，并想爲自己遭受的不公報仇雪恨。這被那員大將視爲大逆不道；於是他給皇帝送去了一杯毒酒，强迫他喝了下去；同時，他的手下人把皇后從皇宮的樓上推下，然後又命令士兵將她扼死。所有這一切講述得都很精彩，一些段落確實令人贊嘆。

董卓扶植自己的人登上王位，而今可以徹底施其暴虐了。首都洛陽人口减損，爲遷都長安，這個惡魔絞死了 2000 人作爲戰利品，使國家籠罩在一片恐怖中。貴族們爲國家的不幸痛哭流涕，却不敢抱怨，因爲這是一個恐怖的時期，受到暴君的猜忌則必死無疑。

那時有個叫曹操的人，在對抗黄巾軍的戰鬥中嶄露頭角，他智勇雙全，由此而嘲笑同僚無用的牢騷。他具有成爲一名暴君的所有條件，認識到自己的天資後，决心推翻董卓。他首先巧妙地贏得了董卓的歡心，在刺殺他的企圖失敗後，快馬加鞭，返回故鄉，出任統帥，邀請當時的名人義士，聚其麾下，很快招募起一支可觀的隊伍。他的事業一開始就充滿了血腥，當他還是個逃犯時就殺光了熱情接納他的一家人，在第一場戰鬥中也是爲所欲爲，大肆屠殺。但是他的追求毫無疑問是出於愛國的目的，他像法國恐怖時期的丹東（Danton）那樣受到愛戴，祇是他所依仗的更多的不是民心，而是士兵們手裏的刀劍。第一次推翻董卓的努力没能成功，他被打敗了，愛國將士們也開始相互爭吵。經過一番深思熟慮，該派首領很快意識到，董卓是不能被武力征服的。由此，他們選了一個美人讓他垮臺。美人曲意逢迎，甚得寵幸，同時引起了另一個人的嫉妒，那人是他手下的能吏，也是他收養的義子。這位暴君受詔登基，以證明皇帝遵照他的旨意讓位與他。在董卓趕赴皇宮的路上，出現了許多凶兆，但董卓急於得到唾手可得的王位，繼續前行。這時，他的義子，一心想占有義父的寵妾，暗中埋下了伏兵。當朝臣們彙集朝堂之上，董卓正要登上王位的臺階時，伏兵趁其不備進行突襲，他的義子首先給了他致命的一劍。

然而，這位暴君的支持者却來替他們的首領報仇。起初，他們并没成功，但却突然打敗對手，攻入京城。懦弱的皇帝被迫假裝給叛賊的首領加封。一場新的鬥爭接踵而至，很難確定誰會掌權。在這個關鍵時刻，曹操再次登上軍事舞臺。等戰鬥的雙方通過血戰彼此削弱後，他纔伺機而動，帶領一群暴徒爲攫取政權而加入戰鬥。在得知皇帝的慘况後，他立即前去救援。國都已淪爲廢墟，朝臣四散，皇宫内荆棘遍布，皇帝所剩不多的侍臣甚至没有足够的錢購買馬匹，以迎接答應前來救援的曹操。曹操再三宣誓盡忠後，成爲皇帝的貼身侍衛，他秉持正義，嚴以執法，成爲搖搖欲墜的皇權的支柱。他説的話就是命令，嚴厲而無情，每當他威脅要替皇帝遭受的不義而報仇時，各方人士都嚇得戰戰兢兢。然而，由於還有很多人想要篡奪王位，他們同樣在艱難的戰鬥中獲得了很高的軍威，曹操圖謀壯大的願望祇能獲得局部成功。曹操行事一向魯莽衝動，有一次尋花問柳，差點丢了性命，還忘記了料理軍務。他從迫在眉睫的危難中醒來，像頭獅子那樣突出重圍，一路所向披靡。他的紀律嚴明。一次他嚴禁士兵踐踏麥地,因爲麥子很快就要成熟收割了,如有違抗,即被問斬。他是第一個不小心違反了這一禁令的人,當部將提醒他時,他拔出劍來刺向自己以彌補過錯。他沒有自殺,而是割下了自己的頭髮,扔在地上,權且代替首級。他的這些舉措對士兵們產生的影響,比他最爲輝煌的戰績還要大。接著又開始了一場曠日持久的戰爭,講述得索然無味。曹操依然是戰場的主宰,凱旋而歸,回到京城。他被任命爲丞相兼主帥,還被賜予公爵的頭銜,事實統治着國家。一次隨皇帝出獵,因僭越領受獵鹿的榮譽而觸怒了朝臣,他們達成一紙密謀,共討曹操。皇帝自己,因不願繼續被這樣一個人頤指氣使,用自己的鮮血書寫了一紙詔令,命令忠於他的人處決曹操,實施報復。他把這紙詔令藏在腰帶中,作爲禮物賜給了他的一位親戚。討伐曹操的密謀因此很快得以部署,但却爲了等待一個適當的時機而被推遲。

　　自然會有人問,那些鎮壓了黃巾軍反叛的英雄都到哪裏去了?在取得勝利之後,他們沒有決定投入某個陣營,看到以前的戰鬥伙伴曹操做了首領,他們逐漸加入了他的陣營。玄德也在朝廷,這時他的一個親戚邀請他加入反對曹操的密謀集團。雖然他不想拒絕這一請求,但却做得非常謹慎,他與另一位英雄張飛,領受軍命抗擊殘餘的叛軍。打敗他們後,玄德覺得讓自己任由曹操擺布是非常危險的,所以加入了曹操的一位對手的軍隊,來抵抗他的進攻,這或許還有可能把國家從篡賊手中解救出來,當這個致命的消息傳到丞相的耳朵時,他正臥病在床。這個意想不到的灾禍刺激了他,他奇迹般康復了,但他沒有急於采取果斷行動來粉碎叛亂,而是生平第一次安排時間與一位聖哲探討仁政的準則。爲了讓自己擺脫幕僚的糾纏,他讓一位起起武夫給他送了個信。由此,聖哲開始像以前那樣探討智慧的準則,但却大大冒犯了這個窮兵黷武的人,以致慘遭斬首。

　　此期間密謀者的首領身患重病。一位被傳喚進去給他治病的醫生,通過病人的囈語斷斷續續聽說了密謀的梗概。他當即承諾給曹操一劑毒藥,以幫助他實施計劃,爲了證明自己的忠誠,他咬掉了一根手指。不幸的是他們的對話被一些家奴聽到了。主人懷疑他們會泄露機密,想殺了他們,但却被妻子勸阻了這一殘忍的行動。於是,主人把他們鎖了起來。其中一人晚上逃了出去,徑直跑到丞相那裏告訴了他自己聽說的一切。藥準備好後,他逼迫醫生先喝,但醫生却在地上打碎了藥罐。醫生受到極刑逼供,却沒出賣任何人。曹操立即下令邀請諸位大臣,除了一人,別的同謀者都在其中;醫生被帶到現場,再次嚴刑拷打,但却毫不動搖,最後撞階而死。與此同時,密謀文書被搜出,同謀者被處決,甚至連皇宮也遭到褻瀆。曹操來到後宮,下令殺了皇后。皇帝爲她求情,因皇后身懷有孕,請求緩期執行,可待其分娩後再行處決,此乃常情。曹操冷笑道:難道其逆子不會報仇雪恨嗎?接着立即處死了她。

　　就這樣將合謀者斬草除根後,他立即帶領一支强大的軍隊前去平息叛亂。軍隊即將得勝時,三結義兄弟中的關羽,曾在其麾下立下赫赫戰功,轉投對手。在奉命回營時,一路困難重重。他保護着玄德的兩位女眷,孤軍奮戰,對抗數千敵軍。像個真正的游俠騎士那樣,不顧一切,奮勇向前;誰擋了他的路,都注定會死;甚至他的名字都讓人不寒而栗,最勇猛的軍隊聽了也會聞風喪膽。這些豐功偉績,被講述得像法拉蒙(Pharamond)的羅曼史那樣有趣。這之後,他終於見到了結義兄弟張飛。久別重逢,張飛不但沒有熱情迎接,反而指責關羽背信棄義,出侍曹操,遂向其單挑,想殺了他。但關羽證明了自己的清白,拿出了一個可靠的證據,那就是他砍下的曹操最好的一員大將的頭顱。在用鮮血達成和解後,義士來到趙雲①的營寨。

那時後者正帶領一幫人,力圖恢復漢家昔日的榮耀。這派占據的領地位於中國的西部,即目前被稱爲四川省的地方。曹操擁有揚子江以北的地方;與此同時,鎮壓黃巾軍的另一位著名將領,侵占了南方諸省。他相當老謀深算,在兩股勢力之間保持平衡;通過輪流與兩派結盟,以維護自身安全。有一次他被刺客所傷,在身體恢復期間,一位道士來到京城,引起轟動,使他開始擔心士兵叛亂。黃巾軍引發的動亂在一定程度上就是由道教煽動的,該將軍認爲,這個人就是到他的軍隊裏來引發叛亂的間諜。處決道士的命令下達後,却沒人敢動手,因爲道士曾扮成鬼神,通過祈禱,求來雨水,降臨在這片乾涸的土地上。一個魯莽的家伙一刀砍下了他的頭,道士的靈魂立即化作一道藍光升入天堂。從此以後,將軍就被其熟人追趕,最終因看到鬼魂,驚懼而死。這個細節顯示了道教在那時是多麽地流行。他的弟弟孫權繼承了他的事業,隨後爲吴國的建立奠定了基礎。

漢朝的餘黨没能擋住篡位者的成功。他們不是被武力打敗了,就是被陰謀降服了。他們的首領最終在絕望中放棄了自己的事業,没過多久就死了。玄德,也稱劉備,而今成了領袖。在他心灰意懶又一無所有的時候,任用了一位賢士做謀臣,從那以後,他的事業峰回路轉。然而,曹操却慫恿劉備的謀臣離開他,由此毁掉他所有的計劃。在這緊急時刻,劉備開始尋覓另一位賢士,他隱居山野,却名聲顯赫。這人名叫孔明,又稱諸葛亮。玄德造訪時,他先是推辭不見,屢屢離開草舍;但最終還是被説服,答應出任令人嫉妒的軍師一職。此後,孔明就成了《三國》中的主要人物;他的正直、才智、耐心、毅力,以及作爲政治家和軍事家的天資禀賦,都使他聲名遠播。

曹操聽説孔明的時候,最初祇是把他看作是一個空想家,以爲他會很快帶領其主犯下不可挽救的錯誤。但很快他就醒悟過來。戰爭一場接着一場,曹操想方設法打敗玄德,但却處處碰壁。孔明的決策使曹操的所有計劃均以失敗告終。急於打敗對手的曹操組建了一支水軍,自以爲是地認爲將來可以借此前後夾擊敵人。與此同時,孔明建造了一些火船,裏面裝滿了硫磺、硝石和其他可燃物,讓船順流而下,直至軍備。曹操所有的船都被點着了,他驚慌失措,幾乎喪命。這是一場決定性的勝利,使曹操在很長一段時間裏一蹶不振,

---

① 譯者按:此處不確定是否爲"趙雲",因"趙雲"二字在馬禮遜的《華英字典》中分别被注音爲"Chaou"和"Yun",而非"Shaou"和"Yuen"。分别見《華英字典》第一部第 28、1051、1047、726 頁,鄭州:大象出版社,2008 年。

喪失鬥志，與此同時，漢的擁護者却變得越來越強大。

然而，就在取得顯著勝利的過程中，孔明不斷樹敵，有個嫉恨孔明好運的人想殺了他。祇是軍師非常精明，他要麼避開了暗算，要麼化險爲夷、轉危爲安。一日，一位對孔明忌恨已久的將軍，讓他承諾幾天內爲軍隊提供造十萬隻箭，如果不能如數兌現，就要受軍法處置。孔明立即裝備了一些船，船上擺放了些稻草人，濃霧彌漫時駛往河對岸敵軍的陣綫。兩軍尚未對壘，漫天箭矢如雨般從對方軍營射來，全都射入了稻草人身上，由此湊够了數量，勝利回到友人身邊，同時也充分滿足了對手的要求。

孔明天賦奇才，未卜先知，能預測危險并準備對策，他總是能把握先機。一旦碰上這種情况，他就很少讓曹操以智取勝。他游說孫權聯手一起抗擊篡權者。然而，事實證明，這種建立在骯臟的各自利益基礎上的聯盟對其事業而言有害無益。爲鞏固聯盟，增進友誼，玄德被誘導與吳王聯姻。這個不講原則的政客想讓他落入圈套，或囚禁他，或殺了他。漢朝後裔沒有充分意識到這是個陰謀，他很快趕赴吳都去迎娶他的新娘。幾經周折，他纔被恩准進入公主的閨房，侍女們拔劍相迎，祇是不敢攻擊他。他取得了她們的信任，又贏得了新婚妻子的好感，這位英雄由此開始耽於享樂，忘記了自己的尊嚴和戰鬥。最終，孔明的警告將他從沉睡中唤醒，在他啓程時，孔明把行動指示放進了三個不同的袋子，大難臨頭時就逐一打開。玄德帶上新娘逃跑，打回營寨，一路上屢屢被殺手和追兵圍剿。爲報復吳國的背信棄義，孫權的軍隊遭到猛烈攻擊，幾乎全軍覆沒。《三國》中的上述內容叙述簡潔，措辭優美，超過了本書的其他部分。

隨後的戰爭細節非常無聊，而且千篇一律；我們可以將它們濃縮成幾句話。大約有四到十萬大軍突然出現，進入戰場。如何讓士兵們在短短幾天之內武裝起來，得到訓練，并連續數月提供補給，在我們看來是不可能解决的問題。根據天朝現在計算"無可計數"的方法，我們應該把"數萬"讀成"數百"。戰爭的勝利與否常常取决於幾員猛士的威力，他們騎馬在前，衝鋒陷陣，在經過一番罵陣後，向最勇猛的戰將提出單挑，大隊人馬則全部留在後方踮足觀戰，看誰取勝。一旦决出勝負，勝者騎馬冲進顫栗的人群，砍殺和驅使他們，如同對付一群綿羊。從此以後，就再也找不到英勇的戰將了，直到一位名將把他們召集起來，以他的名義重現於世。

曹操的功績以膽量魄力著稱於世，爲達目的，他會無所顧忌地采用任何卑劣的手段。打仗是他與生俱來的一部分，任何失敗都不能抑制他對戰爭的狂熱，其對手能給他的最大懲罰，就是讓他平靜地生活。輝煌的戰績使他飛揚跋扈，公元218年，曹操回到都城。而這時，皇帝却像個酒色之徒那樣聊度時日，深居內宮，從不理政。但是曹操的傲慢使其從麻木中醒來，在他最得寵的妻子的建議下，發布了一紙詔令，詔令玄德和孫權把他從丞相的暴政中解救出來。這封密詔被一位朝臣巧妙地藏在頭髮裏。不幸的是他剛一離開皇宫，一陣風就刮掉了他的帽子，密謀再次暴露。皇帝的兩百位親眷被斬於市。皇帝抱住愛妻，想讓她躲過曹操的暴虐，但却無濟於事；她被殘忍地殺害了。爲贏得勝利并挾持皇帝，曹操把自己的女兒嫁給了皇帝，藉以鞏固事業，他還聽從諂言，接受了魏王的封位。就職的那天，備下燕饗，大宴賓客。飲宴時來了一位衣衫襤褸的道士，他扮作術士，表演了許多離奇的法術。桌上神奇地擺滿了帝國各處弄來的美味佳肴，曹操被術士非同尋常的道術嚇得目瞪口呆。疑竇頓生，於是下令抓住道士，但却哪裏也找不到他。很快，又出現了一群裝扮相同的人。曹操抓住他們殺了，但他們又復活過來，猛烈攻擊這個十惡不赦的人，打得他無處藏身。丞相被折磨得身染重疾。這位英雄不得不被送去就醫，醫生是位聖哲，也懂得星相。他預言說都城的一場灾難會危及英雄性命。這場灾難是由强大的反叛者聯手策劃的陰謀，他們發誓要處死暴君，還有一支軍隊要剿滅整個曹氏家族。但是他們的計劃却不夠協調，儘管城池被燒成了灰燼，他們的仇人却逃脱了，再次使所有的忠士身陷恐懼。

当孔明聽說曹操封王的消息後，他或懇求，或威脅，勸玄德繼承皇權，自封漢王。曹操在多大程度上因殘暴而失去民心，漢室後裔就在多大程度上贏得了百姓的愛戴。此事令群情激越，民衆致以誠摯的祝賀。然而，歡樂很快消失了。與吳國的决裂不可避免地發生了，那位戰勝了黄巾軍的結義兄弟尤其令吳王憤怒，他把他囚禁起來，又將其首級獻給了曹操。這個噩耗使新王悲痛欲絶，他幾乎喪失了理智。但他受傷的心靈得到了已逝英魂的安撫。大約就在這時，曹操決定修建一個新的宫殿。爲了得到合適的木材，必須砍伐一棵名貴的樹木。儘管有人告誡他這樣做很草率，但他依然堅持己見。當他的命令最終被執行時，這棵樹的靈魂——一個淘氣的精靈，在他睡覺時使他身負重傷，以報復他的褻瀆神靈。那時有一位醫術高明的醫生，能爲病人刮骨療毒，甚至能打開腹部以切除病根。因此他被傳唤來給曹操做一個類似的手術。然而，曹操却擔心他是個被人利用的刺客，把他關進了大牢。神醫就此身亡，他的遺著，其中記載着治療各種疾病的藥方，也被一個魯莽的女人燒了；從此，世人失去了這些最非凡的發現。與此同時，曹操的病情日益惡化，有人建議他通過獻祭①來平息神怒，但想到孔子說過的話，他就覺得無濟於事。最後，眼看大限將至，在活了六十六年，横行天下三十多年後，曹操叫來大臣和兒子，指定諸子中最聰明的曹丕做他的繼承人。建議其妻妾編織絲履以謀生，還像阿拉里克（Alaric）那樣，嚴令將其墳墓隱藏起來，這個長時間擾亂天下的人，像所有凡夫俗子一樣埋入塵土。他的彌留之際是在痛苦中度過的，因爲他看到被他殺害的皇后們渾身是血地站在他的床前。他的死就像活着時一樣，堅毅而又冷酷。

他的兒子曹丕，比父親還要野心勃勃，他把軟弱的獻帝趕下寶座，自己坐上了龍椅。然而，儘管此舉是臣僚們的主意，但却引起了大多數人的强烈不滿，他的篡位遭到了天地的詛咒（公元 220）。同年，孔明迫使漢王稱帝。儘管

---

① 譯者按：對於"設醮修禳"的誤解。

漢王登基時他很不情願,但一旦掌握了大權,這位柔順、溫良的君主就變得頑固、專橫起來。儘管大臣急切勸諫,他還是對吳宣戰,連遭戰敗。在這場戰爭剛剛開始時,曾在靈帝手下擔任大將的三兄弟中的老二,就被一些惡棍害死了。張飛之死,以及軍隊的徹底戰敗,使他精神飽受折磨,以致身染重病。他坦然承認了自己的錯誤,并祈求大臣們的原諒。他內心充滿了對於繼承人的不祥預感。所以,任命孔明攝政,輔佐幼主,實際是把整個國家的重擔都交給了這位忠實的僕人。作者以一種無比悲慘的語言講述了他臨終前的場景,十分值得認真細讀(公元223)。

這段時期,孔明大放异彩,其他執掌國家大權的政治家相比之下無不黯然失色。我們的作者給予這位優秀人物以最高的禮贊,但却并沒有把所有的贊美都歸因於他的天生睿智上。孔明是個星相家,能通過天相來預測未來之事。他對未來了如指掌,而且能憑藉直覺知道事情的進程,面對危機,他總能做好準備。

皇帝的死訊傳到曹丕那裏,歡樂的氣氛傳布朝廷上下。大臣們立即被召來,決定殲滅史稱後漢的這個新的漢朝。爲此,一個極其周密的計劃被立即制定出來。魏軍攻入北方邊境,與此同時,吳王攻打東邊;西番(一個藏族部落)攻打西部,緬甸或老撾(我們不確定是哪個國家)攻打東邊。這個計劃得到如實的執行,不到兩月,一百多萬敵軍越過了漢的邊境。

一個個信使不斷送來無比凄慘的消息,整個國家陷入一片恐慌,人們都擔心不可避免的亡國之災行將到來。這時似乎祇有一個人對即將到來的國家的覆滅漠不關心,當所有的人心驚膽戰,爲殊死抵抗而積攢最後一點力量時,他却過着安逸、舒適的生活;這人就是孔明。他甚至不接見爲了保衛國家而協調對策的軍事將領,表面看來,他似乎陷入了一種萎靡不振的狀態,什麼都叫不醒他。毫無疑問,他是希望通過這種可怕的危險來激發國人的鬥志,讓每一個人爲自己的生命和財産而戰鬥,這使他遲遲沒能將自己成熟的計劃付諸實踐。不到二十四小時,衛國部隊就全部出發了:一位使臣去對付自負的吳王;最勇猛的戰將被派去抗擊魏王;丞相自己則親自出征,討伐蠻夷。這場複雜的戰役被描繪得惟妙惟肖,孔明的豐功偉績體現的智勇雙全被敘述得那麼完美,以致我們在別的中國史中再難找到可以與之相提并論的篇章。在征服緬甸(Burmans)[①]時,孔明更多地使用技巧而非武力來使他們相信抵抗是不可能的。他七次俘獲了蠻王,又七次釋放了他。這種舉動贏得了蠻夷之心,他們由此堅決地歸順了這位偉大的將領。在西部和南部的戰亂平息後,孔明調集全部兵力,攻打魏軍。但這次出征他祇取得了部分勝利,還被迫在君主面前自責,引咎自辭。這種高尚之舉很快感動了漢帝,他恢復了這位高明的將領昔日所有的榮銜。魏王很快意識到,祇要孔明繼續擔任軍隊統帥,他就不可能征服後漢。所以,魏王通過巧妙的暗諷,誘使那位軟弱的漢王,也就是孔明的後主,召回他忠

---

① 譯者按:"緬甸"應爲"南蠻"。

實的僕人。來回反復了兩次,但後主還是被迫讓他回去赴任,并請求他保衛國家。在激起吳王的嫉妒,使其投入一場新的討伐篡位者的戰爭後,孔明利用各種策略來戲弄敵人,但却沒能誘其出戰。無法預見的厄運沉重地壓在心頭。在這種情况下,孔明夜觀天象,發現死期將至,於是準備後事。由此,他滿負重任,發布遺命,就在戰爭開始的前夕,孔明去世了。敵軍一片歡欣鼓舞,而整個蜀國却無比悲痛,如喪考妣。主帥利用這種群情激越,在給孔明的屍首穿上他平時穿的奇裝异服後,在軍前戰車上也擺放了一個同樣的木偶。敵軍見此大驚,驚惶逃竄,而漢軍奮勇前進,徹底戰勝了魏軍。

隨着這個偉人的去世,另一個時代開始了。蜀漢的衰亡就此開始。丞相未及瞑目,軍隊裏的將領們就開始了相互爭鬥,而後主却對每天發生的可怕事情毫不關心,祇是在女人們之間安度光陰。魏國的統治者,不但沒有利用這種局面,反而像漢王那樣身染惡習,狡猾的軍事領袖用他們的祖父曹操當初對待獻帝的方式,來對待他們。與此同時,魏國的軍隊取得了勝利;怯懦的漢王被四面包圍,被迫放棄了王權,讓位於對手,而吳國也不能阻止這股不可抗拒的洪流。祇有一個人對蜀國的降服感到欣喜,他就是晋王,魏軍的主帥。他不再爲内心鄙視,最終又被他廢黜的主人繼續征戰了,而是爲他自己的壯大而奮鬥。他的努力非常成功,於是在公元264年,發現自己成了唯一的統治者,并使他和他的後代把持政權達四代之久。

本書描寫占領京城、勝者凱旋,以及軍隊出發前普遍的恐懼、作戰策略、統治者的怯懦的段落,值得仔細精讀,而且確實是中國才子的典範之作。作者愈是涉及大灾大難,語言就愈是有力,情感也更爲悲愴。沒有誰在仔細閱讀過這部作品之後不對書中的事件留下深刻的印象,它們在眼前一閃而過,最後形成一個宏偉的結局,即一個統一的君主政體。

我們越是深入品味這部作品,就越爲其中發現的細節而高興。由於許多人名與地名存在避諱,所以有時令人相當困惑。其中有些章節非常枯燥乏味,經常重複,而另一些章節除了編號、軍隊的行進和撤退外就別無内容。但是每當作者描寫國内的場景,或者離開戰場而把讀者帶入皇宫和朝廷時,他的痛快爽利似乎就成了他最大的優勢,我們越是跟着他深入細節,我們就越能發現其措辭的優美。

這部作品可以被看作是歷史著述文體風格的典範,但却決不能把它當成是一切作品的榜樣。書中幾乎找不到集中描寫自然的段落,它是對生活在那個時代的、具有各種情感及惡習的人的記錄。同樣的措詞經常反復出現,這本書與其說是以辭采華茂名揚天下,不如說是以簡潔精煉而著稱於世。它的句子靈活多變,處處和諧悦耳,但作者更想追求的是提供獨特的思想,而非語言上的文從字順、靈活多變,在這點上,他有別於中國一般的作家。

學習漢語的人會發現在每章的開頭有對前一章内容所作的評注,文中也穿插了大量評論,通過這種方式來吸引讀者,同時引導着讀者去仔細思考叙述的精美。當您仔細閱讀完這部作品後,再來自己決定編者的贊美是過於慷慨了，還是保持在適當的範圍內了。我們確信，沒有哪個讀過中國作品的人，會否認這個已被普遍接受的觀點，即《三國志》是中國最優秀的作品之一。

[譯者附言]《三國志評論》(Notice of the San Kwo Che) 1838 年 9 月發表於英文雜志《中國叢報》(Chinese Repository)，作者署名"某通訊員(Correspondent)"，根據 1851 年 12 月《中國叢報》停刊時出版的一冊"總索引"，可以查知作者實際是第一位來華德國新教傳教士郭實臘，德文名爲 Karl Friedrich August Gützlaff，中文又譯作郭實獵、郭士立、郭甲利等。

縱觀郭實臘一生，他既是恪盡職守四處傳播福音的傳教士，又是面目猙獰狂妄地叫囂武力侵華的侵略者，同時還是語言的天才、多產的漢學家。郭實臘對中國歷史和文學情有獨鍾。除了《三國演義》,《紅樓夢》《蘇東坡全集》《海國圖志》等經典作品，都是由郭實臘最早或較早介紹給西方讀者的。

郭實臘撰寫的《三國志評論》是《三國演義》在英語世界的第一次系統評論，在他之前，英語世界對於《三國演義》的譯介屈指可數，僅有馬禮遜(Robert Morrison, 1782—1834)對於孔明的簡單簡介、湯姆斯(Peter Perring Thoms, 1790—1855)翻譯的《著名丞相董卓之死》(The Death of the Celebrated Minister Tung-cho)和德庇時翻譯的《三國志節譯文》(Extracts from the History of the Three States)。在完整的英譯本闕如的情況下，郭實臘對於《三國演義》的評論不得不以複述原文爲主。

在情節譯介方面，總體看來，郭實臘的介紹基本涵蓋了三國歷史興衰始末，祇是在前後內容上明顯有所側重，突出的特點是對於"前十回"的概述較爲詳盡，主要介紹了以下幾個情節：靈帝登基、黃巾起義、桃園結義、廢立漢帝、誅滅董卓。評論大量删減了描寫戰爭的文字，却竭力保留了具有玄幻色彩的情節內容，這從某種角度透露了評論者傳教士的特殊身份，他們對宗教性內容較爲敏感。

[譯者簡介]王燕，女，中國人民大學文學院教授。

重造歷史:三國文化地貌之吳蜀視角[*]

[美]田曉菲 撰　張元昕 譯

引言:遺失的文學史

　　標準的中國文學史中存在着一個不容忽視的空缺。三國時期的魏蜀吳三强之中,魏在標準的文學史論述中向來得到最多的關注,而吳、蜀二國的文學創作則基本上不被提及。打開任何一本典型的中國文學史,我們會發現,公元三世紀文學史基本上是三個政治時期的綫性叙事:東漢建安(196—220)、魏正始(240—49)、西晉太康(280—89)。其中,三曹七子、竹林七賢尤其是阮籍(210—263)、嵇康(223—262)兩位著名作者構成叙事的中心。

　　很顯然,這個故事對任何一個中國古典文學的研究者來説都不陌生,甚至可以説太熟悉,以至於被認爲是理所當然的。三國時代一直是後世文學喜愛的主題,其中蜀、吳二國又是故事的中心;但蜀、吳二國自身的文學作品却反而被遺忘,大都不爲人所知。一部近年出版的中國文學通史對三國時期的文學做了具有代表性的概括:"在三國時期,文學最興盛的是魏國。其他兩國保存下來的文學作品都很少,也没有特色。"[①]曹魏朝廷的文學確實很繁榮,但三國中最弱小的蜀國,却也并不是没有自己的學術活動與一定程度的文學活動。吳國的情况就完全不同了:據《隋書·經籍志》與早期史料的記載,吳國朝廷有衆多的學者與作家。所謂"没有特色"是一個值得商榷的問題,因爲吳國的文學具有强烈的地域特色,是不容忽視的。

　　"其他兩國"的文本少有傳世,尤其是文學創作相當繁盛的吳國,這個現象值得我們認真反思。實際上,文本遺失本身就應該成爲文學史叙述的一部分。這其中有兩個互相關聯的重要因素:其一,五六世紀的文人大都忽視吳、蜀二國,認爲中原的魏國代表了正宗的文學傳統。南朝(420—579)是西晉的繼承者,統一了中國的西晉又代替了魏。因而,南朝文人的文學觀也受到了他們關

---

[*]　本文英文版發表於《美國東方協會學刊》2016年總136期第4號,第705—731頁。
[①]　見章培恒、駱玉明《中國文學史新著》,上海:復旦大學出版社,2011年,第282頁。

於合法性與正統的政治觀的影響。雖然吳國作家的很多別集在六世紀時都還存在,但具有影響力的《文選》却没有收錄吳、蜀作家的詩賦;①這種犧牲蜀、吳,尤其是吳,而對曹魏格外青睞的做法,代表了長期以來建安、曹魏作家的經典化過程的頂點,而這種經典化至少能回溯到五世紀初葉。② 其二、建安曹魏的經典化,反過來導致了蜀、吳大多數文學遺産的流失,這種流失進一步阻礙了當代學者對三世紀文學創作真相的了解。現存吳國的文學作品祇是當時的一小部分。吳國作家衆多,撰寫了大量注疏、子書、吳國史,還有屬於真正意義的"美文"的詩與賦。

現代學者對曹魏文化與思想的重視,正如美國學者法墨所言:"不但反映出而且也延續了我們對南方文化的傳統偏見,造成了對中國中古早期思想史的扭曲與不完整的展現。"③在很多方面,我們不能拋開吳、蜀來討論魏的文化與文學創作。魏文帝曹丕(187—226)努力把自己表現成爲一個有文學和文化品位的人,這與壓倒政敵的政治目的不無關係。④

三國在政治合法性與文化優越性這兩方面,競爭都相當激烈,最明顯的鬥智層面就是外交出使時的言談。關於富有口才的使者以言辯維護國家尊嚴,曾有過很多記載。以口才聞名的趙咨(活躍於三世紀早期)很得體地回應了曹丕的種種尖鋭的問題,如:"吳王何等主也? 吳王頗知學乎? 吳可征不?"⑤蜀、吳大臣如費禕(? —253)、諸葛恪(203—253)和薛綜(? —243)曾用四言韵語進行敏捷的對答。⑥ 蜀國學者秦宓(? —226)曾針對吳國使者提出的一系列"難題",例如"天有姓乎?"做出了機智的答覆。⑦ 當然,這些故事的記載大都根據記載者的政治立場而定,也許不能準確反映當時的實況,但它們毫無疑問地展示了這些話語對構建國家形象的重要性。

在更微妙的層面,魏、蜀、吳都希望被看作是漢代的合法繼承人。任何對

---

① 《文選》的其他部分收録了很多魏的作品,却祇收録了兩篇蜀、吳的作品:諸葛亮的《出師表》和韋昭(204—273,爲避晉諱改爲韋曜)的《博弈論》,見蕭統《文選》,上海:上海古籍出版社,1986年,卷37,第1671—1674頁。《文選》還收録了很多貶斥吳、蜀之作,例如陳琳(? —217)的《檄吳將校部曲文》、鍾會(225—264)《檄蜀文》、阮瑀(? —212年)《爲曹公作書與孫權》等。見《文選》卷44,第1976頁;卷42,第1887—1893頁。相比之下,我們看不到來自蜀、吳的類似之作,雖然蜀、吳并不缺乏政治宣傳的能力。

② 關於"建安"作爲文學時代的構建的初步探討,可參看拙文《宴飲與回憶:重新思考建安》,《中國文學學報》2010年,第22—34頁。關於南朝文士選擇、編選、經典化"漢"詩,參看宇文所安《中國早期古典詩歌的生成》第一章《"漢"詩與南朝》,劍橋:哈佛大學亞洲中心出版社,2006年(三聯書店2012年中文版),第23—72頁。

③ J. Michael Farmer《蜀才:譙周與早期中古時代四川的思想界》,紐約:紐約州立大學出版社,2007年,第2—3頁。

④ 關於曹丕的自我形象構建,可參看拙作《物質與象徵的交易:中國中世紀早期的書信與禮物》,見李赫特(Antje Richter)主編《中國書信與書信文化史》,萊登布里耳出版社,2015年,第162—171頁。

⑤ 陳壽(233—297)《三國志》卷47,北京:中華書局,1959年,第1123頁。

⑥ 《三國志》卷64,第1430頁;卷53,第1250頁。

⑦ 《三國志》卷38,第976頁。

地域身份的炫耀都僅僅是爲了證明自己更適合作漢的繼承者,例如後文將要詳細討論的吳國作家的賦作。對於蜀、吳來說,與漢朝的名門望族有聯繫是一個重要的文化財富,這點在蜀、吳臣僚的史書列傳中常被特意提及。① 北方名門望族的認可,常常被看作是文化才能與價值的重要憑證。② 正如本文所要論證的,吳國在文化建設方面完全可以與魏國抗衡,尤其是吳國的儀禮音樂與歷史書寫。

　　重新考慮三國時期的文化張力,還有一個更爲重要的原因:那就是吳國文本所提供的關於魏、蜀二國的另一種局外的獨特視角。很多吳國作家都寫過社會政治方面的論述,對時事與各國人物,都做出了敏鋭的觀察與評價。吳國大鴻臚張儼(？—266)的任務之一是負責外交,他曾撰寫過蜀、吳官員的比較分析,并恰當地稱之爲《默記》,此作收録了諸葛亮別集中遺漏的一篇奏文。最值得關注的是吳國佚名作者撰寫的《曹瞞傳》,因曹操兒時小名據說爲"瞞"故得名。《曹瞞傳》文筆出色,塑造了一個生動、複雜的曹操形象:奸詐、無情,但又極富個人魅力。裴松之(372—451)的《三國志》注大量引用了《曹瞞傳》,其中記載了很多不見於其他史料的故事,這些故事中的曹操聰明機智、率性而爲而又親切隨和,與客人吃飯時開懷大笑,以至於把臉埋進了食物;可與此同時他又陰險、狠毒,讓人不寒而栗。很顯然,嚴肅的魏朝正史不可能像《曹瞞傳》那樣描述他們的開國君主,但《曹瞞傳》記載的這些故事却逐漸經典化,對後世文學作品中的曹操形象塑造,起到了不可忽視的作用。

　　對於魏政權的外在的"他者"視角,在陸機(261—303)、陸雲(262—303)兄弟身上得到了完美的體現。陸機、陸雲兄弟是南方名門望族的後裔,孫權兄長與孫吳建立者之一孫策(175—200)的曾外孫。晉朝280年滅吳後,他們在家中隱居十年之後纔前往首都洛陽。在北方,儘管他們的文學才華得到大家的贊賞和仰慕,但他們敏感地意識到自己的外來者身份。兄弟二人對自己的南方根源有很强的認同感,但又對北方文化尤其是曹魏的文化遺産深感迷戀。陸機無疑是二人中更有創新的一位,他對南朝詩歌産生了深遠的影響,在早期中古時代被視爲建安詩人之後最重要的作家。但與公元三世紀詩壇上同樣重要的人物傅玄(217—278)和張華(232—300)相比,陸機的獨特之處在於他把自己的南方身份帶入了北方詩歌,對北方文學傳統起到了祇有外來者纔能起到的影響。

　　本文先對蜀、吳文學創作做一個簡要的概述,再具體討論吳國的文化建設,主要是歷史的撰寫與儀禮音樂的創作。我認爲這兩者都是針對魏、蜀聲稱

---

　　① 許靖(約150—222)是以善於識才聞名的東漢名士許劭(150—195)的堂兄。他在蜀國地位甚高,諸葛亮見到他都要敬拜。他的列傳在《三國志·蜀書》中名列前茅,雖然他除了"愛樂人物,誘納後進,清談不倦"之外,似乎并没有在蜀地做過什麽實事(《三國志》卷38,第967頁)。又如吳國經學家程秉曾師從著名經學家鄭玄(127—200),深得吳主孫權尊重,官拜太子太傅(《三國志》卷53,第1248頁)。
　　② 例如南方經學家虞翻(164—233)曾把自己的周易注疏寄給孔融(153—208),收到了孔融贊美的回信,此信收録在虞翻的列傳中。

的政治與文化正統而爲,其目的是彰顯吳國的政治正統與文化力量。蜀、吳二國的視角在中國文學史中是重要的一環,它讓我們對三國時期錯綜複雜的文化衝擊角力得到一個更完整的圖像。

本文使用了三個不同的概念:文化生産、文學生産、文本生産。與三國時期經常發生的軍事行動相對,這三個概念強調一個政權不同方面的文化使命。所謂的文學生産是指狹義的或現代意義上的"美文"創作。文化生産包括文學創作,但也包括歷史的撰寫與儀禮音樂的創作:這些屬於廣義的"文",但不屬於狹義的"文學"。文本生産泛文本寫作,無論是經典注疏、史傳還是詩賦;但很顯然,除了歌辭之外,音樂創作不能被文本生産所涵蓋。

一　蜀國的文學生産

我們對蜀國文化生態的了解大多來自《三國志·蜀志》。史學家陳壽是蜀人,他盡其所能展示蜀國最佳的一面。在十位學士的集體列傳中,陳壽列入了許慈和胡潛。許、胡二人經常因爲儀禮問題爭吵甚至互毆,在當時就已成爲笑柄。西晉史學家孫盛(約 302—373)評論道:"蜀少人士,故慈、潛等并見載述。"①

"蜀少人士"之嘆在其他地方也能看到。東晉史學家習鑿齒(？—384)批評諸葛亮殺馬謖(190—228):"今蜀僻陋一方,才少上國,而殺其俊杰……將以成業,不亦難乎?"②諸葛亮聽說他素來敬仰的徐庶(？—約 230)和石濤在魏擔任不甚重要的職位,曾感嘆道:"魏殊多士邪!何彼二人不見用乎?"③

當時蜀國之地盤大致相當於今天的四川,人民各族雜居,如果作爲一個州省來說它做得相當不錯,但與魏、吳相比,蜀毋庸置疑地被地方的狹小與各方面資源的缺乏所限制,面對強大敵人的進攻而自保不暇,這不能說沒有影響到蜀國對各種文化事業的注重。蜀地文學曾經有過繁榮:漢朝兩位出色的辭賦家司馬相如與揚雄都是蜀人。文學興盛的局面到了東漢似乎有所減弱,但正如法墨所言,當時也絕不是没有學術與思想活動。④ 很多蜀地學者爲儒家經典撰寫注疏、創作哲學論著,學問淵博的學者譙周(約 200—270)還曾寫過有關上古史的論述。但如果我們將注意力轉移到蜀國的文學創作也即詩賦,情況就沒有學術方面那麼樂觀了。

查看《隋書·經籍志》集部,我們祇看到諸葛亮、郤正(？—278)、許靖、夏侯霸(約 180—250 左右)四位蜀國作家,他們的別集現在都已佚失。⑤ 值得注意的是,這四位作家都是北方人而不是蜀國本地人。

諸葛亮是琅琊(今山東)宦族的後裔。郤正的祖父郤儉曾任益州刺史,在

---

① 裴松之《三國志》注有引用,見《三國志》卷 42,第 1023 頁。
② 《三國志》卷 39,第 984 頁。
③ 《三國志》卷 35,第 914 頁。
④ 法墨《蜀才》,第 15—30 頁。
⑤ 《隋書》卷 35,北京:中華書局,1973 年,第 1060 頁。

東漢末年的動亂中爲叛軍所殺,郤正的父親留在蜀地,因此郤正在蜀出生。徐靖是汝南(今河南)顯赫家族之後代。夏侯霸則是一個與曹氏有姻親關係的魏國將軍,在249年司馬氏政變殺害輔政將軍曹爽之後,歸降於蜀。

我們不知道許靖、夏侯二人的別集內容,但諸葛亮的文章似乎主要是政治或軍事等方面實用性很強的公文。諸葛亮文集爲陳壽親自編纂,274年呈給皇帝。陳壽上呈文集的奏疏今天還在,奏疏後附有文集各卷目錄。各卷題目體例不一,有些是根據文類與内容而編,如"兵要""與孫權書"等,有些則以重要事件爲題,如"南征""北出"等。值得一提的是,時人認爲諸葛亮的文章缺少文采,陳壽在奏章中爲之辯護:

> 論者或怪亮文彩不艷,而過於丁寧周至。臣愚以爲咎繇大賢也,周公聖人也,考之《尚書》,咎繇之謨略而雅,周公之誥煩而悉。何則?咎繇與舜、禹共談,周公與群下矢誓故也。亮所與言,盡衆人凡士,故其文指不得及遠也。①

陳壽認爲諸葛亮的文章因其"公誠之心"而應得到珍惜與重視。諸葛亮的一篇奏表後來被選入《文選》,也就是著名的《出師表》。但陳壽的辯護詞却提醒我們,諸葛亮在當時并不以文采著稱。文學品位與評判的標準會隨着時代變化而變遷。

同爲北人的郤正,是上述四人中唯一一位對"文章"(或者說美文意義上的文學作品)感到強烈興趣的人。蜀國書籍難得:學士許慈、胡潛不肯互相通借書籍;李權曾試圖向秦宓借《戰國策》,秦宓却以《戰國策》不是他應該讀的書爲由而拒絕。② 據史傳記載,郤正熱衷於搜尋"司馬[相如]、王[褒]、揚[雄]、班[固]、傅[毅]、張[衡]、蔡[邕]之儔遺文篇賦"。他自己據說著有"詩賦論約百篇",其《三國志》本傳收入了一篇設主客問答的"釋譏文",除此之外并無其他作品傳世。③

我們現在祇看到一首詩相傳是蜀地本土人士秦宓所作,那就是一千多年後纔首次出現在傳世文獻裏的五言詩《遠游》,文本來源很不可靠。④ 在這種情況下,我們很容易得出結論說:蜀國文學罕有流傳,在一定程度上確實是蜀地美文創作貧乏的結果。但如果檢視一下吳的情況,這種想法就不能成立了。

---

① 本文附《三國志·諸葛亮傳》之後,《三國志》卷35,第931頁。
② 《三國志》卷38,第973頁。
③ 《三國志》卷38,第1034—1038頁。
④ 此詩見蔣一葵(1594年舉人)的《堯山堂外紀》卷147,蔣氏未注詩之來源。《四庫全書存目叢書》子部147—148册,濟南:齊魯書社,1995年,第471—472頁。據蔣氏序,此書內容來自衆書,尤其是"散見於稗官野史不經人見者"(卷147,第384頁)。《四庫全書》編者稱此書"雅俗并陳,真僞并列,殊乏簡汰之功"(卷148,第494頁)。此詩未收入逯欽立《先秦漢魏晉南北朝詩》,北京:中華書局,1983年。

二　吳國的文學生產

《隋書・經籍志》集部著錄了二十餘位吳人別集。① 除此之外，經部著錄了很多吳人撰寫的經典注疏，子部著錄了吳人有關社會、政治與哲學問題的專著；更重要的是，史部著錄了不少吳人的史學著作，這一點將在後文討論。這時期最值得一提的作家是張紘(153—212)、胡綜(183—243)、薛綜及其子薛瑩(？—282)、華覈(219—278)、閔鴻(活躍於三世紀四十—八十年代)、楊泉(活躍於三世紀中晚期)，他們基本上代表了三代吳國作家。另一位重要吳國文化人士韋昭(204—273)，他的一生幾乎貫穿整個吳國歷史，將在本文下一節詳細討論。

張紘和建安七子中的陳琳一樣同爲廣陵（今江蘇揚州）人，著有詩賦銘誄十餘篇，和陳琳有書信來往。陳琳在寫給張紘的一封信中，以一種既謙遜又高傲的口氣，抱怨北方文學人才的缺乏，以此來解釋自己在北方的突出地位：

> 自僕在河北，與天下隔，此間率少於文章，易爲雄伯，故使僕受此過差之譚，非其實也。今景興在此，足下與子布在彼，所謂小巫見大巫，神氣盡矣。②

張紘也是一位著名的書法家。《三國志》記載："與孔融書，自書。融遺紘書曰：'……每舉篇見字，欣然獨笑，如復睹其人也。'"③孔融有崇高的文化地位，他的認可總是被作爲重要的社會首肯而記錄在史傳裏。張紘的《瑰材枕賦》（也許就是陳琳公開贊賞的那一篇）有相當一部分錄入《藝文類聚》。④ 此外，張紘還爲孫吳創業者孫堅(155—191)、孫策寫了兩篇紀頌。據記載，孫權讀後甚爲感動，贊美張紘曰："君真識孤家門閥閱也。"⑤

與蜀國情況大爲不同的是，《吳書》記載了很多吳國作家的詩賦創作。胡綜早年曾與孫權一起讀書，孫權在位時，他負責起草詔書及其他朝廷文件。229年，黃龍現夏口，孫權應此瑞相登基，"又作黃龍大牙……命綜作賦"，《吳書・胡綜列傳》收錄了此賦。⑥ 公元229年，吳、蜀聯盟之時，胡綜也曾寫過

---

① 其中有幾位作家被列入東漢或晋朝，不過他們都曾主要在吳國任職。最重要的是他們都是吳人。

② 景興即北方名士王朗(？—228)，著名經學家王肅(195—256)之父。子布即孫權最尊敬的謀士張昭(156—236)。張昭諡文伯，因其文學與學術成就而負有盛名。吳主孫權年輕時，他與張紘同爲孫權起草文件、書信等。

③ 《三國志》卷53，第1246頁。

④ 歐陽詢等編《藝文類聚》卷70，上海：上海古籍出版社，1999年，第1217頁。又見嚴可均《全上古三代秦漢三國六朝文・全後漢文》卷86，北京：中華書局，1996年，第939頁。裴松之《三國志》注引韋昭《吳書》："紘見柟榴枕，愛其文，爲作賦。陳琳在北見之，以示人曰：'此吾鄉里張子綱所作也。'"《三國志》卷53，第1247頁。

⑤ 《三國志》卷53，第1244頁。

⑥ 《三國志》卷62，第1414頁。

盟文。①

最值得一提的是,胡綜曾冒吳質(177—230)之名僞造過三封書信。吳質是曹丕的摯友,因文學才華而受到青睞,也善於在曹丕、曹植(192—232)兄弟之間周旋。②《文選》收録了吳質三首分別寫給曹丕和曹植的書信,可見他的書信寫作頗受重視,而書信寫作不但需要文學修養,還要求作者對微妙的人情有精準的了解。曹丕登基後,任命吳質爲幽并二州的都督。曹丕死後,一個叛魏歸吳的降人報告説吳質受到魏明帝(226—239在位)的猜忌。胡綜因借此機會造書誹謗吳質。他的"吳質書"文筆自然優美,其中還有不少心理描寫與物質細節的點綴。書信抒寫了吳質降吳的願望,詳細叙述了具體原因與行動計畫。③

胡綜的僞"吳質書",是中國文學史上現知首次由一個有名有姓的作家出於政治和軍事原因,誹謗他國敵人而僞造的書信。這是書信中的"代作",值得學者關注;而且與三世紀常見的"代作"詩歌不同,它們旨在對"被代作者"造成嚴重的現實後果。④ 對吳質來説幸運的是,胡綜僞造的"吳質書"開始廣爲流行的時候,他已經離開了邊界上的軍事重地,被調回都城轉任侍中。

與胡綜同名的薛綜,也是一位重要官員與作家。據《三國志》本傳,他曾"著詩、賦、難、論數萬言,名曰私載"⑤。"私載"的出處見《禮記》孔子語:"天無私覆,地無私載,日月無私明。"⑥薛綜反其意而用之,説自己的作品是"私載",這是意味着他對自己的寫作特別偏愛,還是説他的作品裝"載"了自己格外青睞的想法?我們無從得知。有人認爲"私載"是薛綜別集的標題。如果真是如此,那薛綜就是現知第一位給自己的文集起名字的作家,而作爲文集之名而言,"私載"可能祇不過是一個巧妙幽默的説法,表明自己的文章與"無私載"的大地不同,是一介個人的文字和思想的載體。

薛綜另一項值得注意的成就,是爲東漢張衡的《二京賦》作注,李善(630—689)的《文選注》多有引用。薛綜文集在唐朝時還有三卷,但後來就遺失了。⑦他的現存作品主要是上奏朝廷的奏疏,以及一些贊美各種瑞獸的四言頌。這些頌大都保留在類書中。⑧

薛綜的次子薛瑩繼承了薛綜的文學才華。公元271年,吳後主孫皓(242—284,264—280年在位)看到了薛綜的作品,甚爲贊賞,命薛瑩"繼作"。

---

① 此盟見《三國志・吳書・吳主傳》卷47,第1134—1135頁。
② 《三國志》卷21,第607頁。
③ 《三國志》卷62,第1414—1417頁。
④ 如曹丕爲魏國某將軍的棄妻所作的五言詩(《藝文類聚》,卷29,第514頁),或陸機爲其友顧榮之妻所作的五言詩(逯欽立《先秦漢魏晉南北朝詩》,卷5,第682頁)。當然,這個時期也可能有爲歷史人物代言的代作書信,但與胡綜的"吳質書"不同,書信的作者都是無名氏。
⑤ 《三國志》卷53,第1254頁。
⑥ 《禮記注疏》卷51,第861頁,見阮元編《十三經注疏》,台北:藝文印書館,1955年。
⑦ 《新唐書》卷60,北京:中華書局,1975年,第1581頁。
⑧ 見《全三國文》卷66。

薛瑩寫了一首很長的四言詩，詳細敘述了父親與兄長仕吳的經歷，以及對吳國知遇之恩的感激，此詩錄入薛瑩本傳。① 但孫皓性情反覆無常，薛瑩因實際或想象的罪名而數次受罰。他對吳國的最後貢獻是在晉軍兵臨城下時所寫的降書。薛瑩入晉後頗受尊重，不久後去世，留下文集三卷、史書一部（待後文詳細討論）、《新議》八卷。其子薛兼（？—323）與閔鴻以及其他三人被稱爲"吳中五俊"②，在晉朝仕宦顯赫。晉朝史家王隱（三世紀初期）曾以典型的北人傲慢口氣稱贊薛兼："資望故如上國，不似吳人。"③

當薛瑩被吳後主流放到廣州的時候，華覈曾上書請求赦免薛瑩："瑩涉學既博，文章尤妙，同僚之中，瑩爲冠首。今者見吏雖多經學，記述之才如瑩者少。"④可見吳國作家對不同才華與不同文體之間的相應關係有強烈的自覺意識。就像曹丕評價"七子"那樣，胡綜之子、《吳歷》的作者胡冲（活躍於 243—280 年之後）論華覈與韋昭曰："華覈詩賦之才有過於曜，典誥不及也。"⑤

與張紘一樣，華覈也是吳人，孫權曾任命五位大臣撰寫吳史，華覈爲其中之一。孫皓在位時，華覈任右國史。"皓以覈年老，敕令草表，覈不敢。又敕作草文，停立待之。"此"文"實與四言詩無別，見華覈本傳。⑥值得注意的是，華覈留下一首題爲《與薛瑩》的五言詩殘篇，這是一個知名吳國作家以五言創作的私人性詩作，極爲少見，李善《文選》注祇保存了其中兩句：

存者今唯三，飛步有匹特。⑦

很巧的是，薛瑩有一首《答華永先詩》（華覈字永先），這是現存唯一另外一首吳國作家的私人五言詩作。《太平御覽》"從軍"部保留了其中兩聯：

桴鼓常在側，筆研永欲捐。卷衮不復開，干戈以爲權。⑧

這兩首詩是否原本構成一對"贈答詩"，我們無法確定。不過，華覈有一封關於請求赦免薛瑩的奏表，或許能讓我們對詩歌原作的內容有所了解：

至少帝時，更差韋曜、周昭、薛瑩、梁廣及臣五人，訪求往事，所共撰立，備有本末。昭、廣先亡，曜負恩蹈罪，瑩出爲將，復以過徙，其書遂委滯，迄今未撰奏。⑨

據此看來，薛瑩的詩有可能是寫他離京前往武昌"爲將"的不快遭遇，而華覈的詩句則很可能是寫五位史家在周昭、梁廣去世後剩下的三位。

---

① 《三國志》卷 53，第 1254—1255 頁。
② 《晉書》卷 68，北京：中華書局，1974 年，第 1832 頁。
③ 見裴松之《三國志》注，卷 53，第 1256 頁。
④⑥ 《三國志》卷 65，第 1469 頁。
⑤ 《太平御覽》卷 445，台北：台灣商務印書館，1975 年，第 2177 頁。《三國志》卷 65，第 1470 頁的"評語"也有收錄，與《太平御覽》稍有異文。
⑦ 《文選》卷 31，第 1448 頁。
⑧ 《太平御覽》卷 328，第 1636 頁。
⑨ 《三國志》卷 53，第 1256 頁。

最後要提到的兩位吳人作家,是侍中閔鴻與隱士楊泉。兩人都經歷了280年吳國的覆滅,也都曾受到晉朝徵召,但都不願出仕。楊泉著《物理論》十六卷,很多片段保留在類書中。兩位作家都留下了可觀的賦作,賦的題目既有強烈的地域色彩,也有重要的現實意義。

閔鴻的《親蠶賦》,寫每年春天皇后親蠶或曰親桑的儀式,這個儀式是皇帝每年春天親耕也即籍田儀式的對應。親耕儀式可上溯至周朝,在整個漢代都與親蠶儀式一起繼續舉行。① 碰巧的是,楊泉也寫過一篇《蠶賦》。在序言中,楊泉提到前代賦作者從來没寫過蠶,但很顯然,這篇賦并不衹是寫蠶,而是寫親蠶儀式。值得注意的是,曹丕於226年在魏朝開始實行親蠶儀式,這是在他去世幾個月前、孫權稱帝四年之後開始舉行的。② 爲了表演并確認其政治合法性,吳國似乎也開始實行同樣的儀式。通過閔鴻和楊泉的賦可以看出,這兩位吳國子民強烈地意識到,親蠶儀式對王朝的構建有着重要的意義。

楊泉還寫過一篇《五湖賦》,這個題目具有強烈的南方地域色彩,無疑是有意與北方王朝着意宣傳的中原統治的政治與地域重要性相抗衡。③ 序言明確表明了作者支持南方的態度:

> 余觀夫主五湖而察其雲物,皇哉大矣。以爲名山大澤必有記頌之章,故梁山有奕奕之詩④,雲夢有子虚之賦。夫具區者,揚州之澤藪也。有大禹之遺迹,疏川道滯之功,而獨闕然未有翰墨之美,余竊憤焉。敢忘不才,述而賦之。

作賦時在序言裏自稱發前人所未發,這種現象是從東漢開始出現的。楊泉在《蠶賦》與《五湖賦》的序言中,都提到了自己是寫作此種題材的第一人,他對創新有着特別的關注。一般來説,這種創新意識總是與同樣強烈的文學史意識與自我定位意識緊密地聯繫在一起,但楊泉的自我定位既是文學史的(就他對賦作傳統的意識而言),也是地域性的(就他光大吳國的願望而言)。

對吳人身份的自豪在閔鴻的《羽扇賦》中也得到體現。當時北方的扇子通常是竹紈所制,一般是方形或圓形的。而吳地的扇子往往由鳥羽做成,例如鶴羽之類,形制也與北地不同。晉滅吳之後,羽扇這種吳國的"地方特產"在北方成爲時髦的裝飾品,很多北方作家都爲它寫過賦,把它當作來自新征服地域的

---

① 西晉作家潘岳(247—300)後來也寫過一篇關於籍田的賦,此賦收入《文選》。
② 《晉書》卷19,第590頁。
③ 類書收錄了幾段賦作遺文。最長的一段出自《藝文類聚》卷9,第169頁,序見《初學記》卷7,北京:中華書局,1962年,第141頁。據張勃(活躍於三世紀晚期)的《吳錄》,五湖是太湖的别名。見《文選》郭璞(276—324)《江賦》之李善注。
④ 《詩經·大雅·蕩之什·韓奕》的第一句爲"奕奕梁山",《毛詩注疏》卷18,第679頁。

具有异地風味的物產來描寫。① 閔鴻的賦把羽扇和羽毛的來源——高貴的鶴——緊密地結合起來。在殘留下來的賦作中我們不斷聽到作者對經典尤其是《詩經》的回聲。閔鴻對中原傳統經典文本的引用,爲江南地方特產賦予了一種典雅和尊嚴。

> 惟羽扇之攸興,乃鳴鴻之嘉容。産九皋之中澤,邁雍喈之天聰。② 表高義於大易,著詩人之雅章。③ 賴茲翮以内飛,曜羽儀於外揚。於時,祝融持運,朱明發揮。奔陽冲布,飛炎赫曦。同熅隆於雲漢,咸慘毒於中懷。④ 爾乃登爽塏,臨甘泉,漱清流,廕玄雲。運輕融以容與,激清風於自然。披絎衽而入懷,飛羅縷之繽紛。衆坐侃以怡懌,咸拊節以齊歡。感蕙風之蕩懷,詠棘心之所嘆。⑤ 於是暑氣雲消,且以永日。妍羽詳回,清風盈室。動静揚暉,嘉好越逸。翻翻奕奕,飛景曜日。同皦素於凝霜,豈振鷺之能匹。⑥

通過對中原經典的大量運用,閔鴻把來自南方炎熱朱明之鄉的羽扇,書寫得比北方還要"北方":可以說它體現了經典的精髓,無論其"用"(帶來清涼)或"色"(白色)都代表了北方的陰寒之德。在最後八句中,鶴與扇逐漸融爲一體:羽扇的摇動模擬鶴翅的飛動,帶來一陣清風;光與影在皎潔凝霜的意象中交相輝映,詩人稱其甚至遠遠超過了《詩經》裏代表朝中高潔君子的振鷺。閔鴻筆下的羽扇可以說是兼具了南方和北方兩個世界之優點。

閔鴻此賦是否在晉滅吳之後爲了回應北方作者而作,現在已不得而知。如果是寫於晉滅吳之前,這篇賦就不免帶有一點"預知"的色彩,雖然爲扇子作賦本來就有着悠久的傳統。⑦ 但如果此賦作於晉滅吳之後,情況就大爲不同了。我們在一位終身不願北上洛陽侍奉新朝的吳國作家身上,看到了南北戰爭結束之後依然在持續的文化較量。這種文化較量在陸機、陸雲身上得到了

---

① 這些作者包括傅咸(239—294)、嵇含(262—306)、潘尼(約 250—311)。傅咸《羽扇賦》序與嵇含的賦序明確表明是晉滅吳之後所作:"吳人截鳥翼而摇風,既勝於方圓二扇,而中國莫有生意。滅吳之後,翕然貴之。"(傅咸);"昔秦之兼趙,寫其冕服以□侍臣;大晉附吳,亦遷其羽扇,御於上國"(嵇含)。見《全晉文》卷 51,第 1752 頁;卷 65,第 1830 頁。潘尼賦曰:"始顯用於荒蠻,終表奇於上國。"見《全晉文》卷 94,第 2000 頁。張載(約 250—310)也寫過一篇同題的賦作,但從殘文中很難看出與晉滅吳是否有特別的關聯。見《全晉文》卷 85,第 1949 頁。

② 《詩經·小雅·鶴鳴》:"鶴鳴於九皋,聲聞於天。"這兩句在傳統闡釋中常被視爲在野之賢人的象徵。《毛詩注疏》卷 11,第 376 頁。

③ 《周易注疏》"中孚":"鳴鶴在陰,其子和之。"《周易注疏》卷 6,第 133 頁。此處鳴鶴爲德信之象。

④ 《詩經·大雅·雲漢》描寫大旱。《毛詩注疏》卷 18,第 659 頁。

⑤ 《詩經·國風·凱風》:"凱風自南,吹彼棘心。"《毛詩注疏》卷 2,第 85 頁。

⑥ 見《詩經·周頌·振鷺》,《毛詩注疏》卷 19,第 730 頁。

⑦ 曹植寫過《九華扇賦》,序中提到漢桓帝賜給曹騰的竹扇。曹騰(100—159)是宦官,曹植的養曾祖父。見《全三國文》卷 14,第 1128 頁。曹植的作品在吳國似乎廣爲人知,閔鴻也許受到了他的啟發。爲扇子作賦能追溯到更早的作家,曹植的賦本身也是傳統中的一部分。

更明顯的體現——陸機北上洛陽後,也寫過一篇《羽扇賦》[①];陸雲年輕時見過閔鴻,閔鴻贊美他"此兒若非龍駒,當是鳳雛"[②]。這一文化較量有新的表現,很多學者都曾對之進行過討論。[③]

吳國有很多學者、史學家、詩賦作者。如果說蜀國文學主要以北方移民作家爲代表,那麼吳國很多作家則都是本土人士。閔鴻和楊泉的作品意欲光大宣揚吳國,特意表現吳與北方中原經典傳統之間的緊密聯繫。吳國作家似乎對四言詩情有獨鐘也掌握得相當嫻熟,而四言是《詩經》的主要句式,被視爲高雅莊重的典範形式。這與興盛於北方洛陽地區、深受曹魏王族喜愛、但在當時屬於低俗體裁的五言詩形成了鮮明的對比。[④] 然而,到了吳國的第三代作家如華覈、薛瑩等,我們開始看到吳人創作五言詩。我們知道曹丕曾把自己的文集與《典論》分別送給了孫權與張昭[⑤],我們也知道陸機去洛陽以前已經讀過曹植的文集,想必到了三世紀中葉,北方詩賦已逐漸滲透到吳國的精英階層。

在三國之中,蜀國以諸葛亮的理念爲指導思想,也就是說蜀國必須首先把所有的精力與資源用於軍事,否則就會被兩個強敵輕易地征服。[⑥] 但吳和魏則在文化領域中有意識地互相競爭。本文下面就要詳細討論這種競爭的兩個重要方面。

三 撰寫歷史

魏國與吳國首先通過撰寫歷史進行政治正統與文化強力的競爭。東晉南渡之後,東晉皇帝的一個首要舉措就是應宰相王導(267—339)的請求設立史官。在奏章中,王導把撰寫朝代歷史形容爲:"上敷祖宗之烈,下紀佐命之勳……厭率土之望,悅人神之心,斯誠雍熙之至美,王者之弘基也。"[⑦]從王導的話可知,撰寫王朝歷史,尤其是本朝開國的歷史,是具有強烈的政治意義的。

在三國之中,似乎祇有魏、吳二國設置了史官。《隋書·經籍志》史部曰:

---

① 關於陸機賦的翻譯與分析,見康達維(David Knechtges)《南金與羽扇:陸機的"南方意識"》,王平、Nicholas Morrow Williams 合編《中國中古詩歌中的南方身份與南方疏離》,香港:香港大學出版社,2015 年,第 36—41 頁。康氏認爲,陸機的賦是"魏晉時期玄學家風格的作品"(第 40 頁),也許是爲了表現他對洛陽上層社會所喜好的老莊清談的熟悉。誠如是,那麼相比之下閔鴻的賦無疑是更深地植根於經學,而經學纔最代表吳地的傳統。

② 《晋書》卷 54,第 1481 頁。

③ 參見拙文《羽扇寫作:陸機、陸雲與南北之間的文化交易》,見《中國中古詩歌中的南方身份與南方疏離》,第 43—78 頁。

④ 建安七子中最負盛名的王粲(177—217)在荆州時,與朋友的唱酬之作總是出以四言;去北方參加曹氏集團之後,大多數詩作則采取五言形式。

⑤ 據胡冲的《吳歷》記載(見裴松之《三國志》注),曹丕給孫權寄去的文集等是用絹素鈔寫的,寄給張昭的文集則是用紙鈔寫的(《三國志》卷 2,第 88 頁)。

⑥ 諸葛亮在 228 年一封給朝廷的奏表中討論了這一理念。該奏表見張儼《默記》,裴松之《三國志》注中有引用。張儼在《默記》裏對諸葛亮的這些想法表示認同。見《三國志》卷 35,第 935—936 頁。

⑦ 《晋書》卷 82,第 2149 頁。

"及三國鼎峙，魏氏及吴并有史官。"①華覈云：

    大吴受命，建國南土。大皇帝末年，命太史令丁孚、郎中項峻始撰《吴書》。②

雖然據華覈的形容，丁孚與項峻似乎缺乏史材，但他們起草的吴史對後來的作者顯然很有幫助，甚至有可能獨立保存到了四世紀。③"末年"究竟是指孫權統治的最後一年即公元 252 年，還是泛指其晚年，這個不得而知；但少帝孫亮 252 年繼位之後不久，諸葛恪就上奏請求委任韋昭爲太史。於是，諸葛恪、華覈、薛瑩、周釗、梁廣五人被任命撰寫《吴書》。④ 273 年，孫皓監禁韋昭之後，華覈曾試圖用這項任務爲藉口來營救韋昭，使他免於殺身之禍：

    又《吴書》雖已有頭角，叙贊未述。昔班固作《漢書》，文辭典雅，後劉珍、劉毅作《漢記》，遠不及固，叙傳尤劣。今《吴書》當垂千載，編次諸史，後之才士論次善惡，非得良才如曜者，實不可使闕不朽之書。⑤

華覈盡力幫助朋友逃脱灾禍，但此時《吴書》似乎已經差不多完成了。雖然現在無法看到其全貌，但裴松之《三國志》注對之大量引用，在很多情況下，這些引文都體現了《三國志》原文中所缺乏的吴人視角。⑥

公元 255 年，在吴國君主下詔著國史之後不久，魏任命王沈（？—266）、荀顗以及著名詩人阮籍撰寫《魏書》。此舉完全可以被理解爲魏對吴國創舉的回應。此書據説"多爲時諱，未若陳壽之實録也"⑦。但是，它依然被作爲魏國歷史的重要材料而在裴松之《三國志》注中多有引用，也許更多的是因爲它對歷史事件提供的獨特視角而不是因爲所謂的"客觀事實"。

值得一提的是，吴國作家遠比魏國大臣更熱衷於撰寫東漢史。吴國以繼承漢朝正統自命，因而撰寫東漢史這一舉措既具有學術意義，也具有政治意義。孫權的內弟謝承（182—254）著《後漢書》。韋昭的《洞紀》則是一部頗有雄心的通史，從中國歷史伊始一直寫到 222 年吴國建國。⑧ 吴國作家還寫過很多地方先賢傳，如謝承的《會稽先賢傳》。此外，他們還撰寫過有關極南地域的

---

 ① 《隋書》卷 33，第 957 頁。
 ② 《三國志》卷 53，第 1256 頁。
 ③ 吴國經學家虞翻的後代虞喜（281—356）在《志林》中，討論了第一任吴國宰相孫邵爲何在《吴書》中没有傳記。他引用時人"博物君子"劉聲叔之言，認爲項峻、丁孚的史書裏對孫邵確有注記，但因韋昭是孫邵政敵的同黨，故不見書。這似乎暗示劉聲叔曾經親眼看到過項峻與丁孚的史録。見《三國志》卷 47，第 1132 頁。
 ④ "孫亮即位，諸葛恪輔政，表曜爲太史令，撰吴書，華覈、薛瑩等皆與參同。"《三國志》卷 65，第 1461—1462 頁。
 ⑤ 《三國志》卷 65，第 1464 頁。
 ⑥ 舉例來説，《吴書》第一次在裴松之注中出現，是爲了補充有關曹操的父親曹嵩（？—193）之死的叙述。《三國志·曹操傳》説曹嵩爲徐州牧陶謙（132—194）所殺，但《吴書》却説是陶謙的手下謀財害命，後來又逃亡了，曹操於是不公平地歸罪於陶謙。《三國志》卷 1，第 11 頁。
 ⑦ 《晋書》卷 39，頁 1143。
 ⑧ 韋昭在上奏孫皓的奏疏中形容了這部著作。見《三國志》卷 65，第 1462—1463 頁。

風俗物産、地理環境等,也記録了吳國的殖民探索。其中最引人注目的是朱應與康泰記録他們出使東南亞的著作。① 由於篇幅所限,本文不再詳細評述吳國諸多的修史活動,這裏的簡要介紹祇是爲了體現吳國作家在歷史撰寫方面的活躍。他們對王朝歷史的興趣,特別是他們對南方地理、風俗、物産的特殊興趣,和建立南方帝國的努力緊密相關。②

四　創作樂歌

對於魏與吳來説,歷史書寫是一個多媒體的活動。政治正統與文化力量的第二個主要競争方面是音樂的製作,更確切地説,是用音樂形式造作王朝的歷史。魏國朝廷對禮樂極其重視,對漢代遺留下來的宫廷廟堂音樂進行了重新改寫,以致新朝之用。其中,最值得注意的是繆襲(186—245)所作的一組《魏鼓吹曲》十二首。

繆襲《魏鼓吹曲》的每一首按説都是基於漢"鼓吹饒歌"創作的。每一首標題下都有可能出自沈約(443—513)之手的小注,給出與之對應的漢曲名并解釋樂歌描寫的歷史事件。③ 比如説第三首題下注云:"漢第三曲《艾如張》,今第三曲《獲吕布》,言曹公東圍臨淮、生擒吕布也。"④繆襲《魏鼓吹曲》爲魏明帝時作,其最後一首題爲《太和》,起句云"惟太和元年,皇帝踐祚"⑤,因而很有可能是太和年間(227—233)的作品。

《宋書》裏收録的"漢"鼓吹饒歌從表面看來與朝廷事件没有太大關係。相比之下,繆襲的《魏鼓吹曲》則是引人注目的魏史叙事詩。第一首《初之平》用三十句急促有力的三言詩,描述了東漢的崩潰、國家的混亂,以及西北邊韓之亂不久後曹操的崛起。⑥ 第二首《戰滎陽》,記述了曹操與董卓手下將領徐榮作戰失利的過程。當時討伐董卓的各路諸侯都不敢前進,祇有曹操帶軍進攻,因而遭遇了挫折。曹操的戰馬受傷,曹操自己也被流矢射傷。在他的杰出軍事生涯中,曹操打贏過無數或大或小的戰役,但繆襲却偏偏選擇了一次曹操遭到慘敗的戰役進行詳細刻劃,而這反過來凸顯了曹操的勇氣、毅力與忠於王事的正義感。《戰滎陽》包含了一些極爲令人難忘的句子,它讓人聯想到《九歌·國殤》的英雄悲劇氣概,也成爲唐朝詩人李賀(約 790—816)具有强烈浪漫氣息的歷史歌謡的先奏。

---

① 《梁書》卷 54,北京:中華書局,1973 年,第 783 頁。《隋書》還著録了朱應的《扶南异物志》(卷33,第 984 頁)。
② 吳人對地理與地方風物的興趣,構成了陸機《洛陽記》的撰寫背景,這是現存最早關於名都洛陽的記述之一。參見拙作《羽扇寫作》,第 47—48 頁。
③ 這十八首鼓吹饒歌也收録在沈約《宋書·樂志》裏,但有些歌辭不知所云,就連沈約都没有爲之標點。這些歌辭一般來説被視爲漢代作品,但無法確定。
④ 《宋書》卷 22,北京:中華書局,1974 年,第 644 頁。
⑤ 《宋書》卷 22,第 647 頁。
⑥ 邊、韓之亂爆發時,曹操在家鄉隱居,被征爲典軍校尉。後來董卓廢漢帝、毒太后,曹操離開京城回到家鄉"合義兵,將以誅卓"。《三國志》卷 1,第 5—6 頁。

> 戰滎陽，汴水陂。戎士憤怒，貫甲馳。陳未成，退徐榮。二萬騎，斬聖平。戎馬傷，六軍驚。勢不集，衆幾傾。白日沒，時晦冥。顧中牟，心屏營①。同盟疑，計無成。賴我武皇，萬國寧。

歌中所述之事，如戰馬受傷、徐榮的二萬騎兵等等，固然能印證或補充正史中曹操的傳記，然而此詩真正動人之處，是對日落戰場與主將在黑暗降臨之際中心屏營的戲劇化描述。後來，李賀正是以這樣的對心理與物質細節的想象，爲他的歷史歌行創造出鮮明的戲劇感和感情力量。

接下來的七首樂歌是《擒呂布》《客官渡》《舊邦》《定武功》《屠柳城》《平南荆》《平關中》，它們叙寫的是曹操逐漸平定北方的過程。第五首《舊邦》很突出，因爲它在組詩中是唯一一首從頭到尾采取四/三節拍的作品。這首歌没有繼續講述曹操的戰績，而是描寫他對百姓的關懷，而這正是一個賢君明主的最重要特徵。

公元 202 年，曹操大破袁紹後回到故鄉譙縣（今安徽境内），爲那些在戰爭中犧牲的無後將士立後，并爲死者建廟設祭，其教令曰：

> 吾起義兵，爲天下除暴亂。舊土人民，死喪略盡，國中終日行，不見所識，使吾凄愴傷懷。其舉義兵已來，將士絶無後者，求其親戚以後之，授土田，官給耕牛，置學師以教之。爲存者立廟，使祀其先人，魂而有靈，吾百年之後何恨哉！②

以下是繆襲爲紀念其事而作的樂歌：

> 舊邦蕭條，心傷悲。孤魂翩翩，當何依。游士戀故，涕如摧。兵起事大，令願違。博求親戚，在者誰。立廟置後，魂來歸。

在曹操的教令裏，對死去將士的關念和對自己死亡的預期糾結在一起，甚爲感人。立廟本是爲了生者（教令説"爲存者立廟"），"魂而有靈"云云更是顯示了他對死後有知的不確定。然而，曹操依然想象自己的靈魂會因此舉而感到欣慰。我們很容易把繆襲樂歌中的聲音想象爲曹操的聲音直接向聽衆傾訴，在祭祀儀式中被無限重複、永遠存在。這首歌所咏唱的，是已經去世的曹操在紀念死者。樂歌的最後一句既是在招陣亡將士之魂，也是在招曹操之魂。在這組樂歌裏，描述武帝曹操征討戰伐的樂歌一共九首，此歌居於正中，對於繆襲的整組樂歌來説，具有特殊的意義。

第十首《應帝期》歌頌曹丕建魏，組歌感情節奏從此發生轉變。前面的樂歌主要描述武帝曹操的各種軍事征討活動，而《應帝期》則描述了新帝國的太平盛世，充滿各種祥瑞，重點特别放在曹丕的文明教化上，樂歌伊始即以"文皇"（曹丕謚號）的稱呼奠定基調。

---

① 此前，曹操離開京城經過中牟時曾爲亭長所疑，見拘於縣，賴功曹爲請得解。《三國志》卷 1，第 5—6 頁。

② 《三國志》卷 1，第 22—23 頁。

第十一首《邕熙》繼續歌頌魏王朝的統治,側重於君臣相得之樂,咏唱了音樂本身的和諧力。下文選録了此歌换韵之後的段落,令人想到建安時期曹操、曹丕集團成員所寫的公宴詩,音樂和飲酒總是同時出現。①

吉日臨高堂,置酒列名倡。歌聲一何紆餘,雜笙簧。八音諧,有紀綱。子孫永建萬國,壽考樂無央。

音樂既充滿節慶歡樂("八音諧"),但同時又帶來秩序("有紀綱"),遥遥呼應也有力抵制了第一首樂歌中的"無紀經"。對魏王朝的贊美最後在第十二首樂歌《太和》中達到高潮,此首樂歌是對當代君主魏明帝的歌頌。

儀式的作用是增强參與者之間的合作與凝聚力,讓不同的個體一起參與共同身份的建構,這對於所有族群的生存來説都是不可或缺的。音樂在這樣的儀式中具有重要地位,它能够激發和維持個體之間的團結感與認同感。配樂的歌辭通過對經過選擇的歷史事件的演唱、重複與固化,構建歷史并塑造社會記憶,使音樂的效果尤爲强烈。《魏鼓吹曲》正是如此:它們是以詩歌的形式寫成的建國史詩,在朝廷祭祀活動的語境中演奏,也許還帶有舞蹈與角色扮演。這些樂歌按照時間順序排列,彼此之間緊密相連,次第言説了魏王朝的歷史。《詩經》裏也有很多詩篇歌頌了周朝的建立與各位先祖,但并没有像《魏鼓吹曲》這樣系統地編排,它們不構成組歌,也恐怕不像《魏鼓吹曲》那樣作爲組歌表演。《魏鼓吹曲》是極具特色的歌詩,受到歷代王朝的模仿。

模仿也發生於當代:吴國史官韋昭留下了類似的組歌。東晉學者何承天(370—447)曾説:"世咸傳吴朝無雅樂。"②《宋書·樂志》的作者沈約不同意他的看法,引韋昭獻《吴鼓吹曲》奏表"當付樂官善哥者習哥"語,評論道:"然則吴朝非無樂官,善哥者乃能以哥辭被絲管。"③沈約認爲組歌是獻給吴景帝孫休(258—264年在位)的。如果沈約所言正確,那韋昭是在繆襲的組歌寫完很久之後纔完成了這套《吴鼓吹曲》。

的確,在很多層面上,這些樂歌都必須與《魏鼓吹曲》放在一起聽讀:一方面,它們的創作是爲了與魏朝宣稱的合法性相抗衡,提供了不同的歷史角度;另一方面,這些歌辭在形象與修辭上都有意或無意地呼應了《魏鼓吹曲》。樂歌的句式節拍是確認兩者之間複雜關係的另一重要元素。據沈約《樂志》,韋昭的歌辭完全采用繆襲歌辭的順序對漢鼓吹鐃歌進行重寫。不過,雖然有些樂歌采取同樣句式,比如説韋昭的第一首歌辭與繆襲的第一首一樣用三十句三言寫成,但又并非所有的樂歌都如此。譬如沈約認爲第六首吴曲《克皖城》相當於漢曲第六首之《戰城南》,但《克皖城》在句式上却與第五魏曲《舊邦》一致而《舊邦》又與漢曲第五首之《翁離》相當,也就是説,吴曲第六與漢曲第五都是六句,并采用了四/三節拍的句式。歌辭的句式與音樂之間想必有着緊密的聯繫。那麽,吴國演奏這些鼓吹曲時所用的音樂與魏國的音樂是一樣的嗎?

---

① 關於"酒食—音樂"的公式,參見宇文所安《中國早期古典詩歌的生成》,第208—210頁。
②③ 《宋書》卷1,第541頁。

還是説吳國創造了自己的音樂，但與此同時還是在某種程度上試圖保留"漢樂淵源"的幻覺？也許後一種情況更加可能。

沈約在第一首吳曲之後注曰：

> 炎精缺者，言漢室衰，武烈皇帝奮迅猛志，念在匡救，然而王迹始乎此也。漢曲有朱鷺，此篇當之。第一。

稱孫堅爲"武烈皇帝"，後來又稱孫權爲"大皇帝"，這表明上文有可能是沈約直接從吳國原始文獻中鈔録下來的，甚至也許就來自於韋昭的奏疏。

與《初之平》一樣，韋昭第一首歌辭的歷史叙述也是從公元一世紀八十年代初期開始。那是漢王朝陷入動亂的時代，標志着三國領袖的崛起。歌辭中叙述了以"炎精缺"爲象徵的漢朝之没落，但叙述中心是孫堅：他相當於魏國的曹操，開創了吳國之王業。然而，魏曲的前九首重點都放在曹操身上，吳曲却祇有第一首《炎精缺》與第二首《漢之季》是寫孫堅的；此外值得注意的是，此後的第三首到第九首跳過孫權的兄長、在開國過程中起了關鍵作用的孫策，而直接描述孫權的成就。

正如第十首魏曲一樣，第十首吳曲《從曆數》是歌頌王朝正式建立的作品。首二句"從曆數，於穆我皇帝"完全是魏曲首二句"應帝期，於昭我文皇"的模擬重寫。① 第十一首《承天命》與第十二首《玄華》似乎是歌頌當代君王孫休的，題下小注稱皇帝爲"上"（按指今上）而不是像此前題注那樣稱"大皇帝"等等。當然，就像最後幾首魏曲一樣，也有可能是對吳國統治的總體歌頌。

但最後一首吳曲則包含了最後幾首魏曲裏所缺席的一層意思：

> 玄化象以天，陛下聖真。張皇綱，率道以安民，惠澤宣流而雲布，上下睦親。君臣酣宴樂，激發弦歌揚妙新。修文籌廟勝，須時備駕巡洛津。康哉泰，四海歡忻，越與三五鄰。

"君臣酣宴樂，激發弦歌揚妙新"表現了君臣同宴共賞音樂的和諧場面，與魏《太和》曲没什麽不同。但是，"修文籌廟勝，須時備駕巡洛津"，表示要攻克魏都洛陽，則帶有明顯的軍事性和攻擊性。

吳曲不僅在結構上與魏曲一一對應，其個別歌曲的內容也往往與魏曲呈現頗有意味的相似之處。如第三首《攄武師》：

> 攄武師，斬黃祖②。肅夷凶族，革平西夏③。炎炎大烈，震天下。

我們可以比較一下魏曲第三首《擒呂布》：

> 獲呂布，戮陳宫。芟夷鯨鯢，驅騁群雄。囊括天下，運掌中。

---

① 魏曲與吳曲的開頭都用了《詩經》歌頌文王的詩。吳曲的開頭來自《清廟》："維天之命，於穆不已。"《毛詩注疏》卷19，第708頁。魏曲的開頭則用了《文王》："文王在上，於昭乎天。"《毛詩注疏》卷16，第533頁。

② 孫權於208年擊破殺父仇人黃祖。

③ 這裏的"西夏"是指荆州與襄陽地帶。

這兩首歌的句數與句式節拍是一致的。第一二句宣布了重要敵人被斬首;第三句都用"夷"字表示消滅與誅殺;最後一聯中也都用到"天下"一詞。

當魏曲和吳曲描寫相同的歷史事件時,吳曲爲我們提供了一個南方視角。第四首吳曲《伐烏林》中描述的事件,大致與第八首魏曲《克荆州》相當。《克荆州》寫曹操於208年攻克荆州,重點描述荆州的投降與曹軍的强大:"陶陶江漢間,普爲大魏臣。"但對曹操在烏林的失敗以及此後荆州的失守隻字不提。相比之下,吳曲描寫了同一年發生的事件,但却選擇了孫劉聯合大敗曹軍的赤壁之戰:

> 曹操北伐,拔柳城。乘勝席卷,遂南征。劉氏不睦,八都震驚。① 衆既降,操屠荆。舟車十萬,揚風聲。議者狐疑,慮無成。賴我大皇,發聖明。虎臣雄烈,周與程。破操烏林,顯章功名。

這首歌的開頭幾句簡要地概括了曹操破柳城、征荆州的經過,與魏曲第七、八二首的基調很不一樣。魏曲説曹操"撫其民",吳曲却説他"屠荆"。歌辭中完全没有提到孫吳的盟友劉備(161—223),把勝利全都歸功爲孫權的決斷與吳將周瑜、程普的英勇。然而,"議者狐疑,慮無成。賴我大皇,發聖明"這幾句却與魏曲第二首具有驚人的相似:

> 同盟疑,計無成。賴我武皇,萬國寧。

這樣的相似之處特别能夠顯示韋昭對魏曲有意無意之間的借鑒。

從句式節拍的角度來看,第五首吳歌《秋風》值得一提,全詩除一句外皆爲五言,從一個普通士兵的角度叙寫成守邊疆:

> 秋風揚沙塵,寒露沾衣裳。角弓持弦急,鳩鳥化爲鷹。② 邊垂飛羽檄,寇賊侵界疆。跨馬披介胄,慷慨懷悲傷。辭親向長路,安知存與亡。窮達固有分,志士思立功。邀之戰場,身逸獲高賞,身没有遺封。

此篇題注:"秋風者,言大皇帝説以使民,民忘其死。"③這首歌既與曹植一些雄壯慷慨的詩歌如《白馬篇》有相似之處,也可以被視爲"邊塞詩"始祖鮑照(約414—466)詩作的先驅。無論如何,在王朝祭祀樂歌中,從一個缺乏具體階級標志的將士的視角出發來抒情叙事是很巧妙的做法,它使所有的普通士兵都獲得了一種尊嚴與使命感。

第七首吳曲《關背德》是對蜀漢將軍關羽(?—220)的譴責。在三國英雄中,關羽在後世最享盛名,終被神化,在東亞、東南亞各個國家地區都廣受崇拜。但《關背德》中所描述的關羽,却并不是正面的形象:

---

① 荆州刺史劉表不喜前妻所生之長子,立繼室所生之次子爲繼承人,是爲"劉氏不和"。荆州有八郡。
② 據鄭玄注,八月立秋,鳩化爲鷹。《周禮注疏》卷7,第107頁。
③ 《宋書》卷22,第657頁。

關背德,作鴟張。割我邑城,圖不祥。稱兵北伐,圍樊襄陽。嗟臂大於股,將受其殃。巍巍吳聖主,叡德與玄通。與玄通,親任呂蒙。泛舟洪汜池,泝涉長江。神武一何桓桓!聲烈正與飆翔。歷撫江安城①,大據鄴邦。虜羽授首,百蠻咸來同,盛哉無比隆。

這首樂歌曲使清代王士禛(1634—1711)的道德情感大受刺激,勃然稱之爲"猖猖狂吠,讀之髮指"②。他又批評繆襲、韋昭與後來傅玄所作的鼓吹曲全部"淺俗無復古意","其詞尤多狂誖"。王氏的憤怒指責最好地體現了歷史中意識形態的演變。

有意思的是,《關背德》與魏曲中次序相當的第七首《屠柳城》在語言上有很多相似之處。《屠柳城》贊美了曹操於公元207年克烏桓之役:

屠柳城,功誠難。越度隴塞③,路漫漫。北逾岡平,但聞悲風正酸。蹋頓授首,遂登白狼山。神武慹海外,永無北顧患。

我們注意到,"神武""授首"的字樣也出現在吳曲之中。魏曲的"悲風正酸",在吳曲中變成了"聲烈正與飆翔"。

最後,吳曲第八首《通荊門》與第九首《章洪德》,則有意與魏曲系列中相應的樂歌唱反調。第八首魏曲描述了荊州降曹,而《通荊門》却描述了公元222年吳蜀重新建立的聯盟,"荊門"即指吳、蜀之間的荊州要塞。第九首魏曲敘寫曹操征服西北;第九首吳曲《章洪德》則針鋒相對地描述了吳國向南方發展的殖民統治。

結束語:重造歷史

如上所述,魏與吳分別通過多媒體渠道進行王朝建設與意識形態的較量。他們試圖通過撰寫歷史以及反覆公開演奏音樂化的詩史,來塑造公共記憶和確立王朝的合法性。這些關於建國功業的儀式性樂歌,後來歷代皆有效仿。

但本文標題中的"重造歷史",不僅僅是指魏、吳兩國積極開展的修史事業,也指我們今天對中國文學史中以北方/魏晉政治正統作爲基礎的傳統敘事模式提出的修正。三國時期的武力衝突是衆所周知的,對蜀、吳二國的文學生產和對吳、魏二國的文化爭霸進行反思,却可以讓我們對三國時期的文化生態有更全面深入的了解。吳以及魏的儀禮音樂尤其應該得到文學史家更多的重視。一方面,這些樂歌爲後世詩歌傳統中的歷史歌行提供了很好的樣板;另一

---

① 《宋書》校注認爲"江安城"應改爲"公安城",因"建安時不得有江安"。《宋書》卷22,第658頁。我認爲由於樂句字數所限,"江安"應該是"江陵與公安"的縮寫。"歷撫"的"歷"有依次或多次的意思,《三國志》也數次提到過孫權的軍隊"引兵西襲公安江陵"。《三國志》卷3,第164頁。

② 《古夫于亭雜錄》卷3,北京:中華書局,1988年,第164頁。

③ 隴塞一般指今陝西、甘肅境內的西北邊疆,此處似應作"龍塞",即盧龍塞(今河北境內)。據曹操傳,"引軍出盧龍塞⋯⋯經白檀,歷平岡,涉鮮卑庭,東指柳城。⋯⋯八月,登白狼山⋯⋯斬蹋頓"。《三國志》卷1,第29頁。

方面,作爲王朝政體的文化工作之一,它們發揮了重要的政治功用。正如吴國貴族將軍陸景在其《典語》中所説:

  所謂文者,非徒執卷於儒生之門,擄筆於翰墨之悉,乃貴其造化之淵、禮樂之盛也。①

  通過上文的論述可以得知,韋昭很有可能是在有意識地把繆襲的樂歌系列作爲範本。吴國樂歌時時處處在修辭和意象層面回應魏曲,但同時又與魏國的北方視角形成了鮮明的對比。在這樣的語境中,吴樂對魏樂的呼應似乎是有意爲之的書寫手段,以求更爲有力地凸顯二國的不同。陸景之弟陸機顯然認可陸景對"文"的看法:晋滅吴十年之後,他前往洛陽,在那裏秉"造化之淵",對北方洛陽音樂傳統予以特别的關注,并像韋昭那樣,重寫了這一傳統。

  最後,本文間接地提出了這樣一個問題:當一個時代的文本保存多有殘缺的時候,應該如何撰寫文學史? 是置之不顧,還是通過文本考古,盡可能地利用手頭材料來還原當時的歷史,儘管與此同時我們深知這祇能是非常片面的重構? 在我看來,正確的答案應該是後者。更重要的是意識到中國中古時代是一個手鈔本文化時代,是文本大量佚失的時代,因此寫作中國中古文學史的時候,應該把資料的不完整與不完美本身也考慮與書寫在内,不僅討論文本佚失與變形的現象,也對其内在原因進行反思。

[英文題目]Remaking History: The Shu and Wu Perspectives in the Three Kingdoms Period

[作者簡介]田曉菲,女,哈佛大學東亞系教授、東亞地域研究院主任。著有《塵几録:陶淵明與手抄本文化研究》《烽火與流星——蕭梁王朝的文學與文化》《神游:早期中古時代與十九世紀中國的行旅寫作》《赤壁之戰:建安與三國》《秋水堂論金瓶梅》《留白:秋水堂論中西文學》等。英文譯著《微蟲世界:一部太平天國回憶録》。撰寫《劍橋中國文學史》上卷"東晋—初唐"章節、《牛津中國現代文學手册》"浩然與'文革'"章節,并參與編撰《牛津中國古典文學(公元前 1000 年—公元 900 年)手册》和《現代中國之新文學史》。獲哈佛大學 2012 年度卡波特獎。

[譯者簡介]張元昕,哈佛大學東亞地域研究院碩士研究生。

---

① 《太平御覽》卷 585,第 2766 頁。嚴可均在《全三國文》中引用了這段話,但"悉"作"采",最後一句的詞語順序也有所變動。《全三國文》卷 70,第 1433 頁。

"莊老告退、山水方滋"考
——論"淝水之戰"的文化史意義

[日]岡村繁 撰 鍾卓螢 譯

序　言

　　典午南渡（317）以後，以老莊爲基礎、思想超俗的"玄言詩"在東晉中期的貴族文人社會中流行起來。這些具體的作品由於不堪後代嚴格的淘汰，大多早已亡佚，但關於其詩風，南齊末年的劉勰（466？—520？）在《文心雕龍・時序篇》中給予了如此評價："詩必柱下之旨歸，賦乃漆園之義疏。"梁代鍾嶸（468？—518）也在《詩品・序》中認爲這種詩風"皆平典似道德論"。由此看來，想必當時的"玄言詩"，包括游仙詩和隱逸詩在內，大體上都是醉心老莊思想的文人所創作的形而上的，且欠缺個性、千篇一律的詩歌。

　　接下來的劉宋初期，在繼承平典的"玄言詩"的基礎上，一種風靡南朝貴族社會的嶄新文化現象開始出現，那就是以精細巧致手法歌咏江南美贍多彩的山林丘壑的"山水詩"的成立。對於這種現象，劉勰在《文心雕龍・明詩篇》中如此描述："宋初文咏，體有因革，莊老告退，而山水方滋。"誠然，劉宋初期興起的"山水詩"，極盡豐麗富艷、精確細巧之能事，正是最符合宣告六朝文藝成熟期到來的一種潤雅巧麗的文學。

　　有關這種華麗至極的"山水詩"出現的原因，就我所知歷來大致有兩種主流看法：一是源於客觀的江南自然環境的影響，二是來自老莊和佛教的思想上的影響。

　　第一種看法，也是頗爲簡單直接的一種想法，即對當時的北來士人來說，初次接觸到江南山水的新鮮多彩景觀，強烈地促使他們進行山水詩的創作。但是，這樣關於南北風土的對比是否真的具有說服力呢？試想一下，中原的長安、洛陽與江南的建康、會稽相比，緯度不過相差五度，因此兩地域之間的氣候風土與山水景觀基本上并不存在很大的差異。晉室南渡以後，北來士人周顗（269—322）在比較南北的風土寒暖時，感嘆曰："風景不殊。"（《世說新語・言語篇》《晉書・王導傳》）如此看來，北來士人初次接觸江南風景，實際上不可能成爲"山水詩"成立的主要原因。而且,考慮到"山水詩"正式成立的時間,劉宋初期已經是南渡百年以後的事,我認爲在時間上差異太大。

至於第二種看法,與前述第一種看法相比,似乎包含着更爲重要的問題。第二種看法主要認爲,魏晉以來在顯貴之間受到歡迎的老莊思想,尤其是作爲東晉中期以後"玄言詩"基調的隱逸思想,對劉宋初期"山水詩"的成立有着極大的影響。就我所見,現今國内外的研究大都傾向於這種見解。誠然,由於東晉的"玄言詩"和宋初的"山水詩"是前後兩個相連時代的貴族文人思索的産物,我無法、也無意去否定二者之間存在的密切的連續關係。但是,當我們試圖盡可能對文學史的推移變遷進行全面考察時,祇關注老莊思想和佛教思想這樣的觀念性、思想性方面的話,究竟能否看到最真實的一面呢?當時的山水詩和其他文藝作品一樣,具有誇張與美化等藝術特性。因此,在作者的信念與真情得到直率吐露的同時,有時候也附加了作者虛榮的主觀美化與辯護意識,這種可能性是不能否定的。

考慮到這樣的情況,歷來國内外的相關考論大都傾向於過度深入研究其中高尚清雅的、思想性的内容,導致本應是富艷巧致的文藝作品的"山水詩"在不知不覺中被變質爲内向的思想詩,結果又重新被拉回以往"玄言詩"的理論中,這是一種容易使人陷入自家理論互相矛盾的滑稽情況。也許,我們以往的研究被高尚知性的思想研究所迷惑,從而忽視了當時影響着思想與文學等各方面的迂闊廣大的歷史背景。本文正是從這樣的一個視角,站在對以往研究進行反省的立場上,嘗試按照我個人的方式對"山水詩"的成立情況進行考察。

一 西晉末期到劉宋初期的詩風推移

晉朝過江以後,在江南貴族文人中盛行的詩風到底呈現出一種什麼樣的變遷呢?有關這一問題,所幸現存文獻中還有南朝後半期著名的歷史學者和文學批評家留下的生動的記述可供參考。首先,按照時間順序大體列舉如下:

1. 劉宋檀道鸞的《續晉陽秋》:

> 自司馬相如,王褒、揚雄諸賢,世尚賦頌,皆體則詩、騷,傍綜百家之言。乃至建安,而詩章大盛。逮乎西朝之末,潘陸之徒,雖時有質文,而宗歸不異也。正始中,王弼、何晏好莊老玄勝之談,而世遂貴焉。至過江,佛理尤盛,故郭璞五言,始會合道家之言而韵之。詢及太原孫綽,轉相祖尚,又加以三世之辭,而詩、騷之體盡矣。詢、綽并爲一時文宗,自此作者悉體之。至義熙中,謝混始改。(《世説新語・文學篇》注、《文選》沈約《宋書・謝靈運傳論》李善注并引)

2. 梁代沈約的《宋書・謝靈運傳論》:

> 自漢至魏,四百餘年,辭人才子,文體三變。相如巧爲形似之言,班固長於情理之説,子建、仲宣以氣質爲體,并標能擅美,獨映當時。是以一世之士,各相慕習,原其飆流所始,莫不同祖《風》《騷》。徒以賞好异情,故意

製相詭。降及元康,潘、陸特秀,律异班、賈,體變曹、王,縟旨星稠,繁文綺合。綴平臺之逸響,采南皮之高韵,遺風餘烈,事極江右。有晋中興,玄風獨振,爲學窮於柱下,博物止乎七篇,馳騁文辭,義單乎此。自建武暨乎義熙,歷載將百,雖綴響聯辭,波屬雲委,莫不寄言上德,托意玄珠,遒麗之辭,無聞焉爾。仲文始革孫、許之風,叔源大變太元之氣。爰逮宋氏,顏、謝騰聲。靈運之興會標舉,延年之體裁明密,并方軌前秀,垂範後昆。(《宋書》,北京:中華書局,1974 年)

3. 梁代劉勰的《文心雕龍・明詩篇》:

江左篇制,溺乎玄風,嗤笑徇務之志,崇盛亡機之談。袁孫已下,雖各有雕采,而辭趣一揆,莫與争雄;所以景純仙篇,挺拔而爲俊矣。宋初文咏,體有因革,莊老告退,而山水方滋;儷采百字之偶,争價一句之奇,情必極貌以寫物,辭必窮力而追新:此近世之所競也。(《增訂文心雕龍校注》,北京:中華書局,2006 年)

4. 梁代鍾嶸的《詩品・序》:

永嘉時,貴黄、老,稍尚虛談,於時篇什,理過其辭,淡乎寡味。爰及江左,微波尚傳,孫綽、許詢、桓、庾諸公詩,皆平典似《道德論》,建安風力盡矣。先是郭景純用俊上之才,創變其體;劉越石仗清剛之氣,贊成厥美。然彼衆我寡,未能動俗。逮義熙中,謝益壽斐然繼作。元嘉中,有謝靈運,才高詞盛,富艷難踪,固已含跨劉、郭,凌轢潘、左。(周振甫譯注《詩品譯注》,北京:中華書局,1998 年)

根據以上六朝時期歷史學家與文學批評家的記述,過江之後的東晋一百年間,貴族詩壇主要是與在貴族社會開花結果的老莊清談相互影響的。由許詢(323? —352?)①、孫綽(306—363)②爲始,以桓温(312—373)、庾亮(289—340)等人爲中心,"玄言詩"在當時盛行至極,獨領風騷。這些作品風格恬淡、千篇一律,從中看不到任何遒麗多彩的辭藻,宛如對老莊思想的注釋和歸納一般。但另一方面,在"玄言詩"風靡整個東晋時代的背景下,還是存在一些有卓見的詩人不沉溺玄風,并企圖打破弊風、力求變革。比如說,早在過江前後的時期就出現了文藻燦麗的郭璞(276—324)和清純剛毅的劉琨(270—317)兩位逸材。他們試圖把文風辭藻回歸到以往王粲、潘岳那樣清拔豐麗③,却因當時時機尚早、寡不敵衆而未能成功。直至東晋末期義熙年間(405—418),謝混(? —412)和殷仲文(? —407)等修辭文學領袖出現,尤其是謝安的孫子謝混,

---

① 有關許詢的生卒年代,參照石川忠久論文《關於許詢》(載《櫻美林大學中國文學論叢》第 2 號,1970 年)以及同氏著作《陶淵明及其時代》(東京:研文出版,1994 年)。

② 有關孫綽的生卒年代,參照蜂屋邦夫《孫綽的生涯與思想》(《東洋文化》第 57 號,1977 年)。

③ 《詩品》中品"晋宏農太守郭璞"條曰:"憲章潘岳,文體相輝,彪炳可玩。始變永嘉平淡之體。"同中品"晋太守劉琨"條曰:"其源出於王粲。"

他們繼承了之前郭璞、劉琨的詩風，華麗地登上了貴族詩壇，開始改革當時沉滯的作風。東晉末期詩壇的萌動，至宋初元嘉(424—453)年間進一步達到飛躍性的發展。而最終使"山水詩"這一朵富艷多彩的大花得以盛放，正是稀世詩宗謝靈運(385—433)。

简單來説，作爲"山水詩"的開拓者，謝靈運是一位劃時代的大詩人。對於這一事實，清代以後的詩豪、碩學之士們已經給予了充分的評價。所見如：

a. 王士禎《漁洋山人文略》卷二所收《雙江唱和集序》：

漢魏間詩人之作，亦與山水了不相及。迨元嘉間，謝康樂出，始創爲刻畫山水之詞，務窮幽極渺，抉山谷水泉之情狀。昔人所云"莊老告退，而山水方滋"者也。宋齊以下，率以康樂爲宗。

b. 沈德潜《説詩晬語》：

劉勰《明詩篇》曰："莊老告退，而山水方滋。"見游山水詩以康樂爲最。

c. 章炳麟《國故論衡·辨詩》：

玄言之殺，語及田舍，田舍之隆，旁及山川雲物，則謝靈運爲之主。

在此順帶一提，謝靈運是東晉後期最顯赫的名門貴族陳郡謝氏的嫡系子孫。他出生於會稽，是東晉二品車騎將軍謝玄(343—388)的愛孫。他因襲封祖父爵位"康樂縣公"，又被稱爲"謝康樂"。原本他在會稽、吳興一帶擁有廣大的莊園，日夜享受着奢華的生活，然而諷刺的是，他的人生與他崇尚的老莊思想的理想恰恰相反，他不僅長年在中央與地方的官海間浮沉，最終還因逆反罪被判處棄市之刑。有關謝靈運的詩風，梁代鍾嶸在《詩品》卷上(上品)中有如此評價："其源出於陳思，雜有景陽之體。故尚巧似，而逸蕩過之，頗以繁蕪爲累。嶸謂若人興多才高博，寓目輒書，内無乏思，外無遺物，其繁富宜哉！然名章迥句，處處間起；麗典新聲，絡繹奔會，譬猶青松之拔灌木，白玉之映塵沙，未足貶其高潔也。"根據以上評語，謝靈運的詩風才學橫溢、詞藻富艷，追求形似甚至趨於繁雜，并且盡力避免平凡樸素的表達、力求采用新奇多彩的辭藻以追求出色的作品。那麼，謝靈運"山水詩"的真實面貌究竟如何？下一節將加以探討。

二 謝靈運的山水詩

究竟謝靈運真正開始創作被後世稱爲"山水詩"的叙景詩是在何時呢？我試着通過考察謝靈運的現存詩集，發現他描寫山水的最早詩句應該是東晉末期、晉安帝義熙年間的作品。義熙十四年(418)九月九日重陽節，謝靈運34歲時所作的《九日從宋公戲馬臺集送孔令詩》開頭四句如下："季秋邊朔苦，旅雁違霜雪。淒淒陽卉腓①，皎皎寒潭潔。"(《文選》卷20)但是，這種簡樸陳腐的叙

---

① 《詩經·小雅·四月》有"秋月淒淒，百卉具腓"句。《毛傳》曰："淒淒，涼風也。卉，草也。腓，病也。"

景方式并不是謝靈運詩歌中特有的,在他以前的詩人,尤其是建安時期的曹植、王粲,西晉的潘岳、張協、陸機,東晉的郭璞、謝混等人的詩,比這更爲巧麗多彩的自然描寫也不少。

如果真是這樣的話,謝靈運最早被明媚山水的魅力所吸引,正式開始創作"山水詩"的時間點,大概就如同小尾郊一先生在《謝靈運——孤獨的山水詩人》(東京:汲古書院,1983年,後編《歌唱山水的詩人》)裏已經明確指出那樣,應是在劉宋王朝開國後不久的永初三年(422)秋,謝靈運38歲時作《過始寧墅詩》的時候。小尾的論文是如此論述的:"謝靈運的詩叙景的部分很多,且能稱得上真正的'山水詩'首次出現,是在他赴永嘉太守任途中經過故鄉始寧時的事。這首詩歌作品名爲《過始寧墅詩》(《文選》卷26)。他從京都出發往永嘉所作的《永初三年七月十六日之郡初發都詩》和《鄰里相送至方山詩》都完全沒有叙景的内容。"(第286—287頁)

我第一次讀《過始寧墅詩》時就發現其用典方式相當複雜,因而詩句的表達也顯得格外精巧,全篇給人一種難解的印象。在此,我們姑且先試着對這首詩進行讀解:

> 束髮懷耿介,逐物遂推遷。違志似如昨,二紀及兹年。緇磷謝清曠,疲薾慚貞堅。拙疾相倚薄,還得静者便①。剖竹守滄海,枉帆過舊山。山行窮登頓,水涉盡洄沿,岩峭嶺稠叠,洲縈渚連綿。白雲抱幽石,緑筱媚清漣。葺宇臨回江,築觀基曾巔,揮手告鄉曲,三載期歸旋。且爲樹枌檟,無令孤願言。

或許,因爲謝靈運做官以後相隔約二十年纔終於回到故鄉的莊園,這時他再次被明媚多彩的山水所吸引,因而興起了這樣的靈感,并無意中抓住了再現山水美的詩歌創作契機。那麽,現在我們稍微轉换一下角度,來看謝靈運現存詩歌中描寫山水比例最大的作品吧。按前文提及小尾氏的論文②所説,這首作品就是《於南山住宅往北山經湖中瞻眺詩》(《文選》卷23)。此詩全篇二十二句中,實際上叙景部分占了八成。其詩曰:

> 朝旦發陽崖,景落憩陰峰。舍舟眺回渚,停策倚茂松。側逕既窈窕,環洲亦玲瓏。俯視喬木杪,仰聆大壑淙。石横水分流,林密蹊絶踪。解作竟何感,升長皆丰容。初篁苞緑籜,新蒲含紫茸。海鷗戲春岸,天鷄弄和風。托化心無厭,覽物眷彌重。不惜去人遠,但恨莫與同。孤游非情嘆,賞廢理難通。

顯然,這首詩與《過始寧墅詩》不同,作者把前置的、形式上的導入部分全部省略,開篇便立即描繪山水景物,這樣的景象描寫正是全詩最主要的組成部分。"不惜去人遠,但恨莫與同。孤游非情嘆,賞廢理難通。"作者此刻在欣賞

---

① 《老子》第十六章曰:"歸根曰静,静曰復命。"
② 《謝靈運——孤獨的山水詩人》,第291—294頁。

着明媚多彩的山水景色,若不把這些美景原封不動地保留在詩中,那麽,自然觀賞的理念以後究竟會變成怎樣? 我們通過字面也能深刻地感受到,謝靈運對山水之美抱有一種近乎悲情的執着。爲求穩妥,我們再看另一首山水描寫比例第二多的作品———《從斤竹澗越嶺溪行詩》(《文選》卷22),其詩曰:

猿鳴誠知曙,谷幽光未顯。巖下雲方合,花上露猶泫。逶迤傍隈隩,苕遞陟陘峴。過澗既厲急,登棧亦陵緬①。川渚屢逕復,乘流玩回轉。蘋萍泛沉深,菰蒲冒清淺。企石挹飛泉,攀林摘葉卷。想見山阿人,薜蘿若在眼。握蘭勤徒結,折麻心莫展。情用賞爲美,事昧竟誰辨。觀此遺物慮,一悟得所遣。

同樣地,這首詩省略了序言部分,開篇即開始描寫山水景物。全篇22句中,寫景部分有14句,占了六成以上。詩中所謂的"賞",按小尾論文中所説應是接近"自然觀賞"的意思,更確切地説的話,就是意味着超越世俗、與山水自然達到"物我一體"的隱逸意境。② 如此想來,謝靈運這種觀賞自然的境界雖説原本是受了老莊與佛教思想的引導所產生的理想生活心境,但終究也不過是屬於貴族游樂範疇的一種消閑理念。單從這首詩看來,這種"賞"的境界對當時的謝靈運來說似乎意味着無可替代的、悲壯的使命感,仿佛是一種接近於"頓悟"的境界。

總的來説,本文通過列舉以上三篇謝靈運的詩歌對"山水詩"的成立事情進行考察,其中最值得注目的是這三篇詩歌均創作於始寧莊園,不知是必然或是偶然。不僅如此,除以上三篇之外,他在這個別墅中創作的歌咏山水的詩還有《田南樹園激流植楥詩》(《文選》卷30)、《石門新營所住四面高山回溪石瀨茂林修竹詩》(同上)、《石壁精舍還湖中作詩》(《文選》卷22)、《南樓中望所遲客詩》(《文選》卷30)、《登石門最高頂詩》(《文選》卷22)等。這樣一來,通過對謝靈運"山水詩"的創作傾向進行整體性的考察,關於"山水詩"的成立時間似乎可以初步設定爲劉宋初期武帝永初三年(422)。至於考察驅使謝靈運大力集中創作"山水詩"的環境時,我們尤其應該把焦點鎖定在始寧莊園所作的詩,而不是謝靈運所有的山水詩。我想,這個初步的設定也未必是過於輕率的猜想。

那麽,爲何"山水詩"不在東晉中後期出現,而是直到劉宋初期纔由謝靈運這位頂尖的貴族文人使其勃然興起呢? 另外,東晉中期"玄言詩"的全盛時代與劉宋初期"山水詩"的勃興期之間,是否有什麼能够左右當時文運的決定性事件介入呢? 下一章,我將就相關的歷史、社會方面變動的必然性進一步加以探究。

---

① 此二句中的"歷"和"陵"均是"越過"之意。例如晋葛洪《抱朴子·内篇·序》曰"假令奮翅則能陵厲玄霄",此二句與《晋書·葛洪傳》所引相同。

② 小尾郊一《中國文學中呈現的自然與自然觀》,第290—295、530—559頁,以及同氏著《謝靈運——孤獨的山水詩人》,第297頁。

三　淝水之戰與新興軍事政權的抬頭

1. 淝水之戰的經過

在東晋百年已經過三分之二、進入末期之時，孝武帝太元八年（383），北朝前秦王苻堅率領百萬大軍南下，從東晋的東北邊境入侵。如此一來，待戰機成熟，前秦軍與東晋軍在壽春、淮南一帶激烈交戰，這次會戰史稱"淝水之戰"。想來，這次大會戰確實是東晋建國以來賭上王朝命運的一大國難。但令人意外的是，就我所見，自古以來都找不到關於這次會戰前因後果的系統的追迹記錄或解説。當然，在史書裏，如北宋司馬光（1019—1086）《資治通鑑》卷105（晋紀孝武帝太元八年）載有相關記錄的條目，但説到底也不過是從正史中采集各種片斷逸話而成的。另一方面，縱觀近代以來的史學家的論著，大體上都傾向於同樣的管見，唯有吕思勉《兩晋南北朝史》的第六章《東晋中葉形勢下》裏的一番解説，主要根據《晋書·載紀》（苻堅下），忠實地對當時的戰局形勢變化進行分析，且我認爲他的論述頗得要領。現不厭其煩鈔録於下，以作參考：

太元八年（383年），苻堅大興入寇。堅先使苻朗守青州，又以裴元略爲西夷校尉、巴西、梓潼二郡太守，令與王撫備舟師於蜀。已又下書：悉發諸州公私馬。人十丁遣一。兵門在灼然者，爲崇文義從。良家子年二十已下，武藝驍勇、富室材雄者，皆拜羽林郎。遣苻融、張蚝、苻方、梁成、慕容暐、慕容垂率步騎二十五萬爲前鋒。堅發長安，戎卒六十餘萬，騎二十七萬。前後千里，旌鼓相望。堅至項城。涼州之兵，始達咸陽；蜀漢之軍，順流而下；幽、冀之衆，至於彭城；東西萬里，水陸齊進。融等攻陷壽春。垂攻陷項城。梁成與其梁州刺史王顯，弋陽太守王詠等，率衆五萬，屯於洛澗，柵淮以遏東軍。晋以謝石爲征討都督，與謝玄、桓伊、謝琰等，水陸七萬，相繼拒融，去洛澗二十五里。龍驤將軍胡彬，先保硤石，爲融所逼，糧盡，潛遣使告石等曰："今賊盛糧盡，恐不復見大軍。"融軍人獲而送之。融乃馳使白堅，曰："賊少易俘，但懼其越逸。宜速進衆軍，犄禽賊帥。"堅大悦，舍大軍於項城，以輕騎八千，兼道赴之。令軍人曰："敢言吾至壽春者拔舌。"故石等弗知。劉牢之率勁卒五千，夜襲梁成壘，克之，斬成及王顯、王詠等十將，士卒死者萬五千。謝石等以既敗梁成，水陸繼進。堅與苻融，登城而望王師。見部陣齊整，將士精鋭。又望八公山上草木，皆類人形。顧謂融曰："此亦勁敵也，何謂少乎？"憮然有懼色。堅遣朱序説石等以衆盛，欲脅而降之。序謂石曰："若秦百萬之衆皆至，則莫可敵也。及其衆軍未集，宜在速戰。若挫其前鋒，可以得志。"石聞堅在壽春，懼，謀不戰以疲之。謝琰勸從序言。遣使請戰，許之。時張蚝敗謝石於肥南，謝玄、謝琰勒卒數萬，陣以待之，蚝乃退。堅列陣逼淝水，王師不得渡。玄遣使謂融曰："君縣軍深入，置陣逼水，此持久之計，豈欲戰者乎？若小退師，令將士周旋，僕與君公，緩轡而觀之，不亦美乎？"堅衆皆曰："宜阻淝水，莫令得上。我衆彼寡,勢必萬全。"堅曰:"但却軍令得過,而我以鐵騎數十萬,向水逼而殺之。"融亦以爲然。遂麾使却陣。衆因亂,不能止。玄與琰、伊等,以精銳八千,涉渡淝水。石軍距張蚝,小退。琰、玄仍進。決戰淝水南。堅中流矢。臨陣斬融。堅衆奔潰,自相蹈藉,投水死者,不可勝計,淝水爲之不流。餘衆棄甲宵遁,聞風聲鶴唳,皆以爲王師已至,草行露宿,重以饑凍,死者十七八。堅遁歸淮北。時十月也。(《兩晋南北朝史》,北京:北京理工大學出版社,2016年,第224—225頁)

簡要概括來説,"淝水之戰"的結局是東晋軍隊以不到八萬兵士將十倍於己的前秦大軍打得體無完膚,以壓倒性的優勢奇迹般地贏得了勝利。但是,東晋軍的大勝背後究竟有何原因? 不必多想,東晋軍之所以能大勝,絶不是依靠以當時一流貴族爲主體的最高統帥部的絶妙作戰,倒不如説前秦王苻堅恃衆自信、對戰局判斷錯誤以及作戰失敗纔是主因。同時,從東晋的

淝水戰要圖

角度來看,跟從柔弱無能的貴族領袖却依然奮斗力戰、擊破衆敵的劉牢之以及兵馬精强、軍律嚴整的北府軍的存在,似乎纔是導致戰局走向有利的關鍵因素。關於這一事象,相信我們此刻無法籠統地略過。

2. 謝氏一族的無能無策與優柔虛榮

在前秦王苻堅大舉入侵之際,東晋政府的最高首腦部門幾乎是被陳郡謝氏一門獨占的。毫無疑問,謝氏當時已經取代琅琊王氏,攀升到東晋貴族之首的地位。特別是謝安(320—385),作爲當時的司徒(宰相)兼征討大都督,擔負着指揮與統轄全軍將帥的最高司令官的重任。其弟謝石(327—388)任假節征討大都督,兄子謝玄(343—388)任冠軍將軍兼負責迎擊苻堅的前鋒都督的職務,而前述的勇將劉牢之則時任參軍。然而,從自謝安以下的這些謝氏高官們的態度來看,在面臨前所未有的國家危機時,其優柔寡斷與虛榮的姿態就徹底地暴露出來。以下,將以謝安的態度爲中心呈示幾個顯著的事例。

a.《晋書·謝安傳》曰:

時苻堅强盛,疆埸多虞,諸將敗退相繼。安遣弟石及兄子玄等應機征討,所在克捷。拜衛將軍、開府儀同三司,封建昌縣公。堅後率衆,號百萬,次於淮肥,京師震恐。加安征討大都督。玄入問計,安夷然無懼色,答曰:"已別有旨。"既而寂然。玄不敢復言,乃令張玄重請。安遂命駕出山墅,親朋畢集,方與玄圍棋賭别墅。安常棋劣於玄,是日玄懼,便爲敵手而又不勝。安顧謂其甥羊曇曰:"以墅乞汝。"安遂游涉,至夜乃還,指授將帥,各當其任。"(《晋書》,北京:中華書局,1974年)

試想在戰局告急的情況下，司令官的準確、敏捷的應對是取得絕對勝利的要訣。但從上述記載看來，作爲征討大都督的謝安對前鋒都督謝玄的提問反應却出乎意料地悠然，僅以一句"已別有旨"就把當時明擺在面前的問題搪塞過去，避開正面回答。謝安的"旨"雖然確實在當天深夜之後快馬加急直接傳達給前綫的將帥，但在應對爭分奪秒的緊迫戰局時，最高司令官的指令竟如此不負責任與耽誤時間，這樣的應對是非常不現實的。

　　另一方面，謝玄同樣作爲前綫部分長官，處於直接應對當前戰局的絕好地位，但他却没能很好地履行這個職責。謝玄乖乖地長途跋涉束上建康，專程向那位并不怎麽精通戰場實況的謝安詢問應對計策，這種行爲真是毫不可靠、毫無見識，難免要被誹謗成狡猾地逃避責任。

　　b. 又《世説新説·尤悔篇》注引劉宋檀道鸞《續晉陽秋》曰：

　　　　（桓冲）聞符堅自出淮、淝，深以根本爲慮①，遣其隨身精兵三千人赴京師。時安已遣諸軍，且欲外示閑暇，因令冲軍還。冲大肆大驚曰："謝安乃有廟堂之量，不閑將略，吾量賊必破襄陽，而并力淮、淝，今大敵果至，方游談示暇，遣諸不經事年少，而京師實寡弱，天下誰知，吾其左衽矣！②"

　　附帶説一下，桓冲（328—384）是西府軍總帥桓温（312—373）之弟，當時作爲荆州刺史統轄桓温去世後的西府，集中力量做好了防衛符堅的準備。桓冲派出西府三千精鋭去首都防衛時，有關他當時就謝安所表示出來令人意外的反應，《晉書·桓彝傳》附《桓冲傳》裏有更爲具體的記載："（謝安）謂三千人不足以爲損益，而欲外示閑暇，聞軍在近，固不聽。報云：'朝廷處分已定，兵革無闕，西藩宜以爲防。'"讀到此處，讀者應該更容易把握當時的情況吧。

　　想必，此時謝安的應對多半是針對西府勢力進出首都所采取的警戒措施。儘管如此，謝安的日常生活，特別是從桓冲這樣的武將的眼光看來，面對國家危難時急與作出準確敏捷的措置，祇顧表面上粉飾太平，日夜於貴族的游談間度過，這簡直就是無能無策與優柔虚榮的極致表現。"現在的我們不久就會穿上野蠻人的服裝成爲异民族的奴隸！"桓冲的這番話正是對無能、不負責任的謝安的沉痛而又強烈地批評、蔑視與叱駡。

　　c. 另有《晉書·謝安傳》曰：

　　　　玄等既破堅，有驛書至，安方對客圍棋，看書既竟，便攝放床上，了無喜色，棋如故。客問之，徐答云："小兒輩遂已破賊。"既罷，還内，過户限，心喜甚，不覺屐齒之折，其矯情鎮物如此。

　　這個有名的插曲的前段部分——謝安正在與客對弈，碰巧淝水的捷報傳

---

① "根本"即謂京師建康。《詩經·大雅·民勞》曰"惠此中國"，《毛傳》釋曰："中國，京師也。"又鄭箋釋曰："京師者，諸夏之根本。"

② 此句基於《論語·憲問篇》中孔子之語，曰："微管仲，吾其被髮左衽矣。""被髮"乃散髮不作髻之意，"左衽"乃瓣襟向左掩之意，二者均指野蠻的异族風俗，意思是"淪爲夷狄的奴隸"。

來,他故意表現得與平常神情無异的場面早就被南朝劉宋劉義慶的《世説新語·雅量篇》采録在内。此外,按《晋書》文中所謂"矯情",即指故意隱藏真情、僞飾外在的行爲。當時貴族之間的"雅量"無疑就是"虚榮"的别稱。

通過以上諸例可見,在面臨前所未有的國難情況下,謝氏一族,尤其是作爲當時領袖的謝安本應承擔其身爲宰相、征討大都督的重任,率先采取應對措施。然而,他却根本不打算直視時局的實況,衹是虚張聲勢、日夜沉浸在貴族游談和游樂之中。作爲一族領袖尚且如此不堪,可想而知謝氏一族是何等的毫無見識、不負責任。當時謝氏一族的放逸懶散的生活態度,我個人認爲多半是由於王導以來貴族專擅政治體制之上早已根深蒂固的緣故。然而,這種以謝氏爲中心的近乎絶對的貴族社會却并未能長久持續。無論當時貴族如何權傾一時,以"淝水之戰"爲契機,貴族們的無能無策、虚榮欺瞞的本質,早已被身經百戰的將帥們輕易看透,結果招致了他們的不信任和輕蔑。

3. 東晋末期新興政權的抬頭

東晋中後期,與以陳郡謝氏爲首的高級士族之無能無策、文弱至極相對照,一股以"淝水之戰"爲契機出現的勢力,正急速建立起軍事自信、并在之後續發的動亂中悄然而起,這就是奮力戰鬥、真正左右着東晋命運的北府和西府的將帥們。其中尤以北府軍的猛將劉牢之與繼他之後的劉裕二人的抬頭最爲引人矚目。

劉牢之(? —402),字道堅,彭城(江蘇省徐州市)人。他生於其曾祖劉義以來的武門,以世代勇壯著稱。劉牢之爲人沉着剛毅,富於計略。東晋末年孝武帝太元初年(376)時,北府軍爲了防備前秦軍苻堅的入侵招兵,劉牢之應謝玄之募入北府兵,爲其參軍。他作爲先鋒(監軍)領導精兵,不僅百戰百勝,深爲敵人所畏懼,甚至在苻堅的前秦軍入侵後,率領精兵五千殺敵一萬五千人,在"淝水之戰"之後也陸續在各地取得勝利,使北府軍威名遠播。其後,他被時任北府軍長官的貴族王恭(? —398)任爲府司馬,最終在王恭死後取而代之,一躍榮升都督,掌握了整個北府軍。之後在晋安帝隆安三年(399),孫恩之亂在會稽等地爆發,劉牢之率軍東討,屢次擊破敵軍、殺傷者甚多,他再因此進升爲前將軍,官拜都督吳郡諸軍事,後再以軍功封鎮北將軍,加封會稽五郡都督。到了此時,劉牢之的參軍劉裕已經表現得尤爲活躍,例如隆安五年(401),孫恩率軍十萬、樓船千餘急襲京口(江蘇省鎮江市)之時,劉裕竟以手中不足千人的兵力將之擊破。

然而,或許是由於劉牢之終究衹是一介武夫,到了晚年與建康政府的司馬道子、司馬元顯父子和西府的桓玄抗争,被卷入東晋後期的政治鬥争中,結果落得自縊而死,死後還遭到桓玄開棺斬首、暴尸於市(《晋書·劉牢之傳》)。在繼承劉牢之、掌握北府軍實權的强大軍事力量的背景下,幾度鎮壓東晋末期的動亂、最終取代東晋王朝,攀升至劉宋王朝初代皇帝之位的,正是寒門出身的風雲兒——劉裕。

劉裕(356—422),字德輿,與劉牢之同是彭城(江蘇省徐州市)人。他出生在曾祖父劉混以來的居住地晉陵郡丹徒縣京口里（江蘇省鎮江市），身高七尺八寸（即今183.5厘米），風容出衆，雖家貧却胸懷大志、不拘品行。劉裕初在前將軍劉牢之麾下任參軍，在孫恩之亂中橫跨水陸，屢立大功，在晉安帝隆安五年（401）八月封爲建武將軍（四品），官下邳太守。元興元年（402）正月，建康政府的司馬元顯和西府桓玄之間的爭戰開始，桓玄率荆楚大軍討伐元顯。首都建康被攻陷、元顯被殺時，因北府的劉牢之不聽其甥何無忌和參軍劉裕的諫言而投降桓玄，劉裕也無奈被迫跟從桓玄。元興二年（403）十二月，桓玄篡奪東晉帝位，稱楚王，劉裕與其弟劉道規、沛郡劉毅及前述的何無忌等九位北府將帥合謀，在京口、廣陵等地舉義兵。元興三年（404）二月，這次起義順利獲得成功，桓玄被殺，安帝復位。如此一來，劉裕以此大功出任使持節、都督揚州、徐州、兗州、豫州、青州、冀州、幽州、并州八州諸軍事（二品），名副其實地成爲北府軍的總司令官。其後，晚年的劉裕依然終無寧日。想來此時正處於歷史大轉折期，實在有太多各種各樣的大小動亂頻繁發生，僅僅在東晉末期的十幾年間，劉裕直接處理的内外大事就有很多，現在祇概括其中最主要的部分如下。

　　國内動亂方面，首先有從誅滅桓玄後的元興三年（404）冬十月到義熙七年（411）夏四月前後長達七年的盧循之亂。這次動亂是由前述的孫恩之亂的數千名殘黨擁立孫恩的妹夫盧循，南下以福建、廣東一帶爲根據地，後來攻上首都建康的一次道教集團的宗教性質的叛亂。此外，幾乎在同一時間，從義熙元年（405）二月到義熙九年（413）秋七月的前後八年間，在西邊的巴蜀之地發生了譙縱之亂。這次叛亂中，當時的安西府參軍譙縱（？—413）殺害了安西將軍兼益州刺史毛璩，占據蜀地、自稱成都王。不僅如此，劉裕還於義熙八年（412）九月殺害了一直以來反抗他的劉藩、謝混和劉毅。以上所舉大小動亂的鎮壓對於率領北府軍的劉裕來説，都是極其重要的討伐和處置。

　　另一方面，對山東南燕國和中原後秦國的討伐，與鎮壓上述國内叛亂相比，無疑對當時的劉裕來説具有更爲重大意義。先説對山東南燕國的北伐，在桓玄伏誅數年後，鮮卑族的南燕第二代天子慕容超前後多次侵犯東晉北境。於是，自義熙五年（409）四月至翌年（410）春二月，劉裕花了大約一年時間斷然實施討伐。他所率領的北伐軍出兵山東以來在各地大破敵軍，於義熙六年二月攻陷南燕首都廣固（山東省益都縣北東），捕獲慕容超，處死王公以下所有官員，收衆庶萬餘，馬二千匹。慕容超被押送至京師建康，問斬於市，南燕遂滅，南燕二主前後歷經十三年。另外，劉裕對中原羌族所建立的後秦國發動的北伐，是在平定盧循之亂、譙縱之亂等國内大小動亂的數年後。義熙十二年（416）秋八月開始到次年（417）閏十二月約一年半的時間，劉裕率領大軍從京師出發，迅速於十月攻陷洛陽，次年八月攻入長安，生擒羌主姚泓（388—417）。九月，没收彝器、渾儀、土圭等獻於京師，其他珍寶珠玉則分賜給將帥們。姚泓被送往京師建康問斬，後秦滅亡。後秦三主，共三十三年。（《宋書・武帝紀》）

　　如上所述，劉裕前後兩次北伐均取得了壓倒性的勝利，他所具備的强大軍事實力內外共睹。回顧一下永嘉之亂(307—321)以來,光復久遭夷狄蹂躪的中原是東晉王公貴族們長年所抱的悲壯宏願。祖逖(266—321)、褚裒(303—349)、殷浩(？—356)、桓溫(312—373)、劉牢之(？—402)等歷代豪族武將們雖多次北伐遠征,但全都以失敗與撤退告終,可見這是一件難以成就的事業。這個可謂長年悲願的困難事業,終於憑藉劉裕的軍事力量得以順利達成。這次北伐的碩大成果向東晉内外顯示了劉裕的威信,實際上説是充分的壯舉也不爲過。然而,儘管劉裕的北伐實現了北來王公貴族們想要克復中原的夙願,他的目標却不是爲了博取王公貴族的喝彩。若説爲何,那是因爲劉裕原本没有義務也没有必要去回報這些祇懂義理的王公貴族。而且劉裕甫達北伐的目的後并未選擇長時間留駐中原,而是立即趕回江南。非但如此,在他凱旋返回京師建康後不久的義熙十四年(418)六月,仿佛提前做好準備似地迅速升爲相國、宋公、受九錫之禮。這恐怕是因爲在他將要奪取東晉政權創立新王朝之際,首先有必要向北來的門閥貴族與内外各層人士顯示自己絶對的權勢。無論如何,在東晉末期的最後,劉裕平定内亂、北伐大勝,與以"淝水之戰"中開始變得愈加顯著的門閥貴族的衰退,恰恰如實地體現了以實力爲本的新興軍權的抬頭。

附帶一説,《世説新語·容止篇》有這樣一段叙述:

> 石頭事故,朝廷傾覆。溫忠武與庾文康投陶公求救,陶公云:"肅祖顧命不見及,且蘇峻作亂,釁由諸庾,誅其兄弟,不足以謝天下。"於時庾在溫船後聞之,憂怖無計。別日,溫勸庾見陶,庾猶豫未能往,溫曰:"溪狗我所悉,卿但見之,必無憂也!"庾風姿神貌,陶一見便改觀。談宴竟日,愛重頓至。

所謂"溪狗"是指溪族出身的番犬。陶侃(259—334)是廬江尋陽(江西省九江市)人,乃是平定蘇峻之亂的東晉王朝的柱石。在東晉初期的貴族全盛時代,即使如陶侃這樣的名將有時還會遭到北來貴族如此的蔑稱,但到了東晉後期,這種傲慢的貴族態度已潛影無蹤。這個現象也正是象徵着當時門閥貴族衰退、新興軍權抬頭的一個典型例子。

四　謝靈運的性格與其貴族特權意識

通過率領精强的北府軍達到新興軍權頂點的劉裕,在不久後即殺死晉安帝(397—418在位),改立恭帝(419—420在位),成功壓制一衆門閥士族,遂於永初元年(420)夏六月接受禪讓登上帝位,創立了劉宋王朝。

另一方面,在新興軍事政權下,身處當時門閥貴族社會頂點的陳郡謝氏,尤其是名門貴族公子之首——謝靈運(385—433),他的命運又是如何？與其生卒年代相近的南梁人沈約(441—513)在《宋書·謝靈運傳》中對他的稟性、環境、生涯經歷有如下描述:

> 謝靈運,陳郡陽夏人也。祖玄,晉車騎將軍。父瑛,生而不慧,爲秘書

郎,蚤亡。靈運幼便穎悟,玄甚异之,謂親知曰:"我乃生瑊,瑊那得生靈運!"

靈運少好學,博覽群書,文章之美,江左莫逮。從叔混特知愛之。襲封康樂公,食邑二千户。……性奢豪,車服鮮麗,衣裳器物,多改舊制,世共宗之,咸稱謝康樂也。

根據這條記録所説,謝靈運從幼童時期起就出類拔萃、聰敏過人,因此一直都在祖父的溺愛中成長。弱冠之後,他又因學問淵博、詩文不俗於群而受到周圍的眷顧和重視。而且他的生活也跟典型的名門貴公子一樣,常常追求新玩意,極盡奢華。如此想來,在這種過分被眷顧的少年時期過後,謝靈運固然能適應貴族獨尊的安定時代,却不可能適應波瀾萬丈的改革期。不出意料地,其後謝靈運的生活態度確實相當傲慢。

同是根據《宋書·謝靈運傳》,記録了宋朝建立初時武帝永初元年(420)及永初三年(422)夏,謝靈運38歲時赴任永嘉太守時所出現的不尋常舉動,如下所述:

(東晋義熙十四年六月,謝靈運)仍除宋國黄門侍郎,遷相國從事中郎,世子左衛率。坐輒殺門生,免官。高祖受命,降公爵爲侯,食邑五百户。起爲散騎常侍,轉太子左衛率。靈運爲性褊激,多愆禮度,朝廷唯以文義處之,不以應實相許。自謂才能宜參權要,既不見知,常懷憤憤。……少帝即位,權在大臣,靈運構扇异同,非毀執政,司徒徐羨之等患之,出爲永嘉太守。郡有名山水,靈運素所愛好,出守既不得志,遂肆意游遨,遍歷諸縣,動逾旬朔,民間聽訟,不復關懷。所至輒爲詩咏,以致其意焉。在郡一周,稱疾去職,從弟晦、曜、弘微等并與書止之,不從。

長期當官以後的謝靈運有時爲激情所驅使,不加區别甚至殺死自己的門生。他非常放肆,不顧禮儀法度,由於自己的意願得不到滿足而滿腹牢騷。即使是在他成爲永嘉太守以後,謝靈運也并未認真執行職務,而是不分時候地在管轄範圍内的名地游玩,實在是赤裸裸的貴族特權意識的表現。

而且,謝靈運這種徹底表現出貴族特權意識的生活態度,即使是在他歸任京師之後也没有絲毫改變。《宋書·謝靈運傳》接下來是如此記載的:

(靈運)既自以名輩,才能應參時政,初被召,便以此自許,既至,文帝唯以文義見接,每侍上宴,談賞而已。王曇首、王華、殷景仁等,名位素不逾之,并見任遇,靈運意不平,多稱疾不朝直。穿池植援,種竹樹菫,驅課公役,無復度。出郭游行,或一日百六七十里,經旬不歸,既無表聞,又不請急,上不欲傷大臣,諷旨令自解。靈運乃上表陳疾,上賜假東歸。

雖然文帝如此細心關照,但遺憾的是生來偏激、自負心很强的謝靈運對於天子無微不至的厚情,以及早已變化的時世并没有打從心底感悟的器量。恰恰是這種偏激和放縱,最終成了奪取謝靈運生命的導火綫。

回到始寧莊園後,謝靈運一直遨游,"游娛宴集,以夜續晝",旁若無人,實在令人訝异。《宋書·謝靈運傳》云:

> 靈運因父祖之資,生業甚厚。奴僮既衆,義故門生數百,鑿山浚湖,功役無已。尋山陟嶺,必造幽峻,岩嶂千重,莫不備盡。登躡常着木履,上山則去前齒,下山去其後齒。嘗自始寧南山伐木開徑,直至臨海,從者數百人。臨海太守王琇驚駭,謂爲山賊,徐知是靈運乃安。

此時,謝靈運全靠父祖輩以來積攢下來的莫大財産,實施長達130千米的新建道路設施,毫無顧忌地帶着數百侍從,想必是以領主的身份進行實地視察吧。

此外,《宋書·謝靈運傳》中又云:

> 會稽東郭有回踵湖,靈運求決以爲田,文帝令州郡履行。此湖去郭近,水物所出,百姓惜之,(孟)顗堅執不與。靈運既不得回踵,又求始寧岯崲湖爲田,顗又固執。靈運謂顗非存利人,政慮决湖多害生命,言論傷之。與顗遂隙。因靈運橫恣,表其异志,發兵自防,露板上言。

此時,即使謝靈運并無謀反之心,却毫不顧及百姓的利益,到處貫徹自己"橫恣"的作風。

前述的回踵湖、岯崲湖事件,因謝靈運回京面聖進行解釋而得到了相應處置。謝靈運未能再次回到始寧莊園,而是被任命爲臨川内史(諸王國的民政長官,五品)。有關他後面的舉動,《宋書·謝靈運傳》中如下所述:

> 太祖知其見誣,不罪也。不欲使東歸,以爲臨川内史,加秩中二千石,在郡游放,不异永嘉,爲有司所糾。司徒遣使隨州從事鄭望生收靈運,靈運執録望生,興兵叛逸,遂有逆志,……追討禽之,送廷尉治罪。廷尉奏靈運率部衆反叛,論正斬刑,上愛其才,欲免官而已,彭城王義康堅執謂不宜恕,乃詔曰:"靈運罪釁累仍,誠合盡法。但謝玄勳參微管①,宜宥及後嗣,可降死一等,徙付廣州。"

> 追討禽之,送尉治罪。廷尉奏靈運率部衆反叛,論正斬刑,上愛其才,欲免官而已,彭城王義康堅執謂不宜恕,乃詔曰:"靈運罪釁累仍,誠合盡法。但謝玄勳參微管,宜宥及後嗣,可降死一等,徙付廣州。"其後……有司又奏依法收治,太祖詔於廣州行棄市刑。……時元嘉十年,年四十九。

附帶一提,唐代李延壽在《南史·謝靈運傳論》中如此評價:"靈運才名,江左獨振。而猖獗不已,自致覆亡。"又宋代司馬光《資治通鑑·宋紀四·文帝元嘉十年》中亦云:"靈運恃才放逸,多所陵忽,故及於禍。"誠然,謝靈運會落得被棄市的下場,是由於他看不清時代早已變化,却仍舊以"偏激""猖獗""放逸"這

---

① "微管"指春秋時代齊桓公的名相管仲,用來比喻功勳顯著的大臣。

種上品門閥公子的習氣行事，結果自招禍患，迎來了如此悲哀的人生結局。

五　廣大清雅的莊園與貴族才學的誇示
——對山水文學的傾注

不過話説回來，謝靈運的"山水詩"正是一種在他"偏激""放逸"的生活過程中開始創作的新的文藝方式。更具體地説，謝靈運在晋宋年間，他三十八、九歲的時候已經徐徐萌芽的山水愛好風潮的影響下，正式開始傾注大量心思，創作以山水爲題材的新式詩歌。那正是他回到了久别的故鄉始寧别墅，接觸到美好的山水之時。

在故鄉始寧别墅，這個屬於他自己的環境優美又廣大的莊園，對具有貴族特權意識、"偏激"又"放逸"的謝靈運而言，簡直是使他脱離新興軍事政權下幾近屈辱的官僚生活的世外桃源。唯有身在這個莊園，憑藉父祖遺留下來的莫大資產與權勢，他纔能回到從前甜蜜而又令人懷念的富足的少年時代，仿佛獨裁的領主一樣幾乎絲毫不受制約，可以盡情享受較爲自由的生活，正如謝靈運《過始寧墅詩》末句所云："揮手告鄉曲，三載期舊旋。且爲樹枌檟，無令孤願言。"

就這樣，謝靈運遠離了中央政界的極爲不愉快的桎梏，做着幾乎毫無限制、自由自在任意而行的永嘉太守，之後在始寧别墅、會稽莊園的生活對謝靈運來説可謂是極度舒適暢快的另一個世界。想必此時在他的眼中，遠離俗世的山水看起來格外美麗。後來，謝靈運在永嘉、會稽一直都極度"肆意""橫恣"地揮霍財資、濫用權威，即在永嘉"肆意游遨，遍歷諸縣，動逾旬朔，民間聽訟，不復關懷"。然後在始寧、會稽"奴僮既衆，義故門生數百，鑿山浚湖，功役無已"，"自始寧南山伐木開徑，直至臨海，從者數百人"。此外，見到謝靈運以上種種"肆意""橫恣"的行徑，又會使人不禁想起他在 35 歲時因一時怒氣把門生如同螻蟻一樣隨意斬殺的"偏激"事件。這種意義上，謝靈運在永嘉、會稽豪恣放逸的生活，包括他贊美玩賞山水的詩作在内，其本質與老莊閑静的隱逸思想差異甚遠，更與普度衆生、頓悟成佛的佛教思想無緣。

對於傲慢自大的謝靈運來説，能使其貴族自尊心得到了滿足，且謝靈運對於新興軍事政權和社會階層唯一可以無條件地誇示的，就是他的莊園的壯麗山水和精博的才學。這兩樣都是粗野的新興階層無法輕易達到的高邁境界，也正是貴族比别人優越的所在。這也是《文心雕龍·明詩篇》中所謂："宋初文咏，體有因革，莊老告退，而山水方滋，儷采百字之偶，爭價一句之奇，情必極貌以寫物，辭必窮力而追新。"謝靈運爲了向當時的貴賤士庶誇示自家莊園的山水與自身的才學，盡可能地在詩作中賦予深玄、清幽的内容，其表達美的方式也是經過一番洗練所呈現的面貌，這是創作過程中不可缺少的條件。

在此，作爲參考，我想讓讀者想起當時貴族文人之間流行的"清談"的實況。當時一般的"清談"與其説是爲了深入探求人生的根源和道理的本質，還不如説是注重快速靈活的形式理論的表面應酬，也就是互相攀比精博犀利的才智與學識的、談論哲學的一個場合。我認爲,謝靈運的"山水詩"很大程度上也帶有這種氣息。也就是説,無論是謝靈運虛榮虛飾的創作意圖,還是他創作的山水詩中整體表現出來的濃烈的老莊思想、隱逸思想或佛教的頓悟思想,就連整齊巧致的對偶句、新奇殊妙的創作構思,這些都是當時貴族文人在"清談"的場合中極爲重視的貴族修養。不僅如此,這種素養實際上正是對當時粗野的新興階層顯示貴族優越性的絶好武器。

所幸的是自謝安的時代開始,謝家即已存在一種洗練的文化氛圍,見如《世説新語·言語篇》所云:"謝太傅寒雪日内集,與兒女講論文義。俄而雪驟,公欣然曰:'白雪紛紛何所似?'兄子胡兒曰:'撒鹽空中差可擬。'兄女曰:'未若柳絮因風起。'公大笑樂。"才女謝道韞看到從天上降落的細雪,意外地以"乘着地上吹起的旋風而在空中飛舞的柳絮"來譬喻。恐怕早在謝安時,謝家的人已經自覺認識到像這樣嶄新奇警的文學想象力是今後支撑着貴族文化的一大要素,因此在暗地裏也要求族中子女具備這樣的能力。而謝靈運年少時即因"少好學,博覽群書,文章之美,江左莫逮"被堂叔父謝混尤爲"知愛"(《宋書》本傳)。其後,雖然謝混在晋安帝義熙八年(412)九月,作爲劉毅的同黨而被當時的太尉劉裕誅滅,但他生來"善屬文",乃是義熙年間詩文改革的一大先鋒。如此一來,謝混對年輕的謝靈運在詩文革新方面決不會没有影響。

總之,劉宋王朝開遠當初,在新興軍事政權和新興掌權階層的下,謝靈運能無條件地向他們誇示到極致的,首先就是他廣大清幽的莊園山水,以及能將之表達得嶄新典雅的精博洗練的貴族才學。於是,把這兩種特性完美結合後形成的新文藝形態,正是謝靈運自己的"山水詩"及其畢生力作《山居賦》。

現存的《山居賦》是一篇僅正文已超過四千字的大作,殘文中還附有詳細絶妙的自注,同時被收録在沈約《宋書·謝靈運傳》中。其壯大的構想、精妙的表達可與班固《兩都賦》、張衡《二京賦》和左思《三都賦》等長篇名作相匹敵,這是公認的事實。令人驚異的是,不論是古今文學作品中少有的自注,還是各段均以詳細周到的文筆一一附記,都能看出謝靈運所花費的心思異常地多,這怎麼想都是不尋常的。有關謝靈運創作《山居賦》之事,首先《宋書·謝靈運傳》曰:

> 靈運父祖并葬始寧縣,并有故宅及墅,前移籍會稽,修營別業,傍山帶江,盡幽居之美。與隱士王弘之、孔淳之等縱放爲娱,有終焉之志。每有一詩至都邑,貴賤莫不競寫,宿昔之間,士庶皆遍,遠近欽慕,名動京師。作山居賦并自注,以言其事。

此外,謝靈運自己也在《山居賦》的序中以相當謙遜的口吻作出以下著述:

> 古巢居穴處曰岩栖,棟宇居山曰山居,在林野曰丘園,在郊野曰城傍,四者不同,可以理推。言心也,黄屋實不殊於汾陽①;即事也,山居良有异

---

① "汾陽"是汾水之北,指隱者的居處。《莊子·逍遥游》曰:"堯治天下之民,平海内之政,往見四子藐姑射之山,汾水之陽,窅然喪其天下焉。"

乎市廛。抱疾就閑，順從性情，敢率所樂，而以作賦。揚子雲云："詩人之賦麗以則。"文體宜兼，以成其美。今所賦既非京都宮觀，游獵聲色之盛，而叙山野草木水石谷稼之事，才乏昔人，心放俗外，咏於文則可勉而就之，求麗，邈以遠矣。覽者廢張、左之艷辭，尋臺、皓之深意，去飾取素，儻值其心耳。意實言表，而書不盡①，遺迹索意，托之有賞。

"真意在於言外，而且用文字書寫的詩文無法完全表達真意。然而祇有被書寫成詩文讀者纔能探得作者的真意，所以我祇好把真意托於這文中，好讓讀者也能玩賞這美好的山居山水"，這還真是委婉的説法，首先，《山居賦》以"京師"爲代表的"都邑"的"貴賤""士庶"爲概念，在此謝靈運的創作意圖已一目了然。對他來説，爲了向貴顯衆庶誇示自己莊園的優美，此刻他無論如何都想在正文中傾盡全力描寫"幽居之美"，而且還不惜無視傳統的詩文表現形態，特意添上詳細周到、具體的自注。

從以上謝靈運《山居賦》的成立過程來看，不禁令人想到當時的另一篇文學作品，即陶淵明(365? —427)的《歸去來兮辭》。當然，陶淵明是寒門出身，根本無法與上品士族出身的謝靈運相比，最多也不過是江西尋陽(江西省九江市)一個地方豪族。不過，關於陶淵明創作《歸去來兮辭》的經過，按《晉書》《宋書》的《隱逸傳》所記，在他 41 歲那年冬天在任彭澤縣令時，尋陽郡守想要派一位年輕的督郵到彭澤。陶淵明的下屬勸説他應穿上官服、束上大帶相迎，於是他長嘆曰："吾不能爲五斗米折腰，拳拳事鄉里小人邪！"即日便"解印去縣，乃賦歸去來"，趕緊回到故鄉柴桑縣(今江西省九江市西南部)。恐怕，這個與陶氏同鄉的督郵當時是個巧應時流的風雲兒吧。

陶淵明的《歸去來兮辭》衆所周知，其内容是歌咏回到久別的故鄉，在自家受到稚子僮僕温暖歡迎的、心安的生活，其次他還提及廣大的莊園中各式各樣的景物，曰："園日涉以成趣，門雖設而常關；策扶老而流憩，時翹首而遐觀。雲無心以出岫，鳥倦飛而知還；景翳翳其將入，撫孤松而盤桓。……或命巾車，或棹孤舟，既窈窕以尋壑，亦崎嶇而經丘。木欣欣以向榮，泉涓涓而始流，善萬物之得時，感吾生之行休。"《歸去來兮辭》與《山居賦》無論是創作動機還是構思方向都是令人驚異的相似，儘管陶、謝二人在出身方面有很大的懸殊，但從宏觀角度來看，這兩人真的不愧是相同時代的人。

最後，作爲本論的總結，鈔録《山居賦》及其自注一節，以具體確認這首賦的創作意圖。這正是鈴木虎雄《山水文學與謝靈運》(《支那文學研究》第 82 頁以下)中曾高度評價爲"有生彩之處"的一節，其正文中首先叙述"南北兩居"的廣大："若乃南北兩居，水通陸阻。觀風瞻雲，方知厥所。"據其自注中的解説，曰："兩居謂南北兩處，各有居止。峰崿阻絶，水道通耳。觀風瞻雲，然後方知其處所。"接着，正文又叙述了"南山"居室及其周圍景物，曰：

---

① 《易經·繫辭傳》曰："書不盡言，言不盡意。"

南山則夾渠二田，周嶺三苑。九泉別澗，五穀异穮。群峰參差出其間，連岫復陸成其坂。眾流溉灌以環近，諸堤擁抑以接遠。遠堤兼陌，近流開澨。凌阜泛波，水往步還。還回往匝，枉渚員巒。呈美表趣，胡可勝單。抗北頂以葺館，殷南峰以啟軒。羅曾崖於户裏，列鏡瀾於窗前。因丹霞以赬楣，附碧雲以翠椽。視奔星之俯馳，顧飛埃之未牽。鷗鴻翻翥而莫及，何但燕雀之翩翾。氿泉傍出，潺湲於東檐；桀壁對峙，硿礲於西溜。脩竹葳蕤以翳薈，灌木森沈以蒙茂。蘿蔓延以攀援，花芬薰而媚秀。日月投光於柯間，風露披清於崑岫。夏凉寒燠，隨時取適。階基回互，橑櫺乘隔。此焉卜寢，玩水弄石。邇即回眺，終歲罔斁。傷美物之遂化，怨浮齡之如借。眇遯逸於人群，長寄心於雲霓。

在自注中，謝靈運又以雕琢的文辭精心加以解説：

　　南山是開創卜居之處也。從江樓步路，跨越山嶺，綿亘田野，或升或降，當三里許。涂路所經見也，則喬木茂竹，緣畛彌阜。橫波疏石，側道飛流，以爲寓目之美觀。及至所居之處，自西山開道，迄於東山，二里有餘。南悉連嶺叠鄣，青翠相接，雲烟霄路，殆無倪際。從徑入谷，凡有三口。方壁西南，石門世□南，□池東南，皆別載其事。緣路初入，行於竹徑，半路閣，以竹渠澗。既入，東南傍山渠，展轉幽奇，异處同美。路北東西路，因山爲鄣。正北狹處，踐湖爲池。南山相對，皆有崖巖。東北枕壑，下則清川如鏡，傾柯盤石，被陴映渚。西巖帶林，去潭可二十丈許，葺基構宇，在巖林之中，水衛石階，開窗對山，仰眺曾峰，俯鏡浚壑。去巖半嶺，復有一樓。回望周眺，既得遠趣，還顧西館，望對窗户。緣崖下者，密竹蒙徑，從北直南，悉是竹園。東西百丈，南北百五十五丈。北倚近峰，南眺遠嶺，四山周回，溪澗交過，水石林竹之美，岩岫隈曲之好，備盡之矣。刊翦開築，此焉居處，細趣密玩，非可具記，故較言大勢耳。

由上可見，謝靈運對這篇《山居賦》的正文和自注投入如此心思精力，這是不尋常的。儘管作者在賦的序裏使用了謙辭，但是與班固、張衡、左思他們的長篇"京都"辭作品相比，在創作的本質上到底有什麼不同呢？而且《山居賦》的自注本身也可以説是一篇獨立的紀行文，從無處不在的美辭麗句和整齊對偶等特點可以看出，他對自注所傾注的創作意圖甚至高於正文。簡而言之，對於當時的謝靈運來説，不管是"山水"還是"山水文學"，都是展示自己廣大秀麗的莊園和精煉的貴族才學的最佳手段，而且也是讓他再次、也是最後一次夢回到從前（包括永嘉太守時期）能使他陶醉於貴族絶對優越感的美妙世界中，不是嗎？設想一下，對東晉的貴族文人來説，老莊思想是東晉全盛期貴族文人内在世界的歸宿，而"山水文學"却在其衰退期成爲他們宣示高度自尊心的一種方式。

[譯者附言]原文作於 2003 年 10 月 13 日，乃基於 2002 年 9 月 21 日九州

大學中國文學會主辦的第 200 届中國文藝座談會紀念大會的紀念演講及同年 9 月 28 日在北海道大學大學院文學研究科主辦的學術演講的講稿加以補訂而成,載日本九州大學《中國文學論集》第 32 號,2003 年,第 14—52 頁。

　　[作者簡介]岡村繁(おかむらしげる,1922—2014),日本滋賀縣人,於名古屋大學獲文學博士學位,先後在廣島大學、名古屋大學、東北大學、九州大學、久留米大學任教,生前爲九州大學名譽教授。著作編爲《岡村繁全集》,已翻譯成中文,上海古籍出版社 2009 年出版。

　　[譯者簡介]鍾卓螢,女,清華大學人文學院中文系在讀博士生。發表過論文《江戶美術中的李白接受研究》(《域外漢籍研究集刊》,2018 年 7 月)、《鍾嶸〈詩品〉在日本》(《中國詩歌研究動態》,2017 年 12 月)等。

論謝靈運詩中的"自然"*

[美]田　菱撰　王　瑩譯

　　早在宋代之時(960—1279),杰出文士在評價陶淵明(約365—427)時就開始將其與謝靈運(385—433)作比較。嚴羽(活躍於1180—1235)在其所著《滄浪詩話》中堅稱:"謝所以不及陶者,康樂之詩精工,淵明之詩質而自然耳。"①許多後來的學者也接受這一説法,雖然在具體表述上可能有所不同。例如,喬億(生於1692)評論道:"知能率高於能煉,則知謝不如陶。"②即使晚清有少數學者領會到謝靈運詩作中的自然性,他們往往也將之視爲通過精雕細刻而得來。沈德潛(1673—1769)曾將謝詩與陶詩作比較,認爲:"陶詩合下自然,不可及處,在真在厚。謝詩經營而反於自然,不可及處,在新在俊。陶詩勝人在不排,謝詩勝人正在排。"③

　　即使時至今日,一些學者仍然堅持要將謝陶放在一起比較。雖然知道謝陶二人的詩作都被各個時期的文學批評家概以自然的特點,他們還是認爲陶淵明是文學自然的集大成者。就此,他們常常引述《南史·顏延之傳》(顏延之,384—456)中的一段文字作例證。顏延之問鮑照(約414—466),自己與謝靈運的優劣如何時,鮑照答説:"謝五言如初發芙蓉,自然可愛;君詩若鋪錦列繡,亦雕繢滿眼。"④現代學者普遍將謝陶二人不同的詩歌風格特點精煉概述爲自然:他們認爲宋朝的讀者最先發現陶淵明作品中的這一體裁特點,而六朝

---

*　筆者要感謝讀者們的反饋,這些反饋對本文的某些創見助益非凡。筆者還要特別感謝 David Knechtges、Pauline Yu、Ronald Egan、Robert Hymes、David Schaberg、David Bello 以及兩名匿名讀者,他們具有真知灼見的評論賦予筆者的作品更豐富的内容。

①　郭紹虞校釋《滄浪詩話校釋》,北京:人民文學出版社,1998年,第151頁。
②　喬億《劍溪説詩》,收入郭紹虞編選《清詩話續編》,上海:上海古籍出版社,1983年,第1097頁。
③　沈德潛《説詩晬語》,收入《清詩話》,上海:上海古籍出版社,1999年,第532頁。原文爲:"陶詩合下自然,不可及處,在真在厚。謝詩經營而反於自然,不可及處,在新在俊。陶詩勝人在不排,謝詩勝人正在排。"在此文之前段,沈德潛還論述了謝靈運是如何通過精心營構而漸進自然。白振奎在《陶淵明謝靈運詩歌比較研究》(上海:上海辭書出版社,2006年,第131頁)中也將"反"字理解爲"返於"而不是"反對"之義。
④　李延壽《南史》,北京:中華書局,1975年,第881頁。

時期(220—589)的批評家誤解了謝靈運詩作中的這一特點，或最多祇是認爲謝詩在相對意義上具有自然的特點(例如，將其與更精雕細琢的顏延之作品對比時)。①

鑒於近期對謝詩中"自然"這一固有特性的否定，謝靈運詩集現代注釋本《謝靈運集校注》的校注者顧紹柏的觀點尤其值得借鑒。受明朝批評家王世貞(1526—1590)的啓發，顧紹柏認爲謝靈運通過巧妙的筆法實現了其詩的自然性。② 通過對謝靈運官場失意的原因、謝隱居的真實性和謝詩詩歌技巧的解讀進行重新評價，顧紹柏對文學界公認的老生常談的觀點提出了質疑，他爲謝詩在現代的解讀注入了新的觀點。③ 顧紹柏對謝詩的解讀中有很多值得特別注意的地方。首先，顧紹柏對謝詩中的自然特性的評價是建立在"自然"這一詞的含義是恒定不變的假設之上的。正如認爲謝詩不自然的現代讀者一樣，顧紹柏似乎未曾考慮過"自然"一詞在不同時期可能具有不同含義；認爲還有什麼詞能比"自然"的含義更顯而易見？然而，若我們對比歷史上對謝陶二人分別賦予的"自然"評價，就可以發現從六朝時期到宋朝，"自然"的含義發生了顯著變化。④ 再者，顧紹柏在謝詩中觀察到的缺點表明他沒能看到謝詩語境中的詩意。對顧紹柏而言，謝靈運喜歡以哲學思考作爲詩句結尾的習慣讓他的詩作比陶詩到底少了些自然，儘管陶詩也偏愛"玄理"。

最後，在顧紹柏看來，在詩中引經據典也"影響了謝詩的自然流動性"⑤。本文旨在分析針對謝靈運詩作的批評性評論。在第一節，鑒於南朝時期的批評家曾用該詞形容謝詩，因此，筆者仔細分析了"自然"這一描述性詞語，并指出由於這一詞語的含義隨着時間改變，一些批評家將謝靈運視作陶淵明的反面，是因爲陶淵明受宋朝文人所推崇的"自然"之概念與謝的"自然"并不相同。雖然在傳統文學評論中，"自然"這一概念的含義遠不能説是恒定不變的且往往受與其搭配使用的詞語影響，但批評家始終將其與真實的自我表達理想相區分。有些宋朝和之後的批評家會把陶淵明和杜甫等詩人對等地視作任真作詩的代表，但讀者一般不會用"自然"一詞形容杜甫的詩。同樣，認爲謝詩自然

---

① 參見徐公持《魏晋文學史》，北京：人民文學出版社，1999年，第617—618頁；袁行霈《陶淵明研究》，北京：北京大學出版社，1997年，第165頁；曹道衡、沈玉成《南北朝文學史》，北京：人民文學出版社，1991年，第55—56頁；沈振奇《陶謝詩之比較》，台北：台灣學生書局，1986年，第127頁。更近一些的白振奎在沈德潛的解讀上進一步研究，認爲謝靈運的詩作在經過文學雕琢後"返於自然"。白振奎所指的"自然"強調的是對自然的摹寫；謝客通過語言雕琢，"力圖摹寫自然的原貌，傳達出自然界的無限活力"。儘管如此，白振奎也認同主流觀點，認爲在六朝時期，謝靈運詩作的"自然"之特點需理解爲相對的：與顏延之更精雕細琢的詩作相比，謝靈運的詩作"顯得自然天成"；而與陶淵明的詩作相比，"謝詩當然顯得精工雕琢"。見《陶淵明謝靈運詩歌比較研究》，第131、134、137頁。

② 顧紹柏《謝靈運集校注》，鄭州：中州古籍出版社，1987年，第22頁。

③ 顧紹柏《謝靈運集校注》，第1—44頁。

④ 參考筆者在《閲讀陶淵明：歷史接受中的範式轉變(427—1900)》(Reading Tao Yuanming: Shifting Paradigms of Historical Reception (427—1900))(劍橋：哈佛大學亞洲中心，2008年，第204—210頁)一書中對宋朝的"自然"概念的討論及其陶淵明詩中的"自然"。

⑤ 顧紹柏《謝靈運集校注》，第27頁。

的批評家亦不會將他的詩作爲抒發真誠情感的典型。筆者認爲謝詩總體上展示了文學自然的一種形式，正如在六朝晚期的歷史背景下所呈現的那樣。

接着，筆者分析了謝靈運的山水詩是如何受其對《易經》追崇的影響的。這是需要更多學術關注的一個重要方面。按照謝靈運所處時代的標準和預期，他的詩作不僅僅是"自然的"，還遵從着一定的自然秩序：他對自然景觀的描繪在很大程度上受《易經》中的卦辭影響。正如《易經》呈現了連接天、人、自然的定序釋義體系，謝靈運將他所看到的這個世界呈現給世人，引述《易經》爲他的詩定序。并且，飽受讀者詬病的謝詩結構模式若從《易經》解釋學的角度來理解則合情合理：謝靈運在繪物描景後加上哲學思考的做法符合《易經》中以言表象、立象以盡意的說法。在這種背景下來看謝靈運的詩作，可發現其詩作不同部分的設置呈現出自然的過渡發展。因此，本文的下半部分着重於論述謝詩的組織結構，探討《易經》典故在其詩賦作品中所起的作用，包括他的代表作《山居賦》。謝靈運早期山水詩中對《易經》典故的援引可作爲其所有詩作的代表。

一　謝靈運的自然藝術

在南朝時期（420—589），謝靈運作爲山水詩派的代表被衆多文人模仿。由於沒有證據顯示鮑照的觀點與公認的觀點不同，他對於謝詩特點的描述説明了祇要"巧"運用得清麗脱俗而非華而不實，那麼文學的"自然"與"巧"并非是不可并存的。梁簡文帝蕭綱（503—551）經過深入研究，發現謝靈運詩作中的自然與巧其實是互補的。在寫給其弟蕭繹（508—555）的《與湘東王書》中，蕭綱解釋了爲什麼謝靈運是無法仿效的：

> 謝客吐語天拔，出於自然，時有不拘，是其糟粕……是爲學謝則不屆其精華，但得其冗長……謝故巧不可階。[1]

要理解"巧"的概念，我們可以先理解"形似"之義。在南朝時期，作家經常將"形似"作爲"巧"的同義詞或是表達"巧"義的一個修飾限定詞。[2] 鍾嶸（約469—518）在其所著的《詩品》中對謝靈運用藝術詞藻生動捕捉自然景物外觀的能力大爲贊賞，稱謝"尚巧似"[3]。鍾嶸也在張協（卒於307年）的詩中發現了這一特點，他認爲張協是謝靈運衆多模仿者中的一員；張協的作品具有"巧

---

[1] 以全梁文收録於《全上古三代秦漢三國六朝文》，北京：中華書局，1958年，第3011a頁。

[2] 關於六朝時期作家，如沈約、鍾嶸、劉勰，對"巧""形似"和"巧似"之用法的更詳細討論，參考收録於林順夫（Shuen-fu Lin）和宇文所安（Stephen Owen）合作主編的《漢末至唐代的詩歌》（*The Vitality of the Lyric Voice: Shih Poetry from the Late Han to the T'ang*）（普林斯頓：普林斯頓大學出版社，1986年）第105—129頁中孫康宜（Kang-i Sun Chang）所著的《六朝早期詩歌中的山水描繪》（"Description of Landscape in Early Six Dynasties Poetry"）。亦可參考孫康宜（Kang-i Sun Chang）所著的《抒情與描寫：六朝詩歌概論》（*Six Dynasties Poetry*）（普林斯頓：普林斯頓大學出版社，1986年）第67—78頁"謝靈運：一種新的描述模式"（"Hsieh Ling-yün: A New Descriptive Mode"）一章。

[3] ［梁］鍾嶸著，曹旭集注《詩品集注》，上海：上海古籍出版社，1994年，第160頁。

構形似之言"的特點。沈約(441—513)在其所著的《謝靈運傳論》末尾的文學史概覽中稱贊司馬相如"巧爲形似之言"①。

劉勰(約 465—約 522)在《文心雕龍·物色》中論述當代文學潮流時非常詳細地闡述了巧言和形似之間的關係:

> 自近代以來,文貴形似,窺情風景之上,鑽貌草木之中。吟咏所發,志唯深遠,體物爲妙,功在密附。故巧言切狀,如印之印泥,不加雕削,而曲寫豪芥。故能瞻言而見貌,印字而知時也。②

劉勰認爲巧言是作家將事物的外觀傳達給讀者的一個工具。最值得注意的是,巧言并非詩人刻意努力呈現在詩中的言語,而是渾然天成的。巧言用直接的表達複製自然的形態,恰如其分地捕捉到所要描寫之物的最細微之處,做到本物與所描寫的對象就像印章打在封泥上留下的印痕一樣,"毫芥"不差。

除了使用精確的語言形象地呈現細微之處,謝靈運還使用了一系列文學工具以生動地描繪出事物的自然形態,如用山水交替排偶的形式寫出其踞山臨水的地形和周圍環境以給讀者留下深刻印象。他對聲韻的使用,如押韵、雙生詞等,讓詩既具有連續性又帶有變化性。例如,《富春渚》中"溯流觸驚急""臨圻阻參錯"兩句詩中的"驚急"和"參錯"使用了雙聲詞。在《登永嘉綠嶂山》中"淡潋結寒姿""團欒潤霜質"兩句詩中的"淡潋"和"團欒"使用了叠韵。這些叠韵詞讓讀者更真切地感受到潺潺流水和光亮青竹的質感。③

雖然在他寫給其弟的《與湘東王書》中,蕭綱未詳細闡述自然和巧之間的關係,但却在信中用"吐語天拔"、仿若"出於自然"的描繪形容謝詩中的自然,從而給出了具有非凡啓發的建議。蕭綱在提醒時人勿要因其自然和技巧皆得而模仿謝靈運的同時,也努力引導他們遠離以樸質風格著稱的裴子野(469—530)。裴子野是當時另一位杰出的文人典範。值得注意的是,在蕭綱的辭典中,"自然"與謝靈運所例示的"巧"的概念是一體的,而與裴子野所例示的"質"的概念却不相同。而在六百多年之後,嚴羽徹底顛覆了這一組合,他在形容陶詩特點時將"自然"與"質"相聯繫,認爲謝詩不如陶詩,因爲謝詩"精工"。嚴羽的這一新組合說明"自然"的概念在六朝晚期到宋朝的這一期間已經發生了巨大的變化。在這種歷史背景下,我們不能理所當然地認爲宋朝時期的評價就

---

① 《宋書》,北京:中華書局,1974 年,第 1778 頁。

② 劉勰著,周振甫注《文心雕龍注釋》,北京:人民文學出版社,1998 年,第 494 頁。本段的其他翻譯參考宇文所安所著的《中國文學思想選讀》(*Readings in Chinese Literary Thought*)(劍橋:哈佛大學東亞研究委員會,1992 年)第 282 頁;孫康宜(Kang-i Sun Chang)所著的《六朝早期詩歌中的山水描繪》("*Description of Landscape in Early Six Dynasties Poetry*")第 105—129 頁;施友忠(Vincent Shih)《文心雕龍:中國文學中的思想與形式研究》(*The Literary Mind and the Carving of Dragons: A Study of Thought and Pattern in Chinese Literature*),紐約:哥倫比亞大學出版社,1959 年,第248 頁。

③ 在孫康宜(Kang-i Sun Chang)所著的《六朝早期詩歌中的山水描繪》中,她主要從詩句對偶的角度討論了謝詩中的"形似",同時指出謝靈運對詩眼和叠字的運用(第 105—129 頁)。筆者舉的例子是爲了說明謝靈運對叠韵詞和雙聲詞的使用也是其形似造詣的重要功臣,叠韵詞和雙聲詞具有將文字真切生動地傳達給讀者的效果。

是代表着自然標準或絕對價值觀。

蕭綱對謝詩優點（自然和巧）和缺點（不拘和冗長）的評價無疑與鍾嶸在《詩品》中對謝詩的評價相呼應：

> 其源出於陳思，雜有景陽之體。故尚巧似，而逸蕩過之。頗以繁蕪爲累。嶸謂：若人學多才博，寓目輒書，内無乏思，外無遺物，其繁富，宜哉！①

在評價謝靈運不拘且冗長的風格時，鍾嶸應該總結了劉繪（字士章，458—502）的評論。鍾嶸在《詩品上·序》中稱贊劉繪道出了許多詩歌品評，由其記載之。這些評論很可能代表了當時的輿論觀點②，但鍾嶸在之後加上了自己的看法（"嶸謂"）。

在鍾嶸看來，謝詩的"繁蕪"或"繁富"（取決於不同人如何看待）是在謝靈運作詩方法影響下一個順理成章的結果。鍾嶸從兩條綫鋪叙了他的觀點：他對謝靈運博學和才思的崇拜，以及他對謝靈運描繪自然景物筆法的評價。考慮到鍾嶸對當時的詩歌創作過度依賴於用典并不持樂觀態度這一背景狀況，"寓目輒書"堪稱鍾嶸對謝靈運的高度贊賞。③ 鍾嶸提倡在詩歌中從即目所見直接求得勝語佳句，而不是在前人典故或詩作中尋詞覓句，應扎根於"直尋"④。鍾嶸評論"直尋"鋪就了通往文學自然的道路。在《詩品中·序》中，鍾嶸悲嘆近期的詩歌創作"遂乃句無虚語，語無虚字，拘攣補衲，蠹文已甚。但自然英旨，罕值其人"⑤。在該句的上一句中，鍾嶸引用了謝靈運的"明月照積雪"作爲"觀古今勝語，多非補假，皆由直尋"的例子。⑥ 若如鍾嶸所言，謝靈運"寓目輒書"，那麽，自然他在山水詩創作中能做到"外無遺物"。謝靈運的山水詩鋪述詳盡豐富，寫景面面俱到，將山水千變萬化的姿態盡收詩中，運用了大量繁縟的辭藻給予精確形象的描繪，詞采繁富，萬象羅會，以致達到"賦"的精髓。⑦

考慮到鍾嶸對謝詩直接性描述的強調和贊賞，他難道不排斥謝詩中對衆多典故、哲思和早期詩作的引用嗎？這顯然也是鍾嶸承認的一個特點。正如

---

① 《詩品集注》，第160—161頁。上品和中品部分的翻譯參考 John Timothy Wixted 撰寫的《鍾嶸〈詩品〉譯》(*A Translation of the Classification of Poets* (*Shih-p'in*) *by Chung Hung*)（牛津大學博士論文，1976年）第462—491頁。

② 《南史》記載了南齊高帝（479—482）給其子蕭曄的一個警示建議。曄與諸王共作短句詩，學謝靈運體，以呈高帝。帝報曰："康樂放蕩，作體不辨有首尾。"《南史》，第624頁。

③ 參考《詩品集注》，第174、180—181頁。

④ 《詩品集注》，第174頁。

⑤ 《詩品集注》，第180—181頁。

⑥ 《詩品集注》，第174頁。該句詩摘自謝靈運的《歲暮》，已失傳。

⑦ 張伯偉將謝對山水刻畫的詳盡豐富歸結爲謝對"賦"體的喜愛。參考他的《鍾嶸〈詩品〉研究》，南京：南京大學出版社，1999年，第369頁。游覽全景也是謝靈運游覽時的一個目標，在他的《登永嘉綠嶂山》中，他寫道："春西謂初月，厥東疑落日。踐夕奄昏曙，蔽翳皆周悉。"他常常游歷到無景可看，既説明景之奇特也説明他強迫自己不休息直到看遍所有奇景。

鍾嶸《詩品》中囊括的大多數詩人一樣，謝靈運也大量引用了典故。儘管如此，鍾嶸還是將謝靈運列入"上品"中，而且是晉朝之後唯一被列入上品的詩人。鍾嶸可能和他之後的許多讀者一樣能領會和欣賞獨立於典故和哲思的純粹描述。但他也有可能原本想表達的是一種更爲微妙的觀點。謝靈運的博學多識衹能通過他對其他文章的引述方可顯現，而鍾嶸對謝靈運博學多識的肯定正說明他在特定情況下是認可和接受這種用典的。如果對知識的學習和認識足夠深入以至於將知識內化爲自己的一部分，能自如灑脫地運用之，而不是單純的"抄書"，那麼這種引用并不會造成生硬的引經據典，反而會增強詩文的巧妙和自然。①

六朝時期的批評家將謝詩作爲文學自然的縮影，他們對謝靈運能夠運用巧妙、形似和直接的方式捕捉自然的形態提出高度贊賞。這一時期的文學自然更強調表達上的直接和突出的技巧。并且，謝靈運這種典型的文學自然固有地表現在他經常用於意象和思想、以及典故和引言中的平行結構上。如同南朝時期大多數備受推崇的杰出詩人一樣，謝靈運也擅長使用對偶。劉勰在《文心雕龍》提出了自己的"自然成對"觀，他認爲駢儷之辭的產生源於二元思維，而二元思維則源於大自然中天地萬象、萬事萬物本身具有的駢儷對偶的自然美感，他在儷辭篇開宗明義即云："造化賦形，肢體必雙，神理爲用，事不孤立。夫心生文辭，運裁百慮，高下相須，自然成對……"②由於造化自然的形態，如人體四肢都是成雙成對的，因此，作家在構思時會無意識地模仿自然秩序產生成對的措辭。劉勰在《文心雕龍·麗辭》後面的篇幅中解釋道，駢儷對偶可以是反對的（如高低）或正對的，可以是言對也可以是事對。（"故麗辭之體，凡有四對：言對爲易，事對爲難，反對爲優，正對爲劣。"）③依據劉勰的自然成對觀，謝靈運詩作中的無數對偶詩句應該讓六朝時期的讀者對謝詩中的自然更加深了印象。

由於宋朝時期的讀者對駢儷對偶和自然之間的關係在文學角度上的闡釋與六朝時期的讀者不同，謝詩也因此失寵。宋朝的文人認爲在自然作文中直接表達至關重要，過度的文字雕琢是無法與之兼容的。但是他們對自然作文的定義更多的是從樸實表達的角度闡釋而不是從巧妙對偶的形式說明。宋朝文人推崇陶淵明爲自然派代表，認爲陶詩毫無渲染，甚至無意於模山範水，詩作渾然天成。宋朝著名的文學批評家陳師道（1053—1101）曾對當時文人的普遍觀點進行總結，寫道："淵明不爲詩，寫其胸中之妙爾。"④陶淵明的"自然"在

---

① 鍾嶸對大明（457—465）和泰始（465—471）統治下的劉宋朝（420—479）期間創作的作品提出了尖銳的批評，認爲："大明、泰始中，文章殆同書鈔。"《詩品集注》，第180頁。
② 《文心雕龍注釋》，第384頁。
③ 關於劉勰這四對駢儷對偶的討論分析，參考浦安迪（Andrew Plaks）撰文的《〈文心雕龍〉中駢儷對偶修辭的結構》（"The Bones of Parallel Rhetoric in Wenxin diaolong"），收錄於蔡宗齊主編的《中國文心：〈文心雕龍〉中的文化、創造和修辭》，斯坦福：斯坦福大學出版社，2001年，第168—172頁。
④ 《後山詩話》，摘自吳文治主編《宋詩話全編》，南京：江蘇古籍出版社，1998年，第1017頁。

後期與其作品中備受褒獎的其他特質緊密相連成爲不可分割的一體,如"情真""淡乎寡味"。

鑒於筆者在上文提到的"自然"這一概念在不同時期具有不同含義,我們應當在不同的歷史背景下看待謝靈運詩中的"自然",而不僅僅是在宋朝文學批評家所挑選的單一歷史背景下評論謝詩的"自然"。由此可見,不同時期的讀者對文學意義上的"自然"理解不同,代表人物無疑是謝靈運或陶淵明。現在,我們可以開始對這二者的文學藝術提出新的、更具建設性的問題了。

二 謝靈運山水詩中對《易經》的闡釋

迄今爲止,對謝靈運的學術研究中專門討論其大量援引《易經》典故的仍然非常少見。如果仔細研究謝靈運對《易經》的援引,不難發現其創作模式的概念性和結構性框架,以及他對其所見世界的排序方法。[①] 雖然謝詩中對《易經》的引用次數不及其對《詩經》《莊子》和《楚辭》的引用多,但謝靈運對《易經》的引用却闡明了謝靈運的人生觀以及他觀山看水的模式。從數量來看,謝靈運引用《易經》的次數遠不在少數:在他現存的 102 首詩作中(其中 93 篇有題名),其中 22 首引用了至少一個《易經》典故,總共援引了 38 個《易經》典故。他的作品《山居賦》(創作於 424—426)表明了謝靈運對《易經》持久不衰的着迷以及他在表達和構建其主要觀點時對《易經》的依賴。在大多數情況下,謝靈運對《易經》的引用僅是純粹地取用其中的詞或象;但是筆者想關注的是那些更具決定性的引用,這些引用中的互文關係對正確理解謝詩的結構和含義至關重要。謝靈運祇在一小部分詩中大量引用《易經》,但正是這一小部分創作於其山水詩風格形成初期的詩作成了其詩集的代表作,因此可以幫助我們最好地理解其後期山水詩的結構。

在謝靈運的山水詩中,他引用《易經》表達他的處境,而引用《詩經》和《楚辭》來形容他所看到的景觀。謝靈運不但從《易經》中讀懂如何理解自然的運作規律,還知曉如何將這些規律運用於自身的處境。對於他而言,《易經》是以文字形式呈現出的天地。[②] 因此,《易經》對宏觀世界正在發生的一切具有指導意義,對《易經》的研究可以幫助人們決定自己該采取的行動。天地萬象和

[①] Francis Westbrook 在其撰寫的《謝靈運詩作中山水景觀的轉變》("*Landscape Transformation in the Poetry of Hsieh Ling-yün*")中有不同見解,*JAOS* 100.3(1980 年 7 月—10 月):第 237—254 頁。他在其中論述了謝對《易經》《詩經》和《楚辭》的引用徹底轉變了謝詩中的山水景觀。Westbrook 認爲謝對《易經》的引用標志着謝内心和外部環境的轉變以及詩人和自然景觀之間的神秘互動。宇文所安(Stephen Owen)在討論謝詩的一篇優秀文章中將謝描述爲"虔誠的文本主義者",認爲他"用文字知識"閱讀自然;參考宇文所安(Stephen Owen)的《流放中的圖書管理員:謝靈運書本上的山水景觀》("*The Librarian in Exile: Xie Lingyun's Bookish Landscapes*"),摘自《中國中古研究》10—11.1(2004),第 205、210、225 頁。

[②] 參考 Willard Peterson 撰寫的《創建聯繫:〈易經·繫辭傳〉》("*Making Connections: 'Commentary on the Attached Verbalizations' of the Book of Change*"),《哈佛亞洲研究學刊》42.1(1982),第 67—116 頁。

人類社會之間的關係在《易經》的解釋下有時正好與謝靈運山水詩的結構順序相照應——先寫自然景觀,中間引述《易經》,最後決定作出新的行動。對《易經》的引述是謝靈運早期山水詩結構中不可分割的一部分;一旦我們理解了《易經》在謝詩中的重要性,就可以明確打破詩歌自然流動的玄理典故并不是謝詩的一個缺點,而是使之需要更多、更全面的文學批評注釋的一個特點。

《易經》典故在《登永嘉緑嶂山》一詩中具有關鍵性的作用。這首詩是謝靈運被降職外放永嘉(現浙江省)任太守期間創作的(422—423)。[①] 謝靈運因與廬陵王劉義真(407—424)交情甚好,在劉義真奪位失敗後,謝靈運也隨之被降職外放。廬陵王在424年與其兄少帝(在位期間:422—424)在權臣徐羨之(364—426)的指令下遭暗害。永嘉時期是謝靈運山水詩創作的高峰期,《登永嘉緑嶂山》就是其中的代表作之一。謝靈運正是在這一時期形成了自己的詩歌創作風格和典型的山水詩結構模式:山水交替排偶的形式;對自然景物的細膩描繪;對尋幽探勝的極大熱忱和苦於無新景可訪的感嘆;以及——對我們當前所討論的最重要的——用典引出玄理的傾向和對前述景物描述有感而發的慨嘆。

    1裹糧杖輕策,
     懷遲上幽室。
     行源徑轉遠,
     距陸情未畢。
    5淡瀲結寒姿,
     團欒潤霜質。
     澗委水屢迷,
     林迥岩逾密。
     眷西謂初月,
   10顧東疑落日。
     踐夕奄昏曙,
     蔽翳皆周悉。
     蠱上貴不事,
     履二美貞吉。
   15幽人常坦步,
     高尚邈難匹。

---

  ① 筆者對《登永嘉緑嶂山》和《於南山往北山經湖中瞻眺》這兩首詩的討論均摘自本人撰寫的《五言詩:山水詩和田園詩》("*Pentasyllabic Shi Poetry: Landscape and Farmstead Poems*"),收録於蔡宗齊主編的《如何讀中國詩:導讀選集》(*How to Read Chinese Poetry: A Guided Anthology*),紐約:哥倫比亞大學出版社,2008年,第130—137頁。

頤阿①竟何端，
寂寂寄抱一。
恬如②既已交，
20 繕性自此出。③

　　現代學者認爲謝靈運的山水詩一般由四部分構成：開頭叙述出游的打算；中間描寫景物；接着插入人生感想；最後抒發玄理。④ 雖然他們承認《易經》中的典故在謝靈運的某些詩作中具有一定作用，但他們并不認爲這些典故是謝詩的重要組成結構。⑤ 而在筆者看來，這些典故通常標志着詩句在動勢上和叙述上將發生重要的轉變。第 13 行引用了易經六十四卦之第 18 卦《蠱卦》上九："不事王侯，高尚其事。"⑥第 14 行引用了易經六十四卦之第 10 卦《履卦》九二："履道坦坦，幽人貞吉。"⑦綜合來看，這些《易經》引言預示着一種新的人生定位：朝臣放棄顛簸崎嶇仕途而選擇平坦的隱居幽徑，這一意象既象徵着"道"，也象徵着一條没有危險阻礙的道路。結合詩人當時生活的歷史背景，這幾句詩表明詩人在爭奪帝位的政治鬥爭失利後離開京都，在被放逐期間過着寧静的生活，這反而使詩人有幸得以保全自己而不受傷害。也可以從比喻角度將這幾句詩解釋爲詩人對政治的批判：將剛剛登上帝位根基未穩、心智未全的少帝和以徐羨之爲首的少帝扶持黨派比作"蠱上"，而將被放逐的詩人自己比作"履二"，即走在小道上的隱居山人。

　　如果我們將《易經》的引用也作爲謝詩結構的一個層次，那麼，顯然謝詩應該由五段式結構組成，而非四段式結構。第 1—4 行詩句詳細描述了登山的過程：從出發前的準備到最後到達山頂。第 5—8 行詩句描述了山頂的寒冷景象。第 9—12 行詩突出了詩人的困惑模糊之感，詩人置身高山深谷之中，已經不知道是白天還是晚上。第 13—16 行用交錯配列的形式包含了兩處《易經》

―――――――

　　①　筆者與顧紹柏的看法相同，認爲此處的"阿"字應作"訶"或"呵"表達呵斥或責備之意。這句詩出於《老子》，顧是在劉師培將此處的"阿"字修正爲"訶"／"呵"的基礎上解讀的。如需了解更詳細的信息，請參考顧紹柏《謝靈運集校注》，第 57—58 頁。
　　②　筆者與顧紹柏的看法一致，認爲此處的"如"字應作"知"。
　　③　顧紹柏《謝靈運集校注》，第 56 頁。
　　④　參考林文月《山水與古典》，台北：三民書局，1996 年，第 53 頁；Charles Yim-tze Kwong《陶潛與中國詩歌傳統：對文化同一性的追求》(*Tao Qian and the Chinese Poetic Tradition: The Quest for Cultural Identity*)，安阿伯：密歇根大學漢學研究中心，1994 年，第 128—129 頁。
　　⑤　參考 Kwong《陶潛與中國詩歌傳統：對文化同一性的追求》，第 130 頁；林文月《謝靈運》，台北："國家"出版社，1998 年，第 63 頁；李雁《謝靈運研究》，北京：人民文學出版社，2005 年，第 244—245、285—287 頁。林文月在《謝靈運》(第 68—70 頁)中對《登永嘉綠嶂山》進行解析時并未提及其中對《易經》的引用。但她在解析《富春渚》時有將《易經》的引用解釋爲謝靈運聊以慰借的來源。李雁分析了下文將討論的另一首詩《登池上樓》的結構，但并未述及《易經》的引用在詩句結構上的作用。參考自她的《謝靈運研究》，第 244—245 頁。
　　⑥　[魏]王弼著，樓宇烈校釋《王弼集校釋》，北京：中華書局，1980 年，第 310 頁。
　　⑦　《王弼集校釋》，第 273 頁。英語譯文摘自 Richard John Lynn《王弼注〈周易〉新譯》(*The Classic of Changes: A New Translation of the I Ching as Interpreted by Wang Bi*)，紐約：哥倫比亞大學出版社，1994 年，第 201 頁。

典故。第 16 行詳細闡釋了第 13 行中的典故,而第 15 行則對第 14 行中的預測作出了解釋。第 17—20 行表達了詩人的新感想,借用道家的思想進行表述。"抱一"即守道的理想在《老子》①中經常出現,而"繕性"則是《莊子》第十六篇的標題。《莊子·繕性篇》認爲:"古之治道者,以恬養知,生而無以知爲也,謂之以知養恬。知與恬交相養,而和理出其性。"其大意是説,知識是有害的,要追求"大道",就必須恬静無爲,任其自然,摒棄知識。而摒棄知識,纔是真正的"知"。② 第 17 行出自《老子》第二十章,其中論述了順從和反對的應答以及贊賞和責難之間在典型的道家思想中是没有清楚界限的,"唯之與阿,相去幾何?善之與惡,相去若何?"③的確,將傳統對立面統一起來并消除等級價值觀的這種視角,確實可使人不再感覺到朝廷和放逐、成功和失敗之間的區别。因此,詩的結尾暗示詩人欲安心接受他的新環境,并尋求精神上的超然境界。

詩人對新人生定位的抒發緊接在《易經》的引用之後。《易經》的引用具有承上啓下的過渡作用:詩人的前三節四行詩描述了對自然景物的觀察和游覽過程,而最後一節,即第五節詩,揭示了一種精神上的升華。構成第四節詩的兩處《易經》典故則闡明了另一種變化:第三節詩中的模糊狀態被第五節詩中的清晰狀態所取代。特別要注意的是,對《易經》的援引還預示着動勢的轉變:對景物的描寫由外而内的移動暗示着詩人觀察到自然世界和他自身處境之間的預示性關係,或者更廣義地説,它暗示着天地萬象和人事之間的聯繫。

《易經》典故在《於南山往北山經湖中瞻眺》一詩中也同樣預示了一個重要變化,雖然在這首詩中詩人在引述《易經》之後表達了對自然景物的新認識而不是轉而抒發玄理。可以確定的是,詩人以其典型的玄理抒發作爲這首詩的結尾,但將抒發玄理放在最後,使詩人得以先寫景并用《易經》典故將自然景色以獨特的方式呈現在世人眼前。

```
 1朝旦發陽崖,
  景落憩陰峰。
  舍舟眺迥渚,
  停策倚茂松。
 5側徑既窈窕,
  環洲亦玲瓏。
  俯視喬木杪,
  仰聆大壑淙。
  石横水分流,
10林密蹊絶踪。
```

---

① 參考朱謙之《老子校釋》,北京:中華書局,2000 年,第 10、22 章。
② 參考王先謙《莊子集解》,北京:中華書局,1987 年,第 135 頁。
③ 《王弼集校釋》,第 46 頁。

解作竟何感？
　　　升長皆丰容。
　　　初篁苞綠籜，
　　　新蒲含紫茸。
15　海鷗戲春岸，
　　　天雞弄和風。
　　　撫化心無厭，
　　　覽物眷彌重。
　　　不惜去人遠，
20　但恨莫與同。
　　　孤游非情嘆，
　　　賞廢理誰通？①

　　這首詩敘述了詩人從南山的始寧別業（詩人新建造的居所）出發到祖宅所在地北山的游覽旅程。② 詩人在這簡短的一日游過程中對自然造化和生活本身收獲了不同尋常的體會和見解。謝靈運在詩的中間部分對《易經》六十四卦的《解卦》和《升卦》的引用增強了詩人對自然景物的感性領悟，承上啓下地改變了整首詩的發展方向。第 11—12 行詩講述了用氣象代指的宇宙運作規律（即"天道"）是如何影響大地萬物的生長的（即"地道"）。③ 詩人在第 11 行詩發出"解作竟何感？"的自問後描述了春天萬物生長、生機勃勃的景象，體現了詩人對這一規律的理解，試圖探求萬物滋生、自然造化的終極奧秘。

　　詩人在第 13—16 行詩中對春時景象的描述表明他已完全融入自然：詩人在詩的前半部分眼波徘徊、觀景若遠，而在下半部分則觀察細緻入微，仿若與自然融爲一體，使用了一系列令人拍手叫絕的"詩眼"生動地捕捉到眼前景色的貌和神，讓詩句顯得活靈活現。詩人巧用了兩組動詞來突顯這種效果：用"苞"和"含"來形容嫩竹被綠籜（一種綠色殼葉）包裹換上了綠裝，春初的水中嫩蒲綻出了毛茸茸的紫花；"戲"和"弄"來形容海鷗在湖岸邊嬉戲，天雞在和風中輕舞的生機勃勃的情景。因此，我們看到的不是海鷗隨着潮漲潮落呆板地覓食或天雞迎着和風機械地拍打它們的翅膀。

　　詩中對《易經》的引用還帶來了修辭風格和視角方面的更大轉變。我們可以注意到在引用《易經》前後詩中對自然景象描繪的宏微觀强烈對比，從宏觀

---

① 顧紹柏《謝靈運集校注》，第 118 頁。
② 顧紹柏注明這首詩的創作於公元 425 年春；參考《謝靈運集校注》第 118 頁。林文月則認爲這首詩創作於謝靈運第二次退隱其始寧別業的期間（公元 428 年後）；參考自林文月所著的《謝靈運》第 121—123 頁。
③ 第 11 行詩語出《易經》六十四卦之第 40 卦解卦，《象》曰："天地解而雷雨作，雷雨作而百果草木皆甲坼。"第 12 行詩語出《易經》六十四卦之第 46 卦升卦，《象》曰："地中生木，升。"請分別參考《王弼集校釋》，第 415、450 頁。

的自然意象描繪過渡到微觀的動植物特寫。① 在該過渡前的前十行詩描繪了壯觀的山水景象,并未體現出季節,而在引述《易經》後的幾行詩裏纔通過描寫初綻的紫花和翠綠的嫩竹巧妙地呈現出具體季節。詩中對《易經》的引用還引發了修辭風格上的變化,從二元對立,如清晨和日暮、黑暗的小路和明亮的環島、下面的喬木和上頭的水聲,到二元互補,如新生的嫩竹和初綻的紫花、春岸與和風。② 這種從二元對立到二元互補的轉變暗示着詩人和自然之間越來越强的親密性,通過《易經》的典故(第11—12行)充分恰當地體現出來。這不僅標志着這種親密性的開始,也預示着詩人最終達到物我爲一的境界,這種境界就表現在詩人對自然造化的贊賞和洞察(第17—18行)。這種排序説明《易經》是促進詩人和自然在詩的末尾融爲一體的因素。

詩人與自然的融合在詩的末四行得到了進一步的闡發。這四行詩的所指對象和引申含義還相當模糊。大多數學者認同李善(卒於689)的注釋,認爲第19行詩中的"去人"指古人,而也有學者認爲此處的"去人"還有另一種解釋,即詩人因自己離開京都而對自己的稱謂。③ 一些學者解釋"賞"的意思爲"游覽欣賞",而另一些學者則認爲其意爲"與志同道合的朋友交心"。④ 顧紹柏認爲此處的志同道合的朋友應該是指當時已故的廬陵王,詩人與廬陵王之間的交心因後者的逝去而廢。⑤ 在筆者看來,"去人"最好的解釋是"遠避世人",因爲第21行詩中的"孤游"解釋爲詩人離群索居的結果更符合邏輯。比起遠離世人的困擾,詩人更苦悶於身邊没有知音(廬陵王或其他朋友)可以同他一起探索自然造化的奥秘。但比起詩人個人的期盼(有知音同游),他更擔憂自然界中所體現的書中玄ము(如《易經》)無人賞識(欣賞和領會)。因此,詩人在賞景時亦不忘探索自然造化的奥秘。對於他而言,自然既是帶給人愉悦的源泉又是道的化身。晋朝時期的大量詩作都涉及有感於自然風景的啓發。

在下一首詩《富春渚》中,《易經》的援引在整首詩的結構中不僅僅起了承上啓下的過渡作用。《富春渚》是謝靈運在永初三年(422)秋去永嘉上任的途中創作的。在詩中,謝靈運將山水景色的描寫和對自身人生道路的檢討與悟參相結合,包括對自身志向和退隱的感悟。謝靈運典型的山水詩風格正是從

---

① 林文月在其所著的《謝靈運》一書中也作出了相似的評論,參考《謝靈運》,第122頁。
② Francis Westbrook 在其所著的《謝靈運詩中的風景描寫》(Landscape Transformation)一書中也提及謝從二元對立到二元互補的這種修辭風格轉變,參考《謝靈運詩中的風景描寫》,第240頁。
③ 參考[梁]蕭統編,[唐]李善注《文選》,上海:上海古籍出版社,1986年,第1047頁;顧紹柏《謝靈運集校注》,第120頁;林文月《謝靈運》,第123頁;J. D. Frodsham《潺潺溪流:中國自然詩人康樂公謝靈運的生平與創作》(*The Murmuring Stream: The Life and Works of the Chinese Nature Poet Hsieh Ling-yün [385—433], Duke of K'ang-lo*),吉隆坡:馬拉亞大學出版社,1967年,第167頁。顧紹柏和Frodsham都提到另一種注釋,可參考張鳳翼(1527—1613)《文選纂注評林》卷5。
④ 參考顧紹柏《謝靈運集校注》,第120頁;馬曉坤在其專著中延伸討論了"賞心"一詞的含義,提到"賞心"一詞在謝的作品中出現了七次,其含義各不相同而且不同的讀者有其不同解讀,參考馬曉坤《趣閑而思遠:文化視野中的陶淵明、謝靈運詩境研究》,杭州:浙江大學出版社,2005年,第215—225頁。
⑤ 馬曉坤《趣閑而思遠:文化視野中的陶淵明、謝靈運詩境研究》,第215—225頁。

永嘉時期開始形成的。

>   1宵濟漁浦潭，
>   旦及富春郭。
>   定山緬雲霧，
>   赤亭無淹薄。
>   5溯流觸驚急，
>   臨圻阻參錯。
>   亮乏伯昏分，
>   險過呂梁壑。
>   洊至宜便習，
>   10兼山貴止托。
>   平生協幽期，
>   淪躓困微弱。
>   久露干祿請，
>   始果遠游諾。
>   15宿心漸申寫，
>   萬事俱零落。
>   懷抱既昭曠，
>   外物徒龍蠖。①

　　詩正中的兩處《易經》典故將整首詩前半部分和後半部分的主題和要旨均一分爲二。詩的開端描述了詩人所處的地理環境，強調了地勢的凶險。詩人將其沿着富春江溯流而上的這一旅途的驚險，與水流湍急到連黿鼉魚鱉之屬都不敢過的呂梁山相比，并坦承自己缺乏伯昏無人的勇氣。據記載，伯昏無人勇敢無畏，身臨百丈深淵，還能背轉身來往懸崖退步，直到部分脚掌懸空。②而緊接其後的兩行詩援引《易經》爲詩人的心態轉變做了鋪墊。第 9 行詩引述了《易經》第 29 卦《習坎卦》，《象》曰："水洊至，習坎。"③第 10 行詩引述了《易經》第 52 卦《艮卦》，《象》曰："兼山，艮。"④詩的後半部分沒有對外界景物的任何描寫，而是着重抒發詩人的內心轉變，正是這一內心轉變讓詩人決心繼續餘下的旅程，如此，整首詩的前後兩部分形成了鮮明對比。

　　詩的前半部分和後半部分本不相涉，但却因這兩處《易經》典故而連成了一體，可見整首詩的結構多麼巧妙工緻。這二典的結合和插入位置不僅保持了一水一山的交替性，也呼應了詩的主旨和形式結構。第 1—8 行詩刻畫了崖

---

①　顧紹柏《謝靈運集校注》，第 45 頁。
②　分別參考《莊子集解》，收録於《諸子集成》，北京：中華書局，1954 年，第 119、134 頁。Francis Westbrook 稱前八行詩爲"假的開始"。而《易經》中的二典則標志了新的開始，即"謝能履險若常"。參考 Francis Westbroo《謝靈運詩中的風景描寫》，第 241 頁。
③　《王弼集校釋》，第 363 頁。筆者認爲"習坎"意思是習慣於與陷阱相處（即危險情況）。
④　《王弼集校釋》，第 480 頁。

岸曲折、驚浪急湍的驚險畫面。第9行詩引用《習坎》的典故(《習坎》的主旨是面臨危險應如何作爲)對前面的意象作出總結。第11—18行詩强調了要評估和堅持自己的本位。第10行詩引用《艮卦》的典故(《艮卦》的主旨是"止"),奠定了這首詩後半部分的平和基調。有關謝靈運引用《易經》的文學評論非常少見,其中清代文學批評家吳淇曾經對謝靈運是如何將兩卦的主旨并入一首詩的結構中作了這樣評價:

> 人知靈運用《易》語造詩詞,不知靈運用《易》義立詩格。如此詩,借未濟富春已前,喻冒險而行,須重坎之義,曰"洊至宜便習"。既濟富春以後,喻於止知止,又須重艮之義,曰"兼山貴止托"。此最善於《易》者。①

吳淇對詩中《易經》語言的引述和對其特定卦之意義的微妙引用作了嚴格區分,認爲在詩中引用卦義來抒發所面臨的情境使其成爲詩中不可分割的一個部分。謝靈運在《富春渚》中恰當地引用了《坎卦》和《艮卦》的不同要素,如意象和主旨。他對《易經》的充分應用值得讀者對其作品更深入地詮釋和理解。在研究坎卦☵和艮卦☶的外形結構時,我們可不可以這樣解釋:坎卦中間有一個陽爻,代表詩人正在渡江的過程;而艮卦最上方有一個陽爻,暗示詩人完成渡江并抵達停留點,考慮到艮卦與山之間的聯繫,我們是否可以設想這裏的停留點就是山頂呢?從解卦的角度分析,詩人通過引用坎卦和艮卦的主旨和綫型結構,將整首詩的中心事件——即詩人勇敢面對湍急水流的危險,到達停留點,悟出至理——精練地濃縮成了兩行詩。因此,這兩行詩成爲刻畫詩人不懼危險挑戰而決心迎險而上的縮圖。

對《富春渚》中所描述的凶險情境和避世決心的理解絶不能僅僅停留在字面意義上。詩中前半部分所刻畫的險境可以從象徵角度解讀爲朝臣所遇到的困境。② 詩人對坎卦和艮卦的引用不僅僅反映了渡江所面臨的危險以及在山中停留的安全性,還隱喻了仕途生活的危險以及隱退的好處。詩人對自然景象的思考在《易經》的引導下獲得了啓發。詩人在這首詩創作前不久因卷入帝位爭奪風波而被排擠出京都,本耿耿於懷,怨天尤人,然而現在頓時領悟到生活亦正同於行舟,也當順應自然之理,與自然合一,使行動與之不期而合,那麼雖然多歷風險,也可達到履險若常的境地以及行於所當行,止於所當止,不要越過了自己的本位。③

爲了强調詩人避世的決心,詩人在最後一句"外物徒龍蠖"中提到《周易·繫辭下》的"尺蠖之屈,以求信也。龍蛇之蟄,以存身也"④。尺蠖的屈和龍蛇的蟄伏對於那些想要追名逐利的人而言是有借鑒意義的,但決心從官場退隱

---

① 摘自黃節注《謝康樂詩注》,台北:藝文印書館,1987年,第72頁。
② 參考林文月《謝靈運》,第63頁;J. D. Frodsham《潺潺的溪流:中國自然詩人康樂公謝靈運的生平與創作》,第119頁。
③ 《宋書》,第1332頁。
④ 《王弼集校釋》,第562頁。原文是:"尺蠖之屈,以求信也。龍蛇之蟄,以存身也。"筆者的譯文是根據 Richard John Lynn 在《王弼注〈周易〉新譯》第81頁中的譯文輕微改動而成的。

的詩人却對此毫無興趣。詩人感到胸懷開張，心地光明，外界的萬事萬物就如枯葉朽枝般零落不足道了。①

而謝靈運的其他詩作都未如此確定地表達自己想遠避俗世的超脱性。在著名的《登池上樓》中，謝靈運分别從《乾卦》和《漸卦》中引用了"潛龍"和"飛鴻"的意象，討論了居官和隱遁兩種立身的問題。② 詩人承認自己既不像那"潛龍"，潛伏的虬龍自愛其安閑優美的姿態，就像能够坦然接受暫時隱遁的隱士，又不似那"飛鴻"，高飛的鴻鳥發出嘹亮悠遠的鳴聲，就像飛黄騰達的出仕者。詩中體現了詩人的諸多内心矛盾：欲進德修業，則智力難濟；欲躬耕隴畝，更力不從心；爲求禄位，來到偏遠的濱海之地，却覺獨居的生活難挨，離群的日子難以安心。許多批評家認爲謝靈運的詩作過於精雕細琢，"缺少真誠"③。因此，謝詩經常被拿來與陶詩相對比，批評家一般推崇陶淵明的性格和詩作，認爲陶給人的第一感覺就是"真率"。但筆者却不贊同這種看法，筆者認爲謝詩毫不掩飾地表露出詩人猶豫不决的心理以及他對禄位和隱遁兩種立身之法的矛盾抉擇，而陶詩則較謝詩更爲隱晦，陶反復再三地表達自己安於隱逸而不是他希望如此。謝靈運山水詩的結構設置讓讀者不僅可以品味詩人所刻畫的外部自然景色，還可以一覽詩人迂迴曲折的内心世界。

三　以《易經》爲蓋的山居

與前文所引詩例相比，謝靈運在其具有代表性的賦體詩《山居賦》中引用了更多的《易經》典故，其中，詩人引用了《易經》中的主旨來組織他的主張和論點。《山居賦》的序言也值得我們密切注意，因爲其中也包含了相當大量的《易經》典故。謝靈運引用了《易經》中的三個典故介紹了賦中的主要主題。《山居賦》序言開端如下：

---

① 筆者對《富春渚》最後一句詩的詮釋是基於以下作品中的解釋：顧紹柏《謝靈運集校注》，第47頁；李運富《謝靈運集》，長沙：嶽麓書社，1999年，第33頁；胡大雷《謝靈運鮑照詩選》，北京：中華書局，2005年，第12頁。《周易・繫辭下》原文中對龍蛇和尺蠖的引用意義原本是積極的，表達了以退爲進和適時而爲的睿智。在《周易・繫辭下》中此句後接言"精義入神，以致用也"；《王弼集校釋》，第562頁；英語譯文根據 Richard John Lynn 的《王弼注〈周易〉新譯》第81—82頁中的對應譯文修改而成。王弼的承繼者韓康伯（約卒於385年）注："精義，物理之微者也，神寂然不動，感而遂通，故能乘天下之微，會而通其用也。"參考《王弼集校釋》，第562頁；英語譯文摘自 Richard John Lynn 的《王弼注〈周易〉新譯》，第81—82頁。《易經》中的許多其他文段及其注釋也提到對適當時機的理解可以引導作出正確有利的决策以及對既定情境的掌控。謝靈運此處似乎是宣稱自己已經超然於對深思熟慮、利害關係和形勢掌控的關切。

② 筆者在《五言詩》(Pentasyllabic Shi Poetry) 第135—136頁中更詳細地討論了謝靈運用易構詩的方式。

③ 參考葛曉音《八代詩史》，西安：陝西人民出版社，1989年，第197—198頁；李雁《謝靈運研究》，第243頁。李雁補充説謝靈運"不敢直面自己的内心世界，極力掩飾真實情感"，導致了他"分裂的人格"，既獨立又依附。在筆者看來，與其苛求謝靈運具有我們自身也達不到的知行合一和單一人格，不如欣賞其詩中賦予他真實性人格的挣扎和矛盾。筆者非常贊同 Paul Kroll 在發表其論文《中國古典詩歌中的個人時刻》後在討論我們對歷史人物的期望這一主題時所提出的想法。(2009年2月19日於哥倫比亞大學近代中國系列講座)

古巢居穴處曰岩栖，棟宇居山曰山居，在林野曰丘園，在郊郭曰城傍。①

謝靈運在開端援引《易經》爲其山居作出鋪陳。在易經六十四卦之第34卦《大壯卦》中，《繫辭傳》曰：

上古穴居而野處，後世聖人易之以宮室，上棟下宇，以待風雨，蓋取諸大壯。②

通過援引《易經》中關於建築的主題，謝靈運巧妙地在開端預先引出下文無可避免要解釋的爲何山居的這一問題。當我們讀到"生何待於多資，理取足於滿腹"時，自然而然會問：既然如此，作爲一個無欲無求的隱士爲何想要建造一座山居莊園呢？謝靈運在序言中援引的《易經》典故說明人類的栖息之所在後世聖賢的引領下而不斷發展變化。同樣，謝靈運似乎也暗指隱士的居所也與古時有所不同：隱士無需再居於峭壁之下洞穴之中，而可居於山中房屋、林中短樹小閣、莊園甚至是城郊。

謝靈運還在另一處表達了他對隱士做法的觀點。它提出"心"和"事"之間的對立，由此突出了晉朝模糊化出世和入世之間對立性的普遍態度。王康琚（公元四世紀）很好地表達了這一態度："小隱隱陵藪，大隱隱朝市。"③王康琚的表述顯然是附和東方朔在漢武帝（在位期間：前141—87）時期所提出的著名"朝隱"論："殿中可以避世全身，何必深山之中蒿廬之下。"④陶淵明後期在將自己形容成一個忙於田園生活瑣事的隱士時也重申了隱居更重要的是心態而不是處所：

結廬在人境，而無車馬喧。問君何能爾？心遠地自偏。⑤

謝靈運非常肯定心態的重要性。他在序言中解釋道："言心也，黃屋實不殊於汾陽。即事也，山居良有异乎市廛。"祇要心態得當，則在朝爲官（此處用皇家馬車的黃色華蓋隱喻朝堂）和像堯帝一樣不作爲、將天下大事丟得一干二净是没有區別的。據記載，堯治天下之民，平海内之政，往見四子於姑射之山，汾水之陽，窅然喪其天下焉。⑥隨後謝靈運筆鋒一轉，單獨論述心態的重要

---

① 對《山居賦》的所有引文均摘自顧紹柏《謝靈運集校注》，第318—334頁。《山居賦》的完整并帶注釋的英語譯文，可參考Francis Westbrook《抒情詩中的風景描述和謝靈運的〈山居賦〉》，1973年耶魯大學博士論文，第177—337頁。也可參考Mark Elvin在《象之隱退：中國環境史》(The Retreat of the Elephants: An Environmental History of China)（紐黑文：耶魯大學出版社，2004年），第338頁—367頁中的翻譯。David Knechtges也在一份未出版的手稿中翻譯了這一作品。
② 《王弼集校釋》，第560頁；英語譯文根據Richard John Lynn的《王弼注〈周易〉新譯》第346頁中的對應譯文修改而成。
③ 逯欽立《先秦漢魏晉南北朝詩》，北京：中華書局，1983年，第953頁。
④ 逯欽立《先秦漢魏晉南北朝詩》，第101頁。原文爲："殿中可以避世全身，何必深山之中蒿廬之下。"
⑤ [晉]陶潛著，龔斌校箋《陶淵明集校箋》，上海：上海古籍出版社，1999年，第219頁。
⑥ 參考《莊子集解》，收錄於《諸子集成》，第5頁。

性:在謝運靈看來,真正可以定義隱居生活的和真正將山居生活與別處的生活區分開來的是景象——他所居住之地的所有景象而非任意地方的景象。實際上,這篇巨賦用洋洋萬字描繪了他整個莊園的面貌以及在其中發現的無數動植物種類。①

謝靈運在論述山居原因時對其山居莊園的宏大規模(莊園主體是一座玉石裝飾的宮殿)以及他對其進行增建而非縮建的原因進行了解釋。他用《易經》中的兩個典故將《山居賦》第一節中的建築主題和第二節中的裝飾主題相聯繫。②"若夫巢穴以風露貽患,則大壯以棟宇祛弊;宮室以瑤璇致美,則白賁以丘園殊世。"他在《山居賦》的自注中解釋道:"璇堂自是素,故曰白賁最是上爻也。"《山居賦》中的相應文段及其注釋援引了《易經》六十四卦之第 22 卦《賁卦》中的兩爻辭:

六五:賁於丘園,束帛戔戔,吝,終吉。
上九:白賁,无咎。③

謝靈運的自注也表明他察覺到建築從樸素到裝飾的轉變:"璇堂自是素"。王弼對此二句的注解闡釋了建築從裝飾歸返樸素的必然性:"處飾之終,飾終反素……以白爲飾,而無患憂,得志者也。"④王弼的這個注釋謝靈運是肯定知道的。《易經》認爲樸素和裝飾是一個統一體:此消彼長。如王弼所注,以白爲飾,正合謝運靈之意,他白玉裝飾的宮殿正是"白賁"這一概念的具象。

謝靈運的山居莊園另一個不同之處在於它緊鄰丘園。丘園與隱居之所的聯繫更使他的山居莊園免於被誤認爲是向詩人炫耀的宏偉建築。正如《大壯卦》中指出居住在巢窟洞穴的嚴苛環境中會因風寒雨露而落下病患或殘疾,因而應改居於棟宇之内,《賁卦》指引人們用潔白無華的"白賁"和丘園豐富建築的裝飾性。對於謝靈運而言,他白玉裝飾的宮殿正是"白賁"這一概念的具象,從物質層面來說,宮殿座在山中,但從精神層面而言,它却與丘園相連,從而表達了謝靈運理想的平衡:一方面,它不會像巢窟洞穴那樣環境極端嚴苛;另一方面,又避免了市集的喧鬧,而且既不會過於豪華也不會過於樸素。雖然謝靈運後面在第 2 節的注釋中承認岩崖溝壑之道深於丘園,但他還是保留了丘園在賦中的積極文本關聯意義,因爲丘園的存在有助於推動他的論述。

謝靈運對樸素裝飾這一主題的探索不僅僅是爲了解釋他建造白玉宮殿的

---

① 依托《山居賦》在晋宋朝的地理背景,鄭毓瑜有力地論述説漢賦以及謝靈運在其賦中采用的典型的全景式描述遠不衹是一個常見的創作手法,還具有政治和經濟意義上的隱喻。鄭認爲,《山居賦》中大量的地理種類與莊園經營和當地物種記錄有關。參考《身體行動與地理種類:謝靈運〈山居賦〉與晋宋時期的"山川""山水"論述》(Bodily Movement and Geographic Categories: Xie Lingyun's 'Rhapsody on Mountain Dwelling' and the Jin-Song Discourse on Mountains and Rivers),《美國符號學季刊》23(2007),第 193—219 頁。章義和也從莊園經營的角度對《山居賦》進行了解讀,參考《從謝靈運〈山居賦〉論六朝莊園的經營形式》,《許昌師專學報》(社會科學版),12.1:(1993),第 10—16 頁。

② 筆者沿用了 Francis Westbrook 對《山居賦》詩節的編號,參考《抒情詩中的風景描述和謝靈運的〈山居賦〉》第 177—337 頁。

③④ 《王弼集校釋》,第 328 頁。

原因，還解釋了爲何比起園林他更偏愛山水。在第3節中，他在列出一系列皇家園林後，如雲夢（楚國的狩獵園林）、青丘（齊國的狩獵園林），他寫道：："雖千乘之珍苑，孰嘉遁之所游。且山川之未備，亦何議於兼求？"謝靈運在自注中解釋説："且山川亦不能兼茂，隨地勢所遇耳。"因此，他將園林描繪爲經過工程改造、種植栽培和完善的一種景觀——即經過高度裝飾的——人爲美化但對隱居幾乎毫無用處。與此相反的是，他將山水刻畫爲自然的、未經裝飾的和不完美的——可爲隱士提供休憩之所并帶給游覽者無限驚喜的一個地方。

"裝飾"這一主題在《山居賦》自序中論述此賦的創作風格時也扮演着同樣重要的角色。謝靈運大膽地否認了揚雄（前53—18）著名的"詩人之賦麗以則"的創作原則，認爲過度的修辭最終祇會犧牲文章的深意。謝靈運在《山居賦》自序中表示理想的佳作存在於文章體裁和内容的相對平衡："文體宜兼以成其美。"①接着，他引用王弼對《賁卦》注釋中的一對反對詞——飾/素——表達他"去飾取素，儻值其心耳"的意圖。謝靈運認爲自己的文章與先人的賦文并不同，如張衡（78—139）和左思（約卒於300年），二者均慣於使用"艷辭"對京都之景作賦。從這個高度看，《山居賦》讀起來更像是一種大賦。謝靈運特意將之與公認的賦體區分開來。爲此，謝用紀實小説家的嚴格和精確標準對《山居賦》作了自注，從地理地形到動植物名稱的發音，逐一細細解釋。可以肯定的是，他的《山居賦》猶如一部百科全書，包羅萬象，這點倒是與所有受推崇的漢賦相同；同時，《山居賦》中對景觀的描繪用實證經驗代替了本本主義和純粹想象。

除了建築和裝飾的主題外，謝靈運還援引了《易經》中論述"言"和"意"兩者關係的典故。表意對於魏晉的玄言闡發至關重要，它對於賦的創作也舉足輕重。謝在自序結尾説："意實言表，而書不盡。"此處，他援引了《繫辭傳》中的孔子與其學生關於易經及其爻辭起源的一段著名對話："子曰：'書不盡言，言不盡意。'然則聖人之意，其不可見乎？"在提出反問後，孔子接着用意、象、言之間的層級關係作出回答。子曰："聖人立象以盡意，設卦以盡情僞，繫辭焉以盡其言。"②然而，自序結尾處最有意思的還不是謝爲其表達的不完整性致歉（這是一種在艷辭麗藻的賦中常見的一種誇張手法且在《山居賦》中常見），而在於他似乎未援引王弼在《周易略例》中對此《易經》文段所作的深刻解讀："夫象者，出意者也。言者，明象者也。盡意莫若象，盡象莫若言。"③王弼還借用《莊子》中得魚棄筌、得兔忘蹄的隱喻對《繫辭傳》中的此段文字進行詮釋："故言者

---

① 在《法言》中，揚雄稱"麗"和"則"爲賦創作的兩個最佳要素。參考［漢］揚雄撰，韓敬注《法言注》，北京：中華書局，1992年，第27頁。

② 《王弼集校釋》，第554頁，Richard John Lynn 譯《王弼注〈周易〉新譯》(*The Classic of Changes*)，第67頁。

③ 《王弼集校釋》，第609頁，Richard John Lynn 譯《王弼注〈周易〉新譯》(*The Classic of Changes*)，第31頁。

所以明象,得象而忘言;象者,所以存意,得意而忘象。"① 在王弼的解讀中,語言不僅僅被削弱爲僅僅是意的載體,而且若想理解其所承載的含義,讀者最終還必須遺棄這個載體。

然而,對於辭賦家而言,表達是意思不可分割的一部分,因此他們無法完全接受對語言所持的這一觀點。語言作爲痕跡或標記可能無法完整地包羅意和象,但仍然是表達意和象的一個重要且特有的方式。因此,謝在自序的末尾寄托了未來能有人"賞識"的希望:"遺迹索意,托之有賞。"這些字迹墨痕與其含義的相當大部分是通過援引《易經》的主題組織和表達的。本賦開端援引的《易經》中關於建築、裝飾和意思表達的主題貫穿整篇賦,例如詩人對擴建園林的描述,詩人令人眼花繚亂、幾乎覆蓋動植物全品類的描繪,以及他對無法完整表達莊園中各種各樣景象的反復致歉。

總而言之,《易經》的世界中包含了具象學、結構學和詮釋學的法則,反映出對自然運作法則的理解。《易經》的六十四卦代表了生活中的主要事務、情境,由相互交疊的象和附解構成。《易經》中固有一種可以破譯萬物徵兆并將這些徵兆重構成一個堅固意義結構的系統,我們已論證了謝靈運對《易經》的這種固有系統極爲着迷。謝運靈同時人一樣,都視自然的玄妙運作規律爲生活真諦的體現,認爲要掌握生活真諦就要理解和摸清自然現象的運作法則。

謝運靈山水詩中在寫景後常接着說理,一些文學批評家認爲這種經常出現的結構模式"公式化""死板"和"機械";還有批評家認爲謝運靈引玄理抒感情是謝詩結構"冗長"的根源。② 在顧紹柏的評注中,讀者認爲正是這些缺點阻礙了謝詩的自然流動性。一位杰出的學者甚至詬病謝詩未能融景於情(這顯然是受唐詩啓發不合時宜的要求)。她將"謝詩一分爲二的問題"(一半寫景,一半抒情說理)歸結於詩人"以自我爲中心和頹廢的"世界觀,認爲這種世界觀導致讀者將詩人可能的真情實感理解成虛假矯揉的哀怨。③ 但是,若我們將謝詩這種典型的結構模式與《繫辭傳》中所概述的以言明象、以象存意的模式相比,前者顯然是對後者的效仿,我們就能領會到謝詩中後半部分的看似離題的表述實際上增強和強調了前半部分所描述的景物意象所蘊含的意義。再者,若我們考慮到《易經》典故對天地萬象和人事關係的反映,對謝詩中從風

---

① 《王弼集校釋》,第 609 頁,Richard John Lynn 譯《王弼注〈周易〉新譯》(*The Classic of Changes*),第 32 頁。

② 在《陶潛與中國詩歌傳統:對文化同一性的追求》一書中,Charles Kwong 表示這種"公式化""死板"的模式與其過於精工、過多使用的對仗和結構分離導致了謝詩流動性的"堵塞"(第 128—132 頁)。Kwong 還進一步論述說:"任何機械性的結構均無法充分捕捉大自然的流動生命力,也無法達到他(謝靈運)如此熱切渴望達到的精神上的物我合一、純粹和自由。"相反,陶淵明的"本真的、直率的聲音"和"明晰的風格"更有利於表達這種流動的生命力:"作爲一個田園自然派詩人,陶淵明的詩中未見其同時代作品中常見的對詞生撰硬接的弊病——用詞晦澀、過度修辭、用典突兀(尤其是玄言)、排偶不自然。"(第 156 頁)。李雁在《謝靈運研究》第 243 頁中也表達了對謝靈運的類似解讀。

③ 葛曉音《八代詩史》,第 197—198 頁。李雁在《謝靈運研究》第 243—244 頁中也附和了顧紹柏的解讀。

景描繪過渡個人沉思的承上啓下作用，從這個角度來看，謝靈運許多深受喜愛的山水詩的結構模式就顯得再恰當不過了，甚至可以説是精妙絶倫。最後，如果我們將這種結構模式解讀爲他對其精神之旅和領悟的闡發，則這種先寫景再説理的結構順序不僅不是其作品的缺點，還通過與實際經驗相結合爲其感悟的抒發增添了強有力的證據。

謝靈運詩賦創作的許多手法都源自其對《易經》的詮釋。《易經》是一個破譯萬物徵兆并將這些徵兆重構成一個意義結構同時反映天地萬象與人事之關係的系統。正如我們在謝靈運早期山水詩和《山居賦》中所見，他對《易經》的援引恰恰解釋了他的作品結構以及他的思維營構。《易經》的解釋學暗示了對自然運作法則的一種理解，鑒於謝靈運在其詩賦中引入了《易經》的解釋學，我們在評價其作品中的文學自然性時必須用比鑒賞玄言詩更敏鋭的眼光鑒賞他的作品。而且，考慮到"自然"這一詞在不同時期具有不同含義，而早在很久之前，前人就用"自然"一詞描述謝詩的特點，因此，我們應當在今天根據實際重新思考謝詩的"自然"。

［譯者附言］本文譯自《哈佛亞洲研究學刊》2010年12月第2期70卷，哈佛燕京學社出版，第355—386頁。

［作者簡介］田菱（Wendy Swartz，1972—），加州大學洛杉磯分校比較文學博士。曾執教哥倫比亞大學，現爲新澤西州立羅格斯大學亞洲語言文化系教授。出版專著 Reading Philosophy and Writing Poetry: Intertextual Modes of Making Meaning in Early Medieval China（Harvard，2018）、Reading Tao Yuanming: Shifting Paradigms of Historical Reception (427—1900)（Harvard，2008）（中譯本《閲讀陶淵明》）、The Poetry of Xi Kang（Brill，2017），并主編 Early Medieval China: A Sourcebook（Columbia，2014）及 Memory in Medieval China: Text, Ritual, and Community（Brill，2018）。

［譯者簡介］王瑩，女，文學博士，中國社會科學院文學研究所副研究員。

劉宋孝武帝的對州鎮政策與中央軍改革[*]

[日]小尾孝夫 撰　赫兆豐 譯

引　言

　　劉宋的武帝、文帝打着恢復中原的宏大目標，在中國的南方建立政權，并宣示自己統治地位的正當性。但是，孝武帝之後，北伐已失去了可能性，確保皇位正當性的手段祇能局限在改變官僚制度和調整禮制制度兩方面。也就是説，在孝武帝時代，爲强化皇帝權力，孝武帝實施了一系列政策。如派遣臺使以强化中央財政，爲防止州鎮長官獨立性的增長而將地方長官的任期由六年縮短爲三年，靈活使用典籤爲耳目監視地方長官等。

　　最先對孝武帝的相關政策進行系統分析的，是越智重明[①]。但是在越智氏的研究中，有關孝武帝對州鎮政策方面，尚有不少史料被遺漏，今天看來仍有進一步補充、討論的餘地。另外，儘管孝武帝對中央軍采取的措施散見於《宋書》等正史史料中，但有關這個問題，仍然缺乏全面的研究。

　　因此，本文將從國軍體制改編這一總括性的視角出發，對越智氏没有充分論述到的孝武帝的對州鎮政策和中央軍改革等政策，予以重新考量，嘗試使孝武帝加强皇權的一個方面更加明晰。

一　孝武帝的即位及其真相

　　孝武帝（武陵王駿，453年—464年在位）是文帝第三子，原本不可能繼承皇位。元嘉三十年（453）正月，皇太子劉劭（元凶）弑文帝自立，所謂元凶事件的突發，給孝武帝帶來了轉機。

---

[*]　原作題目爲《劉宋孝武帝の対州鎮政策と中央軍改革》，發表在《集刊東洋學》91，2004年。此次翻譯發表之時，筆者和譯者對原文的一部分語句等有適當調整，但并未改動論文主旨。參看川合安《〈宋書〉と劉宋政治史》，《東洋史研究》61—2，2002年。

[①]　參看越智重明著《魏晉南朝の人と社會》第四章《宋の孝武帝とその時代》，東京：研文出版，1985年。

當時,時任使持節,都督江州、荆州之江夏、豫州之西陽晋熙新蔡四郡諸軍事,南中郎將,江州刺史的劉駿出鎮尋陽,正好在統兵討伐西陽五洲的緣江蠻。接到緊急情報的劉駿,立刻起兵反對元凶。隨後,雍州刺史臧質(東莞莒,武帝武敬皇后弟臧熹之子)、荆州刺史南譙王義宣(武帝第六子)、會稽太守隨王誕(文帝第六子)等出鎮的外戚和皇族,也紛紛加入起義軍隊。討伐元凶的隊伍瞬間壯大。四月,劉駿在宗室長老江夏王義恭(武帝第五子)的推戴下於新亭即皇帝位。五月,孝武帝攻占建康,處死了劉劭和文帝第二子始興王濬(二凶)。

就這樣,在元嘉後半期身居要鎮、維護文帝政權的皇族(叔父、諸弟)和外戚等人①的援助下,孝武帝討伐元凶的戰爭取得了勝利,同樣是在這些人的擁戴下,孝武帝纔得以即位。因此,即位之初孝武帝的皇位十分不穩固。事實上,在討伐元凶的過程中,外戚臧質曾有意推舉南譙王義宣稱帝,表現出反對孝武帝的動向。②

正因爲上述情況的存在,孝武帝即位後,不得不對諸方勢力采取懷柔的策略。原本身爲始興縣開國子、食邑五百户的外戚臧質,被特別晋封爲始興郡公、食邑三千户;南譙王義宣不僅改封爲南郡王(這個爵位可能出自東晋桓温南郡公的爵位)、被破格賜予萬户(原本爲五千户)的食邑,他的次子愷還被封爲南譙王、食邑千户③;隨王誕改封爲竟陵王、食邑五千户(原本爲二千户)。對這些爲自己政權成立做出貢獻的宗室成員,孝武帝不得不賜予他們巨大的恩賞。④

另一方面,有關南郡王義宣,《宋書》卷六十八《南郡王義宣傳》寫道:"義宣在鎮十年,兵强財富,既首創大義,威名著天下,凡所求欲,無不必從。朝廷所下制度,意所不同者,一不遵承。嘗獻世祖酒,先自酌飲,封送所餘,其不識大體如此。"義宣於文帝後半期開始便盤踞在重鎮荆州,又有率先起義討伐元凶之功,威名著於天下,在劉宋朝地位顯赫。正是在這一背景下,如今劉義宣開始在現實中輕視孝武帝。

同時,《宋書》卷七十四《臧質傳》記載:"世祖至新亭即位,以質爲都督江州

---

① 有關文帝時期的政治構造,可參看拙稿《劉宋前期における政治構造と皇帝家の姻族・婚姻關係》,《歷史》100,2003年。

② 參看《宋書》卷六十八《南譙王義宣傳》、卷七十四《臧質傳》、卷七十七《柳元景傳》。

③ 這時,義宣固辭次子愷的爵位。於是孝武帝又將劉愷改封爲宜陽縣王(《宋書》卷六十八《南郡王義宣傳》)。

④ 在這裏簡略介紹孝武帝即位後,對幫助自己建立政權的外戚和皇族所做的新的人事安排。臧質繼任了孝武帝原先的職位,被封爲散騎常侍,使持節,都督江州諸軍事,車騎將軍,開府儀同三司,江州刺史,出鎮長江中游的要衝尋陽(《宋書》卷六《孝武帝紀》、卷七十四本傳)。南郡王義宣先是被任命爲侍中,中書監,使持節,都督揚、豫二州,丞相,録尚書六條事,揚州刺史,義宣固辭,改爲侍中,丞相,使持節,都督荆、湘、雍、益、梁、寧、南北秦八州諸軍事,荆湘二州刺史,繼續盤踞在要地荆州(《宋書》卷六《孝武帝紀》、卷六十八本傳)。竟陵王誕原本被安排爲義宣荆州刺史的繼任者,因義宣拒絕内調,故改爲侍中,驃騎大將軍,開府儀同三司,揚州刺史(《宋書》卷六《孝武帝紀》、卷七十九本傳)。每個人擔任的職位都是關乎王朝存續體制的重要職位,由此可以窺知這些人對孝武帝而言具有不可忽視的存在感。

諸軍事、車騎將軍、開府儀同三司、江州刺史,加散騎常侍,持節如故。……封始興郡公,食邑三千户。之鎮,舫千餘乘,部伍前後百餘里,六平乘并施龍子幡。時世祖自攬威柄,而質以少主遇之,是事專行,多所求欲。及至尋陽,刑政慶賞,不復諮稟朝廷。盆口、鈎圻米,輒散用之,臺符屢加檢詰,質漸猜懼。"劉宋王朝創業以來,在外戚中獲得最高地位的臧質①,也和義宣一樣對即位不久的孝武帝以少主目之,并有輕侮孝武帝的舉動。

果不其然,在孝建元年(454)二月,孝武帝即位後尚不足一年,義宣和臧質便舉兵反叛。這時得知叛亂消息的孝武帝狼狽不堪。《宋書》卷七十九《竟陵王誕傳》記載:"明年,義宣舉兵反,有荆、江、兗、豫四州之力,勢震天下。上即位日淺,朝野大懼,上欲奉乘輿法物,以迎義宣,誕固執不可,然後處分。"在歷史上,孝武帝通常以殘暴的獨裁君主形象示人,但面對義宣之亂時的舉動却與這一形象相差甚遠。通過劉駿意圖獻上"乘輿法物"、迎接義宣的事實,可以清楚地看出即位不久的孝武帝的統治十分不穩定。

二　孝武帝的對州鎮政策與中央軍改革

一度甚至想要將皇位讓給南郡王義宣的孝武帝,在竟陵王誕的諫言下,堅定了與義宣一決雌雄的決心。爲鎮壓義宣等人的反叛,孝武帝如表1所示,以領中央軍武職②的人員爲中心,組織并派遣了討伐軍。

表1　魯爽叛亂後。出自《宋書》

梁山	左衛將軍 假輔國將軍,拜豫州刺史 王玄謨
由新亭向梁山	領軍將軍 加撫軍將軍 柳元景 隸屬將領:右衛將軍 檀和之 　　　　　太子右衛率 申坦 　　　　　游擊將軍 垣護之 　　　　　積弩將軍 垣詢之 　　　　　柳叔仁 　　　　　偏帥 鄭琨
歷陽	左軍將軍 薛安都 冗從僕射 胡子反 大司馬(江夏王義恭)行參軍、濟陽太守、加龍驤將軍 宗越

---

①　關於劉宋前半期的外戚,參看前揭拙稿《劉宋前期における政治構造と皇帝家の姻族・婚姻關係》。

②　本文在提到中央軍武職的時候,主要是指《宋書》卷四十《百官志下》所記載的領軍將軍(中領軍)、護軍將軍(中護軍)、左衛將軍、右衛將軍、驍騎將軍、游擊將軍、左軍將軍、右軍將軍、前軍將軍、後軍將軍、左中郎將、右中郎將、屯騎校尉、步兵校尉、越騎校尉、長水校尉、射聲校尉、虎賁中郎將、冗從僕射、羽林監、積弩將軍、強弩將軍、殿中將軍、殿中司馬督、武衛將軍、武騎常侍、直閣將軍、東宮武職,以及在京公府、幕府中擔當軍事職務的府佐(如南郡王義宣叛亂時的宗越等人)。

結果,因義宣一方在戰略上的接連失誤,孝武帝一方很快便成功鎮壓了叛亂。① 戰勝了巨大危機的孝武帝,此後積極推進國軍體制的改編,以壓制州鎮和增強、整備中央軍爲目標,開始了真正的改革。②

　　關於州鎮裁抑政策,雖然已有越智氏的前期研究③,但本文在論述時仍然不避重複,同時補充越智氏遺漏的史料,以分析孝武帝裁抑州鎮的措施。義宣之亂平定後,《宋書》卷六《孝武帝紀》"孝建元年六月"條記載:"癸未,分揚州立東揚州。分荆、湘、江、豫州立郢州。"《宋書》卷六十六《何尚之傳》:"荆、揚二州,户口半天下,江左以來,揚州根本,委荆以閫外,至是并分,欲以削臣下之權,而荆、揚并因此虚耗。"孝武帝在削弱重中之重的西府力量、設立郢州的同時,又將揚州分爲兩州,削奪揚州刺史的力量。對於西府都督下的大郡,《宋書》卷七十四《沈攸之傳》記載:"初,元嘉中,巴東、建平二郡,軍府富實,與江夏、竟陵、武陵并爲名郡。世祖於江夏置郢州,郡罷軍府,竟陵、武陵亦并殘壞,巴東、建平爲峽中蠻所破,至是民人流散,存者無幾。"在設置郢州的同時,孝武帝還采取了與前代不同的策略,將至今爲止并設在名郡的軍府一同廢止,結果造成了巴東、建平等大郡的荒廢。

　　另外,自文帝元嘉二十二年以來并入豫州的南豫州,於大明三年又重新分立出來。④

　　徐州和兗州方面,孝武帝并沒有采取州鎮合并分立的措施。元嘉十五年以後,在文帝後半期,除了二十一年至二十四年間,一人兼任徐兗二州刺史是主要趨勢。但到了孝武帝朝,徐州和兗州的刺史,除了大明元年,其餘時期就任方式均變革爲單州刺史。⑤

----

　　① 孝武帝即位後不久,便在成功鎮壓重鎮長官南郡王義宣的背景下,開始着手將討伐元凶的軍隊整編爲中央軍。當初在元凶討伐戰中擔當主力、在雍州地方擁有較强社會勢力的柳元景,在義宣之亂時以領軍將軍的身份統領中央軍,即可爲證。關於這一點,陳勇《劉宋時期的皇權與禁衛軍》(《北京大學學報》哲學社會科學版,1998年第3期)一文有討論。陳氏認爲,直到宋文帝時的禁衛軍還主要由北府兵組成,到了孝武帝朝則變爲襄陽的將兵。

　　② 事實上,孝武帝在即位的同便立刻推行了裁抑州鎮的政策。元嘉三十年正月文帝將南兗州并入南徐州,孝武帝即位後的同年六月,又復立南兗州(《宋書》卷五《文帝紀》、卷六《孝武帝紀》)。據《建康實録》,同樣是元嘉三十年,爲了防止州鎮長官獨立性的增强,孝武帝將地方長官的任期由六年縮短爲三年。《州郡志》所載於孝建元年復立的湘州,實際上在前一年就已存在(元嘉三十年六月,南郡王義宣的世子恢曾被任命爲湘州刺史,義宣固辭,閏六月,作爲對義宣討伐元凶功勞的獎賞,孝武帝封義宣爲荆湘二州刺史。參看《宋書》卷六《孝武帝紀》、卷六十八《南郡王義宣傳》)。這樣一連串的舉措,很可能刺激了南郡王義宣這樣的諸侯王,并引發叛亂。對於推行上述州鎮政策的孝武帝而言,義宣因功勢過高,故難以對他采取明顯的州鎮裁抑措施,義宣也就成了孝武帝迫切希望鏟除的障礙。因此,平定義宣之亂後,孝武帝積極推進削弱州鎮的政策也就自不待言。

　　③ 參看前揭越智重明著《魏晋南朝の人と社會》第四章《宋の孝武帝とその時代》。

　　④ 《宋書》卷三十六《州郡志二》"南豫州刺史"條。

　　⑤ 參看萬斯同《宋方鎮年表》。青州和冀州方面,因爲邊境防禦的需要,孝武帝對這裏實施了與其他州鎮不同的政策。這兩個州的刺史歷來以青冀二州刺史兼任的方式爲主,治所分别設置在東陽和歷城。孝建二年,作爲安邊措施,孝武帝在保留青州和冀州的同時,將治所一并移到歷城,與冀州并治。關於這一點,可參看《宋書》卷三十六《州郡志二》"青州刺史"條、"冀州刺史"條,卷五十《垣護之傳》,以及嚴耀中《評宋孝武帝及其政策》(《上海師範大學學報》,1987年第1期)。

揚州方面,大明三年孝武帝設立王畿,以東揚州爲揚州。《宋書》卷三十五《州郡志一》"揚州刺史"條記載:"大明三年罷州,以其地爲王畿,以南臺侍御史部諸郡,如從事之部傳焉。而東揚州直云揚州。"由此可知,王畿是皇帝通過南臺侍御史直接統治的直轄地區(在此後的大明四年,孝武帝又將南徐州南琅琊郡改屬王畿)。

不僅如此,《建康實錄》卷十三"世祖孝武皇帝孝建元年六月"條記載:"癸未,分揚州浙江東五郡爲東揚州,治會稽,而揚州仍領十五郡。又分荆、襄、江等三州八郡爲郢州,治江夏,罷南蠻校尉,遷其營於京師。"由此可知,孝武帝罷徹了位於江陵的南蠻校尉府,并將校尉府的軍營遷移到了建康。①

從上述措施可以看出,孝武帝在改編國軍體制之際,一方面分化、裁抑要州刺史的力量,另一方面推進中央(皇帝)權力的相對强化。②

再將目光轉移到中央軍。到了孝武帝時期,中央軍被置於作戰的中心,頻繁承擔征討任務,可以確認中央軍的力量得到了充實。

孝武帝時期雖没有和北魏發生大規模戰爭衝突,但在北魏屢次南侵之時,都從建康派遣中央軍出擊迎敵。《宋書》卷三十三《五行志四》"水不潤下"條記載孝建三年(456),北魏入侵青冀二州:"孝武帝孝建元年八月,會稽大水,平地八尺。後二年,虜寇青、冀州,遣羽林軍卒討伐。"爲應對北魏南侵青冀二州,孝武帝出動了中央軍并擊退了敵軍。

《宋書》卷六《孝武帝紀》所記大明元年(457)二月己亥北魏入侵兖州之事,在《宋書》卷六十五《申恬傳附坦傳》中記載得更加詳細:"大明元年,虜寇兖州,世祖遣太子左衛率薛安都、新除東陽太守沈法系北討,至兖州,虜已去。"在上文所述南郡王義宣之亂中,主力部隊(表1)是由中央軍武官構成,太子右衛率的部隊也是其中重要的一支力量。由這一先例類推,此時太子左衛率薛安都(河東汾陰)應該也是作爲中央軍被派遣到前綫。另一方面,有關沈法系(吴興

---

① 關於被遷移到建康的"營",《宋書》卷九十七《夷蠻·荆雍州蠻傳》説:"荆、雍州蠻,槃瓠之後也。分建種落,布在諸郡縣。荆州置南蠻,雍州置寧蠻校尉以領之。世祖初,罷南蠻并大府,而寧蠻如故。"可知南蠻校尉被廢止後,又被合并到了大府,即荆州軍府(都督·將軍府)中。若綜合考慮"遷其營於京師"與"罷南蠻并大府"兩則史料,筆者以爲是指,在當時南蠻校尉府職掌的工作由荆州軍府接管,原先南蠻校尉統轄的諸郡縣被置於大府的軍政支配下,而南蠻校尉府固有的軍營(兵卒)則被轉移到建康。

② 到了孝武帝時期,南徐州無實土的僑郡縣也出現了向中央集權支配轉變的動向。關於南徐州的無實土僑郡縣,可參看安田二郎《僑州郡县制と土斷》(收入川勝義雄、礪波護編《中國貴族制社會の研究》,京都:京都大學人文科學研究所,1987年,後又收入氏著《六朝政治史の研究》,京都:京都大學學術出版會,2003年)。關於這個問題,筆者將另撰文論述。

在這裏筆者僅補充本文無法展開論述的有關孝武帝州鎮抑制策略的材料。《宋書》卷六《孝武帝紀》"大明五年八月"條:"庚寅,制方鎮所假白板郡縣,年限依臺除,食禄三分之一,不給送故。"地方長官任命的郡太守和縣令的任期與中央任命的官員任期一致,但俸禄祇有後者的三分之一,且不供給送故,在地方長官任命官員與中央任命官員之間設立了等級差别。另外,"大明七年五月"條:"丙子,詔曰:'自今刺史守宰,動民興軍,皆須手詔施行。唯邊隅外警,及姦釁內發,變起倉卒者,不從此例。'"規定除非常事件外,若没有孝武帝的親筆詔書,刺史和郡太守均不得隨意調遣民衆和軍隊,如此對地方長官權力進行了制約。

武康），這裏祇記載了新除東陽太守的官銜，恐怕此前不久他也擔任着中央軍武職。

大明二年也有中央軍大規模出擊的事例。《宋書》卷三十三《五行志四》"恒寒"條："孝武帝大明元年十二月庚寅，大雪，平地二尺餘。明年，虜侵冀州，遣羽林軍北討。"[1]爲應對北魏的南寇，孝武帝再次派遣了中央軍。關於此次南寇，《宋書》卷六《孝武帝紀》"大明二年"條又記載："是冬，索虜寇青州，刺史顔師伯頻大破之。"《宋書》卷七十七《顔師伯傳》："（大明）二年，起爲持節、督青冀二州徐州之東安東莞兗州之濟北三郡諸軍事、輔國將軍、青冀二州刺史。其年，索虜拓跋濬遣僞散騎常侍、鎮西將軍天水公拾賁敕文率衆寇清口，清口戍主振威將軍傅乾愛率前員外將軍周盤龍等擊大破之。世祖遣虎賁主龐孟虬、積射將軍殷孝祖等赴討，受師伯節度。"[2]這條材料比較詳細地傳達出了孝武帝派遣羽林軍的概要。《宋書》卷七十九《竟陵王誕傳》中記載得更加詳細："先是，右衛將軍垣護之、左軍將軍崔道固、屯騎校尉龐孟虬、太子旅賁中郎將殷孝祖破索虜還，至廣陵，上并使受（沈）慶之節度。"可以更具體地看出孝武帝派出的部隊的構成情況，當與《顔師伯傳》并參。通過這條史料可以得知，除了《顔師伯傳》提到的龐孟虬、殷孝祖（陳郡長平）之外，右衛將軍垣護之（略陽桓道）、左軍將軍崔道固（清河）等也一同出擊禦敵。[3] 又據《南齊書》卷二十七《劉懷珍傳》："大明二年，虜圍泗口城，青州刺史顔師伯請援。孝武遣（江夏王義恭太宰參軍）懷珍將步騎數千赴之，於糜溝湖與虜戰，破七城。"可知江夏王義恭的太宰參軍劉懷珍（平原）也在派遣之列。而江夏王義恭的屬僚參加到中央軍的派遣部隊中，這種情況與先前參與平定南郡王義宣叛亂的宗越（南陽葉）（表1）相同。

大明三年竟陵王誕的反叛是孝武帝時期重大兵變之一。接下來筆者將在這次戰爭中考察中央軍的實質。

表2所示爲以沈慶之爲主帥的竟陵王誕討伐軍的構成情況。《宋書》卷二十六《天文志四》："南兗州刺史竟陵王誕尋據廣陵反，遣車騎大將軍沈慶之領羽林勁兵及豫州刺史宗愨、徐州刺史劉道隆衆軍攻戰。"指出沈慶之統領着羽林勁兵、豫州刺史宗愨、徐州刺史劉道隆（彭城）。表2中所示的布陣，實際上

---

[1] 此事《宋書》卷二十六《天文志四》也有記載："大明二年十一月庚戌，熒惑犯房及鈎鈐。壬子，熒惑又犯鈎鈐。占曰：'有兵。'其年，索虜寇歷下，遣羽林軍討破之。"

[2] 顔師伯（琅琊臨沂）自從由劉道產的輔國行參軍起家後，歷任孝武帝的輔國、安北行參軍，被當時諸議參軍王景文推舉，擔任徐州主簿，因撰寫文章條理清晰而得到重用。孝武帝鎮守尋陽時，在他的强烈要求下顔師伯又被板授爲參軍事、署刑獄，再次成爲孝武帝的幕佐。孝武帝討伐元凶之際，又轉爲南中郎府主簿（《宋書》卷七十七《顔師伯傳》）。可見顔師伯從孝武帝在藩時期起，便深得孝武帝信賴。孝武帝在位時，要州刺史由孝武帝信任者出任的現象十分明顯。在考察孝武帝時期的國軍體制時，必須注意這一點。

[3] 據《宋書》垣護之和崔道固各自的本傳，二人此時所領將軍號與《竟陵王誕傳》的記載一致。但是殷孝祖據《宋書》本傳，此時任積射將軍，太子旅賁中郎將的官職是回朝之後纔被授予的。至於龐孟虬，現無法判斷其官職是虎賁主（統領虎賁的職務）還是屯騎校尉，或者兩個官職兼領，但不管怎樣，均屬於與中央軍相關的武職。

是以中央軍武官爲中心組織的,而羽林勁兵可以看作中央軍。太宰參軍武念(新野)擔任中央軍一翼的情況,與之前南郡王義宣討伐軍中的宗越以及大明二年北魏討伐軍中的劉懷珍的情況相同。另外,官銜祇記作龍驤將軍的場合在史書中多見,當時龍驤將軍作爲加號的事例也屢見不鮮,因此程天祚很有可能是在擔任某個中央軍武職的基礎上,又被加封爲龍驤將軍。

表 2　竟陵王誕討伐軍的布陣。出自《宋書》

主帥	新除使持節、都督南兗徐兗三州諸軍事、車騎大將軍、開府儀同三司、南兗州刺史　沈慶之
隸屬將領	右衛將軍　垣護之 左軍將軍　崔道固 屯騎校尉　龐孟虯 積射將軍　殷孝祖 太宰（江夏王義恭）參軍、龍驤將軍　武念 龍驤將軍　程天祚 龍驤將軍、長水校尉　宗越 員外散騎侍郎　沈攸之① 戴寶之 強弩將軍　苟思達
後遣將領	屯騎校尉　譚金 前虎賁中郎將　鄭景玄②

由上所見,應對外敵和內亂時,在中央軍武官指揮下,派出整齊編組的征討軍的現象,在南朝是從宋孝武帝時期開始的。這説明在當時,國軍體制已被改編成以中央軍爲中心的體制,在遇到外寇和內亂等戰事時,中央軍出擊,與周邊刺史(臨近戰事地點的刺史)合作完成任務的作戰方式得到徹底實踐。

孝武帝時期還有一項需要注意的措施。《宋書》卷四十《百官志下》:"武衛將軍,無員。初,魏王始置武衛中郎將,文帝踐阼,改爲衛將軍,主禁旅,如今二衛,非其任也。晉氏不常置。宋世祖大明中,復置,代殿中將軍之任,比員外散騎侍郎。武騎常侍,無員。漢西京官。車駕游獵,常從射猛獸。後漢、魏、晉不置。宋世祖大明中,復置。比奉朝請。"③同樣在《百官志下》,又有:"左中郎將。右中郎將。秦官,漢因之。與五官中郎將領三署郎,魏無三署郎,猶置其

---

① 就筆者管見,沈攸之此時并未擔任武職。在正史中,不論實際是否兼領中央軍武職,僅書文職官銜,省略武職的現象也屢見不鮮。此處的沈攸之也有可能是省略了武職。但是,純粹領文職者帶兵出戰的情況是否存在,還有進一步探討的餘地。

② 鄭景玄的事例説明,率領中央軍的將領雖然基本上都是中央軍武官,但在非常時期,通過皇帝敕命,也可以將統率中央軍的權限賦予在京無官職的武人。

③ 關於武衛將軍、武騎常侍官的設置,《宋書》卷六《孝武帝紀》"大明二年九月庚午"條有記載。這兩個官職的就任者在正史中可以得到確認,這也説明這是實際存在的官職。另外,武騎常侍的職責是隨從天子"游獵",而孝武帝在位時也舉行了幾次大規模的"校獵"(軍事演習)活動。

職。晋武帝省。宋世祖大明中,又置。"①説明在孝武帝時代,中央軍武職被大幅增設。從孝武帝大規模增設中央軍武職的策略,可以確認,在當時,孝武帝在整備中央軍方面傾注了大量心力。②

將中央軍(建康的軍隊)安置在國軍中心的體制改編,可以説是孝武帝即位之初,爲打破政治困境,鞏固自身地位,在自己與州鎮長官(明確説來就是出鎮皇族)之間,確保軍事方面優越性,而采取的政策。

三 孝武帝時期中央軍武職的就任者

在中央軍武職中,領軍將軍③位於武官系統頂層,同時又是統領一國軍事的軍務大臣,護軍將軍統領外軍,左右二衛將軍和驍騎將軍④統領營兵。在這一節裏,筆者將以上述武職爲對象,探討這些將軍職的就任者在孝武帝時期呈現出怎樣的傾向。同時詳述劉宋前半期的相關狀況,以使孝武帝朝的特徵更爲明晰。

首先考察領軍將軍的情況。如表3所示,武帝時期的就任者是謝晦。從門第上看,謝晦并非超一流的士族,但從東晉末年劉裕執政時期開始,作爲劉裕姻親的謝晦,便已經成了事實上的軍務大臣。⑤ 由此可以推想,在劉宋王朝成立之初,領軍將軍的就任者必須具備實際的軍事力量和才能。這一點從檀祗、檀道濟身上,也可以得到印證。二人於東晉末年曾在作爲劉宋王朝基礎的宋臺擔任領軍將軍,他們是劉裕姻親,同時還是深得劉裕信賴的能力出衆的寒門武將。⑥

文帝時期最需要注意的是,除了殷景仁、劉湛和沈演之,領軍將軍的就任

---

① 關於左右中郎將官,《宋書》卷六《孝武帝紀》"大明六年春正月"條:"乙未,置五官中郎將、左右中郎將官。"可知是在大明六年設置,同時還一并增設了五官中郎將官。五官中郎將之職,以筆者管見,并未看到有就任者,而右中郎將、左中郎將則散見在史書中,可以確認是實際存在的官職。

② 《南齊書》卷二十七《劉懷珍傳》記載:"孝建初,爲義恭大司馬參軍、直閣將軍。懷珍北州舊姓,門附殷積,啓上門生千人充宿衛,孝武大驚,召取青冀豪家私附得數千人,土人怨之。"可以推知,當時存在着將青冀二州的"豪家私附"數千人補充宿衛的情況。這和將南蠻校尉府軍營遷移至京師的事例類似,透漏出孝武帝意圖擴充中央軍數量的目的。

③ 關於領軍將軍,參看越智重明《領軍將軍と護軍將軍》,《東洋學報》44—1,1961年。後又收入氏著《中國古代の政治と社會》,北京:中國書店,2000年。

④ 關於驍騎將軍,參看《宋書》卷四十《百官志下》,及周一良《〈南齊書·丘靈鞠傳〉試釋兼論南朝文武官位及清濁》,《魏晉南北朝史論集》,北京:中華書局,1963年。

⑤ 關於當時的姻親狀況,可參看前揭拙稿《劉宋前期における政治構造と皇帝家の姻族·婚姻關係》。

⑥ 《南齊書》卷三十三《王僧虔傳》所載檀珪寫給王僧虔的信中,談及了劉裕與檀氏(檀祗、檀道濟)的關係:"僕一門雖謝文通,乃忝武達。群從姑叔,三媾帝室,祖兄二世,糜餐奉國,而致子侄餓死草壤。"可知檀珪一族曾經三次與劉宋王室結成婚姻關係。信中記載檀珪的同堂姑是武帝第六子南譙王義宣的王妃,便是其中之一。檀珪是檀祗、檀道濟兄檀韶之孫(《南史》卷十五《檀道濟傳》),另外兩次通婚,很可能就是在檀珪父臻、祖父韶的世代内結成的。因此,筆者在這裏將檀祗、檀道濟看作是武帝的姻族。另外,據《南齊書》卷五十二《文學傳·檀超傳》可知,高平檀超的祖父巋之的姐姐或妹妹,是劉裕二弟長沙王劉道憐的王妃。但是巋之一支與檀韶一支的關係如何,現無從考證。

者都與文帝建立了私人關係,或曾有主從之名、或有血緣關係、或有姻親關係。① 如文帝任荊州刺史時,到彥之曾在其都督下擔任南蠻校尉。趙倫之是武帝孝穆皇后的弟弟,趙伯符則是倫之之子,二人都是外戚,父子兩代人都就任了領軍將軍。劉義融和劉遵考是宗室成員,南平王鑠是文帝皇子。江湛是皇室姻族。文帝愛子南平王鑠妃爲江湛妹,文帝第九女淮陽公主又嫁給了江湛之子。② 文帝重視姻族或血親這些與自己有私人關係的人,這一點和武帝時期領軍將軍就任者的傾向一致。但是,若在此先將文帝前半期就任的到彥之和趙倫之,以及元嘉十七年就任的趙伯符,這三個在軍事方面始終活躍的人物暫且擱置不論③,可以發現,其他就任者大多從正史等史料中,都難以找到他們活躍在實際軍事活動中的證據,這些人不一定具備實際的軍事能力。與文帝沒有私人關係的劉湛和沈演之,在這方面也是如此。

再看孝武帝時期的特點。這一時期首先需要注意的是,除了劉遵考、朱脩之和湘東王彧,其他人都是在北伐、討蠻以及征討元凶等的戰爭中,曾在孝武帝手下任職的原幕佐。在這裏簡單介紹其中的主要人物。

沈慶之(吳興武康)曾任孝武帝的撫軍中兵參軍,劉駿調任雍州刺史時,沈慶之隨府④西上。隨後於元嘉二十九年以太子步兵校尉的身份出討西陽五洲蠻。三十年,時任江州刺史的劉駿出次五洲,沈慶之至五洲諸受"軍略"。討伐元凶時,孝武帝板授沈慶之爲征虜將軍、武昌内史、領南中郎府司馬。沈慶之在孝武帝手下十分活躍(《宋書》卷七十七本傳)。

柳元景(河東解)於劉駿西鎮襄陽時,被任命爲廣威將軍、隨郡太守,隸屬於劉駿都督之下。後又除爲劉駿安北府中兵參軍。此後柳元景一度離開劉駿軍府,因討伐五水蠻,再次從屬於劉駿都督之下。討伐元凶時柳元景被板授爲南中郎府諮議參軍,領中兵參軍,加冠軍將軍,襄陽太守,統領前鋒部隊,功績卓越(《宋書》卷七十七本傳)。

顏竣(琅琊臨沂)以太學博士起家,任太子舍人後,出爲劉駿撫軍主簿,隨府歷任安北、鎮軍、北中郎府主簿。劉駿赴任尋陽之際,顏竣任南中郎府記室參軍。征討元凶時,轉爲諮議參軍、領錄事參軍,總統内外事務,并造檄書。顏竣不僅在戰爭中十分活躍,還在劉駿的軍帳之内幫助劉駿順利度過危機(《宋

---

① 有關殷景仁需要補充一點,後來文帝又將與殷景仁同族的殷淳之女納爲皇太子妃。
② 上述人物與文帝的關係,參看前揭拙稿《劉宋前期における政治構造と皇帝家の姻族・婚姻關係》。在此就江湛就任領軍將軍時的特殊情況加以簡要說明。元嘉二十七年第二次北伐之際,北魏軍隊進逼到長江北岸的瓜步,劉宋朝面臨的局勢十分緊迫,當時的領軍將軍劉遵考率領軍隊到達長江。因此朝廷命吏部尚書江湛兼任領軍將軍,并委任他處理軍中事務(《宋書》卷七十一《江湛傳》)。
③ 到彥之在文帝出鎮荊州時,任使持節、南蠻校尉,文帝即位後被提拔爲中領軍,爲即位不久的文帝提供了軍事上的强力支持。在討伐謝晦的戰爭以及元嘉七年的北伐中,到彥之都扮演着核心的角色(《南史》卷二十五《到彥之傳》)。趙倫之和趙伯符原本與登基前的劉裕同爲寒門武人,劉氏登基之後,二人在軍事層面也始終活躍。有關趙倫之與趙伯符,可參看前揭拙稿《劉宋前期における政治構造と皇帝家の姻族・婚姻關係》。
④ 關於"隨府",參看石井仁《南朝における隨府府佐—梁の簡文帝集團を中心として—》,《集刊東洋學》53,1985年。

書》卷七十五本傳)。

　　王玄謨(太原祁)曾經作爲興安侯義賓的府佐,擔任輔國司馬、彭城太守。義賓死後,王玄謨上表,以彭城爲水陸要衝,請求文帝安排皇子出鎮。這時(元嘉二十五年)出鎮彭城的,正是劉駿。劉劭弒父時,因冀州方面正處在北伐的膠着期,於是王玄謨派幕佐垣護之代替自己出兵支援孝武帝(《宋書》卷七十六本傳)。

　　安田二郎很早就曾指出,孝武帝政權是由孝武帝在藩時期的舊幕僚等人,集中把持權力中樞的"代黨"[①]政權。通過上述分析可以清楚得知,孝武帝朝的領軍將軍也是以"代黨"爲中心,由劉駿在藩時期的舊幕僚擔任。而且這些就任者中,除顏竣[②]外,沈慶之、柳元景和王玄謨都是在軍事方面經驗豐富、能力出衆的人物。由此可見,如同武帝、文帝時期就任者主要是血親、姻族這些與皇帝有私人關係的人,孝武帝朝的領軍將軍就任者也主要是與劉駿擁有私人情誼的"代黨"。同時,與武帝時期相同,孝武帝安排具備實際軍事能力的人物出任領軍將軍的特點也十分明顯。

表3　領軍將軍、中領軍就任者一覽表

	就任者	與皇帝的關係	同時兼任的官職	本籍、出身
武帝期	謝晦(中)	第二子廬陵王義真岳父謝景仁的從侄	侍中	陳郡陽夏
	謝晦	""	散騎常侍	""
少帝期	謝晦	""	散騎常侍、中書令	""
文帝期	到彦之(中)	荆州時期的幕僚	無	彭城武原
	趙倫之	武帝的舅父	左光禄大夫	下邳僮
	殷景仁(中)	皇太子劉劭岳父殷淳的從祖兄	侍中	陳郡長平
	""	""	無	""
	劉湛		無	南陽涅陽
	""		太子詹事	""
	劉義融	宗室	無	宗室
	趙伯符	武帝的内弟	無	下邳僮
	沈演之(中)		無	吳興武康
	""(中)		國子祭酒、本州大中正	""
	""		無	""
	劉遵考	武帝的族弟	無	宗室
	江湛	第四子南平王鑠娶湛妹,第九女淮陽公主適湛子	吏部尚書	濟陽考城
	南平王鑠	皇子(第四子)	撫軍將軍	宗室

---

　　① 最早注意到"代黨"的是安田二郎,參看氏著《南朝貴族制社會の變革と道德・倫理——袁粲・褚淵評を中心に—》(《東北大學文學部研究年報》34,1985年,後此文又變更題目被收入氏著《六朝政治史の研究》中)。有關"代黨"一詞,筆者希望補充一點。因西漢文帝是以代王的身份入繼皇統,隨後又將自己在代國的臣屬安排進中央政界,而劉駿以武陵王身份即位爲孝武帝,因此沈約將擁立孝武帝的舊幕僚稱作"代黨"或"代臣"。

　　② 顏竣擔任領軍將軍的情況和江湛的場合相似。即領軍將軍柳元景被安排出討南郡王義宣,於是時任吏部尚書的顏竣纔兼任領軍將軍,并負責軍務(《宋書》卷七十五《顏竣傳》)。

續表

	就任者	與皇帝的關係	同時兼任的官職	本籍、出身
孝武帝期	沈慶之	原幕佐	散騎常侍	吳興武康
	柳元景	原幕佐	散騎常侍	河東解
	〃	〃	撫軍將軍	〃
	〃	〃	太子詹事、侍中	〃
	〃	〃	驃騎將軍、本州大中正、侍中	〃
	顔竣	原幕佐	吏部尚書、領驍騎將軍	琅琊臨沂
	劉遵考	武帝的族弟	散騎常侍	宗室
	朱脩之		無	義陽平氏
	湘東王彧	皇弟（文帝第十一子）	無	宗室
	王玄謨	原幕佐	無	太原祁

就任者中的"中"指中領軍。據《宋書》及《南史》統計。

接下來考察護軍將軍的情況（表4）。護軍將軍就任者的傾向與領軍將軍相同。武帝時期由皇室姻族且在軍事方面十分活躍的檀道濟擔任。文帝時期，除了傅亮、殷穆、庾登之以外，其他所有的就任者都與文帝結成了私人主從、血緣或是婚姻關係。① 另外，除去劉遵考、到彦之、趙伯符、建平王宏和蕭思話，其他人員都可以視爲文官。孝武帝朝主要任命柳元景、劉延孫、宗慤② 等"代黨"爲護軍將軍。如前所述，柳元景在討伐元凶時表現突出，宗慤也於討伐元凶時在柳元景的指揮下奮戰在最前綫。孝武帝選拔原府佐中具備豐富軍事經驗的人，這一點和他選拔領軍將軍的原則相同。

再來看左、右二衛將軍的情況（表5）。就筆者管見，武帝時期的就任者無法確認，但是東晉末年宋臺的右衛將軍是由謝晦擔任，由此推測，這個將軍職在武帝時期的傾向可能和領軍將軍、護軍將軍的情況一樣。有關文帝時期就任者首先需要注意的是，與前兩個將軍號情況相同，仍是以與文帝有私人關係者居多，而且除去劉遵考、劉義融、劉義賓等宗室成員，都是名門士族。在這其中，兼任侍中等文職，所謂帶帖的就任者較多。③ 但是這個傾向到孝武帝朝發生了一些變化。雖然此時也存在類似文帝期名族層帶貼就任的情況，但是與前述將軍號相同，孝武帝還是以"代黨"爲中心，多委派原府佐就任左、右衛將

---

① 有關殷穆需要説明的是，後來文帝納其子殷淳之女爲皇太子妃。另外，護軍將軍中的殷景仁在元嘉十三年，由中護軍被任命爲護軍將軍。在他身爲護軍將軍的元嘉十五年四月，如前所述，文帝促成了皇太子與殷淳之女的婚姻。因此，在統計之時，忽略納太子妃之前的情況，仍將殷景仁當作文帝姻族處理。

② 劉延孫（彭城吕）以徐州主簿起家，後任孝武帝撫軍中兵參軍。孝武帝任徐州刺史時，補治中從事史。隨後隨府歷任劉駿鎮軍、北中郎中兵參軍、南中郎諮議參軍領録事參軍。劉駿討伐元凶時，劉延孫補長史、尋陽太守、行留府事，留守後方（《宋書》卷七十八本傳）。宗慤（南陽涅陽）在元嘉末年任隨郡太守，參與討伐蠻族的戰爭。進征元凶時，被板授爲南中郎諮議參軍、領中兵參軍，加入到柳元景指揮的前鋒部隊（《宋書》卷七十六本傳、卷七十七《柳元景傳》）。

③ 在高門著姓的名族層中，特别是領營兵的中央軍武職的帶帖，往往更受士人重視。參看前揭周一良《〈南齊書·丘靈鞠傳〉試釋兼論南朝文武官位及清濁》。

軍。加上之前提到的柳元景、宗慤、顏竣、顏師伯、袁粲①也就任過此職。王玄謨與孝武帝的關係前文已有論述,他與檀和之、王景文三人都有過擔任孝武帝府佐的經歷。② 不僅如此,柳元景、宗慤、王玄謨、檀和之在履歷方面全部都以軍事作戰見長,這一點切不可忽略。由此可知,孝武帝安排左、右二衛將軍就任者的傾向,也與領軍將軍和護軍將軍一樣。在以上結論的基礎上,我們還需要注意到,二衛將軍就任者中的王玄謨、檀和之、垣護之都參加過實際的軍事征討活動。左、右二衛將軍就任者屢屢率領軍隊出擊作戰的現象,在南朝是從劉宋孝武帝時期開始的,這一點正可以看作是印證孝武帝推行國軍體制改編的證據。

表 4 護軍將軍、中護軍就任者一覽表

	就任者	與皇帝的關係	同時兼任的官職	本籍、出身
武帝期	檀道濟	皇室的姻族	散騎常侍、領石頭戍事、丹陽尹	高平金鄉
	""	""		""
少帝期	趙倫之	武帝的舅父	無	下邳僮
	劉懷慎	武帝的從母兄弟	散騎常侍	彭城
	傅亮		中書監、尚書令	北地靈州
文帝期	傅亮		中書監、尚書令、散騎常侍、左光祿大夫、開府儀同三司	北地靈州
	劉遵考	武帝的族弟	使持節	宗室
	王華(中)	荊州時代的府佐	侍中	琅琊臨沂
	殷穆		無	陳郡長平
	到彥之	荊州時代的幕僚	無	彭城武原
	殷景仁(中)	皇太子劉劭岳父殷淳的從祖兄	中書令、尚書僕射	陳郡長平
	""	""	尚書僕射、吏部尚書	""
	徐湛之(中)(未拜)	外甥(姐姐會稽公主之子)、第六子隨王誕的岳父	無	東海郯
	""	""	尚書僕射	""
	庾登之(中)(未拜)		無	潁川鄢陵
	何尚之(中)	第四女臨海公主適尚之弟悠之子	中書令	廬江灊
	趙伯符	父武帝的內弟	無	下邳僮
	建平王宏(中)	皇子(第七子)	石頭戍事	宗室
	蕭思話	武帝的內弟	無	南蘭陵

---

① 袁粲(陳郡陽夏)以揚州從事起家,隨府歷任孝武帝安北、鎮軍、北中郎行參軍,南中郎主簿。討伐元凶時,轉為記室參軍(《宋書》卷八十九本傳)。

② 檀和之(高平金鄉)曾擔任過孝武帝的鎮軍司馬(《宋書》卷九十七《夷蠻·南夷林邑國傳》)。王景文(琅琊臨沂)歷任孝武帝文學,撫軍記室參軍、南廣平太守。轉諮議參軍後,又隨府改為安北、鎮軍府參軍(《宋書》卷八十五本傳)。

續表

	就任者	與皇帝的關係	同時兼任的官職	本籍、出身
孝武帝期	柳元景(不拜)	原幕佐	石頭戍事	河東解
	王僧達		無	琅邪臨沂
	劉義綦(中)	宗室	無	宗室
	何尚之	妹臨海公主適尚之弟悠之子	侍中、左光祿大夫	廬江灊
	湘東王彧(中)	皇弟(文帝第十一子)	無	宗室
	""(中)	""	衛尉	""
	劉延孫	原幕佐、宗室	侍中、徐州大中正	彭城呂
	""	""	侍中、尚書左僕射	""
	東海王禕	皇弟(文帝第八子)	衛將軍	宗室
	義陽王昶	皇弟(文帝第九子)	無	宗室
	宗慤(中)	原幕佐	無	南陽涅陽

就任者中的"中"指中護軍。據《宋書》及《南史》統計。

表 5 左、右二衛將軍就任者一覽表

	就任者	與皇帝的關係	同時兼任的官職	本籍、出身
少帝期(或是文帝初期)	劉遵考(右)	武帝的族弟	無	宗室
	劉湛(右)		無	南陽涅陽
	殷景仁(左)		無	陳郡長平
文帝期	王華(右)	原府佐	侍中	琅邪臨沂
	王曇首(右)	原府佐、長女東陽公主適曇首子	侍中	琅邪臨沂
	謝弘微(右)		無	陳郡陽夏
	""(右)	義真岳父謝景仁的從兄弟	太子中庶子	""
	""(右)	""	太子中庶子、侍中	""
	何尚之(左)	""	無	廬江灊
	""(左)	第四女臨海公主適尚之弟悠之子	太子中庶子	""
	劉遵考(右)	""	散騎常侍	宗室
	""(左)	武帝的族弟	侍中	""
	謝述(左)	""	無	陳郡陽夏
	劉義融(左)	兄廬陵王義真岳父謝景仁之弟	太子中庶子	宗室
	殷景仁(左)	宗室	侍中	陳郡長平
	羊玄保(左)	皇太子劉劭岳父殷淳的從祖兄	給事中	泰山南城
	沈演之(右)		無	吳興武康
	""(右)		侍中	""
	范曄(左)		無	順陽舞陰
	劉義賓(左)		無	宗室
	江湛(左)	宗室	無	濟陽考城
	褚湛之(左)	第四子南平王鑠娶湛妹,第九女淮陽公主適湛子	無	河南陽翟
	劉義綦(右)(或是孝武帝初期)	尚文帝妹(武帝第七女始安公主,第五女吳郡公主)宗室	無	宗室

續表

	就任者	與皇帝的關係	同時兼任的官職	本籍、出身
孝武帝期	柳元景(左)	原幕佐	侍中	河東解
	顏竣(左)	原幕佐	無	琅琊臨沂
	檀和之(右)	原幕佐	無	高平金鄉
	王玄謨(左)	原幕佐	無	太原祁
	褚湛之(左)	尚文帝妹(前述)	散騎常侍	河南陽翟
	""(左)	""	侍中	""
	劉恢(右)	從兄弟(義宣之子)	侍中	宗室
	謝莊(左)		無	陳郡陽夏
	顧覬之(右)		本邑中正	吳郡吳
	劉瑀(右)		無	東莞莒
	沈曇慶(左)		無	吳興武康
	""(左)		給事中、本州大中正	""
	顏師伯(右)	原幕佐	無	琅琊臨沂
	""(右)	""	侍中	""
	王僧達(左)		太子中庶子	琅琊臨沂
	垣護之(右)		無	略陽桓道
	宗愨(左)	原幕佐	無	南陽涅陽
	王琨(右)		無	琅琊臨沂
	王景文(右)	原幕佐、弟湘東王或娶景文妹	給事中	琅琊臨沂
	""	""	太子中庶子	""
	袁粲(左)	原幕佐	給事中	陳郡陽夏
	""(左)	""	吏部尚書	""
	桂陽王休範(左)	皇弟(文帝第十八子)	給事中	宗室
	張永(右)		無	吳郡吳

"左"指左衛將軍,"右"指右衛將軍。據《宋書》《南齊書》及《南史》統計。

接下來分析驍騎將軍的情況(表6)。武帝時期的就任者爲出自琅琊的名門士族王韶之,他曾主動爲劉裕毒殺東晉安帝。文帝時期,由與文帝擁有私人關係的名族及皇族人員就任、且帶帖就任的現象比較明顯,如王華、王曇首、徐湛之、建平王宏。另一方面,鮮卑人段宏在元嘉七年北伐之際,曾率領兩千鐵騎出陣迎敵,出身太原的王方回也參加了元嘉二十七年的北伐。孝武帝時期,雖然像何偃、王僧達等名族及皇弟帶帖就任的情況依然存在,但也可以看出孝武帝以王謙之、顏竣、沈法系、申坦這些"代黨"爲中心,安排原府佐①就任的現象。同時沈法系和申坦還是武將。通過上述分析可以看出,驍騎將軍的就任者有如下特點:這一職位多由從前代開始便與皇帝擁有私密關係的人物擔任,

---

① 顏竣的情況前文已有介紹。王謙之(琅琊臨沂)在討伐元凶時曾作爲孝武帝的南中郎府中兵參軍參戰,憑藉"南下"之功,大明元年被封爲石陽縣子、食邑五百戶(《宋書》卷四十五《劉懷慎傳附道隆傳》、卷四十五本傳、卷七十七《顏師伯傳》)。沈法系(吳興武康)在元凶事件時正隨沈慶之討伐五水蠻。孝武帝組織討逆軍隊,沈法系被板授爲南中郎參軍、加寧朔將軍,與柳元景、宗愨等人一起擔任前鋒(《宋書》卷七十七《沈慶之傳附本傳》)。申坦(魏郡魏)擔任過孝武帝的鎮軍諮議參軍(《宋書》卷六十五本傳)。

到了孝武帝朝,在武將參與就任這一點上,表現出了與前四個將軍職一致的傾向。但是,從就任者的軍事能力角度考察驍騎將軍,可以發現整個劉宋時期都存在着由軍事經驗豐富者就任的現象。説明不是從孝武帝時期,而是從前代開始,驍騎將軍便被設想成爲一個領兵出征作戰的武職。

領軍將軍、護軍將軍、左右二衛將軍、驍騎將軍這些中央軍武職的就任者,特別是前四個將軍職(領軍將軍、護軍將軍、左右二衛將軍),在孝武帝朝有一個十分明顯的特點,即在與皇帝擁有私密情誼關係的原幕佐中,主要選拔軍事經驗豐富的人物就任。也就是説,孝武帝在中央軍的要職方面,主要安排自己在藩時期的舊幕佐,特別是經得起軍事形勢考驗的人,通過這一措施掌控中央軍①,并使中央軍時刻做好能夠應對征討任務的準備。

表6 驍騎將軍就任者一覽表

	就任者	與皇帝的關係	同時兼任的官職	本籍、出身
武帝期	王韶之		黄門侍郎、本郡中正	琅邪臨沂
少帝期	王韶之 管義之		侍中 無	琅邪臨沂 ?
文帝期	王華(未拜) 王曇首 段宏 徐湛之 "" 王方回 建平王宏	原府佐 原府佐 外甥、隨王誕的岳父 "" 皇子(第七子)	侍中 侍中 散騎常侍 侍中 秘書監,散騎常侍 無 中書令	琅邪臨沂 琅邪臨沂 鮮卑人 東海郯 "" 太原祁 宗室
孝武帝期	王謙之 顔竣 何偃 義陽王昶 東海王禕 沈法系 江智淵 王僧虔 山陽王休祐 申坦	原幕佐 原幕佐 皇弟(文帝第九子) 皇弟(文帝第八子) 原幕佐 皇弟(文帝第十三子) 原幕佐	無 吏部尚書 侍中 秘書監、散騎常侍 散騎常侍、中書令 無 無 御史中丞 秘書監 無	琅邪臨沂 琅邪臨沂 廬江灊 宗室 宗室 吴興武康 濟陽考城 琅邪臨沂 宗室 魏郡魏

據《宋書》《南齊書》及《南史》統計。

---

① 關於孝武帝時期的領軍將軍,需要補充一點。《南史》卷五十一《梁宗室上吴平侯景傳》:"天監七年,(景)爲左驍騎將軍,兼領軍將軍。領軍管天下兵要,宋孝建以來,制局用事,與領軍分權,典事以上皆得呈奏,領軍垂拱而已。"從孝武帝孝建年間開始,制局監和外監開始跋扈奪權,抑制領軍將軍的權力。這説明孝武帝不僅選擇自己信任的人選擔任領軍將軍,還安插了外監和制局監,後兩者帶有明顯的皇帝耳目的身份色彩,可見孝武帝意圖通過這種安排完全掌控領軍將軍。

結　論

　　即位之初,因自身地位在皇族内部非常不穩固,孝武帝在平定强敵南郡王義宣和臧質的叛亂後,越來越明顯地表現出想要强化自身權力的姿態,并采取了一系列措施。在這些舉措當中,對待州鎮和中央軍,孝武帝一方面采取了分化、抑制要鎮的政策,另一方面還對中央軍進行了補强和整編,有意識地推行了將中央軍放在國軍體制中心位置的策略。與此同時,在中央軍長官同時也是一國軍事統領者的領軍將軍,以及中央軍要職護軍將軍、左右二衛將軍、驍騎將軍的人員選拔方面,孝武帝强化了這樣一種傾向:即主要安排自己在藩時代的舊幕佐、同時又具備出衆的實際軍事作戰能力的人物。這樣,孝武帝便在推行州鎮裁抑政策的同時,還補强、整編了中央軍,提高了中央軍在國軍體制中的地位,并將中央軍朝着體現皇帝意志、能够承擔軍事征討任務的構造進行改編。在這些方面,孝武帝總算取得了成功。

　　需要説明的是,爲實現重視中央軍的國軍體制改編,孝武帝采取了一系列措施,這些舉措在强化皇帝權力方面,確實取得了一定的實際效果。在孝武帝時代,孝武帝表現出了嚴厲打壓皇族的姿態,即便遭到皇族起兵反抗也毫不動摇①。例如孝武帝以平民的舉報爲發端,以誣告罪指控南兗州刺史竟陵王誕,并單方面發起討伐劉誕的戰争②;又如繼承了孝武帝的中央軍的前廢帝,將徐州刺史義陽王昶逼迫到了不得不謀反的精神狀態,前廢帝還自己率領中央軍鎮壓了叛亂③。在這兩個事例當中,皇帝在討伐諸侯王的時候,最初并没有考慮自己會被擊敗的情况,這與面對南郡王義宣叛亂時孝武帝小心翼翼的態度大相徑庭。據此可以指出,孝武帝以中央軍爲中心的國軍體制改編,在平定了南郡王義宣的叛亂後,取得了一定效果,成爲支持孝武帝權力的一個重要因素。

　　[譯者附言]本文在翻譯過程中,承蒙小尾孝夫先生多次仔細閲讀,并提出許多修改意見,在此深表謝意。

　　[作者簡介]小尾孝夫,日本大東文化大學文學部講師。
　　[譯者簡介]赫兆豐,南京大學古典文獻研究所助理研究員。

---

①　在孝武帝朝被誅戮的諸侯王情况大致如下。首先,元嘉三十年孝武帝剛即位,就以投靠元凶的罪名,毒殺了文帝第四子南平王鑠(《宋書》卷六《孝武帝紀》、卷七十二本傳)。其次,孝建二年,文帝第十子雍州刺史武昌王渾舉兵,但被孝武帝賜死鎮壓(《宋書》卷六《孝武帝紀》、卷七十九本傳)。再次,大明三年文帝第六子司空、南兗州刺史竟陵王誕據廣陵城反,後被平定(《宋書》卷六《孝武帝紀》、卷七十九本傳)。最後,大明五年,文帝第十四子雍州刺史海陵王休茂舉兵挑起叛亂,遭到了自己參軍尹玄慶的討伐(《宋書》卷六《孝武帝紀》、卷七十九本傳)。
②　《宋書》卷七十九《竟陵王誕傳》。
③　參看《宋書》卷七《前廢帝紀》、卷七十二《晋熙王昶傳》、卷七十七《沈慶之傳》。

佛教如何影響唐代詩歌

[美]宇文所安 撰　左丹丹 譯　田曉菲 校

這篇文章本來是要在某學術會議論文集中發表的,但那本論文集由於種種原因而沒能出版;後來又要收入另一本論文集,但是這一本論文集也沒有能夠出版。就在這周折的十餘年中,這項研究領域已經取得了很多新的進展。本文的論點仍然是新的,不過需要一些解釋。我提出的問題很簡單:佛教如何影響詩歌——不僅是作爲詩歌主題或詩人的個人信仰,也作爲某種改變了詩歌本身的東西。田曉菲後來出版的《烽火與流星:蕭梁的文學與文化》一書對這一問題作出了比我更爲深入也更令人信服的回答:佛教賦予了詩歌一種"觀照"的視野,在有限的空間中觀看到變化中脆弱的瞬間。這是一個偉大的宗教爲文學表現所帶來的偉大的巨變。

在本文中,我想從另一個層面出發,討論佛教如何爲"什麽是詩人,詩人又能做些什麽"的問題提供了一種思維模式。

有一個學者們常討論的話題:"唐詩中的佛教"。這個"什麽什麽中的"表達,顯示的是小物在大物中,好似詩歌是湯,佛教則是賦予詩歌某種獨特風味(蔬食味)的食材。這一比喻并不完全是隨意的:在宋代,僧侶詩常常因爲缺少僧侶氣息而受到稱贊,至少在一個僧人的情況裏,他的詩被誇獎是因爲其"無蔬氣"。① 從這一觀點出發來看,中國的佛教僅僅是文化大雜燴中的一種原料,它隨着詩人的性情或當時社會需求的變化而呈現出不同的濃淡。這在很多情況下也的確符合實情。

不論佛教與帝國及世俗社會做了多少調和,它不僅僅祇是各種社會元素中的一種而已。佛教的價值觀爲帝國提供了某種它所缺乏的東西,它是帝國在根本上無法消化吸收的成分。佛教的信仰使帝國及社會都變得無關緊要,出家意味着脫離家庭,包括改名換姓。出家意味着落髮剃度,改服、吃素,從此進入到一個與世俗的政府組織完全分離的權威結構與規則系統中。僧侶身上

---

①　如王十朋(1112—1171)稱贊某位僧人的詩歌:"兩篇詩好無蔬氣。"見《梅溪集》,初版(四庫本),8.3b。

的每一點都明顯地印刻着與帝國社會全然不同而且排斥帝國社會的標記。佛教與世俗權威之間的調和并不容易,因爲中華帝國總是企圖要(至少在理念上)整治齊一天下一切的,而且唐代尤其強調將政治權威凌駕於僧伽之上。

如果説佛教展示它與容納它的國家政權與社會迥然不同,那麼詩歌又呈現出另外一種挑戰:詩歌是一種無分別的話語,它不僅將佛教囊括在這文化大雜燴中,而且在某些時候,隨着情形的需要,還歡迎和采納佛教的價值觀。一個人創作詩歌的語境有很多種,根據情況的不同,詩人也許會采用佛教之外的話語。針對佛教徒、道教徒、得志的士大夫、新中舉的書生、科舉落榜者、隱士等等,講話的方式各不相同。佛教話語絶對沒有被詩歌排除在外:在拜訪僧人、游覽佛寺以及佛教價值觀十分適用的某些人生遭際裏,詩歌都會使用到佛教話語。佛教術語的使用并不意味着一首詩具有嚴格意義上的宗教性。在寬泛的意義上,我們可以將游覽寺廟時所可能產生的那種信仰靈光也算作具有真正的"宗教性"。但這裏的問題是,如何將詩歌中的信仰靈光與詩人對寺廟僧人的客氣而熱情的誇獎區分開來?這一點都不比區分表達真愛的詩篇和一份修辭練習更容易。

一個像王維這樣的詩人經常談到佛教,而且并不是爲了響應社會情境的需要,這意味着他的佛教信仰相當真誠。但是,王維也經常采用詩歌中常見的其他角色與價值觀,一個編者完全可以通過巧妙地編選而從王維選集中删除掉一切佛教的痕迹,這就好比一個編者也完全可以通過巧妙的編選而把杜甫呈現爲虔誠的佛教徒。

道教徒以及"儒學"復古派有時敵視佛教。敵對者基本上很好處理。如果詩歌與佛教是針鋒相對的,就不會有任何問題。會有爭辯、和解,以及理論上的分歧,等等。同樣地,如果詩歌僅僅用佳句來表達信仰,就像很多詩僧所嘗試的,那也是很好處理的。但是,詩歌既不是一種敵對的信仰,也不是一種中性的表達方式,它是在社會上、哲學上及宗教上都無分別的。對詩歌創作的投入,對於一個有信仰的人來說很有可能成爲一個問題,因爲對詩歌的激情很自然地會把詩人置於某些和他的信仰相衝突的情境。

但是,有那麼好幾個世紀,佛教確實深深地影響了一大部分的詩人,這種影響和改變在此後的中國詩學中一直都作爲一個可能性存在着。佛教的成功,并不在於信仰的具體精神內容,而是在於"信仰"本身的形式,包括具有排他性的專誠投入,嚴格的守律和修煉,以及專注的心念。在社會價值觀方面,詩人還是一如既往地做出多種多樣的選擇,但詩歌本身成了他們的信仰。在整個八世紀,詩歌祇是生活的一部分和一方面,創作者有着其他的人生目標,詩歌在某種程度上祇是達到目標的方式之一。從九世紀早期起,我們開始發現一些人表達出對詩藝的絶對專注,他們將自己界定爲"詩人",也被別人界定爲"詩人"①。

人們經常會提到佛教對十一世紀後半興起的道學("新儒家")的影響,這種影響值得商榷也常被商榷,商榷通常在内容的層面進行。但佛教對道學最大的影響恐怕應該是那些同樣影響了詩歌的方面:具有排他性的專誠投入,嚴格的守律和修煉,以及專注的心念。繫於程頤(1033—1107)名下的對詩歌的批判(這是中國傳統中對詩歌最著名的批判之一)主要圍繞着這一問題展開,該不是偶然的。當有人問:"作文害道否?"程頤回答:"害也。"他解釋説,爲文需要"專意",這會妨礙後生對道學的追求,因爲那些追求也同樣要求專一。②

人們可以很直接地在概念的層面上反對佛教。而文學與詩歌在純粹的概念層面上對理學家來説是可以接受的。程頤對"文"的反對必須在更深的層次上進行,他足夠聰明,意識到問題在於"專意"。③ 他的見解乍看起來似乎無關緊要,但它在程頤生活的十一世紀有着獨特的重要性。程頤發出反對聲音的背景是九、十世紀人們關於詩歌的認識,即詩歌需要全身心的投入——此時的"詩人"與歐洲觀念中的"poet"類似,而與八世紀以詩歌參與社會活動的詩人完全不同。在本文中,我想揭示的是這種把詩歌作爲人生之重大投入的理念是如何與佛教,尤其是禪,產生關聯的。

痴迷於詩歌的詩人形象最初與佛教并沒有聯繫。韓愈的交游圈有兩位詩人符合這一形象,孟郊(751—814)和李賀(790—816),特別是李商隱(約813—約858)的《李賀小傳》中所記録的李賀。④ 他們對詩歌的痴迷和狂熱在韓愈交游圈中的第三位詩人——賈島(779—843)的律詩中得到了新的展現,賈島早年出家爲僧,號無本,際遇韓愈後還俗。賈島的交游圈及其追隨者開創了一種精雕細琢的作詩傳統,尤其體現在五言律詩中,這一傳統一直持續到十一世紀(雖然這是一個有爭議的説法)及十一世紀以後。儘管這一群體中的大部分是世俗中人,其中還是有不少僧侣參與。在這一傳統裏,關於詩歌創作的話語得到新的發展,這一新發展顯然帶有佛教與禪的回聲。

我們在這裏看到讓程頤苦惱的"專意"問題。詩歌被認爲是一個人一生所全心全意地關注與投入的事業,我們看到詩人們爲了藝術是何等地苦心經營、殫精竭慮。早先詩人在談詩歌語言時主要使用的術語是需要避免的"病",現在詩人談作詩越來越多使用到的術語是"律",這與佛教的戒"律"不謀而合。作詩也有師父和弟子。詩人們談到他們對詩藝如此全神貫注地投入以至於完

---

① 我有時用到"詩人"這一概念時會不加引號;當我使用引號的時候,通常指的是這種九、十世紀的獨特的"詩人"意識,以區别於那些僅僅寫詩的人(儘管他們寫了大量的詩)。

② 朱熹、吕祖謙《近思録》(四庫本),2.23a。

③ 程頤在反對"文"的時候到底在想些什麽,我們不得而知,他考慮的可能是十一世紀關於"古文"的爭論。不過,關於專意於文的認識與九、十世紀的詩學史緊密相關。他所提出的"專意"更容易和同樣認同這一觀念的詩人而不是"古文"作者聯繫起來。我們很難在現代人所公認的十一世紀的經典詩人身上看到這一觀念,但是有一些在程頤生活的時代很出名的詩人完全符合他的批判。

④ 參見宇文所安《晚唐:九世紀中葉的中國詩歌(827—860)》,劍橋:哈佛東亞研究中心,2006年,第159—163頁。

全忽略了來自外面世界的感官刺激(詩歌成爲一種自律),而且作詩的成功被稱爲"妙悟"(雖然這要等到北宋晚期),這標志着宗教形式的宗教內涵最終在形式上被掏空,并從宗教轉移到了藝術。詩歌也許還不是完全意義上的信仰,但在一段有限的時間裏,它獲得了一些令人想到某種宗教信仰,想到禪的特質。

孟郊早年是八世紀晚期著名詩僧皎然詩友圈中的一員。儘管孟郊後來曾創作了一首常被引用的揚佛抑儒的詩歌,但他基本上是和儒學"復古"思潮緊密聯繫在一起的,而且比起大部分的詩人,孟郊算得上一位名副其實的"儒家"詩人,雖然是以一種相當奇怪的方式。他的詩歌創作幾乎完全集中在古體詩,而不是上面提到的詩人群所青睞的律詩;他的作品常常可見瘋狂的痕迹。孟郊與僧人淡公分別時寫了一組詩,結尾這樣寫道:

　　詩人苦爲詩,不如脫空飛。一生空鷺氣,非諫復非譏①。脫枯挂寒枝,棄如一唾微。一步一步乞,半片半片衣。倚詩爲活計,從古多無肥。詩饑老不怨,勞師泪霏霏。②

這樣的一首詩讓人幾乎無從置喙。從組詩中其他幾首的內容來看,孟郊很顯然是在陳述所有詩人的命運,而且特別是在談他自己,最終以淡公爲他的處境落泪而告結。

九世紀末,語境發生了轉變。孟郊提出一種新的觀念:"詩人"作爲一種事業,而不是一種社會活動。孟郊承認詩歌可以是一種社會活動,但這不能把寫詩的人變成"詩人"。正如他所說的:"惡詩皆得官,好詩空抱山。"③到九世紀末,"詩人"一詞被廣泛使用:實幹家們提到的"詩人"帶有不識時務、不講實際的輕蔑意味;自詡爲"詩人"筆下的"詩人"則保留了孟郊意義上的專意於詩藝、對政治世界與社會感到疏離,不同的是沒有了孟郊筆下的苦與狂,"詩人"的稱號成爲一種驕傲。

我們不知道詩僧貫休(832—912)何時寫下《讀孟郊集》一詩。不管時代已改變了多少,貫休將孟郊(東野)視爲以"詩人"自命者之祖:

　　東野子何之,詩人始見詩。清刳霜雪髓,吟動鬼神司。舉世言多媚,無人師此師。因知吾道後,冷淡亦如斯。④

對詩藝的專心投入和苦修以及遠離世俗社會聯繫在一起,這些特質雖然不能直接歸結於佛教的影響,但這些主題中的很多元素強烈地暗示了佛教徒專心致志獻身宗教信仰的行爲範式。這些元素很多在九世紀早期已經出現了,但那時還缺少承載這一專意投入的特定詩歌體裁:這種詩歌體裁後來以寫

---

① 諫與譏都是詩歌創作的儒家追求。
② 19970。此處及後文中出現的號碼是這首詩在《全唐詩》中的序號,以平岡武夫、市原亨吉、今井清《唐代的詩篇》爲參考。《唐代研究指南》之十一、十二(京都:人文科學研究所,1964—1965年)。
③ 《懊惱》(19755)。
④ 45247。

作技藝要求很高的律詩的面貌出現,尤其是五言律詩(這也正是貫休用以稱贊孟郊的詩歌體裁)。

雖説五言律詩可能是唐詩中最常見的形式,但賈島使之成爲"詩人"所獨鍾的體裁。在接下來的四個世紀裏,賈島成爲某種類型的詩歌及專意推敲詩藝的守護神之類的人物,雖然在有些時期他的影響相對減弱,但他不斷以真正的"詩人"之典範卷土重來。在他的作品中,他對"苦吟"的執着追求和律詩尤其是五言律詩聯繫在一起。他是那個據説爲了創作出一聯佳句而花費了三年時間的詩人,也正是由於他在"推"和"敲"之間費心琢磨,纔使"推敲"成爲表示反覆斟酌修辭用法的標準詞彙。據説九世紀末的詩人李洞塑了一尊賈島像;①《唐摭言》泛稱其"事之如神",但這裏的聯想主要是佛教化的,如《北夢瑣言》所稱:李洞"常念賈島佛"。

薛能(846年進士)《嘉陵驛見賈島舊題》首聯"賈子命堪悲,唐人獨解詩"②,與貫休對孟郊的稱贊十分相似。貫休與薛能的贊語與初唐時期人們對詩歌的贊語是很不同的:孟郊和賈島不是因爲所作的詩歌如何偉大、如何人人傳誦而受到稱贊,而是因爲他們幾乎是在一種抽象的層次上理解"詩",他們對"詩歌"的深度透視使他們與衆不同——孟郊在所有"詩人"中"始見詩",賈島在所有"唐人"中"獨解詩"。

對賈島命運的悲嘆也是對"詩人"命運的悲嘆。與賈島一樣來自燕地的晚唐僧人可止所寫的《哭賈島》很有代表性:

燕生鬆雪地,蜀死葬山根。詩僻降今古,官卑誤子孫。冢欄寒月色,人哭苦吟③魂。墓雨滴碑字,年年添蘚痕。④

九世紀的詩人經常會描寫可止所説的"詩僻(癖)",如九世紀晚期的詩僧歸仁在《自遣》中有着很典型的表述:

日日爲詩苦,誰論春與秋。一聯如得意,萬事總忘憂。雨墮花臨砌,風吹竹近樓。不吟也白頭,任白此生頭。⑤

這首詩頸聯的寫作策略在九世紀關於詩歌的詩作裏十分常見。在本詩的頸聯中,第三字作爲名詞(譯者注:花、竹)既是作爲動詞的第二字(譯者注:墮、吹)的賓語,也是作爲動詞的第四字(譯者注:臨、近)的主語。但是我們在此發現,賈島派"詩人"與早期沉迷於作詩的詩人有着顯著的不同:孟郊與李賀的詩歌常常出語驚人,再者,讀者通常可以毫不費力地辨別孟郊的詩句和李賀的詩句。相比之下,賈島派"詩人"們筆下的佳句和標準的律詩没有什麼不同,祇不過修辭稍勝,而且彼此之間没有很大的區别,讀來如出一手。如果説孟郊與李

---

① 見周勛初《唐人軼事彙編》,上海:上海古籍出版社,1995年,第1464—1465頁。
② 30900。
③ 這裏也暗指"苦吟"的字面意義。
④ 45012。
⑤ 45018。

賀開創了"詩人"的新概念,那麼這個"詩人"是獨一無二的。而825年以後的"詩人"們却主要致力於一種特定的詩歌體裁,力圖用常見的意象創造出佳句。換句話説,個體性爲實現"詩歌"的概念而湮没了,因爲那個"詩歌"的概念是超越了個體的。

至此我們已經越來越接近一種以佛教禪思爲典範的詩學,不過這仍然祇是一種具有暗示性的類比。鋪墊既已作好,下面,我們將具體來討論賈島詩人群的新"詩歌"概念是如何與佛教與禪緊密聯繫在一起的。

在詩歌中,一聯對句中相對的詞語往往是在概念上對應的,它們的關係也是開放的:可能是相似的、相反的或互相補充。它們有時候以對仗形式分別出現在兩行詩句中,有時候又組合起來以複合詞形式出現。在八世紀及九世紀初的詩歌中,"詩"與很多詞都構成過對仗,最常見的是與"酒"和"名"成對:一個指向詩歌起到的"群"的作用,一個指向詩歌在公衆生活中扮演的角色。在九世紀後期,"詩"開始與一系列佛教詞彙形成對偶關係,最常見的是佛教與禪學意義上的"道"。如果説後來的道學家們在"詩"與"道"之間看到了某種對立,也許是因爲二者的這種習慣性的對偶和對立的用法。

最早把詩歌與佛教對立起來的篇章之一(雖然不是出現在一聯對句中的對應位置)可能是九世紀二十或三十年代姚合餞别詩僧無可(賈島的從弟)的詩句:

出家還養母,持律復能詩。①

此聯的邏輯很清楚:能詩與持律的關係,就如同養母與出家的關係一樣。"律"是佛教的戒律,也是詩"律"。雖然與世俗生活保持根本的距離是爲僧伽所支持和爲政府所認可的,但在這裏無可似乎成爲一個跨越宗教與世俗的特例。出家與養母之間的矛盾,在持律與作詩之間的矛盾中繼續。在寫給無可的另一首詩中,姚合將詩歌與佛教的潛在衝突描述爲一種對什麼更投入的選擇:"懶讀經文求作佛,願攻詩句覓升仙。"②

這種將"詩歌"與某個佛教詞彙置於對偶位置的形式上的習慣,暗示着詩歌有着全新的、某種準宗教的意味,這本身比考慮具體用哪個佛教詞彙和二者關係究竟是怎樣的都更爲重要。這種對偶形式是固定的,二者的具體關係則是多樣的。南唐詩人李中在《贈東林白大師》中寫道:"虎溪久駐靈踪,禪外詩魔尚濃。"③換句話説,儘管詩與禪截然不同,但它們在這位僧侣的生活中都可以占有一席之地。從九世紀初期以來,"詩魔"成爲描寫纏人詩思的一種普遍表達,在此詩中,"詩魔"雖然帶有玩笑意味,但它仍然是干擾出禪高僧的"魔

---

① 26345。
② 26365。
③ 41524。

道"。北宋時期"九僧"之一的保暹曾這樣寫道:"詩來禪外得。"①無論李中還是保暹,都在回應齊己的《自題》:

> 禪外求詩妙,年來鬢已秋。未嘗將一字,容易謁諸侯。挂夢山皆遠,題名石盡幽。敢言梁太子,傍采碧雲流。②

尾聯指昭明太子編輯《文選》,代表了齊己所不追求的那種榮名。這裏重要的是拒絕把詩歌當成求名求利的途徑。詩僧僅在禪外的"剩餘時間"裏創作詩歌。

在《喻吟》一詩中,齊己把詩與禪對舉,稱它們構成了他生活的全部。它們是日用之"專"——這正是程頤用來反對"文"的詞彙。齊己還引用《論語》中孔子描述"詩三百"的話"一言以蔽之,思無邪",齊己在這裏以"無邪"指代普遍意義上的詩歌。但我們看到,是在對詩而不是對禪的投入中,他的頭髮變白了:

> 日用是何專,吟疲即坐禪。此生還可喜,餘事不相便。頭白無邪裏,魂清有象先。江花與芳草,莫染我情田。③

雖然詩和禪涇渭分明,但它們共同構成了一個封閉的體系,成爲詩人隔絶俗情的屏障。在本詩中,在其他詩中,詩人可以詩意地使用"江花與芳草",但我們下面將在另一首詩裏看到,它們的詩意其實皆"似冰"。詩歌本身作爲一種冥想活動不再是無分别的,詩歌的内容必須臣服於美學的戒律和苦修。

詩與禪或佛教的"道"是"平行"的,雖然它們之間的具體關係并不確定。當二者組合爲"詩禪"一詞時,就變得特別有意思。《漢語大詞典》列舉"詩禪"一詞的最早使用以十三世紀的周密爲例,實際上宋朝"九僧"之一的文兆在《寄行肇上人》一詩中就已寫道:"詩禪同所尚。"④問題是這裏的"詩禪"到底指什麽,我們不得而知,它可能是"詩和禪",也可能是"詩的禪",如果是後者的話,我們不確定他是指某一類的詩呢,還是某一類的禪。

在探討信仰和詩歌的關係時,我們發現詩歌不僅可以成爲禪的補充,而且有時還取代了禪,如九僧之一的希晝在《寄懷古》中這樣寫道:"遥知林下客,吟苦夜禪忘。"⑤我們通過坐禪忘懷外界,但是這裏詩人通過作詩忘懷外界,而且就連禪也一并忘記了。齊己《山中寄凝密大師兄弟》表達了同樣的情懷:"時有興來還覓句,已無心去即安禪。"⑥二者都暗示"詩禪"是"詩與/或禪",也就是說,詩與禪是不同的。但"詩禪"也還可能是"詩的禪",即以一種以不同的、也許不太可能的方式進行宗教生活。與齊己同時代的貫休曾寫道:"得句先呈

---

① 傅璇琮主編《全宋詩》,北京:北京大學出版社,1991—1998年,第1449頁。儘管本文主要範圍是唐代詩歌,但從唐代到十一世紀初的九僧有一個連綿不斷的傳統。
② 46225。
③ 46199。
④ 《全宋詩》,第1450頁。
⑤ 《全宋詩》,第1442頁。
⑥ 46258。

佛,無人知此心。"(《懷武昌栖一二首》)"得句"一詞本身和宗教修煉無關,僅指苦心經營律詩中的佳句(就如貫休所說的"句須人未道"①)。但不管經營方式如何,在這裏它變成了一種宗教性的祭品。它是某種實踐的成果,這種實踐有可能是禪修的一種特殊方式,其成果是可以呈獻給佛祖的,而不像皮日休(834/840—883)"僧吟不廢禪"(《初冬章上人院》)那樣因爲專意作詩而荒廢了僧人的宗教日課。②

詩與禪也許不一樣,但是很顯然詩僧們并不認爲它們完全格格不入;這與道學家們對詩歌的敵意截然不同。詩僧們試圖界定二者的關係,齊己的《勉詩僧》提出了最有興味的解答之一:"道性宜如水,詩情合似冰。"③這是一個特別妥帖的比較,因爲詩的參照系是"情",在此却變成了漠不關心的"冰"。水與冰的意象既相互反差,而在表面之下又是相同的。那麼這是不是說詩禪之水在遭遇情時凝結成冰了呢?在九、十世紀,"冰"在這類詩中常被用來描述詩句;它與孟郊、賈島詩中寫到的辛苦遭際聯繫在一起,也常作爲"玉壺冰"(這曾經是唐代科舉考試中的一個詩題)比喻心靈的純潔。

如果説詩僧們致力於調和對詩的投入與宗教修行,那麼詩作爲禪的對應物又把他們和像鄭谷(849—911)這樣的世俗詩人聯繫在一起。齊己在《寄鄭谷郎中》一詩中寫道:

> 詩心何以傳?所證自同禪。覓句如探虎,逢知似得仙。④

世俗詩人鄭谷顯然和齊己擁有同樣的"詩心",而且彼此相"知"。既然"自同禪",那麼詩僧并沒有因爲對詩的追求而離開宗教信仰,而世俗詩人也在不知不覺中被帶入了禪境。詩句變成猛虎,探虎危險重重,但詩虎最終還是爲詩人所"得"。這首詩用對禪修的執著專一來描寫詩歌追求,詩僧沒有迷失在詩歌的無區別性中,反而是世俗詩人在不知不覺中達到了禪境。比起詩僧尚顏所說的"詩爲儒者禪"⑤,二者的界限并沒有那麼明確。詩可以成爲佛教徒的禪。不過,尚顏也確實認識到詩雖然是世俗的,但有時會跨越到禪修的世界裏來。但是在詩與禪之間劃等號還是令人不安的,齊己《逢詩僧》第一句有一處文本異文,很好地表現了詩人的矛盾之情:

> 禪玄無可(并/示),詩妙有何評。五七字中苦,百千年後清。難求方至理,不朽始爲名。珍重重相見,忘機話此情。⑥

種種矛盾衝突在這首詩中充分展現,但首句的文本異文最貼合我們的話題。一本作"并":無物可與禪之玄相比并;一本作"示":禪之玄機不可顯示。

---

① 45474。
② 33606。
③ 45956。
④ 45959。
⑤ 46605。
⑥ 46101。

在前者中，禪是完全獨立和分離的，沒有任何事物，包括詩在内，可以與之比并。但這種解讀與詩的第二句及後文并不照應。如果我們選擇後者，則詩的首聯意味着禪之玄、詩之妙都是難以言説的。一方面，這就好像在齊己的其他詩作中一樣，詩與禪并列，成爲平等的對應物；另一方面，本詩的下文都在談論詩歌，這使後一種版本讀來比較順暢。作"并"的文本呈現給讀者的是一種帶有意識形態的宣言，在某種程度上就如同道學一樣，旨在壓制詩成爲禪的并列和平等對應物的可能性。

　　我們所使用的例證都是詩歌，尤其是詩歌短章。無論是文學理論還是我所知道的當代佛教寫作都没有提到這一内容。詩歌之外的那些形式更莊重，作者必須堅守自己的觀點。詩歌本身的角色與價值却是混雜無分别的，它可以游刃於多種觀點之間。直到宋代，對詩與禪關係的更加"嚴肅"的論述纔開始出現。

　　最著名的論述是十三世紀嚴羽創作的《滄浪詩話》，在其中嚴羽基於禪宗模式與禪宗術語創立了一套完整的詩學理論。《滄浪詩話》産生了巨大的影響，被抄進各種通俗詩學著作中，這些著作有時把觀點歸於嚴羽，有時則完全不加徵引，《滄浪詩話》遂成爲元明時代詩學的基礎。我們需要在此指出的是，嚴羽筆下的禪與前文提到的那些版本很不相同：它帶有正統權威性，是通過嚴格控制的苦修而帶來的開悟。

　　和九、十世紀的論調不同，詩禪關係在嚴羽這裏變成了一種比喻："詩學"（研習作詩）就像禪。這樣一來，在某種層次上詩、禪爲一的可能性就不存在了。如果詩學"如禪"，那麽詩歌與禪就是徹底不同的兩個對象，這裏的真正問題是如何作詩。這對九、十世紀的"詩人"們來説根本不成其爲問題。

　　自從錢鍾書在《談藝録》中提到早在嚴羽之前詩與禪的關聯就已經成爲宋人經常談論的話題，很多學者都致力於用北宋文本來説明他的觀點。在著名文學僧人惠洪（1071—1128）命名爲《石門文字禪》的文集中，這一關聯的確難以忽略。但是，雖然有些學者會把目光轉向晚唐，宋代文學的研究者往往祇閲讀宋代文本，没有人追溯到九世紀之交新"詩人"概念裏詩、禪關係的由來，這一關係又是如何在九、十世紀變成了一種常見的詩歌修辭，以及如何在十一、十二世紀延續下來并被理論化。

　　對於九、十世紀的"詩人"們來説，詩歌在某種方式上成了禪的影像——事實上對詩歌的投入有可能就是與對禪的投入，是一種以意想不到的方式證悟的宗教。從禪的角度來看，佛性無處不在，甚至存在於糞便之中；那麽，誰能説"詩人"對於鍾詞煉句的專一投入——表面上看來如此瑣細輕薄而遭到帝國經營者的蔑視——本身不是一種修行呢？對那些想要在詩中找到某種特别的内容——佛教"主題"——的信徒來説，這樣的説法可能讓他們感到很不安。我并不想假裝充分理解禪，但詩僧們的説法——宗教并不存在於它的主題中，而是存在於對某種特定的思維與注意力的形式的全身心的投入中——并不是荒謬的。它可以被質疑，但不是荒謬的。

詩人們的詩句常常是"冰冷的",這種冰冷是一種對詩歌曾經許諾給讀者的直接經驗所保持的反思性距離。詩人盡可以寫到感官世界和情,但是在齊己的妙句裏,"詩情合似冰"。換句話説,一個人盡可以没有白髮而悲嘆白髮,但是"詩歌"正是把情(情緒/情感/激情)變成冰的藝術過程。

如果我們回到文章開始時提出的問題——"佛教如何影響詩歌?"答案可能有很多種。最顯而易見的一個回答是佛教主題與佛教的"思緒",這非常適用於王維。但這種可能性没有觸及詩歌藝術本身。另外一個更有意味的答案,是企圖通過詩歌向讀者解説或者傳達宗教信仰,我們可以在"王梵志"詩作中看到的簡單的説理,或者在最好的"寒山"詩中看到的較爲深刻的説理。在此我想給出第三種答案。"宗教"的根本意義可以解釋爲"修行",其變調之一是否定社會性的自我,把自我完全投入於占據了整個生命的修行之中。在一段時間裏,中國詩歌倡導詩人對藝術的專注與投入,這就模糊了詩歌與宗教的界限。詩歌在主題上和社會方面仍是混雜而無分别的,但所有人都意識到這種類型的"詩歌"與它所表示的社會情境或價值觀没有關係。在這種模式裏寫出的"别離詩"不再是人生别離之苦的載體,而成爲一種被藝術的苦修把内容變得無關緊要的形式。

從九世紀到十一世紀初期,關於詩歌創作的詩句俯拾皆是。這種詩歌觀念在其後的中國詩歌史上傳衍下來,以各種不同的形式出現,但十一世紀中葉一度出現了衰退。歐陽修《六一詩話》中對"九僧"有這樣的評論:

> 國朝浮圖以詩名於世者九人,故時有集號九僧詩,今不復傳矣。余少時聞人多稱之,其一曰惠崇,餘八人者忘其名字也。①

歐陽修繼而引述了一些他記得起來的詩句。但他忘記了這些詩人的名字。這是一個值得回味的時刻。歐陽修代表了一種將詩歌作爲在社會與政治語境中展現詩人個性的觀念的復蘇。詩歌是使一個人留"名"的方式。"九僧"的具體姓名已經被忘却——但他們并非爲"名"而寫作。就像齊己所説的,詩句可以流傳久遠,但那是另外一回事——就連歐陽修也記得起詩句。詩句展現了詩人好不容易纔獲得的境界——寫下詩句的僧人的姓名不那麽重要。歐陽修最後總結道:"其佳句多類此。其集已亡,今人多不知有所謂九僧者矣,是可嘆也!"在一個基本上把詩人視爲社會性和政治性動物的詩學傳統中,詩人爲了追求藝術而丟棄社會自我的創作過程也許注定了他們將被遺忘,但在這些詩僧看來,他們的名不重要,詩句纔重要。這就是真正受到了佛教影響的詩歌的觀念——儘管中國的詩學傳統覺得這種可能性讓人很難接受。

[譯者附言]文章原題爲"How Did Buddhism Matter in Tang Poetry?",英文版發表於《通報》(*T'oung Pao*) 103 期 4—5 號,第 388—406 頁。

---

① 歐陽修《六一詩話》,北京:人民文學出版社,1962 年,第 8 頁。

［作者簡介］宇文所安（Stephen Owen），哈佛大學詹姆斯柯南布萊德榮休教授，2018年榮獲唐獎漢學獎。著作包括《初唐詩》《盛唐詩》《傳統中國詩學》《追憶》《迷樓》《中國文論》《中國"中世紀"的終結》《中國早期古典詩歌的生成》《晚唐》《不過一支曲子：十一至十二世紀初期的詞》以及《杜甫全集》英文注譯等。

［譯者簡介］左丹丹，武漢大學文學院研究生。

"一鋪"之意義
——變文演出方法試論

[日]水谷真成 撰 林生海 譯

  唐代俗講以敦煌變文爲主而進行講唱,這種看法現在幾乎成爲共識。但是在一些具體問題上,還隱藏有很多疑問。本文作爲其中的問題之一,從 P.2553《王昭君變文》"上卷立鋪畢,此入下卷"嘗試對"鋪"字進行考察。

  目前,關於俗講已有各種系統的研究。參照這些成果依然是可行的(鄙人對俗講也有看法想借機發表——平野記)。俗講時配合變文講唱使用的圖畫,現今依然存在。從 S.2614《大目乾連冥間救母變文并圖一卷并序》題名中"圖"字也可看出,這是文字與圖畫合并作爲一卷變文的寫卷。從《歷代名畫記》《酉陽雜俎》等書中我們可以看到,當時以長安、洛陽爲中心的諸多寺院牆壁上,各種變相畫以各自相應的佛典内容作爲依據而被畫出。從唐文化的特點來推測,這些變相圖的流傳絕非僅僅在中央(記得任二北《敦煌曲初探》中寫道,當時四川地方也有這種記載),可以肯定是在更廣泛的領域内得到普及。變相不僅成爲寺院的莊嚴,在人們看到圖畫時,通過視覺能非常容易地了解所據佛經的内容,而且也能很好地概括主題,易於理解,使人們加深皈依信仰的目的。筆者認爲,這種意圖對變相宣揚佛法起到了很大的效果。根據各種資料、實物斷片等能清楚地看到,變相圖是以怎樣的畫面而具體展示的。這裏舉出的《大目乾連冥間救母變文》圖畫,是以目連母親墮入地獄被救贖的故事作爲節點,按照類似於經典而畫的變相圖。

  關於變文與變相圖的并用,近來梅津次郎精心撰寫的《變與變文》(《國華》七六〇號)一文,依據新資料進行了詳細的闡述。總之,變文與圖畫配合使用是俗講的一個特色。文字與圖畫并用,通過 P.4690"金光明最勝王一鋪"、P.3867"漢八年楚滅漢興王陵變一鋪"的題記及"便往砍營處一鋪,便是處初"①這些變文中的語句等,也有殘留的痕跡。

---

① 譯者按,引文"便往砍營處一鋪,便是處初"當爲 P.3867 寫卷,其中"砍"字本作"斫",二字形意相近。參照其他寫卷知,本句又作"便任斫營處,從此一轉,便是變初"(S.5437)、"往斫營(注轉下頁)

以前在不少學者的文章中,"一鋪"被解釋爲"一枚"(譯者按,"一枚"相當於一幅、張等)而通用。下面試就目前所見的文獻,從例句來看當時"鋪"以怎樣的語義而使用。

Ⅰ
開成四年(正月)三日。始畫南岳、天臺兩大師像,兩鋪各三副。昔梁代有韓干,是人當梁朝,爲畫手之第一。(開成四年三月)五日齋後。前畫胎藏曼荼羅一鋪五副了。但未彩色耳。(圓仁《入唐求法巡禮行記》卷一)

Ⅱ
大悲胎藏法曼荼羅一鋪三幅　苗
金剛界大曼荼羅一鋪五幅　苗
普賢延命像一鋪三幅　苗
南岳思大和尚示先生骨影一鋪三幅　彩色
金剛界大曼荼羅一鋪七幅　彩色
阿蘭若比丘見空中普賢影一張　苗
法惠和上閻王前誦法化影一張　苗
金剛智三藏真影一紙　苗
八大明王像一卷
(圓仁《入唐新求聖教目錄》)

Ⅲ
南岳思大師影一鋪三幅
天臺智者大師影一鋪三幅
(《慈覺大師圓仁在唐送進錄》)

Ⅳ
大毗盧舍那大悲胎大曼荼羅楨一鋪五幅
金剛界九曼荼羅楨一鋪六副
大毗盧舍那九頂輪王曼荼羅楨一鋪六副
(《智證大師圓珍將來目錄》)
以上文獻均根據《大日本佛教全書》。

如上所示,從俗講盛行時入唐者的記載中可以推知,所謂"鋪"并非以往認爲的那樣,僅僅是一幅繪畫,而可能是用幾幅組成的一組挂畫。(注意例Ⅱ的

(續上頁注)處,從此一鋪,便是變初"(北大 D188)。

話,可知鋪、張、紙、卷是被分別記載的,這樣考慮應該更好一點。)因此,俗講時所使用的圖畫,并不一定在任何場合都是一幅。筆者推測更合理的看法是,根據講說内容而準備對應的數幅圖畫,隨着講說故事的進展,按照挂畫的順序而更换使用。

這樣解釋"一鋪"的意義與用法,我們再以《王陵變文》爲例,具體探討一下。

1. 散文(首序)"從此一鋪,便是處初"
韻文
2. 散文"謹爲陳説"
3. 散文"而爲轉卷"
韻文
4. 散文"若爲陳説"
韻文
5. 散文"其母遂爲陳説"
韻文
6. 散文"若爲陳説"
韻文
7. 散文"而爲轉説"
韻文
8. 散文"若爲陳説"
韻文

《王陵變文》的文章結構如上所示。在最初的散文之後,"從此一鋪,便是處初(即從這個地方開始)",這個句子是以口述而指出圖畫開始的部分。也即是前面的文章并不需要用眼睛看,而是此時講説者爲集中彙聚來的聽衆的注意力,吸引聽衆而使用的。由此開始的圖畫并非講説者進入下一階段的新故事,而是以韻文將此時散文部分的故事梗概,恰如其分地唱出來。在此期間,聽衆集中視力去看圖畫時,不僅耳中能聽到愉快的歌唱韻文的旋律,而且不會因爲理解困難而産生聽覺緊張。講説者歌唱若干句韻文,看到聽衆對圖畫興趣的新鮮味逐漸淡薄後,通過再次調度聽衆的聽覺,返回此前的模式,進行下一段的散文講説。這樣一個接一個反復地進行講説。在達到故事高潮時,聽衆的興趣便會在情節發展中高度地緊張。講説者按照聽者的心理緊張程度,將散文適當地處理,以簡潔的講述轉向下一段韻文。特別是像 P.2305《妙法蓮華經變文》唐代慈恩大師窺基疏科文中已經很好地總結的那樣,應注意到那些按照散韻兩部分而敷衍組成的内容。毋庸置疑,繪畫也隨着散韻交叉進行,向下一段的情節而發展。如此,當用"王陵變一鋪"這句話來結尾、完滿結束時,如前文所述那樣,《王陵變文》及一組變相圖之意,絕不是一幅圖畫的連用,題名本身已經表示了這點。"從此一鋪,便是處初"如果僅僅以一幅圖畫連用開始故事而解釋的話,那麽插入的這兩句不僅没有多大意義,而且在變文講説的趣味上,可能也不見有什麼變化了。

　　散韵交叉使用,也是聽覺與視覺的互用,更是具體展開改變興趣順序的方法。相對佛教講經需要聽衆集中注意力而言,此模式的講説會有情節的起伏變化。可以説是巧妙地捕捉利用了人們注意力的周期規律。因此,如《八相成道變文》(敦煌雜録雲字 24 號)"况説如來八相,三秋未盡根原,略以標名,開題示目,今具日光西下,座久迎時"中所記載的那樣,在長時間講説却絲毫没有膩煩的俗講中,人們也會陷入上氣不接下氣,"聽者嗔咽寺舍"①的氛圍更是可以理解的。這樣對應結束散場而説的"明朝早來聽真經",人們在餘音繞耳,難舍難離的心情中離去。祇是前文所舉《王陵變》是否用八幅圖畫,還不清楚。同時正如一般韵文向散文交替中,是否用一幅圖畫尚且也没有明確的證據。但是從情節展開與散韵互用幾乎一致的發展來看,目前的推測應該也不是没有道理的。敬請學者指正。

　　以上是以昭和三十一年度《唐代文學史》講義的主旨要點,由聽講的平野顯照君整理,追加用例而完成。兹記載之并致以謝意。

　　[譯者附言]本篇原題名爲"'一鋪'の意義について:變文演出法に關する一試論",原刊於大谷大學《支那學報》第 2 號,昭和 32 年(1957)6 月,第 29—32 頁;譯自水谷真成《中國語史研究:中國語學とインド學との接點》,東京:三省堂,1994 年,第 88—93 頁。

　　本文結合日本漢籍,對變文中的"鋪"字使用進行歸納分析,探討了變文的演出方法及其意義,以小見大,論證嚴謹,結論客觀。二十世紀後期,台灣學者薛登福發表《唐世碑像、變相及敦煌變文中"鋪""軀"等字義之探討》(原刊於《"國立"台中商專學報》第 18 期,1986 年;見《敦煌俗文學論叢》,台北:台灣商務印書館,1988 年,第 293—314 頁)一文,對"鋪"字等亦進行了深入探討,論證"鋪"作爲圖畫、雕塑的計算單位,是整體性的量詞。其對"鋪"字進行解釋時,核心材料亦使用了入唐求法的留學僧記録。認爲唐人常把一組性質相同而不可分的多幅圖畫稱爲一鋪,有時也將性質獨立的一幅畫稱爲一鋪。遺憾的是在參引文獻中,并未見有水谷氏此文,也未展開對變文演出方法的探討。儘管時隔久遠,此文依然不失其在變文研究上的重要參考價值。

　　值得注意的是,本文開篇"俗講以敦煌變文爲主而進行講唱"的觀點,半世紀以來至今依然被沿襲着。如 2014 年國家圖書館敦煌遺書展覽,解釋"敦煌變文":"古代高僧大德在向百姓宣講佛經時,爲了做到通俗易懂,引起聽衆的興趣,往往渲染佛經的故事情節,有鋪陳、有删減,這種講經叫作俗講。講經文、變文即是俗講的底本。"俗講即通俗講經(即僧人面對俗衆的通俗講經,相對僧團內部的"僧講"而言),與變文在講唱形式上的通俗化是一致的。但是,將變文與講經文并列爲俗講的底本,恐怕不妥。如《高力士外傳》載,玄宗皇帝

---

① 譯者按,"嗔",據趙璘《因話録》原作"填"(上海:上海古籍出版社,1979 年,第 94 頁)。

退位後，常以講經、轉變（表演變文的術語）、説話（講故事）、論議（辯論詰難）等娛樂活動打發時間，并不見"轉變"有任何宗教色彩。其實，學界對於變文與俗講的關係，已有不少成果。其中梅維恒教授指出：最常見的解釋是，變文是供佛教僧人們在演講或講經時參考用的文本。但是，從各種資料所能看到的證據清楚表明，最早用"變"講故事的人與其説是僧人，不如説是包括婦女在内的世俗表演者（《繪畫與表演：中國的看圖講故事和它的印度起源》，王邦維、榮新江、錢文忠譯，季羡林審定，北京：北京燕山出版社，2000 年，第 1 頁）。"變"有轉變經典爲圖像、文字之意，變文即伴圖講唱的底本或文本（荒見泰史《敦煌變文寫本的研究》，北京：中華書局，2010 年，第 61 頁）。換言之，俗講以講經文爲主；變文是（看圖）講故事。變文與俗講是否直接關聯，可能還需結合歷史背景繼續討論下去。或許回到原點，對基本問題進行重新梳理，同樣將有助於我們理解其產生的緣由。鑒於本篇在變文研究史上的意義，筆者拙筆譯出，庶幾以饗諸大方之家。

[作者簡介]水谷真成(1917—1995)，畢業於京都大學中國語學專業，名古屋大學文學部教授。代表論文有《慧苑音義音韵考—資料の分析》(《大谷大學年報》第 11 輯)、《上中古の間における音韵史上の諸問題》(大修館《中國文化叢書》1)、《梵語音を表す漢字における聲調の機能》(《名古屋大學文學部二十周年紀念論集》)，譯注有《大唐西域記》(《中國古典文學大系》第 22 卷，平凡社)等。

[譯者簡介]林生海，廣島大學哲學博士，安徽師範大學歷史與社會學院講師，廣島大學敦煌學研究中心研究員。

透過夢的窗口
——宋詞中的真實與虛幻

[美]林順夫 撰　線仲珊 譯

  我想用考德榮・德・拉・巴卡(Calderon de la Barca)(1600—1681)創作的西班牙最負盛名的戲劇《人生如夢》作爲我的文章開頭。① 在這部劇作的第二幕結束時,我們發現考德榮・德・拉・巴卡讓主角作了如下充滿激情的獨白:

  此生是什麽? 一種狂亂,一種虛幻,
  一個影子,一陣迷惘,小説一篇。
  至善其實微小,這人生,
  祇是一場夢,夢僅僅是夢。②

  在這兒强有力地表現的主題是夢與人生的比較,這個主題在巴洛克時代的西方詩歌中經常見到。③ 然而巴洛克詩人并没有壟斷"我們祇是做夢的材料"④(從莎士比亞那兒借來)的觀點。將人生比作夢是一個古老的主題,在别的文學傳統裏很容易發現。例如,中國的歷代作家是可以聲稱,世界文學中對人生如夢的表述,有一大部分是屬於他們的。

  在本文中,我想檢驗一些文學中的夢,這些夢可能是也可能不是基於實際夢的經驗,而是作者爲了構成特殊的美學或哲學目的填充到上下文中的。我

---

① 埃瑞克・本特雷(Eric Bentley)編《〈人生如夢〉和西班牙的其他名劇作》(*Life Is a Dream and Other Spanish Classics*),由羅伊・坎貝爾譯成英文(New York: Applause,1991)。稱《人生如夢》"也許仍舊是西班牙最負盛名的戲劇",見本書第 296 頁。
② 《〈人生如夢〉和西班牙的其他名劇作》,第 268 頁。
③ 幽斯田・高爾德(Jostein Gaarder)《索菲的世界:一部關於哲學史的長篇小説》(*A Novel about the History of Philosophy*),由波萊特・冒勒(Paulette Moller)譯成英文(New York: Berkerley Books,1997),第 227—229 頁。
④ 威廉・莎士比亞(William Shakespeare)《暴風雨》(*The Tempest*)第四幕,第一場,第 156 行。見喬治・萊曼・基特里奇(George Lyman Kittredge)編《莎士比亞全集》(Boston: Ginn and Company,1936),第 26 頁。

的視點將集中在宋代(960—1279)三個詞人的範例作品上。他們是晏幾道(十一世紀晚期)、蘇軾(1037—1101)、吳文英(十三世紀中期)。我將考慮到中國傳統的夢理論和作爲文類的宋詞的藝術發展兩個方面。

我先對與古典詩歌中對夢的描述特別有關聯的傳統夢理論①作一簡單的回顧。我將集中在中國夢文化方面有代表性的三個人的思想上。這三位學者是：道家學派的莊子(約前369—前286)，東晉學者樂廣(卒於304)，宋代的學者、官員、詩人蘇軾。

在中國傳統中，對夢之本質作過重要觀察的第一個思想家是莊子。② 在《齊物論》一章中，莊子說：＂其寐也魂交，其覺也形開。＂③這兒討論的是，人在醒着的狀態下，身體對外在世界裏的事物是敞開的，并與之交互作用。在睡着的狀態下，身體保持封閉狀態，允許靈魂在外漫游，與他人或物的精神與靈魂接觸。④ 交流的靈魂乃產生了夢。這種魂交的思想與古人相信在夢中一個人的魂或神可以從它的住所、形體中走出而和各種事物的神相遇的想法有聯繫。⑤ 夢的占卜在早期的中國夢文化中是被特別強調的。＂夢魂＂的思想長久地影響了後來的夢理論和文學。

這種思想明顯地支撐了《齊物論》一章結尾處莊子夢見自己是一隻蝴蝶的美麗寓言。下面是《齊物論》末章的原文：

> 昔者莊周夢爲蝴蝶，栩栩然蝴蝶也，自喻適志與！不知周也。俄然覺，則蘧蘧然周也。不知周之夢爲蝴蝶與？蝴蝶之夢爲周與？周與蝴蝶則必有分矣。此之謂物化。⑥

不可否認，當莊子問是不是蝴蝶夢見他莊周時，他是暗指一隻蝴蝶也有靈魂的，也能通過一定的路徑與人的靈魂接觸。然而這個寓言的目的，與其說是闡明夢的本質，不如說是表達哲學家對兩種生命狀態之間嚴格區分的最終合法性的懷疑態度。⑦ 通過不能確定是睡夢者夢見自己是蝴蝶或者是正好相反，莊子提出了主體和客體的可逆性以及混淆真實與夢境的區別的問題。

莊子在這一章的另外一節中，偏離了古人對夢的預言價值的普遍信仰：

---

① 關於中國傳統夢的理論的比較充分的論述，見我的論文《賈寶玉初游太虛境：以多學科視野分析一個文學中的夢》(Chia Pao-yu's First vist to the Land of Illusion: An Analysis of a Literary Dream in Interdisciplinary Perspective)，發表在《中國文學：隨筆、論文、評論》(*Chinese Literature: Essays, Articles, Reviews*)14期(1992)，第77—106頁，重點在第77—94頁。

② 傅正谷出版了幾本有關中國文學和文化中夢的書，其中提出了莊子是＂中國夢的理論的奠基者＂。見傅正谷《中國夢文化史》，北京：中國社會科學出版社，1993年，第14頁。

③ 郭慶藩《莊子集釋》，台北：世界書局，1962年，上册，第51頁。

④ 這兒我沿用了劉文英提出的解釋。劉著《夢的迷信與夢的探索：中國古代宗教和哲學的一個側面》，北京：中國社會科學出版社，1989年，第167頁。

⑤ 《夢的迷信與夢的探索》，第14—15頁。

⑥ 郭慶藩《莊子集釋》，上册，第112頁。

⑦ 這一重要的觀點取自浦安迪(Andrew H. Plaks)的簡短文章《……祇不過是一個夢》(...But a dream)，載《亞洲藝術》(*Asian Art*)卷三，第4期(1991年秋)，第6頁。

　　　　夢飲酒者,旦而哭泣;夢哭泣者,旦而田獵。方其夢也,不知其夢也。
　　夢之中又占其夢焉,覺而後知其夢也。且有大覺而後知此其大夢也,而愚
　　者自以爲覺,竊竊然知之。君乎,牧乎,固哉!丘也與女,皆夢也;予謂女
　　夢,亦夢也。①

　　這一段一開始就指出我們在晚上做的夢和第二天早上所做的事之間缺乏
必然的聯繫。接着再評論,我們在夢中傾向於接受當時的經驗爲真實,甚至還
會做夢中占夢的事情。最後,再以應該從若夢的人生中覺醒過來這個令人不
安的主張來作結論。暗含在這兒的體認人生祇是一場夢的思想,可說是一種
精神的解放。儘管莊子在這兒無意提出一套關於夢的理論,但他的"人生祇是
一場應該覺醒的夢"和他描述的夢中狀態和清醒狀態的區別在很大程度上影
響了後來的中國人對夢的思考。

　　《齊物論》中所選的上面兩段話也顯示了莊子觀察事物的特殊嗜好,這與
人們平常采用的觀察事物的方法是直接相對的。兩段話都從夢談起,也都斷
言我們平常清醒的存在實際上和夢没有差別。莊子堅持努力的一部分是試圖
解構大與小、美與醜、對與錯、有用與無用、睡夢與清醒、生與死這些構成我們
文化的二元對立的概念,他在這兒提倡一種我們可以稱之爲"夢的窗口"的新
方法來看待人生與世界。這種認識論的方法也深刻影響了後來的中國文學。

　　三世紀的樂廣是中國歷史上第一個嘗試從心理和生理的方面去對夢的現
象作出理論化解釋的人。在五世紀的《世説新語》一書中有這樣一個故事:

　　　　衛玠總角時,問樂令夢。樂云:"是想。"衛云:"形神所不接而夢,豈是
　　想邪?"樂云:"因也。未嘗夢乘車入鼠穴,搗齏噉鐵杵,無想無因故也。"衛
　　思因經月不得,遂成病。樂聞,故命駕爲剖析之,衛即小差。樂嘆曰:"此
　　兒胸中,當必無膏肓之疾。"②

樂廣想要表達的"因"的確切意義是很難弄清楚的。非常遺憾,他的詳細解釋
没有記載下來,我們必須從這兩個詞平常的應用和樂廣提供的兩個例子中找
出它們的解釋。在古代漢語裏,"想"的動詞性的意義是"希望,想要,企圖,期
望,渴望";名詞性的意義是"思想,考慮,反省,存在記憶中的,想象"。③ 在佛
教的典籍中,"想"被用來作"在頭腦中産生物象"的活動。④樂廣至少包括了
"想"的這些意義是很有可能的。

　　在古代漢語中,"因"的名詞意義包含"理由"或"原因"兩方面,動詞意義爲
"因……而,依據、依靠"。⑤根據我的認識,樂廣在上面所引的那段話中"因"的
意義使用的是"因……而或依據、依靠"。因而我寧願用"contingencies"而不
用"cause"來翻譯。"因"或者"contingencies"用來在上面的語境中探討夢之來
源的可能性是什麽呢? 樂廣説我們不可能夢見"乘車進了老鼠洞"或"搗齏菜

---

① 郭慶藩《莊子集釋》,上册,第104頁。
② 楊勇《世説新語》,香港:大衆書局,1969年,第155頁。
③④⑤ 《夢的迷信與夢的探索》,第225頁。

時吃下鐵鎚棒"是因爲我們從來沒有這樣想或沒有這樣做的因。不難看出那是我們沒有這種渴望或沒有去"想"做這兩件事。但我們須花點功夫纔能意識到"因"提供的我們的想象或夢的依靠可能是感官的刺激或感覺的積累。我們從來不夢見這兩件事是因爲我們從來不願或不想去做它們。而我們從來不這樣想是因爲我們從來沒有或沒有過這兩種感官的刺激或感覺的積累。這樣，"想"和"因"——心理和生理因素或基礎——就不是截然分開的，而是相關聯的。①

可以發現，在樂廣之前對夢的解釋一向分爲兩派，即心理的和生理的。在古代的《周禮》一書中，根據心理因素和夢的内容把夢分爲六種類型。② "思夢"是六種夢之中明確地提出來的是由白日間的沉思或精神過於集中所造成的一種。③ 我們可以借用美國學者伯特·斯得茨（Bert States）"我思故我夢"④這一句話，來描述中國傳統夢理論中一個持久不爲人抛棄的看法。心理方面的解釋從最早的醫學典籍《黄帝内經》中可以發現。⑤ 樂廣的"想"和"因"兩個概念很明顯得自於傳統對夢的解釋。雖然它們是那樣的隱晦而簡潔，但却對中國後來發展的夢的解釋保持了深遠的影響。

北宋時期的蘇軾給想和因之間的關係提供了另一種解釋。他在他的《夢齋銘》中説：

> 世人之心，依塵而有，未嘗獨立也。塵之生滅，無一念往。夢覺之間，塵塵相授。數傳之後，失其本矣。則以爲形神不接，豈非因乎？人有牧羊而寢者，因羊而念馬，因馬而念車，因車而念蓋，遂夢曲蓋鼓吹，身爲王公。夫牧羊之於王公，亦遠矣，想之所因，豈足怪乎？⑥

在佛教思想中，有六種稱之爲"塵"的感覺。它們是色、聲、香、味、觸和想。上面這段話中，蘇軾提出了人的大腦是這六種感覺的倉庫的定義。然而，在他實際的討論中，不知什麽原因他好像把"想"從其他五種感覺中分離出來了。很明顯的就是蘇軾用"想"把西格蒙德·弗洛伊德（Sigmund Freud）所謂的"夢的内容"或"夢的思想"⑦與聯想的過程及夢中所見的内容歸結到一起。借

---

① 錢鍾書可能是第一個討論中國傳統夢理論中"想"和"因"兩個概念的現代中國學者。見《管錐編》，北京：中華書局，1979年，第488—500頁。

② 《夢的迷信與夢的探索》，第211—214，247—248頁。

③ 《夢的迷信與夢的探索》，第212頁。劉也討論了"思夢"可能帶有"夢的思想"或"夢的内容"的意味。

④ 伯特·斯得茨（Bert O. States）《夢的修辭學》（The Rhetoric of Dream）(Ithaca and London: Cornell University Press, 1988)，第15頁。

⑤ 《夢的迷信與夢的探索》，第186—205頁。

⑥ 蘇軾《東坡集》，在《三蘇集》内（没有出版者，有弓翊清的題記，時間1833年），卷19，第24a—b頁。（譯者注：本文在高海夫主編的《唐宋八大家文鈔校注集評》中的《東坡文鈔下》中，西安：三秦出版社，1998年，第5761—5762頁。另在《蘇軾文集》第二册，北京：中華書局，1986年，第575頁。）

⑦ 西格蒙德·弗洛伊德《夢的解析》，由詹姆斯·斯特雷奇（James Strachey）譯爲英文（New York & London: W. W. Norton & Company. 1980），第14—16、18—19、33—34、75—76頁等。

用弗洛伊德的術語,蘇軾在這兒用的這例子的"明顯内容"顯示出這祇是一個簡單的"滿足願望"①型的夢。在這兒我們應該注意到"滿足願望"型是中國夢文學中一個重要的主題。牧人對財富和地位的渴望在夢中的實現是通過起初對羊的印象開始到想象的極點變成王公的一系列過程完成的。對羊的印象可能來自牧人長時期與動物在一起的經驗記憶。也可能來自牧人睡覺時的環境刺激。"因"或"contingency"的概念在這兒是用來提供基於感官積纍的想象和聯想的必需的依靠。夢想,實際上所有的思想,都依靠先前來自感覺的經驗而表達出來。雖然蘇軾没有明説,但他的"因"也帶有"聯想的過程"的含義。就這樣,在蘇軾的這篇短文裏夢的經驗的心理和生理兩方面的關係清楚地講明白了。

在轉而去考察宋詞中描述的夢之前,我把上面探討的傳統夢理論方面的要點作一概括。首先,我們討論了古人相信夢是靈魂交流的結果。詩人們在他們的詩中利用這種流行的觀念,即使他們不相信。其次,我們簡單探討了一些前人在心理和生理方面對夢的探索。再次,我們也簡單談到了莊子"人生是夢"這個很有影響的觀念。當然這三個要點并不能説明詞裏的文學的夢的多樣性。但爲了在我後面的討論中保持着眼點的一致,我應該將我的主題限制在這些關鍵點上。

我想探討的第一首詞是北宋詞人晏幾道的小令《鷓鴣天》。晏幾道是比蘇軾年長的同時代人,生活在十一世紀後半期。與蘇軾不一樣的是,晏幾道没有寫過論夢的理論文章。雖然如此,他是一個在寫夢的經驗方面有技巧的作家,并且他對待夢的時候依從的是傳統有關夢的來源和本質的觀念。在晚年爲文集寫的自序中,晏幾道説:

> 追維往昔過從飲酒之人,或壟木已長,或病不偶,考其篇中所記悲歡離合之事,如幻如電,如昨夢前塵,但能掩卷憮然,感光陰之易遷,嘆境緣之無實也。②

在這兒表現出的是詞人在晚年重讀自己的作品之後,痛苦地感到人生真像一場夢一樣。

現在我們來討論《鷓鴣天》:

> 彩袖殷勤捧玉鐘。當年拚却醉顔紅。舞低楊柳樓心月,歌盡桃花扇底風。　從别後,憶相逢。幾回魂夢與君同。今宵剩把銀釭照,猶恐相逢是夢中。③

在短短的55個字中,晏幾道完整地寫出了他與一個歌女由初識,别後的相互思念到最後重聚的全過程。開頭兩句描述他們的初次相遇:那歌女拿着

---

① 《夢的解析》,第21頁。
② 金啓華編《唐宋詞集序跋彙編》,南京:江蘇教育出版社,1990年,第25頁。
③ 唐圭璋編《全宋詞》,香港:中華書局,1977年,第225頁。

一隻豪華的酒杯,殷勤地勸她的客人喝酒,而詞人——詞中的言説者——非常願意讓自己喝醉。後面兩句描述那次相遇時他看歌女幾乎在整個晚上爲他跳舞唱歌的事。上闋是由詞人記憶中對歌女的印象構成的,這是詞人寫作時很容易喚起的印象。這種印象就是"因"——生理的因素——前面討論過的。

下闋首二句,詞人告訴我們他與歌女分別之後,他一直記着他們的相會。當然這兒的"記着"就是我前面説過的"想"。我們可以想象出他記着的實際内容一定是上闋描述過的貯存在他的記憶中的印象。他記着的結果就是明顯地帶有實現他與女朋友重逢的願望的幾次夢。這兒他特意描述夢魂重逢的目的在於顯示他們之間的愛是真正的而不是單方面的。到這一點,靈魂交流,神出,"因"等因素很明顯地從詞中顯示出來了。最後兩句來了一個轉折。詞人説,這次他們久別重逢,他拿着一盞燈去照着她,唯恐他們是在夢中相逢。晏幾道在這個地方受了唐代詩人杜甫(712—770)《羌村三首》的影響。杜甫第一首詩的最後兩句是:"夜闌更秉燭,相對如夢寐。"①杜甫和晏幾道的詩歌的最後都描寫了他們在真正相逢之後猶恐是夢的那種懼怕的心理經驗。

蘇軾是晏幾道同時代的晚輩,但比後者更爲著名。他是一個不但有夢的理論,而且在詞中表現文學夢的重要作家。他寫了一大批有關夢或在語言中涉及夢的詞。晏幾道常常直接描述夢的經驗,蘇軾却喜歡將夢哲學化。人生如夢的思想在蘇軾的詞和詩中隨處可見。② 下面這首《永遇樂》是一個很好的例子:

永遇樂
彭城夜宿燕子樓,夢盼盼,因作此詞

明月如霜,好風如水,清景無限。曲港跳魚,圓荷瀉露,寂寞無人見。紞如三鼓,鏗然一葉,黯黯夢雲驚斷。夜茫茫,重尋無處,覺來小園行遍。

天涯倦客,山中歸路,望斷故園心眼。燕子樓空,佳人何在,空鎖樓中燕。古今如夢,何曾夢覺?但有舊歡新怨。异時對,黃樓夜景,爲余浩嘆。③

與晏幾道《鷓鴣天》描寫的夢中的姑娘是他以前的相識不同,蘇軾《永遇樂》所寫的蘇軾夢中婦女生活在前兩個世紀。(關)盼盼是九世紀時彭城刺史張建封之子張愔的妾。④ 根據傳説,張愔死後,盼盼没有再嫁,在張家的燕子樓上居住了十年。蘇軾寫這首詞的時候,他自己是彭城刺史。

---

① 仇兆鰲《杜詩詳注》,北京:中華書局,1979年,第391頁。
② 史國興(英文名爲 Curtis Dean Smith)用中文寫過蘇軾詩詞中的夢的博士論文。見他的《蘇軾詩詞中夢的研析》,台北:"國立"台灣師範大學,1996年。
③ 見唐圭璋《全宋詞》,第302頁;又見石聲淮、唐玲玲《東坡樂府編年箋注》,武漢:華東師範大學出版社,1990年,第129—130頁。
④ 在白居易的《燕子樓詩三首》的序中有對關盼盼的简单介紹,見《東坡樂府編年箋注》,第130頁。應該指出關盼盼是張愔的妾,而不是他的父親曾任彭城刺史的張建封的妾。這兒蘇軾很明顯沿用了長期以來關盼盼是張建封的妾的錯誤故事。

這首詞分兩闋,每闋由三句爲一單元的四個詩節構成。開頭的六句描繪出了恬静而又美麗的夢中場景。緊接着的三句寫他的關盼盼夢被三更的鼓聲和落葉的聲音驚醒。上闋的末三句寫夢醒之後詞人在小花園中尋夢。"夜茫茫"中迷失的感覺在這兒與夢中世界的"清景無限"形成了鮮明的對比。上闋的最後一句"覺來小園行遍",蘇軾好像在説他的夢剛被打斷,他就在一種半醒半夢的狀態中去尋找他的夢中女人。

　　下闋集中在"古今如夢"的情感上,這情感來自他再次尋夢的失敗。在下闋的前三句,蘇軾表現出對官場生活的某種厭倦,雖不能但希望回歸故園的願望。接下來的三句又回到盼盼的主題。值得注意的是,蘇軾對這位兩百多年前的美人没有任何直接的描述。這一時刻,詞人穿過花園後可能站在燕子樓的前面。他説此樓已空,盼盼不知何處去追尋,作爲對這兩位不在的愛人見證人的燕子被鎖在樓中。夢見歷史上的人完全依靠對歷史的想象。對一個從未謀面的古人的印象衹能從研究他或她的文獻中去想象。雖然蘇軾對盼盼的印象,在來源和本質上不同於晏幾道對他女朋友的印象,但存在於詞人頭腦中的"想象"則是相同的。隨着時間的流逝,一個人生活中的經驗不可避免地變成感官印象或想象貯存在記憶中。這種從過去而來的想象可能一次又一次地在頭腦中以夢一樣的方式重新浮現。我相信蘇軾的"古今如夢"可以做這樣的理解。

　　最後三句,蘇軾將我們從現在帶到了將來。根據他對燕子樓的經驗,他預測他在彭城建的燕子樓將來會發生什麼。根據蘇軾自己的解釋,燕子樓是在他帶領彭城居民成功的抵抗了轄區内的洪水之後修建的。① 樓的修建在他的仕宦生涯中是一次重要功績的紀念。但是,蘇軾預感到黄樓將來祇能變成激起那些知道他生活和經歷的感傷的人深深嘆息的對象。最終,即使像蘇軾這樣一生有重要成就的人也一樣會被後來那些有教養而又敏感的人作爲如夢的經驗的源泉。如果我們懂得了蘇軾在這兒指出的這些我們經驗中根本性的幻覺本質,我們就會贊同他的人生是一場没有人驚醒的大夢的見解。綜上所述,燕子樓夢的經驗給蘇軾提供了一扇看待人生真實的窗口。

　　現在我們看一個將夢當作特殊標誌的十三世紀的詞人吴文英的作品。吴文英自號"夢窗",晚年改爲"覺翁"。② "夢"字在他現存詞集的340多首詞中共出現170多次。③ 并且集中還有些詞雖没有直接提到"夢"字,但却描寫了夢。最近有些中國學者已經開始通過夢的美學觀接觸吴文英複雜、多典故、晦澀的特殊詞風。由此可以看到吴文英通常是通過夢和幻想的窗口來看待人生和世界的。④ 下面這首詞牌爲《夜游宮》的詞是描寫夢的奇特而又新穎的作品。

---

① 蘇軾的《黄樓賦・序》解釋了修樓的原因。見《東坡樂府編年箋注》,第130頁。
② 陶爾夫、劉敬圻《南宋詞史》,哈爾濱:黑龍江人民出版社,1992年,第336、370頁。
③ 《南宋詞史》,第364頁。
④ 《南宋詞史》,第363—364、370頁。

夜游宮

竹窗聽雨，坐久隱几就睡，既覺，見水仙娟娟於燈影中。

窗外捎溪雨響。映窗裏嚼花燈冷。渾似瀟湘繫孤艇。見幽仙，步凌波，月邊影。　　香苦欺寒勁。牽魂繞滄濤千頃。夢覺新愁舊風景。紺雲欹，玉搔斜，酒初醒。

雖然前面的散文體小序很簡略，但它通過描寫經歷提供了理解這首詞前後關係的許多信息，那樣的環境中詞人做了一個夢，而那序中真實的景物提供了對夢中境象的猜測。小序是簡略，但它理性地記錄了詞人進入夢之前到從夢中醒來的全過程。它并不描述夢的經歷本身，而祇是在最後一句暗示，此人仍舊看着顯然是從夢境中延續過來的水仙花影像。夢本身纔是這首詞的主題。

詞的第一句描寫"竹窗聽雨"的體驗，但根本沒有提到"竹"這個詞。吳文英試圖要表現的是在將要進入睡眠狀態的他察覺到的竹窗外落雨的印象。在昏昏欲睡的狀態下，詞人已忘記了他窗外的竹子，因而把印象中的感覺解釋成雨掃過小溪。第二句寫即將進入夢中的人察覺到的窗內的燈的景象。"映"是一個平常表示視覺的詞，但吳文英用在這兒是寫窗外雨聲和窗內燈的景象作對比。"嚼花燈冷"是描寫燈的火焰燃燒燈芯的一個令人驚異的新奇意象。這兩句藉助了聞、見、觸的感覺而變得內涵豐富。它們是由睡眠者接受了環境提供的刺激或感覺的"因"的生理因素構成的。我們將會看到在稍後詞人對夢的描寫在一個自由聯想的過程中包含了來自"小溪"和"竹"的兩種感覺。在第三句，詞人進入了夢特有的世界。他感覺好像把一隻孤艇繫在瀟湘江邊上，接着看見一位幽仙漫步於波浪之上，旁邊的水波上是她的月光照映的影子。"幽仙"是在古代的《九歌》①中提到的兩位"湘夫人"中的一個。仙的形象一定來自事前"小溪"的印象和詞人讀《九歌》中《湘夫人》的記憶。雖然吳文英沒有解釋，但"想"的因素可能也在從"小溪"和"竹"的印象到遇見一位湘夫人的轉化過程之中起作用。

下闋繼續寫夢。夢中出現的"香"一定是序中提到的水仙花的。這兒寒的感覺一定是來自上闋一開始描寫的冷的感覺。美麗的水仙誘惑詞人的夢魂到大片大片的藍色波浪旁邊，多半是去尋找上闋出現過的湘夫人。雖然詞人在第三句直接提到他從夢中已"覺"，但是，很明顯他仍在半夢半醒之間。大概是因爲水仙花提醒他仙女已經消失，他感到了一種"新"愁。接着他立即回到了在夢中被他丟在後邊的那片"舊風景"中。舊風景表現的是那位黑色長髮低垂，玉搔頭斜插的使他從夢中清醒過來的美麗女性的形象。毫無疑問，這是那位嬌媚的仙人的形象，可能也是對序中提到的水仙的隱喻式的解釋。

不能忽視"窗"兩次出現在上闋，"夢"兩次出現在下闋的事實。好像吳文

---

① 《九歌》英譯見大衛・霍克斯(David Hawkes)《南方的歌》(The Song of South)(Harmondworth, Middlesex: Penguin Books, 1985)，第128—129頁。

英自己有意識地將自己的號"夢窗"嵌入這首詞中。或許比這表面的文字游戲更重要的是,吳文英在這首詞中似乎告訴我們,他在這打開的窗子的兩面發現真實與夢幻是緊密滲透在一起的兩種狀態。

吳文英在《夜游宮》中處理夢的方式與前面討論過的晏幾道與蘇軾有着根本的不同。雖然晏幾道經常在他的詞中視真實如夢或視夢如真實,蘇軾也在他的詞中常常表達人生是一系列夢的總和的觀點,可是他們并沒有在詞中表達強烈的時間感和真實與虛幻的分别。在晏幾道和蘇軾有關夢的詞中,像"當年""當時""從前""如今""今宵"和"覺來"這樣顯示出清楚的時間概念的詞是經常使用的。這些表示時間的詞幫助我們把詞人眼前的景物從詞人夢中的形象區別開來。然而,在吳文英的《夜游宮》中,眼前的景物與夢中的形象,内在與外在,現在與過去,真實與幻想被含混并置在一起。雖然"夢"和"覺","新"與"舊"被運用着,但它們不能提高對時間的感覺。除了在序中可辨別外,這首詞本身就缺乏一種綫性的時間序列感。相反,在《夜游宮》這首詞中很明顯的是一個來自平行、交叉、相互貫穿的因素的空間序列。高友工教授用"圖案"一詞來說明這種詞的結構。[①] 我應該指出夢本身會顯示"圖案"或蒙太奇。在夢中,胡亂地構成夢的事件的意象一般來自儲存在我們記憶中的印象,它們屬於不同的時間和空間領域。在《夜游宮》中合并了種種時間和空間的界限,看似隨意湊合,其實顯現出的是吳文英企圖在他的詞中直接表現一場夢的結果。這種結構不可能在晏幾道或蘇軾寫夢的作品中發現。

《夜游宮》是一首記錄了實際的夢之經歷的作品。有人可能會說,這是一首寫夢的詞,吳文英自然會采用像夢一樣的結構特徵。然而,我們也可以在吳文英根本不寫夢的作品中發現同樣的空間想象。下面的《八聲甘州》是一個很好的例證:

八聲甘州
陪庾幕諸公游靈岩

渺空烟四遠,是何年青天墜長星。幻蒼崖雲樹,名娃金屋,殘霸宮城。箭徑酸風射眼,膩水染花腥。時靸雙鴛響,廊葉秋聲。　　宮裏吳王沉醉,倩五湖倦客,獨釣醒醒。問蒼波無語,華髮奈山青。水涵空,闌干高處,送亂鴉斜日落漁汀。連呼酒,上琴臺去,秋與雲平。[②]

近幾年來,不少學者投入到對這首杰作的解釋之中。其中葉嘉瑩教授提出了一種非常新穎的、富有穿透力的、詳盡的解釋。[③] 葉嘉瑩教授解讀這首詞的一

---

① 高友工《小令在詩傳統中的地位》,《詞學》第九輯,1992年,第20頁。我也在《南宋長調中的空間邏輯:讀吳文英〈鶯啼序〉》(Space-Logic in the Longer Song Lrics of the Southern Sung: A Reading of Wu Wen-ying's "ying-t'I-hsu",《宋元研究期刊》[*Journal of Sung-Yuan Studies*]第25期,1995年,第169—191頁)一文中探討過這一特徵。

② 見《全宋詞》,第2969頁。

③ 葉嘉瑩《拆碎七寶樓台:談夢窗詞之現代觀》,文見《迦陵論詞叢稿》,上海:上海古籍出版社,1980年,第139—207頁。

個節譯本可以在她和海陶瑋(James Hightower)合著的刊於1969年的《哈佛東方研究期刊》中的《吳文英詞:一種現代觀》中見到。① 我將主要按葉嘉瑩在那篇文章中的解釋來討論吳文英透過夢或幻想的窗口看待事物的傾向。

吳文英在1232年他三十歲左右時生活在古吳國所在地蘇州,他在蘇州居住了很長一段時間,因而熟悉這一地區的歷史和古迹舊聞。② 根據地方志記載,靈岩山高360丈,離人烟三里,上有吳館娃宫。從山頂上可以俯瞰具區洞庭,烟濤浩渺,一目千里。③ 這些都穿插在吳文英《八聲甘州》中記録的那些不同一般的經歷中。根據副題,這首詞是陪伴倉臺的同事游靈岩時的作品。

首二句詞人寫無邊空間中的風景和出現在作者頭腦中的浪漫想象。靈岩山非同一般的外表激發了他奇異的思想,他問:"是何年青天墜長星?"在簡短的兩句之中,他將無限的空間與大跨度的時間融合在一起。接下來的三句繼續着詞人的驚奇:天外飛來的長星幻化成了蒼崖、雲樹、館娃宫、吳王夫差殘霸的宫城。於"蒼崖雲樹"前着一"幻"字,吳文英將這些堅固的自然景物與吳王夫差短暫的霸業等同起來,這樣,真實與虛幻也就融合在一起了。從這兒到下闋的前三句,詞人集中寫出現在他頭腦中的過去的幻象。這些幻象組成了一種夢,確切地説是吳文英那天登靈岩山時得到的一場"白日夢"。既然把出現在他的頭腦中的影像比作夢,那麽,白日夢的形成一定基於相似的心理和生理因素的基礎。靈岩山的自然景物和無邊的空間一定給予了敏感而富有想象力的吳文英強烈的感官刺激。在中國傳統的夢的理論語言中,這是"因"的因素。這種青天長星化作山和其他的自然景物以及人工事物的白日夢的感覺刺激的撩撥,表現爲詞人的思想和對環境感官印象的一種綜合。很明顯,吳文英在這兒用描寫夢的技巧寫他内心深處的思想和感覺。

上闋的後六句寫吳王夫差的放蕩生活。"箭徑"因水直如箭而得名,又稱"采香徑"。《吴郡志》中説:"采香徑,在香山之旁小溪也。吴王種香於香山,使美人泛舟於溪以采香。"④這本志書中提到的采香徑是吴王喜愛的女子西施洗浴的地方,也是宫中女子的濯妝處。此外,其中提到的館娃宫中有一用梓木修建的帶有回音的走廊,稱響屧廊,每當西施穿着鴛鴦形的拖鞋走過時,她的脚步聲就會回響起來。當吳文英看吳王廢棄的宫殿時,他將幻象與真實,過去與現在交織在一起。詞的這一部分帶有巨大的感官衝擊。秋日射眼的酸風,油膩的水,帶着腥味的花。一刹那間,他好像聽到了西施的脚步聲,緊接着,他意識到聽到的衹是秋風中落葉的颯颯聲。通過令人眼花繚亂的片段的意象主義語言,傳達了吳文英面對已經消失的古迹時難以形容的憂傷。

---

① 這篇文章現在收在海陶瑋、葉嘉瑩合著《中國詩學研究》(*Studies in Chinese Poetry*, Cambridge: Harvard University Asia Center, 1988),第355—383頁。
② 《中國詩學研究》,第374頁。
③ 這些簡單的細節描寫出自《吴郡志》,《大清一統志·蘇州府志》。見《中國詩學研究》,第375頁。
④ 這些引語和後面的簡單評論,見《中國詩學研究》,第377—379頁。

下闋前三句,詞人對吳王與西施放蕩生活作總括性的描述。① 因爲夫差的放蕩,他被鄰國的越王勾踐打敗。越王有一能幹的宰相范蠡。他深知越王是一個可以共患難,不能同享樂的人,在幫助越王打敗吳國以後,就隱遁於五湖(特指太湖)之上,過起隱士逍遙自在的生活。實際上,范蠡是吳越相争期間唯一清醒的人,他與吳王夫差之間形成了鮮明的對比。在四五句,詞人回到了現實。② 吳文英生活在南宋晚期,當時强敵壓境,權奸在朝。而其時統治宋朝的理宗與詞中所寫的吳王一樣愚蠢。這裏意味着吳文英所處的時代與古代的吳國之間的類比關係。他發現在碧波中没有他關注的王朝升沉問題的答案,這就是吳文英把自己比作范蠡,一個清醒的江湖華髮倦客的原因。

　　在最後六句,吳文英首次表現出他想從他關注的悲傷的歷史和對他當前所處時代的憂慮中解脱出來。③ 他把我們帶回了他當天面對的景色:湖水與天相接,一片空茫。在"水涵空"一句中嵌入所登之樓閣的名稱。靈岩山頂的"涵空"閣首次建於古代的吳國。很明顯吳文英用這兩個字又在暗示已失去的過去。他這樣做的目的很清楚,是想把過去與現在融合在一起,也要把真實與夢幻連到一塊。在高處的欄杆旁,他凝目注視遠方,看到亂鴉斜日消失、沉没於漁汀之外,他一定感覺到悲痛、失望、孤寂的巨大壓力。他無法再做什麽,祇得連連呼酒,希冀消除内心的悲痛與傷感。然後他登上也是在古吳國時建的琴臺之上,看"秋與雲平"的景象。這兒没有什麽,祇有在中國文學中與悲傷緊緊連在一起的秋氣充塞於天地之間,結果是蒼崖、雲樹、金屋、西施、殘霸、吳王、宮城、倦客、甚至吳文英自己都籠罩消散於四遠雲烟之外。吳文英在這首詞中確實靈巧地創造了夢一樣的沉重的悲劇氣氛。

　　《八聲甘州》從開始到結束,吳文英把時間與空間,過去與現在,個人和歷史,虛與實,以及真實與夢幻混合在一起,雖然我們可以説出他什麽時候進出於白日夢,在這詞的描寫中存在於他眼前的景色是他幻想狀態前和後的、包括夢幻的因素。因而我們可以認爲這首詞與前面我們談過的《夜游宮》一樣是直接顯示一種夢的經驗。根據以前的注解,從宋代早期到晚期,還没有發現在詞中直接顯示夢的經歷的作品,所以吳文英的這兩首杰作和其他一些類似的作品代表了中國經典詩詞中夢的文學的一個重要發展。

　　[譯者附言]本譯文經林順夫教授親自審定,并提出了許多修改意見,謹致謝意。

　　[作者簡介]林順夫(1943—),1965 年台灣東海大學學士,1972 年普林斯頓大學博士,密歇根大學亞洲語言文化系教授。著有《中國抒情傳統的轉變:

---

① 《中國詩學研究》,第 379—380 頁。
② 《中國詩學研究》,第 380—381 頁。
③ 《中國詩學研究》,第 381—383 頁。

姜夔和南宋詞》(*The Transformation of the Chinese Lyrical Tradition*: *Chiang K'uei and Southern Sung Tz'u Poetry*,普林斯頓:普林斯頓大學出版社,1978年);與宇文所安合編《抒情之音的重要性:晚漢至唐的史詩》(普林斯頓大學出版社,1986年);《〈莊子"內篇"的語言〉》,收入裴德生(Willard James Peterson)、浦安迪(Andrew H. Plaks)、余英時(Yu Ying-shih)編《文化的力量:中國文化歷史研究》(*The Power of Culture*, *Studies in Chinese Cultural History*,普林斯頓:普林斯頓大學出版社、香港:香港中文大學出版社,1994年)。

[譯者簡介]線仲珊,文學博士,蘭州城市學院文史學院副教授。

《金雲翹傳》及王翠翹故事傳入韓國考

[韓]朴現圭

緒　論

　　近來，東亞地區逐漸開始關注傳統時期傳播的共通體文學，他們積極開展了多樣的研究活動。尤其是以漢字爲載體，一個文學作品在東亞各地區之間可以相互流通，在各國的知識分子之間傳閱，另外常常還與本國固有文學相結合，成爲新的作品，《金雲翹傳》就是具有代表性的例子之一。

　　《金雲翹傳》這一書名是從主角金重、王翠雲、王翠翹的名字中各取一字結合而成，王翠翹是《金雲翹傳》的女主角。《金雲翹傳》與主題王翠翹的故事是以明朝中期真實人物和事件爲背景而創作的，到後代雖然被改編爲各種形式，但是從很早以前就開始在東亞地區廣泛傳播，之後還與各國當地文化結合後發展出了更多樣的形式，受到衆多讀者喜愛。近來，東亞各國學界從多角度對於各國的傳播過程、版本以及產生的變化和讀者的反應等進行了研究，尤其是在越南用字喃寫成的作品再度被介紹到中國，對學界產生了巨大影響。

　　《金雲翹傳》及其主題王翠翹故事是展示東亞共通體文學的非常好的研究對象，而韓國文學正是東亞共通體的重要組成部分，從這一角度來看，進行全面掌握韓國相關情況的工作可謂正合時宜。因此筆者以至今爲止的研究成果爲基礎[①]，補充以大量的新材料，對於《金雲翹傳》及主題王翠翹故事傳入韓國的具體過程進行綜合性的考察。

[①]　韓國地區發表的先行研究論文概括如下：崔貴默通過越南版的《金雲翹傳》考察了越南小說的流變，趙東一通過越南版《金雲翹傳》考察了中國和越南的關係，台灣的陳益源討論了《金雲翹傳》在後世的流通過程及傳入韓國的過程，崔溶澈介紹了《金雲翹傳》在中國及東亞的傳播及影響，裴凉秀考察了兼具越南的純粹性與獨特性的《翹傳》的價值，阮玉桂（Nguyen Ngoc Que）對比研究了越南的《金雲翹傳》和《春香傳》，具體詳見參考文獻。如果要在以上既有研究論文中提取出與本論文的主題——即《金雲翹傳》與主題王翠翹故事傳入韓國過程有關的古文獻，那麼有記錄了《王翠翹傳》書名的《支那歷史繪模本》中完山李氏所作的《小叙》、把王翠翹故事作爲一章收錄的奎章閣本《型世言》、梁白華的《金雲翹傳》韓文翻譯本這三種。

一　朝鮮文人吟誦的王翠翹故事

在正式探討朝鮮時期王翠翹故事傳入韓半島的時期和過程之前,有必要先考察一下這之前朝鮮文人吟誦的王翠翹相關詩篇。

1682年(肅宗八年)謝恩使一行人到達當時清朝的首都北京(燕京),正使爲金錫胄,副使爲柳尚運,書狀官爲金斗明。1683年(肅宗九年)謝恩使一行人離開燕京,踏上了歸國之路。他們在歸國途中在閑暇時常常互贈詩歌,二月末在經過黑山(今屬遼寧錦州)向新店行進時,他們首次創作了以王翠翹的故事爲主題的詩歌。

首先來看一下金錫胄所作的《咏王翠翹》二首,此詩被收錄在《息庵先生遺稿》卷七中的《擣椒錄》下,金錫胄在詩篇的自注中寫道:"翠翹事見潘之恒《亘史》本傳,《明史》亦云:投江而死,乃實錄。"①

　　　　鹿門鐃曲似西京,少保功名沸海瀛。平生一著欺心事,錯配佳人與老兵。
　　　　萬折千磨薄命身,何須辛苦事和親。江潮畢竟隨西子,悔作當年誤主人。

這兩首詩是作者在聽説了胡宗憲和王翠翹糾纏的故事之後,表現王翠翹委屈之情的作品。在第一首詩中王翠翹有情有義幫助了胡宗憲,但是却被忘恩負義,這裏的少保指的是討伐軍的首領總督胡宗憲,胡宗憲在王翠翹的幫助下,討伐了在江南一帶勢力强大的徐海一衆黨羽,一舉揚名海上。但是對於在這次討伐之中建立決定性功勳的王翠翹,胡宗憲反倒戲弄了她,甚至將她作爲戰利品送給永順酋長,王翠翹深感身世悲痛,決意自盡。

在第二首詩中作者批判了胡宗憲的錯誤行爲并爲王翠翹的薄命深感遺憾。祖籍山東的王翠翹年幼時便被賣入青樓,在成爲妓女後受盡嫖客折磨,不得不以賣唱維持生計。在被西海的海賊抓去之後甚至無法自由行動。在成爲海賊頭目徐海的夫人之後雖然可以享受富足的生活,但是她爲了國家大義幫助胡宗憲説服了海賊投降,建立了決定性的功勳。但是王翠翹從胡宗憲處得到的結果反倒是戲弄和并不如意的婚姻,所以金錫胄反問王翠翹爲何費勁辛苦説服海賊徐海投降。

如金錫胄所説,王翠翹的命運與西子沉江的故事很相似,越國美女西施爲了祖國成了吳王夫差之妾,成功幫助范蠡滅掉了吳國。但是據傳在吳國滅亡之後,西施深感愧疚,投河自盡。王翠翹也從國家大義出發,説服自己所服侍的徐海投降,立了大功,但最終如西子沉江的故事一樣,投河自殺。②

---

　　①　金錫胄《息庵先生遺稿》卷七《擣椒錄》下,《(影印標點)韓國文集叢刊》第145册,首爾:民族文化促進會,1995年,第224頁。
　　②　對於西施的結局大體有兩種説法,一是投江自盡,二是隨范蠡入太湖後隱居。金錫胄遵從前一種説法,而余懷的《王翠翹傳》則遵從後一種説法。

接下來看一下柳尚運的《和咏王翠翹二絶》,這首詩被收録在《約齋集》卷二的《燕行録》中。該詩自注道:"翹,良家女也。流落爲娼,及徐海敗,胡太保嫁與老卒,遂投江死。茅鹿門作《饒歌》,咏其事云。"①其一云:

   玉帳新聲變徵歌,紅顔薄命奈虞何。無端嫁作沙胡婦,樂府千秋怨綺羅。

柳尚運通過詩歌表達了對王翠翹悲惨命運的無限同情,詩歌中的女主人公在斷腸橋上彈着胡琴,以越國曲調吟唱悲歌。隕落的香魂胸懷悲傷怨恨,隨着浙江的浪潮起起伏伏,無依無靠。我們想起,王翠翹是與典型紅顔薄命的虞美人的身世相似。虞美人作爲項羽的愛妾,雖擁有絶世美貌,但最後却隨着項羽的敗落吟悲歌而自盡。王翠翹雖擁有絶世歌聲、擅長撫樂,最後無端地被嫁給沙胡。讀者對於王翠翹的悲惨命運也感同身受。

李德壽是活躍在肅宗末期到英祖初期的一位文人②,留下了吟誦王翠翹故事的詩篇,收録於《西堂私載》卷一:

咏王翠翹

   不爲爺娘雛育恩,争教弱羽墮籠樊。枕邊一夜還家夢,腸斷春光滿小園。

   映袖低鬟怨别離,平康隊裏説芳姿。幾當欲泣翻强笑,一曲新傳薄命詞。

   静思身世足堪憐,艷態翻然逐水氽。試到錢塘江上望,風鬟雨鬢泣秋天。③

作者李德壽運用語言技巧向讀者表現了王翠翹的悲惨命運。在第一首詩中,通過反語的方式使悲痛得到了藝術上的升華。本應報答父母養育之恩的王翠翹翅膀弱小,像被關在鳥籠中的小鳥,作者反問道她是否無法展開自己的身體,陷入悲惨的命運之中。在萬物生長的春天,想要回到夢中或是家園但却無法實現,在小園之中徒增焦躁。

第二首詩道出了王翠翹美貌之下隱藏着的心中的痛苦。她的衣袖映着光,梳着低低的髮髻低着頭的姿態可謂美貌絶倫。雖然多次因感慨自己的身世而偷偷流淚,但是在人前祇能强顔歡笑、唱歌吟曲,此時,她吟唱的歌曲之中包含着自己的悲痛之心。聽衆被她用越地唱法哀唱的歌曲所迷住,鼓掌歡呼,但是她的内心却更加寂寞。

第三首詩中包含着王翠翹臨死時的模樣,盡最大可能放大了其哀怨之痛。她静静回想了自己的身世,自己無比可憐且無處安身,所以極端地選擇了自

---

 ① 柳尚運《約齋集》卷二《燕行録・和咏王翠翹二絶》,《(影印標點)韓國文集叢刊》續第 42 册,首爾:民族文化促進會,2007 年,第 466 頁。
 ② 李德壽雖出身於西人家門,但他性情温厚,遠離黨争,備受周圍人的信任。1735 年(英祖十一年)曾以冬至副使的身份出使清朝,歷任實録廳堂上、吏曹判書、刑曹判書等官職。
 ③ 《(影印標點)韓國文集叢刊》第 186 册,首爾:民族文化促進會,1997 年,第 124 頁。

殺。在錢塘江上的投身之處她眺望遠方，陷入無盡悲痛。此時她心灰意冷，髮髻被風吹亂，身上的玉珮被雨打濕，看着秋日的高空，她流下了最後的眼淚。

二　王翠翹故事傳入韓半島的時期及相關文獻

王翠翹的故事是何時以怎樣的過程傳入韓半島的呢？在正式討論這一問題之前，需首先弄清明中葉王翠翹故事的誕生及傳播過程。

王翠翹故事誕生於1556年（嘉靖三十五年），是以歷史事件爲基礎的故事。海賊徐海及其黨羽與倭寇及其他海賊勢力勾結，進犯江蘇、浙江沿海地區，引起混亂，胡宗憲受朝廷之命，帶領軍隊進行討伐。胡宗憲運用反間計接近徐海的愛妾王翠翹，分裂海賊黨羽後動用軍事力量一舉成功地消滅了海賊。胡宗憲討伐徐海的事迹在茅坤的《紀剿徐海本末》，采九德的《倭變事略》等書中都有記載。

在討伐徐海作戰結束之後，江南沿海一帶就開始流傳起了徐海愛妾王翠翹相關的悲哀故事，王翠翹爲了國家大義幫助了胡宗憲，但是在討伐結束之後反倒遭到了胡宗憲的戲弄和抛棄，最終投江自盡，結局悲慘。明代文人開始注意在市井間傳播開來的王翠翹的故事，紛紛着筆記錄此事。

下面對先行研究學者分析的成果做一下整理。① 現存最早的記錄是嘉靖末期到萬曆初期之間徐學謨所作的《王翹兒傳》，收録此文的《徐氏海隅集》在1577年（萬曆五年）成爲木刻版，儘管全篇不過數百字，但是以王翠翹爲主人公的這一版本已經具有了相對完整的故事結構，它取材於市井間流傳的故事，以説話的角度進行記述，這與茅坤從歷史角度進行記録的《紀剿徐海本末》有着明顯區別。

徐學謨所作的記録是以同時期文人的材料爲基礎進行再加工的。馮夢龍在《智囊》（卷二十六《王翠翹》）中縮減了徐學謨的記録，簡略地作了別傳。後有人將馮夢龍的別傳以附録的形式加在茅坤的《紀剿徐海本末》中，茅坤的《紀剿徐海本末》在文人間被廣泛閱讀，因此王翠翹的故事也一起廣泛傳播於後世。另外還有梅鼎祚的《青泥蓮花記》（卷三《記義》）、王世貞的《艷异編續集》（卷六《妓女部》）中都轉載了徐學謨的記録，梅鼎祚的《青泥蓮花記》後又被轉載到潘之恒的《亘史》中。發展到明末清初時期，王翠翹的故事已經從故事發展爲傳記、文言、話本等多種形式。如戴士琳的《李翠翹》（黄宗羲《明文海》卷四百四十一），余懷的《王翠翹傳》（張潮《虞初新志》卷八），陸人龍的《胡總制巧用華棣卿　王翠翹死報徐明山》（《型世言》第七回），夢覺道人的《生報華咢恩死謝徐海義》（《幻影》第七回；《三刻拍案驚奇》第七回），周清原的《胡少保平倭戰功》（《西湖二集》卷三十四），青心才人的《金雲翹傳》等等。

---

① 董文成《〈金雲翹傳〉故事的演化》，《明清小説論叢》第三輯，沈陽：春風文藝出版社，1985年，第27—47頁。陳益源《王翠翹故事研究》，台北：里仁書局，2011年，第3—5、21—54頁。江巨榮《"王翠翹"小説的由來與流變》，《美術教育研究》，2011年，第10—16頁。

但是中國所有記載了王翠翹故事的文獻都傳入韓半島了嗎？雖然不能説所有的王翠翹相關記録都傳入了韓半島，但是中韓兩國之間的文獻交流從很早以前開始便很活躍，根據史實來看，朝鮮文人很有可能從很早起便閱讀過王翠翹的相關文獻了。下面將以具有很高可能性的書籍爲中心進行考察。

如上文所言，柳尚運在茅坤的《鐃歌》中讀到了王翠翹的故事，柳尚運自己也提到了王翠翹故事與茅坤的《鐃歌》有關係的事實。這裏的《鐃歌》或稱《鐃曲》指的是茅坤的《大司馬胡公鐃歌鼓吹曲》，生活在王翠翹同時代的茅坤精通文武，在討伐徐海時加入胡宗憲麾下并在作戰中立功。《大司馬胡公鐃歌鼓吹曲》十首詩中的第六首《王翠翹》便是以王翠翹故事爲主題的樂府詩。① 現僅選擇這首詩中叙述王翠翹的部分進行整理："於是部兵斬海首，即其帳下俘海侍女王翠翹而出⋯⋯""王翠翹，吴名姬，一朝誤入夷酋帳。馬上琵琶長自隨⋯⋯"

另外茅坤於 1559 年（嘉靖三十八年），最晚於 1565 年（嘉靖四十四年）以前撰寫了描述討伐徐海過程的《紀剿徐海本末》。② 在這篇文章中茅坤記述了自己的親眼所見，後來雖然人們評價這篇文章中記述的内容詳細、符合事實③，但是也有人評價這篇文章過於偏袒胡宗憲，重點放在突出他的戰功上，却掩蓋了討伐過程中造成的罪惡，歪曲了一部分事實。《紀剿徐海本末》中也出現了王翠翹的名字，胡宗憲的永保兵抓到了徐海的兩個侍女，一個是王翠翹，另外一名是王緑妹，兩人都是歌妓。這兩個侍女哭着給官兵指出了徐海投河自盡的地方，永保兵立刻跳入江中斬了徐海的首級而歸。④

朝鮮時期文壇對於茅坤的評價很高，茅坤文武雙全，喜愛書法，尤其長於文章，聲名遠揚。當時他反對前後七子引領的復古主義學風，提倡以踏實平淡的語言做文章的唐宋之風，他曾親自編撰《唐宋八大家文鈔》且廣爲傳播。這本書在傳到韓半島之後備受朝鮮文人好評。朝鮮文壇把茅坤當作文章家的典範人物。例如許筠在 1593 年（宣祖二十六年）記述的《鶴山樵談》中提到朝鮮金宗直（季昷）、南衮（止亭）、金净（冲庵）、盧守慎（蘇齋）的文章可以與董玢、茅

---

① 茅坤《白華樓吟稿》卷一《大司馬胡公鐃歌鼓吹曲》中《王翠翹》注："海既窘，塹平湖之墟而窟。公移戍兵盡殲之凡三千人。於是部兵斬海首，即其帳下俘海侍女王翠翹而出。爲王翠翹第六。"詩："王翠翹，吴名姬，一朝誤入夷酋帳。馬上琵琶長自隨，陣前殺氣芒天狼。丈八蛇矛烟霧翔，三千甲士埋清草，寶玦珊瑚没戰場。戰場青可憐，垂楊大道邊。江天歌舞忽星散，轉向轅門奏凱旋。"（《四庫全書存目叢書》，集部第 105 册，濟南：齊魯書社，1997 年，第 680 頁）

② 董文成把《紀剿徐海本末》的"乙丑"疑爲"乙未"之誤。乙未年，指 1559 年（嘉靖三十八年）；乙丑年，指 1565 年（嘉靖四十四年）。董文成《〈金雲翹〉人物原型考》，《明清小説論叢》第四輯，沈陽：春風文藝出版社，1986 年，第 81 頁。

③ 《四庫全書總目》卷六十四《史部二十·傳記類存目六》中《徐海本末》一卷："明茅坤撰⋯⋯坤好談兵，罷官後值倭事方急，嘗爲胡宗憲招入幕，與共籌兵計。此編乃紀宗憲誘誅寇首徐海之事，皆所親見，故叙述特詳，與史所載亦多相合。"石家莊：河北人民出版社，2000 年，第 1760 頁。

④ 茅坤《白華樓藏稿》卷十《記剿徐海本末》："於是永保兵俘兩侍女而前，問海何在？兩侍女者，王姓，一名翠翹，一名緑妹，故歌伎也。兩侍女泣而指海所自沉河處，永保兵遂蹈河斬海級以歸。"《四庫全書存目叢書》，第 424 頁。

坤等明大家相媲美。①

明朝萬曆年間刊行的茅坤詩文集《白華樓藏稿》中收錄了吟唱王翠翹故事的戲曲《王翠翹》和提到她名字的《紀剿徐海本末》，雖然無法查明《白華樓藏稿》何時傳入韓半島，但是可以明確的事實是它被朝鮮文人閱讀過。今天韓國國立中央圖書館中收藏有明萬曆刊本《白華樓藏稿》（一山古3747—122）。

國立中央圖書館藏本《白華樓藏稿》內，蓋有仁祖、肅宗年間文臣申晸的印章，即"申/晸"（朱長印）、"汾/厓"（朱葫蘆瓶形印）。雖然沒有資料表明申晸是何時入手《白華樓藏稿》，但從其與中國交流頻繁的家史來看，很可能很早就已收藏，再晚也不會晚於申晸的卒年——1687年（肅宗十三年）。其祖父申欽在仁祖年間曾擔任領議政，是和衆多中國使臣有過接觸的著名文人；其父申翊全曾任戶曹、禮曹參判，也曾於1639年（仁祖十七年）作爲書狀官出使北京。

下面看一下轉載了徐學謨寫的王翠翹的故事并爲後世的傳播起到跳板作用的王世貞的《王翹兒》。王世貞的《王翹兒》收錄在他晚年編纂的《艷異編續集》卷六的《妓女部》之中，朝鮮中葉王世貞的名字可謂是顯赫一時，明朝盛行的復古主義相關文獻一傳到韓半島，朝鮮文人就對作爲後七子的主要人物的王世貞及其著書表現出極大的興趣。張維、李恒福、申欽、許筠等文人紛紛開始討論王世貞的詩文，或是評價其文集、筆記，尤其是在1577年（宣祖十年）崔岦作爲奏請使出訪明朝期間與王世貞直接進行交往一事在文壇上成爲廣泛討論的話題。雖然現在韓國國內圖書館內沒有收藏王世貞的《艷異編續集》，但是可以確定這本書的正本《艷異編》曾出現在韓國國內的古文獻之中。朝鮮的革命家、著名文人許筠以使臣的身份出訪明朝期間，曾購買了幾車書籍，可謂是名副其實的讀書狂。他的《閑情錄》編纂於1610年（光海君二年），并於1618年（光海君十年）進行了增補，這部文集中有采錄并記述王世貞《艷异篇》的章節，許筠是下文提到的許蘭雪軒弟弟。

下面來看一下記載了王翠翹故事的潘之恒的《亙史》，前文提到金錫胄指出王翠翹的故事源於潘之恒的《亙史》。《亙史》是潘之恒晚年偶爾寫作的短篇故事集②，現有明朝萬曆年刊行本和明朝天啓刊行本兩種，明萬曆年刊行本是由潘之恒親自所雕的刻板，書名和版心題上刻了《亙史鈔》，現在浙江省圖書館幾乎以完帙形式保存着，中國國家圖書館、台灣"國家圖書館"、日本內閣文庫分別收藏了部分殘卷。潘之恒的兒子潘弼亮收集這些刻本後按照原版所刻的，書名和版心題上刻寫了《亙史》。③ 現在台灣"故宮博物院"藏本、中國國家

---

① 許筠《鶴山樵談》："明人以文鳴者十大家，李崆峒獻吉……董潯陽玢、茅鹿門坤、李滄溟攀龍、王鳳洲世貞……我東方金季昷、南止亭、金冲庵、盧蘇齋之文，置之十人中，比諸董、茅，亦不多讓，而不得攘臂於中原，惜哉。"《許筠全書》，首爾：亞細亞文化社，1980年，第479頁。

② 天啓刻本《亙史》潘弼亮序："先子《亙史》一書，輯於晚年，嘗謂零星冗碎，亟錄亟梓，恐日之不足，以故多未竟之業。"（《四庫全書存目叢書》，史部第194册，濟南：齊魯書社，1997年，第17—18頁）

③ 天啓刻本《亙史》潘弼亮序："板篋散之四方，既梓者向難羅致，而何有殘編亂帙耶？兹梓一如顧太史序節而目之，以俟後之搜補，惟'譚部''技部'單行，亦先子意也，不綴入。"

圖書館、韓國中央研究院歷史語言圖書館、日本的內閣文庫中都收藏有整套書籍,韓國的奎章閣中也收藏了殘卷。

奎章閣本(奎中 3759 本)原保管在朝鮮王宮中,日後散佚了一部分現僅存八冊,分別爲《內編》卷一至卷二十三,《外編》卷一至卷五,《雜編》卷一至卷六、卷十五至四十三。雖然《亘史》傳入朝鮮王宮的時間并不明確,但是書中的"弘文館"(朱長印)印章已模糊,可推測傳入時期相當早。① 弘文館是於 1463 年(世祖九年)設立的館藏宮中藏書及學問書籍的官方機構,自從設立後經數次改變名稱和所屬機構,至 1907 年(隆熙元年)終被廢止。朝鮮宮中人物,尤其是弘文館的官員十分有可能通過弘文館收藏的《亘史》讀過《王翠翹》傳記。

另外也有民間收藏《亘史》的例子,高麗中期開始全南的海南、康津一帶有一個世代居住於此的海南尹氏家族,《海南尹氏群書目錄》中記載着他們家中世代收藏的 2000 餘種書籍②,《海南尹氏群書目錄》中記載有數量龐大的中國出版的文集、小說、書畫等,其中就有潘之恒的《亘史》。雖無法知道海南尹氏家中的《亘史》是何時傳入的,但是最晚也是收藏於二十世紀前期。

此處有一趣事,《亘史》的《外篇》中,在收錄了王翠翹故事《王翠翹》的同時,也收錄了朝鮮許蘭雪軒的《聚沙元倡》,在中國,《蘭雪軒集》又被稱爲《聚沙元倡》,并且在序首中收錄了 1608 年(萬曆戊申,宣祖四十一年)潘之恒記述《蘭雪軒集》在中國流通過程的《朝鮮慧女許景樊詩集序》,這裏收錄了許蘭雪軒的作品共 169 篇(詩 168 首,文 1 篇),是朝鮮版《蘭雪軒集》中數量的 79.3%,許蘭雪軒是朝鮮時期最爲杰出的女性詩人,在朝鮮國內被廣泛熟知,從很早起便傳入韓國和日本并在中日兩國被大量刊行。今天國內外學界及文化界仍有很多紀念許蘭雪軒的學術會、紀念會及相關文章。

《亘史》中吟誦王翠翹故事的《王翠翹》與許蘭雪軒作品集《聚沙元倡》的一起出現雖事出偶然,但是這種偶然之中的意義却值得思考。王翠翹在社會的混亂之中淪爲妓女,命運悲慘,最終因爲男人的背叛而結束了自己的生命,而許蘭雪軒却是在男性爲主導的社會中無法展示自己非凡的文才,在美麗的年紀離開了這個世界。

包含王翠翹這一人物的《金雲翹傳》與許蘭雪軒的《蘭雪軒集》都是在東亞地區被廣泛熟知的作品,也都是顯示中國之外的海外漢文學真正價值的優秀實例。《金雲翹傳》雖誕生於中國,但在十八世紀經越南阮攸的重新改寫之後,備受人們喜愛,再度傳回中國後又受到了新的矚目,中國古文獻中被提及次數

---

① 奎章閣藏本(奎中 3759 本)《亘史》,蓋有"弘文館"(朱長印),"帝室/圖書/之章"(朱方印),"朝鮮總/督府圖/書之印"(朱方印),"京城帝/國大學/圖書章"(朱方印),"서울(首爾)/大學校/圖書"(朱方印),唯有"弘文館"(朱長印)一印模糊。

② 韓國國立中央圖書館藏本《海南尹氏群書目錄》(古 0267—2 本),原是 1927 年(昭和二年)朝鮮史編修會采訪,1928 年(昭和三年)油印的書冊;後在 1941 年(昭和六年)再次轉錄的。根據書後附著的《海南尹氏群書目録卷末記》,發掘者是稻葉岩吉,原收藏者是尹定鉉,油印者是鄭禹教,勘校者是稻葉岩吉,檢閱者是中村榮孝。

最多的朝鮮女文人就是許蘭雪軒,在今天的中國學界,許蘭雪軒的作品依然備受好評。

　　1631年(崇禎四年),出現了陸人龍編纂、陸雲龍加以點評的《崢霄館評定通俗演義型世言》(簡稱《型世言》),《型世言》的第七回《胡總制巧用華棣卿　王翠翹死報徐明山》就是以胡宗憲討伐徐海以及王翠翹故事爲主題的文章。韓國國内現存明末刊本的《型世言》原本及樂善齋舊藏諺解本,受到矚目。明末刊本的《型世言》曾一度被認爲已經流失,但近來隨着奎章閣中收藏的書册被王國良、陳慶浩所發現,得以再次出現在人們眼中。① 根據書上的標記,《型世言》原爲12册,現僅存11册,奎章刻本中丢失的包含序文、插圖等在内的卷首第一册現藏於法國的巴黎圖書館中。奎章閣本中,印有大韓帝國時期的帝室圖書館設立之時所刻的"帝室/圖書/之章"(朱方印)的圖章。

　　根據十九世紀初編纂的《隆文樓書目》,隆文樓第五架上收藏了《型世言》十二卷,據説第四卷和第十二卷已經遺失。② 隆文樓是位於景福宫勤政殿東側回廊處用於保管宫中書籍的樓閣,雖然據推測隆文樓藏本在經歷了帝室圖書館之後被納入現在的奎章閣之中,但是由於殘存的卷帙與奎章閣藏本不同,所以也有可能是另外一個王宫的藏書。

　　根據十九世紀初完成的《大畜觀書目》,《型世言》的諺解本有兩種,一種是共6册的完帙本,另一種是5册的殘本。③ 大畜觀是位於昌德宫重熙堂南廊的藏書庫,在日本侵略時期被毁。此外在1920年李王職編纂的《(演慶堂)漢文册目録》的附録中追加了《諺文册目録》,《(演慶堂)漢文册目録》中記述了多種翻譯爲諺文的中國小説,其中就有四册殘存的諺解本《型世言》。④ 演慶堂是1828年(純祖二十八年)在昌德宫中被建立的,1828年前後演慶堂收藏的書被搬到了樂善齋,近來再次被搬入藏書閣。今天韓國中央研究院藏書閣中收藏的樂善齋舊藏諺解本的《型世言》正是《(演慶堂)漢文册目録》中記載的那本書。諺解本册五《王翠翹傳》是把原本第七回《胡總制巧用華棣卿　王翠翹死報徐明山》翻譯成韓文的。

　　清朝初期張潮將明末清初流傳下來的文章收集在一起後編輯爲《虞初新志》,這本書的第八卷中收録了余懷新編的王翠翹故事——《王翠翹傳》。《虞初新志》一經刊出,幾乎人手一本,在市井間倍受歡迎,在朝鮮也擁有衆多不同階層的讀者。1755年(英祖三十一年),俞晚柱在《欽英》中首次接觸到了《虞初新志》,此後他一有空便讀這部書,1784年他通過謝恩使得到了新刊《虞初

---

①　陳慶浩著,崔溶澈譯《〈型世言〉——400年間被埋没的短篇小説集》(韓文),《中國小説研究會報》13號,1993年3月,第51—58頁。
②　《隆文樓書目》(奎11709本)第五架:"《型世言》十二卷(第四,第十二,佚)。"
③　《大畜觀書目》(奎11702本):"《型世言》,諺,六册。"又:"《型世言》,諺,落五册。"
④　藏書閣本《(演慶堂)漢文册目録》(k2—4968)中《諺文册目録》:"一一九(號),《型世言》,一(帙),六(册)。黄紙,第一、二,共二册欠。"又後日頭注:"現在四册。"

新志》。① 1776年(英祖五十二年)柳得恭拜托出使的朋友幫自己購買《虞初新志》。② 正祖、純祖時期活動的實學者丁若鏞也接觸過《虞初新志》。③ 1792年(正祖十六年)金鑢與金祖淳仿照清朝出現的"虞初"系列,編纂了《虞初續志》。④ 19世紀李圭景的《五洲衍文長箋散稿》、劉最鎮的《學山手抄》,都各自大量收入了《虞初新志》中的故事。今天在奎章閣、高麗大學、韓國國立中央圖書館等處都收藏有清朝版的《虞初新志》,筆者的家中也收藏了民國版《虞初新志》。

1762年(英祖三十八年)由完山李氏記述、金德成等畫師合作完成的《支那歷史繪模本》問世⑤,根據完山李氏的《小叙》,他們選取了一些足以爲戒又引人發笑的內容編纂成書,《小叙》中列舉了共83種書目,其中小説類有76種,明鑒類、醫學類、道教類等其他書籍7種,目録中包含了《艷異編》《型世言》《醒世恒言》《拍案驚奇》《王翠翹傳》等書。

完山李氏《小叙》中記述的《王翠翹傳》是怎樣的一部書籍呢?迄今學者的研究中提出了是文言小説或是白話小説的兩種可能性。首先是文言小説的情况:《王翠翹傳》這一名稱祇出現在了傳記類記録或是文言筆記中,白話小説中尚未發現一處稱其爲《王翠翹傳》的例子;而在白話小説中主要稱其爲《金雲翹傳》,後來也有改名爲《雙奇夢》《雙合歡》的時候,因此這本書是文言小説。

其次可能是白話小説的情况,完山李氏的《小叙》中出現《聘聘傳》的譯名爲《賈雲華還魂記》,這個名字也是從主角的名字中取字後作爲書名。⑥ 另外《小叙》中出現的《王翠翹傳》和《玉支磯》《春柳鶯》《巧聯珠》《好逑傳》等才子佳人小説是一起收録的,所以并不是余懷寫了《王翠翹傳》,而是把青心才人的作

---

① 俞晚柱《欽英》乙未年(1775)三月四日,己亥年(1779)五月十四日,甲辰年(1784)三月二十三日條等(《奎章閣資料叢書文學篇》,首爾:서울(首爾)大學校奎章閣,1997年,第1册,第27頁;第2册,第367頁;第5册,第166册)。

② 柳得恭《泠齋集》卷2《送人赴燕求虞初新志》:"送君渡鴨水,戎服折風巾。燕市三韓客,齊莊一楚人。聞鴻紫塞夜,躍馬玉河春。絕妙虞初志,無忘寄袖珍。"(《柳得恭詩文集研究》(首爾:太學社,1985年),附録原文第110頁)。

③ 丁若鏞《與猶堂全書》第1集《與鼎山》。

④ 金鑢《藫庭遺稿》卷9《題丹良稗史卷後》:"余於壬子年間,與楓翁收拾所著文字,爲《虞初續志》。未幾,余北竄南謫,遺亡太半。"(《(影印標點)韓國文集叢刊》第289册,第536頁)壬子年,指1792年(正祖十六年)。

⑤ 在此討論一下《支那歷史繪模本》這本書的書名,韓國國立中央圖書館收藏的原本中,没有留下任何關於書目的記録,故無法了解當時的編纂情形。日本强占期某位收藏家重新裝訂了這本書,并在封面上寫了"《支那歷史繪模本》"爲書名。韓國國立中央圖書館目録中,根據書封面的文字記載爲《支那歷史繪模本》。1993年朴在淵出版此書時(江原大學校出版社),因此書中的插畫都是與中國小説有關的,把書名改爲了《中國小説繪模本》。但是完山李氏的《小叙》中列舉的目録中,雖然中國小説佔據絕大多數,而明鑒書、醫學書、道教書籍等其他類的書也包含在內,所以此書的性質祇是中國小説的話恐怕不妥。又加上現存本是與原本完全相同,還是在日後遺失了一部分,都是不明確的問題。因此本論文中,爲了易於讀者找到原文,所以根據現收藏處的記録方式將其稱爲《支那歷史繪模本》。

⑥ 崔溶澈《〈金雲翹傳〉的東亞傳播與影響研究》,《中國學論叢》12號,1999年,第21—22頁。

品改名了。① 但是這種邏輯也有問題,完山李氏的《小叙》中也有《文苑楂橘》《山中一石華》等文言小說,所以并不能斷言一定就是白話小說,因此由於原本并未流傳到現在,所以這兩種可能都有,等到出現新的證據後方能下結論。

在日本侵略期開始之後,蟲天子編輯的《香艷叢書》盡數傳入,其中第五輯的卷三中收錄有清朝余懷記述的《王翠翹傳》。1909 年(宣統元年)開始到 1914 年(民國三年)爲止,國學扶輪社勘校、以新式鉛活字印刷的《香艷叢書》現在在嶺南大學、高麗大學、翰林大學、國會圖書館、奎章閣等處都可以找到這套書的整套或殘卷。

日帝强占期開始出現了對話本小說《金雲翹傳》的評論并且將其翻譯爲國文(韓文),始終關注中國文學的梁白華②於 1921 年 6 月至 8 月期間在《開闢》的第 12 號至第 14 號連載了《破睡漫草——金雲翹傳》,《開闢》中登載的譯文以青心才人所著的《金雲翹傳》爲原本,譯文是按照二十回的標準進行翻譯的,因此與各種中國系統本相比大大縮減了③,下面對梁白華的評論内容稍作整理。

不知是否因爲當時是新文學活躍發展的二十世紀初,在梁白華的評論中體現了試圖運用鑒賞新小說的技法來對中國古典文學進行重新解釋。他高度評價道,《金雲翹傳》在中國的小說史上雖不能稱之爲杰作,但是和《水滸傳》《西游記》相當,都是值得向讀者介紹的有價值的作品。古典小說的代表作《紅樓夢》過於錯綜複雜,風格相似的《金瓶梅》中淫穢的描寫不堪入目,才子佳人小說《平山冷燕》《玉嬌梨》、白話小說《今古奇觀》《飛燕外傳》等都不夠吸引人,而與此相反,《金雲翹傳》整體分量雖少,但是情節連貫,更出衆的是全篇綺麗的文筆。

梁白華也提到了《金雲翹傳》的不足之處,《金雲翹傳》是大團圓結局:招隱庵主事先已經知道了王翠翹的意圖,便預先在錢塘江等候,最終救了投江自殺的王翠翹,再次活下來的王翠翹在對舊愛的緬懷中度過了一生。梁白華對這種古典小說中俗套的結局方式持否定態度,他指出以現代小說的眼光來看可謂是深刻的問題,并批判道這樣是不可能滿足讀者的。

結　論

現在看來,《金雲翹傳》及主題王翠翹故事是研究東亞共通體文學很好的對象,《金雲翹傳》及王翠翹故事是以明朝嘉靖年間真實人物王翠翹爲主人公而改編的文學作品,另外這部作品傳遍東亞地區,在很多國家都可以讀到,尤

---

①　陳益源《從影響側面看中國小說的歷史地位:以青心才人〈金雲翹傳〉爲例》,《中國語文論叢》14 輯,1998 年。

②　梁白華,本名建植,白華是他的筆名。

③　《金雲翹傳》的版本,大概有第一代簡本、第二代簡本、第二代繁本、第三代簡本等四種系統本。董文成《〈金雲翹傳〉版本考:〈金雲翹傳〉芻論之一》,《才子佳人小說述林:明清小說論叢(二)》,沈陽:春風文藝出版社,1985 年,第 163—181 頁。

其在越南以新的形式出現,擁有衆多讀者層并被廣泛傳播,近來再次傳播回中國,在學界中產生了巨大的反響。

  現存韓國文獻中,最早明確提到王翠翹故事的是1683年(肅宗九年)謝恩正使金錫冑與副使柳尚運,他們離開北京歸國的途中提到了潘之恒《亘史》、茅坤《大司馬胡公鐃歌鼓吹曲》中記述的王翠翹故事,并分別作詩《咏王翠翹》和《和咏王翠翹二絶》,此後肅宗末期到英祖初期活躍在文壇上的李德壽留下了記述王翠翹悲慘身世的《咏王翠翹》。

  中韓兩國之間活躍的文獻交流從很早起便開始了,涉及王翠翹故事的明代文獻中一部分文獻的作者,即茅坤、王世貞、潘之恒等人從很早起便是在朝鮮文壇廣受歡迎的人物。朝鮮中期學者中的大多數都在記錄中提到過茅坤、王世貞等人。流傳至今的有朝鮮王宮中收藏的潘之恒的《亘史》、陸人龍的《型世言》,仁祖、肅宗年間的文臣申晸收藏的茅坤的《白華樓藏稿》。因此王翠翹故事傳入韓半島的時間很有可能早於前面所説的1683年(肅宗九年)。

  進入十八世紀後,王翠翹故事在朝鮮文壇傳播廣泛。1762年(英祖三十八年)完山李氏的《〈支那歷史繪模本〉小叙》中收錄了《型世言》和《王翠翹傳》,張潮在《虞初新志》中收錄了余懷的《王翠翹傳》,備受朝鮮文人喜愛。在進入日帝强占期之後,出現了翻譯成韓文的《金雲翹傳》。梁白華以青心才人的《金雲翹傳》爲原本翻譯爲韓文後,運用新小説的鑒賞方式,對此進行了新解和評價。潘之恒的《亘史》的《外篇》中不僅收錄了記述王翠翹故事的《王翠翹》,也收錄了朝鮮女性許蘭雪軒的《聚沙元倡》(《蘭雪軒集》)。越南阮攸的《金雲翹傳》與朝鮮許蘭雪軒的《蘭雪軒集》傳入中國,在中國文壇被廣泛熟知,如實以作品的形式展現了海外漢文學的真正價值。將來我們會更加關注越南的《金雲翹傳》和朝鮮的《蘭雪軒集》,以期東亞共通體文學更爲閃耀,出現更多喜人成果。

  [作者簡介]朴現圭,文學博士,韓國順天鄉大學中文系教授。

像或不像:《牡丹亭》中的寫真

[美]濮 安撰 王小岩譯

人知夢是幻境,不知畫境尤幻。夢則無影之形,畫則無形之影。
——《吳吳山三婦合評牡丹亭還魂記》

言者所以在意,得意而忘言。吾安得夫忘言之人而與之言哉!
——《莊子》

  湯顯祖(1550—1616)在《牡丹亭》這部著名的戲劇作品中,展示了女主角杜麗娘的自畫像。自畫像是一個貫穿《牡丹亭》五十五齣的物的符號,類似於其他南戲中的簪子或扇子。① 但是,畫像有不同尋常之處。雖然湯顯祖用"丹青記"指麗娘畫像(MDT 1.6; PP 2),強調畫像的精確度,但是,貫穿整部劇作,畫像仍然被誤認。② 畢竟,湯顯祖用各種方式描繪麗娘形象,而所用的詞語阻礙了形象的辨認。作爲古典美的代表——性感的舉止,精緻的妝容,考究的飾品——麗娘符合文學與繪畫作品中的麗人標準。描述畫像的語言籠罩在佛教經典的隱喻之中,隱喻所有現象的虛幻本質。并且,劇作家沒有再現少女的臉龐,而是代之以描繪麗娘寫真時的"筆花尖淡掃輕描"。可以想象的是麗娘在素絹上作畫,但是,與激發創作的夢一樣,畫像中的面容是非實質的,抵制着對它的界定。讀者眼睛無法捕捉麗娘逼真的形象,説明湯顯祖在人類眼睛可靠性上的懷疑態度,懷疑之一即由錯認身份而創作的滑稽鬧劇。但是,畫像

---

  ① West, "Drama". 20. 麗娘畫像這個主題已經有了很充分的研究: Lu, *Persons, Roles, and Minds*, pp. 28—62; Swatek, *Peony Pavilion Onstage*, pp. 84—94; Swatek, "Plum and Portrait"; Vinograd, *Boundaries of the Self*, pp. 16—18; Zeitlin, "Life and Death of the Image", 245—250; Zeitlin, "Making the Invisible Visible"; Zeitlin, "Shared Dreams", 162—169.

  ② 我使用的是徐朔方注本《牡丹亭》,他用的底本是萬曆懷德堂刻本。本文引文書名采用縮寫形式:MDT 指湯顯祖《牡丹亭》;後面的數字指出目和作品中的行數。例如:"1.1",指第一出第一行。PP 指 Birch(白之或白芝)的《牡丹亭》英譯本;後面的數字指該譯本的頁碼。雖然我爲這篇文章翻譯了劇作,但我仍然感激 Birch 的譯本,引用這個譯本,還有 Owen(宇文所安), *Anthology of Chinese Literature*, pp. 882—906.

上不確定的形象也表明,用詞語解釋畫像很困難,甚至是徒勞無益的。

然而,湯顯祖爲我們提供了關於畫像的各類其他信息,例如:麗娘在畫中的位置,她手裏的"青梅"。爲了確保能辨認出她的形象,麗娘在畫上題寫了詩謎。因此,似乎湯顯祖描繪肖像的詞語包含了一系列元素:詩謎與可命名、可識別的東西并列;這些排列出的畫家標記引起讀者的注意,但這些標記没有確定的意義。這種可變性部分基於寫作不總是包含或控制視覺圖像的命題。

麗娘的畫像不是《牡丹亭》中出現的唯一的肖像。在緊跟"寫真"之後的一出裏,湯顯祖介紹了第二幅畫像——坐在馬背上的金國皇帝形象。① 像麗娘一樣,畫師將金國皇帝畫在一個特定的地方,這個地方是金國皇帝企圖征服的領土。這幅作品與形象的綫條、顔色無關,其目的是藉助這幅畫向隨從展示他强大的軍事力量。因此,語言捕獲到的是地圖—畫像(the map-portrait),因爲它純粹是統治的象徵。在這個意義上,地圖—畫像即皇帝。肖似與否是無關緊要的。表示權力的繪畫成規更能引起注意,壓倒了描繪馬背上人物的繪畫過程。

將一位專業畫家創作的帝王肖像與一位涉獵繪畫藝術的貴族少女的自畫像并置,湯顯祖影射的是當時各種畫院主導下的肖像生產。但是,劇作家以另一種方式區分了兩幅畫像。主要依據既定成規構圖的帝王肖像是很容易受到批評的。因爲這樣的畫作冒着僅作爲標志或符號和不能被感知到更多意義的風險。最後,語言捕獲到的膚淺的地圖—畫像,暴露了皇帝不合常規,在劇中他是被作爲演員描繪的。因此,在《牡丹亭》中,湯顯祖用畫像的例子,似乎說明了滑稽鬧劇與愛情劇是不相容的類型,這種錯亂在劇中隨處可見。帝王肖像服務於劇作的滑稽搞笑,而佳人畫像主要增强戲劇的浪漫情節。

在本文中,我將論證湯顯祖在《牡丹亭》中呈現文本式畫像(the textual portrait)的方法,湯顯祖承認并且强調了畫像與嵌入畫像的文本兩者之間的差異。② 詞語能闡明繪畫的某些特點,例如繪畫領域中所描繪的事物的意義。對這些事物的解釋依靠讀者的共識,這一共識是由多重符號組成的社會和文化的傳統。但是,一幅畫也可以展現它的人工——製作過程,這個過程不能凝聚成可識別的形狀;墨色渲染(a smudge of ink)或顔料飛濺(a splash of color)的重要意義很難用語言捕獲。顯然,湯顯祖理解繪畫標記如何增强圖像的效果,但是湯顯祖也展示了這些繪畫標記如何打斷或改變了讀者解讀圖片的運動,控制讀者的注意力。這不意味着,湯顯祖認爲有時看似無關的畫筆殘留痕迹在圖片中没有意義。相反,已經廣泛研究了詞語與圖像兩者關係的James Elkins認爲,當用語言分析繪畫標記時支吾其詞,觀衆可能理解了"繪畫不可解釋的實質,并且,這是就其反符號的本質、抵制意義而言的,而不是它

---

① Hua(華瑋)在"Search for Great Harmony"中分析了湯顯祖使用的"多重聲音",第 239—250 頁。湯顯祖傾向於使用對仗結構,可能受到了八股文創作規律的影響,湯顯祖是公認的八股文名家。

② 在這篇研究論文的寫作中,Meltzer 在 *Salome and the Dance of Writing* 中考察一系列文學肖像的例子,給了我靈感。

的意義分離"①。從《牡丹亭》中描述畫像的文本來判斷,湯顯祖卷入了繪畫標記的模棱兩可和艱難地給繪畫標記在詞語中鎖定一個意義的努力。在他看來,繪畫中某些特定元素,正如靈感激發下的寫作一樣,是妙不可言的。然而,劇作家的立場是吊詭的,正如我在莊子墓志研究中闡明的:在戲劇文本中,詞語使畫像可見。沒有作家或畫家能完全外在於社會和文化成規而創作。

即使在湯顯祖的集子裏沒有提出或概括出有關視覺的理論,但他通曉繪畫,特別是熟知論述繪畫的著作,這是不能質疑的。因爲在《牡丹亭·寫真》中顯而易見的有關繪畫知識的專業詞彙便是明證。在這個劇本中隱含了一套圖像理論。在本文中,我研究了這一理論定位的兩個方面:一幅圖畫包含代表性和非代表性元素,理解圖畫要將詞語和圖像置於不斷變化的關係之中;并且,承認旁觀者參與了圖像的創作,解決了麗娘畫像的像與不像的難題——像不像取決於虛構的觀看者對畫像的觀看;他們共同幻想出了畫作上的佳人。

戲劇,錯誤的喜劇

在研究畫像之前,我想先在湯顯祖戲劇結構中定位這些畫像是必要的,因爲在事件發展邏輯中,這些畫像非常重要。麗娘的畫像增強了劇作的浪漫色彩,但與此同時,畫像也揭示了人物的盲點,這些人物無法識別畫卷上的人物。相比之下,帝王畫像服務於戲劇的滑稽調笑。自稱征服者的人受到湯顯祖的嘲諷,他帶着自己的畫像,希望將畫像上的情景付諸實現,但在湯顯祖的筆下,他祇是一個假扮的演員,如同戲劇裏出現的其他匪盜。

《牡丹亭》的故事是讀者所熟悉的,但對它的復述却各自不同。② 通常,這部戲劇被看作麗娘的愛情故事,情節以如下方式展開:某個春日,麗娘偷偷去游園,花園裏"姹紫嫣紅開遍",生生燕語,嚦嚦鶯歌,明媚的春光陶醉了麗娘。麗娘因春感情,對自己年已及笄,未成佳配,深感煎熬。她在困乏之中睡去,并且做了一個夢:一個手持柳枝的書生找到她,請她爲柳枝賦詩;他們在花園太湖石邊"溫存一晌眠"。夢醒後,麗娘爲夢裏的難以兌現的盟約日漸消耗。她日趨病重,最後死去。然而,在麗娘死前,她爲自己畫了一幅畫像,指使她的丫鬟春香將畫像藏在花園之中。隨後,杜麗娘夢中出現的青年書生柳夢梅,發現了麗娘藏起來的畫像。柳夢梅如獲珍寶,欣喜若狂。但是,當離開冥府的麗娘鬼魂與柳夢梅幽媾之時,柳夢梅却忘記了他對畫中美人的狂熱。麗娘渴望重生,說服柳夢梅挖出她的尸體。在定魂湯藥的幫助下,麗娘完全重生了。擔心挖墓開棺之事被發現和受刑罰,麗娘與情人柳夢梅結婚,一起逃離南安,目的是尋找杜麗娘的父母和柳夢梅參加科舉考試。麗娘的父親杜寶是一個"古執"

---

① Elkins, *On Pictures*, pp. 271.
② 我沒有考慮從 16 世紀晚期開始流行的《牡丹亭》改本。Swatek(史愷悌)考察了由明代馮夢龍出版的《牡丹亭》改本《風流夢》中廣泛存在的道德關懷。見 "Feng Menglong's *Romantic Dream*"; Swatek, *Peony Pavilion Onstage*, pp. 68—98; Swatek, "Plum and Portrait", 127—160.

之人,柳夢梅與杜寶的初次會面異常激烈:衣衫襤褸的柳夢梅無法説服杜寶相信自己是他的女婿;並且,柳夢梅携帶的用來證明自己身份的麗娘自畫像,却成了柳夢梅是重大盜墓賊的證據,柳夢梅也因此被吊打。最後,全家團圓,但是麗娘的父親拒絕公開承認與他的女婿的關係。

自從《牡丹亭》首演和出版後,麗娘爲情而死,爲情而生,深刻影響了這部劇作的讀者和觀衆。麗娘這個人物已經被視爲情的化身。[1] 湯顯祖在《牡丹亭題詞》中説:"情不知所起,一往而深。生者可以死,死可以生。生而不可與死,死而不可復生者,皆非情之至也。"[2]然而,儘管湯顯祖主張至情,但他也在《題詞》中提出疑問。他不僅觀察到他的劇作是虛構的,而且承認自己傾向於"以理相格",理是事的結構和功能的規則:"第云理之所必無,安知情之所必有邪。"[3]此外,在劇作之中,湯顯祖强調,當時社會要求人嚴格遵守儒家禮制,要求人背離情,並且這種種限制也施加到杜麗娘這樣的人物身上。一些人認爲,這種矛盾之處,是爲了追求喜劇效果而造成的。[4]

本文中,我認爲,在《牡丹亭》中還存在另一種喜劇形式,一個與情不相干的人却一次又一次接觸到麗娘的自畫像——即錯誤的喜劇。[5] 從深刻的意義上來説,劇中人物在身份識別過程中無意的錯誤,動搖了麗娘的浪漫故事,因爲他們爲戲劇引入了滑稽搞笑和不可信的元素。畢竟,柳夢梅怎麽會無法識別出畫像人物像他的情人呢?除非他的情人是一個影子。在湯顯祖的故事裏,名字和服裝喪失了用以揭示身份和地位的用途,解釋者故意含糊其辭,並且,現實被置於夢的對立面來衡量,夢在講述和復述中已經發生變化。荒誕,偶爾的悲劇、錯誤,由此産生。深具慧眼的 Catherine Swatek(史愷悌)發現了在《牡丹亭》特定齣目中"認"的關鍵意義。[6] 並且,正如郭英德解釋的,晚明讀

---

[1] 關於《牡丹亭》中情的考察,見 Hsia(夏志清), "Time and the Human Condition", 273—279; Li, *Enchantment and Disenchantment*, pp. 50—64; Li, "Languages of Love", 237—255; Swatek, *Peony Pavilion Onstage*, pp. 5—7; R. Wang, "Cult of *Qing*". 關於麗娘爲情而死、爲情而生的故事在當時女性讀者群的廣泛傳播及其吸引力,見 Ko, *Teachers of the Inner Chambers*, pp. 68—112; Widmer, "Xiaoqing's Literary Legacy"; Zeitlin, "Shared Dreams".

[2] 湯顯祖《牡丹亭》,第 1 頁。關於題詞的完整譯文,見 Li, *Enchantment and Disenchantment*, pp. 50—51; Owen, *Anthology of Chinese Literature*, pp. 881—882.

[3] 湯顯祖《牡丹亭》,第 1 頁。

[4] Li, *Enchantment and Disenchantment*, pp. 61—64, 引用 Hsia, "Time and the Human Condition", 279. 在 *Worldly Stage* 中, 89—128, Volpp(袁書菲)還考慮到了《牡丹亭》中的諷刺元素。

[5] 我在一般意義上使用這個術語,不打算比較《牡丹亭》與莎士比亞的喜劇,即使他們都明顯使用了因誤會而産生的喜劇效果。關於後者的最近的學術成就,見 van Elk, "This sympathized one day's error".

[6] Swatek, "Feng Menglong's Romantic Dream", 190; Swatek, "Plum and Portrait", 55—56. 相比之下, Lu 聯繫《牡丹亭》中誤認的例子,認爲這是證明或裁斷劇中人所宣稱的身份的需要,在《牡丹亭》這類家庭戲劇中,識別身份是不可避免的元素,見 *Persons, Roles, and Minds*, pp. 20—21, 26—27. Lu 傾向於在湯顯祖和各個歐洲哲學家中尋求身份識別的一般理解,她的研究設定與我不同;例如,見 *Persons, Roles, and Minds*, pp. 93—94.

者和戲迷嗜好情節迂迴曲折,變幻莫測,他們崇尚"奇"或"新奇"。① 複雜多變的故事,不可預測的情節發展,奇艷的幻境,瞬息萬變的情緒化語言,令當時的觀衆驚嘆不已。"錯認"作爲可以帶來關目變幻的娛樂形式,成爲晚明流行的戲劇創作手法。各種方式用於設計錯認劇情——例如男扮女裝和女扮男裝——甚至編成創作教程。

然而,在《牡丹亭》中,錯誤的喜劇還服務於另一個目的。我認爲,錯認身份成了劇作家推進其視覺影像的媒介,特別是觀衆參與創造了圖像的觀念。例如,在柳夢梅的眼中,麗娘畫像超過了呈現一個具體的形象:她是觀音大士,嫦娥,行樂的人間女子。他的世俗志向決定了他能看到什麽。他設想畫卷上的美人將他從潦倒中提掇出,追尋好運。然而,是麗娘本人創造了這種混亂。畢竟,她是一位貴族家庭裏的未曾婚嫁的千金小姐,爲了凸顯她的"人兒妙",她用"練花綃,簾兒瑩"裝裱她的畫像(MDT 20.20,27.21,28.58,32.49)。但凡一幅畫像成爲商品,畫作將裝入珍貴的木匣中,進入市場流通,在那裏人們無法認出它的創作主題。金錢擾亂了畫像作爲識別工具的正確角色。

的確,誤解的叙事模式包括柳夢梅講的眼睛在識寶上的限度。這一點出現在柳夢梅參謁欽差識寶使臣苗舜賓時。苗舜賓首先出現在第二十一齣"謁遇",他的工作是識寶,即識別外國商旅運來的珠寶,祭寶於多寶菩薩之前。即使苗舜賓將寒儒薄相的生員柳夢梅比作"南土之珍",柳夢梅仍然擔心其他人"重瞳有眼蒼天瞎",識別不出他的價值。苗舜賓回應説:"由來寶色無真假,祇在淘金的會揀沙。"(MDT 21.34;PP 115)任何事物的真實價值取決於看者的眼光。

然而,在第四十一齣"耽試"中,苗舜賓爲了識別出有價值的文章,必須克服眼睛的局限。苗舜賓承認,他没有資格履行爲科舉考試的三份最好的試卷排出名次這樣的任務,因爲:"俺的眼睛,原是猫兒睛,和碧緑琉璃水晶無二。因此一見真寶,眼睛火出。説起文字,俺眼裏從來没有。"(MDT 41.4—5;PP 229—230)最終,即便柳夢梅到達時試期已過,苗舜賓仍舊授予柳夢梅"頭鰲"。畢竟,苗舜賓已經認出這位後來者是他之前認識的人,"南海遺珠"(MDT 41.19;PP 232)。當然,儘管柳夢梅在答卷上没有表明明確的立場,但他是來自遠方的珍珠,應該賦予這樣的榮耀。通過將眼睛與寶石聯繫起來,湯顯祖揭示了苗舜賓的奇特眼睛怎樣誤判了柳夢梅的才學。這樣的情節正是爲了滑稽調笑。

貫穿在整部《牡丹亭》中的錯誤的喜劇,不僅提升了湯顯祖有關旁觀者的眼光的觀點,而且吸收了當時主流思想家關注的社會和歷史問題。在十六世紀末和十七世紀初,明代社會已經在方方面面發生了變化,這些變化在明朝初年是不可思議的:繁榮的商業經濟影響了城市和鄉村;全球化貿易刺激了中國

---

① 郭英德《明清傳奇史》,第 236、239—240 頁。Zeitlin 引用郭英德,見 *The Phantom Heroine*, pp. 131—132.

商品的生產;并且,商人在經濟中扮演了重要角色,他們攫取大量財富,效仿貴族的文化品位,搜集藝術品和用奢侈品裝飾他們的居室。① 因此,曾經被嚴格管理和準確界定的社會階層的邊界綫,如今變得漏洞百出和難以界定。金錢刺激了限定身份的物品的貿易,甚至用於莊嚴儀式的服裝,也進入市場流通。② 對此,警戒不斷增加,許多人目睹了識別身份的可見標志如何失去了意義。這種環境促使作家李贄(1527—1602)貶斥他周圍作假的人們,同時流行於這種環境中的相面手冊,以期幫助透過表面裝飾看出人的真面目。③ 跟李贄相似,湯顯祖似乎也在作品中隱含了同樣的疑慮,因爲這些疑慮充滿了《牡丹亭》故事,并且甚至可能使湯顯祖傾向於精心創作一個基於誤認的故事。

然而,在戲劇的結局,湯顯祖轉回戲劇的浪漫主題,把滑稽調笑放置一邊,這種結局的處理,可能是爲了滿足觀衆對社會秩序的懷舊情緒。在《牡丹亭》最後五齣,湯顯祖解決了劇中所有演員的混亂身份,特別是聚焦於揭示真"柳夢梅"和真"麗娘",前者被指控是騙子,後者被認爲已經死了。在最後一齣,演員齊聚朝堂,由皇帝做出真與假的判斷。雖然柳夢梅和杜寶之間的對抗没有減弱,但其他人物最後確認出彼此并承認彼此的關係:例如,杜寶接受了他的妻子,之前他認爲他的妻子已經死了;經過一定的猶豫,他接受了他的女兒。祇有真"柳夢梅"没有被充分識別。

在最後一齣中,還縈繞着另一個誤解的例子。按照故事發展的順序,除了杜寶的夫人和丫鬟春香,柳夢梅在朝堂上見到的每一個人他都曾經遇見過。當他看見春香時,他疑慮是否他之前没有遇到過她。春香回應説:"你和小姐牡丹亭做夢時有俺在。"(MDT 55.84;PP 337)柳夢梅接受了春香的陳述,認爲她説的是真實的,柳夢梅感激春香,認爲春香是麗娘回生傳奇的"好活人活證"(MDT 55.84;PP 337)。然而,春香的叙述有悖於在第十齣"驚夢"表現的麗娘的夢境,在夢裏,麗娘是獨自和柳夢梅在花園幽會的。而春香對柳夢梅很熟悉,是因爲麗娘將自己在花園遇到過一個"夢裏書生"這一經歷告訴過春香(MDT 14.24—28;PP 69—70)。春香卷入到這種奇妙的夢中,她調整了她的叙述,聲稱自己是"紅娘",而"紅娘"被期待參與到虚構的浪漫故事裏。因此,湯顯祖明確提出,從醒的狀態分離出夢的狀態,是不可能的,同樣,從現實中分離出虚構、從空中分離出色,也是不可能的,這一主題貫穿整部劇作,并且在麗娘的畫像上有深刻的表現。④

---

① Brook(卜正民)在 Confusions of Pleasure(《縱樂的困惑》)中解釋了晚明經濟中的各個方面。
② 例如,見 Volpp, "Gift of a Python Robe",探討了在虚構作品中怎樣表現了 16 世紀社會中朝服的流通。
③ 李贄研究的經典著作是 de Bary, "Individualism and Humanitarianism"。Porter 在解釋現代歐洲早期社會環境中的錯誤的喜劇,得出一個類似結論,見"Introduction", 10; 也見於 van Elk, "This sympathized one day's error", 56—58。
④ 有關現實和夢的系列闡釋,見 Plaks, "...But a Dream"; Zeitlin, "Shared Dreams", 150—175。

自畫像

　　雖有形,但是幻象;可感知,但是朦朧;可辨識,但是誤導:麗娘的自畫像説明,湯顯祖的興趣在組成一幅畫卷的各種元素的反面。一方面,自畫像家藉助鏡子成像畫出自己,并且混淆了夢的記憶,不得不創作出一種同樣模糊和不確定的形式。然而,劇作家把麗娘塑造成一個美人,在固有的藝術類型裏描繪麗娘。最後,湯顯祖集中注意的是畫中人物繪畫的過程,而不是畫像本身。構成麗娘畫像特徵的墨層和着色可能很炫目,但他們抵制解釋。這樣,畫卷是難以接近的。

　　然而,另一方面,當麗娘考慮到她設想的畫像觀衆時,她盡力確保她的畫像能被準確識別出來,并且畫像類型能得到恰當的解釋。爲了達到這個目的,畫家轉向采用語言作爲視覺圖像的補充,她在畫上題了一首詩謎。儘管如此,畫卷仍然很容易被錯誤識別,因爲對畫卷的解釋依靠旁觀者的觀點。在《牡丹亭》中,爲了浪漫故事而創作的自畫像,不時成爲滑稽調笑的目標。

　　首先,讓我們思考一下:湯顯祖如何描述麗娘的外表,我們打算看到什麼樣的麗娘畫像,假設在這兩者之間存在着一套對應關係。當杜麗娘被引見給她的老師陳最良時,是女主角在劇中第一次被描繪。"添眉翠,搖珮珠","蓮步鯉庭趨",以非常顯眼的妝扮進入舞臺,"蓮步"是一個能增強其性感外表的運動。湯顯祖總結説:"綉屏中生成仕女圖。"(MDT 5.14;PP 16)

　　進入房間的女人如此完美的身姿和妝扮,以致她被喻爲一幅畫卷。具體而言,這幅畫卷屬於一種專門的"仕女圖"類型,這一類型通常專門繪畫富有吸引力和誘惑力的女性。正如 Judith Zeitlin(蔡九迪)已經解釋的,湯顯祖暗示了麗娘的外表并非天生麗質。① 麗娘的外表符合普通的構圖成規,但不是一個具體人物的外表。例如,在第十齣裏,她的裙子被描繪成"翠生生出落的裙衫兒茜",茜草紅與翠鳥藍相間的傳神組合;在第十四齣裏,湯顯祖專門點出她的紅袖,"春歸紅袖招"。但是,"紅袖"是一個表現美人的主題。其他類似的符號還有她的髮飾,她佩戴的精美貴重的簪子;她的"眉彎",她用眼影和粉黛畫出的眉;她的纖美的身體,穿着散發着香氣的輕綃。甚至,一位見到麗娘鬼魂的人説,她看到的是"一位女神仙",當她被問及鬼魂的樣貌,她列舉了很多美人的特質(MDT 27.43;PP 154)。後來畫家陳洪綬(1598 或 1599—1652)的作品(圖1)展示了美人的應有特質,捕捉到了美人的裊娜的身姿和眉彎的愁緒。

---

① Zeitlin 指出,女性人物在死前繪製她們的畫像,爲了保存她們理想化的方面,將她們自己描繪成美人,見"Life and Death of the Image", 237—239.

圖 1　陳洪綬(1598 or 1599—1652),老蓮橅古:仕女圖,冊頁,絹本設色,24.5×22.6 厘米,克利夫蘭美術博物館,John L. Severance Fund 1979.27.2.16

　　湯顯祖也提到,劇中的女主角畫像被設計和繪畫在一塊屏上。因此,劇作家將麗娘與傳説的能從畫中走出來的女性結合起來,以期回應那些愚蠢的男人:他們希望畫卷上的人物能走出畫卷,成爲現實中的人,滿足他們的情欲,爲此他們不斷呼喊畫卷上的人物。① 經過這番鋪墊,麗娘夢中的情人柳夢梅,在他們相遇之前,痴迷於麗娘的畫像。但是,麗娘絕没有從畫卷上走出來,稍後,我會分析原因。

　　再者,與預期相反,湯顯祖將麗娘容納在一塊屏上,這個屏是用來刺繡的,而不是用來作畫的。在十七世紀的中國,刺繡對有教養、出生好的女性而言,是一種重要的生產勞動形式,是她們服務於社會和象徵的目的,而不是經濟來源:她們嫁妝中刺繡的被子和鞋子,意味着當她們出嫁之後,依然能藉此與家庭聯繫;她們刺繡的衣服象徵着她們度過的休閒時光。② Francesca Bray 將刺繡定義爲"女性的文化形式",相當於受過教育的男性的道德與才智的雅化。③ 據此,在《牡丹亭》裏,麗娘因其刺繡之精美而贏得表揚,這界定了她在家庭中的合適位置。在第七齣"閨塾",麗娘展示了隱藏在繡針兒中的"家法",當她懲罰她的丫鬟時説:"招花眼,把繡針兒簽瞎。"(MDT 7.33; PP 29)不像畫框裹包藏着危險的幻境,刺繡框暗示着麗娘生活在嚴分性别的等級社會。然而,這張畫上美人具有的飄忽不定的情色暗示出現了。因爲麗娘坦承,閒暇時光,她除了做女工,還畫了"鞦韆畫圖"和複製了"鴛鴦綉譜",後者象徵着愉悦的堅貞婚姻(MDT 3.27; PP 10)。

　　湯顯祖將麗娘描繪成一個仕女圖上的美女類型後,撇下我們,假設麗娘會將自己描畫成一位面帶愁容的美人。確實,在戲劇演繹的過程中,女主角的自畫像曾經被認作"美女圖"(MDT 30.31; PP 175)。其他劇中人物指出,這幅

---

① Wu(巫鴻)在 Double Screen(《重屏》)中寫了用仕女圖裝飾屏風的歷史,第 84—125 頁。
② Bray, Technology and Gender, pp. 268.
③ Bray, Technology and Gender, pp. 266.

畫像是一幅春容。① 聯繫詩語中的"春思",春容傳達出一種悲傷的情緒,這是美麗哀愁的女人渴望引起情人注意的表達方式。② 然而,春容中哪些繪畫細節決定了繪畫與畫上人物是相像的? 即使劇中人物——例如杜寶——看到畫像時立刻認出畫上人是麗娘,然而,很難獲知是什麽引發了識別。一位美人的畫作能避開仕女圖類型的成規并且轉換成寫實畫像嗎? 或許,這是一個錯誤的問題。因爲,湯顯祖似乎認爲,表現依托於語言和成規的形式,但是識別——現實的細節——取決於旁觀者的眼睛。回想一下欽差識寶使臣苗舜賓的話,他把自己能識別寶石的能力歸功於眼睛,具有這樣能力的眼睛稱爲猫兒睛。

吊詭的是,麗娘畫像,像,還是不像,立刻出現在第十四齣"寫真"之中,在湯顯祖的筆下,女主人公正在描繪自己的"春容"。這一齣的題目"寫真",是繪製畫像的術語。與寫真相關的術語,比如,"真容"是指這類作品的價值在於畫像與畫像上的人物相似度很高。在晚明繁榮的畫像文化中,賦予作品以逼真性,也能在存世作品中找到證據,但這些作品顯示的是異質的、甚至是醜的特徵,例如皮膚褶皺很深或麻點很多,眼睛深陷,眼皮下垂。③ 此外,傳統中國畫像的某些形式也要求逼真性,例如祖先畫像追求栩栩如生,以確保畫像在祭祀禮儀上的效果。④

然而,湯顯祖澄清,麗娘之所以繪製畫像,是因爲她驚訝地發現,自從她沉浸在夢的記憶後,她的面容日漸消瘦和憔悴。即使她已經梳妝完畢,她并沒有意識到自己的容顔已經變化,直到春香責備她"十分容貌不上九分瞧"(MDT 14.6,9—10;PP 67)。麗娘宣稱,畫像會存下她往日的容顔,而不是她當時的容顔;一幅艷冶輕盈、如畫一般的美人畫像,將記錄過去的和逝去的美貌。自負使麗娘拿起她的畫筆。

在下文中,我沿着第十四齣自畫像創作的順序展開論述,湯顯祖把它表現爲井井有條、方法詳盡的過程,最後,他論證了有關圖像的可變内容的觀點。因此,他從畫像難以形容的方面開始,進而探索表現的符號,這些符號塑造了畫像内容和給定畫像意義,最後以題寫詩文和裝裱作爲收尾。

至於畫像能否成爲畫中人的副本,湯顯祖是疑慮的。他一再重申,表現麗娘的形象是絶不可能的。不同觀點開始於春香的觀察,她認爲没有人能够描繪出麗娘眉彎的"斷腸春色"(MDT 14.2—3;PP 66)。然後,丫鬟和小姐共同認爲很難描繪巫山神女,這是長江三峽的神女,她曾向世俗的楚王自薦枕

---

① 使用該詞語的人包括:麗娘(MDT 20.32,32.4;PP 102,187)和春香(MDT 20.44;PP 105),杜寶和柳夢梅(MDT 53.25,39;PP 309,311)。
② Li, *Enchantment and Disenchantment*, pp. 54; Zeitlin, "Life and Death of the Image". 239.
③ Cahill, *Distant Mountains*, pp. 213—217.
④ Stuart, "Face in Life and Death"; Stuart and Rawski, *Worshiping the Ancestors*, pp. 51—56. 然而,在塑造已故人物的特徵時,畫家傾向於强調某些符合面相學意義的特徵;例如,面相上隆起鼻子或突出眉毛的傾斜程度,體現了帶來好運。

席;在詩歌裏,她以雲雨的形式出現(MDT 14.3; PP 66)。① 同樣,在整部劇作中,麗娘被比作神女,也不可能被描繪。一旦畫像完成,春香重複其觀點:"丹青女易描,真色人難學。"(MDT 14.22; PP 69)因此,即使麗娘本人衡量畫像是否"像"她本人,她的結論是不像:"畫的來可愛人",被畫成了"再有似生成別樣嬌"(MDT 14.22; PP 69)。

湯顯祖的觀點是,一個人的性情和形象,都不可能用視覺圖像來描繪,持這一觀點的人很多,湯顯祖的論斷可謂陳詞濫調。然而,湯顯祖將畫像與其他短暫易逝的形象——特別是鏡子裏折射出的麗娘容顏和麗娘夢裏的印象——聯繫起來,把他的觀點向前推進了一步。

首先,湯顯祖描述麗娘每日梳妝時都在同樣的鏡子裏窺看自己。但是,在第十四齣,麗娘在畫像時,用鏡子提供的是一位模特形象;因此,鏡子在自我表現的行爲中至關重要。畫家依據拋光鏡面所見作畫:用筆尖勾勒出她的輪廓;壓住筆尖,反覆描畫,在素絹的表面形成墨色濃淡的分層效果,創造出層次感(MDT 14.16; PP 68)。

然而,在前面齣目裏,鏡子已被證明是不可靠的見證。這樣的設備怎麼能爲創作畫像提供模特? 例如,在第十齣"驚夢",麗娘在閨房中與鏡子互動,好像鏡子擁有栩栩如生的力量。在第一次進入園子前,麗娘注意到鏡子在未經她覺察時捕獲了她:"停半晌,整花鈿。没揣菱花,偷人半面,迤逗的彩雲偏。"(MDT 10.5—6; PP 43)在這個例子中,鏡子模擬了旁觀者的眼睛。麗娘已經很擔心在花園裏被人看見是否合適,一個陌生人可能偷偷摸摸看她,使她"驚起相見"。她被"驚起",正如她的情人出現在夢裏時她被"驚起"(MDT 12.29; PP 59)。這暗示,鏡像反射與情緒或感覺一樣,是有偏倚的。正因此,鏡子很難成爲可靠的影像尺度。

爲了強調麗娘畫像特徵的不確定性,湯顯祖將畫像與易變的意象聯繫起來,特別提到了"空花"和"水月"(MDT 14.22; PP 69)。湯顯祖借用的這兩個意象來自佛經,在當時很多禪師高度評價了這兩個意象,從不同角度解釋了所有像的本質是空。② 看"空花",是爲了看不存在的事物,然而對於先知而言,花是存在的;花之不存在,是爲了悟出現實世界的終極本質是不確定的。③ "水月"是一個含義類似的概念,即使這裏包含的矛盾較少。與夢或火焰相比,即使"水月"的明亮度與夜空中的月亮毫無二致,但"水月"是短暫無常的現象,因此用來象徵所有像的本質是幻境。④

然而,湯顯祖使用"空花""水月"這兩個詞語,不僅是爲了給第十四齣著色,而且是爲了支持他的觀點:看畫人要參與到對畫像的領悟之中。出現在素

---

① Schafer(薛愛華), *Divine Woman*(《神女》), pp. 65—67.
② 湯顯祖擁有廣博的禪宗知識,對紫柏真可(1543—1603)有所研究。見 Hua(華瑋), "Search for Great Harmony", 345—351, 論述了湯顯祖有關真可的夢;周育德《湯顯祖論稿》,第 94 頁。
③ 有關"空花",見 Nakamura, *Bukkyōgo daijiten*, pp. 280—281.
④ 關於"水月",見 Nakamura, *Bukkyōgo daijiten*, pp. 804.

絹上的麗娘之像是一個幻境,這如同麗娘繪畫時所見鏡子裏的成像,又似乎是真實的,因爲畫像依托於——或説受制於——某種永恒流動之物(即麗娘、美人),因此不能被固定。流行的繪畫美人的成規使麗娘形象的描繪成爲可能,這又被觀看者加强,但是他們祇能用有限的實用技巧來描繪難以形容之物。

後來,在第三十二齣"冥誓",柳夢梅猶豫要不要挖出鬼魂情人的尸體,湯顯祖甚至走得更遠,他認爲用"空花""水月"這兩個詞表達不可形容之物是很有限的:"怕似水中撈月,空裏拈花。"(MDT 32.51; PP 188)空與知覺的幻象等概念,與柳夢梅有關人死不能復生的信念無法關聯。麗娘回應這位不情願冒險的情人時,收緊了這個語言結:"是幻非幻如何説? 雖則似空裏拈花,却不是水中撈月。"(MDT 32.53; PP 188)兩個演員間的機敏對答,看起來不可理解,實則表明,用語言描述超出人類想象力的事物非常困難。

回到自畫像,劇作家用另一種方式强烈地説明了麗娘形象的不可見:他集中描繪了用畫筆、墨和色彩創作自畫像的過程,而不是描繪麗娘的外貌特徵。湯顯祖的語言不足以描繪麗娘外表的個性特徵,這是驚人的,即使她繪畫的——嘴、眉毛、頭髮、眼睛、簪子、妝容——是界定美人的吸引人的焦點。然而,我認爲,湯顯祖特別注意那些構成畫像的繪畫標記——它們的構圖,它們的色彩和質地,它們的密度與留白。下面這段文字是畫臉的關鍵,讀者將臉想象成一個色彩和綫條的複合結構:

> 你腮斗兒恁喜謔,則待注櫻桃,染柳條,渲雲鬟烟靄飄蕭。眉梢青未了,個中人全在秋波妙,可可的淡春山鈿翠小。(MDT 14.16—18; PP 68—69)

這樣,湯顯祖描述了創作繪畫中的麗娘。他描述的現實效果部分取決於畫論中的專業詞彙,例如染和渲。① 因此,麗娘用水稀釋過的顏料爲綫條柔美的柳眉着色("染柳條"),她用墨在素絹上渲染,爲了激發對盤曲的頭髮的雲霧般想象("渲雲鬟烟靄飄蕭")。暫停之前,她專注於紅色櫻桃小口的色彩和形狀("則待注櫻桃")。她在頭髮上用明亮的别針裝飾,以此補充眉毛過淡的曲綫——春山("可可的淡春山鈿翠小")。劇作家發現麗娘尚未使用綠色顏料凸顯加深眉毛末梢("眉梢青未了"),他借此强調他所描述的是一個繪畫過程,而不是一幅完成的作品。我們可能想知道,是否麗娘完成了畫像的着色。

在不同的時代,唐代詩僧澹交(活躍於 874—879)在一首有關他的畫像的詩中使用了極其相似的圖像。下面是摘自《寫真》詩中的句子:

> 圖形期自見,自見却傷神。已是夢中夢,更逢身外身。水花凝幻質,墨彩染空塵。②

---

① 有關這些術語的定義,見 Soper, "Some Technical Terms"。

② 彭定求編《全唐詩》,第 12 册,卷 823,第 9367 頁。Watson, "Buddhist Poet-Priests", 52, 翻譯已做校訂。

看着畫像,詩僧黯然神傷。雙重的幻覺出現了,人的生命像夢中之夢。爲了強調繪畫的幻境本質,澹交注意到畫像的技巧,特別是畫像創作的過程:畫卷表面上明亮的紅顏料已經硬化,墨水和其他稀釋的顏料滲入到硬化的表面,留下它們通過的痕跡。

類似地,在第十四齣麗娘的唱段中,湯顯祖注意到解釋素絹上存留的墨色與顏料的痕跡的困難,特別是如果某物沒有給定形狀,則無法明確命名。當麗娘在素絹上輕拍畫筆和淡掃顏色,她所勾勒的形狀是晦澀不明的。例如,墨水渲染假定了她盤曲頭髮的形狀,但是它們也激發了雲霧漂移的想象。用稀釋的粉末狀顏料着色,證明了顏料與畫布表面的相互作用,并且附帶着激發了綫條、柳眉的想象。圖像不能被語言充分描述,湯顯祖用語言描繪了圖像的某些方面,這些語言成爲繁雜多樣的心理圖像的源頭。

袁中道(1570—1624)在一篇題爲《傳神説》的文章裏對繪畫的這方面發表了類似的評論文字,他稱他所考察的畫像爲"狡獪伎倆"①。他描述了他繪製的古怪畫像,他的事例說明,畫像主體身份的識別不在形似。他叙述說:一次,他沒有在畫像旁補充畫像主體的姓名。在這些畫像中,"其肖更甚"的是,"止用數筆便就"的作品。在另一個例子中,他宣稱:"其後有一人者,不復畫耳目口鼻,惟畫其冠及面,以麻密點之,亦不言,而人知爲某。"②袁中道的例子,可能被認爲是袁中道業餘畫家的誇張姿態,迫使他貶低繪畫中的形似。確實,在這篇文章的開頭,他發現自己沒有繪畫天賦;在結論部分,他將自己的繪畫與專業畫家比照。③ 但是,對我們的意圖而言,觀察袁中道繪畫的獨特方面也很重要,這些獨特方面不是更多地體現了它們的粗糙,而是體現在它們被褫奪的符號,例如鼻子或嘴的形狀,反之,在其他畫家手裏,鼻子或嘴的形狀可能决定着畫中人的身份識別。用袁中道的話,肖像畫是"狡獪伎倆",因爲它依靠光學技巧,欺騙觀衆參與想象,從而他們能識別出畫像上的臉,甚至畫像上的人物特徵并不明顯。

然而,在《牡丹亭》中,湯顯祖在描繪麗娘畫像時,没有完全消除代表性符號。當麗娘創作畫像時,越來越多地,符號進入到劇中。例如,即使麗娘忽略了點出眼睛的瞳孔,依據傳統,點睛使得一幅畫像栩栩如生,但麗娘代之以專注描畫眼睛閃爍的光芒。④ 人眼中發射的光綫被稱之爲"秋波",在白話文學作品中,秋波常用來比喻美麗的雙眼。同時,這個詞語突出了麗娘形象的戲劇性方面,因爲秋波使人想起崔鶯鶯,她是經典愛情劇作《西廂記》中漂亮的女主

---

① 袁中道《傳神説》,第 2010—2012 頁。
② 《傳神説》,第 2011 頁。
③ 《傳神説》,第 2011—2012 頁。袁中道的父親"令畫師寫家慶圖",畫師命袁中道"端坐注視"(第 2012 頁)。然後,中道在家慶圖完成前,畫完了畫師的畫像,引發他的父親"及兩兄皆大笑"。袁中道的描述類似效仿了蘇軾(1037—1101)的《傳神記》。蘇軾寫道:"吾嘗於燈下顧自見頰影,使人就壁模之,不作眉目,見者皆失笑,知其爲吾也。"蘇軾的文章收録在俞劍華《中國畫論類編》,第 454 頁。
④ Spiro, "New Light on Gu Kaizhi".

角,她可愛的雙眼吸引了她未來的丈夫。① 畫像中閃爍的眼睛,體現了麗娘有着與鶯鶯同樣的愛情欲求,這一愛情欲求在她游園之後已經明白説出(MDT 10.21; PP 46)。因此,讀者搖擺於兩者之間:具有文學意義的具象形式的解釋(the interpretation of representational form)和觀看水墨綫條、着色以抵制或拖延解釋。

當轉身離開鏡子,麗娘繼續作畫,考慮接下來設計她的形象姿態和她的形象所在的環境。在這裏,麗娘深入到記憶之中,通過游園和隨後的夢挑選出心理圖像(mental image)。這些圖像的碎片進入并構成了她的畫像的一部分,多方面地影響了畫像的設計和構圖。諷刺的是,即使這些圖像與鏡子反射一樣,是短暫易逝和難以捕獲的,它們仍然作爲具象符號(representational sign)出現在畫卷上。麗娘唱道:

    謝半點江山,三分門户,一種人才,小小行樂,撚青梅閑厮調。(MDT 14.19—20; PP 69)

麗娘畫自己走出門外。她反復在素絹上按壓筆尖,用點創造了葉子和流水的效果。没有裝飾和僅僅完成部分景觀,唤起一瞬間眼神的朦朧,像未完成的眉毛,證明麗娘正在創作畫卷。門和分割空間的存在表明,麗娘勾畫的"江山"是一個花園的微型結構。在花園三個封閉空間中的一個空間,女性形象出現了。很難想象畫卷的布局結構。湯顯祖提醒我們,與世隔絶的麗娘幾乎不熟悉後花園。在第十齣,麗娘冒險外出,她被色彩和聲音炫惑;池館、畫船、景色:花園的這些部分幾乎没有給麗娘留下印象。在劇中,祇有其他人物描繪了花園,柳夢梅更詳盡地描繪了花園廣闊的空間,尤其是他沿着畫牆,經由籬門進入花園,在那裏他還遇到殘破的蝴蝶門(MDT 24.9—15; PP 136—37)。是這些門分割了麗娘畫卷上的空間嗎? 很難獲知。

相比之下,湯顯祖在畫卷上描繪的不尋常女性形象比他描繪的花園環境更清晰。"行樂"這個詞,意味着畫像的非正式,表明畫卷上的形象是在閑暇之中,陶醉在熟悉的事物中,例如繪畫或盆景。類似的閑暇場景在下面這幅佚名畫卷上可以看到,上面畫了一位美人和她的男性伴侣(圖2),這些人物坐在花園中,用書和樂器消磨時光。湯顯祖意外地從繪畫成規轉向到特定屬性的描繪:他觀察到,畫卷上的人物手裏玩弄着一支青梅("撚青梅閑厮調")。與鏡子中反射的容顔和未完成的風景不同,水果的指向更爲具體;讀者能由青梅想象出一幅心理圖像。青梅將栩栩如生的、可以名狀的符號引入到畫卷中,需要解釋的問題是:爲什麽畫中人會手持這一特殊的水果? 它意味着什麽?

在某種意義上,青梅暗示了麗娘在第十二齣"尋夢"中再現夢中經驗的失敗嘗試。她在花園裏發現大梅樹一株,注意到枝幹上梅子磊磊可愛(MDT 12.43—46; PP 60—61)。梅子暗示了生育力和圓滿實現,可能代表了麗娘新

---

① 王寶甫《西廂記》,第 9 頁;Wang S.(王寶甫), *The Moon and the Zither*, pp. 181.

圖 2：佚名（17 世紀中期）：Scholar and Beauty with Peonies and Rabbits（才子佳人圖），軸，絹本設色，93.8×62.8 厘米，Gift of DuBois Schanck Morris, Class of 1893 (y1947—279)，Bruce M. White 攝影，普林斯頓大學藝術博物館

發現的對情和激動情緒的理解，這種情和激動情緒伴隨着性渴望。① 還可以聯想的是，湯顯祖選取"撚"這個動詞描繪麗娘的姿勢，暗示的是愛情主角鶯鶯，鶯鶯初次被其未來丈夫看到時，她正在寺院外徘徊，"撚花枝"②。因此，美人撚青梅，這一不尋常的、甚至彆扭的姿勢，使讀者能夠就畫卷進行圖像分析：文學文本提供了解釋人物行爲的意義。

正如做夢的人迅速地意識到他們的夢，梅子迅速地滑進畫卷中。正因爲如此迅速和不自覺，麗娘因此開始設想她意想中的觀衆。有了這個初步意識，麗娘將自己描繪成一個挑剔的美人，即使，這是通過語言寫出來的，她在花園裏消閒娛樂的方式是很挑剔的。然而，一旦麗娘設想她的畫像被看，她的夢的碎片進入到構圖中：

> 倚湖山夢曉，對垂楊風裊。忒苗條，斜添他幾葉翠芭蕉。（MDT 14.20；PP 69）

這裏，麗娘勾畫了畫卷的布局結構，爲女性形象確定地點。有別於描繪花園場地的模糊不清的詞語，描述人物性情的詞語則是生動的。特別値得提到的是，構成畫卷的各種形式之間的和諧共鳴。例如，在垂楊對面，在風的吹拂下（風裊），"忒苗條"隨着垂楊枝條一同搖擺。苗條的身體沒有直立，回應着斜置的芭蕉葉，但是，與此同時，身體纖盈的形式與芭蕉葉的粗糙、寬闊形成對照。美人的形象——雅致，柔軟，極其纖弱——符合藝術成規。但是湯顯祖提

---

① Swatek 認爲，樹指代的是夢中情人，而因種子膨脹的青梅，代表的是麗娘的性覺醒，見"Plum and Portrait"，132—133。
② 王實甫《西廂記》，第 7 頁；Wang S.（王實甫），*The Moon and the Zither*，pp. 177.

到了那個夢。美人出現,不僅柔美,而且自我吸引和容易感傷,可能引起旁觀者的欲望或溫柔的憐愛。

看起來,即興添加的芭蕉葉鞏固了畫卷的情色內容。如同人物手中所持青梅,芭蕉葉猛然將文本的畫像拉出畫家的設計過程。芭蕉葉引起注意,反而提出一個有意義的問題:爲什麼它應該在花園裏? 事實上,芭蕉葉是理解傳達女性感官享受的一個傳統主題(圖2)。① 在這裏,佚名畫家證明了這一繪畫傳統,將芭蕉葉放在美人旁邊,美人正與她的男性伴侶交談。在他們身後繪製的牡丹,增強了畫卷的情色基調,因爲畫卷上盛開的花代表了一個女人的情色欲望已被激發出來。

最後,這段文字的第一行,湯顯祖描述了畫像上的人物靠近假山的太湖石。人物向花園中堆疊的太湖石走去,深刻地喚起畫中人對夢的記憶。在第十齣,夢裏的陌生人帶麗娘到蔥翠葉子遮蔽的地方歡愛。他直接肯定地告訴麗娘這個地方:"轉過這芍藥欄前,緊靠着湖山石邊。"(*MDT* 10.32; *PP* 48)在那裏,他告訴她,他將她的"領扣鬆,衣帶寬",當她的牙齒咬緊了袖子的邊緣("袖梢兒搵着牙兒苫也")。湯顯祖肯定了夢的相關性,因爲他寫到,畫卷上的女性人物正在做夢或剛剛從夢中醒來。

因此,通常將文本式畫像理解爲,表現了麗娘如何出現在她的夢中。② 這個位置是基於這一假設成立的,即夢是穩定的,它能被捕捉到并且在畫卷上再現。然而,湯顯祖強調,如同鏡子反射一樣,夢是變化的;它現在是一段記憶,曾經在記憶中見過什麼,檢測這段記憶的方法并不可靠。的確,在劇情發展過程中不止一次地講述過,麗娘叙述的夢中體驗很難相同。在第十二齣"尋夢",當麗娘返回到花園尋找夢中體驗,她開始塑造夢的記憶。她用富有激情的話,講述着歡愛中的身體感覺,栩栩如生的細節——"他興心兒緊嚥嚥","嗚着咱香肩","把俺玉山推倒","暖玉生烟","那般形現,那般軟綿"(*MDT* 12.33; *PP* 59)。她在花園中發現了"壓黃金釧匾"的地方,表明的是情人有力而熱烈的運動(*MDT* 12.40; *PP* 60)。但是,麗娘在第十二齣嘗試捕捉的心理圖像,仍然頑固不清,因爲花園如今"凄凉冷落":"咳,尋來尋去,都不見了。牡丹亭,芍藥欄,怎生這般凄凉冷落,杳無人迹?"(*MDT* 12.37—38; *PP* 60)麗娘"瞇瞇色眼",在昏天一綫之間抓住夢,却看不到夢中情人的可感的圖像。他接近,但又後退。因此,湯顯祖集中於夢的短暫易逝的本質,幾乎没有在文字或圖像中留下可以呈現的內容。

---

① Laing, "Chinese Palace-Style Poetry", 291—295.

② 見 Lu, *Persons, Roles, and Minds*, pp. 37, 40, 52, 57; Vinograd, *Boundaries of the Self*, pp. 17; Zeitlin, "Shared Dreams", 158. 在"Plum and Portrait"中,Swatek 首先將麗娘畫像定義爲"她的夢的編碼記錄"("encoded record of her dream")(146),但是後來強調"畫像象徵了她的身體"("portrait stands for her body")(148)。Zeitlin 對後者有了進一步的發揮,見"Life and Death of the Image", 246. Swatek 提到了馮夢龍,馮夢龍也喜歡將麗娘自畫像理解成麗娘夢的體現,見 *Peony Pavilion Onstage*, pp. 88.

微妙的是引入到夢的記憶中的"牡丹亭",進一步說明不可能再現麗娘的夢之體驗。在第十齣,根本沒有提到牡丹亭。牡丹亭首次出現在第十二齣:當麗娘試著有條理地重溯夢境,她來到"湖山石邊";接下來,她來到"牡丹亭畔";然後,她看到"嵌雕欄芍藥芽兒淺"(MDT 12.27; PP 58)。湖山石、芍藥欄:這些特寫在第十齣是經由夢中情人之口道出的。然而,在第十二齣,牡丹亭突然出現,參與界定麗娘的夢。當第十四齣麗娘畫她的畫像時,麗娘承認"牡丹亭夢殘"(MDT 14.2; PP 66)。後來,在第三十九齣"如杭",麗娘向已經成爲她丈夫的柳夢梅重述那個夢,她說到牡丹亭裏歡愛("便和你牡丹亭上去了")(MDT 39.8; PP 221)。在戲劇最後一齣,春香確認,她的女主人的夢發生在牡丹亭裏(MDT 55.84; PP 337)。因此,記住的夢最終替換了最初所見;一座封閉的建築結構取代了葱翠的葉子,麗娘原本穿過花園裏的太湖石來到這裏。

我想提出的是,畫像不是表現夢,而是另一個重新演繹夢境的場域。隨着夢境迅速模糊不清,夢境與其他心理圖像相混淆。所以,麗娘畫自己手撚青梅,即使這一心理構圖在夢裏或記憶之夢裏都未曾發生。在畫像中,人物靠近太湖石,在某種意義上,這祇是描畫花園環境構圖中的常見特徵。但是,作爲記憶之夢的恒定特徵,它們也觸發了其他記憶之物,夢中的其他再現之物。

添加完最後幾葉翠芭蕉,麗娘把她的畫筆放置一旁。當她與她的丫鬟評價畫得像不像時,春香評論說:畫卷上最爲遺憾的是,"祇少個姐夫在身旁"。就此,麗娘迫不及待地講述了她與情人的夢中際遇,記起他來時手持一枝柳枝(MDT 14.27; PP 70)。麗娘放棄了謹慎,認爲夢是一個預兆,"柳"是她夢中情人和未來夫婿的姓(MDT 14.28; PP 70)。①

然而,在這點上,麗娘也被她的畫卷再現價值所迷惑。她渴望被認出,超過了此前她承認的畫像無法模仿她以及最後她根本不能被畫出的事實。然而,在一定意義上,她意識到,未完成的畫卷——包括水墨綫條和顏色的淡掃輕描,基於類型的繪畫成規——不可能識別出她。因此她在畫卷上添加了一些話,協助她的夢中情人解釋畫作:

> 近睹分明似儼然,遠觀自在若飛仙。他年得傍蟾宫客,不在梅邊在柳邊。(MDT 14.28—29; PP 70)

這是一首不尋常的題詩。在晚明,畫像主體在給畫像題詩時,傾向於寫下他們的不安,這種不安來自他們看畫過程的雙重物化。他們質疑,是否畫中之境比其再現的真實身體更爲真實。② 相比之下,麗娘的題詩直接面向她設想的觀衆——即,她長時間追尋的夢中情人。

---

① 麗娘采用一種單純的方式解夢,摒棄了帝國晚期流行的解夢術,這種解夢術的解釋見 Ong, "Image and Meaning", 47—53; Zeitlin, *Historian of the Strange*, pp. 142—151.在《牡丹亭》中,當冥府判官問麗娘鬼魂是否有人"挂圖夢招牌"爲她解夢時,提到了"拆字"術(MDT 23.56; PP 129)。

② Nakatani 在"Body, Sentiment, and Voice"中辨析了有關畫像的基於贊美的哲學概念。

麗娘甚至被感動了，在題詞中增添了對所畫人物的口頭描述。爲了貫穿第十四齣的有關"像"的對話保持一致，麗娘沒有嘗試用語言捕捉她的外貌或描述畫卷上出現的形象。相反，麗娘采用了觀看者的視點，選擇描述在旁觀者的眼中，畫上人物會怎樣變化，而這變化取決於畫卷被看的距離。所以，畫中美人出現時，似乎是一個莊嚴、端莊的女人（儼然），又似一位自在的飛仙。

一些畫卷由於觀看距離的不同而面貌會有所變化，這一現象已經被早期圖像理論家所觀察到。例如，沈括（1031—1095）建議觀看某些十世紀遠景畫家作品時，觀看者皆宜遠觀："其用筆甚草草，近視之幾不類物象，遠觀則景物粲然，幽情遠思，如睹异境。"①

與湯顯祖在《牡丹亭》中觀察到視覺感知更切題的是石室佛影，這是公元五世紀早期由以慧遠（334—416）爲中心的僧人和隱士團體在廬山建造的，當時著名的學者和法師專心研究佛陀的可視化技術。② 這個石室是根據傳説建造的，效仿阿富汗東部的一處石窟，這處石窟能出現釋迦牟尼佛影。在廬山，修行者用繪製的佛像，挂在石室黑暗的内部，以便形成佛影。詩人謝靈運（385—433）發現了用畫像的優勢，因爲畫卷"觀遠表相，就近曖景。匪質匪空，莫測莫領"③。同樣，湯顯祖欣賞畫作的幻境本質，眼睛所處的環境決定了眼睛能在畫上看到什麽形象，更不必説是誰的眼睛在觀看畫作。

然而，令人驚奇的是，湯顯祖翻轉了這些故事，顛倒了看麗娘畫像的旁觀者的視覺體驗。近看，麗娘的形象是清晰和分明的；遠觀，麗娘的形象則是女飛仙，飛仙籠罩在霧中，平時很難看清。湯顯祖因此强調畫卷幻境的效果，因爲近距離觀看的形象是清楚的，而遠距離觀看則是無形的。形象假定了一種可識別的形狀，僅僅當從遠距離觀看它時纔能識別出來，但是被識別的形狀不是所畫内容。因爲對於花園中的美人，在任何距離都不能觀察到她。因此，湯顯祖認爲，題詩中包含的謎語，其在畫卷上的唯一意義能被預設觀衆所理解。畫卷上的一些符號能被命名和解釋，但是它們對於識別畫像主體的重要性是不確定的。在畫卷中的其他段落，出現的僅僅是素絹上的標記，可能傳達意義，但是其意義是很難清晰説出的。

在第十四齣結尾，麗娘命人裝裱她的畫像（MDT 14.35；PP 71）。麗娘決定了，想讓她的畫卷到達她夢中的陌生人手裏，她意識到爲了確保畫作能被保存，素絹需要適合的紙裝裱。考慮到麗娘已從創作寫真的初衷走得太遠，即畫像是不真實的。現在，"春容"是一個符號，這是她想能被精確解釋的符號。進而言之，裝裱畫卷也暗示了，麗娘希望畫卷能被懸挂展示。她的指導很精準："練花綃，簾兒瑩，邊闌小。"如同她用來繪畫的高級設備（MDT 14.14；PP

---

① Bush and Shih, *Early Chinese Texts on Painting*, pp. 119.
② 我這裏有關廬山石室佛影的論述，主要依據 E. Wang, "Shadow Image in the Cave"; Zürcher, *Buddhist Conquest of China*, pp. 224—225.
③ E. Wang, "Shadow Image in the Cave", pp. 408—409.（譯者按：原作譯引謝靈運的銘文僅三句，這裏爲了符合漢語習慣，增了一句"莫測莫領"。）

68),裝裱是一件花費昂貴的事。這種情況下,劇作家不無諷刺意味,説明作爲千金小姐的麗娘的社會認同動力,正如她在題詩中提到的,她將嫁給一位狀元。① 麗娘似乎已經忘記了,畫卷上的人物是没有形狀的影子,是取決於一整套繪畫成規和水墨顏料在素絹上拍染而出的幻境,如同能被解釋和分析的符號。湯顯祖嘲笑了麗娘這位畫家嗎? 我不這樣認爲,因爲,構成畫卷的元素範圍是什麽,似乎支撑起湯顯祖的興趣。在第十四齣,麗娘將有關畫像的論述帶入了整個領域。

深思畫像

通過幾出,湯顯祖描述了一個旁觀者怎樣回應了麗娘的畫像——不幸的生員柳夢梅。畢竟,他是預設的畫卷接收者,夢中情人,劇中女主角寫真即爲了他。湯顯祖寫柳夢梅對畫像的回應時,不僅説明旁觀者分享着畫家的工作,而且更進一步闡明了他在第十四齣專注的議題。湯顯祖確立了一幅畫卷包含多元和競争的元素,論證這些元素要求不同的觀看和解釋策略。劇作家將柳夢梅演繹成一位考究的觀看者。他一再觀看畫像,轉變方向和凝住眼睛;每次觀看,他停下來深思他所見畫像的意義。然而,儘管柳夢梅反復觀看,他不能抵制畫卷迷惑雙眼和欺騙心靈的力量。因此,他將畫像帶入錯誤的喜劇之中。

柳夢梅初次見到麗娘畫像是在第二十四齣"拾畫"。柳夢梅徘徊在斷垣低垛和荒草成窠的花園之中,這本是前任杜寶的宅邸,柳夢梅的目光停留在湖山石畔——與此前麗娘夢中所見結構相同。在那兒,柳夢梅發現了一幅畫像。部分隱藏在兩塊岩石之間的一個小匣兒,首先引起他的注意。他將一塊岩石推向一側,發現是檀香匣兒。檀香木是一種細紋、暗色、質地堅硬的木材,可愛的斑駁花紋而非常顯眼。他打開匣兒,發現了藏於其中的卷軸。展開卷軸,柳夢梅的舞臺提示是"看畫介",他驚訝地發現卷軸上是一幅觀世音喜相(*MDT* 24.16; *PP* 138)。柳夢梅帶着匣兒回到書館,打算"頭納地,添燈火",頂禮供養神聖的畫像,希望"照的他慈悲我"。回望廢棄的花園,柳夢梅將假山上的太湖石看作高聳的菩薩,畫卷的木盒成爲"旃檀合"(*MDT* 24.17; *PP* 138)。柳夢梅首先發現的精美檀香木,現在被看作是一種獨特的香木(檀香木屬),原産印度,它的梵文名 candana 也衆所周知。檀香木常用來雕刻佛像,也用來雕刻成香盒或者作爲香來燒。這個問題更爲複雜,回想一下,麗娘用的是紫檀木盒盛裝的畫像,紫檀是一種淡黄色或微紅色的木材,常用來製作小物件和樂器。② 通過柳夢梅對木盒的命名,湯顯祖證明了,感官知覺的本質是不可靠的和依條件而變化的。紅色的紫檀首先被深棕色的檀香木混淆;然後,一旦他意

---

① 作爲未婚女孩,麗娘經常被稱作"千金",這是一種體面的、約定俗成的稱呼形式。她渴望自己的丈夫具有聲望,在第四十四齣"急難"開篇部分有公開的表達(*MDT* 44.1—3; *PP* 248)。她樂於自己的情被她渴望的社會地位所取代。

② Schafer 在 *Golden Peaches of Samarkand* 列出了這些木材的差异,第 134—138 頁。

識到木盒裝的是觀世音像,就忽略了檀香木斑駁的花紋;然後,他反而嗅到了檀木的香味,即使那裏沒有味道。

隨後,在第二十六齣"玩真",柳夢梅凝視深思他在花園中發現的畫卷。縱觀這一齣,湯顯祖使用了一系列動詞表示各種不同的觀看方式,以此表現柳夢梅如何研究這幅畫卷。在本齣開場唱段中,人物的成見已經被預示:"畫意無明偏着眼。"(MDT 26.1;PP 143)僅僅從一個角度看,或以有偏見的方式看,都將無法弄清楚這幅畫卷,這個前提是湯顯祖可能同意的。

首先,柳夢梅等到天氣晴和,在此之前,他未敢展"視"。他決定展開觀音像,以便能"瞻禮一會"(MDT 26.2;PP 143)。從開始,湯顯祖認爲,柳夢梅是一個敏鋭的觀察者。例如,柳夢梅欣賞到,懸挂式卷軸如何增强了人物形象,如此看起來像天上銀河閃爍的光芒("秋影挂銀河")。他宣稱,他看見的是普陀山上的南海觀音的真身(MDT 26.4;PP 143)。① 南海觀音是從16世紀開始蓬勃發展的一個重要崇拜對象,她被認爲住在浙江近海的一個島上,位置在長江三角洲南。觀世音像常被繪製成坐在洶涌大海邊露出的岩石上,或者手上擎着插着楊枝的淨瓶。在她的畫像中還會出現一對童男童女;一隻鸚鵡飛過頭頂。

很難想象,在經典的南海觀音像和麗娘自畫像有任何相似之處。然而,柳夢梅的混淆不可能毫無緣由。例如,在《西游記》這部虛構小説裏,菩薩被描繪成一位美麗的女人。她的金身衣着奢華,佩戴珠寶首飾,"玉面天生喜,朱唇一點紅"②。當代繪畫同樣引人入勝,或許受到神奇傳説的鼓舞,這個傳説講述了菩薩變化成一位嬌艷的美人,作爲引導男人奮發向上的手段。③ 這類變化傳説可能影響了柳夢梅對麗娘畫像的反應:畫上花園中嬌艷、美麗的女人,可能描繪的是菩薩的瞬間幻影,這是在物質材料表面上用冷色調捕捉到的變化中的菩薩。④

然而,一旦柳夢梅注意到,畫像上的女性形象没有"上蓮花座",并且裙子下浮現出小脚("小凌波"),他重新考慮他識別的畫中形象。他猶豫,"待俺端詳一會"(MDT 26.5;PP 144),然後得出結論,認爲畫中所現是月中嫦娥。他想象着,嫦娥畫像是爲了獎勵能在科舉考試中折桂的人,"一發該頂戴了"(MDT 26.6—7;PP 144)。然而,柳夢梅再一次被迫摒棄他所識別的身份,

---

① 見 Yü(于君方),Guanyin,第 353—406、438—448 頁,關於普陀山和南海觀音。

② Guanyin,pp. 391.

③ 衆所周知的顯靈是魚籃觀音。有關魚籃觀音,見 Guanyin,第 419—438 頁。劇中另一個人物將麗娘畫像認作"觀音":監押柳夢梅的獄卒在包裹裏發現了畫像,并且聲稱適合其母親"供養"(MDT 53.7, 25;PP 306, 309)。

④ 還值得提到的是,在《西廂記》第一折,崔鶯鶯被她未來丈夫看作南海水月觀音顯靈,見王實甫《西廂記》,第 8 頁;Wang S.(王實甫),The Moon and the Zither,pp. 180. 柳夢梅也將麗娘畫像上的形象視作水月觀音(MDT 28.21;PP 158)。水月觀音是一典型畫像,創生於十世紀中國,與海南觀音相似,在水邊竹林裏的一塊粗糙的岩石上。然而,滿月環繞着她的頭部。有關水月觀音,見 Yü, Guanyin, pp. 233—247.

這基於兩個原因:"影兒外沒半朵祥雲托","樹皴兒又不似桂叢花鎖"(MDT 26.7—8;PP 144)。因此,柳夢梅排除了他就畫卷所做的圖像分析。自此,他將停止尋求代表性符號和繪畫成規,這些信息原本可能決定畫中人物形象的識別。

柳夢梅疑惑,是否曾經遇到過畫中女人,他將注意力轉向分析畫上顯而易見的畫家的手:"待俺瞧,是畫工臨的,還是美人自手描的?"(MDT 26.8—9;PP 144)他的結論是,一位專業畫家不可能畫出這樣的畫。女人的"天然意態難模"。此外,"淡破"的繪畫技術,創造了春雲般的頭髮效果,這一例子,無法與一位典型的職業畫家相聯繫(MDT 26.10—11;PP 144)。"淡破"這個詞屬於一個詞語群,包括搶淡、皴淡,指山水畫中用筆鋒在畫紙表面點筆。即使後來作家誤解了這些詞的意思,"破"鋒仍然被聯繫到業餘畫家,這些業餘畫家挑戰了九世紀畫家保守的綫條畫風。①

再行觀看,柳夢梅注意到了畫上的題詩:"且住,細觀他幀首之上,小字數行。"(MDT 26.11—12;PP 145)引述了麗娘在畫上的題詩後,他驚叫:"呀,此乃人間女子行樂圖也!"(MDT 26.13;PP 145)仿佛與麗娘的願望一致,題詩界定了畫卷的意義。詞語顯然指正了觀者。

然而,在接下來的唱段中,柳夢梅集中於圖像的繪畫效果。他放棄了畫卷的符號學分析,以素絹上的畫迹爲趣。他設想美人身體怎樣運動,春蕉和她身穿的一部分綺羅擾動在一起。柳夢梅也贊賞畫家怎樣運筆:爲眉毛着色,她采用了一種名爲"翠拖"的技術;爲了給她的頭髮以霧般的樣子,她轉向了另外一種名爲"淡和"的技術("春山翠拖,春烟淡和")(MDT 26.16;PP 145)。仿佛看着麗娘畫像,柳夢梅也跟着麗娘自畫像時畫筆的運動重做了一遍。

還有,柳夢梅不能忽略題詩中對於他名字的明顯指涉。柳夢梅猜測,是否畫中人物是幻影,她曾在他的夢中出現,承諾他會在科考上獲得成功,他感到畫中美人"回盼小生"。人物栩栩如生:"恁橫波","來回顧影","如愁欲語"(MDT 26.26—27,29;PP 145—46)。柳夢梅注意到她手中的"青梅",設想她不僅在看他,而且在"提掇"他,因爲他的名字是"夢梅"(MDT 26.27;PP 145)。因此,湯顯祖闡明了,一旦寫作替換了畫像,就會導致柳夢梅的痴狂。柳夢梅反復"狠叫"畫中美人,希望她動起來,走出畫卷。這一齣以柳夢梅的"狠叫"結束:"小姐小姐,則被你有影無形看殺我。"(MDT 26.25;PP 147)

柳夢梅對這幅畫的痴情,在第二十八齣"幽媾"中加深了。他要與畫軸同眠,而不擔心弄髒它(MDT 28.6;PP 156)。他擔心"殺風兒刮"損畫軸或"風影落燈花"燒毀畫軸,認爲應該有一個複製品,以便確保保存原件(MDT 28.20,23;PP 158,159)。柳夢梅過度關心畫作的物質性和價值,這容許湯顯祖將柳夢梅這個人物帶入滑稽鬧劇之中:柳夢梅的眼睛被欲望蒙蔽,當麗娘

---

① 何惠鑒(Ho Wai-kam)分析了繪畫術語的起源,用動詞"破",包括涉及破鋒這類技術——即點或有特色的表現法——用筆尖在畫材表面點,筆尖快速上下猛點,見"Hatsuboku no gengi"。

在這一齣中作爲鬼魂出現在他的面前,他認不出麗娘。他懷疑麗娘突然、不尋常的出現,但他仍然接受了她是鄰家女孩的解釋。柳夢梅回憶起,曾經看過像她的女孩:"曾後花園轉西,夕陽時節,見小娘子走動哩。"(MDT 28.44; PP 162)即使柳夢梅記憶精確,即使柳夢梅熟悉麗娘畫像,他仍然沒有認出站在他面前的女孩不是鄰家女孩。最後,在第三十二齣,麗娘向"驚介"的柳夢梅表明:"可知道,奴家便是畫中人也。"(MDT 32.42—43; PP 187)

縱觀全劇,特別在上述這些齣目裏,湯顯祖暗示了類似真真的故事,真真是畫在軟障之上的地仙。一位男性的觀者,用忠誠的咒語將真真從軟障上呼出來,并給了她生命。① 然而,如果湯顯祖用真真這個典型故事作典故,爲柳夢梅過度附加畫像的描繪着色,那麼,傳奇中原有的魔幻變化情節也會襯托、服務劇情,麗娘仍要局限在畫上。在第三十齣,湯顯祖提出了真真與麗娘的區別,當時石道姑擾亂了柳夢梅房中的情人幽會。麗娘的鬼魂假裝藏在柳夢梅挂起來的美人卷軸的陰影中(MDT 30.27—28; PP 175)。當鬼魂離開,"昏了燈也",石道姑諷刺地説:"分明一個影兒,祇這軸美女圖在此。古畫成精了麼?"(MDT 30.31; PP 175)然而,在湯顯祖的叙述裏,不尋常的變化不能發生在畫像內。繪畫的雙重性致使繪畫不能寄住它的主體。相反,有形之物(a tangible thing)出現在畫像的表面,首先背叛的是它的虛幻本質。

帝王畫像

在第十五齣"虜諜",湯顯祖介紹了第二幅畫像,這幅畫像體現了不同秩序的幻象。第二幅畫像由專業畫家所畫,表現了一位騎在馬背上的帝王。他已經爬到"吳山第一峰",勘測杭州城周邊的土地;他所見的領土,是他打算入侵和征服的。兩幅畫像在連續兩齣出現、并置,確信這不是偶然的。即使第二幅畫像從屬於麗娘自畫像,然而,尤其聯繫戲劇叙述情節,第二幅畫像爲麗娘自畫像在繪製和設計上都提供了鮮明的對比。帝王畫像創作的可行性沒有被質疑。然而,畫像構成了畫中主體軍事野心的圖證。畫像主體的容貌是無關緊要的。畫卷要設計得有震懾力,構成畫作的符號要清晰易懂。帝王不能誤解。所以,湯顯祖避免了畫家使用的技術或視覺效果的描述。麗娘畫像上清楚展示的所畫之物,與繪畫標記一樣難以解釋,與麗娘畫像不同,帝王的文本式畫像集中於符號元素。并且,麗娘畫像是爲了推進劇作的浪漫情節,與之相反,帝王畫像可歸之於滑稽鬧劇。去除所有表示模棱兩可的話,帝王畫像祇能從一種方式被觀看。但是縱觀全劇,湯顯祖認爲,帶有偏見或蒙蔽雙眼的人很容易被迷惑。

湯顯祖創作的第十五齣,其叙述仿效歷史文獻。這一齣表現的是金國

---

① Swatek 討論了真真的故事,見"Feng Menglong's Romantic Dream", 184—185; 205, n. 75. 亦見 Lu, *Persons, Roles, and Minds*, pp. 28—29, 47; Wu, *Double Screen*, pp. 104. 題作《畫工》的原稿故事收錄在《太平廣記》,第 2283 頁。

(1125—1234)皇帝完顏亮(Dignai),他也是一位廢帝(在位時間1149—1161)。① 完顏亮是東北(Manchuria)女真人通古斯族群部落(Tungusic tribes)聯盟領導人的後裔,在十二世紀,他們占領了中國北方平原,將宋朝朝廷趕到南方。在第十五齣開始,完顏亮召集文武朝班召開會議,討論占領杭州城的計劃,杭州是南宋朝廷所在地。南方城市的秀美和傳唱的西湖歌謠,誘使完顏亮的全體文武大臣同意進行一場軍事行動。完顏亮表露了他的策略:"已潛遣畫工,偷將他全景來了。那湖上有吳山第一峰,畫俺立馬其上,俺好不狠也!"

吳山最高,俺立馬在吳山最高。江南低小,也看見了江南低小。
(MDT 15.11—12; PP 74)

根據完顏亮的生平文獻,他確實訂制了一份杭州地圖,進而在上面畫上了他的畫像。在《牡丹亭》中,湯顯祖僅僅省略了完顏亮題寫在地圖上的詩歌,這份地圖是由間諜畫家製作的。②

帝王畫像并入地圖,并非常見。儘管如此,這幅畫像可以與一系列明代騎在馬背上的皇帝畫像相媲美。David M. Robinson 認為,這類皇帝出獵、玩馬球或練習射箭的畫像,在十六世紀被視為很有價值的事,突出的是武力和合法性。③ 在這一意義上說,湯顯祖對完顏亮畫像的描述,順應了這一傳統。湯顯祖把完顏亮作為征服者來塑造,描繪他騎在馬背上,爬上杭州的制高點。置於高處,顯出他處在統治與監督的位置。從吳山第一峰,他看到他希望征服的領土正在縮小。因此,一切都在他的掌握之下。畫面上的距離錯覺產生了一種宏大的幻境。這個區域的鳥瞰圖為他提供了一個視角,誘導他想象自己已經征服了這座城市。④

馬背上的形象也體現了完顏亮對地圖—畫像的偏見,因為皇帝認為,畫圖中的馬匹將變為現實,環繞西湖,護衛西湖。當問及去杭州的路上計劃在"何方駐馬",完顏亮建議取道洛陽,但他聲稱:"呀,急切要畫圖中匹馬把西湖哨。"(MDT 15.14; PP 74)在這點上,皇帝與柳夢梅不同,柳夢梅希望畫中女人如真真一樣走出畫卷。兩位觀者都無法克服來自畫卷上精巧設計、幻境方面的誘惑。

在這一齣末尾,湯顯祖讓皇帝表演了一段舞蹈,表明他首先和主要是一位

---

① 廢帝的官方傳記收在脫脫等編《金史》卷5,第1册,第91—118頁。1161年,他領導了一場遠征南宋政府的軍事行動。他的軍隊進軍到南方的揚州,在揚州他自己的軍官謀殺了他(第115—117頁)。我與Birch一樣,使用"Dignai"翻譯沒有中文名字的皇帝。

② 關於完顏亮委托製作的杭州地圖,見宇文懋昭《大金國志》卷14,第一册,第189頁。亦見湯顯祖《牡丹亭》,第76頁,注釋19。

③ Robinson, *Martial Spectacles*, pp. 85—152.

④ Lu認為,地圖是根據耶穌會傳教士傳入中國的標準透視法制作的,見 *Persons, Roles, and Minds*, pp. 54. 然而,歷史上的中國地圖,沒有使用數學繁瑣的透視法制作的證據。

扮演皇帝角色的演員,而不是一位合法的統治者。① 皇帝畫像的滑稽鬧劇由此結束。

結　論

在《牡丹亭》的叙述中,麗娘自畫像有着多樣的形象:記録畫中人的美麗"春容",描摹鏡中成像的麗影,用有層次的點和着色而出的虚構之物,記錯之夢的再演繹,詩謎,昂貴的裝裱之物,誤解和激情四溢的痴狂者的對象。而且,她的畫像很少被指爲"像"(image)。在《牡丹亭》中,湯顯祖用"像"這個詞指雕塑的塑像,這類塑像主要承擔紀念或禮儀的功能,因此塑像與他們主體的相似度是必要的。例如,陳最良提議塑杜寶的像,以便紀念他的善政(MDT 20.68; PP 109)。②

湯顯祖在接下來的石道姑唱段裏進一步闡明了"像"的栩栩如生或可重現的方面,當時徒衆要求石道姑解釋放置在麗娘神龕的各物所代表的含義:

　　這瓶兒空像,世界包藏,身似殘梅樣。有水無根,尚作餘香想。
　　(MDT 27.16; PP 150)

石道姑解釋説,祭壇上的物品代表麗娘在她的墳墓中。每一件物品表示一種形象的形式,因爲它與其所代表的事物相似。因此,净瓶象徵着埋葬麗娘身體的墳墓。與净瓶一樣,墳墓是一個被挖空的地方,但它包含着一個獨立的世界。殘梅代表的是麗娘的身體。像梅花一樣,麗娘的身體是美麗的,但是太脆弱了,無法維持長久。即使净瓶裝了水,花枝無根,無法吸收水分。同樣,麗娘的身體也無法維持原樣。然而,有關麗娘的記憶充滿了梅花的芬芳。縱觀這段唱詞,它强調了事物之間的形象聯繫是構成其相似性的關鍵。"像"即再現事物的物理外觀。

相比之下,湯顯祖表明,麗娘和她的畫像之間的關係是根本不同的。這種關係不是基於相似性。在繪畫領域,代表性元素與非代表性元素混合。事物能被并置的有色形狀(colored shapes)予以命名和描述,但這種有色形狀不易於解釋。繪畫成規使描繪美人成爲可能,但它們也妨礙了美人身份的識别。畫中容顏與它的主體保持了一段不穩定的距離,包含了像和不像。

作爲作家和文學理論家,湯顯祖對用詞捕捉事物的像,同樣漠不關心。語言中妙不可言的一面,支撐了湯顯祖的興趣,由墨色渲染與翡翠光澤創造而未完成的眉毛這一畫像的對應物,可以識别出麗娘的文本式畫像。在下面湯顯祖爲一本文集所作的序言中,他用繪畫的例子闡明了什麼是好的寫作:

　　予謂文章之妙不在步趨形似之間。自然靈氣,恍惚而來,不思而至。

---

① 在《牡丹亭》中,與完顔亮結盟的匪盜失敗後,也假設自己是這一歷史劇中的演員(MDT 47.60—62; PP 271)。

② 冥府判官審問麗娘一齣,也提到了城隍廟裏他的泥雕塑像(MDT 23.16; PP 122)。

怪怪奇奇,莫可名狀。非物尋常得以合之。蘇子瞻(1037—1101)畫枯株竹石,絕异古今畫格。乃愈奇妙。若以畫格程之,幾不入格。米家(米芾,1052—1107)山水人物,不多用意。略施數筆,形像宛然。①

在這篇文章中,湯顯祖没有創造出一種新型藝術批評。北宋詩人、書法家蘇軾和米芾在描繪事物外貌上不感興趣,這種提法并非原創的。但是,湯顯祖有關繪畫和寫作的類比,肯定了他的興趣所在:用語言再度創作他在畫卷上見到的——而這幅畫具有以無形之影協調事物和炫惑眼睛的雙重能力。

[作者附言]本文的另一個版本,是專爲已故高居翰(James Cahill)而寫,題目是《雙重的不安:〈牡丹亭〉中的畫像》(Disquieting Doubles: Portrait Images in The Peony Pavilion),從未發表。我的初稿及修改稿,得益於以下諸人睿智的建議:蔡宗齊,Peter N. Gregory,Rania Huntington,已故 Hajime Nakatani,商偉,史愷悌(Catherine Swatek),蔡九迪(Judith Zeitlin)。這篇文章深情地獻給 Huang Mengchen,當我重讀湯顯祖的戲劇,她在我的腦海里時時浮現。

[譯者附言]本文原載《中國文學與文化》(*The Journal of Chinese Literature and Culture*)第 2 卷第 1 期,2015 年 4 月出版。

[作者簡介]濮安(Anne Burkus-Chasson),現執教於伊利諾依大學香檳分校。

[譯者簡介]王小岩,文學博士,東北師範大學文學院副教授。

---

① 湯顯祖《合奇序》,第 2 册,第 1078 頁。部分譯文見 Lynn, "Alternate Routes to Self-Realization", 335—336. 我很感激 Judith Zeitlin 幫我理解這篇文章。

歸有光的時務文
——又一部"未刻集"的價值

[日]野村鮎子 撰　喬玉鈺 譯

導　言

論者在2009年2月出版的《歸有光文學の位相》（東京：汲古書院）一書中，曾經以《兩部"未刻稿"》爲題，撰文介紹上海圖書館藏《歸震川先生未刻稿》（以下簡稱"上海鈔本"）和台北"中央圖書館"藏《歸震川先生未刻集》（以下簡稱"台北鈔本"）。①

關於未刻稿，從上海鈔本和台北鈔本中所附清人的閱覽筆記可以預測，除此以外還有若干鈔本存在，然而，所藏之處却不得而知。然而，就在上書付梓三個月後的2009年5月，論者在北京文津街國家圖書館古籍館又尋獲一部未刻鈔本，即《歸震川未刻集》，二册不分卷（以下簡稱"北京鈔本"）。北京鈔本與上海鈔本、台北鈔本筆迹相同，所收文章亦多有重複。然而，北京鈔本的獨特之處在於收録了十九篇時務文。雖然僅收於未刻鈔本，但此類文章以如此系統的形態留存在歸氏文集中，仍值得驚嘆。

所謂"時務"，是北京鈔本劃定此類文體的用詞。② 由於論者寡聞，未見"時務"一詞作爲文體類別使用的其他例子，北京鈔本中劃定爲"時務"文收録的作品皆爲"公移""判"之類的文章，具體爲歸有光作爲昆山縣的舉子向官府提出的七篇呈報書、作爲長興知縣處理政務時向上級官府提出的三篇報告書、以及在長興時期的九篇作爲審判記録的判牘。十九篇中有六篇被通行的《震川先生集》部分或全文收録，剩下的十三篇却是至今尚未爲世人所知的歸有光

---

　① 上海圖書館藏《歸震川先生未刻稿》的詳細情況，可以參閱楊峰《略談鈔本〈歸震川先生未刻稿〉的價值》，《文獻》，2007年第4期。

　② "時務"一詞，原指跟隨時世變化的政務。例如，歸有光在《乞改調疏》中稱自己的吏治"泥古而不通於時務，信心而不達乎人情"（《震川先生集》别集卷三）。另，此爲歸有光在擔任順德府通判的隆慶三年冬至次年春，求取國子監之職時的文章，沈新林《歸有光評傳》（合肥：安徽文藝出版社，2000年）的《年譜》中，誤作由長興知縣轉任順德府通判時期的作品。

佚文。

　　該新材料曾在某次中國史研究論壇上介紹過,當時恰好參與"傳統中國的訴訟——關於裁判史料的調查研究"(研究代表:三木聰)這一課題的成員在場,因而此後將判牘目録追加收録在《傳統中國判牘資料目録》一書中。① 不用説,這部分新材料對明代法制史、經濟史研究而言是十分寶貴的文獻。

　　法制史、經濟史方面的研究且留待相關領域的專家探討,本文擬從歸有光研究的角度來探究此類時務文的意義。這些文章也包含了反映歸有光任長興知縣期間,踐行自身經世濟民主張的具體事迹。從中可以窺見在明代,置身於地方基層管理的俗務之中、爲貫徹自己的吏治理想而奮鬥的一介文人官吏的風貌。

一　未刻集對歸有光研究的意義

　　在進入正題之前,先對歸有光的未刻集作一下回顧。

　　首先,歸有光的文集最通行的版本,是《四部叢刊》所收録的《震川先生集》三十卷、別集十卷,係歸有光曾孫歸莊於康熙年間刊行,《四庫全書》著録,上海古籍出版社發行的標點本即以此爲底本。然而,所謂"未刻"并非針對康熙本,而是針對明萬曆元年至萬曆四年初刻、萬曆十六年重刻的《歸太僕先生集》三十二卷(以下稱爲"昆山本")。昆山本是歸有光去世二年後,由其子歸子祜、歸子寧兄弟在故鄉昆山刊刻,是現存最早的歸有光全集。未刻集是指此時未付梓而後整理彙總的歸氏家藏歸有光遺文。

　　明末推動對歸有光進行再評價的錢謙益,與歸有光之孫歸昌世共同編纂了《歸太僕先生文集》,然而,該文集隨絳雲樓付之一炬。所幸歸昌世之子歸莊之處已有鈔録,歸莊苦心孤詣進行重新編集,在康熙年間刊行了《震川先生集》。據歸莊自述,編纂之際,除上述的昆山本外,他還參照了歸有光從弟常熟虞山的歸道傳在萬曆年間刊刻的《新刊震川先生文集》二十卷(常熟本),以及歸氏家藏的未刻稿。祇是,在編纂的過程中,歸莊對某些篇章進行了删節和篡改,這種編集態度曾經遭到私淑歸有光的清初古文家汪琬的嚴厲批判。②

　　到了清朝嘉慶年間,自稱歸有光七世族孫的虞山歸朝煦對康熙本四十卷進行校定,又增補遺文,刊刻了《歸震川先生大全集》。增補的内容是:《補集》八卷、《餘集》八卷、《先太僕評點〈史記〉例意》一卷、《歸震川先生論文章體則》一卷。《補集》是指王檟在康熙四十三年刊刻的補遺本《補刊震川先生集》八卷;《餘集》是指歸朝煦搜集的上述補遺本遺漏的歸有光佚文。然而,這一搜補也有其局限性,雖然號稱"大全集",實際上多有遺漏。③

---

① 三木聰、山本英史、高橋芳郎編《傳統中國判牘資料目録》,東京:汲古書院,2010年,第8頁。
② 參照野村鮎子撰,權赫子譯《汪琬的歸有光研究及其意義》,《清代文學研究集刊》第二輯,第309—350頁,後收入前舉拙著第Ⅰ部第五章《汪琬の歸有光研究》。
③ 關於版本,參見拙著第Ⅰ部第四章《歸莊による〈震川先生集〉の編纂出版》。

可見，從很早開始就存在諸多未刻本。據筆者推測，明末清初之際，墮入窮困之地的歸氏子孫在家藏稿的基礎上，不時編出鈔略本進行"散編散賣"。①因此上海鈔本、台北鈔本、北京鈔本的筆跡纔會出自一人之手。但收錄的作品卻略有差異，有相重疊的部分，也有不同的部分，或許是在編成鈔略本之際將收錄的文章進行了略微的改換。

上海鈔本可以舉出的特徵是——富含關於歸有光家庭生活的貴重資料。除爲繼妻王氏而寫的悼亡疏文七篇和偈語一首外，還收載了《寒花葬志》的完整版。特別是後者，提供了寒花是歸有光的原配魏氏的婢女、在魏氏死後做了歸有光的妾且生下女兒如蘭等實證，有些內容完全顛覆了一直以來對《寒花葬志》的解釋。②另一方面，台北鈔本的特徵是收錄歸有光的詩賦較多，從中可窺見歸有光作爲詩人的一面。

至於此次發現的北京鈔本，爲不分卷的二冊本。與同爲二十五卷的上海鈔本（四冊）、台北鈔本（六冊）都有歸子寧的跋文不同，北京鈔本不但沒有跋文，收錄的篇數也少於前二者。此外，第一冊的目錄的前半部分有缺頁，雖然目錄始於"祭文"，繼之以"墓志銘""墓碣""傳""贊""書""雜著""壽序""時務""詩"的順序排列，但在實際收錄的時候，第一冊的排序是"序""墓志銘""墓碣""傳""贊""雜著""書""壽序"，第二冊的排序是"墓志銘附墓表""贊""書""壽序""時務""詩"。很明顯，實際收錄的情況與目錄并不相符，且第一、第二冊首尾不相連貫，或許這兩冊原本各不相關，皆爲某部鈔本的殘本，後來被彙集爲一部鈔本。

北京鈔本與他本較大的不同在於，第二冊收載了"時務"文十九篇，依次如下（康熙本收錄者在括號內注明）：

A《陶節婦呈稿》（《震川先生文集》別集卷九收錄）
B《顧文康公祠堂呈稿 代》
C《分豁大户呈稿》
D《蠲貸呈稿》（《震川先生文集》別集卷九《蠲貸呈子》）
E《處荒呈稿》（《震川先生文集》別集卷九《處荒呈子》）
F《蠲貸揭帖》
G《處荒揭帖》
H《長興縣詞訟揭帖》
I《巡按會審送獄囚文册揭帖 附議一條》

---

① 歸有光子孫的貧困處境，從上海鈔本所收歸子寧《先太僕世美堂稿跋（台北鈔本作"先太僕世美堂未刻稿跋"》（拙著第Ⅱ部第五章《二つの〈未刻稿〉》中全文徵引）、歸莊寫給子寧的書信《與祖叔書》（《歸莊集》卷五，上海：上海古籍出版社，1984年）等文獻中可以察知。

② 上海鈔本《寒花葬記》"婢魏孺人媵也"與"嘉靖丁酉五月四日死"之下，有"生女如蘭，如蘭死，又生一女，亦死。予嘗寓京師，作如蘭母詩"23字的佚文。參照拙著第Ⅱ部第二章《〈寒花葬志〉の謎》附語、鄔國平《如蘭的母親是誰？——歸有光〈女如蘭壙志〉〈寒花葬志〉本事及文獻》（復旦大學中國語言文學研究所《文藝研究》，2007年第6期）。

J《續上會審册　附議三條》
K《凌遲犯人章杰審單》
L《倪經審單》
M《莫苓審單》
N《葉楠審單》
O《王哲審單》(《震川先生文集》別集卷九僅收録判牘)
P《陳大德審單》(《震川先生文集》別集卷九僅收録判牘)
Q《賀潮審單》(《震川先生文集》別集卷九僅收録判牘)
R《僧洪鎮審單》
S《董大榮審單》

　　A到G是歸有光爲昆山舉人之時,向縣衙、巡撫呈送的意見書。H到S是歸有光任長興縣縣令時的政務文書。《陶節婦呈稿》是爲照料完婆婆後殉夫的陶氏向昆山縣乞求旌表的上呈文,歸有光爲該氏撰寫的傳記《陶節婦傳》廣爲人知。B《顧文康公祠堂呈稿　代》是爲出生於昆山縣的禮部尚書兼文淵閣大學士、死後被追贈爲太保的顧鼎臣(1473—1540)請求立祠的文章。C《分豁大户呈稿》是對自己所屬的歸氏一族的大户進行分割的提案,稱身爲舉人的自己如果成爲糧長(征税的負責人)的話,賦税的征收將順利得多。雖然極少有人毛遂自薦擔任糧長,但倘使貪欲熏心之人成爲糧長,造成的弊端更堪憂慮。D到G是救恤人民的請願書。嘉靖三十三年四月至六月,歸有光居住的安亭和故鄉昆山等江南一帶遭倭寇襲擾,因爲正在播種之時,以致農民錯過了耕耘的時機,第二年便爆發了饑荒。身爲舉人的歸有光向巡撫呈文,希望政府可以出臺減免受害地區賦税、救濟饑民等特殊舉措。

　　另外,在G《處荒揭帖》末尾,還附有歸有光門人的書簡:

附　門人沈孝書

　　　　此先生所爲。其年大兵大荒,百姓喁喁,無樂生之心,縣中無一爲之誰何。先生爲之具陳巡按,巡按爲之感動聞奏。其年盡爲蠲免,民得更生,東南賴以復安。先生常云此事當自爲一秩。求之累年,至乙卯冬,得之於子敬家。子敬即王執禮,亦係門人。

　　根據以上的書簡,歸有光的門人沈孝①曾長年搜求此提案書的寫本,終於在王執禮(歸有光門人,此後與歸有光同年成爲進士)家中尋獲。該書簡或許是在歸子寧搜羅歸有光遺文之時送交的,本來添附在歸氏家藏稿中以供參考。鈔録家藏稿之人將此書簡一并鈔録,可以判斷"子敬即王執禮,亦係門人"是鈔録之人附記上去的。然而,"累年"搜尋歸有光呈文的沈孝,却在乙卯年也就是嘉靖三十四年(1555)、亦即該呈文上交的當年就尋獲了,這未免有些怪異,大

---

　　① 沈孝其人,推測是歸有光的門人中留有歸氏書簡的沈養吾或沈敬甫(一作欽甫)二人之一,但無進一步推定的資料。

概是干支傳寫有誤,"乙卯"應爲"己卯",即萬曆七年(1579)之誤。

二　老進士做了長興知縣

相對 A 到 G 這些舉人時期的文章,時務文的重心是 H 到 S,也就是歸有光成爲進士授官、實際處理政務的長興知縣時期的文書。歸有光在明代文人中生平事迹較爲明了,下文簡要概述歸有光仕途履歷。

  正德元年(1506),一歲,十二月二十四日,生於昆山縣宣化里。
  嘉靖四年(1525),二十歲,以第一名成績補蘇州府學生員。
  嘉靖十九年(1540),三十五歲,第六次應天府鄉試第二名及第。
  嘉靖四十四年(1565),六十歲,第九次會試三甲及第,除長興知縣。
  嘉靖四十五年(1566),六十一歲,二月,赴任長興知縣。
  隆慶二年(1568),六十三歲,四月,入京朝覲後歸任。六月,拜命順德府通判。上《乞休申文》《又乞休文》《乞致仕疏》,未獲准允。
  隆慶三年(1569),六十四歲,三月,赴任順德府通判。冬,萬壽節入覲,上《乞改調疏》。
  隆慶四年(1570),六十五歲,九月,升南京太僕寺丞,留在北京掌內閣制敕房,參與纂修《世宗實錄》。
  隆慶五年(1571),六十六歲,正月十三日,病逝於北京。

歸有光三十五歲時在南京鄉試中以第二名及第,在科場一躍成名。在才士雲集的江南應天府取得如此佳績,進士及第應該指日可待。然而,歸有光在此後的禮部會試中八次下第,直至六十歲第九次參加科考纔成爲進士。雖然會試下第的原因至今衆説紛紜,近年復旦大學鄔國平教授發現了新資料,在此割愛不再贅言。①

直至花甲之年纔進士及第,而且名列三甲,在中央任官自然無望。也許是缺乏在授官時上下打點的資金,接連目送同年進士、例如弟子王執禮等人赴任,歸有光的任職地却遲遲未定。在北京滯留半年後,纔終於被任命爲湖州府長興縣的縣令。② 長興在太湖南岸的湖州與以盛産紫砂著稱的宜興之間,是苕溪流經之地,風光明媚。然而,此處却是訴訟層出的難治之地,該處的縣令長期空缺,盜賊紛起,賊船在太湖之中往來自如,一旦受到追捕即逃往鄰縣,鞭

---

  ① 參照鄔國平《論歸有光散文創作的兩個主題》,《蘇州大學學報(哲學社會科學版)》,2009 年第 1 期。
  ② 順帶提一句,根據清嘉慶十年刊刻的《長興縣志》(《中國方志叢刊》,成文出版社影印),與歸有光大約同時,吳承恩成爲該處縣丞。

長莫及。歸有光在此就任知縣的三年中,可謂誠心實意盡忠職守。①

三　非本意的改官

　　任期將近,在歸有光爲考課入京後,送達的却是改任順德府通判的文書。順德即今河北省邢臺市,在明代是直轄地。順德府通判爲正六品,品階在正七品的知縣之上。但是,根據下引《明史》歸有光傳可知,進士及第者一旦擔任知縣,再轉任某府幕僚者,整個明代僅此一例:

　　　　嘉靖……四十四年,始成進士,授長興知縣。用古教化爲治,每聽訟,引婦女兒童案前,刺刺作吳語,斷訖遣去,不具獄。大吏令不便,輒寢閣不行。有所擊斷,直行己意。大吏多惡之,調順德通判,專轄馬政。明世,進士爲令,無遷倅者。名爲遷,實重抑之也。②

　　知縣一般在判案中使用官話,這是權威的象徵。但是在審訊階段必須當地胥吏介入翻譯,由此滋生欺瞞舞弊之事。歸有光生於蘇州的昆山,長興縣雖然屬於浙江,但兩地隔着太湖,不過一箭之遥,同屬於吳語圈。歸有光并不妄自尊大,而是使用吳地方言來審訊婦女孩童,處理案件即斷即決,不給胥吏可乘之機。然而,這無异於剥奪了胥吏的衣食,不難想象必遭其怨恨。

　　歸有光的改官實際上是左遷。③ 歸有光很快上疏請求改調國子監,不獲准允。他在《乞休申文》和《又乞休文》中申明了自己的吏治情況,後見陳情無望,歸鄉後奉上《乞致仕疏》,希望辭官退隱。《乞休申文》開篇這樣寫道:

　　　　職近者被命改除,即日當歸田里,不復有仕進之念矣,然有不能無言者。④

　　《乞休申文》篇幅長達三千四百字,無法全文引用,其中記載了歸有光在任地與胥吏、豪門的對抗,他的治縣方針觸及了當地豪强和府縣胥吏的既得利益。此外,歸有光的《乞休申文》和《又乞休文》中還記載了縣衙内官員有貪污之事:

---

① 王錫爵《明太僕寺丞歸公墓志銘》(《王文肅公文草》卷八收録,實際爲唐時升執筆)中這樣記載:"長興在湖山間,多盗而好訟。熙甫平生之論,謂每天子牧養小民,宜求所疾痛,不當過之嚴重,赫赫若神,令閻閻之意不得自通。故聽訟時,引兒童婦女與吳語,務得其情,事有可解者,立解之,不數數具獄。出死囚數十人,旁縣盗發而無故株連者,爲洗滌復百人。有重囚,母死當葬,熙甫縱之歸,治葬事畢,還就獄。有勘之逸去者,囚不忍相負也。然宿賊四五十家,窟宅聯絡,依山薮中,數名捕之,不能得。熙甫率吏士掩之,賊蜂起格鬥,矢石滿前,熙甫目不爲瞬,竟服其辜。大户魚肉小民者,按問無所縱舍。嘗夢兩人頭飛來嚙臂,若有所訴。明日,有提兩人頭,自言奴通其妾,輒斬以聞。熙甫令罷去,潛踪迹之,實欲納奴妾耳,遂論如法。……縣有勾軍之令,每闕一人,自國初赤籍所注,一户或數百人,及鄰保里甲,人人詣縣對簿。熙甫不忍騷動百家,嘗察其事,大吏弗善也。又長興多田之家,往往花分細户,而貧户顧充里甲。熙甫心知不可,乃取大户所分子户爲里甲,因以充糧長。"
② 《明史》卷二七八《文苑傳・歸有光傳》。
③ 錢謙益《列朝詩選》歸有光小傳稱:"大吏多惡之。有蜚語聞,量移通判順德。"
④ 《震川先生集》别集卷九《乞休申文》。

署印與丞之以贓敗也,由其發狂自宣露,囚服跪首於太守之前。昨有歲貢自京還者,言京師皆已知之,今被訪逮,即其發狂,乃職尚在北河時也。今府中籍籍,歸咎於職。①

署印官與縣丞,被察院蒙訪逮。職前入覲在途,彼事已敗,特以察院訪單委悉,疑以謂縣中有言,恨之切骨。②

"署印"是知縣的代理人。大概此人在歸有光來縣之前已勾結縣丞貪污公款。此事在二人前往湖州府自首時纔敗露,此前歸有光并不知情。然而,府內多數人却傾向將責任歸咎於歸有光。據歸有光自稱,流言蜚語使得"今二怨與裏遞大户,及近所治惡吏,結構爲一"③。在《又乞休文》中,提及了大户李田的名字和署印官的心腹小吏沈良能的名字,但署印官與縣丞之名不詳。

歸有光在《乞休申文》和《又乞休文》中的自辯或許祇能被看作一面之詞,據此寫入墓誌銘的,也祇有他是傾聽當地弱勢民衆呼聲的清官一類的陳詞濫調。然而,在北京鈔本的時務文中,遺留了很多歸有光在長興時期實際處理政務的文書,由此可以確切判明他作爲知縣處理事務的政治姿態。

下章將依據北京鈔本《未刻集》中長興知縣時期的時務文,對此進行分析探討。

四　北京鈔本《未刻集》中的時務文

在十九篇時務文中,A 到 G 是歸有光舉人時期上呈的關於食貨的文章,前文已有所論及。H 以下的十二篇爲長興知縣時期的文章。以下,分別列舉題目并對内容進行簡要概述。

H《長興縣詞訟揭帖》,長興縣訴訟頗多,且有敗訴之人前往上級衙門進行上訴、毁謗當地知縣的風氣,此爲歸有光將該狀況予以彙報的文書。

I《巡按會審送獄囚文册揭帖　附議一條》,巡按御史會審之際,爲此前縣中判決的一名死囚犯伸冤的文書。

J《續上會審册　附議三條》,I 的續篇,對前任知縣下發的死刑判決進行再審理的文書。

K《凌遲犯人章杰審牘》,主張對被誣告而判定凌遲之刑的犯人章杰予以釋放的判牘。

L《倪經審牘》,對敲詐勒索以致逼人自盡的犯人倪經的判牘。絞刑。

M《莫苓審牘》,關於苕溪的圩(湖州的圩相當於蘇州的圩)土地訴訟的判牘。

N《葉楠審牘》,關於縣西紫金講寺的土地被不法侵占者豪奪一事的

---

① ③ 《震川先生集》別集卷九《乞休申文》。
② 《震川先生集》別集卷九《又乞休文》。

判牘。土地返還寺廟,殺死僧侶的葉楠受到制裁。

O《王哲審單》(《震川先生文集》別集卷九僅收錄判牘),對誣告他人、作僞證的王哲進行譴責的文書。

P《陳大德審單》(《震川先生文集》別集卷九僅收錄判牘),對强奸張氏未遂、被告上縣衙的陳大德的判牘。張氏在反抗時咬破了陳的舌頭,這成爲罪證。

Q《賀潮審單》(《震川先生文集》別集卷九僅收錄判牘),賀潮父親死後,被再婚的母親寄養在他處,田産被叔父專賣,判決田産由賀潮收回。

R《僧洪鎮審單》,花和尚洪鎮對邵氏施暴,被知情後的邵氏之夫毆打。洪鎮懷恨在心,轉而誣告邵氏之夫搶劫傷人。判牘判定洪鎮敗訴。

S《董大榮審單》,濮秀才偶然在長興撞見逃走的養子,爲了侵占養子田産,濮秀才告到官府。判牘判決濮秀才敗訴。

H是歸有光向上級衙門提出的報告書。顧名思義,揭帖原指張貼在外面的布告,但在明代,送交上級衙門的文書也稱"揭帖"。在該揭帖中,歸有光向上級報告説,長興的民風是糾紛頻起、訴訟多發,敗訴之後便越級上訴、肆意毀謗縣令,并逐一舉出了"吏不能勝(無法控制)"(《韓非子·五蠹篇》)的具體事例。

I、J是送交巡按御史的文書,"會審"即會同審理,由若干機構或人員共同審查,也就是再審。巡按御史别名八府巡按,在明代承擔監察官吏之責,在十三布政司、南北直隸、宣大、遼東都有設置。都察院派遣的巡撫着重於軍事,而巡按的目的是考察地方吏治(也包括審理犯人)。雖然相比總督、巡撫、經略、督師品級較低,但是"代天子巡狩",握有生殺大權,明代所説的"綉衣持斧"就是指巡按。從明代中期的嘉靖年間開始,巡按逐漸成爲地方長官,對地方官頒布死刑判決的審查也成爲其重要職責。① 在判牘集一類的文書中,雖然可見作爲巡按御史的官員進行"會審"并作出批示的記載,但實際上現存的由縣令直接送交巡按御史的文書非常罕見,這可以説是十分珍貴的審判史料。

下文以歸有光對前任官員的判決進行再審的案件爲中心進行討論,分以下兩部分:(一)巡按御史會審之際,歸有光要求對自己就任前的知縣代理或前任知縣作出的判決進行更正的案件;(二)歸有光自行推翻前任知縣判決的案件。

(一)向巡按御史要求更正原有判決——I《巡按會審送獄囚文册揭帖附議一條》:

> 右獄册文,謹具上。故事審日,縣於每囚名下,先置直柱小詞語。……今見成獄者,近者二三年,遠者數十年,經歷年所,非有一人一時

---

① 關於巡按御史,小川尚《明代地方監察制度の研究》(東京:汲古書院,1996年)、谷井陽子《明代審判機構の内部統制》(梅原郁《前近代中國の刑罰》,京都:京都大學人文科學研究所,1996年)中有詳細論及。

之見，所能輒論其直枉者矣。況長興告訐成風，特異他縣，"殊死者相枕也。桁楊者相推也。刑戮者相望也"（《莊子·在宥》——筆者注）。而欲以一人一時之見論其直枉，尤難矣。職誠不敢因仍故事，輒下一語，姑據見囚賑送錄而已。獨於囚中一人曰徐楠者，當時以暮夜防盜擊死爲盜者，而以抵死。頗疑其於律無當，而當時傅爰（判决——筆者注），皆莫言其人之爲盜。思之數日，因於老卷中尋檢，得其人爲盜之狀，而嘆徐楠之冤，蓋拳桎械繫者二十三年矣。知其冤，不敢以不白也。謹附議上。

徐楠絞罪議

議曰：於律凡夜無故入人家內，主家登時殺死者，勿論。所以至殺死勿論者，爲其爲盜也。夫苟爲盜暮夜殺之，雖未至其家，則亦勿論之比矣。徐楠家被盜，次日暮夜，恐有盜至，出了之，遇張昱，擊之至死。今人家凡被盜，輒數日怔懼，惟恐盜之至，此人情也。至夜有一人至者，其擊之無疑。故頗意徐楠之獄，宜在勿論之比。而當時斷斯獄者，略不及張昱爲盜之事。自嘉靖十三年九月、十二月，十四年四月、八月、九月，三十一年三月，累有張昱爲盜事迹，則張昱之爲盜明矣。故謂張昱盜也。徐楠殺盜者也。故徐楠不當死也。

歸有光在向巡按御史送交囚犯記錄之時，重新審查了徐楠的案件後，陳述了自己認爲之前的知縣作出的死刑判决不合理的主張。徐楠在家中遭盜的次日夜，將前來自己家的張昱誤作盜賊擊殺，因而被判處絞刑。歸有光調查了張昱的前科，確認此人係盜賊無疑。張昱最早的盜竊記錄已遠至三十年前，歸有光重新調查了縣中保存的審判記錄，推翻了前任知縣作出的判决。歸有光向巡按提交的意見書，也可以説揭示了與此前判决相關官員的玩忽職守。

在同樣上交巡按御史的J《續上會審册》中，附帶了《嚴庭珪、嚴守士絞罪議》《鄒密絞罪議》《孫鍛斬罪議》三條，指出了此前縣中判决的謬誤。《嚴庭珪、嚴守士絞罪議》是在嘉靖四十年的洪水中，圩田中秧苗全毀的農民們去偷竊高地上種植的秧苗，并與守苗者發生械鬥，混亂中死亡二人。嚴庭珪和嚴守士被認爲有殺人嫌疑，但實際上二人都是守苗一方的人，歸有光認爲此係誣告。《鄒密絞罪議》中，焦點圍繞《大明律》的補充條例《問刑條例》的適用範圍。在一起誣告他人致人死亡的案件中，主犯被依照《大明律》判决，而從犯鄒密等人却被依照《問刑條例》判决與主犯同罪，處以絞刑。歸有光認爲此判决有失公正，鄒密等人應罪減一等。《孫鍛斬罪議》中，孫鍛本人并無罪責，却因承受了父兄的殺人罪而被判處斬刑，歸有光主張應將孫鍛予以釋放。孫鍛之兄爲萬惡之徒，令執法者恨之入骨，而兄長們又逃亡不知所踪，無法繩之以法，出於報復的心理，纔兄債弟還，判處孫鍛死罪。歸有光認爲這不合情理。

以上案件均發生於歸有光到任的六七年之前，現任官員并無重新審查的義務。如此更改前任知縣的判决并上報巡按御史，就某種程度而言不啻多管閑事、自找麻煩。

以下是將前任官員的判决在縣內重新審理，將犯人無罪釋放的例子。

(二) 推翻前任官員判決,駁回耆老的上訴——K《凌遲犯人章杰審單》:

> 審得老人沈燧所呈係惡逆(殺死長輩親屬——筆者注)重情。但許章(此疑爲"章許"之誤——筆者注)已死,生前若被伊男打傷,臨命豈能具狀告於老人。即此已知老人誣詆。況伊親叔章鳳并不舉首(告發——筆者注),本區糧("糧"指糧長——筆者注)亦無首詞("首詞"是否指告發文?待考)。章杰今年已七十,所犯既無指寔,即與釋放。其前官據老人審單,亦爲無據,當衆毀之。

"老人"指里甲制下的里老人,是年高德隆之人,負責解決鄉里糾紛、團結村民、勸農等鄉村自治之事。里老人與基層審判機構、政府機構有着盤根錯節的關係,可以說是官吏的臂膀。外來的知縣對當地情況必然不甚了解,前任官員大概是參照里老人沈燧的意見纔作出此判決。但歸有光認爲這是沈燧的誣詆,也就是捏造,"其前官據老人審單,亦爲無據,當衆毀之",毫不留情地抨擊了前任官員審案的錯謬,對官吏而言,自己作出的判決被推翻未免深以爲恥,不難想象,歸有光的這種行爲必然在官場上引起摩擦。

五 歸有光的審單

L以下,是歸有光在任中根據自己的調查而作出的判決。其中O《王哲審單》、P《陳大德審單》、Q《賀潮審單》中,祇有"審得……"以下的判語被《震川文集》別集卷九作爲《讞語》收録。但是,像下文所舉《陳大德審單》之類,有時僅僅根據"審得……"以下的判語無法知曉具體案情。北京鈔本在判語之前附有說明案件來龍去脉的文字(以下暫用"前書"來指代)。

P《陳大德審單》,《震川文集》別集卷九僅收録"審得……"以下部分:

> 金學,采石之工也。居西山麓路傍左右。去數百步,方有村落。陳大德素豪强,慣一奸淫人妻女。以販石時常往來於金學門外。某月某日,大德復過,見金學不在,徑入其家,摟住張氏,要行淫行,被張氏力拒,爪破頸面流血,咬落舌尖。大德脫去,張氏叫喊到□(缺字,疑爲"村"字)。張珂、沈楠各證,學因具狀拘提到官。
>
> 審得大德委將張氏摟住,要得奸淫。當驗大德舌尖,果係咬落,不能自諱。爲照:《律》有强奸之條,官司少有遵用者,以所當罪重而事難徵實也。既不用本條,輒以和奸處之,則强暴者得志矣,貞節之婦受污衊矣,《律》設此條爲無用矣。昔召公聽訟,衰亂之俗微,而貞信之教興。故有《行露》之詩,蓋謂强暴之男,不能侵凌貞女也。今據大德多行無禮,比其事發,又抗違憲詞,冀至年久不得明白。然張氏深山獨處之中,此心可表。大德經年難證之獄,其舌尚存。相應依《律》問擬。

在古代審判記録中,偶然可見有當事人的供認狀"供書"留存,這雖然是審判的第一手資料,但此處的"前書"并不是"供書"。爲什麼呢? 因爲在"前書"

中,時間發生的日期寫作"某月某日"。這大概是歸有光在整理案件時作爲備忘録而記下來的。雖然也可以猜測是在昆山本付梓之際編纂歸文的歸有光之子歸子寧等人整理時寫下的,但歸有光任長興知縣期間,歸子寧等人在昆山,并未與歸有光住在一處。① 僅僅根據通行本所收的判語,無法明了爲何陳大德被咬碎的舌頭可以作爲罪證,但"前書"中記載了張氏在反抗陳大德的暴行時咬落其舌尖,讀者得以了解爲何歸有光要驗看陳大德的舌頭。編纂康熙本的歸莊應該看到了包括"前書"在內的全文,却没有收録"前書"。這恐怕是有意爲之,因爲"前書"的內容在歸莊看來過於卑俗。

《陳大德審單》判决的要點在於《大明律》中強奸婦女一罪的適用性。歸有光認爲,如果因爲強奸罪取證困難而作爲和奸處置,實在不合情理,也使貞節女子蒙受污辱,而《大明律》中的強奸罪條款也就形同虚設。歸有光以寫作節婦烈女的傳記著稱,該判牘也正反映了他方面的主張。② 又或許該案件讓他聯想起曾在嘉定縣的安亭聽聞的與此類似的張貞女事件也未可知。另外,歸有光在判語中言及的《行露》詩,朱熹在《詩集傳》中解釋爲受到污衊的女子在審判場自抒胸臆。然而,審判場的當權者們是否真能明了判語中的深意?以尚古的精神來處理卑俗事務的歸有光的身影,與在古文辭派席卷文壇的風潮中,爲維護自己信奉的古文精神而奮戰的歸有光的身影,不期然合二爲一。

R是僧侶洪鎮強奸未遂的案件。R《僧洪鎮審單》(〔〕內爲筆者所加):

> 洪鎮,吉祥區定惠院僧也。素與鄉人沈乾妻王氏通奸往來。比有王珏妻邵氏,年少有姿色。適因王珏解府,經月不還,日閣無儲。〔邵〕氏念王係親屬,住址又近,乃往借米,走入王氏房中,撞見洪鎮在王氏房內。洪鎮又欲求奸,向邵氏説:"我與爾米,不要還,但不可説與爾丈夫知道。"邵氏忿怒回言:"寧可清貧,不可濁富,怎要爾和尚的米。"洪鎮見〔王〕氏不發狠,將邵提住,要行強奸。邵氏嘔叫,四鄰邢仁貴等聽知來救,洪鎮脱走。以後王珏回家,〔邵〕氏泣告知。珏方含怒,適遇洪鎮於途,被珏揪打一場。洪鎮反以盗劫告珏,以前具訴。
>
> 審得洪鎮不守清規,自恣摩登之想,邵氏其心飢餓,固却狐父之餐。若烈婦所得旌奬,則淫僧固當痛懲。衆證相同,别無虧枉。

此處值得注意的是"前書"。論者在前文談及,歸有光的傳記中有他使用吴語對婦人孩童進行直接審訊,并根據回答迅速作出判斷的記載,此案的"前書"大概可爲參證。洪鎮與邵氏的供詞中,二人的對白雖然未必是實録,却將洪鎮的狠辣表現得淋漓盡致。由此可知,該判牘必然是親臨審判之人纔能寫出的。

---

① 《震川先生集》外集卷九《乞休申文》中可見"去家三四百里,二子守廬舍讀書,間歲來省,絶不與外交接。居二三日便去"的記叙。
② 關於這一問題,參照前舉拙著第Ⅱ部第四章《歸有光と貞女》。

結　語

　　限於篇幅,本文僅對北京鈔本中的時務文略舉一端,但仍可起到窺豹一斑的作用。

　　最後,將時務文的意義整理爲以下兩點。

　　第一點是作爲歷史資料的價值。時務文是反映當時湖州民風與審判情況的珍貴史料。其中對《大明律》與《問刑條例》的矛盾、也就是恒定不變的法律與隨時爲變的刑事法令之間的矛盾也有所論及,對考察明代的法律制度與社會狀況可謂意義深遠。此外,涉及新田賦税、蠲貸的内容,也爲經濟史研究提供了豐富的材料。

　　第二點意義是,爲至今爲止常常被忽視的歸有光晚年事迹研究提供了作爲文人官吏的歸有光這一新視角。年過花甲纔成爲知縣的歸有光,認爲實踐自己效仿古賢的吏治的時機終於到來,躊躇滿志前往長興赴任。然而,長興是難治之地,搶劫、殺人、强奸、貪污等案件頻發,擺在老進士面前的浮生百態如同公案小説中描述的場景。在這裏,歸有光對案件進行現場勘察,使用吳語與庶民直接交流,杜絶胥吏的賄賂舞弊。在懷疑犯人有冤情未申時,翻檢府庫裏的舊文書重新調查,在向巡按御史提交的文書中,附上推翻前任官員判决的意見書。老書生置一己榮辱於度外,不屈從地方權貴,不逢迎上級,堅定不移地踐行自己所信奉的道義,終於招致地方豪强的怨恨,年過花甲而由縣令被黜落爲府副官。在這些時務文裏,歸有光在俗世爲貫徹尚古精神而孤軍奮戰的身影熠熠生輝。離開長興後,歸有光就任順德府通判,主管馬政,再也没有書寫判牘或給上級官員的報告書的機會,因此北京未刻鈔本的時務文止於長興知縣時期。

　　北京鈔本之所以至今爲止一直没有得到研究者的關注,大概是因爲該鈔本序跋之類一切皆無,無法判明此"未刻集"是針對什麽而言的"未刻"。未刻集的鈔本分别收藏在北京、上海、台北等幾處,又隔着海峽,進行對比研究較爲困難大概也是原因之一。倘使筆者不是先閲讀了台北鈔本,此後又與鄔國平教授一起研讀了上海鈔本,大概也無法知曉北京鈔本的價值,更無法發現此中留存的歸有光佚文并領略他孤軍奮戰的精神。這不能不説是一段與未刻鈔本的奇緣。

　　[作者附言]本文原載奈良女子大學日本亞細亞言語文化學會《叙説》,第38號(2011年3月),第315—332頁。文中有關法律、審判之類的史料,曾得到上智大學大澤正昭教授的賜教,在此謹表謝意。

　　[作者簡介]野村鮎子,女,奈良女子大學文學部教授。
　　[譯者簡介]喬玉鈺,文學博士,東南大學人文學院講師。

狐邪與妖術:重探《平妖傳》的發展史與版本問題

余文章 撰　薛　峰 譯

  本文的出發點,乃是透過重新審視《平妖傳》的超自然主題,探討超自然元素的社會、文化和歷史影響,并考察宋、元、明時期的狐妖形象和法術觀念。其目的有二:一、探討《平妖傳》現存二十回本和四十回本的關係;二、考證《平妖傳》與《醉翁談錄》中提到的宋代説話"貝州王則"的源流問題。本文的論述,可以分爲兩大部分,其一是分析狐妖在傳統文學中所扮演的角色,其二是從文化的角度理解民間信仰與法術的關係。透過以上論述,除了可以一探以上題材對《平妖傳》的影響,亦有助重新審視在目前所見的二十回本與四十回本以外,還有一種更古老的"原始"文本的可能性。

  《平妖傳》的現代研究起於二十世紀初期,黄人、魯迅將其作爲中國"神魔小説"傳統的典範,認爲這部小説是重要的文化遺産。①《平妖傳》現存兩個版本,普遍認爲,題名《三遂平妖傳》的二十回本歷史較爲悠久,由羅貫中(1330—1400)據幾種明代史料編撰而成。② 後來的版本是四十回本,現存兩個刊本,一個是天許齋版,刊印於泰昌元年(1620);另一個稱爲嘉會堂版,刊印於天啓(1621—1627)或崇禎(1628—1644)年間。兩個刊本都有題名張无咎的序言,但内容不同。嘉會堂版進一步確認馮夢龍爲小説增補了新内容,構成了四十回本。③

  儘管在四十多年前,韓南(Patrick Hanan)已宣稱《平妖傳》是"忽視最爲

---

  ① 黄人《中國文學史》,上海:國學扶輪社,1911年;魯迅《中國小説史略》,台北:風雲時代出版股份有限公司,2010年。

  ② 汪道昆(1525—1593)以"天都外臣"爲筆名,在萬曆十七年(1589)版《水滸傳》的序言中,首先提出羅貫中是《平妖傳》的作者。這觀點後來亦爲緑天館主人在《古今小説》的序言中沿用,《古今小説》的出版時間,應爲泰昌(1620)至天啓(1621—1627)年間無疑,但是後者的觀點是否受到前者影響,還是羅貫中是《平妖傳》作者的説法,在當時廣泛流傳,則目前尚無定論。有關詳情,請參閲魏子雲《〈三遂平妖傳〉是不是羅貫中編著的問題》,《中華文化復興月刊》1982年第15期,第46—50頁。

  ③ 天許齋曾刊印馮夢龍的《古今小説》,因此二者扯上關係,并不足爲奇。

嚴重的早期中國小説"①,但直到最近,關於這部小説的研究纔變得較爲活躍。當代研究者對此書的論述往往聚焦於三個方面,分別爲《平妖傳》的作者、年代,以及兩個版本之間的關係。許多學者更認定最後一個議題,是揭示前兩個問題的關鍵。儘管目前尚没有足夠的資料去確證二十回本的成書年代,但是嘉會堂版的序言,提供了兩個版本關係的一些綫索:

> 舊刻羅貫中《三遂平妖傳》二十卷,原起不明,非全書也。墨憨齋主人曾於長安復購得數回,殘缺難讀,乃手自編纂,共四十卷,首尾成文,始稱完璧。題曰《新平妖傳》,以别於舊。

如果這個序言所説屬實,那麽它提供的重要綫索,主要有二,分別是二十回本早於四十回本,以及前者是個不完整的文本。今天的學術界,普遍認同此序的真確性,因爲現存的二十回本,不論是回數還是不完整性,均與序言的内容吻合(最後一回的大部分在現存二十回本中是缺失的)。但是,這并不代表以上解釋,并無值得商榷的地方。因爲現存的二十回本,情節支離破碎,漏洞頻繁,而這些問題在四十回本中,都得到了妥善的整改,讓小説顯得更自然順暢。把所有這一切,都歸功於馮夢龍的天才,似乎有點牽强。

從高鶚(約1738—1815)續寫《紅樓夢》的經驗推知,補寫别人的著作,殊非易事。儘管《平妖傳》源於口頭文學,在文化豐富性的層面上,難望《紅樓夢》的項背,但是,高鶚的續寫仍有一定參照價值。不少紅學家都曾經指出,高鶚補寫的《紅樓夢》後四十回,對曹雪芹(約1715—約1763,一説1724—1764)的原意有很多誤解;然而,《平妖傳》的情況剛好相反,現存四十回本中有大量獨有内容,與二十回本的情節互相呼應,銜接無縫。這個問題的關鍵,并非馮夢龍的才能,而是二十回本的作者,爲什麽會留下如此明顯的漏洞。對此,歐陽健曾引用二十回本中的20多處漏洞,包括一些無名無姓的主要人物,質疑馮夢龍的增補本過於完美,進而推論四十回本是更早的版本,二十回本則是縮減本。② 儘管歐陽健的論證尚存爭議,也并非無瑕疵,但他的研究提供了一個重要啓示:在現存版本以外,曾經存在另外一個原本,也就是二十回本和四十回本的祖本。

在深入討論以上問題之前,尚有一點值得注意:儘管《平妖傳》有大量超自然的元素,它的主軸仍然離不開北宋時期王則(?—1048)兵變的一段歷史。按《醉翁談録》記載,早在南宋時期,"貝州王則"便以口頭故事的形式,爲當時的説書人所樂道。可見,王則事件對民衆,有一定程度的吸引力。雖然"貝州王則"的原文早已佚失,其内容和《平妖傳》是否有任何聯繫,尚不清楚,但應注意的是,前者被《醉翁談録》定位在"妖術"的類别,乃是不爭的事實,而且林嵩、

---

① 韓南(Patrick Hanan)《〈平妖傳〉的成書過程》(The Composition of The P'ing Yao Chuan),《哈佛亞洲研究》(*Harvard Journal of Asiatic Studies*),1971年第31期,第201—219頁。
② 歐陽健《〈三遂平妖傳〉原本考辨》,《中華文史論叢》1983年第3期,第149—165頁。

程毅中另有研究指出，二十回本的《平妖傳》，其語言和詞源都帶有宋代文本的影子。① 這似乎暗示現存的《平妖傳》與《醉翁談錄》中提到的"貝州王則"，有某種聯繫。

正史上的王則在策動兵變前，不過是一個小軍官。由於當時恩縣和冀縣的民眾，普遍迷信，容易被俗妖幻象迷惑，王則成功利用彌勒佛教的影響力②，操縱此地的人民，興兵作亂。③ 對於王則作爲兵變的領導者，利用彌勒佛教信仰，鞏固自己的權力，《宋史》的記載如下：

> 則偕號東平郡王，以張巒爲宰相，卜吉爲樞密使，建國曰安陽。榜所居門曰中京，居室厩庫皆立名號，改年曰得聖，以十二月爲正月。百姓年十二以上、七十以下，皆涅其面曰"義軍破趙得勝"。旗幟號令，率以"佛"爲稱。④

作爲《平妖傳》成書的基礎，以上條目，十分有趣。因爲在二十回本和四十回本中，事件的歷史性被大量超乎現實的枝蔓情節所取代。雖然在一定程度上，王則説服民眾他是彌勒佛的化身，從而達到其政治目的，亦帶幾分神奇，但是在小説中，這個事件的神奇性是以道教爲背景的，因此在宗教的立場上，本質有所不同。人物主角，亦由王則轉換成一個名叫胡永兒的年輕女子。在兩個版本中，胡永兒皆能運用各種道教法術和護符，來操縱王則發動兵變。對照來看，王則在整個事件中祇是一個被動的角色，從他初遇胡永兒的反應，可見一斑：

> 仙姑莫出此言，官中耳目較近，王則是貝州一個軍健，豈敢爲三十六州之主？⑤

經勘查，歷史上并無胡永兒這號人物。這不禁產生以下問題：王則本身有佛教淵源，但爲什麼這個女主角却與道教法術相關聯？若將這種更改歸因於明代小説家的創造，似不大合理，因爲從《三國演義》和《水滸傳》的成書歷史可以看出，明代小説家的習慣是利用現有材料，重新包裝，而非創新或把原有的故事，改頭換面。對於此點，韓南早已提出實據，證明《平妖傳》的成書過程，借用了大量不相關的民間故事，把之編入成了今天《平妖傳》的一部分。儘管韓南沒

---

① 林嵩《〈平妖傳〉版本考》，《中國典籍與文化》2005 年第 2 期，第 25—33 頁；程毅中《再談二十回本〈平妖傳〉》，《文學遺產》2004 年第 6 期，第 111—116 頁。

② 慶曆七年(1047)冬，王則打着"釋迦佛衰謝，彌勒佛當持世"的旗號，突襲貝州城。

③ 儘管王則兵變比王倫(？—1774)起義早幾個世紀，但兩者利用宗教信仰和迷信以鞏固自身實力的做法，十分相似。關於王倫起義的詳情，請參見：韓書瑞(Susan Naquin)《山東叛亂：1774 年王倫起義》*Shantung Rebellion: The Wang Lun Uprising of 1774* (New Haven: Yale University Press, 1981)；田海(Barend ter Haar)《中國宗教史上的白蓮教教義》*The White Lotus Teaching in Chinese Religious History* (Honolulu: University of Hawaii Press, 1999)。

④ 脱脱《宋史》卷 292，北京：中華書局，1974 年，第 9771 頁。

⑤ 《平妖傳》卷 31，台北：桂冠圖書股份有限公司，1988 年，第 301 頁。在二十回本中，同樣的段落在第 13 卷。

有更多的闡述,但他的研究開啓了以下可能性:若然把現存小說中跟王則無關的情節,一一删除,那麼理論上,剩下的内容應該十分接近故事的"原始"版本,也就是二十回本和四十回本的祖本。

以二十回本爲藍本,下表列出了書中與王則起義事件有直接關係的所有情節,以及胡永兒所扮演的角色:

回目	胡永兒的角色
13	胡永兒裝扮成一個賣燭臺的商女,安排王則和她母親見面。王則最初不情願,但目睹胡永兒施展法術,將一籃豌豆變成準備戰鬥的士兵後,逐漸被領導兵變的願景所吸引。
14	在引導王則回家後,胡永兒在半空中消失。
15	胡永兒在這回中没出現。
16	胡永兒獨立戰鬥,用法術征服并招募地社區農民,加入王則的軍團;與此同時,王則擊敗了當地的駐軍,取得初次勝利。
17	胡永兒在這回中没出現。
18	胡永兒在這回中没出現。
19	在這回開始,胡永兒、張鸞和卜吉一起成了王則的幕僚。在本回結尾,王則和胡永兒相好。
20	文彦博(1006—1097)半夜發動奇襲,成功逮住了王則和胡永兒。當胡永兒赤身裸體,猝不及防,被宋軍朝她潑了一桶含羊肉、猪血、馬尿和大蒜的液體混合物,破解了她的法術。

如上所述,《平妖傳》的内容以王則的歷史起義爲骨幹,他開始謀反,據城爲王,最後一敗塗地,代表了故事的三個高潮,缺一不可。然而,從上表可以看出來,除了第十六回王則和胡永兒各自戰鬥(雖是同一場戰役)之外,胡永兒在王則決定開始反叛和最終失敗這兩個關鍵環節中,都擔任要角。没有胡永兒安排的會面,以及施展法術,王則便不會有叛亂之心。同樣地,如果在十九、二十回之間,胡、王二人并不曾沉醉於魚水之歡,那麼以胡永兒法力之高,文彦博不可能無聲色地潛入城樓,并破解她的法術。换言之,小說中的胡永兒和王則起義的前因後果,環環緊扣,不可分割;没有了胡永兒,小說將失去王則發動叛亂和最後失敗的理由,故事的娱樂性也要大打折扣。以此推斷,胡永兒極有可能是故事在最初口耳相傳之際,便存在的人物,明代小說家在重寫故事時,亦因爲以上因素,非保留她不可。至於胡永兒的道教法術,也很可能是最初故事留下來的印記。

此外,在四十回本中,胡永兒是一隻狐妖,她的前身正是張昌宗(?—705),女皇武則天(655—683)的著名男寵。在小說開頭,她轉世爲胡永兒,有意無意地與各種男性接觸。她最終與王則結婚,而王則的前身乃是武則天。胡永兒的母親是一隻法力强大的狐妖,外號"聖姑姑",胡永兒和她母親一起說服了王則發動叛亂,乃是兵變的罪魁禍首。至於二十回,則缺了以上的許多關鍵情節。這個版本没有交代胡永兒的前生。故事開始,她出生在胡家,與狐妖的身份扯不上關係。之後,她遇到了聖姑姑,授她如意册,變成一名可怕的施法者,但二者之間的血緣關係,則没有任何交待。胡永兒最終與王則結婚,并在叛變中發揮重要作用。

學者們一般認爲,兩個版本關於胡永兒的背景描寫之間的差异,反映了早期話本小説的不成熟技巧,以及馮夢龍點石成金的能力。① 然而,此中尚有一個值得深入探討的問題,那就是在四十回本中,小説使用了淫婦和狐妖這兩種身份,將胡永兒和她的母親關聯起來。關於第一個身份,雖然四十回本將胡永兒描寫得很邪惡,但二十回本并非如此,二十回本傾向於將胡永兒描繪成一個相對被動,聽從母親指示的人。當然,就其文化背景來看,胡永兒作爲一個淫婦的觀念仍貫穿在這個版本中。正如瑞麗(Lisa Ann Raphals)指出的:"對女人美德的崇拜,在於身體上的貞潔。"②這在明代是普遍現象,社會往往認爲女人忠於丈夫比忠於國家更重要。這似乎支撑着將胡永兒作爲一個無辜女人的理解,因爲在二十回本中,她起初服從於母親,之後又隸屬於丈夫,然而,這種觀念并不總適用於白話小説。例如《杜十娘怒沉百寶箱》《蔡瑞虹忍辱報仇》這兩部短篇小説中,當女主角爲了更高的大義而反對丈夫時,作者贊賞了她們的行爲。另一個具有類似理念的著名人物來自"三國"傳統的貂蟬。這些同時代的例證不僅反襯了胡永兒順從母親和丈夫,是不恰當的(也反襯她在四十回本中的行爲),而且表明了一種差别:《烈女傳》等以教化爲主的書籍和話本小説對女性形象的期望很不相同,從某種意義上説,前者宣揚女性在任何條件下都要順從,完全没有超越這個道德邊界的可能性,這與大衆文學所提倡的觀念,完全相反。

考慮到兩個版本的《平妖傳》都以邪惡傾向來理解胡永兒,我們現在轉向考察與這個故事相關的狐妖觀念。早在隋代,狐妖就以其超自然能力和淘氣性情吸引着中國社會。較典型的例子,有《搜神記》中的"阿紫":

  後漢建安中,沛國郡陳羨爲西海都尉,其部曲王靈孝無故逃去。羨欲殺之。居無何,孝復逃走。羨久不見,囚其婦,婦以實對。羨曰:"是必魅將去,當求之。"因將步騎數十,領獵犬,周旋於城外求索。果見孝於空冢中。聞人犬聲,怪遂避去。羨使人扶孝以歸,其形頗象狐矣。略不復與人相應,但啼呼"阿紫"。阿紫,狐字也。後十餘日,乃稍稍了悟。云:"狐始來時,於屋曲角雞栖間,作好婦形,自稱阿紫,招我。如此非一。忽然便隨去,即爲妻,暮輒與共還其家。遇狗不覺,云樂無比也。"道士云:"此山魅也。"《名山記》曰:"狐者,先古之淫婦也,其名曰阿紫化而爲狐。"故其怪多

---

① 例如朴明真《〈平妖傳〉二十回本與四十回本的先後問題》,《明清小説研究》2001年第4期,第192—203頁;李壽菊《〈三遂平妖傳〉研究》,東吴大學碩士論文,1988年。

② 瑞麗(Lisa Ann Raphals)《分燭:中國早期婦女美德的呈現》*Sharing the Light: Representations of Women and Virtue in Early China* (New York: SUNY Press, 1998), p. 137.

自稱阿紫。①

在這個故事中,狐狸的妖媚形象,十分鮮明,她存在的唯一目的,似乎是媚惑無知男人并傷害他們。這也是現代讀者熟悉的狐妖。事實上,直到晚唐,狐狸形象作爲女性、邪惡、淫亂的觀念纔變得普遍,在早期著作如《搜神記》中,狐妖也有其他特徵,比如淘氣、調皮、積極進取以及大智大慧。他們的性別也不限於女性。追索這種變化的原因,很可能與武則天的統治存在一些關聯。中唐以後,輿論開始傾向認爲武則天是一個篡位者和公共道德的冒犯者,駱賓王早年批評武氏"掩袖工讒,狐媚偏能惑主"②的名句,洛陽紙貴,加深了社會對狐狸淫亂的認知。這時期著名的例子,有白居易(772—846)《古冢狐》的首句:

　　古冢狐,妖且老,化爲婦人顔色好。

白居易把狐妖比擬爲一名淫媚女子,進而批評她的"假色",堪比褒姒和妲己。姑勿論白居易真正要批判的對象是不是武則天,但在彼時,狐妖已被視爲淫蕩的象徵,并爲社會所接受。到了宋代,理學抬頭,女性的性自由受到了史無前例的壓抑,以狐妖來影射失節婦女的言論,亦越見普及。例如,在北宋年間,趙令時(1051—1134)曾提及一名來自錢塘的妓女,因爲"性善媚惑",人稱"九尾野狐"③。狐狸在當時的形象,由此可見。

因此,如果有關胡永兒的創作早在南宋時期已經廣泛流傳,并且和"王則"的傳說夾雜在一起,那麽她種種迷惑男性的舉動、施法者的身份,以及與武則天的聯繫,均與當時狐妖的形象,不謀而合。事實上,韓瑞亞(Rania Huntington)早就指出,自宋以降,狐妖往往被視爲體現"妖媚、放任、狡猾的女人"④。將這種性格特徵與胡永兒的狐狸身份對照,似乎有足夠證據來説明她和狐妖之間,存在着某種先天的關聯,但是,這在二十回本中却莫名其妙地消失了。此外,胡永兒的姓氏,也是一大關鍵。除了與"狐狸"的"狐"同音,在中國歷史上,也有過不少以"胡"爲"狐"的例子。例如,據《漢書》記載,西域曾有一個叫"狐胡"的地方⑤,可見,把胡人之地稱爲"狐",殊非巧合。在《太平廣記》中,亦有許多有關狐妖的記載,他們大多數是無名無姓的,至於少數有名字的狐妖,最常見的乃是"阿胡"或"胡婦"。考慮到這種語音關聯,以及小説將胡永兒作爲一個淫蕩和邪惡的女人來描述的動機,二十回本的作者似乎没有必要如此苦心經營,爲胡永兒的狐妖身份埋下大量伏筆,却又棄之不用。唯一合理的解

---

① 干寶《搜神記》卷18,長沙:嶽麓書社,1989年,第152頁。
② 駱賓王《爲徐敬業討武曌檄》,吳楚材、吳調侯編《古文觀止》,北京:中華書局,1959年,第300頁。
③ 趙令時《侯鯖録》卷8,上海:上海進步書局,第49頁。
④ 韓瑞亞(Rania Huntington)《异類:中華帝國晚期叙事中的狐狸》*Alien Kind: Foxes and Late Imperial Chinese Narrative* (Cambridge, MA: Harvard University Asia Center, 2003), p. 171.關於這一時期狐妖的更多信息,也可參見康笑菲(Xiaofei Kang)《狐狸崇拜:中華帝國晚期與現代中國的權力、性別與流行宗教》*The Cult of the Fox: Power, Gender, and Popular Religion in Late Imperial and Modern China* (New York: Columbia University Press, 2006)。
⑤ 班固《漢書》卷96,北京:中華書局,1983年,第3920頁。

释是,現存二十回本是一個更早期版本的删節本。而四十回本中多出來的内容,并非馮夢龍憑一己之力所創作。更有可能的情况是,馮夢龍看過原始本的内容,在編輯這些材料的時候,比現存二十回本的編者更細心。

最後,透過探討小説中的法術和道教元素的互動,或能找到以上關於《平妖傳》從口頭文學到文本的發展史的佐證。正如穆瑞明(Christine Mollier)所言,"妖邪之説,乃道教發展的根源"①,以至於:

> 道教發源於中世紀,以當時盛行的妖邪之説吸引信衆,最終發揚光大。透過宣揚斬妖除魔,成爲了一套以救贖和維持自然秩序爲己任的學説,以宏觀的角度,維持正"道",并通過善惡分野,施加正統,確立自身的權威。②

雖然後來的道教,發展一日千里,并成爲三教之一,但其源自妖邪之説的根源,在中國的小説傳統中,留下了深刻印記。在許多明代小説中,法術與道教有緊密關係。這些作品大部分源自口頭文學,習慣性地把法術視作爲道教的一部分。較典型的例子有"水滸"傳統中的戴宗和公孫勝,他們在小説中的神奇能力,均源於道教的某種傳統。戴宗日行千里的能力,取決於他繫在身上的"甲馬"③的數量;而公孫勝甫一出場,便解釋他之所以能够"呼風唤雨,駕霧騰雲"④,是因爲他從小便熟練各類型的道教法術。另外,在《三國演義》中,諸葛亮(181—234)其實亦有兩重身份,分别是合乎儒家思想的軍師,和懂得呼風唤雨的道士。⑤ 大部分時間,諸葛亮都以軍師形象示人,忠君愛國,鞠躬盡瘁。然而,在小説中,諸葛亮以道士形象出現的場合,至少有七次。在這些回目當中,透過某種道教相關儀式,諸葛亮展露了能够違反物理定律的超自然力量:

---

① 穆瑞明(Christine Mollier)《邪惡視域:早期道教中的妖魔與正統》"Visions of Evil: Demonology and Orthodoxy in Early Daoism,"見《歷史上的道教:柳存仁紀念文集》*Daoism in History: Essays in Honour of Liu Ts'un-yan*, ed. By Benjamin Penny (London: Routledge, 2006), pp. 74—100, esp. p. 74.

② 穆瑞明(Christine Mollier)《邪惡視域:早期道教中的妖魔與正統》"Visions of Evil: Demonology and Orthodoxy in Early Daoism,"見《歷史上的道教:柳存仁紀念文集》*Daoism in History: Essays in Honour of Liu Ts'un-yan*, ed. By Benjamin Penny (London: Routledge, 2006), pp. 74—100, esp. p. 76.

③ 施耐庵《水滸傳》,香港:中華書局,2007年,第448頁。

④ 施耐庵《水滸傳》,香港:中華書局,2007年,第171頁。事實上,公孫勝的例子很有説服力,正如侯會指出的,這個人物不是從早期的口頭傳統繼承而來,而是由明代小説家後來加入的。看來,創造者有一個目的,即將法術元素引入《水滸傳》。將公孫勝設定爲道士,明確指出了法術和道教之間的關聯。參見侯會《〈水滸〉〈西游〉探源——與德堂古典小説研究叢稿》,北京:學苑出版社,2009年,第99—112頁。

⑤ 這兩個特徵也被呈現在早期的《新全相三國志平話》和《三分事略》中,被羅貫中在《三國演義》加以强化。詳見浦安迪(Andrew H. Plaks)《明代小説四大奇書》*Four Masterworks of the Ming Novel* (Princeton: Princeton University Press, 1987),以及拙作《試釋軍師在明清俗文學中的二元性:兼論姚廣孝於章回小説中的形象》,《文學論衡》27(2015),第50—60頁。

章回	任務	道教儀式
49	借東風	七星壇施法
57	預言周瑜之死	占星術
67	預言龐統之死	太乙數
89	汲安樂泉之水治癒將士	—
91	在瀘水祭奠孤魂	搭起香案,準備犧牲祭品,安排四十九盞燈,揚旛招魂
102	召喚烏雲和惡劣天氣	遁甲之法
103—104	嘗試以七星燈續命	占星術,披髮仗劍,踏罡步斗,壓鎮將星

上面所列的七項事情,唯一跟道教扯不上關係的,是第八十九回諸葛亮以安樂泉之水治癒中毒的士卒。由於諸葛亮并非此項任務的主導人,而是純粹按照老叟(仙人)的指點,爲將士解毒,因此不曾以道士的形象示人,合乎情理。但是在其他六個回目,諸葛亮分別以七星壇、太乙數、遁甲之法、占星術等道教儀式作法,做出超乎常人之舉,足見在這類民間故事中,道教與法術有着幾乎不可分割的關係。晚近林紓(1852—1924)將莎士比亞的《暴風雨》翻譯成中文,將法師普洛斯彼羅(Prospero)翻譯成一名道士的做法,明顯受到了以上傳統的影響:

> 大海之中,有荒島一,島中居人,則髮秃齒危,一衰翁也。翁山居,既役群鬼,遂能以符致風雨。一日,翁就海中致大風,適有一船,簸蕩於風濤中。因詔其女曰:"此中有生物,狀咸類我。"女曰:"翁言是中生物,既類我者,何爲死之。苟女能得術如翁者,必不死此船中之生物。"翁曰:"吾術身原不恐此物,適已敕群鬼,就風中將護之矣。"①

這種將法術和道教結合起來的民間傳統,有助於解釋爲什麽歷史上的王則以彌勒佛的名義發動兵變,在小説中却變成受狐妖和道教法術擺布的小人物。以上把《平妖傳》和"貝州王則"聯繫起來的推敲,同時有助於解釋《醉翁談録》何以要把"貝州王則"放入"妖術"類别,而非"講史"。過去曾有學者使用不同的理論來解釋這種分類,例如受到葛兆光早期關於妖術和妖道著作啓發的林嵩②,就提出在"妖術"類别下的"王則"并不一定表示這個故事没有歷史真實性,祇是由於王則最初以宗教藉口支撐兵變,容易被宋明時期的理學家視爲一種形態上的冒犯,是故爲"妖"。③ 本文把"貝州王則"理解成《平妖傳》的原始本,解釋較爲合理。

《平妖傳》中的道教法術和二十回本中胡永兒的狐狸特徵,顯而易見,却一

---

① 林紓《吟邊燕語》,上海:商務印書館,1906年,第146—147頁。
② 葛兆光《妖道與妖術》,見黃子平編《中國小説與宗教》,北京:中華書局,1988年。
③ 林嵩《從妖術到靈怪:論〈平妖傳〉性質之演變》,《明清小説研究》2007年第3期,第185—193頁。

直未有引起學術界的注意。本文以此爲切入點，從社會文化的角度分析二者之間的關係，提供了解讀這部小説的新方向。透過對比二十回本和四十回本的胡永兒，特別是她的"狐"性①，可以肯定此書另有一個已佚失的原始本，而從解構當時民間小説對道教和法術的認知，則發現《平妖傳》和《醉翁談録》中的"貝州王則"，存在着某種和"妖術"有關的聯繫。這説明學術界有需要重新探討這部小説的構成和歷史，以及馮夢龍對這部小説的實質貢獻。唯一的問題是，已佚失的"貝州王則"在明代是否依然流傳，而爲兩個現存版本提供過一個共通的藍本？還是此外尚有另一個較新的版本，讓馮夢龍和二十回本的編者參考？以上問題，有待進一步考證。

　　[譯者附言]原文英文題爲"Vulpine Vileness and Demonic (Daoist) Magic：A Reconsideration of the Textual history of Suppressing the Demons"，刊載於 *Ming Studies*，May 2014，Vol.69(1)，pp.46—59，譯稿經作者修訂，謹致謝忱。

　　[作者簡介]余文章(Isaac Yue)，香港大學中文學院副教授，研究興趣爲十九世紀中西交流、宋元明時期中國小説的發展、以及中國飲食文化與文學。著有《文化翻譯：十九世紀末英國文學的中譯》(台北：台灣大學出版社，2015年)、《臧否饕餮：古代中國的飲食文學》(香港：香港大學出版社，2013年)。
　　[譯者簡介]薛峰，武漢大學藝術學院副教授，研究領域包括中國文學與文化、中國電影史、中西電影理論與批評。發表有《印象散文：戰前中國電影批評》(《文學評論》2012年第3期)等學術論文。

---

①　林嵩認爲在二十回本中，我們看不出胡永兒母女有絲毫的"狐性"。參見林嵩《從妖術到靈怪：論〈平妖傳〉性質之演變》，《明清小説研究》2007年第3期，第192頁。本文對此提出質疑。

《唐詩神韻集》考

[韓]琴知雅

一　緒論

　　王士禎最初開始標榜"神韻"是在其28歲（順治十八年）。當時在揚州的王士禎爲了教兒子詩文，選輯了五七言、律絕句等唐詩，他把此詩集稱爲"神韻集"。這是最早提出神韻説這一名稱。當時的學界并不太關注這本詩選集的存在與否，祇是從王士禎24歲時所作的《秋柳詩》及30歲所作的《戲仿元遺山論詩絕句》32首，推測其初期詩學的主旨。對此，郭紹虞由此感嘆道，現在我們無法看到這本神韻集甚爲惋惜，若得到這本神韻集與《唐賢三昧集》相比較，那麼就透徹理解王士禎所説的神韻説就會變得較爲容易了。① 中國學界對於這本曾經以爲是佚失的神韻集的研究也是從最近幾年纔開始的。②

　　筆者於1998年前發表過一篇名爲《王士禎杜詩觀再檢討》③的論文。當時此論文的主要内容如下：雖然趙執信認爲"阮翁酷不喜杜甫"，但事實上王士禎的杜甫觀是很難用"喜"或"不喜"評判的。王士禎認爲唐詩爲詩之典範，他後期在編選《唐賢三昧集》的過程中，他并不認爲杜甫爲典範是因爲其詩學的偏狹性這一誤解。王士禎分别把王維和杜甫評價爲"正宗"和"大家"，也以"正"和"變"的倫理進行了説明。因此，相對來説其對杜詩的認識程度就不得不放在"變"上。這也劃定了王士禎辨體的範圍，叙事及議論與比興在詩歌中的本質是不同的，因此叙事及議論的合法性也在某種程度上得以肯定。

　　當初筆者漏掉了前期文獻，祇是以後期的選集爲研究對象來展開論述，這就存在着局限性。之後，筆者在尋找王士禎前期文獻的過程中，借去年秋天參

---

① 郭紹虞《照隅室古典文學論集》上編，上海：上海古籍出版社，1983年，第392頁。
② 關於對這本書的研究，對外公開發表的研究論文及著作有如下幾本：葛雲波《〈唐詩神韻集〉版本以及研究價值》，《中國古代、近代文學研究》，2002年第3期；鄔國平《王士禎〈神韻集〉考辨——兼論〈唐詩神韻集〉非王士禎原選》，《中國古代、近代文學研究》，2003年第2期；賀嚴《清代唐詩選本研究》，北京：人民出版社，2007年。
③ 拙稿《王士禎杜詩觀再檢討》，《中國語文學論集》10輯，1998年。

加學會之際在上海圖書館找到了這本書。我認爲,王士禎的"選杜詩"目錄對於補全之前其對杜甫的認識是極爲有用的資料。因此,本論文一方面旨在向國內學界介紹此文獻,另一方面也希望對此前的研究論文做一個補充。筆者認爲,本研究考察了王士禎的初期詩學及初期唐詩觀,是極爲有意義的。

二 王士禎的唐詩選集與"神韵説"

王士禎(1634—1711)爲清初順治康熙年間的詩人,字貽上、子真,號阮亭、漁洋山人,在其晚年也稱爲詩亭逸老。初名爲士禎,死後爲了避世宗(雍正帝胤真)的名諱改爲士正,高祖(乾隆帝)賜其爲士禎。諡號爲文簡。自順治十四年(1657)殿試及第後到其67歲退出政界,40餘年的官場生涯都是非常順利平穩的。王士禎於康熙五十年(1711)去世,終年78歲。王士禎留下的著述有《漁洋詩話》3卷、《律詩定體》1卷、《然鐙記聞》1卷、《師友詩傳録》1卷、《師友詩傳續録》1卷。詩歌選撰集有《唐詩神韵集》《唐賢三昧集》《十種唐詩選》《唐人萬首絶句選》。筆記集有《池北偶談》《香祖筆記》《古夫于亭雜録》《居易録》。詩選集有《漁洋山人精華録》《漁洋山人感舊集》《帶經堂全集》。門人張宗楠爲其編撰了《帶經堂詩話》30卷。

雖然王士禎并没有對什麼是神韵下定義,但神韵這一用語的使用却是在王士禎28歲時,也就是順治十八年(1661),他在揚州教授兒子詩文時候自選了五七言、律絶句等唐詩,并把此選集命名爲"神韵集"。① 這次他第一次提出"神韵"。由此可見,王士禎所主張的神韵説絶不是其晚年所提出的理論。當時,王士禎感受着揚州的風光,也作了幾篇體現其年輕時節神韵的佳作。《青山》《江上》《即目》爲其27歲所作,《惠山下鄒流綺過訪》、《秦淮雜詩》14首爲其28歲時所作,《紅橋》2首、《真州絶句》5首爲其29歲所作,《冶春絶句》12首爲31歲所作。從其28歲時所作的《真州絶句》中可以其"神韵"的韵致。

《真州絶句》其四

江干多是釣人居,柳陌菱塘一帶疏。好是日斜風定後,半江紅樹賣鱸魚。②

在王士禎去世的前一年,也就是1710年,在其所作的《漁洋詩話》③中談及揚州時節所作的《真州絶句》時引用了"好是日斜風定後,半江紅樹賣鱸魚",由此可見其對這首詩的喜愛。這首詩描寫了黄昏時節漁村的風景,風也正好停了,平靜的江面,江邊被染成了紅色的柳樹,就像是看到了一幅畫一樣非常形象生動。這既是平凡生活的現場,同時也能感受到詩中超然的氛圍。完全

---

① 惠棟《年譜補注》:"(辛丑)秋八月,……又嘗摘取唐律絶句五七言若干卷,授嗣君清遠兄弟讀之,名爲神韵集,今廣陵所刻止七律一卷,非全書也。"(《漁洋山人自撰年譜》卷上,清康熙刊本)
② 王士禎《漁洋山人精華録》卷2,《精華録集注》,第213頁。
③ 王士禎《漁洋詩話》卷中42條:"……又在真州作絶句云'好是日斜風定後,半江紅樹賣鱸魚',又'蒙蒙夕照開棠邑,葉葉風帆下建康'……江淮間多寫爲圖畫。"

沒有主觀的介入,祇是通過客觀的觀照來進行描寫,更能烘托出這種氛圍。尤其是王士禎認爲"江行看晚霞,最是妙境"①,"花時紅朝天外,亦奇觀也"②,從這種偶然看到的自然景物中得到的印象,通過言外之意表現出來。由此可確定神韵説就是其詩學中心。

在王士禎 40 歲(1674 年)時編寫的《漁洋山人感舊集》自序中云:"又取向所撰神韵集一編,芟其什七附焉。"由此可見,雖然在《漁洋山人感舊集》中好像也略有《神韵集》的痕迹,但遺憾的是,在現在留傳下來的《漁洋山人感舊集》③中無法找到《神韵集》的痕迹。

在王士禎 53 歲時,他收集了十種唐詩選集編寫了《十種唐詩選》。這十種唐詩選集爲《河岳英靈集》(唐殷璠)、《中興間氣集》(唐高仲武)、《國秀集》(唐芮挺章)、《篋中集》(唐元結)、《搜玉集》(唐佚名)、《御覽詩集》(唐令狐楚)、《極玄集》(唐姚合)、《又玄集》(唐韋莊)、《才調集》(蜀韋縠)、《文粹集》(宋姚鉉)。從以下内容可以看出王士禎編撰《十種唐詩選》的傾向:

> 有宋以來談詩家乃祧盛唐諸人,而專宗少陵,然考之唐人之緒論,及唐人選唐詩,固未始有宗少陵之説,即在盛唐諸家與子美抗行者。子美亦多所屈服,在子美集中,雖往往以風雅自任,亦未嘗凌轢諸家,而獨肩區任。④

這本唐詩選集與王士禎所編撰的其他詩選集有所不同,這本選集是集合了唐人的詩。由此,王士禎有機會以唐人的觀點來評價杜甫。比如説,王士禎所選的《十種唐詩選》中的第一個提到的就是盛唐殷璠,他在《河岳英靈集》中集合了 24 名初盛唐詩人的作品,幾乎都是以平淡的作品爲主,唯獨把杜甫的作品排除在外。

在王士禎 54 歲(1688 年)時選編的《唐賢三昧集》3 卷是立足於神韵説,編選了 42 名盛唐詩人的詩。上卷從王維到殷遥共 9 人,總卷從孟浩然到閻防共 9 人,下卷從高適到萬齊融共 26 人。⑤ 其簡目如下:

上卷 9 人,157 首:

王維 111 首,王縉 2 首,裴迪 13 首,崔興宗 2 首,儲光羲 12 首,丘爲 4 首,祖詠 9 首,盧象 3 首,殷遥 1 首。

中卷 9 人,155 首:

孟浩然 48 首,王昌齡 34 首,劉慎虚 9 首,常建 14 首,李頎 36 首,綦毋潜 6 首,王之渙 3 首,張子容 2 首,閻防 3 首。

下卷 26 人,131 首:

---

① 王士禎《漁洋詩話》卷上 89 條。
② 王士禎《漁洋詩話》卷中 28 條。
③ 王士禎撰,盧見曾補傳《漁洋山人感舊集》16 卷 8 册,中華圖書館石印本。
④ 王士禎《師友詩傳録》30 條。
⑤ 雖然序文中是 42 人,但是不同版本略有不同。本論文根據《四庫全書》本的記録分類爲 44 人。

高適18首,岑參37首,崔顥13首,崔國輔9首,陶瀚9首,薛據2首,崔曙4首,賈至8首,張謂3首,張旭4首,李嶷2首,萬楚2首,丁仙芝3首,沈千運1首,孟雲卿2首,元結5首,元融1首,蕭穎士1首,李華1首,梁鍠1首,李收1首,薛奇章1首,楊諫1首,奚賈1首,萬齊融1首。

其中王維的詩最多,共111首,占了全部的四分之一。之後是孟浩然、岑參、李頎、王昌齡,此四人的詩均爲30首以上。其餘的詩人差不多在10首左右。可相對來説,對於杜甫并未提及。從其序文可以看出王士禛的選編動機及方法:

嚴滄浪論詩云:盛唐詩人唯在興趣,羚羊挂角,無迹可求,透澈玲瓏,不可湊泊,如空中之音,相中之色,水中之月,鏡中之象,言有盡而意無窮。"司空表聖論詩亦云"味在酸鹽之外"。康熙戊辰春杪,歸自京師,居寶翰堂,日取開元天寶諸公篇什讀之,於二家之言,別有會心,録其尤雋永超詣者,自王右丞而下四十二人,爲《唐賢三昧集》,厘爲三卷,不録李杜二公者,仿王介甫百家例也。①

王士禛的編選這些具體的作品是爲了更有助於理解"神韻",那麼通過《唐賢三昧集》則可以看出所編選出的這些作家及作品都是神韻詩的代表作。但這本書中却并没有選取李白和杜甫的詩。王士禛解釋説這是依據王安石的選例而進行選編的。② 由此可以推測此種情況與王士禛編選《十種唐詩選》時的情況一樣。

三 《唐詩神韻集》的性格

1) 關於上海圖書館藏《唐詩神韻集》

上海圖書館藏《唐詩神韻集》的體裁及内容如下。③

清乾隆三十二年(1767)蓴溪草堂刻本,共6卷4册。上下單邊,左右雙

---

① 王士禛《唐賢三昧集》序。
② 王士禛不喜歡王安石,可是又是出於什麼原因依據王安石的《百家詩選》的選例來把杜詩排除在外呢? 王安石可以稱得上是宋代尤其是北宋詩人中最爲推崇和學習杜甫的典型文人。在王安石對於杜甫的認識中,他重視忠君愛國,并有北宋時期儒學的觀點。宋代杜甫被稱爲詩聖,因此就不能忽視杜詩是符合宋代新儒學的要求這一事實。對此,可以參考拙稿《王士禛、申緯詩歌創作論比較研究》第3章"王士禛詩學形成的背景"翁方綱的説明部分。延世大學博士論文,1998年。
③ 此書有5種版本。(1)《神韻集》家塾本,順治辛丑(1661)秋,7月編寫。其中收録了"唐人五七言律絶"。刊刻與否不詳。卷首及具體的詩目録不詳。(2) 冒丹書,手鈔本,大約爲康熙乙巳(1665)所抄。這祇是王士禛原選的一部分,祇有七律1卷,具體的詩目録不詳。(3)《唐詩七言律神韻集》繆肇甲、黄泰來廣陵刻本,冒氏手鈔。於20年後刊刻,時間大約爲1685年前後。冒氏在七律中增加了數十篇。卷首及具體的詩目録不詳。(4) 江西省圖書館藏《唐詩七律神韻集》,清初刻本。内署"王士禛選",卷端題"揚州汪棣驊懷重校",不分卷1册,選詩149題,166首。(5)《唐詩神韻集輯注》,南京圖書館藏本6卷2册,上海圖書館藏本6卷4册。署"漁洋山人原選",俞仍實輯注,周京、王鼎同訂。乾隆丁亥(1767)秋刊,所收録的詩與汪棣本一致。其中的前3種爲順治、康熙本,已經佚失。後2種爲乾隆間刻本,現江西省、南京、上海圖書館所藏。本論文所考察的對象爲(5)上海圖書館藏本《唐詩神韻集》6卷4册。

邊,有界7行16字,注雙行,上下向黑魚尾,手書刻序。無封面,卷首題及版心題爲"唐詩神韵集輯注",署名"清王士禎輯,俞仍實、胡延慶輯注"。接着爲序文、目録、正文。在序文中叙述了俞仍實等爲王士禎選集輯注的動機:

余向讀國初諸大家詩,每服漁洋山人之詩,其神韵殆不可及。蓋調音宫羽之先,別味酸醎之外,會心不遠而妙契無言,餘藴所流,孰窺元緒。繼得其原選《唐詩神韵集》,益悠然於宗尚之,不苟而嘉會,承學者靡窮也。詩不拘初盛中晚,第協於神韵者則登是選,後賢,或廣其所訂,便失廬山面目,概從舍旃。往年,侍先子於錦江官署,課餘多暇,輒憶舊聞,標注成帙。惜行笈無全書,不免貽譏挂漏。歸訂胡君竹堂,相與竣事。今秋,寓谷水西偏,兼質之周君二襌,王君條山,謬蒙褒許。因付 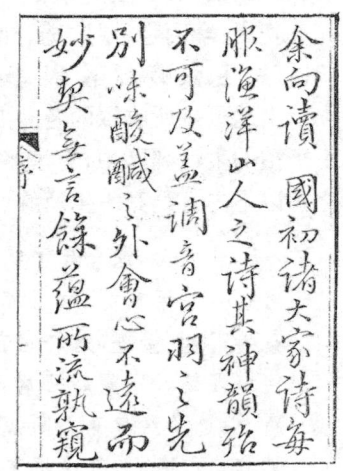剞劂氏,便子弟誦習而已,行遠雲乎哉。昨晤條山先生,謂近閲漁洋翁《感舊集序》,知尚有本朝詩神韵一選,至今未見刊播。异日,當訪諸同志,倘得如延平之劍,一時合并,尤足慰余私淑漁洋之願也夫。乾隆丁亥秋日,益齋俞仍實書於楓溪之淡遠軒。

從序文内容可以看出,此書并不是王士禎的原選本。原選本爲當時在揚州所編撰的五七言律絶選本。由於已經佚失,故無法取得全帙,祇是得到了七言律詩部分的原本,因此就給這一部分作了輯注。因此現在留傳下來的輯注本并非全帙。這裏所選的詩并不拘泥於初、盛、中、晚唐,祇要是符合神韵的都被收録進了選集。

各卷記録了詩人及詩題。以下内容爲各卷所收録的詩人及作品數(括號):
唐詩神韵集　目録(40人,166首)
卷1:沈佺期(1)、宋之問(1)、崔顥(1)、王維(11)、李頎(5)、高適(3)、岑參(3)、崔曙(1)、張謂(2)、陶峴(1)、劉方平(1)
卷2:杜甫(36)
卷3:劉長卿(13)、李嘉祐(1)、韓翃(6)
卷4:皇甫冉(4)、郎士元(1)、盧綸(2)、耿湋(1)、司空曙(1)、李益(2)、崔峒(1)、竇常(1)、戴叔倫(2)、劉禹錫(3)、王表(1)
卷5:李商隱(26)、溫庭筠(6)
卷6:杜牧(4)、許渾(3)、趙嘏(3)、劉滄(2)、李郢(2)、張喬(1)、李頻(1)、李群玉(1)、韓偓(5)、韋莊(4)、張泌(1)、羅隱(1)、殷文珪(1)

收録的作品全部爲"唐代七言律詩",共收録了從初唐沈佺期至晚唐殷文珪一共40人的166首詩,詩人所處時期如下:

初唐:沈佺期、宋之問
盛唐:崔顥、王維、李頎、高適、岑參、崔曙、張謂、陶峴、劉方平、杜甫
中唐:劉長卿、李嘉祐、韓翃、皇甫冉、郎士元、盧綸、耿湋、司空曙、李益、崔
炯、竇常、戴叔倫、劉禹錫、王表
晚唐:李商隱、温庭筠、杜牧、許渾、趙嘏、劉滄、李郢、張喬、李頻、李群玉、
韓偓、韋莊、張泌、羅隱、殷文珪

由此可見所收録的各時期的詩比較均衡,并不是偏重於某一個時期。在王士禎的生活經歷中,有着各種各樣的交友關係,因此體現在詩學上也有變化。以下内容爲其一生所經歷的詩觀的變化過程:

> 吾老矣,還念生平論詩凡數變,而交游中,亦如日之隨影,忽不知其轉移也。少年初籠仕,惟務博綜該洽,以求兼長,文章江左,烟月揚州,人海花場,比肩接迹,入吾室者俱操唐音,韵勝於才,推爲祭酒,然亦空存昔夢,何堪涉想。中歲越三唐而事兩宋,良由物情厭故,筆意喜生,耳目爲之頓新,心思於焉避熟。明知長慶以後,已有濫觴,而淳熙以前,俱奉爲正的,當其燕市逢人,征途揮客,争相提倡,遠近翕然宗之。既而清利流爲空疏,新靈寖以佶屈,顧瞻世道,怒焉心憂,於是以大音希聲,藥淫哇錮習。《唐賢三昧》之選,所謂乃造平淡時也。然而竟亦從兹老矣。①

雖然此話適用於王士禎初期宗唐、宗宋的根據,但回顧其一生所經歷的"變數",可以看出其"越三唐而事兩宋",再次回到大音希聲的盛唐《唐賢三昧集》的軌跡。由此也可以看出,王士禎宗唐的特徵是并不偏向於某一時代或某一格,而是取"全唐"。

從所收録的作品數量來看,杜甫詩爲最,共36首。其次爲李商隱26首,劉長卿13首,王維11首。

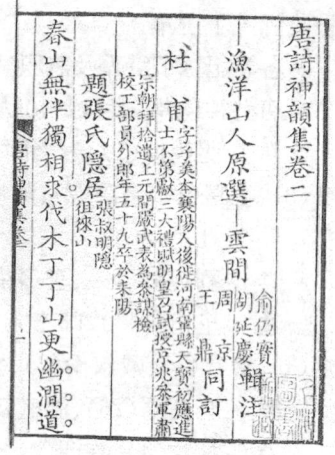

從收録作品的内容來看,所有詩的風格均爲冲淡和雄鷙、奥博(借用翁方綱的表達)。與後期的《唐賢三昧集》相比,王維派的山水詩選集傾向并不多。山水體裁的詩主要適合於五言,因此七律詩選集《唐詩神韵集》中的山水詩并不是很多。孟浩然的詩一首也未收録其中,王維的詩也多是以應製詩及酬答詩爲主。相反,却收録了26首李商隱比較華麗的詩,從數量上多於王維。

在這裏值得注意的是杜甫的36首詩。王士禎在七律中大量選集了杜甫的詩,由此可以看出王士禎初期的神韵詩學是雄鷙、奥博風格。卷2全部都是杜甫的詩,共

---

① 王士禎《漁洋詩話》自序,俞兆晟《漁洋詩話序》。

36首,占166首全部詩的四分之一。所收錄的杜甫的詩題内容如下:

《題張氏隱居》《贈田九判官梁邱》《送鄭十八虔貶合州司户傷其臨老陷賊之故闕爲面别情見於詩》《題省中院壁》《曲江陪鄭八丈南史飲》《曲江對雨》《因許八奉寄江寧旻上人》《九日藍田崔氏莊》《賓至》《蜀相》《野老》《南鄰》《和裴迪登蜀州東亭送客逢早梅相憶見寄》《夜》《秋興》《詠懷古迹》《返照》《登高》《暮歸》《簡吴郎司法》《小寒食舟中作》《送韓十四江東省覲》《登樓》《院中晚晴懷西郭茅舍》《宿府》《奉寄高常侍》

後期神韵詩學的代表《唐賢三昧集》中并没有選集杜甫的詩,這一點當然值得關注。在王士禛28歲時,也就是其詩學的形成期,爲了教授兒子詩文而編撰的這本詩選集收錄了大量的杜甫詩。王士禛并不是要把杜詩排除在唐詩神韵的體系之外,反而是逐漸更加重視杜詩。

2)《唐詩神韵集》中的杜詩及其意義——作爲"變調"的杜詩

《唐詩神韵集》是了解王士禛初期詩學非常重要的資料。就像俞仍實在序文中所描述的内容一樣,這裏所收錄的詩都是符合神韵的。通過王士禛的轉换期的時代認識及家學可以看出,在濟南創作名作《秋柳詩》時的創作趣向,在揚州赴任後五年間作詩千餘首時的創作趣向,以及他與錢謙益的見面等初期詩學觀的形成要素。以此爲前提,下面開始論述王士禛初期對杜甫詩的認識。

王士禛的家鄉爲濟南府(現山東省)新城縣。從元代後期開始王氏家族開始在新城居住。從王士禛的五代祖開始,新城的王氏家族成員中很多都中了明朝的進士,成爲當地的名門。尤其是到了王士禛的祖父王象晋及父親王與勑這一代,其叔父王與胤哀痛於明朝的滅亡而自殺,王氏家族因忠貞而聞名。明朝末年,王士禛出生於典型的士大夫家庭,在四兄弟排行最小。①

在王士禛的幼年時期,經歷了明朝的滅亡及時代的變遷,他的家學對王士禛初期詩學的形成有着巨大的影響,并由此使王士禛一生醉心於唐詩。祖父王象晋杜門不出,父親王與勑無心做官。雖然經歷着王朝交替時期的考驗,但家庭還是比較富足的,因此王士禛可以很早就熱衷於學問。王士禛的父母爲了讓兒子通過科舉考試考取功名,因此對於王士禛兄弟們的教育是非常積極的。② 王士禛在《池北偶談》中回憶道,他在六七歲時第一次進入小學學習《詩經》時就已經對詩產生了興趣。③ 王士禛從小最喜歡李白的"牛渚西江夜"和孟浩然的"挂席幾千里"等詩句,并多次模仿。④ 王士禛對於文學的興趣及其

---

① 祖父王象晋共育有四子(長子王與齡,次子王與胤,三子王與明,四子王與勑)。長子與三子早亡,二子隨着明朝的滅亡而自殺身亡。因此祖父與王士禛的父親王與勑生活在一起。當時王士禛的長兄士禄9歲,仲兄士禧8歲,叔兄士祜3歲。

② 王士禛《居易錄》:"先祖年及大耋,親教諸孫,相繼成進士,先考妣教諸子,雖稍寬假,然以布政公之故,督課殊切。"

③ 王士禛《池北偶談》:"予六七歲始入鄉塾受《詩》,誦至《燕燕》《緑衣》等篇,便覺根觸欲涕,并不自知其所以然。稍長,遂頗悟興觀群怨之旨。"(《自撰年譜》,第7頁)

④ 王士禛《古夫于亭雜録》:"余少時最好李太白'牛渚西江夜'、孟浩然'挂席幾千里'諸篇,數數擬之。"

自身的資質,特別是對唐詩的愛好,都是與其家學有着密不可分的關係的。從以下内容中可以看出,長兄王士禄(1626—1673)①更是對王士禎學習唐詩産生了最爲直接的影響。

> 余幼入家塾,肄業之暇,即私取《文選》、唐詩洛誦之,久之,學爲五七字韵語。……長兄考功爲諸生嗜爲詩,見予詩甚喜,取劉頃陽先生所編《唐詩宿》中王、孟、常建、王昌齡、劉慎虚、韋應物、柳宗元數家詩,使手鈔之。②

在《抱山詩選序》王士禎這樣叙述道:

> 長兄考功先生,嗜爲詩,故予兄弟皆好爲詩。嘗歲暮大雪,夜集堂中置酒,酒半,出王、裴《輞川集》,約共和之。每一詩成,輒互賞激彈射。詩成酒盡,而雪不止。③

王士禄很早就發現了王士禎的詩學才能,引導王士禎學習王維、孟浩然的唐詩,爲王士禎成爲大詩人打下了堅實的基礎。他受家學的影響從小就開始重點學習唐詩,從這時開始他已經傾向於王維派。王士禎後來的《唐賢三昧集》就是以王士禄這時推薦的劉頃陽《唐詩宿》爲基礎進行編撰的。王士禎對杜詩的認識,受王士禄的影響也是非常大的。④

王士禎的家族200餘年來一直侍奉着明朝,高官名臣輩出。崇禎十五年(1641)12月清兵侵入濟南占領新城,王士禎的家庭前往長白山魯泉的外婆家鄒平孫氏家避難,叔父王與胤則自殺身亡。在王士禎11歲時,清王朝推翻了王士禎的先祖們侍奉多年的明代,開始了清朝時代,就這樣王士禎迎來了他的青少年時期。由於王士禎的先祖爲明代有勢力的官僚,因此在這樣王朝交替時期,王士禎家族也面臨着危機。在清朝初期,民族間的矛盾及與清王朝政策相對抗的各種勢力共存,社會處於緊張氣氛之中。而文人們所感受的内心矛盾及壓迫感是無法用語言來形容的。

王士禎借用禪語來比喻詩,他認爲應該要有審美距離而提出"遠"也是與當時的社會現狀有着關聯的。通過作品,表現出明哲保身的處世態度和"獨善其身"的姿態以及超越現實。與杜詩一樣,以對現實的感嘆爲中心的詩風,借

---

① 字子底,號西樵,山東新城人。與王士祜、王士禎一起稱爲"三王"。著書有《司勛五種集》《讀史蒙拾》《考功詩選》等。(伊丕聰編《王漁洋詩友録》,第313頁)
② 王士禎《帶經堂詩話》卷7《自述類》1條。
③ 王士禎《漁洋詩話》卷上1條。
④ 世間認爲"漁洋不喜杜詩",因此對王士禎的杜詩觀存有疑惑。但這裏推測王士禎的評杜與其兄西樵王士禄的評杜語是聯合在一起的。("發現其中大部分是西樵的評語,顯然漁洋詩根據西樵評本加以補充的",張忠綱《漁洋論杜》,《王漁洋研究論集》第24頁再引用)。周采泉在《杜集書録》中這樣評價王士禎的《點定杜工部詩集二十卷》:"王士禎與其兄士禄,於杜詩皆實有微詞,且有時往往任意删改,不足爲訓。"從王士禎評價杜詩的部分常常可以看到'西樵曰……'這樣的内容。對此,翁方綱在《石洲詩話》中把《漁洋評杜摘記》放在第1卷,内容爲:"漁洋幼學詩於西樵或有傳録踵訛者,尚不止此。其西樵評本直抹杜詩處極多,不能悉舉正矣。學者勿惑焉。"

用翁方綱的表現就是"雄鷙奧博"風格①,在當時森嚴的文化統治之下,是不太敢體現出這種詩風的。在這樣的社會條件之下,王維的詩風比之杜甫更能超越理解現實世界,因此王維的詩風也就更受歡迎一些。② 回顧過去的路,思想與清朝統治階層一致,王士禛的民族情緒也表達得比較含蓄。對滅亡的明朝的深沉情感也祇能是超越具體的朝代,借用以前的事來表現,因此這個時候開始作懷古詩。王士禛的代表作爲《秋柳詩》③。這首詩是王士禛在 24 歲時,也就是 1658 年(清順治十四年)在濟南所作,有自序及詩 4 首。內容是王士禛感傷於明朝的滅亡,神韻的韻致隱映其中。《秋柳詩》的自序內容如下:

> 昔江南王子感落葉以興悲,金城司馬攀長條而隕涕,僕本恨人,性多感慨,寄情楊柳,同小雅之僕夫,致托悲秋,望湘皋之遠者,偶成四什,以示同人,爲我和之。丁酉秋日,北渚亭書。

這首詩可以稱得上是王士禛神韻詩的代表作。王士禛與朋友們聚集游玩,在大明湖喝酒,看着亭子下的楊柳輕拂水面,初秋被染黃的秋色,由此賦詩抒懷,藉以表達對明王朝滅亡的感傷。

王士禛 27 歲在揚州赴任後五年時間裏作了千餘首詩,這相當於王士禛一生當中全部詩作的四分之一。揚州風景秀麗,文人間的往來頻繁,給王士禛作詩提供了很好的活動舞臺,也奠定了他作爲詩人的地位。這一時期,尤其學習了杜甫的詩,并開始寫注釋書(《杜詩箋注》)。王士禛與虞山錢謙益的會面也極大鼓舞了王士禛,由此開始創作現實主義詩風。尤其是錢謙益給王士禛的初期詩集寫序文,他極贊王士禛的初期現實主義傾向的詩與杜甫的詩相比更讓人感動。④ 王士禛受其兄的影響其詩學領域一直局限於王、孟,30 歲時轉向宋詩的決定性因素就是王士禛在其 28 歲時與錢謙益(1582—1664)的會面。

之所以要關注錢謙益與王士禛的關係,這是因爲明中葉以後在擬古和反擬古的論爭中,固守儒家傳統文學觀的錢謙益的反擬古論影響了王士禛的"出三唐入兩宋"。王士禛在揚州生活的這一時期,他與錢謙益的會面極大地提升了王士禛詩的地位。當時錢謙益 80 歲,是東南詩壇的領袖,而王士禛不過纔 28 歲。錢謙益與王士禛的從叔祖王象春是在同一年,也就是明萬曆三十八年一起中進士,同爲東林黨籍,因此很早就與王士禛的家族結下了淵源。在當時"反前後七子"論中他表現得最爲活躍,對於他們的問題點,他毫無掩飾一一指出來。在明末清初這一時期活動着的文人們大部分都與錢謙益有着直接或間接的關係。錢謙益推崇宋詩,并使宋詩在清代詩壇得以發揚光大。錢謙益主導着王士禛以前的詩風,通過他的詩學,南宋的嚴羽和明代中葉以後的前後七

---

① 翁方綱《石洲詩話》卷 5《七言詩三昧舉隅》:"蓋專以冲和淡遠爲主,不欲以雄鷙奧博爲宗。"
② 劉世南《清詩流派史》,第 204 頁。
③ 王士禛《漁洋山人精華錄》卷 5,《精華錄集注》,第 51 頁。
④ "貽上之詩,文繁理富,銜華佩實,感時之作,惻愴於杜陵。"(宮曉衛《王士禛》,第 29 頁,《漁洋山人精華錄》所附錢序)

子大體上持否定態度。① 以下内容爲他批判嚴羽妙悟説的内容：

> 滄浪之論詩，自謂如那咤太子折骨還父，折肉還母，而未嘗探極於有本。謂詩家玲瓏透徹之悟，獨歸盛唐，則其所矜詡爲妙悟者，亦一知半解而已。余懼世之學詩者，奉滄浪爲質的。②

從如下内容可知，他之所以對嚴羽的"妙悟"持否定態度，這是因爲嚴羽提出了妙悟的學習方法，并且他忽視了《詩經》：

> 其似是而非，誤人箴芒者，莫甚於妙悟之一言。彼所取於盛唐者，何也？不落議論，不涉道理，不事發露指陳，所謂玲瓏透徹之悟也。三百篇，詩之祖也。……今彻其一知半見，指爲妙悟，如照熒光，如觀隙日。③

下面内容是錢謙益批判前七子，特別是李夢陽與何景明：

> 弘治中學者，以司馬、杜氏爲宗，以不讀唐後書相誇詡爲能事。夫司馬、杜氏之學，固有從來，不溯其所從來，而驕語司馬、杜氏，唐以後豈遂無司馬、杜氏哉？務華絶根，數典而忘其祖，彼之所謂復古者，蓋亦與俗學相下上而已。④

以上爲批判前七子復古主義的内容。錢謙益告訴評價并推崇司馬遷和杜甫。但同時他也認爲，在歷史的延續性中，司馬遷和杜甫繼承并發揚了前代聖賢的思想，後人應繼續繼承并發揚下去。因此，不能無視司馬遷和杜甫思想的前後代的繼承關係。前七子祇是盲目推崇司馬遷和杜甫，這也就斷絶了其根本。前七子過度模仿和抄襲秦、漢、盛唐的詩文，詩文祇追求形式而毫無内容。到了嘉靖(1522—1566)年間，受到了來自王慎中、唐順之、歸有光、茅坤等唐宋派的挑戰。唐宋派以正統儒家的宗經論爲基礎，堅定反對前七子的形式主義擬古。唐宋派廣泛吸收先秦以來特別是唐宋八家的文學思想，力圖在作品中體現古人真正的意思。但唐宋派的"反七子"論并未能堅持多久，文壇就被以李攀龍、王世貞爲代表的後七子所領導。從弘治到萬曆，前後七子的擬古主義領導文壇近150餘年，後來受到公安派與錢謙益徹底的反擬古主義論，而最終喪失了其影響力。王士禎在年輕時曾拜訪過錢謙益，以下内容爲其所感：

> 予初以詩贄於虞山錢先生，時年二十有八，其詩皆爲丙申後少作也。先生一見，欣然爲序之。又贈長句，有"駸駸奮蹴踏，萬馬喑不驕。勿以獨角麟，儷彼萬牛毛"之句，蓋用宋文憲公贈方正學語也。又采其詩入所撰《吾炙集》。……今將五十年，回思往事，真生平第一知己也。⑤

---

① 錢謙益《有學集》卷15《唐詩英華序》《唐詩鼓吹序》。
② 錢謙益《有學集》卷17《周元亮賴古堂合刻序》。
③ 錢謙益《初學集》卷15《唐詩英華序》。
④ 錢謙益《初學集》卷35《贈別方子玄進士序》。
⑤ 孫言誠點校《王士禎年譜》，北京：中華書局，1992年，第19—20頁引用。

這時的錢謙益80歲,也就是在他去世3年前與王士禎見面了。順治十二年(1655)王士禎22歲時中了進士,順治十六年(1659)歷任揚州府的推官。當時,王士禎雖爲清朝的高官,但却常因自虐及悔恨而痛苦不已,因此他堅定地要與虞山(錢謙益的故鄉,江蘇省常熟地區的山名)見面是有緣由的。也許是王士禎要前去拜見當時文壇的第一文士并從中得到教誨。又或許是由於錢謙益作爲王士禎從祖父王象春的莫逆之交,兩人在同一年中進士,并同屬東林黨這些淵源,所以王士禎要前去拜見錢謙益。王士禎從錢謙益那裏深受感動,因此説錢謙益爲其"真生平第一知己"。下面的内容是錢謙益爲王士禎詩集所寫序文的一部分:

> 季木殁三十餘年,從孫貽上復以詩名鵲起。……嗟夫!詩道淪胥,浮僞并作。……學古而贗者,影掠滄溟、弇山之剩語,尺寸比擬,此屈步之蟲,尋條失枝者也。……貽上之詩,文理繁富,銜華佩實,感時之作,惻愴於杜陵。①

錢謙益批判前後七子擬古的同時,也表示出要引導王士禎與自己走同樣的路。錢謙益之所以極贊王士禎的詩,那是因爲他對王士禎的期待也很大。關於這兩者之間的關係,裴世俊這樣認爲:"神韵説仍然和錢謙益的理論有着千絲萬縷的聯繫,其意不過是强調性情宜隱不宜顯,神韵之言情宜在情景融合之中,將錢謙益提倡的真情論推倒一個特定的極致罷了。"②

王士禎接受了唐詩時期有名的高棅(1350—1423)的理論③,"宋元論唐詩,不甚分初盛中晚……楊仲宏唐音,始稍區别,有正音,有餘響,然猶未暢其言説,間有舛謬。迨高廷禮品彙出,而所謂正始正音大家名家羽翼接武正變餘響,皆井然矣"④,并認爲"唐人七言律,以李東川、王右丞爲正宗,杜工部爲大家,劉文房爲接武,高廷禮之論,確不可易"⑤。對於七言律詩,在把王維推崇爲正宗,杜甫爲大家這一點上,見解一致。"神韵"并不是其詩學的全部,而是辯體的方法,"作古詩須先辨體"⑥,"叙事議論别是一體"⑦。王士禎一方面肯定了杜詩的特徵,但另一方面他又以"變調"認爲杜詩成爲正宗還略有不足:

> 爲詩各有體格,不可混一。如説田園之樂,自是陶韋摩詰。説山水之勝,自是二謝。若道一種艱苦流離之狀,自然老杜。⑧

王士禎把作家和詩的體格相互關聯起來,他評價杜甫的"艱苦流離之狀"

---

① 錢謙益《初學集》卷17《王貽上詩集序》。
② 裴世俊《錢謙益詩歌研究》,第301頁。
③ 高棅《唐詩品彙》總序。
④ 王士禎《帶經堂詩話・品藻類》6條。
⑤ 王士禎《師友詩傳録》8條。
⑥ 王士禎《池北偶談》卷12。
⑦ 王士禎《師友詩傳續録》5條。
⑧ 翁方綱《石洲詩話》卷6《漁洋評杜摘記》。

是最爲精彩,肯定其爲大家。但是這樣的主題提出杜詩爲"正",與"神韵"還有一定的距離。事實上若比較杜甫和王維的詩,可以看出其中情景交融的審美差異。王士禛認爲王維《輞川集》中的五言絶句非常突出,可以説得上是"字字入禪"。與王維的這些詩相比,杜詩中描寫的自然不是安静的自然,而是時刻都在動。自然就像當時的社會一樣混亂毫無秩序,多少反映出當時的社會動摇混亂。因此可以毫不誇張地説這樣的自然若脱離了社會就會毫無意義。比如説《春望》中的"國破山河在,城春草木深"的對比就是如此。

　　王士禛區分王維是正宗,杜甫是變調。假使杜甫反映了社會現實,也符合王士禛的審美觀,那麽當然會成爲肯定的對象。祇因爲是詩史杜甫的詩就加以否定,應對後人的這種斷言進行修正。龔鵬程在明末清初的詩壇提起過關於詩史的反省與比興的興起問題。① 據此,在明末,關於詩史説的反省,詩與史的分離與融合的紛争不斷。在這樣的氛圍下,杜甫的社會詩以直接的表現手法爲主,而不是比興的含蓄表現手法。因此對杜甫的詩持否定態度的現象就不足爲奇了。杜甫的詩史地位在明末受到攻擊,這種風潮也與王士禛的杜詩觀有關。但是到了王士禛這裏,杜詩裏面的筆形作用并没有被埋没掉,對於杜甫的優游不迫和沉着痛快都加以肯定,結果是作爲辯體而被接受。王士禛感知到當時的人們誤以爲"神韵"是有局限性的概念,他勸告説,兩者中偏向於哪一方或者去掉短處,而把"雄渾"和"神韵"的長處充分結合起來,兩者兼有。② 也就是説,若"神韵"爲"正",那麽"雄渾"就爲"變",要把含有這兩種屬性的作品都收録進來。其結果批判的接受了在否定杜甫的明末之後的論詩傳統。在王士禛後期詩學的完成期,在他編撰《唐賢三昧集》時他把杜甫排除在外,這是顯而易見的。但是,他并不是無視嚴羽的"李杜推崇論"或貶低杜甫,而是因爲受了特定歷史時期的影響。杜甫的《登高》也被收録在這本書中,可以稱得上是歷代七言律詩中的杰作。③

　　　　風急天高猿嘯哀,渚清沙白鳥飛回。無邊落木蕭蕭下,不盡長江滚滚來。萬里悲秋常作客,百年多病獨登臺。艱難苦恨繁霜鬢,潦倒新亭濁酒杯。④

　　這首詩作於大曆二年(767),前半部分描寫景色,後半部分描寫心情。從第一聯中對風,天空,河邊及沙子的描寫可以看出這是秋天的景色。秋天裏啼叫的猿猴,盤旋的鳥,從這些描寫中可以感受到一種緊迫感。第二聯中,用奔流永不停息的江水來比喻世界的流傳,這是古典的描寫手法。奔流不息的長江形象地體現出了這個世界急迫的流傳。無邊的樹木紛紛落葉也就預示着現

---

① 龔鵬程《詩歌本色與妙悟》2章,第50頁(台灣:學生書局)。
② 王士禛《蠶尾續文》卷20《跋陳説嚴太宰丁丑詩卷》:"自昔稱詩者,尚雄渾則鮮風調,擅神韵則乏豪健,二者交譏,唯今太宰説嚴先生之詩,能去其二短,而兼其兩長。"
③ 《杜詩詳注》卷20,引用胡應麟的評價:"此當爲古今七言律第一,不必爲唐人七言律第一也。"
④ 《杜詩詳注》卷20。

在的世界將會流傳爲一個滅亡的世界。猿猴和鳥就是知道了這些,所以纔會哀啼和盤旋飛翔。後半部分的詩人是生病的老旅人形象,他感覺到自己將要在异鄉孤獨死去。在詩人的眼中,前半部分描寫的秋天的景色與詩人的心理是有着很大關係的。這首詩通過景物描寫直接反映出詩人當時的心理。但是景物的形象與詩人是不同的。詩人的形象是凄凉和憂傷的,而秋天的景物雖然也有凄凉的一面,但同時也是壯闊有着宏偉氣勢的。因此,這首詩的結構是對立的,也就是自我的凄凉與景物的壯闊相對比。詩人把外物與自我對立起來,從詩人的這一角度來看,外物并不是與詩人的心情毫無關係的存在。有時也與詩人的心情發生正面的衝突。因此可以感受到杜詩描寫自然的雙重性(自然與自我的不一致)。詩中所描寫的詩人在空間上與外物是分離的。這與王維認爲外物與自我是出於同一空間的觀點是不同的。表面上看是一樣的自然偏向,但是深層的自然描寫與王維是不同的。他力圖在單純描寫自然的同時,也談及以儒家爲基礎的社會。雖然在一定程度上與王士禛的審美標準一致,但是杜甫的詩和王維比較起來缺乏詩的情趣,這一點是毋庸置疑的。尤其是想象"詩禪一致"的境界,在王士禛的審美觀中,他認爲景物與抒情的自我應保持一定的距離。從這一點來看,以王士禛的審美觀爲標準,他所批判的詩在性情的直接表現或意象表現方面都不够鮮明,缺乏美感。因此,即使是王維的詩《和賈至舍人早朝大明宮之作》中三四句"九天閶闔開宮殿,萬國衣冠拜冕旒",因是歌頌詩,王士禛也没有收録。①

四　結論

趙執信認爲在王士禛晚年的唐詩選集把杜甫排除在外是在貶低具有現實主義詩風的傳統詩歌,因此他批評王士禛的詩境是"詩中無人"②。但這祇是趙執信站在他自身的詩學立場上所進行的批判。在王士禛的詩學裏,他充分了解并具體提出了杜甫的功過。

在王士禛28歲時,也正是其詩學萌芽期,他在這一時期所編撰的初期唐詩選集《唐詩神韵集》所體現出來的"神韵"内容,與他中年以後也就是其詩學完成期所編撰的《十種唐詩選》(53歲)、《唐賢三昧集》(54歲)是有距離的。雖然宗唐一樣,但是選集的傾向不同。初期與後期選集的差别就在於"杜詩"收録與否。初期的王士禛通過與錢謙益的交往,對明代前後七子的唐詩認識以及杜詩的認識都形成了批判性的接受觀。同一年編撰的《唐詩神韵集》也充分反映出了這一觀點。雖然受其家學的影響,王士禛一生的詩學都祇是集中關注於唐詩,但在初期的唐詩學習過程中,他相當一部分比較傾向於王維派,這

---

① 王士禛《然鐙紀聞》:"學爲'九天閶闔''萬國衣冠'之語,而自命高華,自矜爲壯麗,按之其中,毫無生氣。"
② 趙執信《談龍録》16條:"詩人貴知學,尤貴知道。東坡論少陵詩外尚有事在,是也。……阮翁酷不喜少陵,特不敢顯攻之,每舉楊大年村夫子之目以語客。"

是不争的事實。但是從王士禛初期的《唐詩神韵集》可以發現他在選集唐詩時對杜甫的關注程度是很有意思的。6卷中卷2中收録的全部都是杜甫的詩（36首），由此可見王士禛對杜甫是十分關注的。雖然王士禛區分王維是正宗，杜甫是變調。假使杜甫反映了社會現實，也符合王士禛的審美觀，那麽當然會成爲肯定的對象。祇因爲是詩史杜甫的詩就加以否定，後人的這種觀點值得再考。

　　本論文所介紹的這本書雖然比較簡略，但是對於確認王士禛初期對杜詩的認識是十分有意思的。這本書并不是王士禛所說的原選本，並且輯注本也祇是對"唐詩的七律"進行了輯注。書的序文局限於"七律"這一詩體，在序文中也没有提及對於卷次的說明。書的標題脱落佚失了，這一部分也無從再考。卷首題也祇是"唐詩神韵集"，從目録中介紹的6卷內容來看，6卷《唐詩神韵集》輯注本無疑是全本。但遺憾的是，現在無從找到王士禛的原選本，從而未能更準確地把握他早期的選詩傾向。若今後能有機會找到除王士禛編選的七言律詩之外的"唐律絶句五七言若干卷"，届時筆者將會對此加以深入研究。

　　［作者附言］本文原載《中國語文學論集》第45號，首爾：中國語文學研究會，2007年8月。

　　［作者簡介］琴知雅(1968—)，女，1999年獲得韓國延世大學中文系文學博士學位，現爲北京大學外國語學院朝韓語系副教授。著有《中國文學的主題探究》（合著）、《神韵的傳統和變容》（獲第一届石軒比較文學學術獎）、《韓中歷代書籍交流史》等。

金山三年苦：黃遵憲初到舊金山
（1882年3月26日至5月9日）*

［加］施吉瑞 撰　黃道玉 譯

黃遵憲抵達

1882年3月26日黃遵憲（1845—1905）抵達舊金山，他意識到即將擔任的總領事一職不僅是全新的經歷，而且是前所未有的挑戰。① 黃遵憲曾擔任過中國第一任駐日本大使何如璋（1838—1891）的參贊官，在三年任職期間，他深入考察了日本的歷史和政治體制，特別關注日本從明治維新（1868）起對西方政治模式的吸納。② 黃遵憲也比較詳細地了解當時北美西海岸的排華運動，還在日本會見了拉瑟福德·海斯總統（Rutherford Hayes，1822—1893，共和黨人，1877—1881擔任總統）派去北京重新商定《蒲安臣條約》（1868）的安

---

* 謹以此文獻給美國加州特洛克 Turlock 的威廉姆（比爾）·奈斯特龍（William (Bill) Nystrom，1946年6月14日—1974年8月18日），他是一位總能讓我開心的朋友。
  本文縮略詞：CST——施吉瑞《中國首任駐舊金山總領事陳樹棠（1828—1888）與美國排華運動》，《清史論叢》2017年第二期（12月），第3—78頁；RJL——黃遵憲著，錢仲聯箋注《人境廬詩草箋注》，上海：上海古籍出版社，1981年；SFD1881——Langley's San Francisco Directory for the Year Commencing April 1，1881《舊金山人名錄（1881年4月1日始）》。
  ① 本文的發表得益於加拿大社會自然與人文科學研究委員會（SSHRC）的研究贊助，本人深表感激。本論文是黃遵憲在舊金山擔任中國總領事（1878—1882）系列文章第二部分之首篇。已經發表的第一部分談論了舊金山領事館的情況和第一任總領事陳樹棠的活動。陳樹棠（1828—1888，1878—1882年擔任總領事）參見施吉瑞《中國首任駐舊金山總領事陳樹棠（1828—1888）與美國排華運動》，《清史論叢》2017年第二期（12月），第3—78頁，（下文簡稱 CST）。欲了解整個研究項目和所用的新材料，請參考施吉瑞《金山三年苦：黃遵憲使美研究的新材料》，《中山大學學報（社會科學版）》，2016年，四十一期，56卷，第48—63頁。
  ② 黃遵憲在日本情況參看蒲地典子《中國改革：黃遵憲和日本模式》，劍橋，馬薩諸塞州：哈佛大學出版社，1981年（Noriko Kamachi，*Reform in China：Huang Tsun-hsien and the Japanese Model*，Cambridge, Massachusetts: Harvard University Press, 1981）；孫洛丹《漢文知識圈重構中的書寫政治：黃遵憲日本題材詩文研究》，清華大學博士論文（未發表），2013年。

吉爾(Angell)代表團。① 迫於排華壓力，爲了限制甚至禁止中國公民入境，美國試圖修改"保障雙方國家(美國和中國)公民自由移民"的第五條款。② 在和美國代表團商談之後，黃遵憲上奏清政府申明條約一旦修訂可能導致美國通過苛刻的反華法案，故建議借安吉爾使團成員間的分歧抵制條約修訂，但是清政府置若罔聞。1880 年 11 月 17 日，中國政府與美國簽訂了新的條約，即《安吉爾條約》，條約允許美國在"合理"的時間範圍内"規範、限制或阻止"中國公民入境。③

就在黃遵憲抵達舊金山之前，美國國會兩院剛剛通過了《排華法案》，一旦新總統切斯特·艾倫·阿瑟(Chester A. Arthur, 1829—1886，1881—1885 年期間擔任總統)同意簽署，法案即生效。最令黃遵憲和美籍華人不安的是這個法案全面禁止中國勞工入美達 20 年之久，20 年是一個很難接受的"合理"時間段，然而排華勢力却爲 20 年的禁期欣喜萬分。美國華人和反華勢力都在難以忍受的焦灼中等待總統的决定。難怪黃遵憲一下船時就有一名記者去采訪他，這名記者是加州首府的《薩克拉門托紀實聯合日報》(*Sacramento Daily Record-Union*)派來的，他們急於了解清政府對於待簽法案的態度：④

中國總領事

舊金山 3 月 26 日訊：新任中國總領事黃遵憲(Wong Jim Him，音譯廣東話發音)本日乘坐東京城市號從中國和日本抵達本市。他將接替陳樹棠(原文拼作 Chum Shu Tang)，後者將隨下一班東京城市號回國。黃遵憲大約 35 歲，看起來聰明過人，説話得體，彬彬有禮，業務嫻熟。過去四年，以中國駐日參贊身份派駐横濱。⑤ 他四年前隨團駐日後從未回過中國，此番也是從横濱直接出發的。但他明確表示，在他前來本市途中國

---

① 蒲安臣條約全文参看 https://en.wikisource.org/wiki/Burlingame_Treaty，條約是美國外交家蒲安臣 Ansom Burlingame(1820—1870)與中方談判達成，故以他的名字命名。關於驅逐中國人出加州運動的詳細描述可以在参考最新譯成中文的書：瓊·菲爾澤《驅逐：被遺忘的美國排華戰争》，廣州：花城出版社，2016 年(Jean Pfaelzer, *Driven Out: The Forgotten War Against Chinese Americans*, New York: Random House, 2007)。

② 参照上條，條款五。

③ 《安吉爾條約》全文参見網址 http://ywproject.x10.mx/Angell%20Treaty.pdf，引用部分同前，第一條款。《安吉爾條約》以美國教育家和外交家詹姆士·伯里爾·安吉爾 James Burrill Angell(1829—1916)的名字命名，安吉爾任代表團主席。代表團前往中國途中在舊金山停留，参見 CST，第 56—58 頁。

④ 黃遵憲時常談起他在舊金山讀英文報紙，具體不知道從什麽時候開始的，我們可以認爲他對於加州和華盛頓特區的了解也源於英文報紙。比如在黃遵憲 1882 年 11 月 26 日的禀文"上鄭欽使"(選自陳錚編《黃遵憲全集》，北京：中華書局，2005 年，第二卷 24，第 476 頁)中説："後讀新聞，知……"我們也確信中國駐舊金山領事館密切關注當地的報紙。關於美國思潮對黃遵憲的影響，参看蒲地典子(Noriko Kamachi)《美國對中國改革思潮的影響：黃遵憲在加州 1882—1885》("American Influences on Chinese Reform Thought: Huang Tsun-hsien in California 1882—1885")，《太平洋歷史評論》(*Pacific Historical Review*)，47 卷，第 2 期(1978 年 5 月)，第 239—260 頁。

⑤ 中國駐日使館位於東京而不是横濱，這位記者可能混淆了這兩座城市。黃遵憲乘坐的輪船是從横濱出發的，横濱也設有中國領館。

會兩院通過的華人法案并不會令中國政府不快,而且法案已經獲得中國政府同意。等華盛頓政府頒發領事證書後他就履行職責,要一周左右。①

這個記者顯然不懂中文,他在翻譯粵語名字時做了大膽嘗試,把黃遵憲翻譯爲 Wong Jim Him,把陳樹棠翻譯爲 Chum Shu Tang,他不知道美國官方對黃遵憲名字約定俗成的威氏翻譯應是 Huang Tsun-hsien。他試圖挖掘一些黃遵憲在日本的工作情況,爲讀者描繪出黃遵憲深得人心、富有同情和魅力十足的品質,展示其外貌和才華的不俗。彼時種族偏見非常嚴重,這段對黃遵憲的描述與對華人常見的描述大相徑庭。② 舊金山媒體通常把陳樹棠描述成年老體胖、養尊處優的樣子③,黃遵憲和陳樹棠簡直是天壤之别,而且明眼人能夠看出這個新任總領事的行事方式會完全不同。從他先前向清政府提出的反對修改《蒲安臣條約》的建議和他以美國反華運動爲題材的激昂詩歌來看,黃遵憲并不贊同清政府接受新的條約,但是作爲外交官,他必須遵守政府的指示。④

一個星期以後美國官方批準黄遵憲總領事身份,陳樹棠卸任。黃遵憲在任職之前有大量工作要做。顯然在這一段等待時期裏,他和陳樹棠進行了諸多交流,可惜他們的日記失傳了,英語新聞也没有記錄。⑤ 據前面引用的報紙消息稱,陳樹棠將乘坐東京號於 4 月 4 日回國,意味着此後黃遵憲將獨自挑起大樑。⑥

與此同時黃遵憲還要面對更多的新聞記者,在其抵達兩天後舊金山最有影響力的媒體《紀事報》(Chronicle)登門采訪,黃在使館接待了他們:

黄遵憲(原文爲 WONG JUN HIN)
中國使臣對米勒法案(Miller Bill)的看法⑦

東京城市號乘客中有一位是中國使臣黃遵憲,不日將作爲總領事赴華盛頓。他今年 34 歲,進士及第後,已經爲清政府工作 10 年(應該是 6

---

① 《薩克拉門托聯合日報》(Sacramento Daily Record-Union),1882 年 3 月 27 日,第 2 頁。這個報紙也叫《聯合日報》(Daily Union)。
② 到目前爲止我還未能找到黃遵憲在舊金山期間的照片或者肖像。
③ 關於陳樹棠體貌和個性的描寫,在其抵美不久就有,參看 CST,第 27 頁。
④ 黃遵憲關於加州反華運動的不安見黃遵憲著,錢仲聯箋注《人境廬詩草箋注》卷 4《逐客》,上海:上海古籍出版社,1981 年,第 353 頁。這首詩的完整翻譯見施吉瑞《人境廬内:黃遵憲詩其人其詩考》,劍橋:劍橋大學出版社,1994 年,第 242—247 頁(J. D. Schmidt, *Within the Human Realm*, *the Poetry of Huang Zunxian* (1848—1905), Cambridge: Cambridge University Press, 1994)。
⑤ 這個時期大多數中國外交使臣都有日記,不幸的是大部分都散佚了。雖然當時舊金山有幾家華文報紙,但祇有很少被保存在加州大學伯克利分校圖書館。
⑥ 1882 年 4 月 3 日《舊金山紀事報》第 2 頁"中國領事館"("The Chinese Consulate"),這篇消息報導了黃遵憲和他的助手正式任職,同時報導陳樹棠和五位部下"明天"乘坐東京城市號離開。
⑦ 約翰・富蘭克林・米勒 John Franklin Miller (1831—1886,共和黨人,參議員,1881—1886)是美國參議院的加州代表,反華系列法案的發起人。

年①)。在此次任職之前,他曾任日本領事館的參贊。他在到達華盛頓以後②將正式接替陳樹棠的職位。陳樹棠三年任期已滿將乘下一班船回國,他會被派往中國政府駐其他國家的使館工作。

談到對華法案及其對華人的影響,總領事説衹有美國當局確保該法案與和中國簽訂的條約不衝突,這個法案纔能爲民衆接受。他認爲限制移民10年已經够長,20年太過於苛刻。他希望美國總統能够簽署合法的法案,他也希望看到自己的同胞在美國享受和平的環境,免受驚嚇。

"華人近年來大量涌入西海岸,"領事傅列秘説,"是因爲鐵路的修建。這些建築商的香港代理將華工整船整船地運來,没有其他目的,完全是爲了北太平洋鐵路和其他幾條鐵路的修建。"③

可能是受了陳樹棠的影響,黄遵憲稍微改變了此前對《排華法案》(Chinese Exclusion Act)的意見。雖然《蒲安臣條約》(Burlingame Treaty)被修訂得很適於排華法案的通過,阿瑟總統仍在研究此法案與其他美國法規的衝突性,也有可能他會像前任總統哈斯在1879年3月1日否决《十五乘客法案》那樣否决《排華法案》。④ 黄遵憲(或是中國政府)認爲限制中國移民20年太苛刻,如果限制10年也許可以緩解反華浪潮,而且可以讓美國華人少受反華流氓的騷擾。⑤ 弗雷德里克·畢(Frederick A. Bee,中文名傅列秘,1825—1892,美國律師,自1878年10月17日起擔任中國駐舊金山領事,而且是陳樹棠和黄遵憲的重要顧問)也幫助解釋説最近華人涌入加州并不是中國政府的政策導致,而是由於修築北太平洋鐵路對華人勞工的大量需求引起的。⑥

日益高漲的反華運動

儘管中國領事館給出令人信服的解釋,但緊張仍在加劇,親共和黨的《紀事報》擔心民主黨會反對《排華法案》的簽署,阻止法律生效:

民主黨由於缺乏可用的政治議題而瀕臨末路,成員們絞盡腦汁地想爲下一次黨綱定調。他們可以考慮高唱"自由貿易",但是這樣的論調將會弊大於利。他們很樂於接受一夫多妻制,但是黨内存在許多道德保守派勢力,儘管黨的屬性是自由派的。⑦ 國家經濟體系發展良好:南部欣欣

---

① 此處有疑慮:黄在1876年中舉人,然後被派往日本,并没有在政府工作10年。
② 我没有找到任何關於黄遵憲去華盛頓接受任職的證據,所以也許是記者誤解。
③ 1882年3月28日《舊金山紀事報》第3頁"黄遵憲"("WONG JUN HIN")。
④ 關於這個法案的討論以及舊金山領事發揮的作用,參看CST,第31頁。
⑤ 《排華法案》最初的版本是20年的限期,但後來修改了。見下文論述。
⑥ 關於弗雷德里克·畢的生平在Anthony Oertel的杰出網站上有海量信息 http://frederickbee.com/index.html,也可以參照Oertel爲維基百科寫的人物傳記(https://en.wikipedia.org/wiki/Frederick_Bee)和大英百科全書(www.britannica.com/biography/Frederick-Bee)。
⑦ 這時的美國人大多反對摩門教的一夫多妻制,但是也有人支持或是容忍。

向榮而且對北方日漸友好。① 如果坐失了這個針對華人的政治議題，民主黨就不知道如何在這個國家生存下去了，除了空有一個黨名之外，也祇能用麵包和魚來製造一個新的議題吸引群衆了。② 因此在總統簽署法案前，本地的民主黨人有些不安穩，一些民主黨派的激進分子居然在昨天公開聲明説希望總統不要簽署法案，事實上，祇有共和黨人對於法案延遲簽署是真正的焦慮。

兩黨的道德差异顯而易見，民主黨除了一夫多妻之外什麽都不關心，他們與工人之間根本没有友情。③

寫這篇報導的記者雖然是在公開談論狹隘的政黨政治，但是他揭示了一個事實，那就是兩個政黨都不願暴露真正的意圖：（至少在美國西岸）他們攻擊可憐的中國勞工是一個高明的政治手段，因爲至少可以製造出他們和美國工人階級"友好"的假象。民主黨派可以容忍摩門教徒爲了多妻制逃避東部的迫害定居猶他州，而不能容忍"華人問題"，因爲"華人問題"很有可能影響到下一届選舉結果。令共和黨支持者（如《紀事報》）高興的是，雖然少數民主黨人由於關心人權而希望阿瑟總統否決新的排華法案，但是更多的民主黨派是由於擔心失去關鍵的加州選票而支持法案的。

并非祇有没受過教育的工人和共和黨的三流政客纔是反華種族主義者，這在愛爾蘭著名作家奥斯卡·王爾德（Oscar Wilde, 1854—1900）來訪舊金山時暴露無遺。王爾德用他詼諧的演講取悦有文化的群衆，他在一次演講中建議："'不要借鑒任何中國藝術，因爲中國藝術就像中國勞工一樣根本没有必要……'擠在門口的反苦力唯美主義者報以熱烈的掌聲。"④雖然那時一位杰出的中國詩人黄遵憲就在舊金山，但是王爾德和舊金山的聽衆毫不知情，對於他們來説中國没有任何有價值的文學，他們已經被種族歧視和文化偏見蒙蔽了雙眼。⑤

在報紙的影響下，加州的華人顯得一無是處，因爲舊金山記者每天都發表反華文章，而且頻率和惡毒程度隨着總統簽署法案的緊張氣氛愈演愈烈。雖

---

① 美國南北戰争之後的很長時間内不少南方人還是討厭北方。
② "魚和麵包"的表達源自於聖經，指的是耶穌用幾塊麵包和幾條魚就餵飽了四五千人的事，參看馬太福音 14：13—21，記者是諷喻美國黨派給支持者提供的福利。
③ 1882年3月30日《舊金山紀事報》第2頁"民主黨的虚僞"（"Democratic Hypocrisy"）。
④ 見1882年3月30日《舊金山紀事報》第2頁"美國的野蠻，唯美使徒暴露我們的罪惡"（"American Barbarism, the Apostle of Estheticism Exposes Our Sins"）。本文中"唯美"一詞指的是王爾德的唯美主義文學理論。令人悲哀的是王爾德很樂於接受加州人對華人的歧視，而他自己却成爲英國性取向歧視的犧牲品，被關在瑞丁監獄服苦役兩年，寫下著名詩作《瑞丁監獄之歌》。由於他的恥辱，王爾德死於巴黎時身無分文，但是在他的墓地，仍然有很多的文學愛好者前來朝拜并且留下了感人至深的信，我在2014年參觀其墓地時曾經讀過幾封。
⑤ 王爾德在4月5日做了最後一場關於愛爾蘭詩歌的演講後離開了舊金山。參見1882年4月5日《舊金山紀事報》第1頁"告别王爾德"（"Oscar's Farewell"）。

然中國人暴力犯罪比例并不比白人多①,但是在美國公衆心中華人就是一個殘暴、嗜殺的民族,這一點在黃遵憲的詩作中有體現(同室戈妻操,入市刃相斫。……野蠻性嗜殺,無端血染鰐)②,而且這個觀點還被報紙日復一日地強化:

> 在奥格登市,一個華人經過建築工地時被掉下來的灰漿砸到,他以爲有人故意砸自己,就掏出左輪手槍向建築工人胡亂開槍,但由於他槍法太差,没有擊中任何人,此人最終被捕。③

這個中國人被刻畫成一個潛在的殺手,但同時又諷刺他無能,打不中"敵人"。記者根本没考慮過這個華人爲何會如此反應過激,事實上人盡皆知那時在北美西海岸的街道上,華人經常遭受肆意的街頭暴力襲擊。④

爲了説明華人的"凶殘",他們説很多華人都受到了地下黑幫的控制,如果華人不按指令辦事,就必須接受殘酷的懲罰:

> 在内華達州温尼馬卡,有一個華人貿易聯盟,最近有一個洗衣匠收取的費用低於行規,事情敗露以後祇能通過聯盟公司接生意,這導致他的生意大大減少。過了一段時間,他交了大筆的罰款纔拿回獨立經營權。⑤

對於加州白人來説,更糟糕的是,多數美國人信奉基督教,并且尊其爲所有道德價值的源泉,而中國人不僅拒絶信奉基督教,還花大量的錢侍奉异教偶像:

> 加州斯托克頓市的華人和其他地區的代表忙於熱烈慶祝一座新廟宇的落成,他們組織了游行,每個人手裏拿着一把斧頭或是一把矛,寺院的主持在大廳發表了演講。據説這座廟宇的修建耗資 5000 美元。⑥

很多加州白人或許聽説過中國人有"孝順"之類的美德,但就是"孝順"也被詬病:

孝順
一名中國男孩違反兩條戒律

上周五下午,住在薩特街 1010 號的珍妮·韋茨小姐雇傭了 15 歲左

---

① 參見傅列秘在《1877 年 2 月 27 日聯合調查中國移民特别委員會的報告》中對於中國工人性格的討論,華盛頓:政府印書局,第 44—45 頁(*Report of the Joint Special Committee to Investigate Chinese Immigration*, February 27, 1877, Washington: Government Printing Office)。或參見傅列秘對《紀事報》和其他報紙誇張描述華人犯罪的評論,同上第 913 頁。報告見 https://archive.org/stream/reportofjointspe00unit#page/12/mode/2up。

② RJL,第 356 頁。

③ 1982 年 3 月 30 日《舊金山紀事報》第 4 版"海岸記事"("Coast Notes")。

④ 黄遵憲的副手黄錫銓(1852—1925,字鈞選)在不列顛哥倫比亞省維多利亞市的街道上受到一群男孩的攻擊,被扔石頭和泥巴,見《薩克拉門托每日聯合新聞》*Sacramento Daily Union*,1884 年 7 月 26 日 51 卷 134 號,第 1 版 "不列顛哥倫比亞"("British Columbia")、"維多利亞新聞"("Victoria Items")。

⑤⑥ 1982 年 3 月 30 日《舊金山紀事報》第 4 版"海岸記事"。

右的中國男孩做傭人,那個男孩名叫孫洛,他星期六早晨開始上班。洛的父親寄來一封信,這封信隨周日東京號到達,信中要求他支付55美元,因爲弟弟從橫濱到加州需要盤纏。年輕的洛已經習慣了這種要求,祇是他最近由於參加"番攤"("tan")①而身無分文,因此很害怕不能滿足父母的需求。星期三早上,在韋茨小姐的房間裏,洛發現枕頭下有一個帶鏈的金表,能值150美元,爲了滿足父親的要求,他盜走了金表,在轉手之前東窗事發,麥吉尼斯警官②逮捕了孫洛。艾文偵探和考克斯偵探③當時負責這個案子,昨日成功追回被盜財產,并用足夠的證據證明孫洛所犯爲大宗盜竊罪,并且在他身上搜出父親的來信。但是對於洛來説最大的麻煩却似乎是不能完成父親的吩咐。④

這篇文章重點想表達:雖然中國人的孝順似乎值得稱贊,實際上他們并沒有真正的道德可言,中國人的"美德"可能致使他們違背基督教的十大戒律。很多舊金山有錢白人都雇傭中國僕人做飯帶孩子,因此并不是每個白人都這樣看,但是反華勢力希望所有加州人都相信他們的觀點。

中國領事館和鐵路集團的回應

此時,舊金山領事館和他們的朋友會通過什麽方式影響阿瑟總統的決定呢?遺憾的是很少有資料能回答這個問題,現存最早的黄遵憲發給他的上司、中國駐華盛頓大使鄭藻如(字志翔,號豫軒、玉軒,1851年中舉人,1894年卒)的禀文寫於1882年9月5日,大約是在本文所討論的這段時間四個月後。⑤舊金山英文報紙也沒有對黄遵憲任職第一個月的活動做出評論,很可能是因爲他們已經滿足於中國政府接受排華法案的態度,也許是因爲黄遵憲停止了先前陳樹棠的"魅力外交"。領事館不再頻繁邀請記者們參加派對,報紙上不再有奢侈宴會的報導,也不再公布長長的受邀舊金山名流名單。⑥雖然陳樹棠的魅力外交有可能對海斯總統否决《十五乘客法案》起了一定的作用,但在他離任時,陳很可能認爲自己的策略是錯的,因此黄遵憲并沒有效仿。

黄遵憲也不敢讓加州反華勢力質疑他干涉美國内政,所以他的所作所爲必須低調,不能引起公衆注意。雖然我們對加州華人和美國華盛頓政府之間的溝通知之甚少,但是其中最重要的人物非約瑟夫·肯尼迪(Joseph C. G.

---

① 這是一種當時加州華人中流行的賭博,中文叫"番攤"。
② 詹姆士·麥吉尼斯(James C. McGinness)在《舊金山人名録》*Langley's San Francisco Directory for the Year Commencing April 1*,1881(以後縮寫爲 SFD1881)中被列爲市政大廳警察。舊金山:弗蘭西斯、聖瓦倫丁有限公司 Francis, Valentine & Co.,1882年,第641頁。https://archive.org/details/langleyssanfranc1881sanfrich。
③ 没有能夠在 SFD1881 中找到艾文(Avon),祇發現克里斯托弗·考克斯(Christopher C. Cox)被列爲市政大廳偵探,同上,第260頁。
④ 《舊金山紀事報》1882年3月31日,第1版"孝順"("FILIAL OBEDIENCE")。
⑤ 參見陳錚編《黄遵憲全集》第2卷,第461頁。
⑥ CST,第26—30頁。

Kennedy,1813—1887)莫屬。正如一家報紙在1878年1月16日引用傅列秘領事的話説"他不是(像反華媒體説的)六公司花錢雇來在華盛頓代表他們説話的",但却是"六公司授權的傳聲筒,他高尚地接受了這種信任,不收取任何報酬"①。在没有對約瑟夫·肯尼迪與舊金山華人社團的關係做深入調查之前,很難判定他幫助華人的動機,但是就傅列秘領事的評論而言,看起來他和傅列秘一樣,是真正爲華人所遭受的不公正和非法對待感到不安,并且决心做點什麽。在1881年舊金山華商交流會的開幕式上,約瑟夫·肯尼迪和傅列秘的肖像被擺放在一起,這就充分説明了他對當地華人的重要性。②

希望阿瑟總統否决排華法案的不僅有肯尼迪和傅列秘這樣的"理想主義者",鐵路建築公司也迫切需要廉價和可靠的勞工修完鐵路,因此他們也成了反華團體攻擊的目標。《紀事報》這樣寫道:

> 薩克拉門托鐵路組織的報紙發行量大約祇有1731份,却對排華法案大做文章。很顯然辦報者很懷疑該報的影響力,否則就不會讓這個報紙和致力於消滅法案的華盛頓團體意見相左了。大鐵路公司正在竭盡全力地讓這個國家塞滿中國苦力,這是臭名昭著的事實,中國苦力在雇傭華人中占很大比例,有很多是最近纔引進的,鐵路組織居然還想讓公衆相信他們渴望法案通過,真是厚顏無耻。③

實際上大鐵路公司也擔心暴露他們對排華法案的態度,害怕公開支持否决法案會損害他們的形象,甚至損害他們的利益。一方面他們的出版物支持法案通過,另一方面他們的説客努力説服阿瑟總統否决法案,作爲説客,肯尼迪很方便給總統吹耳邊風。

阿瑟總統非常不願意公開討論法案,因爲仍有人懷疑政府同情中國人,這主要是因爲在1880年選舉中浮現出的所謂"莫雷信件"(Morey Letter)。④ 這

---

① 參見1978年1月16日《上加州日報》Daily Alta California(30卷,10142號,第2版)"一張名片"("A Card")。在威廉·博亞德William H. Boyd著的《博亞德哥倫比亞特區目録1881》*Boyd's Directory of the District of Columbia*(1881年,第81頁)一書中肯尼迪被稱爲一名律師。作爲1850年和1860年人口普查的監管人,肯尼迪生平的簡短描述見詹姆士·特里·懷特James Terry White《美國國家傳記百科全書》*The National Cyclopaedia of American Biography*, New York: J. T. White Company, 1967年,第16卷,第444頁。六公司指的是早期在舊金山成立的爲了幫助當地華人的六個會館,雖然他們也在抗議反華運動中起了一定的配合作用,但是其力量的大大增强是在1882年黄遵憲建議下組成了中華會館後。見麥禮謙Him Mark Lai《成爲美國華人:社區和團體的歷史》"Being Chinese American, a History of Communities and Institutions",("中華會館發展歷程""Historical Development of the Chinese Consolidated Benevolent Association/Huiguan System"部分)爾納特克里克Walnut Creek,加利福尼亞:Alta Mira出版社,2004年,第41—45頁。

② 《舊金山紀事報》1881年10月20日第1版"中國商人的交易所"("Chinese Merchants' Exchange")、"東華醫院及交易所開幕"("Opening of the Tung Wah Hospital and Exchange")。

③ 《舊金山紀事報》1882年3月31日第2版"無題社論"("Untitled Editorial")。

④ 參見Ted C .Hinckley《俄亥俄歷史》*Ohio History* 89卷(1980年夏)第381—399頁,"恐華政治:加菲爾德,莫雷信件和1880年總統選舉""The Politics of Sinophobia: Garfield, the Morey Letter, and the Presidential Election of 1880"。

是一封強烈支持中國移民的信,當時據説是共和黨總統候選人詹姆斯·加菲爾德(James A. Garfield,1831—1881)寫的,雖然現在被普遍看作民主黨派密探的捏造。雖然用了這些骯臟的伎倆,加菲爾德和他的競選伙伴阿瑟還是當選了總統和副總統。不幸的是加菲爾德在當選不久就被槍殺了,他死於1881年9月19日,接着阿瑟繼任總統。雖然公衆對加菲爾德的死亡寄予了很大的同情,但是阿瑟仍然被懷疑附和加菲爾德所謂的親華態度,這個猜疑可能導致他很難再次當選。我們没有辦法去揣摩阿瑟總統此時的個人感受,但是如果這個廣爲接受的看法是正確的,肯尼迪和大鐵路公司就可能説服總統否決法案,黄遵憲也就可以如願以償了。

懸念升級

仍然没有人知道結果,每個人心頭的問題在《紀事報》的標題"他將如何處置"中貼切表達。

關於阿瑟處理對華法案的看法

今天下午在回答《紀事報》記者直接提問時,一位總統秘書聲明説在某種意義上總統對法案還没有下定決心:他將完全遵從内閣的決定,一旦決定,任何意見和影響都改變不了。他説東部那些給總統寫信勸説否決法案的人不會有任何收獲的,因爲總統必須行使政府職能,不會受到外界任何影響。内閣的一位成員今天聲明説,雖然他相信法案最終會通過,但是法律賦予總統十天的定奪期限,總統不到最後一天是不會簽字的。①

如果黄遵憲和他的部下讀到這篇文章,他們肯定感到很不樂觀,因爲阿瑟總統似乎是説不會理睬東部(和活躍在西部的大鐵路公司)對法案的強烈反對。正在他們緊張地度日如年的時候,舊金山反華勢力已經準備好要慶祝了。

然而紐約《論壇報》引《紀事報》一篇文章暗示反華勢力最好等等再開香檳:

在下次内閣周五開會之前,總統不會對法案做出任何批示。内閣和總統正在仔細考慮,總統的一些朋友表示即使總統已經有了主意也不會告訴任何人。當國務卿被問及對法案的看法時,他表示排華20年之久是對公約的違背,提議否決。②

中美《蒲安臣條約》在1880年做了明顯修訂,美國政府可以在一段時間内阻止中國移民,但是太長時間的排斥可能會嚴重損壞兩國之間的貿易和傳教士在中國的活動。上一屆政府否決《十五乘客法案》的原因也在於此。③

黄遵憲和反華勢力都在焦慮地等待最終結果,報紙還在繼續報導華人犯

---

①② 《舊金山紀事報》1882年5月30日第3版"他將如何處理"("WHAT WILL HE DO WITH IT"),這篇文章5月30日刊出但是交稿日期是5月29日。

③ CST,第39頁。

罪,而且還報導"4000 名剛到不列顛哥倫比亞·維多利亞市的勞工要去修築鐵路",預示着如果不阻止華人移民的話,加州將要吃到苦頭。①華盛頓的謠言工廠加班加點,紀事報頭條"如坐針氈":

> 據白官最新關於法案的消息來看,自從參議院通過以後至今没有下文,而且很可能明天的内閣會議也不會有什麽新進展。總統遲遲不批復令支持者深感不安,但是并不是説法案没有通過的可能。今天謠言四起,説法案被否決了,還説得有板有眼,但事實證明這些流言除了想象以外毫無根據。内華達州的瓊斯參議員②和加州的佩爾參議員③今天下午拜訪了總統,想了解法案的命運。總統告訴他們,正如昨晚給《紀事報》的電報所言,他將受内閣的主導。他不會撤回在這些電報中多次提出的聲明,法案會在適當的時候批復。④

對總統決議漫長和緊張的等待加劇了東部和西部原有對華問題的爭論。很多東部民衆,有一些是參加過解放奴隸鬥爭的内戰戰士,他們指責反華的加州人不僅是種族主義者而且還違背美國憲法(尤其是 1868 年 7 月 9 日的第 14 條修訂法案),憲法初衷是爲了保護南方初獲解放的奴隸,但是顯然也適用於其他種族群體。許多加州人對這些指控的典型回擊反映在《紀事報》的一篇文章裏:

他們想要怎樣?

> 加州總人口數量是 864,000,其中 80,000 是華人,相當於總人口的百分之九。馬薩諸塞總人口是 1,800,000,百分之九就是 162,000。這些高調的政治家們如果看到接下來的十年裏,162,000 的中國人、麻風病人和惡棍都擠到他們的城市和白人在白人所開的工廠中爭工作,他們會作何感想?請這些人好好思考一下,然後捫心自問是不是應該把這些不受歡迎的人强塞給加州。我們知道他們也不想要華人,儘管祇有五萬分之一的華人人口,他們還要把這點人往外趕。⑤ 馬薩諸塞州的高調政治家自私、無耻至極。他們要求我們服從於他們所謂的"正義和人性""神的子民和兄弟情誼",但是他們自己却不能踐行,祇會賣弄他們虛榮和虛假的政治道德理論。⑥

---

① 參見《舊金山紀事報》1882 年 3 月 31 日第 3 版"太平洋西岸"("The Pacific Slope"欄目)"一個華人盜賊被當場擊殺"("A Chinese Thief Instantly Killed")、"殺死一個强盜"("A Burglar Killed")、"更多華人勞工"("More Chinese Laborers")。

② 約翰·瓊斯(John P. Jones,1829—1912),1873 年到 1903 年期間擔任内華達州的參議員。

③ 這個名字模糊不清了,也是加州民主黨派的領導人,很可能是"Farley",也即 James T. Farley (1829—1886),是當時(1879—1885)加州的兩個參議員之一。

④ 《舊金山紀事報》1882 年 3 月 31 日第 3 版"國家話題"("NATIONAL TOPICS")欄目"華人法案通過前景"("Prospect of the Approval of the Chinese Bill")。

⑤ 作者還没有找到相關事件。

⑥ 《舊金山紀事報》1882 年 4 月 1 日第 2 版"他們會怎麽想"。

在加州的華人中的確存在一些麻風病人①和"惡棍",但是絕大部分是兢兢業業的勞動者,東部白人對此非常清楚而且能和華人和平共處,但是却被加州頻繁的反華勢力強行干擾。對於華人問題黄遵憲并不寄希望於加州大衆的支持,但是這樣的報導表明他有希望在東部獲得支持。

第二天(4月1日),《紀事報》發表文章闡釋了對華盛頓形勢的不同解讀:

> 今天下午内閣花了長達三個小時的時間討論對華法案,但是没有得出結論。内閣將在下周一召開一個專門會議來做最後的決定。總統對法案的否定權在十天内有效,最後的期限是下周三,總統必須在周二決定,有迹象表明他將在周一通知參議院。内閣的會議進程總是秘密的,但是已經泄露的消息説法案并没有危險,這令法案支持者們很滿意。有一個流行的傳言稱總檢察長布魯斯特②在内閣會議上提議説法案違背了中美條約也違背了美國憲法的精神。《紀事報》記者今天晚上采訪了國務卿福瑞林③。國務卿没有透露總檢察長是否對法案的簽訂發表了反對意見,祇是説星期一會塵埃落定。如果不是參議院休會到星期一的話,總統的決定很可能明天就會發布。④

總檢察長布魯斯特的觀點是:對華法案違反了修訂後的《蒲安臣條約》和美國憲法。這個觀點一定讓舊金山反華勢力非常煩惱,因爲1879年海斯總統否决《十五乘客法案》的原因與其相似。

然而,法案的主要支持者、加州反華勢力的領頭人之一約翰·米勒對局面持有相當不同的看法,他告訴《紀事報》:

> 總統很隨意地和我就法案及其條款交流,雖然他可能已經意向明確,但是并没有透露決定,我個人感覺他是打算簽署的。⑤

采訪米勒的記者也聯繫了約瑟夫·肯尼迪,這位舊金山華人在華盛頓最大的説客,他也發表了自己的觀點:

---

① 在黄遵憲描述舊金山的反華活動的詩作中,寫有關於對華人缺乏適當的衛生習慣的普遍看法:"又言諸婁羅,生性極齷齪,居同狗國穢。"參見RJL,第358頁,《逐客篇》。注釋見曹旭《黄遵憲詩選》,第85頁,注釋36—38。雖然衛生條件不理想,但唐人街的衛生在陳樹棠任總領事期間已經改善很多,并不比貧窮的白人區的環境更差。舊金山反華活動中最具有諷刺性的一件事是,負責將唐人街評定爲衛生公害的委員會就在他們剛結束唐人街視察後,竟然在中餐館用餐,還抽了由華工製造的雪茄! 參見《傅上校致信米爾斯醫生》(Colonel Bee to Dr. Meares),《舊金山紀事報》,1880年2月24日,第3頁及相關CST,第50頁。

② 本杰明·H·布魯斯特(Benjamin H. Brewster,1816—1888)法律專業,在州和聯邦政府擔任過多個職位,1881年他被阿瑟總統任命爲總檢察長,一直干到總統任期結束。

③ 福瑞林(Frederick Theodore Freylinghuysen,1817—1885)是新澤西州的一位政治家,之前在參議院供職,阿瑟總統任用其爲國務卿(1881—1885),主要處理美國的外交問題。

④ 《舊金山紀事報》1882年4月1日第3版《國家事務》欄目"内閣考慮華人法案"("The Chinese Bill Considered by the Cabinet")、"總統還是没有決定"("President Arthur Still Undecided")。

⑤ 同上"米勒參議員的觀點"("Senator Miller's Views")。

親華論

约瑟夫·肯尼迪一直積極地反對法案,今晚,《紀事報》記者采訪了他對法案命運的判斷。他説自己的觀點在一封發給一位紐約紳士的電報中已經表露無遺。電報内容如下:"事情結果未定。我擔心却也憧憬,雖然不無焦慮。"他説如果法案通過的話將是對美國持續了一百多年的七月四日國慶節的演講所包含的詩意和情感的破壞。他補充説自己上周二有幸在總統面前陳述了反對法案的觀點,總檢察長如果明天不提交反對法案的書面報告,那周一也會提交,他可以信心百倍地説,法案無論從原則還是形式上來説,總統都是反對的。①

约瑟夫·肯尼迪非常擔心總統會簽署新法案,因爲這個法案違背了在7月4日國慶節愛國演講中反復贊頌的美國基本價值觀,一旦法案通過,那些價值觀就毫無意義了。如果阿瑟總統不了解提案的法律和道德内涵,總檢察長可以立刻告訴他。

隨着懸念升級,報紙上繼續發表反華文章,其中最稀奇古怪的一篇報導稱一個舊金山牙醫爲中國妓女安裝賽璐珞的鼻子和假嘴唇來掩蓋她的面部畸形,還有一個更老套的説法是新發現了五個華人麻風病患者,其中三個被傅列秘領事親自送往隔離病院。② 當然華盛頓仍然是關注的中心,總統還是什麼都没有透露:

> 總統是否會簽署法案的問題仍然懸而未决,阿瑟自有其保密的方法,雖然有各式人等想要提前套出他的觀點,但都失敗了。那些和他交流過的太平洋海岸的參議員確信總統會簽署法案,但是今天和總統交流過的幾位新英格蘭國會議員却又很確信他會否决法案。

《紀事報》記者就總統如何决議問題采訪了馬薩諸塞州的賴斯議員③。衆所周知,賴斯是在衆議院帶頭反對法案的。他回答説:"我真的什麽都不知道,雖然我已經和總統談過了,還跟總統談過話的人談過。我們最多祇能猜測,我猜他會在星期一否决法案。"④

兩天以後约瑟夫·肯尼迪表達了相同的觀點:

中國代理的論調

作爲中國六公司的代理,约瑟夫·肯尼迪今晚告知《紀事報》記者:得知《排華法案》要被否决他非常滿意,但是他想要總統不僅僅是反對法案

---

① 同上"親華觀點"("A PRO—CHINESE VIEW")。

② 《舊金山紀事報》1882年4月1日第3版"假鼻子"("A CELLULOID NOSE")、"翹着上嘴唇的中國女人"("A Chinese Woman Who Can Always Keep a Stiff Upper Lip"),《舊金山紀事報》1882年4月2日第1版"中國麻風病人"("Chinese Lepers")。

③ 賴斯(William W. Rice,1826—1896)共和黨人,1877—1887年間在衆議院代表馬薩諸塞州。

④ 《舊金山紀事報》1882年4月2日第8版"在首都,華人法案仍懸而未决"("AT THE CAPITAL, The Chinese Bill Still Hanging in Limbo")。

的條款更要反對不斷滋長的排華浪潮。他說如果總統立場不堅定,他就會像國會一樣犯下巨大錯誤,最終通過法案。①

約瑟夫·肯尼迪比賴斯更厲害,要求總統不僅要否決法案,還要明確地反對法案的實質精神。

在肯尼迪預測法案被否決的前一天,黃遵憲被正式任命爲總領事,這事在舊金山當地報紙僅一筆帶過:

中國領事

中國新任領事上周六正式上任。陳領事(陳樹棠)、三位秘書和五位專員卸任,他們明天將乘東京城市號返回中國。新任命的包括總領事 Wong Jun Hom 黃遵憲(原中國駐日本參贊)和三位秘書。被連續任命的是傅列秘領事和兩名中國秘書,還有擔任副領事和翻譯的 Chen Ping②。東京號汽船捎來清朝皇帝致傅列秘領事的官文,鑒於他"任領事期間卓越的能力和高度的忠誠"授予他四品官階。③

否決!

文章刊出的第二天(4月4日),像是爲了慶祝傅列秘升遷和黃遵憲上任,總統否決《排華法案》的消息傳到舊金山。加州內陸陷入震驚之中,舊金山則變成了"惡心的城市",《紀事報》描述:

昨天上午11時,《紀事報》公布了阿瑟總統否決對華法案的新聞,一個小時之內,這個喪氣的消息就在社區間傳播開來。中午,工人們休息時去爲求證他們上班時聽到的驚人消息,趕快跑到布告欄前去看,有一段時間《紀事報》前面的大街水泄不通。忙碌的工人很快散去,但是一整天都有一群人圍在布告欄前討論這個新聞。群衆大部分的行爲是正常的,但是有時候討論變得異常激烈,他們對華盛頓政府的情緒很不友好。報館門前對於法案的否決所表現出來的強烈興趣祇是整個城市許多角落的一個縮影。④

加州內陸的民衆表現出不敢相信和憤怒的情緒,在內華達州雷諾市,民衆當街焚燒阿瑟總統的肖像,降半旗。⑤ 反華群衆大會在加州和內華達州附近很多

---

① 《舊金山紀事報》1882年4月4日第3版"限期的最後一天"("THE LAST DAY OF GRACE")、"普遍認爲法案會被否決"("General Belief that the Chinese Bill Will Be Vetoed")。

② 不幸的是到目前爲止我還沒有找到 Chen Ping 這個名字的漢字寫法。

③ 《舊金山紀事報》1882年4月3日第2版"中國領事館"("The Chinese Consulate")。

④ 《舊金山紀事報》1882年4月5日第3版"最終否決了"("VETOED AT LAST")、"阿瑟反對華人法案"("Arthur Objects to the Chinese Bill")、"一個惡心的城市"("A DISGUSTED CITY")。

⑤ 同上"內地對消息的反應"("How the News Was Received in the Interior")、"內華達州"("Nevada")。

小鎮召開。①

阿瑟總統向參議院解釋自己否決原因的那封信是反華運動史上的重要文件，從他的那些介紹性的評論可以看出阿瑟總統算不上是中國的朋友，比如：

> 我認爲這個法案（《排華法案》）應該是國會意見的一種表達；如此多（中國）勞工來到美國，他們的存在會損害我們的利益，也會威脅整個國家的良好秩序。在這一點上，我應該接受國會的意見。②

阿瑟顯然同意反華勢力的觀點，認爲目前中國移民太多對美國白人勞工有害，而且還會引起内亂，他反對法案本身的主要原因是由於該法案可能導致美國無法履行《蒲安臣條約》和修訂版《安吉爾條約》的對華條款：

> 一個國家祇有在巨大的利益衝突面前纔能拒絶履行條約義務。即使有衝突，也應該在訴諸最高權利機構③拒絶履行之前，在雙方同意的基礎上達成合理修改的共識。這些規則支配着美利堅合衆國在過去與國際大家庭中的其他國家的交往。我相信，如果國會能認識到這種行爲將違背美國對中國的承諾，就能夠理解我拒絶用這種方式規範華人移民的用意，而且將會努力尋找到既能符合美國人民的期望又不會和中國的權益發生衝突的方式。④

美國顯然有權廢除或修改與其他國家之間的條約，但這違背了美國一貫的做法，是不合適的，應該盡可能避免。還有一點阿瑟沒有明説，但他和參議院都心知肚明，那就是這樣的行動也可能會損害美國與清朝頻繁的貿易往來。

阿瑟總統否決這個法案并不是反對"禁止中國工人入境"，而是反對"20年的時間期限"：

> 據我對《安吉爾條約》和當時協議人員聲明的考察，1880年合約雙方都絶没有計劃要禁止移民達20年之久——這幾乎就是一代人的時間，20年不是一個合理的時間段，更不能對《蒲安臣條約》做如此大幅度的修改。我認爲這一條款違背了我們國家的信念，在這關鍵的一點上我和國會意見不一致，因此是國家的誠信促使我否決了這個法案。⑤

這個時候，國會就祇有幾種方案。國會可以像1879年處理《十五乘客法案》一樣接受總統的否決，放棄法案，但是反對否決的呼聲太強烈了，在西海岸尤爲明顯，這使得他們不得不做點什麼。另外一種方案是以衆議院和參議院

---

① 同上"内地對消息的反應"。
② 參見阿瑟的信件 http://millercenter.org/president/arthur/speeches/veto-of-the-chinese-exclusion-act 或者《舊金山紀事報》1882年4月6日第3版"否決文"（"TEXT OF THE VETO"）。
③ 我引用的網絡文章裏是單詞"戰鬥（fight）"而不是"權利（right）"因此解釋不通，應該是印刷錯誤，《舊金山紀事報》所登信件裏是用"權利（right）"一詞，參照前一條注。
④⑤ 參見 http://millercenter.org/president/arthur/speeches/veto-of-the-chinese-exclusion-act。

總票數的三分之二決定越過總統直接通過法案,但是這也不太可能,因爲要獲得如此多的選票也很困難。因此祇剩下一種方案,那就是對法案進行適當修改以獲得總統批準。雖然這個方案也有一定的困難,但是從總統并沒有接受肯尼迪的建議以違背美國精神爲由拒絕法案,他明確表示了控制中國移民的必要性,祇是不同意時間長度和其他幾個細節而已,很明顯有可商榷的空間。

肯尼迪和黃遵憲也清楚這種可能性,就在總統否決《排華法案》的第二天,《紀事報》就開始絞盡腦汁了:

下一步該怎麼辦?

昨天參議院針對"即使總統否決,對華法案仍然應該通過嗎?"這一問題投票表決,29票支持,21票反對,因此提案失敗了,沒有達到法律要求的三分之二。贊成票維持了上個月參議院投票的數目,而反對票增加了6票。俗話說聰明人"不會爲打翻的牛奶哭泣"。舊的提案完了,支持提案的人們立刻着手把提案從20年改爲10年,對時間期限和中國人護照和登記的相關修改可能會使總統改變主意。在華盛頓,人們認爲這個法案最好由眾議院提出,可以憑藉新增的大量支持者而不必受到目前的法律約束迅速通過。國會的長時間會議通常在六月或者七月舉行。我們可以指望在休會前的三個月裏,如果眾議院能够迅速通過的話,參議院會有充足的時間通過法案。

如果這樣還不行的話,或者新英格蘭州的參議院的哲學家們和鐵路公司能够再一次勸說總統否決的話,下一步我們這些受繼母虐待的太平洋沿岸各州就該考慮在法律的範圍內在各自州做些什麼了。我們西海岸人口眾多,意志強大,而且對這件事是完全統一的。我們把移民當成是絕對的邪惡,我們知道自己是對的,而且應該爲此盡力清除一切令人討厭的東西。我們不能像偽善的波士頓清教徒把英國繼母的茶葉倒入海裏那樣把我們的敵人扔進大海,因爲那將涉嫌謀殺和引起內戰。① 我們又不能在移民到達之前向他們征收州人頭稅,因爲在處理最近的一個案子時,最高法院否決了紐約州的這個提議。我們也不能用武力把他們趕走,不能阻止他們入境,不能傷害他們,因爲這些既會影響我們的文明還會降低我們做人的尊嚴。

那麼,我們能做些什麼呢?我們可以對他們的勾當②和生意收稅,把他們排除在我們的公共機構之外,我們可以讓他們的麻風病人永久自費隔離,我們可以利用他們的罪犯在街上和陰溝裏工作。我們不能阻止個

---

① 這篇文章作者指的是1773年12月16日的"波士頓傾茶事件",在這次事件當中一些美國的殖民者裝扮成美洲印第安人的樣子把停泊在波士頓港口船上成箱的茶葉倒入大海中,以此反抗英國政府於1773年5月10日頒布的在殖民地征收進口茶葉稅的《茶稅法》。這是在1776年7月4日《美國獨立宣言》前溫和抵抗的例子之一。

② 作者認爲這裏的"pull"一詞是的意思是騙人和違法的生意,和現代英語中"pull a robbery"意思相同。

人和公司雇傭華人,但是我們可以用各種辦法讓雇主感到燙手、不便,可以謹慎地利用輿論阻止他們參政。我們可以使用嚴厲的流浪漢法律、相關的環境衛生條例和法規去整治他們,而且他們所帶來的奇怪的疾病應該受到相關條例的整治。而這些祇是權宜之計,如果國會拒絕給予我們公正,我們可以讓加州苦力們的境況糟糕到他們主動往東部遷移,希望東部那些善良的人能夠以"同父和兄弟的情誼"張開雙臂迎接他們!①

這篇文章與反華的加州人發出的怒火沉瀣一氣,他們討厭東部那些人借着"上帝面前人人平等"和民主的名義"干涉"他們的反華運動。當黃遵憲和其他的使館成員讀到這篇文章的時候一定感覺很受挫,因爲這樣一來即使國會不能夠扭轉總統對《排華法案》的否決,加州的反華勢力也會想方設法通過更多的地方法令,讓加州華人和對華人友好的當地人舉步維艱。最終加州華人將不得不離開美國或者搬到對華友好的地區。舊金山政府還沒等國會采取進一步行動,4月6日,檢察長和考得里參事在州議會上發布了一個詳細的法律意見,解釋爲什麼加州有權把華人全部清除出去。② 很明顯,城市高層從來都沒有放棄過摧毀唐人街和把華人趕出去的計劃,雖然這個計劃在陳樹棠任使節時遭受過挫折。③

修改後的排華法案

就在考得里遞交分析的同一天,加州參議員米勒"準備了一個新的對華法案,把禁止移民期限改爲10年,但是保留其他的措施。他希望通過施加壓力確保法案立刻通過"④。米勒參議員告訴記者:

我毫不猶豫地説這次否決對共和黨將是嚴重的創傷,也會傷害到各地的行政管理,尤其是太平洋沿岸反華浪潮非常激烈的地方。下一步的計劃還沒有制定,但是我們還會提出其他方面的措施來限制移民。⑤

三天以後加州州長理事會采用了一個決議:公共建設委員會應該在下一次會議向委員會報告縣級的看守所和市里的監獄是否可以監禁"違反衛生法者",這則消息被《紀事報》命名爲"對華人的重擊",因爲衛生法是人盡皆知的

---

① 《舊金山紀事報》1882年4月6日第2版"下一步怎麼辦?"("What Next to Do?")。
② 《舊金山紀事報》1882年4月6日第3版《華人》欄目("THE CHINESE")"考得里先生關於清除華人的觀點——强制執行"("Opinion of Mr. Cowdery on their Removal-Enforcing Orders")。考得里(John F. Cowdery)在SFD1881第260頁被列爲律師。
③ CST,第53—55頁。
④ 《舊金山紀事報》1882年4月6日第3版"還有希望"("STILL UNCRUSHED")、"米勒今日準備新法案"("Miller to Introduce a New Bill To-day")。
⑤ 《舊金山紀事報》1882年4月6日第3版"在參議院"("IN THE SENATE")"與參議員交談"("TALK WITH SENATORS")。

舊金山警方最喜歡用來騷擾華人的伎倆。① 即使阿瑟總統不改變決心,舊金山政府也會運用一切機會推進反華運動。

我們不必詳盡追踪米勒參議員提交新法案後的戲劇化過程,要知道提交法案僅兩天後,《紀事報》就抱怨"立法停擺"而且"華人法案沒有進展",又過兩天後又發聲"對華法案沒有動靜"。② 當天晚上在加州的奧克蘭舉行了一場大型群衆集會抗議阿瑟總統的否決,4月9日勞工貿易大會號召召開代表城市工人階級的反華大會。③ 報紙繼續樂此不疲地報導華人犯罪,一篇是關於當地華人開鴉片館被判刑的,一篇是關於香港公司用假冒僞劣產品欺騙美國進口商的,還有一篇講的是名叫方阿興(Fong Ah Sing)的華人因爲謀殺一位叫蔡春(Choy Cum)的妓女而被絞死的。④ 更有一篇文章試圖挑起人們對中國駐華盛頓使館和親華分子的敵視:

  《明星晚報》報導:一位熱情的親華分子克拉朗斯·D(姓氏不清楚)給中國大使館寫了一封信:"總統英明,法案否決,恭喜貴國。"中國使館回信中説到:"衷心感謝你的祝賀和善意,總統的否決是公正合理的,我們非常欽佩他的做法。政客的不快不會撼動總統的明智決定。"⑤

相比而言以下這則短文消息顯得很不起眼:愛達荷州三名中國男子被搶劫和謀殺,尸體被焚燒,犯罪分子沒有留下任何證據。⑥

每隔幾天關於新法案的報導就鋪天蓋地,有的持樂觀態度,有的持悲觀態度。⑦ 在舊金山内部,反華集團也并非一帆風順,因爲舊金山監事會收到了司

---

  ① 《舊金山紀事報》1882年4月9日第4版"新警察局長"("NEW POLICE COMMISSIONERS")"對華人的重擊"("A BLOW AT THE CHINESE")。
  ② 《舊金山紀事報》1882年4月8日第3版"立法停擺"("A LEGISLATIVE LULL");1882年4月10日第3版"首都的華人法案沒有動靜"("No Action on the Chinese Bill")。
  ③ 《舊金山紀事報》1882年4月9日第8版"指責廢除法案——奧克蘭工人階級舉行盛大集會"("DENOUNCING THE VETO, A Large Mass Meeting of Oakland Workingmen");《舊金山紀事報》1882年4月10日第3版"反華大會"("ANTI—CHINESE CONVENTIONS")、"貿易大會設法清除華人"("The Trade Assembly Seeking to Get Rid of 'John'")。
  ④ 《舊金山紀事報》1882年4月9日第8版《法庭記錄》欄目("COURT NOTES")第7條;1882年4月11日第3版《國内外》("AT HOME AND ABROAD")欄目"中國貿易欺詐"("FRAUD IN THE CHINA TRADE")、"一個香港商人欺騙美國進口商"("A Hongkong Merchant Swindles American Importers")。1882年4月16日第1版"死刑"("The Death Penalty")。1882年4月23日第5版有關於近期華人謀殺的詳細描述的"黑名單"("The Black List")、"近年華人謀殺記録"("A Record of Chinese Murders During the Years")。
  ⑤ 1882年4月9日第8版《華盛頓》欄目"自鳴得意的中國人"("THE COMPLACENT CHINESE")。
  ⑥ 1882年4月11日第2版《太平洋西岸》欄目("THE PACIFIC SLOPE")"被謀殺的蒙古人"("MURDERED MONGOLS")、"愛達荷州三個中國人被搶劫和殺害"("Three Chinese in Idaho Robbed and Killed")。
  ⑦ 例如《舊金山紀事報》1882年4月14日第3版《華盛頓》欄目"新版華人法案的前景"("Prospects of the Revised Chinese Bill")、"共和黨準備推動華人法案"("Republicans Ready to Push the Chinese Bill");1882年4月16日第8版《國家話題》欄目"華人法案的通過前景"("Prospect of the Passage of a Chinese Bill");《舊金山紀事報》1882年4月16日第2版"鼓舞人心的前景"("A CHEERING OUTLOOK")、"對華法案通過的很大希望"("Strong Hopes of the Passage of the Anti-Chinese Bill")。

法委員會針對反華集團"把所有華人趕出去"計劃的報告,大意如下:

> 他們意識到自己的尷尬境地。司法委員會明確表示,根據美國聯邦法院和美國憲法,舊金山監事會采取的任何排華行動都違背了美國對境內民衆權利和權益的保障。司法委員會相信如果監事會能够利用職權實施排華的話,他們也能提高城市的衛生條件,并保護社區年輕人不與華人中不良階層的接觸。①

在一個法律相對固定、重視憲法和民權的民主國家中,要想玩這些伎倆可没那麼容易!

毋庸置疑,當新的排華法案以 207 對 31 的絶對優勢在衆議院獲得通過的新聞當日見報時②,監事會的挫敗在一定程度上得到緩解。下面就要看參議院的了。參議院的壓力巨大,就在法案到達參議院的幾天前,《紀事報》發布了一份長長的清單,列出了代表華人游説參議院的東部公司,敦促讀者抵制這些公司的産品。③ 同時,爲了防止舊金山人忘了驅逐華人的原因,《紀事報》公布了過去兩年華人殺人案的詳細情況和一篇關於所謂的華人犯罪率高的短社論。④《紀事報》還提到源源不斷到來的華人勞工,最近的一批是蓋爾號蒸汽船運來的 650 名"苦力"。⑤

最主要的新聞無疑還是對華法案在參議院緩慢而又穩步的進展,根據《紀事報》消息稱,有一些參議員聽信了鐵路集團需要更多華工修建西部鐵路的説法,爲此叫嚣,成了參議院中最大的阻力。⑥ 參議院在法案辯論的時候進行了很多修改,把一些含糊條款明確化,其中最爲陰險的新增條款是禁止中國人申

---

① 《舊金山紀事報》1882 年 4 月 18 日第 2 版"監事"("THE SUPERVISORS")、"趕走華人"("REMOVING THE CHINESE")。

② 《舊金山紀事報》1882 年 4 月 18 日第 3 版"不要給他們苦力——國會用絶對多數説話"("NO COOLIES FOR THEM, The House Says So by a Rousing Majority")。

③ 《舊金山紀事報》1882 年 4 月 22 日第 3 版"白人勞工的敵人"("FOES OF WHITE LABOR")、"東方商人青睞中國人"("Eastern Business Men Who Favor the Chinese")、"反苦力法"("THE ANTI—COOLIE BILL")、"下周二要在參議院表决"("To Be Called Up in the Senate Next Tuesday")。

④ 《舊金山紀事報》1882 年 4 月 23 日第 5 版《黑名單》欄目("THE BLACK LIST")"華人謀殺案兩年記"("A Record of Chinese Murders During Two Years");1882 年 4 月 22 日第 4 版無題。或參見 1882 年 4 月 23 日第 5 版"罪犯種族"("A CRIMINAL RACE")、"黄色人種黑名單"("The Black Record of the Yellow Men") 和 1882 年 4 月 22 日第 2 版"更多華人流血事件"("More Chinese Blood-Letting")。

⑤ 《舊金山紀事報》1882 年 4 月 23 日第 1 版"苦力船"("A COOLIE CARGO")、"850 名華人乘坐'蓋爾號'到達"("Arrival of 850 Chinese by the 'Gaelic'")。

⑥ 《舊金山紀事報》1882 年 4 月 23 日第 3 版《國家話題》欄目"參議院受理華人法案"("The Chinese Bill in the Senate");1882 年 4 月 26 日第 2 版"參議院的行動"("The Action of the Senate");1882 年 4 月 26 日第 2 版"最大的阻力"("The Greatest Obstructionists")。

請成爲美國公民，這樣就可以永遠把華人排除在主流之外了。① 雖然《紀事報》標題繼續抱怨"沒有進展"和"又浪費了一天"，1882 年 4 月 29 日，報紙興奮地報導參議院否決了外交關係委員會對法案的惡意修改提議，新版的排華法案以三分之二(32 比 15)的壓倒性多數通過。② 所有人都在猜測阿瑟總統的反應，當衆議院拒絕立刻對新版法案進行表決時，懸念又出現了。③ 不過，5 月 3 日《紀事報》宣布衆議院已經在 5 月 2 日通過了參議院對法案的所有修訂，現在"就要遞交給總統了"④。當再一次出現拖延的時候，《紀事報》繼續抱怨"反華法案又拖延了一天"⑤，然而，這一次總統的決議就沒有太大的懸念了，5 月 9 日《紀事報》報導：

國家法律總統簽署對華法案

華盛頓，5 月 8 日：對華法案已經成爲歷史，現在是國家章程的一部分。正如周六給《紀事報》的電報所預告的一樣，總統今天簽署了法案。沒有特別的簽署儀式。總統私人秘書在今天晚上談到這個問題時說："總統早上問的第一件事就是對華法案是否仔細審閱，確保沒有錯誤。⑥ 當他得知正確無誤時，便簽署了法案，僅此而已。"⑦

此時，阿瑟總統不再關心通過法案是否有道德和法律問題，竟然祇是擔心可能產生的謄寫錯誤！在黃遵憲的詩作中，他悲哀地寫道：

---

① 《舊金山紀事報》1882 年 4 月 26 日第 3 版"接近尾聲"("NEARING THE END")、"參議院考慮對華法案"("The Chinese Bill Considered by the Senate")、"重要修正的兩次投票"("TWO VOTES ON IMPORTANT AMENDMENTS")、"不要蒙古人入籍"("No Naturalization of Mongolians")。關於法案模糊點的說明，參見《舊金山紀事報》1882 年 4 月 27 日第 2 版"替代詞"("The Edmunds Substitute")中"勞工"(laborer)一詞的重新定義。

② 《舊金山紀事報》1882 年 4 月 27 日第 3 版"沒有進展"("NO PROGRESS MADE")、"一天時間討論華人"("A Day Devoted to Talk About the Chinese")；1882 年 4 月 28 日第 3 版"又一天浪費了"("ANOTHER DAY WASTED")、"反華法案沒有新進展"("No Action Taken on the Anti-Chinese Bill")關於法案的通過參看 1882 年 4 月 29 日第 2 版"終於通過了"("Passed at Last")和 1882 年 4 月 29 日第 3 版"參議院通過"("THROUGH THE SENATE")、"反華法案最終通過"("Final Passage of the Anti-Chinese Bill")、"祇有 15 票否決"("ONLY FIFTEEN NEGATIVE VOTES")、"會引起反對的修正案均遭到拒絕"("Objectionable Amendments All Rejected")。

③ 《舊金山紀事報》1882 年 4 月 29 日第 3 版"阿瑟將怎麽做？"("WHAT WILL ARTHUR DO?")；1882 年 4 月 30 日第 8 版《華盛頓》欄目"國會拒絕對華人法案投票"("The House Refuses to Vote on the Chinese Bill")、"表決推遲到下周二"("ACTION DEFERRED UNTIL NEXT TUESDAY")。

④ 《舊金山紀事報》1882 年 5 月 3 日第 3 版"法案通過"("Passage of the Chinese Bill")；1882 年 5 月 3 日第 3 版"國家事務"("NATIONAL AFFAIRS")、"華人法案準備遞交給總統了"("The Chinese Bill Ready for the President")。

⑤ 《舊金山紀事報》1882 年 5 月 4 日第 3 版"國家話題"("NATIONAL TOPICS")、"反華法案又拖延了一天"("The Anti-Chinese Bill Kept Back Another Day")。

⑥ 原英文"engrossing"指在簽署之前重新用清晰、漂亮的大字體謄寫。

⑦ 《舊金山紀事報》1882 年 5 月 9 日第 3 版"總統簽署華人法案"("THE LAW OF THE LAND")。

有國不養民,譬爲叢毆爵①。四裔投不受②,流散更安着?……倒傾四海水,此耻難洗濯。③

他自己的政府不能照顧好這些國民,他們爲生計所迫來美國謀生,但美國又不歡迎他們,現在他們能去哪裏呢?

排華法案綱要

現行《排華法案》的官方名稱是《關於執行有關華人條約諸規定的法案》④該法案由 15 部分組成,第一條也是最重要的一條:

> 鑒於華人勞工對一些地方的秩序可能造成的危害,美國政府批示:
> 由美國參議院和衆議院共同頒布,此法案通過 90 天之日開始,到此法案 10 年期滿爲止,暫停華人勞工入美,在暫停期間任何中國勞工入美或滯留都是違法的。⑤

阿瑟總統最初否決法案的主要原因是 20 年時間太長,現在總統和國會對折中方案很滿意。况且商人、學生、游客和傳教士被排除在外,前三類人可以給美國帶來創收,第四類人可以幫助當地華人信奉基督教。

已經居住在美國的華人可以去旅游、探親或者做生意,還可以再回到美國。對此法案已有明確規定:

> 此法案不適用於 1880 年 11 月 17 日之前已經在美國的華人,也不適用於法案頒布之日起 90 天以内到美的華人,這些人要在登船之前備好相關證明原件,并在船隻到達美國時交給海關人員。這些都將作爲此人屬於這一範圍内的證明。⑥

爲了確認這些返美的勞工在截止日期之前已經是美國居民:

> 本地區海關信息專員應該親自或者派副手到每一艘載有華人勞工離開的船上登記所有離美華人勞工的信息,這些信息包括姓名、年齡、職業、最近居住地、明顯標記和其他相關身份識别信息,這些登記清單要在海關完好保存以備身份審核。⑦

---

① 根據錢仲聯的注釋,曹旭認爲這句的"毆"同"驅","此謂把人民驅趕到别的國家去。"曹旭《黄遵憲詩選》,第 88 頁,注釋 74。黄遵憲這句詩典出《孟子·離婁上》:"爲叢毆爵者,鸇也。"

② 根據錢仲聯的注釋,曹旭將這句話解釋爲"此謂人民流離四方而無安身之所"。曹旭《黄遵憲詩選》,第 88 頁,注釋 75。

③ RJL,第 362 頁,《逐客篇》。

④ 法案全文參見 https://www.ourdocuments.gov/doc.php?flash=true&doc=47&page=transcript。

⑤ 同上第 1 部分。

⑥ 同上第 3 部分。

⑦ 同上第 4 部分。

并且:

> 每一個離開美國的華人勞工都有權而且應該在信息員或者副手登記時免費申請一張簽名蓋章的回美身份證明,此證書需按照財政部所要求的擬定標準,需要海關信息專員或者其副手簽字,蓋公章,證書上必須要有相關的姓名、年齡、職業、最近的居住地、長相和其他相關信息,所有信息應該對應清單上所登記的細節。①

這些規定對於總統和大部分國會議員看來是很合理的,但是正如我們在下文將會看到的那樣,這些規定實施起來很難,而且引起糾紛無數,黃遵憲在舊金山期間很大一部分時間和精力都被此牽扯。比如説勞工和商人的明確區别是什麽?街上賣菜的算勞工還是商人?粤劇演員應歸於哪一類人?如果一個華人勞工確實是在截止日期前住在美國的,但是在回國探親時丟失了證明怎麽辦?況且,既然證書祇發給華人勞工,那麽其他居美華人,比如商人怎麽證明他們有回美國的權利?美國政府如何對付假證明?又如何阻止有種族歧視的海關官員歪曲規則刁難那些有權進入美國的華人呢?當然最難回答的問題,也就是約瑟·肯尼迪問阿瑟總統的問題,那就是種族歧視的移民政策如何能和美國平等的理想和諧共存呢?又如何能與美國南北戰爭犧牲無數爲代價換來的修正的憲法和諧共存呢?

黄遵憲艱難的三年

現在《排華法案》立法了,反華勢力可以慶祝了,《紀事報》報導:

> 本市平靜地迎來阿瑟總統對排華法案的簽署,并深以爲傲。從市政府、本報社到其他地方,都懸掛出美國國旗。共和黨州總部和縣委員會在昨晚早早安排了一場慶祝禮炮。一個半小時之後,又下令將加農炮拖上去,中隊、第二炮兵團和NGC從陡峭的諾布山列隊行進到薩克拉門托和梅森街的交彙處。W.B.科利爾上尉和W.H.奧爾德里奇第一中尉帶領一支32人的小分隊,他們將加農炮口對準薩克拉門托山,兩名領槍和十名隨槍半分鐘鳴槍一次,發射了100響。槍聲在群山間回蕩。②

黄遵憲大概在米勒參議員把法案提交給國會不久就了解到新版《排華法案》的具體内容,但是他還是期望法案會像上次一樣被否决。如果他能在自己的辦公室内聽到反華勢力禮炮聲的話,他肯定能够痛苦地預感到在這個用禮炮慶祝排華的國家將會經歷什麽。在舊金山任職的時期是他人生當中最艱難的一段,他竭盡全力保護當地的華人免遭排華勢力迫害,有時候黄遵憲自己的生命

---

① 同上第5部分。

② 參見《舊金山紀事報》,《國家的法律》("The Law of the Land")、《總統簽署排華法案》("The Chinese Bill Signed by the President")、《共和黨的歡欣》("Republican Rejoicings"),1882年5月9日,第3頁。

也受到威脅,但是他在金山任職的三年間從來沒有動搖過。研究黃遵憲生平和作品的中國學者對他非常敬佩,作爲十九世紀偉大人物之一,他在舊金山的成就將會令我們對他的敬意大大增加。

雖然我們從彼時當地的英文報紙當中了解到很多黃遵憲在舊金山的活動,但是由於資料的缺乏,本文刻畫的形象還不夠豐滿,不如人意。然而,四個月之後,材料的局面發生戲劇化的改觀。如上文提及,被保存下來的黃遵憲呈交給他的上司鄭藻如的第一篇禀文寫於 1882 年 9 月 5 日,從那天起,一直到留存的最後一篇寫於 1883 年 4 月 1 日的禀文,我們有了黃遵憲在金山的思想和活動的每周記錄。雖然有些禀文確實很難理解,但是在當地英文報紙的基礎上,以及對加州和舊金山政府的研究,我們可以融會貫通地領會所有信息。不幸的是,在幸存的最後一封禀文之後,情況又變得不太明朗了,但是保存在維多利亞大學圖書館大量的黃遵憲、副領事黃錫銓和中華會館會員通信手稿爲那些失傳的禀文做了一定的補充。早期學者的信息來源於梁啓超(1873—1929)簡短却錯誤頗多的評論以及黃遵憲關於美國題材的詩歌,相比這兩份材料,本文使用和參照的材料能提供更多的信息。① 任何本文的讀者都能够意識到梁啓超所言"工黨之新例適於先生到美之日而發生效力"是不可靠的。② 梁啓超的説法雖然有戲劇性的效果,但是不僅有錯誤,還忽視了在法案形成過程當中的各種言論對黃遵憲造成的煎熬,這是不公平的。雖然黃遵憲自己的詩歌比梁啓超的評論更加可靠,但是他的詩歌也是在他離開美國很久以後纔寫的,很可能是在他被流放到廣東梅州家鄉時所作,因此黃遵憲自己詩歌的内容也有誤差。③

[作者簡介]施吉瑞(Jerry Schmidt),英屬哥倫比亞大學東亞語系教授。
[譯者簡介]黃道玉,女,鹽城師範學院外國語學院教師,揚州大學文學院博士研究生。

---

① 和大多數學者一樣,作者關於黃遵憲在美國階段的描述也曾經受了材料的誤導。參見施吉瑞《人境廬内》,第 25—29 頁。
② 錢仲聯 RJL 第 3 卷第 1191 頁《黃公度先生年譜》,光緒八年(1882 年)。
③ 慈禧太后(1835—1908)在鎮壓戊戌變法以後想要處死黃遵憲,但是迫於外國使團的壓力纔手下留情。參見施吉瑞《人境廬内》,第 40—41 頁。關於黃遵憲美國題材詩歌的年代參見施吉瑞《金山三年苦:黃遵憲使美研究的新材料》,《中山大學學報(社會科學版)》2016 年,第 1 期,第 56 卷,總 259 期,第 2 頁注脚 5。這個時間疏忽也可以解釋黃遵憲美國詩歌當中的錯誤。參見施吉瑞《人境廬内》第 247 頁注 3 對黃遵憲關於 1884 年美國總統大選困惑的評論。

清代文學的加拿大知音
——北美著名漢學家施吉瑞訪談錄

黃道玉

　　施吉瑞(Jerry D. Schmidt),著名漢學家,祖籍德國,1946年生於美國,加拿大不列顛哥倫比亞大學(University of British Columbia,簡稱 UBC,又名"卑詩大學""英屬哥倫比亞大學")教授,對中國古代文學興趣濃厚,多次到中國參加學術交流,著作豐富。其主要專著有:Yang Wan-li(G. K. Hall & Co,1976);Stone Lake: The Poetry of Fan Chengda (1126—1193) (Cambridge University Press, 1992); Within the Human Realm: The Poetry of Huang Zunxian(1848—1905)(Cambridge University Press, 1994); Harmony Garden: The Life, Literary Criticism, and Poetry of Yuan Mei(1716—1798) (Curzon Press, 2003); The Poet Zheng Zhen (1806—1864) and the Rise of Chinese Modernity (Brill Press, 2013)。其中被翻譯爲中文的學術論著爲《人境廬内》及《詩人鄭珍與中國現代性的崛起》。① 他被譽爲北美晚清研究的泰斗,尤其是對袁枚、黃遵憲的研究更屬於漢學界翹楚。如今,施吉瑞教授筆耕不輟,在中國清代文學的道路上越走越遠,研究越來越深入。

　　2017年12月筆者和施吉瑞教授有緣在中國廣州相識,有幸當面請教和學習一些問題。本文是在廣州華南師範大學承辦清代文學國際研討會期間對施教授的訪談,施教授的中文發音非常標準,訪談全程中文無障礙。施教授認真的治學態度、批判的研究理念以及獨特的研究經歷對有志於中國古代文學研究的學者有很大的啓發意義,遂以成文,以饗學人。

　　黃道玉:施老師,非常榮幸能夠翻譯您最近的一篇文章:《金山三年苦:黃遵憲初到舊金山》,仔細拜讀老師的大作,發現您寫黃遵憲在美國的生活時發掘了很多獨特的材料。

　　施吉瑞:是的,我的運氣好,運氣,運氣!(愉快地笑)

---

① 王立《與古人爲友——施吉瑞教授的中國古典詩歌研究》,《天中學刊》2016年第6期。

黄道玉：您太謙虚了，您對清代文學的研究貢獻很大，爲我們國内的學者提供了很多難以找到的研究素材。我很想知道，作爲一個外國人，您是如何對黄遵憲感興趣并且深入研究的呢？

施吉瑞：也許我應該從我如何對中文感興趣談起，這樣就可以更好地回答你的問題了。我出生在芝加哥，小時候是在距離美國芝加哥四五十公里的鄉下長大，我小學二年級的時候父母就搬到農場去生活，我爸爸是開飛機的，他一直很喜歡鄉下的生活，所以就買了一個大約四十英畝的農場，在那裏養牛和種玉米。他在航空公司的工作不必每天上班，海外的航綫一般一個月上班一個星期，剩下的三個星期不必上班。我運氣非常好，住在那裏很快樂，像天堂一樣。夏天我也會種田干農活，但是我覺得很享受，而且覺得很健康。但是我們的農人没有中國以前農人那麼辛苦，我們的機械比較多，也不必依賴農場的收入，因爲我父親的收入還可以。

我常常喂牛，也喜歡打獵，我常常帶着兩隻狗去打獵，常常看到各種動物和鳥，我非常享受。那個時候我還殺生，現在不喜歡做這個事了。（爽朗地笑）

後來我中學畢業就上了加州大學的Berkeley（伯克利）分校，那個時候我爲什麽要學中文呢？因爲我的祖先是德國人，我想要自修德文，我們學校没有德文課程，我買了一套唱片開始學習德文，那時候還没有磁帶什麽的。我父親的祖先是德國人，Schmidt這個姓是德國姓，我的祖父還會説一點德文，我父親已經不會説了，我就是對祖先説的語言特别感興趣，學會一點後就開始看德文報紙，那時候芝加哥會説德語的人還很多，收音機裏還有德語廣播和德語廣告，我開始聽一些德文節目，我也看一些德國的名著，讀歌德這些詩人，我以前讀英文詩不太感興趣，但是對德文十八九世紀的詩就很感興趣，所以我對詩的興趣開始了。

黄道玉：這是很奇怪的事情，對英文詩不感興趣，却對德文詩感興趣。

施吉瑞：對對對，這就是很奇怪，可能是我們英語老師教得不好的原因。（大笑）我本來對科學非常感興趣，可是中學畢業時已經對科學不那麽感興趣了，我想我應該學習外語。可是要學習哪一種語言呢？我中學還讀過拉丁文，對這種古代的東西也感興趣，那時候學校還教拉丁文，現在的學校很少教拉丁文了，這樣我對古代歷史、外語和詩都感興趣了。我當時很想找一門難學的語言去學，聽説中文很難學，漢字特别難學，好吧，我就念中文吧。這也是很奇怪的事情，我們那一帶當時没有中國人，完全是白種人的社會，走二三十公里都看不到一個中國人。

黄道玉：别人學習都找容易學的去學，而施老師却刻意去找難學的語言去學，這除了天賦异禀之外也是一種勇敢的自我挑戰精神。

施吉瑞：（笑）在加州大學，我開始念中文，覺得太有意思了，我是通過唱片發音學的德文，所以也買了一套中文的唱片，叫《國語入門》，那時候比較容易買到的一套，當時教漢語的老師也是用的這一套教材，每天晚上就聽"你好""老師好"，那套教材非常好，内容非常有意思。我就跟着唱片説話，很難學，但是我覺得非常愉快,因爲我對詩歌感興趣。Berkeley離舊金山很近,我常常到舊金山去下中國館子,去看看朋友。而且那裏也有一家中文書店,我就逛這個書店,雖然我閱讀能力不行,但是我看到有一套《唐詩三百首英漢對照》,我就買了,然後我就開始看,每天睡覺前就看幾首唐詩,非常喜歡。我那個時候住在學校,很想家,住在農場的時候我經常看到動物啊,農田什麼的,我看到王維等人的詩裏也有相似的內容,我就覺得這些比德文詩更有趣。從那個時候起我就開始對中國文學,特別是對中國詩歌感興趣。那個時候我們有一些很好的老師,有一位陳士驤教授①,但是他們的思想受到了五四運動的影響,有一個説法,魯迅也是這樣説的,説唐代以後沒有詩,如果看唐代以後的文學就祇能宋代看宋詞,元代看戲曲,明清看小説,都是這麼個説法。

但是有一次,在我快大學畢業的時候,我在亞洲圖書館,我很喜歡進去看看自己沒有讀過的書,那時候我就一直看中文書,看白話小説,也看一些古典文學,看到一本《宋詩選》,我想:不是説宋詩不好看的嗎? 老師都説應該看宋詞的,不過,我還是看看吧。我就借了一本,帶回家看,發現和唐詩很不一樣,我看得很興奮,那天晚上都沒有睡覺,非常高興。我覺得一般的唐詩都是比較悲觀的,而宋詩比較快樂,像我的性格,我比一般的人更快樂,更樂觀,我喜歡講笑話,也喜歡聽笑話,讀蘇東坡心裏就很高興,那個時候我就開始懷疑,老師講的唐詩、宋詞、明清小説的説法到底是不是對的。後來我拿到了不錯的獎學金去加拿大讀碩士學位,那時候我就開始大量閱讀唐詩、宋詩,剛開始時沒有讀宋代以後的詩。我開始看的第一位非常喜歡的詩人是韓愈,看到他那種奇奇怪怪的東西,一些像現代文學裏的卡夫卡②式的黑色幽默,我就很喜歡。那時候肯定很多中國學者不喜歡韓愈的詩,但是我很欣賞,後來又讀了很多宋詩。

在去加拿大以前,我也拿到了斯坦福中心提供的一筆去台灣讀中文的獎學金,在台灣我讀了一些中文,那邊有一位老師對我的影響很大,叫于大成③。他也説唐代以後沒有詩的説法完全是錯的,説台灣這裏很多老師也有這種説法,他讓我多看宋詩,説宋詩特別好看,他説他特別喜歡一個詩人叫楊萬里——楊誠齋,我就看了一下楊萬里的詩,那是周汝昌編的《楊萬里選集》,編得非常好。後來我也見到過周汝昌,我很喜歡他。我的碩士論文是關於韓愈的詩歌研究,然後我的博士論文就是關於楊萬里的研究。

---

① 陳世驤(1912—1971),字子龍,號石湘,祖籍河北灤縣。1947年起長期執教加利福尼亞大學伯克利分校東方語文學系,主講中國古典文學和中西比較文學。

② 弗蘭兹·卡夫卡(Franz Kafka)(1883—1924),生活於奧匈帝國統治下的捷克小説家,本職爲保險業職員。主要作品有小説《審判》《城堡》《變形記》等。他深受尼采、柏格森哲學影響,對政治事件一直抱旁觀態度,故其作品大都用變形荒誕的形象和象徵直覺的手法,表現被充滿敵意的社會環境所包圍的孤立、絕望的個人。卡夫卡與法國作家馬塞爾·普魯斯特、愛爾蘭作家詹姆斯·喬伊斯并稱爲西方現代主義文學的先驅和大師。

③ 于大成(1934—2001),中國古典文學專家。字長卿,別署綱溪亭長、理選樓主人,山東章丘人。台灣大學文學士、文學碩士、"教育部國家文學博士",曾任成功大學文學院長兼中文系主任。

黃道玉：都是您喜歡的詩人，可見興趣在您學習過程中是多麽重要。

施吉瑞：（爽朗地笑）（自豪地説）楊萬里也是我出版的第一本書！那個時候葉嘉瑩老師來了，她是非常杰出的學者，她最初在台灣，後來去哈佛大學，但是好像美國移民局不允許她繼續留在那裏教書，她就到了加拿大，我的運氣非常好，遇到這樣一個偉大的學者，她是我的博士導師。（很開心）

黃道玉：葉老師爲中國文化的研究和傳播都做出了很大的貢獻。您能説説葉嘉瑩老師對您有哪些影響嗎？

施吉瑞：是啊！我很幸運！我最崇拜葉先生的學問，她和于大成老師一樣，讀過很多書，在我寫博士論文的時候，每次有什麽困難我就去找葉老師，她説"我想想看，喔，對對對！這是杜甫詩哪一首的什麽典故"。她都記在腦子裏，這個不得了，我一輩子在這個方面都比不過老師！

黃道玉：葉老師博聞強記，她從小就受到過熏陶和訓練，而且她自己的詩也寫得很好。

施吉瑞：是的。那時候我們還有一位老師叫李祁①也會填詞。葉老師寫詩，李老師填詞。所以他們在一起就會討論這些問題，還會一起吟詩，葉老師吟詩的方法和李老師不一樣，我們也討論爲什麽不一樣，一個是和地域有關，李老師是湖南人，湖南人和北京人的調子不一樣；而且也和性格有關，李老師説湖南人之間吟詩的方法也不一樣。

我的碩士導師是加拿大的學者叫蒲立本（Edwin.G. Pulleyblank）②，他主要研究中國的聲韵學，研究中國文言文的語法很有成就。那個時候，我開始懷疑有些人對宋代以後詩的説法可能也有問題，我就開始看清詩，讀的第一個清代詩人就是黃遵憲，我一看他的詩就很喜歡！特别是對他寫關於外國的這些東西很感興趣，但是我在看的時候發現，他也是受了宋詩跟韓愈的影響，這些詩都有聯繫，是一條綫的，但我不是按計劃看的，是偶然的。我當時對宋詩也感興趣，但是我想一定要往清詩的方向發展，在寫了楊萬里那本書以後我又寫了范成大，因爲我也很喜歡他的詩，但是後來我就覺得應該寫黃遵憲，從那時起我就一直在研究清詩。

黃道玉：施老師對於黃遵憲的研究源於對漢語的熱愛，對中國古詩的熱愛，以及對關於中國文學"一代有一代之文學"這種約定俗成的説法不斷的質疑，對嗎？

施吉瑞：是的。在研究清詩的時候我發現清詩也受宋詩很大的影響，很多

---

① 李祁（1903—1989），女，字稚愚，祁陽縣潘家埠龍溪人。美籍華裔學者，著名詩詞家，曾任美國加利福尼亞大學中國研究中心研究員，1966年又出任加拿大温哥華不列顛哥倫比亞大學亞洲研究系教授。有多部翻譯作品，1975年台灣出版了《李祁詩詞集》，1989年中國詩學研究叢書編委會出版了《海潮詩魂——李祁詩詞全集》。

② 蒲立本（1922—2013），加拿大艾伯達州（Alberta）人。1966年到英屬哥倫比亞大學出任教授，1968年出任亞洲研究系主任。著作包括《安禄山叛亂的背景》（1955）、《中古漢語：歷史語音學的研究》（1984）、《早期中古漢語、晚期中古漢語、早期官話構擬發音的詞彙》（1991）等。

作家也受韓愈的影響。我的運氣非常好,剛好我讀過韓愈和宋詩,所以我看的出來。以後就一直這樣研究下來,以後就寫袁枚啊,最近是鄭珍,對鄭珍的研究也是和于大成有點關係,我在台灣時,他也提到過鄭珍,他一開始叫我去讀楊萬里,然後他說其實清代也有很多非常杰出的詩人,他特別欣賞鄭珍。他說:"鄭珍的詩比較難懂,等你看中國詩多一點了以後,你可以看鄭珍。"於是他向我推薦了一本商務印書館出的鄭珍的集子,并且對我說:"你現在很可能看不懂,但是你慢慢來!"於是我就買了,真的是完全看不懂!(大笑)

我就放了很長一段時間,後來當我對晚清的東西特別感興趣以後,我纔看鄭珍。于老師真的對我幫助很大,可惜他已經去世了。後來他當到台南成功大學文學院的院長,他的看法很特別。差不多就是這樣,我對清代的文學就感興趣了,對黃遵憲的研究也就開始了。

黃道玉:說到鄭珍,您寫過一本《詩人鄭珍和中國現代性的崛起》的論著,您能給我們講一講鄭珍和現代性的關係嗎?

施吉瑞:對對對!因爲我記得我們讀大學的時候老師說中國是一個很傳統、很保守的社會,好像沒有什麽現代的東西,應該是後來推翻了清朝,五四運動後開始向西方學習以後纔變得比較現代。其實我看了清詩,我覺得已經有現代性,而且不要說清詩,就是唐詩,我看像李賀的詩啊,也很像十九世紀的Baudelaire①那種黑暗的,很新的一些寫法。我在讀大學的時候,有一個英國學者把李賀的詩翻譯成英文,他也認爲李賀很像現代詩人,至少是十九世紀以來的西方詩人。(大笑)我覺得韓愈也是,所以我把他比作卡夫卡,也是因爲有很多相同的地方。後來我也看了一些關於現代性的書和文章等等,我覺得我們用西方現代性的定義是錯誤的。(笑)當然,後來中國也受了西方的影響,是沒有錯的,我不否認這一點。但是我覺得晚清時期,那些比較容易接受新的文化的人他們有一些特徵,和一般的學者不一樣,我那本關於鄭珍的書也寫得比較詳細,你們有時間可以看一看,在前面緒論部分,我就談了這個問題。比方說質疑傳統,這個我覺得很重要。然後是關於矛盾,現代文化就是非常矛盾,我們當代人也是一樣,會有一種恐懼,看這個世界好像很不錯,但是又潛藏着隨時可能爆發的危險。當美國和北朝鮮對峙的時候,我們都很緊張。(大笑)希望不要發生什麽事情。像重視婦女的思想,我覺得從晚明已經開始有這種現象了,但是後來到了鄭珍的時代,在他的詩中,好像婦女比男人還強,更有用,更勇敢!(大笑)他(鄭珍)也很愛他的媽媽,他和媽媽的關係特別好,他媽媽對他的影響很大。他對自己的女兒也非常好,也教女兒念書和寫詩。所以我覺得像他這樣的人一碰到外國的可能對中國有用的東西,就比較容易接受,他的詩在沒有接觸西方任何東西時就不一樣。他也對科技方面的東西很感興趣。他有兩首寫的是給孫子種痘的事情,兩首非常動人的詩,表達了對自己孫

---

① 夏爾‧皮埃爾‧波德萊爾(Charles Pierre Baudelaire, 1821—1867),法國十九世紀著名的現代派詩人,象徵派詩歌先驅,代表作有《惡之花》。

子的愛,因爲天花本來是非常可怕的,他用的是中國古代的種痘法,其實中國這個方面比歐洲早,這就是早期的(水痘)疫苗。西方最早的是十八世紀的牛痘疫苗,但是中國元朝就已經有了。李約瑟①有一套關於中國科學的書,寫得非常有意思,也很詳細。我還發現宋代已經有一些人開始在詩裏寫科學的東西,楊萬里和蘇東坡都寫過。十九世紀的所謂宋詩派,包括鄭珍,也寫過了一些關於科技的詩。

黄道玉:這應該是和科技的發展有關吧,清朝新的科技越來越多,入詩的也越來越多,就像今天如果寫詩的話,手機電腦都有可能入詩一樣,對嗎?

施吉瑞:這有可能,但是有的詩人就不會寫這些東西,會覺得這些東西不够雅什麽的。這些詩人後來對外來的科技也很感興趣,鄭珍的弟子和親戚,就是他那個貴州小地方的人,有好幾個都出國或是當了外交官,説起來很奇怪,其實那個地方和外國没有什麽交往,離上海這些地方也很遠,但是就是因爲受了鄭珍等人這種開放思想的影響,他們很容易接受外國的東西。現在很多人還認爲清朝非常保守,不願意接受外來的新事物,這種看法是錯的。當然也有人思想保守,但是不是全部。

我講的現代性是中國自發的現代性,有這種現代性思想的人很容易接受外來的新思想和新事物,對政府和現實的不滿意,覺得需要改變,但是苦於没有解决辦法,正好看到西方的東西,就很容易接受。有意思的是,在鄭珍去世前他的學生就開始看西方的書,開始接觸西方新的科技,他最好的朋友莫友芝②就給曾國藩③做事,他也是看到蒸汽機覺得非常有意思,曾國藩對這些新的科技也非常感興趣,其實曾國藩也是宋詩派,寫的詩也很好,內容很新。所以現代性并不是那麽簡單,并不全是外國的。如果自身完全没有改變,不願意接受新的東西,就不會接受西方的思想。

黄道玉:您是説内部的變化,加上外來的衝擊,纔形成了中國的現代性。施老師,您還研究過袁枚,袁枚在中國也是一個受到爭議的人,有人説他有點異類,品行不好,等等。但是後來又有人説他思想很先進,甚至尊他爲思想家。您是怎麽看的呢?可以談談您對袁枚的看法嗎?

施吉瑞:是的,我到現在還在研究袁枚,而且我還研究袁枚的孫子袁祖志,袁祖志在太平天國的時候就離開南京,逃到上海去了,所以他的文集有一個序,很好玩,別人給他寫的,意思説袁祖志還没到上海之前,人們祇會聽到打算盤的聲音,現在寫詩的人越來越多了,就總能聽到吟詩的聲音了。(大笑)他很受歡迎。

---

① 李約瑟(Joseph Terence Montgomery Needham,1900—1995),英國近代生物化學家、科學技術史專家,其所著《中國的科學與文明》(即《中國科學技術史》)對現代中西文化交流影響深遠。

② 莫友芝(1811—1871),字子偲,自號邵亭,又號紫泉、眲叟,貴州獨山人。晚清金石學家、目錄版本學家、書法家,宋詩派重要成員。家世傳業,精通文字訓詁學,與遵義鄭珍并稱"西南巨儒"。

③ 曾國藩(1811—1872),初名子城,字伯涵,號滌生,中國近代政治家、戰略家、理學家、文學家,湘軍的創立者和統帥。有《曾文正公全集》傳世。

我覺得袁枚的思想有很多可取的地方，他很勇敢，他可以稱得上是思想家。我的那本關於袁枚的書也寫這個方面，那個時候我已經在想這個問題，他對女性的態度比較新，而且他的女弟子的詩集也編得很好，他的女弟子的詩也寫得不錯，已經有人在研究這個方面了。現在好像對鄭珍感興趣的人也越來越多，我也看到有的學生博士論文寫鄭珍。

黃道玉：中國清代文學的研究興起是比較晚的。

施吉瑞：是的，我剛剛到中國來的時候，研究清代文學的人很少，除了小說戲曲，詩文就沒有什麼人研究。

黃道玉：您祇是對中國清代文學感興趣是嗎？

施吉瑞：其實我對每一個時代的文學都感興趣，我最遺憾的是我對明代的東西了解的特別少，明代的書也不多，英文書就更少，我以前的一個已經去世的朋友，叫 Daniel Bryant(白潤德)①，他寫了一本關於何景明的書，祇可惜他得了肺病很早就去世了，也是葉嘉瑩老師的學生，是我的同學。

黃道玉：現在中國古詩的英譯也越來越多了，您是否有這方面的計劃呢？

施吉瑞：是的，但是清詩的翻譯還不是很多，將來會越來越多，西方的學者不太看這些，有的西方的學者比較保守，對別的文化的東西不太感興趣，這個很遺憾。大衆的閱讀和接受就更少，進展緩慢，當然比以前還是多了很多。很多人學習中文都是爲了要到中國來做生意，我的很多學生就問我認不認識中國的商人，他們想要到中國來掙錢。我說我到中國完全是爲了收集資料和學術交流，没有和商人來往。（大笑）

我也想過要不要翻譯一些古詩，但是想做的事情太多了，很快就要退休了，雖然退休以後還會繼續研究，總覺得時間很緊迫，所以沒有時間翻譯。我相信一定會有更多，更好的譯本出來的。當然讀中國詩，尤其是杜甫的詩，鄭珍的詩最好是讀原文了。（笑）

黃道玉：但是懂中文是基礎，學習了中文就有可能接觸到中國文學，就像您當年一樣，也許最初并不是爲了研究中國文學而學習中文。

施吉瑞：對的。但我對做生意從來不感興趣。我父母不是很有錢，但是我們錢夠用，可能是原因之一吧，而且我本來就喜歡讀書，我這個人是有點糊里糊塗的，我没有找過工作，都是工作來找我。我大學快畢業的時候，東亞系要找中文助教，教中國文化史、中國現代漢語，他們問我願不願意當助教，我就同意了，而且積累了一些教中文的經驗。碩士畢業，讀博士的時候，UBC 的系主任就說温莎大學(University of Windsor)要找一個中文老師，問我要不要去，我也答應了。後來 UBC 的一個教授辭職了，我當時在台灣收集資料，他們寫信問我願不願意去工作，我就想也好，就接受了。（笑）我很喜歡温哥華，漂亮，氣候也好，而温莎很冷，又是一個工業城，所以我就到了温哥華一直在 UBC

---

① Daniel Bryant(1942—2014)，生於美國，1973 年移民加拿大，在 UBC 獲得碩士和博士學位，研究中國古代文學，主要是唐五代文學和明代文學。

教書。我一輩子沒有申請過工作，我的運氣不錯，這很奇怪，可能是黃遵憲要找一個人給他寫傳記吧。（大笑）

黃道玉：這在現代流行語中叫"佛系"，在中國古代漢語裏叫"書中自有黃金屋"，對您來講更確切的是"書中自有好運氣"！

施吉瑞：（大笑）我認識黃遵憲的一個後人，已經去世了，本來住在溫哥華，我出版的黃遵憲的那本書，有一部分出書的錢就是他的後人贊助的。我找到他的後代去收集一些資料。今天大會上也有人提到說王英志[①]研究袁枚找到了一些新的資料，而這些資料都是袁枚住在加拿大的後人給他的，我一直想找到這個人，但是都沒有找到。我聽說王老師身體不太好，所以也沒有聯繫。我很想找到這個人，因爲我最近在研究袁枚的孫子，說不定他們也會有一些資料。

我就快退休了，但是黃遵憲的這個研究一定要做完，我好像欠他的債，他是我看的第一個清代詩人，所以我一定要還我的債，這也是一種緣分。我找到了更多黃遵憲在美國時期的資料，包括一些禀文和新聞報導，我很快就會進行關於黃遵憲下一部分的寫作。我還專門去廣東梅州看了黃遵憲的一個孫子，他老先生已經去世了，但是我去了他的老家，看了黃遵憲的書齋和以前住的房子，保存得還不錯。

黃道玉：施老師，西方的清代文學研究和我們國内的清代文學研究有什麼不同呢？

施吉瑞：西方研究小説的很多，詩歌很少，也許是小説比較好讀懂的原因吧。詩歌難以理解，要花很多時間，如果沒有注解，而典故又很多，還得一個一個去查典故纔能看得懂。當然研究清詩的人會慢慢多起來，因爲研究空間很大，研究也需要新的課題。

黃道玉：您認爲中國學者和西方學者在古典文學研究方面有什麼不同嗎？西方學者有沒有一些新的研究方法呢？

施吉瑞：中國學者比西方學者更懂啊！（笑）西方學者有些受到西方文藝理論的影響，但是我有點害怕爲了理論而研究中國詩歌，不一定很有用。我最喜歡的事就是比如先讀楊萬里的詩，再看楊萬里自己寫的詩學理論的文章或者詩，這對我來説比看西方的理論更有用。但是我不是反對西方的理論，有的也有用。我研究鄭珍時就看了一些現代性方面的書，當我提出來中國的現代性和西方的現代性不一樣的觀點時，我擔心不被接受，但是後來發現西方的一些學者也有相似的看法，我很高興。

黃道玉：從老師的研究過程來看，您傾注了很多個人的情感在裏面，大多是因爲喜歡，纔會去研究。

施吉瑞：是的，當我讀鄭珍詩的時候，我就會流眼泪，沒有辦法控制自己。

[①] 王英志(1944—)，主要研究清代詩詞及理論。著作有《清人詩論研究》《中國古典詩歌藝術新探》《古典美學傳統與詩論》《性靈派研究》《袁枚評傳》等。

有一首詩寫他上孫子的墳墓,我每次看那首詩都流泪。我看杜甫的詩也會有這種感覺,比如《北征》。

黃道玉:在不同的年齡階段,看同一首詩感覺也會不一樣。

施吉瑞:對對對,祇有偉大的詩人,偉大的詩纔會這樣子。我發現一個奇怪的現象,十幾二十年前寫舊詩的人越來越少,寫白話詩和新詩的人很多,而現在寫所謂舊詩的人越來越多。我在加拿大的中國學生中有很多寫舊詩的,還寫的蠻好。所以我在上課的時候跟他們説,也許最偉大的寫中國舊詩的詩人還没有生出來。(大笑)我們過去也有人寫拉丁文詩,但是我祖父母一代還有,現在已經没有了。像John Milton(約翰·彌爾頓)①他拉丁文的東西寫得很好,我們現在中學都不教拉丁文了,很可惜! 我們小時候老師叫我們背莎士比亞的詩,很多學生就反抗。(笑)

黃道玉:這是我們國家對古典文學的重視,我們的孩子很小就開始背唐詩和宋詩。

施吉瑞:這是很好的,繼承傳統,但是背唐宋詩多的人,對唐宋以後的詩可能會覺得不習慣。

黃道玉:施老師您以後的研究會朝着什麽方向發展呢?

施吉瑞:我想會繼續清代文學的研究,我也正在研究鄭珍的一個弟子,叫黎汝謙②,詩文都寫得很好,清朝可以研究的人太多了,我的時間都不夠,來不及研究。

黃道玉:您的資料都是要到中國來找嗎? 您也會使用數據庫嗎?

施吉瑞:我們自己的圖書館也有很多的資料,但是最好是在中國找資料,我最喜歡上海的圖書館,北京的圖書館書也非常多,什麽版本的書都有。數據庫也會用,但是很喜歡古書拿在手上的感覺,而且清代的書電子版的還比較少。

黃道玉:中國清代文學研究,暫時還没有成立專門的清代文學研究會,迄今祇開過三次會議,您不遠萬里來參加了兩次,您覺得參加這個會有意義嗎? 您在加拿大或者其他國家有没有參加過類似的會議,覺得和在中國參加會議有什麽不同? 您對我們的會議有什麽建議?

施吉瑞:當然有意義,我學到了很多新的東西,而且我很喜歡蔣寅老師,非常扎實和真實的學者,我很欣賞。

兩年前,我在德國參加過一次關於清朝和民國時代詩歌方面的會議,那次會議也非常有意思,大部分與會者是西方人,也有住在西方的中國學者,你們也應該多參加西方的學術會議,多交流。

---

① 約翰·彌爾頓(1608—1674),英國詩人、政論家,英國文學史上最偉大的六大詩人之一。彌爾頓是清教徒文學的代表,他的一生都在爲資產階級民主運動而奮鬥,其代表作《失樂園》與荷馬的《荷馬史詩》和但丁的《神曲》并稱爲西方三大詩歌。

② 黎汝謙(1852—1909),字受生,貴州遵義人。中國變法維新運動鼓吹者和參加者。著名外交家黎庶昌之侄子。著有《夷牢溪廬文集》四卷、《夷牢溪廬詩鈔》七卷。

我最喜歡來中國參加會議，真的，我可以學到很多在西方學不到的東西。討論發言的方式都差不多，不過西方人有更多的交鋒，你們中國人比較客氣有禮貌，挑戰比較少，蔣寅老師也是這麼認爲的，如果能有更多的交鋒就更好了。

黄道玉：非常感謝施老師的分享，也希望您以後繼續參加清代文學研討會。

施吉瑞：我很高興也很喜歡與青年學者進行交流。我希望清代文學研究會能夠盡快成立，正式成立以後能夠一年開一次會。我每次參會都能學到很多新的東西，回家以後要慢慢看會議論文集。

訪談後記

整個訪談過程持續了一個小時，施吉瑞教授滔滔不絕地愉快地談論着自己的學習和研究，思維敏捷，語速很快，普通話非常標準。如果不是害怕他太辛苦而結束訪談，他還會講更多。爲了能夠生動地保留施教授在訪談時的言談舉止，大部分內容都按照他説話的原話語氣完整呈現。

施教授非常爽朗樂觀，謙遜和藹，他熱愛中國文字和文學，并且非常尊重中國的學術研究，以極其嚴謹的態度學習和研究中國文學尤其是清代文學。施教授挂在嘴邊的一句話就是"我很幸運"。他的幸運，源於對未知世界的不斷探索和努力；源於對老師的感恩和質疑；源於對知識强烈的興趣和情感；源於對研究無悔的責任！施教授現在對自己的研究很有緊迫感，覺得自己"欠了黄遵憲的債"，生怕自己的健康不允許繼續研究下去，希望能夠完成未盡的相關研究。我們衷心祝願老師好運永遠相隨，身體健康！也期待下一次與施老師的見面和讀到老師更多的作品。

感謝陳穎老師爲訪談提供的建議和幫助！

2016年哈佛大學"杜甫：中國最偉大的詩人"暨"中華人文經典文庫"系列之啓動慶祝國際學術研討會

寇 陸

  無論被稱爲"詩聖""詩史"，還是詩歌藝術的"集大成"者，唐代詩人杜甫早自九世紀初開始便被贊譽爲中國詩歌創作的一個頂峰。到宋朝末年，人們爲他詩歌所做注解的數量已經超過當時所有其他文學作品評注的總和。杜甫在中國文學史上的特殊地位可與英國文學傳統中的莎士比亞相媲美。在中國本土之外，杜甫的影響也先後擴散到東亞其他國家和文化群體，如日本、韓國和越南，并産生了深遠的影響。他的作品仍然在影響着二十和二十一世紀的中國文化和文學，當代華語詩人在不同的歷史語境下還在重新發現和解讀着杜甫留下的文學遺産。

  2014年，由已故學者蕭滌非發起、若干學者參與編撰的《杜甫全集校注》面世。2015年，宇文所安翻譯的《杜甫詩》——第一部杜甫詩賦全集的英文譯注——出版發行。與此同時，北美不少新一代的年輕學者正在從事杜甫的研究工作。在這樣的背景下，本次杜甫研討會作爲英語世界首次以杜甫爲專題的會議，成爲一次頗爲應時的交流機會，讓我們對杜甫研究的方向和轉變進行反思，同時也探索"杜甫"現象和"杜甫接受"在中國文學與文化研究中更深刻和複雜的歷史意義。

  宇文所安的杜詩全譯也是"中華人文經典文庫"（Library of Chinese Humanities）的首發著作。"中華人文經典"系列是已有二百多年歷史的德古伊特（De Gruyter）學術出版社的長期規劃項目，將文本的漢語原文與其英語譯文對照排列，旨在爲世界讀者提供中國古典傳統中的文史哲經典著作。這一系列既以紙質形式出版，也可以在網上免費下載。本次杜甫研討會的一個重要目的，是慶祝以杜詩全譯爲首發著作的"中華人文經典文庫"系列的正式啓動。我們相信該系列將最終會在世界範圍内深刻地改變中國古典文化的研究。

  本次研討會於2016年10月28—29日在哈佛大學召開，邀請了北美與東亞二十多位學者。會議的主要議題爲：

- 在中古世界和中古詩學背景下思考杜甫
- 杜甫作品中相對而言較少受到關注和研究的層面，如佛教、幽默、自注、日常性
- 宋朝到清朝文學、文學批評、藝術中對杜甫的接受
- "杜甫"在現代與當代的重造

本次會議共有六個分會。第一天的議題爲"杜甫的影響與接受"，第二天爲"杜甫：自我、家、帝國"。具體分會主題與論文的介紹如下。

第一分會：杜甫在現代

王德威（哈佛大學）《六位現代詩人對杜甫的探尋》討論六位華語詩人在不同語境下對杜甫遺產的化用和重新闡釋，借此反思"經典""現代性""歷史"與"抒情"等問題。

王敖（衛斯理大學）《獻給杜甫的玫瑰：怎樣纔能不爲杜甫寫聖徒傳？》分析當代詩人與杜甫的對話，進而論述當代中國詩人們對歷史、自然和日常生活的態度。周杉（Eva Shan Chou，紐約市立大學巴魯克學院）《當代教科書與選集中的杜甫》研究杜甫詩歌在現下出版的選集和中小學課本中的選錄情況。香港浸會大學的陳致教授和哈佛大學的田曉菲教授擔任講評。

第二分會：宋代至清代對杜甫的再現

陳珏（柯蓋德大學）《异文、詩評、作者形象：宋人對杜甫用字的接受》展現北宋士人對杜甫詩歌的批評如何與杜甫作爲精於"煉字"的詩人形象相聯繫。對异文的更改和討論同時說明宋人對詩歌表現力的關注。郝稷（聖十字學院）的《"體驗"杜甫：生平閱讀法和杜甫在宋朝地位的提升》討論杜甫經典化的一個特殊的方面，即宋人試圖重新體驗杜甫的人生經歷。這成爲時局動蕩下的士人們創建政治、文化身份的一種方式。艾朗諾（Ronald Egan，斯坦福大學）《明清畫家杜甫詩意圖》關注杜甫接受史中較被忽視的一個方面，即畫家根據杜甫詩句而創作的繪畫。講評人爲紐約州立奧爾巴尼大學的蔡涵墨（Charles Hartman）教授和普林斯頓大學的田安（Anna Shields）教授。

第三分會：杜甫與詩歌意義的解讀

蔣寅（華南師範大學）《杜甫與傳統詩歌美學的"老"境》討論了"老"的美學內涵，包括風格上的老健蒼勁、技巧上的穩妥成熟、修辭上的自然平淡以及創作態度上的自由超脫與自適性等方面。倪健（Christopher Nugent，威廉姆斯學院）《啓蒙杜詩》用《千字文》和其他啓蒙類書來研究杜甫的創作和讀者的接受是否受這些作品所影響。田曉菲（哈佛大學）《控制意義：杜甫和中古文學中

的自注》分析杜甫作品及前代詩文中的"自注"現象的傳統與演變,討論作者在這個過程中對文本意義的控制以及作者自注對讀者接受的影響。擔任講評者是科羅拉多大學的柯睿(Paul W. Kroll)教授和康奈爾大學的丁香(Ding Xiang Warner)教授。

第四分會:杜甫與佛教

陳引馳(復旦大學)《時代轉折之際的杜甫與佛教》梳理既往關於杜甫與佛教關係的討論,考察安史之亂前後杜甫與佛教禪、净的接觸及詩歌中的表現,分析一位儒家文士精神世界中佛教的意義。勞澤(Paul Rouzer,明尼蘇達大學)《杜甫和佛教:彼處有没有彼岸?》分析杜甫的游寺詩和與僧侣的社交詩,討論佛教信仰如何作爲一種普遍的詩歌話語被唐代士人所運用。擔任講評者是科羅拉多大學的柯睿教授和美國學術團體聯合會主席余寶琳(Pauline Yu)教授。

第五分會:地域的物質性與非物質性

Gregory Patterson(南卡羅來納大學)《連通歷史:杜甫夔州詩中的紀念形式》關注杜甫詩歌對物質景觀和當地歷史人物的紀念。詩歌與景觀作爲兩種媒介與歷史相連通,它們讓"過去"以物質形態存在於當下。麥大偉(David McCraw,夏威夷大學)《杜甫晚期詩歌中的居所》討論杜詩中詩人的自我呈現如何和"地方"聯繫。"地方"不僅是詩人所在的處所,而是一個動態的概念,包括詩人的過去和將來的歸屬。講評人是康奈爾大學的丁香教授和衛斯理大學的艾文嵐(Sarah Allen)教授。

第六分會:家與帝國

陳威(Jack W. Chen,弗吉尼亞大學)《"家"的建立》分析杜甫中晚期詩歌對"家"的概念的建構。宇文所安(哈佛大學)《用詩思考:杜甫的〈解悶〉》研究詩人的思想在組詩中的逐步發展,展現《解悶》中"地方"如何通過詩歌成爲欲望的對象,在帝國之内流通。盧本德(耶魯大學)《吊詭的帝國》討論夔州詩中杜甫如何通過對僕人、雞、幼子等命令和分派來達到對帝國禮儀、權力的反諷。講評人是哈佛大學李惠儀教授和普林斯頓大學田安教授。

本次會議由美國安德魯·麥倫基金會、哈佛大學費正清中國研究中心、哈佛燕京學社、哈佛大學東亞語言文明系贊助。會議召集人和聯繫人:哈佛大學東亞系田曉菲教授。詳情可見會議網站:http://projects.iq.harvard.edu/dufu。

(作者單位:哈佛大學東亞系)

2017年中國中古（漢—唐）文學
國際學術研討會會議綜述

駱捷文

2017年11月18日至19日，由華南師範大學文學院、華南師範大學中國文學與文化研究所主辦，加拿大維多利亞大學亞洲太平洋研究學系協辦的"中國中古（漢—唐）文學國際學術研討會"在華南師範大學召開，來自日本、加拿大、美國、中國大陸、台灣地區的近30名專家和學者參加了此次會議，共提交論文二十多篇。會議論文涉及面廣，展示了中國中古文學研究的熱點問題，也反映了中古文學研究的新動向和新發展。此次會議分爲文學史新視野、經典新詮、文化觀照之眼、作家與作品、文類與範式、學術史之維六場研討會，與會學者對中古文學的相關問題展開了深入的交流和探討。

一 文學史新視野

學術需要創新，創新是文學發展的不竭動力。文體因文學自身的發展而需改革，研究理念、研究手法也要因時代的變化而有所革新。胡大雷（廣西師範大學）《北朝風尚"詞義貞剛，重乎氣質"——論北朝的幾次文體改革》通過比較南北朝的文體改革，指出南朝是"以詩爲賦"，北朝是"以賦爲詩"的特點。北朝的"以賦爲詩"顯示出詩風的三個特徵：篇幅宏大，鋪叙手法的普遍運用；重諷諫，指向社會；重"實録"，寫法尚實，反對空靈。"以賦爲詩"成爲"詞義貞剛，重乎氣質"的北朝文風的文體支撐。林理彰（加拿大多倫多大學）《理論與實踐層面的盛唐概念：完美與永恒的風格》强調了唐詩的正宗是盛唐諸公的"大乘正法眼"，後代的詩歌經常以盛唐爲法。盛唐詩人詩歌"惟在興趣"，講究意趣，言有盡而意無窮。《唐詩品彙》收録的詩歌能"振發欲動，鳴國家之盛"，體現了盛唐詩歌完美與永恒的風格。林宗正（加拿大維多利亞大學）《唐朝詩歌的叙事概念》論述了中國古典詩學重視"言志"和"緣情"的抒情效果，但也并未輕忽叙事傳統，從而使得中國古典詩歌在抒情主義之外，還展現出輝煌而源遠流長的叙事傳統與特殊的書寫形式。林先生借由當代西方叙事學理論進一步探索詩歌的叙事形式，從"夢的書寫——李白《夢游天姥吟留別》""詩史的書寫——

以《彭衙行》《三别》《三吏》爲例""家庭與遠近的書寫——《羌村三首》""知己知音的書寫——白居易《琵琶行》"來思考唐朝詩歌裏所傳達出的敘事概念。

二 經典新詮

優秀的文學因詮釋了人類共同和永恒的情感成爲經典,經典文學經過不同朝代的文人富有時代特色的闡述,增添了歷史的厚重感與時代的新鮮感,被賦予了新的詮釋之美。朱曉海(台灣"清華大學")《讀〈刺客列傳〉》從各個角度解説太史公的別出心裁。從政治史的角度,太史公觀察到古今政情變動的一項因素;從社會史的角度,太史公敏鋭地留心到社會中存在着一個難以預估其影響力大小的次團體,然而真正讓人對司馬遷佩服的是:他通過人間世一項普遍的實情,直指人性的基本結構是"人渴望被肯定",并且指出"這種渴望成爲自身最大的軟肋之一,會被人充分利用"。張伯偉(南京大學)《文學史上的〈春江花月夜〉》從文學史的角度,對《春江花月夜》的若干争議問題進行了進一步的探討,認爲《春江花月夜》是對宫體詩的"自贖"而非"救贖"。《春江花月夜》從結構和句法等方面吸收和改造了《西洲曲》,使其擁有了《西洲》格調。《春江花月夜》也因詩歌中藴含的玄理而使得七言詩得以自振。張巍(華南師範大學)《〈飲中八仙歌〉章法的淵源和流變》論述了《飲中八仙歌》詩歌的特點:平行結構、重韵、每段句數不同。《飲中八仙歌》章法的直接源頭是漢魏六朝人物品評風氣下的各類韵文。

三 文化觀照之眼

文體創新,一個絶佳的途徑就是跨越文體界限。文學創新,也需要與其他領域交互滲透,文學纔能焕發新生,延續魅力。釜谷武志(神户大學)《中古文學裏的"偶然"初探》從"偶然"的含義出發表明偶然是有可能性却非必然的事物突然相遇,進而論述了先秦時代、漢代以及魏晋到唐代文學或史書出現的偶然現象,揭示了不同時代的人對偶然有不同的理解以及偶然與文學的關係的密切。王力堅(台灣"中央"大學)《文史視域下的魏晋南北朝皇家園林》論述了社會的動盪以及南方的政治、經濟、文化等因素對皇家園林演變的影響。魏晋南北朝時期社會混亂,政治等中心南移,再加上受江南自然環境的影響,皇家園林由帝國象徵趨落於現實生活,轉向相對適度,乃至收斂平實。帝王皇族的文士化促使皇家園林的功能由彰顯帝王意識,張揚王朝氣象轉向君臣宴席暢逸游娱。皇家園林的生活方式也顯示了從奢華享樂到游娱賦詩的轉化。吴相洲(廣州大學)《類書樂部樂府學文獻價值略説》指出類書樂部彙集四部文獻於樂府活動各事之下,爲研究樂府學在資料上提供了便利;《樂府詩集》作爲樂府學集大成著作,從作品到叙論再到解題,對類書多有借鑒;唐宋以前很多樂府學典籍已經亡佚,幸賴類書樂部徵引得以保存部分内容,從而成爲校勘和輯佚樂府學典籍的重要資料來源。

四　作家與作品

　　作家與作品是文學研究永恒的話題,也是本次研討會的重點,對作者及作品的進一步解讀能够提供新的學術信息。許雲和(中山大學)《丁廙〈蔡伯喈女賦〉與蔡琰生平及其作品》指出丁廙《蔡伯喈女賦》完整地記録了蔡琰歸漢前的生活經歷和狀况。將丁廙《蔡伯喈女賦》與《悲憤詩》(二首)對讀,可發現兩者描述的蔡琰事迹達到了驚人的一致,從而證明了《悲憤詩》所表現的史實的真實性。丁廙是鄴下文人集團的一員,其《悲憤詩》是建安十八至二十二年間鄴下文人集團一次集體性的文學創作活動的産物。川合康三(日本國學院大學)《"冥搜"的系譜——從杜甫到中唐詩人》指出"冥搜"一詞的含義是借由語言來使未曾顯現的世界予以顯現,自盛唐時杜甫、高適等人開始使用,後來韓愈、孟郊、李賀等人在詩歌中也使用了類似的語彙,顯現出一種要描繪現實世界之外的世界的嘗試。從杜甫到韓愈、孟郊、李賀,形成一條試圖探索超越現實世界的綫索。蔣寅(華南師範大學)《絶望與覺悟的隱喻——杜甫一組咏枯病樹詩論析》指出這一組咏枯病樹的詩歌不是對植物題材的記叙性書寫,而是典型的托物言志的咏物之作。在杜甫的詩中,病樹意象由直接象徵自己老病的境遇向王朝的社會、政治問題彌散。這四首詩歌貫穿着一條由個體推及社會的絶望的黑綫。這是杜甫的絶望也是覺悟,他意識到個人前途和生命意義不能依托於王朝政治和經國大業,國計民生不能指望於時世清明,君主的品行和德行不能信賴於王朝制度。杜甫晚年思想上的這些變化,透露了他最終釋放政治抱負而專注於詩歌創作的心理動因。戴偉華(廣州大學)《"永貞革新"與劉禹錫、柳宗元"才性"論》探討在特定的時空制約下,以詩來推論作者性格的可行性,但是前提是文如其人。因此,作品與人未必能在性格上構成因果關係,故以文論性格祇是相對的做法。劉柳作爲政治家的才性可以從學有師法、以及跟從杜佑學典章制度及其沿革等方面看出。劉柳文學、政治的才性貌離神合,表現在政治上是參與革新,在文學性上是敢於向民歌學習。

五　文類與範式

　　中古時期是古代文學蓬勃發展的時期,各種文類和範式也逐漸走進了人們的視野,因此探討這一時期文學觀念的轉念,文學樣式的發展,文學範式的多樣性等論題慢慢引起學者們的關注。田菱(羅格斯大學)《中國中古早期詩歌中的互文性》解釋了互文在中國中古早期既是一種寫作狀態,也是一種閲讀方式,互文維繫着文學記憶并且使文化能够自我更新。論文以孫綽《游天台山賦》爲例,探討賦作中翻譯、闡釋以及互文手法的運用,揭示大乘佛教與老莊思想在魏晋時代相互嫁接,促進了東晋玄學的發展。吴妙慧(俄亥俄州立大學)《戰時宣傳的藝術:論陳琳爲袁紹及曹操所作之檄文》根據檄文作爲戰前發布的譴責敵方的宣告的性質,以陳琳爲袁紹所擬的《爲袁紹檄豫州文》和爲曹操所擬的《檄吳將校部曲文》爲例，說明檄文的目的是通過果斷及有煽動情性的語言來鼓動閱聽者采取某種行動。陳琳的檄文雖然是支援戰争的宣傳工具，却進一步揭示了戰國時期已經有的一種以文明、非暴力手段來取得權力的理想，其所表達的是減低甚至消除對人類生命的殘害的願望。王平（華盛頓大學）《家族、自我與達人理想——謝靈運之〈述祖德詩〉背景解讀》論述了謝氏家族在晋朝的權力之盛以及謝靈運的所作所爲對家族的影響，從而探討了謝氏家族在晋朝的榮衰歷程。孫明君（清華大學）《楊素與廊廟山林兼之的文學範式》論述了兩晋之時，郭象哲學中首次提出廊廟與山林合一的人格模式，此人格模式在東晋南朝士族中影響深遠。隋代權臣楊素不僅具有廊廟山林合一的人格結構，同時在詩文創作中也形成了廊廟文學與山林文學兼之的文學範式，在初盛唐影響深遠，王維是楊素之後廊廟—山林文學範式的繼承者和發揚者。

六　學術史之維

兩漢及魏晋南北朝時期是學術發展的重要階段，文學的許多體裁如小説、散文、辭賦等都在這個階段有了突破性的進展，故學者們常對這一時期的文學展開積極的討論，多有佳作。吴光興（中國社會科學院文學研究所）《兩漢辭賦文明與文集"首賦"體制——兼釋蕭統〈文選〉"甲賦乙詩"問題》將文集"首賦"體制以及《文選》"甲賦乙詩"的主題置於典籍目録學、辭賦文學史、兩漢學術史三位一體的審視角度下，得出了較爲完善的論述："文集"制度誕生在以賦頌爲最高文學價值的東漢前期文化建設的高潮階段，"首賦"機制是其根本特徵。而凝結了數代儒學士大夫智慧和心血的"首賦"體制的建構則是以一世紀六十至八十年代最爲關鍵。馬茂軍（華南師範大學）《論六朝文派》梳理了六朝派傳統在唐、宋、元、明、清的實際存在，揭示了六朝派傳統的純文學價值。六朝派與儒家教化派相互鬥争相互依存了二千多年，它賦予了本不具備文學價值的古文運動、唐宋派、桐城派以文學性。六朝派還使古代應用文具有了文學性，促成了古代文章學的誕生，是中國文學史上最重要的隱傳統，推動着中國文學不斷前進。甯稼雨（南開大學）《六朝小説研究的回顧、反省與展望》從六朝小説的文獻整理、斷代文體史的建構和文化文學分析等方面，對六朝小説自1919年以來的發展過程作了歷時的回顧和評價，并對六朝小説研究存在的問題進行了反省，同時提出對六朝小説未來發展的展望和構想。徐國榮（暨南大學）《從章太炎到陳寅恪——魏晋六朝之學在二十世紀上半葉學術研究中的意義》從章太炎對魏晋六朝之學進行肯定性的發掘以來，加上劉師培的桴鼓相應，通過黄侃、魯迅和周作人等人的傳承以及陳寅恪的文化抉擇，使學術界認識到魏晋六朝之學的意義，形成了魏晋六朝之學研究的盛况。由於玄學的涵養，魏晋六朝士人追求人格精神的獨立，這與現代學術研究追求"自由之思想，獨立之精神"的旨趣相同。

此次中國中古（漢—唐）文學國際學術研討會的重要特點是每位專家發言的時間有二十分鐘，能讓學者從容地展開論文的思路和脉絡。每篇論文安排專人評議,與自由討論形成積極互動,更令研討會的學術含量大大提升,幾十位學者暢所欲言,思想與思想的激烈碰撞與交鋒,令現場的本校師生紛紛慨嘆不虛此行,受益良多。

　　研討會最後由廣州大學戴偉華教授致閉幕詞,戴偉華表示,這次學術研討會爲中國和國外漢學中古研究學者提供了一個平等而友好的學術交流平臺,也爲中國中古文學更好地"走出去"助力。會議的圓滿召開會吸引更多的學者關注中國中古文學研究的現狀,從而推動研究的深入與發展,中國中古文學研究一定會迎來更加光輝燦爛的明天。

(作者單位:華南師範大學文學院)